Kristen Britain

Cavalier Vert

Cavalier Vert – tome 1

Traduit de l'anglais (États-Unis) par Claire Kreutzberger

Milady

Milady est un label des éditions Bragelonne

Titre original : *Green Rider*

Publié avec l'accord de l'auteur,
C/O BAROR INTERNATIONAL, INC.
Armonk, New York, États-Unis

Illustration de couverture :
Keith Parkinson

ISBN : 978-2-8112-0013-8

Bragelonne – Milady
35, rue de la Bienfaisance – 75008 Paris

E-mail : info@milady.fr
Site Internet : http://www.milady.fr

Remerciements

Les livres dont on rêve ne peuvent devenir réalité sans le soutien de plusieurs personnes spéciales, sources d'inspiration, que j'aimerais remercier :

Cheryl Dyer, qui a insisté pour que je lise *Le Seigneur des Anneaux* à un âge tendre, me conduisant ainsi à la découverte des contes d'autres auteurs, ce qui m'a finalement inspirée pour façonner mes propres histoires. Cheryl est mon amie dévouée, celle sur qui j'essaie mes nouvelles idées, et ma première lectrice. Son soutien si précoce me fut essentiel, et l'est toujours aujourd'hui.

Terry et Jeri Goodkind, pour leur amitié, leur hospitalité, leurs chaises, et... Bref, ils savent pourquoi. La quête de Terry pour exceller dans son propre travail et son degré élevé d'exigence qualitative dans toutes les facettes de sa vie ne cessent de m'inspirer.

Anna Gosh, mon agent, pour s'être faite la championne d'un « écrivain vert », et pour avoir travaillé d'arrache-pied afin de trouver le refuge adapté à ce livre.

Mon éditrice, Betsy Wollheim, et son assistante, Debra Euler, pour leur enthousiasme et leur patience, même après que les dés ont été jetés.

Keith Parkinson, pour l'illustration de couverture si évocatrice.

L'auteur John Marco, pour les notes comparées et les conseils échangés, et pour avoir écouté d'une oreille sympathique mes harangues dirigées contre de bruyants voisins et des écureuils (parfois les deux ne faisaient qu'un).

L'auteur Lynn Flewelling, pour avoir partagé avec moi ses conseils et son expérience de cet extraordinaire monde de l'édition.

Batwing et Percival, qui n'imitent que trop bien les fournitures de bureau (comme destructeur de documents et presse-papiers respectivement) et qui m'ont offert leur compagnie durant mes longs et solitaires efforts pour écrire le manuscrit d'un roman. Ils m'aident à rester humble.

Et pour finir, Karigan G'ladheon, pour s'être frayé un chemin dans ma vie et m'avoir embarquée dans une « Épique Chevauchée » époustouflante.

Pour mes parents

L'Homme Gris

Le granit était froid et rugueux sous les paumes de l'homme à la cape grise. C'était du bon granit bien solide, issu du tréfonds même de la terre. Il suivit la trace à peine perceptible de joints entre les pans immenses du mur. Les joints, pensait-il, étaient la clé. La clé pour détruire le mur.

Celui-ci le dominait de toute sa hauteur, difficile à évaluer. Épais de plusieurs pas, il courait le long de la frontière sud de la Sacoridie sur des centaines de kilomètres, de la mer Orientale à la baie d'Ullem, à l'ouest. Il protégeait la Sacoridie, ainsi que les autres terres, de *Kanmorhan Vane*, qui en langue commune signifie « la forêt du Voile Noir ».

Le mur résistait depuis mille ans. Il avait été construit après la Longue Guerre, au tournant du Premier Âge. Durant ce millénaire, les hôtes de la forêt sombre étaient devenus agités, aigris d'être emprisonnés derrière le mur.

À présent, l'Homme Gris devait faire appel à eux et mettre un terme à leur exil. Il ramènerait au monde ces créatures de cauchemar, à la lumière du jour. Il les amènerait lentement. Dans un premier temps.

La magie imprégnait si profondément le mur que ses mains en fourmillaient. Elle était ancienne et puissante, même à l'aune des ouvrages des hommes du temps jadis. Maintenant, les humains n'y comprenaient goutte. Ils ignoraient à peu près tout de ce que leurs ancêtres avaient pu réaliser. Ils ne savaient pas non plus ce qu'eux-mêmes, citoyens de l'actuelle Sacoridie, étaient encore capables de faire.

Une bonne chose.

Son esprit frôla les couches de magie. On avait incorporé de la magie à chaque bloc de granit du moment où il avait été extrait, puis durant sa taille, l'exécution des finitions et son incorporation au mur. On avait incrusté des sortilèges fortifiants dans le mortier, non seulement pour s'assurer que le mur tiendrait indéfiniment, mais aussi pour empêcher sa destruction par la magie.

Oh, ces chants ! Quels sortilèges les tailleurs de pierre avaient dû chanter, alors qu'ils enfonçaient des forets dans la roche et peaufinaient la préparation du mortier. Le mur était vraiment magnifique. Une construction prestigieuse qui avait donné du travail à des générations d'humains. Quel dommage de devoir le détruire.

L'Homme Gris sourit sous les ombres de sa capuche. Il replongerait le monde dans un état qu'il n'avait pas connu depuis longtemps, bien avant la Longue Guerre et le Premier Âge, en un temps immémorial. Un temps où les humains vivaient en clans primitifs, chassant troupeaux et gibier. Il n'y avait alors pas de rois, pas de pays, pas de cultes organisés. Rien que ténèbres et superstitions. Durant les Âges Sombres, ainsi qu'on appelait maintenant cet ancien temps, ils comprenaient mieux la magie qu'aujourd'hui.

L'Homme Gris leva la tête. Les nuages rosés de l'aurore disparaissaient peu à peu, et des oiseaux se chamaillaient dans les arbres. Ses acolytes ne tarderaient pas à s'irriter de son absence. Ils avaient tout à fait le droit d'être impatients, admit-il : après tout, ils étaient mortels.

Il ferma les yeux et éleva ses barrières protectrices. Il commença à suivre les chants des carriers et des tailleurs de pierre, ciselés dans une langue que les Sacoridiens du temps présent ne pourraient reconnaître. La musique jaillit des entrailles de la terre ; elle tissa des brins de résistance, de protection et d'endiguement.

L'écho des marteaux maniés par les tailleurs de pierre, des siècles auparavant, résonna dans la tête de l'Homme Gris. Leurs coups l'ébranlaient, sonnaient au plus profond de son esprit. Il serra les dents sous la douleur et continua son exploration, plongeant plus profondément dans la roche.

Des hommes et des femmes chantaient à l'unisson. Leur chant s'intensifia alors que ses pensées voletaient le long des joints. Il perçut l'harmonie de leurs voix ancestrales, laissa la cadence des marteaux envahir son esprit, et chanta à leurs côtés.

Son corps oscillait en rythme et transpirait abondamment. Mais ce corps était à présent chose lointaine, une réminiscence, car son esprit se trouvait au cœur du granit. Il fluctuait au sein du feldspath rose et du quartz cristallin, au cœur des paillettes couleur poivre du hornblende. Il se sentait suffisamment puissant pour endurer des Âges entiers, épargné par les forces flétrissantes de la nature. Il pouvait tout supporter. Mais il devait surpasser ce pouvoir. Il devait devenir plus fort que le granit même, afin de briser le mur.

Il utilisa l'harmonie propre à sa voix pour contrer le tempo à l'intérieur du mur.

— *Même les grandes choses doivent périr*, psalmodia-t-il. *Chantez avec moi, suivez-moi.*

Loin de là, son index imprima un rythme nouveau au mur. Ce n'était pas encore suffisant pour perturber la myriade de marteaux, mais cela favorisait la dissonance. Ne crut-il pas discerner de l'incertitude dans leur chant ? Certains marteaux n'étaient-ils pas en train de perdre la cadence ?

Un bruit de fissuration, tenant du craquèlement annonciateur de la fonte des glaces au printemps, éparpilla ses pensées. Il se sentit désorienté. Chant et rythme s'évanouirent, son contact intime avec le mur vacilla.

Son corps absorba son esprit telle une éponge. La force du phénomène le renvoya dans son enveloppe corporelle, agité, gauche et pétrifié. Quand il parvint à récupérer l'usage de ses membres, il inspecta son œuvre.

Oui, oui, oui ! Une fêlure dans le mortier. La blessure s'étendrait, et il pourrait alors revenir briser le mur de D'Yer !

Désormais, il devait regagner le campement où l'attendaient les humains. Entamer les défenses du mur avait sapé la majeure partie de son énergie, il lui en restait à peine assez pour effectuer le trajet. Il serait en mauvaise condition pour le reste de la journée, mais les soldats seraient impatients de débuter la traque du Cavalier Vert. Il en aurait bientôt fini avec ces complots que les humains prisaient tant mais, pour le moment, cela servait ses propres objectifs.

Il passait son arc et son carquois de flèches noires en bandoulière lorsqu'il sentit un regard posé sur lui. Il regarda frénétiquement autour de lui mais ne vit qu'une chouette, perchée là-haut sur une branche. Un clignement, extinction momentanée d'yeux ronds comme la lune pleine, et elle fit pivoter sa tête comme le font toutes les chouettes.

L'Homme Gris n'avait rien à craindre d'une chouette uniquement préoccupée par sa chasse matinale. Il ouvrit grand les bras et commença à incanter. Ils tremblaient de l'effort fourni pour craqueler le mur.

— Venez à moi, ô esprits mortels. Vous êtes entre mes mains, en ce monde liés à moi. Marchez à mes côtés, à présent, et menez-moi à ma destination.

Il les plia à sa volonté, et ils ne purent résister à son appel. Un ost d'esprits, masse floue et liquide, se réunit autour de lui. Certains étaient à cheval, d'autres à pied. Il y avait parmi eux des soldats, des personnes âgées, des femmes et des enfants. Les citoyens ordinaires côtoyaient les chevaliers. Les mendiants étaient blottis auprès des nobles. Dans le corps de chacun d'eux étaient plantées deux flèches noires.

— Par les flèches de *Kanmorhan Vane*, je vous ordonne de marcher à mes côtés maintenant. Nous allons suivre les routes létales du temps vif.

La mort du Cavalier

Karigan G'ladheon s'éveilla au gazouillis des jaseurs et des mésanges. Des colombes roucoulaient plaintivement et des geais défendaient leur territoire bruyamment, à grand renfort de battements d'ailes. Au-dessus d'elle, la voûte céleste étendait ses couleurs sombres, parée d'étoiles clignotantes. À l'ouest, la lune était suspendue entre ciel et terre.

Karigan grogna. Elle était couchée au bord d'un champ en jachère, derrière une haie, et son dos en appréciait moyennement l'inconfort.

Elle repoussa de son front une mèche de cheveux moites. Tout était humide de rosée et ses vêtements la collaient comme une seconde peau flasque et froide. À voix haute, elle se remémora la raison pour laquelle elle était là :

— Pour m'éloigner de Selium.

Sa propre voix la fit sursauter. Hormis les oiseaux, la campagne qui s'étendait à perte de vue était déserte et silencieuse. On ne sonnerait pas ici la cloche de Lèvematin, elle n'entendrait pas le craquement familier des lattes du plancher du vieux dortoir, sous les pas de ses camarades qui se préparaient pour une journée de cours.

Elle se leva et frissonna dans la fraîcheur de l'air printanier. Elle s'était effectivement « éloignée » de Selium, et la distance ne ferait que s'accroître d'ici à la fin de la journée. Elle rassembla sa couverture et ses affaires, les fourra dans son paquetage, enjamba la haie et se mit en route. Elle n'avait pas grand-chose mis à part un gros morceau de pain, du fromage, des vêtements de rechange, et quelques bijoux ayant appartenu à sa mère – les seuls objets suffisamment chers à son cœur pour qu'elle prenne la peine de les emporter. Tout le reste, elle l'avait laissé dans le dortoir, dans son empressement à quitter Selium.

Elle marchait à vive allure pour faire céder le froid, et les gravillons qui couvraient la route crissaient sous ses bottes. Le soleil levant, en rais orange et or, l'attirait vers l'est.

Tandis qu'elle marchait, les graminées luisantes des champs cultivés laissèrent place à de touffus massifs de sapins et d'épicéas, éclipsant le soleil nouveau-né et obscurcissant la route.

Elle venait de franchir l'orée du Vert Manteau, une immense forêt qui devenait plus dense et plus sauvage au fur et à mesure qu'on s'enfonçait au cœur de la Sacoridie. Ses abords mieux domestiqués consistaient en une succession de fragments et de fourrés qui menaient droit au rivage de la baie d'Ullem, et aux contreforts des monts du Chant Ailé. Mais la majeure partie du bois était dense et ininterrompue, à l'exception de quelques villages et de bourgades, îlots de peuplement au cœur des arbres, et de routes forestières, à l'occasion. Vues du ciel, ces routes, pensait-elle, devaient ressembler à des cicatrices mutilant la forêt de part en part.

De telles routes entraient souvent en conflit avec leurs alentours. Il en fallait peu pour que des arbrisseaux se mettent à pousser au milieu de ces voies forestières, ou pour que des congères les recouvrent durant l'hiver, finissant par occulter les moins utilisées. Un tapis d'épines de pin roussies atténuait le bruit des pas de Karigan et donnait à la route un air d'abandon, en dépit du fait qu'elle était la principale voie de communication reliant les régions orientales à Selium.

Karigan marcha jusqu'à ce que son estomac la rappelle à l'ordre. Elle dénicha un coin ensoleillé entouré d'ombre froide presque palpable, et fit descendre des portions de pain et de fromage avec des rasades d'eau puisée à un ruisseau murmurant qui jouxtait la route. L'eau n'était pas de première qualité, mais elle devrait s'en contenter.

Après cela, elle s'aspergea le visage d'eau froide. Elle était complètement débraillée après une seule nuit passée sur la route, et elle rêvait déjà des bains chauds et des vrais repas procurés par l'école.

— Ne me dis pas que ça te manque…

Elle jeta un coup œil par-dessus son épaule, comme si l'université tout entière pouvait surgir inopinément, avec ses bâtiments aux allures de temples qui surplombaient la ville du haut de leur colline.

Curieux comme une nuit sur la route montrait les événements d'hier sous un jour moins significatif, moins pénible d'une certaine manière. Karigan se retourna à demi, contemplant la route qui menait à l'école, distante d'à peine un jour de marche. Elle serra les poings et sa mâchoire se durcit. Elle allait lui montrer, au doyen.

Alors comme ça vous voulez me virer de l'école ? Voyons si vous allez apprécier une confrontation avec mon père. Elle eut un grand sourire, en imaginant son père, le teint livide, dominant le doyen Geyer qui se faisait tout petit.

Puis ses épaules s'affaissèrent et son sourire s'effaça. Cela ne servait à rien. Elle n'avait pas d'influence sur son père. Que se passerait-il s'il tombait d'accord avec le doyen pour dire que sa punition était méritée ?

Elle donna un coup de pied et des cailloux ricochèrent sur la route. *Par les dieux, quel gâchis !* Elle espérait atteindre Corsa avant la lettre du doyen, afin de pouvoir donner à son père sa version des faits en premier. Dans les deux cas, elle allait avoir de gros ennuis. Peut-être devrait-elle s'embaucher sur une péniche marchande et rompre le contact pour de bon. Après tout, c'est ce que son père avait fait lorsqu'il était jeune.

Elle fourra les mains dans ses poches et, la tête baissée, elle avança sans se presser le long de la route pleine d'ornières, d'un pas réticent.

Elle surprit un jeune écureuil juché sur une vieille souche foudroyée. Il se mit à pousser de petits cris perçants, la queue hérissée. Il resta figé puis parcourut la souche d'un bout à l'autre à toute vitesse, comme s'il était trop apeuré pour s'enfuir.

— Pardon de t'avoir effrayé, petit, dit Karigan.

L'écureuil fila dans le sous-bois pour se mettre à l'abri, fourrageant bruyamment dans le lit de feuilles mortes qui recouvrait le sol de la forêt. On aurait dit un animal bien plus gros.

Karigan continua sa route en fredonnant un petit air, qu'elle chantait faux. Néanmoins, quand elle se rendit compte que le bruit de l'écureuil, loin de décroître, s'intensifiait, elle se figea.

Il y eut un boucan assourdissant dans les bois. Arbres et arbustes furent secoués comme si quelque créature sauvage – bien plus imposante qu'un écureuil – saccageait l'entrelacs de branches du sous-bois. Elle imaginait déjà des couguars en furie et des loups enragés. Elle ne portait aucune arme susceptible de chasser la bête, et ne pouvait pas non plus s'enfuir en courant ; ses pieds semblaient avoir pris racine.

Elle inspira avec difficulté. La bête innommable, quelle qu'elle soit, chargeait dans sa direction à toute allure.

Cela jaillit du bois dans une explosion de branchages. Le souffle de Karigan mourut dans sa gorge en un bruit de sifflet cassé.

La créature, sombre et gigantesque, se tenait dans l'ombre des arbres, menaçante. Son souffle s'échappait en un halètement sifflant par des naseaux évasés, tel un démon des enfers. Karigan ferma les yeux et recula d'un pas. Quand elle les rouvrit, ce fut pour voir un cheval et son cavalier déboucher en titubant sur la route, et non le maléfique dragon des légendes. Des brindilles et des feuilles tombèrent au sol dans leur sillage.

Le cheval, un alezan aux longs membres, écumait de sueur et haletait comme s'il avait galopé à bride abattue. Le cavalier était effondré sur son encolure. Il était vêtu d'un uniforme vert. Les branches avaient laissé des balafres sanglantes sur son visage pâle. Ses larges épaules tremblaient d'épuisement.

Il tomba du cheval autant qu'il en descendit. Karigan poussa un cri en apercevant deux flèches de couleur noire fichées dans son dos.

— S'il vous plaît…

Il lui fit signe de son gant cramoisi.

Elle fit un pas vers lui, hésitante.

Le cavalier n'était pas beaucoup plus âgé qu'elle. Des cheveux noirs étaient collés sur son front crispé par la souffrance. Ses yeux bleus brûlaient de fièvre. Il avait l'air d'avoir repoussé l'imminence de la mort plus longtemps qu'aucun autre mortel en aurait été capable, avec ces deux flèches plantées dans son dos.

Karigan était certaine qu'il était sacoridien, bien que les uniformes verts soient bien plus rares que les tenues noir et argent de la milice régulière.

— À l'aide…

Elle s'approcha d'un pas mal assuré, les jambes en coton. Elle s'agenouilla près de lui, sans trop savoir comment venir en aide à un mourant.

— Êtes-vous sacoridienne ? demanda-t-il.

— Oui.

— Aimez-vous votre pays et votre souverain ?

Karigan marqua un temps d'arrêt. Quelle drôle de question. Le roi Zacharie occupait le trône depuis peu et elle connaissait mal sa politique et ses méthodes. Cependant, il aurait été malvenu de paraître déloyale aux yeux d'un serviteur de la Sacoridie à l'agonie.

— Oui.

— Je suis un messager… Cavalier Vert. (Le corps du jeune homme fut parcouru de convulsions douloureuses, un filet de sang coula de ses lèvres le long de son menton.) La sacoche, derrière la selle… message important… le roi. Question de vie ou de mort. Si vous aimez la Saco… Sacoridie et son roi, prenez-le. Apportez-le-lui.

— J… je…

Une part d'elle-même mourait d'envie de prendre ses jambes à son cou en hurlant, tandis que l'autre ressentait l'urgence de la situation. S'enfuir à Corsa au lieu d'attendre que son père vienne la chercher à Selium comportait un irrésistible parfum d'aventure qu'elle avait anticipé. Mais c'était le terrifiant visage de la véritable aventure qui la regardait à présent.

— Je vous en prie, murmura-t-il. Vous êtes…

Elle ne put distinguer les derniers mots ; ils moururent dans sa gorge en un gargouillement de sang qui gicla sur ses lèvres, mais elle avait cru entendre derrière sa respiration bruyante : « la seule ». *La seule quoi ? La seule personne sur la route ? La seule personne à pouvoir porter le message ?*

— Je…

— C'est dangereux.

Il frémit.

Partout autour d'eux le silence se fit, un calme chargé d'espoir, comme si le monde retenait son souffle en attendant sa décision.

Avant de pouvoir s'en empêcher, Karigan dit :

— J'irai.

Elle entendit les mots sortir de sa bouche comme si quelqu'un d'autre les avait prononcés.

— J… jurez-vous ?

Elle hocha la tête en signe d'assentiment.

— L'épée. Apportez-la-moi.

Le cheval broncha, mais elle se saisit des rênes et tira le sabre du fourreau accroché à la selle. Sa lame incurvée joua avec la lumière du soleil lorsqu'elle l'éleva devant ses yeux. Elle s'agenouilla encore auprès du messager.

— Mettez vos mains autour de la garde, dit-il. (Elle s'exécuta, et il plaça ses mains sur les siennes. C'est alors qu'elle vit que ses gants n'étaient pas teints de vermeil. Pas à l'origine. Il toussa, et le sang afflua de nouveau aux coins de sa bouche.) Jurez... jurez de délivrer... le message au roi Zacharie... amour... pays.

Karigan ne put que le regarder d'un air ébahi.

— Jurez!

C'était comme si elle contemplait déjà un fantôme, plutôt qu'un être vivant. Il n'abandonnerait pas la vie avant d'avoir entendu son serment.

— Je le jure... Je délivrerai le message, par amour pour mon pays.

Bien qu'elle ait prêté serment, le Cavalier Vert n'était toujours pas résolu à mourir.

— La broche... sur ma poitrine... Prends-la. Elle te... (Ses paupières se plissèrent sous l'effet de la douleur jusqu'à ce que la crise soit passée.) Les autres Cavaliers te reconnaîtront... comme messagère. (Les mots étaient saccadés comme s'il se forçait à inspirer et à expirer, en un acte de pure volonté pour retarder sa mort.) Va comme le vent..., Cavalière. Ne lis pas... m... message. A... alors... ils ne pourront pas te l'arracher... sous la torture. Si tu es capturée, déchire-le et éparpille-le au vent. (Puis, sa voix s'était tant affaiblie qu'elle dut se pencher très près pour entendre ses dernières paroles.) Prends garde à l'Homme d'Ombre.

Le corps de Karigan fut parcouru d'un frisson.

— Je ferai de mon mieux, lui dit-elle.

Cette fois, le messager ne répondit pas, bien que ses yeux soient toujours rivés sur elle, brillants et surnaturels. Elle dégagea avec douceur sa main des doigts du Cavalier et lui ferma les yeux. Elle n'avait pas vu la broche au cheval ailé avant, mais à présent celle-ci irradiait l'or du soleil, épinglée sur son cœur. Elle s'essuya les mains distraitement en les frottant sur son pantalon, pour effacer les traces de doigts sanglantes, puis ouvrit la broche.

Tout son corps fourmilla d'une curieuse sensation, loin d'être déplaisante, comme si toutes ses terminaisons nerveuses chantaient à l'unisson. La chaleur dorée du soleil l'enlaça, et chassa la fraîcheur de l'ombre. Il y eut une onde, comme le battement aérien de grandes ailes blanches, et le son du galop de sabots ferrés d'argent.

Quelques instants plus tard, la sensation reflua, et elle se rendit compte que le son était celui des battements de son propre cœur exalté. Le soleil était désormais suffisamment haut, et la tache de lumière où elle se trouvait s'était élargie. Rien de plus. Elle épingla la broche à sa chemise.

Ses sens perçurent alors le chuchotement d'invisibles lèvres, telle une brise murmurant entre les feuilles d'une centaine de trembles, qui semblaient dire : *Bienvenue, Cavalière.*

Karigan secoua la tête pour chasser de telles lubies, et revint aux réalités concrètes. Que faire du corps du messager ? Elle ne pouvait pas simplement le laisser au milieu de la route, au vu et au su des charognards et des passants, n'est-ce pas ? Elle n'aimerait pas tomber nez à nez avec un cadavre au beau milieu du chemin au cours d'un voyage. Ce serait tout bonnement mal de le laisser là.

Elle fit la grimace. Le corps était trop lourd pour qu'elle puisse le traîner sous le couvert des bois sans aide extérieure, et comment pourrait-elle l'enterrer? Assurément, elle n'avait pas emporté de pelle dans ses bagages. Elle répugnait à laisser le corps à découvert mais... elle devait essayer. Puis, comme si une voix lui avait dit : « Ne perds pas de temps », elle s'éloigna du corps et saisit les rênes du cheval.

Et pourtant elle hésitait encore. Le moins qu'elle pouvait faire était de laisser le sabre auprès du messager pour montrer combien sa mort avait été honorable. Mais si elle croisait ceux qui l'avaient abattu ? Elle aurait besoin d'un moyen de défense, quel qu'il soit, même si un sabre ne pourrait rien contre une volée de flèches. Son sens pratique l'emporta, et elle rendit la lame à son fourreau.

Le messager lui avait dit d'aller comme le vent, mais faire mourir le cheval d'épuisement pour y parvenir ne servirait à rien. Elle marcherait en le guidant, et le monterait seulement lorsqu'il semblerait s'être un peu rétabli.

Il avait l'air en piteux état. Ses membres étaient longs mais épais. On l'avait manifestement élevé pour couvrir rapidement de longues distances, sans aucun souci d'esthétisme. Son long cou rappela à Karigan ceux de certaines bêtes sauvages que son père avait vues lors de ses voyages, et qu'il lui avait décrites. Le poil rude de sa robe alezane était couturé de cicatrices anciennes.

— Si seulement je savais ton nom…, lui dit Karigan alors qu'ils avançaient pesamment.

Le cheval ploya l'encolure pour regarder non pas Karigan, mais en arrière. Elle aussi se retourna. Le corps du messager avait d'ores et déjà disparu au détour de la route, et il n'y avait rien à voir hormis les ombres pointues des épicéas, qui rapetissaient face à la lumière du matin.

Elle frémit. La silhouette torturée et convulsée du messager allait rester dans sa mémoire pendant un certain temps. Il lui était arrivé d'aider à la toilette des dépouilles d'oncles et de tantes âgés, avant leur mise en terre, mais ils étaient morts paisiblement dans leur sommeil, et non le dos criblé de flèches.

Cette histoire de message marquait un changement majeur dans ses projets. Plus question de rentrer à la maison. Karigan se mordit la lèvre. Son père serait déjà suffisamment affligé par sa suspension de l'école, et voilà qu'elle partait pour une course imprudente sans en avoir pesé les conséquences.

Elle pouvait presque entendre ses tantes énumérer ses tares. « Irresponsable », dirait tante Gretta. Tante Brini ajouterait : « Entêtée ». « Impulsive », la déclarerait tante Tory. Tante Stace résumerait le tout d'un mot : « G'ladheon », et les tantes hocheraient toutes la tête d'un air entendu, signifiant leur unanimité.

Karigan rejeta vivement une mèche de cheveux derrière son oreille. Elle ne pouvait s'empêcher d'approuver l'appréciation de ses tantes. On aurait dit qu'elle faisait toujours les mauvais choix, le genre de choix destiné à la fourrer dans le pétrin.

Pourtant, il était désormais trop tard pour faire demi-tour. Elle avait promis. Elle avait juré au Cavalier Vert qu'elle délivrerait le message au roi Zacharie en personne.

Elle avait déjà visité la cité de Sacor une fois, quand elle était enfant, et à l'époque c'était la reine Isène, grand-mère de Zacharie, qui régnait sur la Sacoridie. Le père de Zacharie était tombé malade et était décédé peu de temps après son intronisation. L'accession au trône de Zacharie avait été dénoncée par son frère, le prince Amilton. Mais pour quelle raison, elle l'ignorait. Elle supposait que tous les princes du sang se querellaient quand pouvoir et prestige étaient en jeu.

À présent, son ignorance l'agaçait. Que pouvait-il bien se passer dans le royaume pour qu'un message d'importance vitale soit adressé au roi ? Que pouvait-il bien contenir de si essentiel, ce document, pour que quelqu'un soit prêt à tuer pour l'intercepter ? Elle mourait d'envie de prendre connaissance de son contenu, mais le Cavalier Vert le lui avait interdit.

Elle se demanda, un peu tard, comment évaluer la gravité du danger auquel elle s'était exposée. Elle se trouvait au sein des contrées boisées sauvages de la Sacoridie, seule. Elle portait un message pour lequel un homme avait été traqué et abattu. Elle laissa échapper un soupir tremblotant, se languissant soudain de son foyer : être en sécurité dans les bras de son père, entendre le babillement de ses tantes dans la cuisine. La grande et vieille demeure de Corsa lui manquait, comme lui manquaient les soucis triviaux et si prévisibles qui animaient et rythmaient la vie quotidienne.

La témérité de sa décision concernant le message lui apparut clairement. Elle prit conscience avec angoisse qu'elle ne reverrait pas son foyer avant bien longtemps.

Un panneau de cèdre, planté sur un îlot herbeux au milieu de l'intersection, se ramifiait en trois bras de bois. Du bras sud pendait une plaque qui indiquait la route du Fleuve. D'autres plaques, gravées des noms des villes situées dans cette direction, étaient suspendues en dessous. Si Karigan voulait rentrer chez elle, elle devrait suivre cette route.

Le bras du milieu indiquait la Voie Royale bien entretenue qui menait vers l'est, la route la plus directe vers la cité de Sacor et le roi Zacharie. Son père avait dit que la Voie Royale serait un jour intégralement pavée, de la cité de Sacor jusqu'à Selium, et favoriserait alors l'essor des échanges, et la prospérité des villages qui la jalonnaient.

Le troisième bras pointait en direction d'une piste mal aménagée, en partie envahie par la végétation. L'unique plaque accrochée indiquait un seul mot : « Nord », qui ne laissait présager rien de bon.

Estral, une bonne amie de Karigan – sa seule amie à l'école –, avait laissé entendre qu'il y avait eu durant les derniers mois un regain d'activité au nord, et que le roi Zacharie avait fait renforcer les patrouilles armées le long des frontières. Mais Estral, qui exerçait l'art des ménestrels et semblait toujours avoir accès à un nombre impressionnant d'informations issues de sources confidentielles, n'avait jamais dit exactement d'où émanaient les problèmes. Le mystérieux bois d'Elt se trouvait plein nord, mais Karigan ne comprenait pas comment quelque chose provenant de cet étrange endroit pouvait bien embarrasser la Sacoridie.

Le cheval s'était enfin suffisamment rétabli pour que Karigan puisse le monter. Elle n'était pas habituée à une selle si minuscule. L'usage d'une selle légère se justifiait si l'on voulait voyager à vive allure, et elle supposa que c'était le cas pour la plupart des messagers, mais il lui faudrait tout de même un certain temps d'adaptation. Elle avait l'impression qu'il n'y avait rien entre son séant et le dos osseux du cheval.

L'étui contenant le message était attaché au pommeau, ainsi qu'un matelas, deux petits paquets, et le fourreau accroché au troussequin. Elle inspecterait le contenu des sacoches lorsqu'elle serait déjà bien engagée sur la Voie Royale. Peut-être y aurait-il même de la nourriture dans l'une d'elles.

Elle régla les étriers à une hauteur confortable, se cala sur la selle, et pressa doucement les flancs du cheval. Il ne bougea pas. Elle appuya avec ses talons de manière plus insistante, mais il resta sur place.

— Voilà bien un cheval têtu et mal dressé, dit-elle. (Celui-ci renâcla et se mit en marche vers la route du Nord de son propre chef.) Hé ! (Karigan tira sur les rênes.) Hoo ! Qui est le chef ici, à ton avis ?

Le cheval frappa le sol du sabot et secoua les rênes d'un mouvement de tête. Karigan tenta de nouveau de le guider vers la Voie Royale, mais il refusa. Quand elle relâcha les rênes, il fit quelques pas supplémentaires en direction de la route du Nord. Dépitée, elle mit pied à terre. Elle le mènerait sur la Voie Royale, dût-elle le faire en marchant. Le cheval lui arracha les rênes des mains d'un coup sec. Il partit au trot le long de la Route du Nord.

— Hé ! abruti de canasson !

Elle se lança à sa poursuite, plus horrifiée que fâchée de voir le cheval s'enfuir avec l'important message. Le cheval se retourna comme pour se moquer d'elle et alla son petit bonhomme de chemin sur encore plus de un kilomètre. Puis il attendit patiemment que Karigan, furieuse, le rattrape, en broutant l'herbe qui avait poussé sur la route. Lorsque les rênes furent presque à portée de main, il cingla l'air de sa queue et repartit en trottant de plus belle, la laissant dans son sillage, alors qu'elle lui lançait une floppée d'injures.

La troisième fois, Karigan n'essaya pas de saisir la bride. Elle se tenait près de lui, pantelante, et reprenait son souffle, mains sur les hanches.

— D'accord, cheval. Tu sais peut-être quelque chose que j'ignore. La Voie Royale doit être plus dangereuse justement parce c'est la route la plus directe vers le roi Zacharie. On va suivre ta route pendant quelque temps.

À l'annonce de ce compromis, le cheval lui permit d'empoigner les rênes et de monter. Il répondit à ses sollicitations comme un cheval bien dressé l'aurait fait, et Karigan fut contrariée de sa duplicité.

— C'est ça, abruti de canasson, dit-elle. Fais comme si rien ne s'était passé. (Il adopta alors une allure inconfortable qui ébranla jusqu'au moindre de ses os.) On dirait vraiment que tu le fais exprès.

Le cheval ne montra d'aucune façon qu'il l'avait entendue, et maintint l'allure tranquille qui la secouait comme un prunier. D'un claquement de langue, Karigan le poussa au petit galop ; elle serait tout aussi gênée, mais ils progresseraient plus rapidement. Elle préférait garder le plus d'avance possible, au cas où des ennemis seraient sur leurs traces.

Des écureuils roux traversèrent la route à toute allure juste devant eux. Le mot « route » était d'ailleurs risible. Elle servait plutôt de gouttière, lorsque les fossés étaient recouverts de végétation ou trop remplis de débris pour drainer correctement. Elle résolut d'informer le roi Zacharie de l'état déplorable de la route, lorsqu'elle le rencontrerait, et de lui demander d'employer les taxes à bon escient afin de l'entretenir. Bon, peut-être pas « demander ». On ne pouvait rien exiger d'un roi, mais elle émettrait tout de même une chaude recommandation.

Plus tard dans l'après-midi, elle arrêta le cheval et mit pied à terre. Elle jeta au sol son paquetage et fouilla dans les fontes pour voir ce qu'elle pourrait y trouver d'utile à son périple. Elle dénicha, à son ravissement, non seulement des lanières de bœuf séché, du pain, des pommes et une outre remplie d'eau, mais également un long manteau vert bien épais, doublé d'une pèlerine au niveau des épaules. Il lui allait plutôt bien, même si les manches étaient un peu longues.

— Désormais je n'aurai plus froid. (Elle prit l'eau et la nourriture et s'affala sur le sol pour un festin, avec un grognement de satisfaction.) Je suis fourbue.

Elle lança un regard courroucé au cheval qui broutait l'herbe d'un air innocent.

Après son dîner frugal, Karigan s'enveloppa du grand manteau. Elle s'assoupit et, comme dans un rêve, crut voir une silhouette blanche et vaporeuse s'approcher du cheval et lui parler. Le cheval écoutait gravement chaque mot. Elle-même n'entendait rien d'autre qu'un léger murmure. *Qui êtes-vous ?* voulait-elle demander. *Pourquoi perturber mon sommeil ?* Mais sa bouche refusait d'articuler, et elle ne parvenait pas à chasser sa torpeur.

Un petit coup sur le bout de sa botte l'éveilla. Le cheval la regardait, et il s'ébroua. Le crépuscule annonçait la nuit.

— Il est temps de s'en aller, c'est ça ? (Le cheval l'attendait sur la route.) D'accord. J'arrive, j'arrive.

Ils se remirent à trotter le long de la route, le chant flûté des grives résonnant dans la pénombre. Le cheval obligeait Karigan à voyager de nuit. Cela demeurait inconfortable pour elle, même si l'allure ne faisait plus s'entrechoquer ses dents.

Au fur et à mesure de leur progression, les bois et l'état d'abandon de la route prirent aux yeux de Karigan un aspect nouveau, comme un mauvais présage. Les branches des arbres cliquetaient entre elles comme de vieux os, et les nuages couvraient la lune et les étoiles. Son haleine embuait l'air, et elle était contente que le manteau lui procure de la chaleur.

Elle regarda par-dessus son épaule à maintes reprises, pensant que quelqu'un la suivait. Mais elle ne vit personne, et serra alors plus fort le manteau autour d'elle, puis essaya de chanter quelques petites mélodies qui moururent dans sa gorge.

— De toute façon, j'ai une voix de fausset, marmonna-t-elle.

Elle poussa le cheval au petit galop, mais elle avait toujours l'impression que des yeux invisibles étaient rivés sur son dos.

Disparition

Lorsque le jour se leva, gris et morose, Karigan chevauchait recroquevillée sur la selle. Elle était épuisée, mais l'impression d'être surveillée avait disparu aux premières lueurs et elle sentait enfin qu'elle pouvait s'arrêter et se reposer en sécurité.

Elle se laissa glisser du dos du cheval, les jambes flageolantes. Elle avait excellé en cours d'équitation, mais rien ne l'avait préparée à endurer toute une journée de chevauchée. Trop fatiguée pour songer à se restaurer, elle desserra la sangle ventrale pour que le cheval soit plus à l'aise, s'enveloppa dans sa couverture tachée et sombra dans un profond sommeil.

Quand elle s'éveilla, elle devina que la matinée était bien avancée. Des nuages gris annonçaient la venue d'une averse. Elle s'adossa contre le tronc rabougri d'un frêne et glissa ses mains frigorifiées dans les poches du manteau. À sa grande surprise, elle y trouva un bout de papier blanc froissé. Curieuse, elle le déplia. Il s'agissait d'une lettre écrite d'une main assurée, adressée à une certaine dame Estora.

— Une missive de notre défunt messager ? demanda-t-elle au cheval. Un clin d'œil tout en cils lui fut adressé en retour.

Elle hésitait à lire la lettre. Celle-ci ne lui était pas destinée, et elle craignait de trahir l'intimité de quelqu'un. Mais le messager n'était plus, et lire la lettre ne lui causerait aucun tort. Si elle pouvait découvrir qui était cette dame Estora, elle pourrait peut-être un jour la lui faire parvenir. Suivant cette logique, elle eut moins de scrupules à l'idée d'en prendre connaissance – jusqu'à ce qu'elle se rende compte qu'il s'agissait d'une lettre d'amour. Les joues brûlantes, elle lut :

« Dame Estora, ma bien-aimée,

Comme vous me manquez ces derniers mois, votre sourire toujours prêt à s'épanouir et vos yeux si gais. Mon cœur saigne à l'idée qu'un bien long mois doit encore s'écouler avant le jour de nos retrouvailles. Mon frère insiste, il dit que ce n'est pas de l'amour, mais que connaît-il de l'amour ? Aucune âme n'a jamais trouvé grâce à ses yeux. »

Karigan parcourut rapidement cet intime témoignage de sentiments amoureux, jusqu'à atteindre le dernier paragraphe.

« Je suis affreusement seul sans vous et, pour garder l'esprit léger, je vous imagine toute aux préparatifs de notre mariage estival. Ne vous inquiétez pas : de sombres flèches ne sauraient longtemps me tenir loin de vous.

Avec mon tendre dévouement
F'ryan Coblebaie. »

Karigan serra la lettre contre sa poitrine et soupira avec mélancolie ; elle s'imagina que dame Estora était la plus belle femme du royaume, et combien elle serait bouleversée de la mort de son bien-aimé F'ryan Coblebaie.

F'ryan Coblebaie. Le messager à qui elle avait promis qu'elle porterait au roi une missive. Le défunt Cavalier Vert. Il avait désormais un nom. Quelle ironie que sa dernière phrase au sujet de flèches sombres !

Le cheval releva brusquement la tête, oreilles pointées vers l'avant.

Karigan sortit de sa rêverie.

— Qu'est-ce qui ne va pas ? Tu entends quelque chose ?

Le cheval piaffa, tourné vers la route. Son agitation constituait à elle seule une réponse suffisante pour Karigan. Elle remit vivement la lettre d'amour dans sa poche et entreprit de ranger ses affaires. Au loin, on pouvait entendre des sabots marteler la route.

Elle mit le pied à l'étrier pour se mettre en selle, mais celle-ci glissa sous le ventre du cheval. Le contenu des fontes se déversa sur la route. Elle jura, rétablit la selle à sa juste place, derrière le garrot du cheval et fourra ses possessions éparpillées dans les sacoches.

Une bourrasque emporta soudainement sa couverture, qui s'envola en tourbillonnant sur la route, comme animée d'une vie propre. Karigan se lança à sa poursuite, se sentant ridicule alors que le vent poussait l'objet hors de portée. Elle finit par bondir pour l'attraper et revint en courant auprès du cheval avec l'amas de tissu fripé.

Cette fois, avant de se mettre en selle, elle serra bien la sangle, s'égratignant les articulations sur les boucles de métal. Elle suçota les plaies, un goût salé de sang dans la bouche. La sueur ruisselait le long de ses côtes. Le bruit des sabots se rapprochait.

Elle ne pouvait savoir précisément si les cavaliers la talonnaient, ou même s'il s'agissait de ceux qui avaient poursuivi F'ryan Coblebaie. Elle était fermement décidée à ne pas le découvrir.

Une brume légère tomba et des langues de brouillard émergèrent de la forêt, alors que le cheval emmenait Karigan au galop. Elle ne savait que faire, hormis suivre le tracé de la route. S'ils essayaient de couper à travers la forêt, la densité de la végétation entraverait leur progression. Si ses poursuivants espéraient intercepter le message qu'elle portait, il y avait peut-être parmi eux un pisteur capable de la retrouver aussi aisément sur le chemin qu'en pleine forêt. Si elle restait sur la route et que le groupe de ses poursuivants disposait d'un archer, elle constituerait, à n'en pas douter, une cible idéale. Aucune solution satisfaisante ne lui venait à l'esprit.

Ils avançaient à bride abattue. Elle commença à se demander combien de temps le cheval pourrait tenir cette allure avant de devoir se reposer. Au moins le brouillard leur offrirait-il un semblant de protection. Et où étaient-ils donc ? Où pouvait bien mener la route, hormis au nord ? Une vague de doute submergea l'esprit de Karigan. Elle se pencha sur l'encolure du cheval, malade d'incertitude.

Lorsqu'ils arrivèrent en vue d'un énorme épicéa tombé en travers du chemin, Karigan s'apprêta à détourner le cheval infatigable de sa trajectoire, mais sa foulée ne faiblit pas. Le corps de l'animal se ramassa sous elle, et elle agrippa sa crinière par poignées en fermant les yeux. Il s'élança par-dessus l'arbre. Des branches cinglèrent son ventre et ses membres. À la réception du saut, ses sabots antérieurs creusèrent des sillons dans le revêtement meuble de la route. Un cheval moins valeureux aurait refusé l'obstacle.

Une pluie diluvienne s'abattit, le ciel s'obscurcit comme si le soir tombait, alors que la matinée s'achevait seulement. La route se transforma en bourbier où le cheval glissait et qu'il peinait à traverser. Ils atteignirent un cours d'eau qui s'écoulait en travers de la route au lieu de s'engouffrer en dessous, dans un conduit délabré. Elle arrêta alors le cheval essoufflé.

—À traverser ce torrent, tu risques de te casser une jambe, dit-elle.

Elle le guida vers l'amont. Un pisteur serait incapable de relever des empreintes de sabots dans l'eau vive. Avec de la chance, la pluie effacerait leurs traces du chemin. Cheval, comme elle avait décidé de l'appeler faute de connaître son nom, sembla approuver ; du moins ne résista-t-il pas.

Karigan écarta des branches qui pendaient au-dessus du cours d'eau, et la pluie accumulée sur chaque ramille se déversa sur elle. Ils enjambèrent avec précaution des rochers glissants couverts de mousse et pataugèrent dans de profondes flaques de boue.

Une saillie de granit marbrée de lichen vert, suffisamment large pour les dissimuler, apparut dans la brume. On ne pouvait voir la route à travers le brouillard, mais celle-ci était assez proche pour qu'on puisse entendre quelqu'un passer. Karigan se cacha derrière la roche avec le cheval et attendit un signe quelconque, stoïquement immobile sous l'averse.

L'attente lui parut interminable, même si quelques instants seulement s'écoulèrent. Elle descendit de cheval et, lassée de la pluie battante, tira la capuche sur sa tête. Elle s'adossa au granit mouillé et rugueux, se fustigeant pour avoir ne serait-ce que quitté Selium.

Avant de partir, la possibilité de courir un réel danger ne l'avait jamais effleurée. Bien sûr, elle avait souhaité mener une vie aventureuse, à l'instar de son père. Et voilà que rien ne se déroulait comme elle l'avait rêvé.

S'il lui arrivait quelque chose, elle ne pourrait jamais blanchir son nom à Selium. Plus angoissant encore, les gens qui se souciaient d'elle n'auraient pas la moindre idée de ce qui lui était arrivé. Elle ferma les yeux, imaginant déjà son père battant la campagne pour la retrouver, appelant son nom, accablé de chagrin… Sa gorge se serra, et elle déglutit avec difficulté.

À côté d'elle, Cheval se raidit, les oreilles pointées en avant. Elle pouvait entendre des voix provenant de la route, d'abord faibles, puis plus nettes au fur et à mesure qu'elles se rapprochaient.

— Aucun signe qu'un cheval est passé par là.

— J'aime pas ça. Le Verdâtre est mort, et me dis pas qu'un cheval est assez futé pour livrer un message tout seul.

Un long silence précéda la réponse de la première voix.

— Sergent, si vous m'en croyez, c'est un revenant qui monte ce cheval. Comment on arrête un cavalier fantôme ?

Le sergent grommela.

— Tu sais que j'interdis ce genre de propos. Et pas un mot non plus au capitaine. Voilà le problème avec vous autres, les idiots de la campagne ; vous êtes tous superstitieux.

— Ça devient sinistre, tout ça, répondit le « campagnard idiot ». Ces bois, la mort du Verdâtre, l'Homme Gris. Froid comme la glace, qu'il est. Y a quelque chose qui cloche.

— Je me moque de savoir si c'est normal ou pas. On suit les ordres du capitaine et pour le moment on a ordre de trouver ce cheval et de détruire le message. Compris ?

— Oui, sergent.

— Des cavaliers fantômes, grogna le sergent. Vous avez une imagination débordante, vous autres bouseux. Jamais entendu de telles âneries. Maintenant cherche une piste. Le capitaine ne porte pas un fouet pour faire joli, tu sais. Crois-moi, la dernière chose dont t'as envie, c'est que ce fouet te tanne le cuir.

Ils étaient donc au moins quatre à chercher le message. Où pouvaient bien se trouver les deux autres, s'ils n'étaient pas avec le sergent et son compagnon ? À qui allait leur allégeance ? Ils parlaient avec un accent sacoridien typique, mais la propre milice du roi ne pouvait sûrement pas être impliquée dans la tentative d'interception d'un message vital qui lui était destiné. Certaines des provinces les plus prospères armaient leurs propres petits contingents, comme les propriétaires fonciers les plus importants. Quelqu'un aurait-il quelque chose à perdre si le message atteignait le roi Zacharie ?

— Sergent ! Je tiens quelque chose. On dirait une empreinte de sabot dans la boue.

— T'as de bons yeux, Thursgad.

Instinctivement, Karigan saisit la broche au cheval ailé épinglée à son manteau. À son contact, celle-ci émit de la chaleur.

Les arbres alentour remuèrent dans la brume qui flottait doucement, telles des silhouettes de soldats en armes. Des branches étaient pointées vers elle comme des épées. Devait-elle prendre la fuite ? Vitesse et effet de surprise lui permettraient-ils, à elle et à Cheval, de s'échapper ? Le souvenir des flèches noires saillant du dos de F'ryan Coblebaie n'était que trop vivace.

Tenter de semer les soldats pourrait lui être fatal. Elle allait rester cachée derrière la saillie de granit, et ne s'enfuirait que si on l'y obligeait. Si les soldats pensaient que le cheval messager était seul, tant mieux. Elle tira le sabre de son fourreau et resta à côté de Cheval, prête à se remettre en selle si nécessaire.

— J'arrive pas à voir de quel côté le cheval est allé, dit Thursgad.

— Essaie de te mettre à sa place. Ça ne devrait pas être trop compliqué ; comme toi, il a une petite cervelle. Il prendrait la route la plus praticable.

— Vous voulez dire... filer tout droit le long de la route ?

— À ton avis, j'ai dit quoi ? T'as encore moins de cervelle qu'un canasson ? Oui, la route. Tout droit. L'empreinte confirme qu'il est venu de là.

— Mais si jamais un cavalier fantôme...

— Thursgad, pauvre idiot. J'ai dit : je ne veux pas entendre ces âneries de rustaud.

Leurs voix déclinèrent tandis qu'ils s'éloignaient sur la route. Karigan lâcha un profond soupir de soulagement et rengaina son sabre. Elle sauta lestement sur la selle mouillée, et grimaça lorsque de l'eau de pluie froide s'infiltra à travers son pantalon.

Après cela, elle resta indécise. Regagner la route l'exposerait à tomber nez à nez avec ceux qui la cherchaient. Elle pouvait couper à travers bois et se diriger vers l'est, mais le terrain la ralentirait. Elle fronça les sourcils. Si elle n'avait pas manqué tant de cours de géographie, elle aurait peut-être été capable de déterminer un autre itinéraire que celui empruntant la route.

Cheval poussa un hennissement aigu et esquissa quelques pas ; la boue collait à ses sabots.

— Quoi, maintenant ?

La pluie battante avait fait place à une bruine pénétrante qui s'écarta comme des voiles successifs, révélant l'approche d'une silhouette à cheval. Le cavalier ressemblait beaucoup aux cavaliers fantômes de Thursgad, flou et vaporeux dans le brouillard changeant, sculpté dans la brume, aussi impalpable que l'air. Son grand étalon blanc disparaissait à intervalles réguliers dans l'épais brouillard.

Cheval piaffa dans la boue et renâcla, chaque muscle de son corps tendu ; il voulait que Karigan relâche le mors, pour fuir ainsi que son instinct le lui intimait. Quant à elle, ses bras souffraient de l'effort fourni pour le retenir. Elle restait tétanisée, fascinée par l'étranger. Puis elle se rappela les derniers mots de F'ryan Coblebaie : *« Prends garde à l'Homme d'Ombre… »*

Lorsque le cavalier s'approcha, il prit consistance et ses contours se précisèrent. De fantôme, point, et rien dans son comportement n'indiquait qu'il fut homme des ombres. Il se tenait assis bien droit sur sa selle. Il regarda Karigan de son unique œil, d'un vert intense, l'autre était couvert d'un bandeau noir. La pluie perlait sur son crâne chauve, mais il ne paraissait pas s'en soucier. Sous un manteau uni, couleur de charbon, il portait une tunique écarlate brodée d'or. L'uniforme d'une des milices provinciales de Sacoridie.

L'homme interrompit les mouvements fluides de l'étalon d'une traction imperceptible sur les rênes. Karigan le suivait des yeux, depuis l'abri de la capuche qui recouvrait totalement son visage. De l'eau tombait en rythme du bord de la capuche sur son bras.

Le cuir de la selle craqua lorsque l'homme se pencha en avant. Il l'observa de son œil unique.

— Mes hommes semblent croire que tu es une sorte de cavalier fantôme, dit-il d'une voix rendue râpeuse par une vie passée à crier des ordres. Qui se cache sous cette capuche ?

Karigan était trop terrorisée pour pouvoir parler. Pourquoi n'avait-elle pas laissé Cheval se sauver quand elle en avait eu l'occasion ? Sa main se crispa de nouveau sur la broche.

L'œil vert de l'homme vacilla.

— Je vois à tes mains que tu es fait de chair. Bien qu'un Verdâtre soit mort, un autre assume la mission. Si tu ne veux pas te vider de ton sang mortel comme Coblebaie, je te suggère de me remettre le message que tu transportes. Et tu vas me dire qui a donné l'information à Coblebaie.

Karigan était comme paralysée, elle serrait les rênes à pleines mains, avec la sensation que quelqu'un l'étreignait d'une poigne d'acier. L'encolure de Cheval était constellée de sueur, ses yeux roulaient follement. Seule la forte tension exercée sur les rênes l'empêchait de s'emballer.

Les vêtements mouillés de pluie froide collaient à la peau de Karigan, elle frissonna. Le manteau trempé l'alourdissait et chaque mouvement exigeait un effort.

L'homme haussa un sourcil et Karigan imagina l'orbite béante s'élargir derrière le bandeau.

— Tout cela déplaît au plus haut point à mon gouverneur. Quelqu'un a abusé de sa confiance, et ses plans courent à la ruine s'il ne découvre pas le nom du traître.

Karigan resta immobile.

— Je vois. (Il sortit de sous son manteau quelque chose qui ressemblait à un serpent vivant. Un fouet enroulé.) Puisque tu n'offres pas l'information de ton propre chef, je vais devoir te convaincre.

Le souffle de Karigan s'accéléra, elle desserra sa prise sur les rênes. Quelle qu'ait été la force qui la retenait, son emprise se relâchait à présent. L'homme déroula les anneaux du fouet, et le fit craquer d'une main experte.

— Tu apprendras vite que celui qui manie cet instrument persuasif est bien entraîné. Peut-être as-tu entendu parler de moi. Je suis Immerez. Le capitaine Immerez.

Karigan n'avait jamais entendu parler de lui, mais un véritable Cavalier Vert connaissait probablement sa réputation. Ses articulations blanchirent, se resserrant sur la broche. Elle déglutit. Si seulement elle pouvait devenir invisible d'un claquement de doigts ! Entre ses mains, la broche émit soudain de chaudes pulsations.

Le capitaine Immerez se raidit, le fouet dans sa main s'avachit et son œil unique s'écarquilla.

— Où ?… (Il se pencha de nouveau, son œil furetant de tous côtés.) Où es-tu passé ?

Karigan resta bouche bée. Avait-il soudainement perdu la vue, sans explication ? Pourtant il semblait toujours voir clairement. C'est elle qu'il ne pouvait voir. Elle regarda son bras. Non : à travers. Elle discernait une ombre fugace, mais il était assurément transparent. D'un doigt, elle le tapota. Toujours bien solide…

Le phénomène qui la rendait invisible avait également affecté son sens de la vue. Le vert profond des pins et de la mousse détrempée s'était mué en une palette de gris. La tunique écarlate d'Immerez avait pris une vague teinte brun sombre. Les formes devinrent floues comme si un épais nuage l'empêchait de voir.

Immerez continuait à la chercher de son œil unique. Il dégaina son épée, décidé sans aucun doute à en avoir le cœur net.

Les entraves du doute et de la peur se dissipèrent. Elle relâcha les rênes et Cheval réagit instantanément. Ils bondirent dans le ruisseau, vers l'aval, et elle laissa l'instinct de Cheval les guider ; les ombres grises dans ses yeux atténuaient contraste et profondeur de champ, et l'empêchaient de distinguer les rochers sous l'eau.

Un instant, ils manquèrent tomber de tout leur long, et Karigan fut projetée contre l'encolure de Cheval. Ses membres antérieurs ployèrent mais il parvint à se rétablir, glissa dans la boue, puis reprit son allure. Ils voltèrent, galopant entre les arbres et contournant de gros rochers, en une course éperdue à se rompre le cou qui aurait consterné son professeur d'équitation. Tout ce temps, l'étalon nerveux du capitaine Immerez les talonnait, dans un concert d'éclaboussures.

Il fallut une éternité pour atteindre la route. Karigan devinait combien leur lutte pour se frayer un chemin le long du ruisseau épuisait les forces de Cheval, et pourtant il sembla voler, galopant à bride abattue quand ils arrivèrent en terrain plat.

Deux hommes, qu'elle identifia comme étant Thursgad et le sergent, venaient au devant d'elle, menant leurs propres chevaux au petit trot. Devait-elle faire demi-tour ? Le fouet siffla près de son oreille. Seules quelques foulées la séparaient d'Immerez. Mais elle était invisible. Comment pouvait-il... ? Elle dépassa les deux hommes en coup de vent et eut un aperçu de leur air ébahi.

— Le cheval ! crièrent-ils.

Bien qu'elle soit invisible, Cheval, lui, ne l'était pas. Au détour d'une courbe, elle souhaita que lui aussi devienne invisible. Cheval disparut aux yeux de leurs poursuivants, laissant seulement en écho le martèlement de ses sabots.

Karigan continua sa course, avec la sensation d'être comme submergée par une mer grise, oppressée de tous côtés par l'eau. Elle avait l'impression de combattre une houle ; ses poumons réclamaient de l'air. Cette grisaille empreinte de morosité ne la quittait pas, comme si elle était sur le point de s'y noyer ; elle désespérait de s'en libérer. Elle était si exténuée. Exténuée et accablée de désespoir face à ce monde gris, interminablement gris.

Puis de la couleur chatoya comme si elle venait juste d'être créée. Un chemin s'ouvrit d'un côté de la route, paré d'épines de pin couleur de rouille et du vert vif des épicéas, des pins et des sapins-ciguë. De petits massifs de cornouillers aux minuscules fleurs blanches parsemaient le chemin. Le soleil perça la masse nuageuse, et si tout dans les bois lui apparaissait dans une nuance de gris à peine plus pâle, entre les arbres, sur le chemin, il se déversait en rayons d'or lumineux.

Karigan engagea Cheval le long de ce chemin et s'affala sur son encolure. Elle pouvait voir complètement à travers sa robe alezane, jusqu'au sol de la forêt. Elle s'arrêta et glissa du dos de sa monture sur un carré de sphaigne humide. Elle était trop épuisée pour même songer à ôter le manteau détrempé.

Alors qu'elle dérivait vers le sommeil, elle fit le vœu d'être de nouveau entière, et non plus transparente comme un spectre vivant.

L'Homme Gris

La vertigineuse hauteur du mur occultait le soleil levant. On pouvait lever les yeux encore et toujours, et même encore plus haut, sans jamais vraiment apercevoir le sommet. Une conséquence de la magie, bien entendu. À l'endroit où le granit véritable s'achevait, un bouclier érigé un sortilège prolongeait l'illusion d'un immense mur ininterrompu. Les D'Yer avaient conçu le mur pour qu'en apparence il tutoie le ciel et atteigne le cœur des astres. Des êtres ailés existaient, que les Sacoridiens et la Ligue voulaient cantonner de l'autre côté.

La première faille impulsée par l'Homme Gris avait étendu son réseau arachnéen de fissures aux zones voisines, dans le mortier, affaiblissant une portion du mur proche de la dimension d'une porte. Cela dépassait de loin ses attentes, il ne pensait pas que les failles pourraient mesurer plus de quelques centimètres. Il était plus près d'une percée qu'il aurait pu l'espérer.

Le temps. C'est le passage du temps qui avait rendu les sorts friables et fragilisé le mortier. Sans le toucher d'un mage pour le soutenir, le mur s'était affaibli. Des runes argentées miroitaient encore maintenant sur les blocs de granit, contournant les fissures. C'étaient des caractères sacoridiens et kmaerniens. Runes d'alerte, elles avertissaient de l'existence de failles, de l'altération du mur. Elles révélaient des chants-sortilèges qui s'étiolaient, et des rythmes contaminés.

Personne ne connaîtrait le sort du mur avant qu'il soit trop tard. Il était déjà trop tard. Les D'Yer ne s'étaient pas embarrassés de patrouilles durant des siècles, et même s'ils venaient à prendre connaissance de l'existence des failles, ils ne sauraient comment réagir. Ils devraient chercher un érudit pour déchiffrer les runes, un maître au sommet de son art. La langue kmaernienne avait disparu avec son peuple, exclue des langues parlées par les vivants depuis des siècles.

Même si les D'Yer parvenaient à transcrire les runes, ils ne comprendraient pas comment reconstruire le mur. Comme en bien d'autres choses, ils avaient perdu leur savoir-faire. Plus rien ne menaçait les projets de l'Homme Gris.

Il posa ses doigts écartés contre le mur froid. Cela picota, l'intensité qu'il avait auparavant ressentie en moins. Il plia ses pensées à sa volonté et les introduisit dans ses épaules, le long de ses bras et jusqu'au bout de ses doigts. Il étendit sa conscience au travers du mur en guise de failles, et il sentit que l'écho de son chant continuait à altérer la roche et le mortier.

Les voix anciennes étaient devenues incertaines, la pulsation plus ténue. Avec un peu de chance, son chant allait se répandre, de sa propre initiative, sur toute la longueur du mur et affaiblir les sortilèges qui maintenaient sa cohésion. En temps voulu, le mur s'abattrait au sol et le pouvoir de *Kanmorhan Vane* se répandrait sans entrave en tous lieux. L'Homme Gris gagnerait non seulement l'accès à d'immenses pouvoirs, mais de surcroît les terres capituleraient sous la menace des ténèbres qui rôdaient dans la forêt.

Il chanta pour effilocher la trame, corrompant les sortilèges anciens, écaillant le mortier de ses pensées, persuadant le granit qu'il avait enduré mille ans de gel et de dégel, de vent, de pluie et de neige.

Il parvint enfin à le fragiliser suffisamment.

* * *

L'Homme Gris entreprit de mouvoir chacun de ses membres alors qu'il gisait sur l'herbe gorgée de rosée. Son corps se révélait parfois une gêne, mais il parvint à absorber le choc sans plus de dommages. Son esprit avait vécu l'épreuve la plus ardue lorsqu'il avait chanté les sortilèges de contre. Aussi, lorsque son corps et son esprit s'étaient réunis après des heures passées à effilocher la trame, s'était-il évanoui. Les pulsations dans son crâne étaient bien plus intenses maintenant qu'à n'importe quel moment de son apprentissage.

Une moitié de matinée s'était écoulée ; les soldats seraient impatients de trouver le cheval messager. Qu'ils patientent. Ils débusqueraient leur proie bien assez tôt. Il devait d'abord examiner son ouvrage.

Les fissures avaient couru le long des joints sur quelque six pas d'épaisseur. Elles s'étaient aussi diffusées en hauteur, à perte de vue. L'Homme Gris appuya ses paumes contre le mur et, cette fois-ci, il poussa. La portion craquelée vacilla et oscilla sur son axe, sur le point de tomber. Le mur s'effondra en une pluie de mortier et de roche morcelée ; le sol trembla lorsque des blocs gigantesques pétrirent la terre. On eut dit un grondement du tonnerre. Il sentit le sol vibrer sous ses pieds.

Lorsque la poussière fut retombée, un amas de ruines se tenait en lieu et place de la portion de mur autrefois inexpugnable. La barrière matérielle était abattue, mais la barrière magique également, celle qui avait protégé la partie supérieure. Le mur véritable ne comptait que dix pas de haut, alors que la barrière magique s'était étendue jusqu'aux cieux. La portion brisée servirait désormais de portail.

Derrière la brèche, des branches noires et noueuses se tordaient sous un voile mouvant. La majeure partie de la forêt était enveloppée de brouillard. En son cœur, des créatures sauvages, sans nom, poussaient des hurlements stridents. Bientôt. Bientôt, certaines d'entre elles franchiraient le mur, se frayant un chemin vers la Sacoridie.

Il voulait explorer la forêt, mais le temps manquait. Il se détourna de *Kanmorhan Vane* à regret.

Un jour j'y pénétrerai, mais il est encore trop tôt. Je dois créer le canevas.

Un battement d'ailes attira son attention vers un vieux frêne. Une chouette s'élança de son perchoir, s'envola promptement vers l'est, et disparut bientôt à l'horizon.

Tu fais bien de quitter les lieux, songea-t-il. *Ce ne sera bientôt plus un endroit vivable, ni pour les chouettes ni pour les autres créatures.*

Il appela à son service ses esclaves fantômes. Ils flottèrent autour de lui en une masse indistincte. Autrefois, ils avaient été des individus. L'Homme Gris avait tranché le fil de leur vie à tous, sans distinction. Tout cela pour qu'ils le servent.

L'un d'eux se tenait à l'écart, plus consistant, moins désincarné que les autres.

— Coblebaie, dit l'Homme Gris. Tu n'as pu résister à mon appel, cette fois.

L'esprit vacilla, comme attiré par les paroles de l'Homme Gris, puis reprit consistance.

— *Je continue à résister.*

— Ne m'aideras-tu pas à suivre la route du temps vif ?

— *Je suis venu voir ce que tu as fait.*

— N'est-ce pas magnifique ?

Le visage de l'esprit resta impassible.

L'Homme Gris savait ce qu'il lui en coûtait d'apparaître tout en lui résistant. Il étendit une main.

— Tu vas me servir, et non me défier. L'ordre vibra de magie dans sa gorge. Le chant de lien s'écoula dans son esprit.

L'esprit s'étiola, et se mit à dériver vers lui.

— C'est cela, dit l'Homme Gris. Tu me sers.

Mais alors qu'il prononçait ces mots, la force lui manqua et il tituba, peinant à rester debout. L'effort était trop intense. Il en demandait trop à son corps si peu de temps après avoir brisé le mur de D'Yer. Il aurait juste assez de pouvoir et d'énergie pour voyager. À contrecœur, il laissa F'ryan Coblebaie partir, et le regarda disparaître.

Il s'étonna de l'obstination de l'esprit. Il était fort, et avait des objectifs personnels qui lui imposaient de résister.

Sept Cheminées

Quelqu'un tapota le flanc de Karigan.

— Arrête ça, Estral. J'irai en cours demain.

Elle maugréa et roula sur le dos. La forte senteur de l'humus lui emplit les narines et le soleil lui chatouilla le visage. Elle cligna des yeux puis les ouvrit. Des nuages tachaient le ciel comme des empreintes de doigts. Ce n'était pas son dortoir.

« Plop, plop. » Sur son épaule cette fois.

Karigan cilla de nouveau. Des soldats à sa poursuite. Des soldats qui ne reculeraient devant rien pour entrer en possession du message qu'elle transportait.

Elle se redressa brusquement, et le monde tournoya. Le souffle court, terrorisée, elle chercha à tâtons un caillou autour d'elle, n'importe quel objet pour se défendre, s'attendant à tout moment à sentir la morsure cruelle du fouet du capitaine Immerez. Mais quand l'étourdissement passa, elle ne vit pas du tout Immerez, mais deux dames âgées qui se tenaient au-dessus d'elle. Elle se frotta les yeux pour s'en assurer.

— L'enfant vit, dit l'une.

— Je le vois bien, répondit l'autre.

Karigan secoua sa tête douloureuse pour être certaine qu'elle ne rêvait pas, mais les deux dames étaient toujours là, qui la regardaient, l'air fasciné. Leurs yeux pétillants animaient des visages d'elfes ridés.

La dame potelée portait une robe orange foncé et un tablier blanc était noué sur ses larges hanches. Un bon sourire arrondissait ses joues appétissantes. En comparaison, le visage étroit de sa compagne composait une mine plus sérieuse. Elle portait une robe de velours d'un vert profond, à manches bouffantes, un châle noir drapé autour de ses épaules. Elle s'appuyait sur une canne de noyer blanc noueux, celle-là même qu'elle avait utilisée pour réveiller Karigan. On aurait dit qu'elles étaient en train de se promener dans un des parcs impeccables de Selium, et non au milieu de nulle part.

— Penses-tu que nous devrions recueillir l'enfant ? demanda la dame potelée.

— C'est vrai qu'elle a l'air inoffensif, et pas du tout dans son assiette. Ce serait malpoli de notre part de ne pas l'inviter à prendre le thé.

— Le summum de l'impolitesse et même pis, je le crains. Ce ne serait point civilisé. Mais que faire des autres ?

— Nous devons également les inviter.

Karigan jeta un coup d'œil par-dessus son épaule pour voir de qui elles parlaient, mais il n'y avait que Cheval.

— Letitia aura bien des choses à dire au sujet de la boue.

— Elle trouve toujours quelque chose à redire, répliqua la femme mince en levant les yeux au ciel.

— On dirait effectivement que l'enfant a bien besoin d'un décrassage. Elle est vraiment très sale.

— J'approuve. Il vaudrait mieux qu'elle soit présentable, ce serait approprié, et ainsi Letitia aurait moins de raisons de se plaindre. (Elle tourna alors son regard perçant vers Karigan.) Viens, mon enfant, et amène tes amis. Il est presque l'heure du thé et tu ne dois pas nous faire attendre.

Les deux dames firent volte-face et s'engagèrent sur un sentier étonnamment net et soigné. Net et soigné, le sentier ? Son dernier souvenir impliquait un entremêlement de branchages. Elle regarda Cheval suivre les étranges vieilles dames, ses oreilles frétillaient d'avant en arrière comme s'il les écoutait bavarder, un babil inepte qui s'élevait comme un chant d'oiseau. La femme en vert s'arrêta et regarda par-dessus son épaule.

— Enfant, viens-tu ? Ce serait terriblement impoli d'être en retard. Tu vois ? tes compagnons nous rejoignent.

Karigan regarda autour d'elle, mais elle ne voyait toujours personne hormis Cheval. Elle ne put que se demander qui étaient ces dames excentriques et ce qu'elles pouvaient bien fabriquer au milieu des bois.

Elles paraissaient assez inoffensives, et Cheval semblait leur faire confiance. Karigan grommela sous cape : allait-elle se fier durant tout cet étrange voyage à l'instinct d'un cheval ? Son estomac vide, cependant, la décida. Il grondait comme une grande caverne vide, et penser au thé et aux gâteaux la réconfortait. Les jambes en coton et la tête toujours douloureuse, elle se redressa et rattrapa les dames à petites foulées.

Les bois prirent progressivement un air plus domestiqué. Le chemin s'élargit jusqu'à devenir une véritable route, suffisamment large pour que deux carrosses de taille respectable puissent se croiser. Elle était aussi bien entretenue, par rapport à la route du Nord. Quelqu'un avait ramassé le bois mort et ratissé les broussailles du sous-bois adjacent, donnant à l'endroit une aura d'ordre et d'équilibre tout à fait différente du chaos de la nature vierge. Des haies délicatement taillées bordaient la route.

Ils traversèrent un pont de pierre qui enjambait un cours d'eau bavard. Des fauvettes lançaient des trilles dans les bois alentour. Les pulsations dans la tête de Karigan diminuèrent ; la fatigue qui pesait sur ses épaules disparut.

La route s'achevait en une boucle auprès d'un imposant vieux manoir de pierre et de poutres. De plusieurs cheminées sortait une fumée couleur de myrrhe, et la lumière du soleil ondulait sur les vitres. Du lierre rampait sur les façades du manoir, le mariant harmonieusement à la couleur des bois. Plusieurs dépendances de même style, incluant une petite écurie, l'agrémentaient. Un véritable havre au cœur du Vert Manteau.

Les deux dames gravirent les marches du perron.

— Bienvenue à Sept Cheminées, dit la dame en vert, comme si elle s'adressait à une assemblée et non à Karigan seule.

Karigan compta les cheminées et en dénombra neuf, pas sept.

— Elle fut construite par notre père il y a bien longtemps, poursuivit la femme. Viens. (Elle tendit la main. Un labyrinthe de veines fines, comme un tracé de rivières sur une carte, cerclait son poignet délicat et le dos de sa main.) Nos serviteurs veilleront sur ton ami le cheval.

Point de serviteurs en vue, mais Cheval se dirigea vers l'écurie, aussi docile que si quelqu'un le guidait. Les deux vieilles dames étaient un peu spéciales, assurément, mais elles ne semblaient pas constituer une menace, aussi Karigan les suivit-elle à l'intérieur de la maison.

Le plancher était de chêne clair teinté, et les murs recouverts d'un papier aux motifs floraux élaborés. De luxueuses tentures, des portraits d'hommes et de femmes anonymes, en armure ou en robe somptueuse, des tapis tissés à la main ornaient chacune des pièces qu'elles traversèrent, toutes miraculeusement épargnées par le passage du temps et la lumière du jour.

Partout des meubles en bois massif, sculptés de motifs complexes, pas un recoin laissé à nu. Dans le couloir, le dos d'une chaise de cet acabit était sculpté à la semblance d'un arbre, ses pieds et ses accoudoirs tout de feuilles, de branches et de racines sinueuses et tortueuses. Un coussin de velours rouge la recouvrait.

De joyeuses flammèches rougeoyaient dans chaque âtre de pierre brute devant lequel elles passèrent, et la chaleur remplaça bientôt le froid humide qu'avait enduré Karigan.

— Letitia t'a préparé un bain, mon enfant, dit la dame potelée. Elle ne sera pas ravie de toute la boue que tu as apportée, mais ne laisse pas cela t'ennuyer. Si elle ne pouvait pas se plaindre, elle ne serait pas vraiment heureuse. N'est-ce pas, Mlle Feuille Sorbier ?

— Si fait. La boue est sa bête noire, la pauvre chérie, et chaque année elle en pique des crises de rage insensées. Cependant, nous supportons. Il est difficile de trouver de la main-d'œuvre compétente, dans les environs. (Mlle Feuille Sorbier fit halte devant une porte et prit une profonde inspiration.) Bon alors ! mon enfant, nous te prêterons une chemise de nuit et une robe de chambre quand tu te seras baignée. Letitia veillera au nettoyage de tes habits.

Elles la firent entrer dans une pièce dallée de pierre où, là encore, un bon feu crépitait joyeusement dans l'âtre. Une unique fenêtre ouvrait sur le jardin. La lumière filtrait par le carreau du haut, qui était teinté des nuances profondes des myrtilles sauvages, et projetait des éclaboussures fluides de vert et de bleu sur le sol en ardoise.

Des langues de vapeur s'élevaient d'une baignoire sabot en cuivre, au centre de la pièce. Karigan n'était pas habituée à ce genre d'objet (à Selium, il y avait l'eau courante et de grandes baignoires de porcelaine) mais, dans la situation actuelle, la baignoire sabot était une vision merveilleuse.

Mlle Feuille Sorbier désigna la baignoire du bout de sa canne.

— Prends tout ton temps, mon enfant. Détends-toi ; tu as l'air complètement épuisée.

Les deux dames quittèrent la pièce en refermant la porte derrière elles. La voix de la dame potelée arriva aux oreilles de Karigan depuis un endroit du couloir qu'elle ne put situer :

— Je pense que l'étiquette de notre maison s'est améliorée au fil des années, ma chère sœur.

Un son étouffé ponctua l'acquiescement de l'autre sœur.

Karigan se dévêtit, posa ses vêtements en tas sur le sol. Un seau d'eau froide et une louche jouxtaient la baignoire. Elle déversa suffisamment d'eau froide pour rendre la température supportable, mais le bain était toujours incroyablement chaud lorsqu'elle s'y immergea.

Des brins de menthe flottaient dans l'eau, leur senteur l'apaisa et lui permit de se détendre. Son corps s'adapta vite à la chaleur, et ses muscles roides se décontractèrent. Avant de trop s'alanguir, elle entreprit de se séparer des couches de crasse accumulées depuis plusieurs jours. Ses longs cheveux lui donnèrent du fil à retordre, mais elle s'acharna jusqu'à ce qu'ils soient complètement propres et rincés.

Elle poussa un soupir bienheureux et finit par s'assoupir. Lorsqu'elle se réveilla, l'eau du bain était encore relativement chaude, et le soleil brillait toujours à travers la vitre. Elle ne put cependant s'empêcher de penser que plusieurs heures s'étaient écoulées.

Ses vêtements avaient disparu, remplacés par la chemise de nuit et la robe de chambre promises, accrochées aux patères sur le mur. Un peigne avait été placé sur la coiffeuse, et une paire de pantoufles en daim posées au sol.

Elles pensent vraiment à tout.

Après s'être séchée, vêtue et après avoir démêlé sa longue chevelure, l'odeur agréable de la menthe s'attarda sur sa peau et sur ses cheveux. Comme obéissant à un signal, Mlle Feuille Sorbier frappa à la porte.

— Mon enfant, es-tu prête pour le thé ?

Karigan ouvrit la porte, qui craqua, et sourit.

— Oui, je suis prête.

— Très bien. Fleur nous attend au salon.

Fleur ?

Mlle Feuille Sorbier, appuyée sur sa canne, mena Karigan dans la pièce la plus richement décorée de toutes. Elles s'assirent sur un canapé à la texture pelucheuse, tourné, lui aussi, vers un âtre. Les accoudoirs étaient gravés de motifs floraux et de colibris. Les rayons du soleil entraient par une large fenêtre et baignaient la pièce d'une chaleureuse teinte ambrée.

La dame potelée (Fleur, présuma Karigan) apporta un service à thé en argent sur un plateau et le posa sur la table devant le canapé.

— Nous ne sortons le service en argent que pour les invités spéciaux, dit-elle. Non pas que nous recevions fréquemment des hôtes, spéciaux ou non. Le plus souvent, des étrangers téméraires qui se sont égarés dans la forêt. Le bain t'a contentée, je l'espère.

— Oh, oui… splendide !

Karigan employait rarement ce terme, mais il semblait approprié dans cette demeure à l'ameublement luxueux, et en compagnie de ces demoiselles.

Fleur servit le thé.

— Avec du miel et de la crème ? Non, pas toi ma chère Feuille. Tu sais que la crème ne sied pas à ton estomac.

Mlle Feuille Sorbier se contenta de grommeler en guise de réponse.

Des cookies, des scones et du quatre-quarts furent servis pour accompagner le thé, et pendant que les dames discutaient des caprices du temps et de jardinage, l'esprit de Karigan se mit à déborder de pensées tourbillonnant telle la crème dans sa tasse de thé, tout particulièrement lorsque Fleur servit une quatrième tasse et la plaça devant une chaise vide.

Mlle Feuille Sorbier remarqua que Karigan observait la tasse.

— Je suis navrée que ton autre compagnon ne puisse se joindre à nous, mais Letitia a refusé catégoriquement qu'il entre dans la maison. Elle a été inflexible.

Karigan n'y tint plus.

— Un compagnon ? Quel compagnon ? Je voyage seule.

— Oh ! ma chère. Ton sens de l'observation doit être déplorable.

— Ou alors elle est bouchée, dit Fleur d'un air compatissant.

— Je faisais bien évidemment référence au compagnon que tu nommes Cheval. Je peux t'assurer que, bien qu'il n'ait pu se joindre à nous pour le thé, le palefrenier le traite avec soin.

— Cheval. (Karigan remua sur sa chaise, se demandant si les dames étaient folles.) Et l'autre ?

Fleur et Feuille Sorbier échangèrent des regards surpris.

— Si tu ne sais pas de quoi je parle, mon enfant, alors ce n'est peut-être pas à nous de te l'expliquer, répondit Mlle Feuille Sorbier.

— Oh ! Allons, Feuille. Elle va nous prendre pour de vieilles idiotes. Ma chère enfant, un esprit est à tes côtés.

Une gorgée de thé fit fausse route et Karigan s'étrangla violemment.

— Ha ! fit Fleur, tracassée. J'avais bien dit à Letitia de ne pas mettre de noix dans les scones.

Mlle Feuille Sorbier tapa Karigan dans le dos énergiquement.

— Un *quoi* m'accompagne ? bredouilla celle-ci.

— Mince, dit Fleur. En plus, elle est sourde.

— Un ESPRIT ! beugla Mlle Feuille Sorbier en mettant ses mains en porte-voix.

— Je vous en prie, dit Karigan. (Son dos était douloureux, et ses oreilles sonnaient encore.) Je vous entends très bien.

— Oh ? (Mlle Feuille Sorbier, sceptique, haussa un sourcil.) Une ombre t'accompagne. Un spectre, un fantôme, une forme éthérée. Tu sais bien, ma chère : un esprit. (Son apparente aisance concernant ce sujet était déconcertante.) Il te suit. Toi-même, ou bien quelque chose te concernant, le lie au monde terrestre.

Karigan pâlit. Bien sûr ! elle avait entendu des histoires de défunts qui revenaient rendre visite aux gens aimés de leur vivant. Les histoires d'esprits qui hantaient les bâtiments de Selium abondaient, mais elle ne leur avait jamais accordé beaucoup de crédit.

— Mes félicitations, Feuille. Tu as bouleversé la chère enfant.

— Co... comment pouvez-vous voir cet esprit ? demanda Karigan.

— C'est très simple : de la même manière que nous te voyons. (Fleur tournait sa tasse entre ses mains.) Il est vêtu de vert et ses cheveux noirs lui arrivent aux épaules. Deux flèches noires dépassent de son dos humecté d'un sang qui ne séchera plus.

— Il se nomme F'ryan Coblebaie, ajouta Mlle Feuille Sorbier.

Les mains de Karigan se mirent à trembler. Comment pouvaient-elles savoir à quoi il ressemblait ou les circonstances de sa mort, à moins de... à moins qu'elles puissent réellement le voir ? Son nom, elles avaient pu le trouver sur la lettre d'amour dans la poche du manteau... Le manteau avait disparu de la salle de bains avec le reste de ses vêtements.

Mlle Feuille Sorbier posa une main réconfortante sur le poignet de Karigan.

— Pas d'inquiétude, ma chère. Maître Coblebaie essaie seulement de veiller sur toi, de veiller à ce que la mission soit accomplie. Après cela, il partira dans l'au-delà. Tel qu'il est actuellement, il a tendance à disparaître et à réapparaître. Son lien avec ce qui est terrestre est plutôt limité. Un jour peut-être, toi aussi tu le verras.

Karigan secoua la tête, incrédule. Voilà qu'elle se trouvait dans un incroyable manoir, avec deux vieilles dames excentriques qui pouvaient communiquer avec les revenants. Soit elles étaient timbrées, soit elles étaient voyantes, ou bien quelque magie était ici à l'œuvre.

— Qui êtes-vous ? demanda-t-elle. Et que faites-vous ici, au milieu de nulle part ?

Le pommeau de la canne de Mlle Feuille Sorbier cogna contre la table basse. Scones et cookies rebondirent, les tasses à thé s'entrechoquèrent.

— Fleur, dis-moi. Avons-nous oublié de faire les présentations ?

Une expression horrifiée passa sur le visage dodu de Fleur, et elle plaqua les mains sur sa bouche.

— Oh ! Feuille. Dans notre empressement à plaire, nous avons oublié. Cela fait si longtemps que personne ne nous a rendu visite. Mon enfant, peux-tu nous pardonner d'avoir oublié cette très élémentaire politesse ?

Karigan les regarda sans prononcer un mot.

Les demoiselles durent interpréter cela comme un signe de pardon, puisqu'elles poussèrent toutes deux des soupirs d'authentique soulagement.

— Bon, alors, dit Mlle Feuille Sorbier, laisse-nous nous présenter de manière appropriée. Nous sommes les sœurs Sorbier. Je suis Feuille, et voici ma sœur Fleur.

— Notre cher papa, le défunt professeur Sorbier, nous a donné des noms rappelant des éléments de la végétation locale, dit Fleur avec un petit rire. Des surnoms affectueux, pour être exacte. Rien de plus que des diminutifs.

— À la naissance, dit Mlle Feuille Sorbier, on nous a baptisées Isabelle…

— … et Pénélope, compléta Fleur. Mais nous usons rarement de nos prénoms officiels.

— Nous aimions énormément notre père. C'est lui qui fit bâtir cette maison au cœur des contrées sauvages du Vert Manteau. Il disait que c'était le seul moyen de capter le pouvoir de la nature et d'apporter un peu de la civilisation dans les contrées sauvages. Aucune ville à proximité, une existence précaire au bord de la frontière septentrionale ; la vie n'était pas facile, tout particulièrement pour notre mère. À l'époque, mon enfant, il n'y avait même pas de route. (Mlle Fleur Sorbier lissa un pli de sa serviette en lin.) Quand notre père a fait construire Sept Cheminées, il cherchait à procurer à notre maman un établissement convenable. Pour elle, il n'épargna aucune dépense, il fit même venir tous les domestiques de notre première demeure, à Selium.

— Selium... le point de départ de mon voyage, dit Karigan.

— Es-tu une érudite ? demanda Mlle Feuille Sorbier.

— Non.

Karigan fronça les sourcils. Elle n'avait pas été grand-chose, à Selium.

— Eh bien ! notre père, lui, l'était. Il était passé maître dans de nombreuses disciplines. Tant, à vrai dire, qu'il portait simplement l'uniforme blanc orné du sceau des maîtres. Aucune des disciplines, prise séparément, n'a d'uniforme blanc, tu sais. Et Père était le seul à le porter. Peu de temps après, il s'était mis à étudier des disciplines qui n'étaient plus enseignées ou plus... autorisées.

Mlle Fleur se pencha en avant.

— L'art occulte, murmura-t-elle.

Un tremblement courut le long de l'échine de Karigan. La magie était un sujet que la plupart des Sacoridiens évitaient.

— C'est moi qui raconte l'histoire, dit Mlle Feuille Sorbier. (Mlle Fleur Sorbier fit la moue.) Ne m'interromps plus. (Elle jeta à sa sœur un regard sévère, s'éclaircit la voix puis reprit.) Père commença à étudier l'art occulte. Il passa des années plongé dans de vieux livres et des parchemins, dans les archives, d'abord pour apprendre l'histoire de la magie, ensuite pour comprendre son application pratique. C'est ce dernier point qui a rendu nerveux le Protecteur de Selium. Vois-tu, après les incursions de Mornhavon l'Obscur durant la Longue Guerre, pendant laquelle il utilisa de terribles pouvoirs, les gens sont devenus profondément hostiles à la magie. Comme si en faire usage avait pu ressusciter Mornhavon ou installer quelqu'un de son espèce au pouvoir.

» En définitive, le Protecteur a prié Père de cesser ses tentatives pour faire renaître la magie, ou bien de quitter la ville. Comme tu l'auras compris, Père choisit de quitter l'école.

Karigan n'en croyait pas ses oreilles. D'abord les revenants, et maintenant la magie. Ces deux vieilles demoiselles devaient être vraiment idiotes. Ses mains tremblèrent légèrement en reposant la tasse vide sur la table en face d'elle.

— Votre... votre père a-t-il réussi ? demanda-t-elle. À réveiller la magie, je veux dire...

— Oui et non, répondit Mlle Feuille Sorbier. Il n'avait aucune aptitude particulière. Soit on naît avec un talent inné, soit il faut être en possession d'un instrument qui procure des pouvoirs ou les accroît. Mornhavon l'Obscur était doté de pouvoirs propres, mais il les avait accrus grâce à un artefact appelé l'Astre noir. Père a bien essayé de créer des artefacts magiques, mais ce fut un demi-échec car il ne portait pas la magie en lui. L'art occulte est capricieux. Il fut tout de même en mesure d'accomplir certaines choses. Je présume que tu as une connaissance approfondie de la magie.

— Euh... non !

Mlle Feuille Sorbier arqua ses deux sourcils.

— Mais tout de même, tu dois être au courant, puisque tu portes un artefact magique.

— Je...

Karigan regarda Mlle Feuille Sorbier, puis Mlle Fleur Sorbier. Leur visage était impassible, leurs yeux inquisiteurs. On pouvait entendre les lattes craquer dans le silence.

— Tu es un Cavalier Vert, n'est-ce pas ? demanda Mlle Feuille Sorbier.

— Pas exactement, non.

Les demoiselles se regardèrent subrepticement, leur bouche bée en O parfait.

— Voici la question que nous te posons, alors, dit Mlle Fleur Sorbier. Qui es-tu ?

Karigan s'agita sur sa chaise, mal à l'aise sous leur regard intense. On aurait dit que la température de la pièce avait brusquement chuté. Elle prit conscience qu'elle devait vite leur fournir une réponse, sinon... Sinon quoi ? Qu'est-ce que ces deux-là pourraient bien lui faire ? Après tout ce bavardage à propos de la magie et des revenants, mieux valait ne pas le découvrir.

Tenant compte de leur penchant pour l'étiquette, elle se leva et effectua une révérence, la révérence solennelle pratiquée par les clans : une main sur le cœur, en se courbant jusqu'à terre.

—Je suis Karigan G'ladheon du clan G'ladheon, à votre service, dit-elle.

—Un salut de négociant, dit à voix basse Mlle Fleur Sorbier à sa sœur.

Mlle Feuille Sorbier ne s'en émut guère, elle continua à caresser d'un air distrait le pommeau patiné de sa canne.

—Karigan G'ladheon, tu ferais bien de nous raconter ton histoire.

Karigan s'éclaircit la voix avec hésitation. Elle jeta un rapide coup d'œil au feu, et trouva un certain réconfort dans sa chaleur, dans ses craquements et ses gais crépitements.

—J'ai... euh... quitté Selium plutôt précipitamment. (Elle prit une profonde inspiration.) J'y étais étudiante, et le doyen m'a suspendue. Pour une durée indéterminée.

Les sœurs conservèrent leur expression imperturbable. Pour une raison qu'elle ignorait, il semblait terriblement important à Karigan d'être totalement franche avec elles. Si elle leur faisait part ouvertement de son passé douteux, elles seraient plus disposées à lui faire confiance. Pour autant, cela ne rendait pas son récit plus facile à raconter.

—Le doyen m'a suspendue parce que j'avais manqué des cours, ce genre de choses. Il a dit que mon attitude, euh, n'était pas appropriée. (Elle sentit le sang envahir son cou et lui monter aux joues, et toujours les sœurs demeuraient impassibles, sans lui reprocher son attitude mais sans pour autant exprimer de sympathie.) Mais la principale raison de mon éviction fut une bagarre. Que j'ai gagnée.

Karigan revoyait encore la scène clairement, la multitude d'étudiants qui poussaient et se bousculaient autour de l'aire d'entraînement pour voir ce qui se passait, Timas Mirpuits à terre, qui avait mordu la poussière, la pointe de l'épée de bois contre sa nuque. *Tu es mort*, lui avait-elle dit.

Mlle Fleur haussa un sourcil étonné.

—Tu as été suspendue pour avoir gagné un combat ?

—J'ai battu le fils du prince-gouverneur de la province de Mirpuits.

Sur le moment, elle n'avait éprouvé aucun remords de l'avoir défié en combat singulier, puis de lui avoir flanqué une bonne raclée. Il n'avait cessé de l'humilier, dès le jour où elle était arrivée à l'école, et elle avait fini par en avoir assez. Mais à présent, sous le regard ferme et insistant des sœurs Sorbier, elle voyait cela sous un jour nouveau. Elle se sentit puérile.

— Très bien, dit Mlle Feuille Sorbier. Tu as établi que tu n'étais pas en odeur de sainteté à l'école, ce qui a finalement provoqué ton départ de Selium. N'as-tu point songé à faire face au problème ?

Karigan sentit ses joues s'enflammer de nouveau.

— J'étais trop en colère. Je me suis enfuie. C'est alors que j'ai rencontré F'ryan Coblebaie.

— Ah ! s'écria Mlle Fleur Sorbier. Voilà bien la question que nous nous posions.

Karigan se tortilla sur son siège et sentit de nouveau le poids de leur regard braqué sur elle. Mais elle n'avait aucune raison d'avoir honte de cette partie de son récit. Elle leur conta par le menu sa rencontre avec F'ryan Coblebaie, agonisant de deux flèches dans le dos, et l'intimant de porter au roi son message. Elle fit attention à ce qu'elle leur raconta, il ne fallait pas en dire plus que nécessaire. Elle se prit à souhaiter n'avoir jamais perdu de vue la sacoche qui contenait le message. Elle acheva son récit par sa fuite de justesse face au capitaine Immerez et à ses hommes.

Les sœurs se regardaient comme si elles discutaient par la pensée. La pièce se réchauffa considérablement.

— L'esprit… je veux dire… F'ryan Coblebaie n'a pas été en mesure de nous en dire autant, dit Mlle Feuille Sorbier. Tu t'es brillamment sortie de ton explication, chère enfant. C'est une valeureuse action que tu entreprends là. Beaucoup auraient perdu courage à l'idée de porter un message si important, dans des circonstances si dramatiques. (Elle dut alors remarquer l'expression d'accablement sur le visage de Karigan, car elle ajouta :) Rolph, le palefrenier, a immédiatement déposé la sacoche du message dans la chambre d'amis où tu passeras la nuit. Personne n'en a rompu le sceau. Le reste de tes affaires s'y trouve également… à l'exception de l'artefact qui est présentement entre nos mains.

— Le… l'artefact ?

— Oui, l'artefact occulte. Celui qui a provoqué ta disparition aux yeux de ces bandits, sur la route. La broche, mon enfant.

— Oh !

— Cet objet n'est pas très puissant, dit Mlle Fleur Sorbier. Il ne vaut peut-être pas les soucis qu'il te causera. Letitia nous l'a apporté, à Feuille et à moi, lorsqu'elle a commencé à nettoyer ton manteau boueux. La pauvre âme ne peut tout simplement pas supporter la boue. Elle l'éradiquerait même du sol si elle le pouvait.

— Hum-hum, ma sœur…, l'interrompit Mlle Feuille Sorbier. Tu t'écartes du sujet.

Fleur jeta un coup d'œil agacé à Feuille, puis reprit.

— Père n'avait que nous pour partager ses découvertes, et pour les enseigner. Sept Cheminées n'était pas une école adaptée comme celle de Selium, mais cela ne le détourna pas de sa vocation. Sa vocation à enseigner, veux-je dire. C'est la raison pour laquelle Feuille et moi sommes capables de reconnaître de la magie occulte, comme celle de cette broche. Tu as dû faire appel sans le savoir à son seul et unique pouvoir : l'invisibilité.

Mlle Feuille Sorbier présenta la broche sur sa paume ouverte, comme si elle sortait de nulle part.

— Nous aimerions que tu essaies d'invoquer le pouvoir de la broche, afin que nous puissions saisir l'étendue de sa puissance.

Surprise, Karigan se redressa. Sous leur apparence ingénue et leur culte des convenances, elle sentait chez les deux sœurs une intelligence sous-jacente dont elle pouvait seulement commencer à effleurer la profondeur. Il émanait d'elles une intensité, comme un feu soutenu brûlant au fond de leur être, mais camouflé derrière une façade socialement acceptable ; scones délicatement sucrés et argenterie raffinée. Leur simplicité n'était-elle donc qu'un leurre, afin de ne pas laisser transparaître leur sagesse cachée ? Ou bien leur père avait-il été un bon maître ? Décidément, rien de ce qui avait trait aux deux sœurs n'était simple, se dit Karigan.

— Je ne suis pas certaine de pouvoir faire fonctionner la broche, dit-elle. Je ne sais pas comment j'y suis parvenue la première fois.

— Fais juste un essai, ma chère. Pour nous, dit Mlle Fleur. Essaie de te rappeler ce que tu as fait juste avant de devenir invisible.

Quelque peu hésitante, Karigan prit la broche. Elle était lourde et froide entre ses doigts, le cheval ailé prêt à prendre son envol, comme à l'accoutumée. Elle tenta de se souvenir des moments qui avaient induit, comme par magie, son aptitude à devenir invisible… Le capitaine Immerez, sous la pluie, monté sur son cheval blanc, son œil unique essayant de voir qui se cachait sous la capuche ; le fouet qu'il déroulait entre ses doigts. Elle frémit. Elle n'avait pas la moindre idée de ce qui avait provoqué sa disparition, sauf son désir pressant de devenir invisible.

— Oh ! (À côté d'elle, Mlle Feuille Sorbier se redressa, et ses yeux brillaient.) L'enfant a totalement disparu.

— Elle se fond dans le décor, acquiesça Mlle Fleur Sorbier.

Aux yeux de Karigan, la pièce avait pris la couleur du plomb ; l'ensemble du mobilier, y compris le feu, n'était plus que nuances grisâtres. Tout, sauf les sœurs Sorbier. Leurs yeux restaient aussi bleus que possible, le bleu des myrtilles. Couleur et lumière dansaient autour d'elles, tout comme les couleurs du sentier qui avaient guidé Karigan jusqu'à Sept Cheminées. Pourquoi cette différence ? Tout ce gris lui pesa, comme auparavant, et elle souhaita redevenir visible.

— Nous avons beaucoup appris, déclara Mlle Fleur Sorbier.

— Enfant, ainsi que nous le suspections, ta broche n'est pas très puissante. Elle te donne la capacité de disparaître ou, plus exactement, de te fondre dans ton environnement. Ce n'était pas particulièrement impressionnant ici, dans le salon, car la lumière qui entre par la fenêtre est vive. Mais cela a dû être extrêmement efficace dans l'obscurité de la forêt, avec de surcroît le brouillard et toute cette pluie.

Karigan hocha la tête, une douleur lancinante frappait entre ses tempes. Peut-être bien que ce temps exécrable avait été un atout lors de sa confrontation avec Immerez, après tout.

— Je vois aussi que cet artefact absorbe l'énergie de son utilisateur. C'est là souvent le point faible des instruments magiques, et aussi celui des pouvoirs innés. Les utiliser implique toujours un coût, et cela ne vaut souvent pas la peine qu'on se donne.

Karigan enroula une mèche de cheveux derrière son oreille. La broche avait déjà démontré sa valeur. Elle était terrifiée à l'idée de ce qui serait advenu si elle ne l'avait pas utilisée lors de sa confrontation avec Immerez.

— Je ne comprends toujours pas comment fonctionne cette broche… comment la magie fonctionne.

Mlle Fleur Sorbier lui versa une nouvelle tasse de thé pour l'aider à se « requinquer ». Le liquide fumant réduisit au silence l'élancement douloureux.

— Bien entendu, nous avons seulement essayé d'expliquer la magie, dit Mlle Fleur. Le peu que nous avons pu glaner des enseignements de notre père, en tout cas. Mais en fait, nul ne peut vraiment expliquer la magie.

— Elle existe de même que les bourgeons fleurissent au printemps, ajouta Mlle Feuille Sorbier.

— De même que le soleil perpétue sa course, renchérit Mlle Fleur Sorbier.

— Elle existe tout comme le flux et le reflux de l'océan...

— Et comme, chaque nuit, luisent les étoiles.

— Vois-tu, mon enfant, la magie *est*, reprit Mlle Feuille Sorbier. Le monde en regorge absolument. Ou plutôt, c'était le cas avant la Longue Guerre et encore quelque temps après. Tout ce qui nous en reste aujourd'hui, ce sont des fragments épars.

Mlle Fleur Sorbier croisa les mains sur ses genoux, bien comme il faut.

— Mon enfant, les apparences nous avaient amenées à penser que tu avais reçu la formation des Cavaliers Verts. La magie t'a acceptée, et le drôme enrôle des jeunes gens, sais-tu. Seuls les Cavaliers Verts et les utilisateurs de la magie peuvent reconnaître cette broche pour ce qu'elle est. À une personne ordinaire, la broche présenterait un autre aspect, pas son apparence actuelle. Peut-être l'aspect d'un bijou de pacotille, voire rien du tout. C'est un moyen de distinguer les véritables Cavaliers Verts des imposteurs.

— Je ne comprends pas.

La broche était toujours apparue à Karigan sous la forme d'un cheval ailé. Elle avait remarqué qu'elle était d'or pur : quelle fille de négociant digne de ce nom aurait été abusée ? Mais elle n'en avait rien conclu de particulier.

Mlle Feuille Sorbier ajouta du miel dans son thé.

— La broche t'a reconnue. Elle ne t'aurait pas autorisée à la porter ou même à la toucher si elle ne t'avait pas perçue comme un Cavalier Vert.

Karigan fut abasourdie.

— Mais ce n'est que du métal.

Par ailleurs, elle n'était pas un Cavalier Vert.

— Un métal qui recèle des sorts très étranges en son cœur. Je ne sais pas précisément pourquoi la broche t'a considérée comme un Cavalier Vert, mais c'est probablement lié au caractère désespéré des circonstances dans lesquelles le jeune Coblebaie t'a transmis sa mission. (La cuiller de Mlle Feuille tinta contre le bord de sa tasse.) Fort heureusement, la broche t'a estimée digne d'elle.

Ou bien *fort malheureusement*. À ce moment précis, Karigan ne se sentait pas digne de quoi que ce soit ; de telles paroles lui donnaient le tournis.

— Je me pose beaucoup de questions…

Mlle Feuille Sorbier se pencha pour lui tapoter le genou.

— Nous comprenons, mon enfant. Tu as quitté Selium dans des circonstances désagréables, et voilà que ta vie devient encore plus difficile, alourdie de la mission inachevée d'un messager défunt. Je sais bien que ma sœur et moi-même avons dit des choses qui t'ont semblé improbables, mais nous essayons de te venir en aide. En effet, nous avons connu d'autres Cavaliers Verts au fil de notre existence : des amis de notre père, qui partageaient avec lui leur connaissance de la magie. Ils étaient gens de la meilleure sorte.

Les sœurs avaient dit des choses improbables, pour sûr ! Des fantômes ? Aucun à l'horizon. Et la magie ? Les doigts de Karigan se serrèrent autour de la broche en or. Elle ressentit l'impérieux besoin de la jeter au feu, et avec elle le message de F'ryan Coblebaie. Mais pourquoi avoir entrepris cette mission ? *Je n'avais plus toute ma tête… ou alors j'étais complètement idiote.*

Peut-être pouvait-elle confier le message aux sœurs et se dégager de toute responsabilité. La broche se mit soudainement à lui brûler la main et elle la laissa tomber. Elle souffla sur sa paume rougie.

— Que s'est-il passé, ma chère ? demanda Mlle Fleur Sorbier.

— Ça m'a brûlée ! J'étais en train de penser à m'en débarrasser, et ça m'a brûlée !

— Les reliques occultes ont souvent une volonté propre, et quand elles ont décidé quelque chose, eh bien, il n'y a plus moyen de les arrêter.

Karigan grogna. Comment un objet dénué de vie pouvait-il bien posséder une volonté propre ? Elle ramassa la broche, pour voir. Elle était aussi froide et immuable que d'habitude, seule sa paume endolorie prouvait que la broche l'avait brûlée. Elle était sur le point de perdre le contrôle de son existence au profit d'un cheval, d'un revenant et d'une broche.

— Ma pauvre enfant, dit Mlle Feuille Sorbier. Tu devrais mener une vie d'aisance et être courtisée comme les autres filles de ton âge. Mais je vois en toi un feu trop intense pour ce genre de vie. La tienne est une longue route jalonnée d'aventures et, si fait, d'embûches.

» N'oublie jamais que tu es une créature dotée de libre arbitre. C'est crucial. Tu peux choisir de renoncer à ta mission. Le choix, mon enfant, est la clé. Si tu portes ce message contre ton gré, alors la mission a échoué d'avance. Comprends-tu ?

Karigan hocha la tête en signe d'assentiment. Elle avait choisi de livrer le message. F'ryan Coblebaie en personne lui avait donné le choix. Croire qu'on l'avait obligée à le porter contre sa volonté, c'était d'ores et déjà admettre la défaite, avant même que la mission ait commencé.

La bibliothèque du professeur Sorbier

Mlle Fleur Sorbier escorta Karigan jusqu'à la bibliothèque de son père, afin qu'elle puisse se distraire tout en se reposant avant le dîner. Des étagères couraient le long de chaque mur, toutes étaient remplies de livres du sol au plafond. Les dos des livres étaient teints de jaune et de rouge vifs, de bleu profond et de vert. Les ouvrages les plus anciens, reliés de cuir uni élimé, se détachaient sur ce fond coloré. Les titres en relief miroitaient d'or et d'argent sur les reliures sous les derniers rais de lumière diurne.

Si Karigan avait été plus savante, elle aurait eu le sentiment d'entrer dans un pays vraiment merveilleux. La collection était plus importante que celle du doyen Geyer lui-même.

Penser au doyen la fit sourciller.

Une baie vitrée donnait sur les jardins à la composition régulière, en contrebas, où une statue de bronze de Marine la Jardinière, au visage ancien et buriné, veillait sur les lieux. Moineaux et mésanges volaient de part et d'autre à toute allure, et picoraient les graines posées sur la main tendue de la statue. La popularité de Marine était plus importante le long de la côte ; on y disait qu'elle habitait une île dans l'archipel de la mer Boréale. Certains peuples insulaires la vénéraient comme mère de la Nature, tandis que les laboureurs des terres intérieures avaient plutôt tendance à la considérer comme une sorcière des mers qui portait chance aux jardiniers et aidait à maintenir un semblant d'équilibre en toutes choses. Un hiver pour chaque été, voilà ce que contaient les histoires.

Sa présence dans les jardins était supposée apporter de fructueuses récoltes de céréales et favoriser la floraison de splendides fleurs colorées. Livèche, delphinium, consoude et d'autres encore poussaient sous son regard bienveillant. Violettes et houstonies fleurissaient à ses pieds. Sur une parcelle adjacente s'étendaient les rangées nettes d'un potager, dont les jeunes pousses cherchaient la lumière du soleil ; leurs feuilles se déployaient sur d'alléchants secrets qui commençaient juste à prendre forme dans la terre.

Un téléscope de cuivre monté sur un trépied était braqué sur la baie vitrée, pointé vers le ciel. Une possession coûteuse qui aurait été un luxe même pour le père de Karigan, pourtant fortuné. Le verre dépoli devait à lui seul valoir deux péniches de sa soie la plus raffinée.

Un feu douillet crépitait dans l'âtre et projetait une lueur rougeoyante partout dans la pièce. La bibliothèque était en tout point un endroit accueillant.

Une série d'objets exposés sur une table en acajou, au centre de la pièce, attira son attention. Un astrolabe de navigation côtoyait le crâne fêlé de quelque créature inconnue. Une harpe magnifique sertie d'émeraudes, de saphirs, de grenats, de rubis, de tourmalines et de diamants chatoyait à la lumière du feu. Nombre de ces objets étaient présentés de manière disparate : un fanon orné de gravures de bonne facture, réalisées par un matelot et qui représentaient un marin et sa belle amie, un gros morceau de roche informe vitrifiée, d'origine mystérieuse, une dague rouillée au manche de nacre polie, un sou d'or marqué d'empreintes de dents… un foisonnement susceptible de distraire un esprit curieux.

Un navire miniature enfermé dans une bouteille fascina Karigan. Il tanguait sur une mer de mousse, ses voiles carrées semblaient agitées d'une brise inexistante. De minuscules figurines s'agitaient sur le pont ou bien grimpaient aux cordages. Un léger brouillard allait et venait sur le bateau. Les flots s'assagirent un peu, et la tension des voiles se relâcha.

Elle fut tentée de déboucher la bouteille pour voir si la mer se déverserait. Elle résista à cette impulsion, mais pas à celle de saisir la bouteille et de la secouer. Le « ciel » s'assombrit ; des vagues écumantes léchèrent le pont et le bateau se mit à rouler et à tanguer. Des trombes d'eau s'abattirent. Les matelots minuscules luttaient pour s'arrimer aux plats-bords, et elle imagina qu'elle entendait leurs cris par-dessus le fracas de l'eau. *À la cape, moussaillons, et arrisez la grand-voile,* s'époumonait le quartier-maître. Puis : *Un homme à la mer !*

Les marins titubants rampèrent vers l'arrière, se déplaçant de prise en prise, faisant tout leur possible pour ne pas eux-mêmes passer par-dessus bord, mais le temps qu'ils atteignent la poupe, leur camarade avait déjà disparu sous les flots rugissants.

Rebutée, Karigan replaça prestement la bouteille à sa place et fit un pas en arrière tout en essayant de se convaincre que l'impression de vie donnée par le navire n'était que l'effet d'une illusion ou de la magie, et que les minuscules figurines à son bord n'avaient jamais vraiment couru de danger.

La tempête finit par s'apaiser et les eaux s'aplanirent. L'équipage jeta l'ancre et entreprit de procéder aux réparations des voiles et du gréement. Karigan ne put retenir un soupir de soulagement.

Elle attrapa ensuite un cristal rond et transparent. Des rayons d'argent éblouissants s'animèrent à l'intérieur et elle sentit de la chaleur parcourir ses muscles douloureux, plus efficace que le bain qu'elle avait pris. Elle s'imagina qu'il s'agissait d'un rayon de lune captif, tels ceux que les enfants chassaient les nuits de lune argentée, comme elle l'avait fait elle-même dans son enfance. Pour autant qu'elle sache, personne n'avait jamais réussi à en capturer un. On racontait que seuls les Élétiens étaient assez vifs pour cela, mais personne ne savait si cette race de belles gens, qui avait autrefois élu résidence dans le bois d'Elt, existait toujours.

Karigan ne pensait pas qu'il était possible de capturer les rayons de lune, mais elle était incapable d'expliquer la lumière qui émanait du cristal. Elle le garda pendant un moment, pour que sa chaleur l'apaise.

La harpe de troubadour attira ensuite son attention. Elle était aussi ancienne que tout ce qu'elle avait pu voir dans les musées de Selium, et ornée à suffisance pour contenter un roi. Elle gratta ses cordes d'or, et fut stupéfaite d'entendre la perfection de ses sons et leur intonation humaine. Chacune des cordes avait sa voix propre, parfaitement accordée ; jouées ensemble, elles offraient des mélodies surnaturelles. C'était comme si la chorale de Selium se trouvait là, dans la pièce, à côté d'elle.

Je parie que ça plairait à Estral.

Karigan n'était pas une musicienne chevronnée, mais qu'importait la corde jouée, la harpe s'exprimait comme sous les doigts d'un virtuose. La beauté du son la tint occupée, elle joua très longuement. Les objets de la pièce vibraient à l'unisson autour d'elle. La lumière dans le cristal s'intensifia, et les marins miniatures, assis ou restés debout, semblaient écouter, leur navire apaisé flottant sur une mer d'huile. Karigan frissonna et se sépara de l'instrument. Toute la pièce parut alors s'assombrir et s'affaisser de dépit.

Dehors, les ombres commençaient à s'allonger, le crépuscule tomba puis laissa place à la nuit, les petits points des étoiles piquetèrent le ciel. Le rougeoiement du feu, qui n'avait jamais besoin de combustible supplémentaire, et le cristal gardaient la pièce claire et joyeuse. Il y avait d'autres objets sur la table, mais Karigan se retint de les toucher. Tout était si étrange.

Au lieu de cela, elle se tourna vers les étagères. Malgré l'absence du professeur Sorbier, pas un grain de poussière ne maculait les livres. Ils étaient manifestement toujours chéris et entretenus avec soin. Elle passa un doigt sur les dos ; elle sentit une faible odeur d'encre et de cuir, mais aucun relent de moisissure. Certains livres abordaient toutes les facettes de l'histoire de la Sacoridie, de *La Fondation des Clans de Sacor* à *La Maisonnée de Basseterre : un Guide pratique de la Monarchie moderne.*

Une vaste section était consacrée au Rhovanny. Un curieux livre était intitulé *Architecture illustrée de la Maisonnée royale de Rhove.* Le père de Karigan s'était une fois rendu au château, à Randann, et lui avait décrit les merveilles de la demeure royale. Elle trouva dans le livre des illustrations peintes à la main des détails qu'il lui avait mentionnés, par exemple le toit du château, duquel émanait une lumière semblable à celle du soleil. Durant les jours anciens, cette lumière représentait, aux yeux du peuple, la faveur dont jouissait la famille royale auprès de la déesse du soleil. Le livre révélait que les tuiles de ce toit étaient une myriade de miroirs.

Certains volumes étaient si vieux que les mots en étaient écrits à la main, d'une écriture que Karigan trouva très difficile, et même parfois impossible à déchiffrer. Beaucoup étaient rédigés en d'étranges langages, ou dans des formes très anciennes des langues actuelles.

Un de ces livres s'intitulait *Transpositions de l'eltique ancien.* L'eltique était, ou avait été, la langue des Élétiens. Elle feuilleta l'ouvrage. Le lettrage, imprimé en beaux caractères élétiens, chatoya à la lumière du cristal. Elle prononça les mots qui avaient été transcrits phonétiquement en langue commune, et la harpe entonna chaque syllabe proférée. Elle ferma le livre hâtivement et le reposa sur l'étagère.

Loin d'être découragée, Karigan grimpa sur une échelle montée sur des patins, qu'on pouvait déplacer le long des rayonnages. Elle dénicha des livres traitant des arts et des sciences. Une rangée était dédiée à l'art occulte. Quand elle ouvrit l'un des livres, elle ne vit que des pages vierges. Pas étonnant que la magie soit si mystérieuse !

Le reste des livres sur les étagères paraissaient plutôt abscons. Un certain nombre traitait de l'étiquette, et elle douta qu'ils aient appartenu à la collection originale du professeur Sorbier.

Elle délaissa les rayonnages et arpenta la pièce, étirant ses muscles raidis tout en marchant. Trop de jours de chevauchée, trop de nuits à dormir par terre. Le plancher craquait sous ses pas, et elle se demanda quand Mlle Fleur Sorbier reviendrait la chercher.

Elle s'arrêta lorsque le télescope attira de nouveau son regard. Dans la lumière vacillante des flammes, il semblait luire plus d'or que de cuivre, et éveilla sa curiosité. C'était là une rare occasion d'observer les étoiles. À l'école, les maîtres astronomes se réservaient les instruments d'observation, n'autorisant qu'une poignée d'étudiants chanceux à s'en servir. Elle se pencha pour scruter à travers l'oculaire.

Des étoiles balayèrent la lentille pendant qu'elle ajustait la position de l'instrument et faisait la mise au point. Elle repéra l'Épée de Sèvelone, une constellation de sept étoiles dont la forme de croix se rapprochait de celle d'une épée, presque aussi facile à localiser que la Louche. La portée du télescope était effarante. Seuls ceux de Selium pouvaient rivaliser en distance et en précision.

La légende disait qu'une grande héroïne du nom de Sèvelone avait autrefois servi le dieu et la déesse en gérant leurs affaires terrestres, et en prodiguant la justice que ces immortels estimaient adaptée. Selon les dits populaires, Sèvelone aurait souvent manipulé les événements afin qu'ils soient favorables aux hommes, ses semblables, et afin que les dieux restent humbles. Après plusieurs vies de travail méritant, Aeryc et Aeryon l'avaient récompensée en lui permettant de gravir l'escalier de cristal qui menait aux cieux, pour résider au cœur des étoiles, aux côtés des immortels.

Quand elle avait atteint l'ultime marche, elle avait jeté son épée pour toujours, et on pouvait encore la voir tournoyer dans le ciel nocturne. Au printemps, sa figure prédominait, l'épée pointait vers le haut en une posture de « salutation » puis, au fil des saisons, elle basculait progressivement jusqu'à ce qu'au début de l'hiver sa pointe soit dirigée vers le bas, dans la position du « guerrier au repos ». L'épée quittait alors les cieux pour réapparaître, de nouveau vaste et brillante, au printemps suivant.

Curieusement, la légende sacoridienne décrivait Sèvelone comme une femme, tandis que la légende rhovanienne en faisait un homme, alors même que la statue de Sèvelone qui trônait dans le grand hall royal à Randann représentait bel et bien une femme. Quoi qu'il en soit, les exploits de Sèvelone, homme ou femme, étaient contés aux enfants des deux royaumes pour leur valeur morale. On décrivait le comportement chevaleresque de Sèvelone, son courage et sa bonté, bien différents des dieux capricieux qui utilisaient les humains pour satisfaire leurs lubies. Karigan s'était souvent demandé si Sèvelone était aussi pure que les histoires le contaient.

Au moment où elle songea à déplacer la lunette, les étoiles se brouillèrent devant ses yeux. Quelle qu'en soit la raison, elle ne parvenait plus à faire la mise au point, et cligner des yeux ne lui servit à rien. Une scène débuta, et Karigan eut beau s'y efforcer, elle ne put détacher son regard de l'oculaire.

Des conifères tournaient, se mélangeaient et roulaient en tous sens comme dans un kaléidoscope. Des fragments d'image s'ordonnèrent pour recréer une scène bien trop familière : les bois du Vert Manteau et les étendues désolées de la route du Nord. Un écureuil rouge s'arrêta sur la route, puis fila à toute allure et se précipita dans le sous-bois, sous les ombres des arbres. Un corbeau se posa à la cime d'un épicéa, la branche ploya sous son poids. Il croassa brièvement et battit des ailes, en alerte. Tout le reste était immobile.

Karigan ne savait pas où situer la portion de route, mais elle lui était familière. Pourtant, rien ne ressemblait plus à un tronçon de la route monotone, qui serpentait dans l'étendue interminable du Vert Manteau, qu'un autre.

Du coin de l'œil, elle perçut un mouvement et le télescope se rapprocha obligeamment, à une vitesse déconcertante, pour lui montrer sa propre personne. Elle se regarda en train d'éloigner Cheval du cadavre de F'ryan Coblebaie. Cheval avançait pesamment derrière elle, l'air abattu et tête basse, tandis qu'elle marchait perdue dans ses pensées.

Je m'en souviens.

Au niveau d'un virage sur la route, quelque chose attira l'attention de Cheval. La Karigan de la vision regarda aussi en arrière, exactement comme elle l'avait fait ce jour-là, mais ne vit rien. La Karigan qui regardait à travers le télescope, cependant, vit une silhouette éthérée qui les suivait, voûtée et vêtue de vert, deux flèches dépassant de son dos.

Avant qu'elle ait pu s'interroger, la vision se brouilla, comme si elle était sous l'eau, et fut remplacée par une autre scène. Le soleil brillait intensément dans celle-ci, mais c'était tout ce qu'elle pouvait déduire du décor. Le sergent et Thursgad lui tournaient le dos et l'empêchaient de voir. Le télescope s'approcha lentement pour lui permettre de scruter par-dessus leurs épaules.

Le capitaine Immerez était assis sur le sol trempé du sang qui s'échappait de son poignet. Sa main tranchée gisait sur la terre rougie, blanche comme cire, les doigts encore crispés autour du fouet.

Dégoûtée, Karigan tenta brusquement de s'arracher à la vision, mais elle était fermement tenue.

— *Je tuerai cette Verdâtre.* Le murmure d'Immerez parvint à son oreille, entrecoupé par son souffle haché.

Comme on tourne une page, la vision changea. L'obscurité emplit les yeux de Karigan comme des jets d'encre noire. Puis le visage d'Immerez apparut, orbe luisant, ses traits ciselés par l'ombre et la lumière vacillante, celle d'une bougie ou d'un feu. Il approcha son visage du sien, tournant la tête de côté pour la contempler de son œil unique. Les ombres se déplacèrent et assombrirent la moitié de sa figure. Il sourit.

Quelque chose d'humide et de collant coulait goutte à goutte dans ses yeux, et Immerez devint une tache floue lumineuse. Elle cligna des yeux rapidement et les contours du visage de l'autre se précisèrent. Il recula, et fut de nouveau englouti dans la noirceur. Il brandit son moignon dépourvu de main devant son visage, le poignet désormais équipé d'un crochet de métal. Il le fit tourner avec précaution, lentement, afin qu'elle puisse le voir sous tous les angles. Cela étincela sous la lumière dont elle ne percevait pas la source.

Immerez planta alors le crochet dans sa chair, juste sous son œil. Elle eut le souffle coupé par la douleur, froide et aiguë.

— *Content de te voir, Verdâtre,* dit-il.

Une douleur intense, juste sous son œil. Elle émit un bruit étranglé, terrorisée ; elle voulait crier mais sa voix était comme assourdie et elle avait du mal à respirer. Elle voulait tâter sa joue, mais on aurait dit que ses mains étaient attachées, elle ne parvenait pas à les mouvoir. Le bruit de sa respiration lui arrivait aux oreilles, une respiration saccadée et trop rapide. La souffrance…

Puis le visage d'Immerez se replia sur lui-même, et la douleur cessa.

La scène suivante s'épanouit : ciel bleu, lents nuages en promenade menés par une fraîche brise printanière. Karigan se tenait debout au milieu de la pelouse de l'aire d'entraînement, à Selium. Sa surface était grêlée de cercles de terre battue dénudée : les aires de combat. Autour d'elle, une foule s'était massée. Karigan pointait son épée de bois sur la nuque de Timas Mirpuits, qui gisait au sol devant elle, à plat ventre.

— *Tu es mort*, dit-elle.

Timas recracha de la poussière. Le chœur des témoins s'atténua au profit d'un silence pesant.

— *G'ladheon,* dit-il, *tu te bats comme un ruffian. C'est contre les règles !*

Il se remit sur ses pieds, essuya la crasse et la salive de sa bouche. C'était un jeune homme de petite taille, et il devait lever les yeux pour lui parler.

— *Ça je sais pas, Timas,* dit un des spectateurs. *Règlement ou pas, elle t'a porté un coup mortel.*

Un murmure d'approbation parcourut la foule.

La Karigan qui regardait dans le télescope lutta pour se libérer de l'oculaire, mais sans succès. *Faut-il que je revive ça ?* En guise de réponse, la scène continua.

— *Elle a triché !* protesta Timas.

— *C'est juste que tu n'as pas encore appris ce type d'escrime*, répondit un autre, et une partie de la foule s'esclaffa. *Premier de la classe, hein ?*

Karigan adressa un grand sourire à son public et fit un profond salut plein d'autodérision. Timas se jeta sur elle alors qu'elle lui tournait le dos. Il lui assena un coup de son épée de bois entre les omoplates. Sonnée, elle tomba à quatre pattes. Une douleur intense enfla dans son dos. La foule hébétée regardait en silence.

— *Mais que se passe-t-il ici ?*

La foule s'écarta devant un homme bien bâti aux cheveux gris acier. Le maître d'armes Rendel ceintura Timas et lui saisit le poignet pour le faire lâcher l'épée. Il ne desserra sa poigne que lorsque Timas cessa de se débattre et de donner des coups de pied.

Il saisit alors la main de Karigan et la remit sur ses jambes.

— *Ça va ?* demanda-t-il d'un ton bourru.

Karigan vit tout le reste : comment maître Rendel avait humilié Timas en lui imposant un mois de pénible besogne pour l'avoir attaquée de manière injustifiée ; la façon dont il avait commenté son aptitude à l'épée et lui avait proposé des cours particuliers. Oui, tout cela lui était familier, mais ce qu'elle n'avait pas vu, ce qu'elle n'avait pas remarqué, c'était l'expression de pure haine sur le visage de Timas alors qu'il les regardait de loin, elle et le maître d'armes.

Karigan frémit. Timas avait pris sa revanche en soumettant son cas à de proches parents, d'éminents citoyens de Selium, qui à leur tour avaient porté l'affaire devant le doyen et les administrateurs de l'école. Karigan avait pris l'initiative du combat. Elle était la seule à blâmer.

La scène s'effaça pendant que Rendel lui parlait doucement et que Timas, courroucé, la foudroyait du regard depuis l'autre bout du terrain d'entraînement. Ses yeux flamboyaient de haine à l'état brut.

Karigan se débattit pour faire cesser ces terribles visions, mais le télescope n'en avait pas encore fini avec elle.

La clarté du jour s'assombrit en nuit. Elle ne pouvait voir grand-chose, hormis un cavalier vêtu d'une cape et d'une capuche grises, monté sur un cheval fantomatique. Elle ressentait une attraction inexplicable envers le cavalier, doublée de crainte. Elle était entraînée inexorablement auprès de lui. Il se tourna vers elle. Bien qu'elle ne puisse discerner ses traits sous la capuche, elle sentit son regard froid comme s'il pouvait la voir là où elle se trouvait, dans la bibliothèque. Des dagues de peur glacée transpercèrent son cœur.

— *Qui êtes-vous ?* demanda-t-il. *Qui me surveille ?* (Elle sentit des yeux invisibles à sa recherche, et ressentit son sourire.) *Le miroir fonctionne dans les deux sens.*

Karigan hurla en son for intérieur, terrorisée.

Le télescope, ou peut-être sa propre volonté, cette fois, l'arracha à la scène. Mais aussitôt sortie de cette vision, elle fut plongée dans une autre. Un homme de haute taille aux yeux bruns en amande la contemplait tristement. Elle ne parvenait pas à deviner ce qui l'entourait, mais elle eut l'impression qu'il s'agissait d'une chambre de pierre, comme dans une forteresse ou bien une prison.

— *Kari,* dit l'homme, *j'ai besoin de toi. J'ai besoin de toi ici. Je t'en prie, n'accepte pas la mission. C'est dangereux, et je ne peux souffrir l'idée de te perdre.*

Cet homme avait besoin d'elle ? Qui était-il pour lui parler de cette manière ? Elle tenta de l'appeler, de l'atteindre, mais elle ne pouvait bouger ni parler. *Quelle mission ?* voulait-elle lui demander. *Quel danger ?*

Sa forme miroita puis s'évanouit et, inexplicablement, elle se sentit seule et abandonnée. Des étoiles emplissaient de nouveau la lunette. Libérée du sortilège de l'instrument, Karigan tomba à genoux, affaiblie et à bout de souffle. Son corps tout entier tremblait et était trempé de sueur, sa tête la faisait souffrir.

Elle prit le cristal dans ses mains en coupe et tituba jusqu'à un fauteuil ventru, auprès du feu inextinguible. Elle se recroquevilla et soupira profondément lorsque la chaleur du cristal l'enveloppa.

Une partie de complot

Karigan s'était endormie sans s'en rendre compte. Elle se réveilla dans le grand fauteuil et trouva Mlle Fleur Sorbier qui lui secouait doucement le poignet.

— Le dîner, chère enfant. Letitia s'est surpassée.

Karigan bâilla en s'étirant, et faillit quitter la pièce en emportant le cristal toujours blotti dans sa main ; s'en apercevant, elle le reposa sur la table de curiosités du professeur Sorbier. De tous les objets dans la bibliothèque, c'est le cristal qui semblait être la source de lumière et de chaleur, dépourvu des caractéristiques perverties du télescope. La lumière argentée s'éteignit lorsque ses doigts l'abandonnèrent. La pièce s'assombrit et devint moins accueillante, sans son rayonnement.

— Je dois avouer, dit Mlle Fleur Sorbier en emmenant Karigan hors de la pièce, que cela fait bien longtemps que je n'avais vu la pierre de lune luire de cette manière. Elle ne veut pas s'illuminer pour Feuille et moi.

— Une pierre de lune ?

— Si fait. Elle contient un rayon de lune argentée.

Les poils se hérissèrent sur l'échine de Karigan.

— Ne me dites pas que c'est vraiment…

— Bien sûr que oui. Elle fut offerte à Père par un Élétien il y a de cela des années. (Mlle Fleur Sorbier sourit, les yeux rêveurs.) J'aime assez l'histoire de Laurelyne Songelune et du château de rayons de lune argentée qu'elle construisit, pas toi ? Âme-d'Argent était son nom. Mon père voulait partir à sa recherche, mais d'autres projets en ont détourné son attention et, avant de pouvoir dire « ouf », il était déjà trop vieux pour partir à l'aventure.

Laurelyne Songelune. Karigan avait entendu cette histoire, toute enfant, et l'avait depuis longtemps oubliée. Elle revoyait la scène dans son souvenir. Elle était blottie entre les bras protecteurs de sa mère.

— *Ze veux Laur'lyne, M'man. Encore l'histoire de Laur'lyne.*

Un petit rire chaleureux accueillait sa demande.

— *Un jour peut-être, tu construiras ton propre château en rayons de lune, Kari.*

Et on lui racontait encore et encore l'histoire jusqu'à ce qu'elle s'endorme.

— T'ai-je attristée ? (Une expression alarmée passa sur le visage de Mlle Fleur Sorbier.) Souffres-tu ?

Karigan essuya une larme.

Deux fois oui, pensa-t-elle.

Mais à voix haute, elle répondit :

— Je vais bien.

Des effluves d'oie rôtie et de pain chaud flottaient dans toute la maison, rappelant à Karigan le festival du Solstice d'Hiver : la musique à foison, les danses endiablées, et la bière à profusion. Son père avait coutume d'inviter le premier maître et ses employés, ainsi que tous les proches parents du clan G'ladheon. Habituellement, sa mère présidait aux festivités, îlot de calme et de dignité dans la frénésie de la fête. Sa mère, aux cheveux d'un châtain profond et au front haut ; celle que tout le monde voyait en regardant Karigan.

Les larmes perlèrent de nouveau à ses yeux, mais ses pensées solennelles furent balayées lorsqu'elle vit Mlle Feuille Sorbier assise, guindée, au bout d'une table ridiculement longue qui pouvait rivaliser de taille avec celles du hall de réception de Selium. L'argenterie était de mise, là encore, et la table regorgeait littéralement de mets. Karigan se demanda quel clan pouvait bien avoir été convié à partager ce festin avec elles.

— Assieds-toi, je t'en prie, dit Mlle Feuille Sorbier.

Fort heureusement, les trois couverts avaient été placés du même côté de la table plutôt qu'aux deux extrémités. Sans cela, elles auraient été obligées de crier pour parvenir à mener une conversation.

Mlle Feuille Sorbier posa une serviette de table sur ses genoux.

— F'ryan Coblebaie n'a pu se joindre à nous, bien que nous ayons fait notre devoir et adressé l'invitation. Il semble qu'il gaspille beaucoup trop d'énergie pour rester en contact avec ce qui est de chair, et il souhaite se préserver en vue d'occasions où sa présence serait vraiment nécessaire. (Elle dit cela d'un air dédaigneux, montrant par là ce qu'elle en pensait.) Cheval non plus n'a pu venir. Letitia a résolu qu'il ne mettrait pas un sabot dans la maison. En compensation, Rolph lui a procuré du grain de première qualité et le foin le plus moelleux.

—Comme tu peux le voir, dit Mlle Fleur Sorbier, nous avons strictement respecté l'étiquette. Letitia a catégoriquement refusé que nous dînions dans la cuisine, là où Feuille et moi soupons en temps normal. Comme c'est amusant d'utiliser de nouveau la vieille table de Mère. De temps en temps, des parents ou d'anciens collègues de mon père venaient nous rendre visite à Sept Cheminées. En prévision, Letitia passait sa journée en cuisine à mitonner les plats et à cuire le pain. Belle époque que celle-là.

Le plat d'oie en sauce passa de mains en mains, accompagné de courge d'hiver, de légumineuses, de champignons et de vinaigrette. Karigan savoura une tranche de pain chaud tartinée de beurre ainsi que de miel onctueux et fondant. Tout ressemblait à un traditionnel festin de Solstice d'Hiver, à ceci près que c'était le printemps. Mlle Feuille Sorbier servit à chacune une rasade de vin rouge de Rhove, et Karigan ne reconnut pas de quel cru il s'agissait.

Elle avait l'impression de passer la soirée avec des tantes célibataires, tant elles étaient excentriques, mais d'elles émanaient du réconfort et la sensation d'être à la maison. L'intensité circonspecte dont Karigan avait été témoin auparavant sembla se dissiper à mesure que la soirée avançait et que la bouteille de vin continuait à circuler.

Après avoir mangé tout leur content, elles se retirèrent au salon où les attendait un verre de cognac, et le feu grondait dans la cheminée aussi gaiement qu'à l'accoutumée. Karigan s'enfonça dans le canapé aux accoudoirs sculptés de colibris, son verre à la main, et raconta des anecdotes sur ses camarades de classe les plus sottes et sur Selium. Fleur et Feuille furent abasourdies d'apprendre qu'on pouvait pomper l'eau des sources chaudes pour alimenter directement les bains.

—Notre vie à Selium est si loin, dit Mlle Feuille Sorbier. Une bonne partie de l'école et des bâtiments du musée n'étaient pas encore construits lorsque nous habitions là-bas. En dehors de cela, la ville a peu changé. (Elle fit ondoyer le cognac dans son verre et sourit, l'air content d'elle-même.) Enfant, tu as mis plus d'animation dans cette maison en une journée que nous n'avons pu le faire en plusieurs années. Ma sœur et moi nous souviendrons longtemps de ta visite. Je ne peux qu'espérer que tu trouves ton séjour parmi nous tout aussi intéressant.

Karigan sourit. « Intéressant » était bien en deçà de la réalité.

— Mlle Fleur me dit que tu as passé l'après-midi dans la bibliothèque. Quelle est ton impression ?

— Elle est pour le moins… inhabituelle.

Mlle Feuille Sorbier lança à sa sœur un regard sévère.

— Fleur, tu ne l'as quand même pas laissée comme ça ? Tu ne lui as rien expliqué ? Même pas avertie ?

— Mais les vieux objets de Père sont tellement inoffensifs…

— Il ne s'agit pas de cela. Par notre faute, elle a été surprise. Cela n'est pas approprié.

Mlle Fleur Sorbier, boudeuse, regarda ses pieds.

— La pierre de lune s'est éveillée à son toucher.

Sa voix était presque un murmure.

Mlle Feuille Sorbier observa Karigan attentivement, d'un air différent, et quelque chose de l'intensité cachée s'éveilla de nouveau – et ce n'était pas seulement dû au vin ou au cognac.

— Ma chère enfant, la pierre n'a pas émis de lumière depuis maintes années. Je ne peux que m'interroger. As-tu la moindre idée de comment tu as incité le rayon de lune à luire de nouveau ?

Prudente, Karigan secoua la tête.

— Non. Non, j'étais juste curieuse, en voyant les objets sur la table, et quand j'ai attrapé le cristal, il s'est illuminé.

Elle se demanda si elle avait offensé Mlle Feuille, mais la vieille dame avait l'air content.

— Qu'as-tu remarqué d'autre ?

Karigan décrivit son expérience du navire en bouteille et de la harpe.

— Ce sont des choses bien étranges. (Elle frémit en repensant à la tempête qu'elle avait provoquée.) Je veux dire, ils semblaient si vivants. Je sais que ce n'est qu'illusion… (Un silence persistant ponctua cette affirmation.) C'était une illusion, n'est-ce pas ?

Mlle Feuille Sorbier se pencha en avant et lui demanda, éludant sa question :

— Qu'as-tu remarqué d'autre ?

Karigan s'humecta les lèvres, désormais un peu nerveuse.

— Eh bien, le son de la harpe paraissait si humain, pas comme les harpes dont joue mon amie Estral, et elle dispose pourtant des instruments les plus raffinés de tout Selium.

— Ma chère enfant, les objets magiques sont… inhabituels. Bien sûr, à première vue, comme tu le sais, ces objets sur la table de mon père ont l'air à peu près normal. Après les avoir manipulés un moment, tu as découvert qu'il en allait autrement. La bouteille, la pierre de lune et la harpe sont un échantillon des nombreux artefacts que Père a rassemblés au fil des années, dans l'intention de comprendre la magie. Comme toi, il a découvert que les objets magiques peuvent simuler la vie de manière très convaincante.

» Cette harpe a une sombre origine. Elle fut initialement fabriquée par les meilleurs artisans, à l'aube du Premier Âge, pour le compte d'un aristocrate fortuné. Elle fut sculptée comme aucun autre instrument ne l'était à cette époque, et sertie de joyaux précieux, eux-mêmes taillés par les maîtres de Kmaern, aujourd'hui oubliés, pour qui pierres et gemmes étaient des choses vivantes.

» L'homme fortuné aima ce qu'il vit, mais non ce qu'il entendit. Quand on en jouait, l'instrument sonnait comme n'importe quelle autre harpe de maître. L'homme ne pouvait apparemment pas vivre avec une harpe qui n'aurait pas été extraordinaire. Souviens-t'en, c'était une sombre époque. La magie était bien plus répandue et mieux comprise que maintenant. Mornhavon l'Obscur avait atteint l'apogée de sa puissance, la magie noire influençait profondément de nombreuses personnes. Il était difficile d'utiliser la magie sans qu'elle soit gâtée de ténèbres, tant Mornhavon était fort. (Mlle Feuille Sorbier s'interrompit pour siroter son cognac. Elle reposa avec précaution le verre sur la table avant de reprendre, après avoir claqué des mains, en se penchant vers Karigan :) On ne sait si l'homme fortuné disposait lui-même de dons naturels, ou si quelqu'un accomplit le travail à sa place, toujours est-il qu'il fit venir dans sa forteresse les chanteurs les plus réputés, notamment des Élétiens, les êtres dotés des voix les plus pures. Usant de méthodes aujourd'hui tombées dans l'oubli, il parvint à extraire leurs voix et à les fondre dans les cordes de la harpe. Ce que tu as entendu, enfant, ce sont des voix plusieurs fois centenaires.

Karigan se remémorait très clairement le chant cristallin des cordes… bribes d'un passé ancien, extorquées, préservées pour les temps futurs… tels des fantômes.

— Qu'est-il arrivé aux chanteurs ?

Mlle Feuille Sorbier pencha la tête sur le côté, ses yeux étaient perdus dans le vide derrière Karigan, emplis de tristesse.

— Il n'y a pas d'archives, mais on peut penser que s'ils ont survécu à ce procédé, ils ont continué de vivre sans leur trésor le plus précieux : leur chant.

Plus Karigan en apprenait sur la magie, moins elle l'appréciait. Elle semblait n'apporter que maux et chagrin.

— Le télescope…

— Oh…, ronchonna Mlle Fleur Sorbier. Pas le télescope. Je crois, ma chère Feuille, que nous devrions ôter les lentilles et les briser en morceaux.

— Ma sœur, c'est absurde. Le téléscope était l'une des pièces favorites de Père. Dis-moi, mon enfant, as-tu vu loin en regardant dans la lunette ?

Karigan remarqua qu'on ne lui avait pas demandé si elle avait regardé dedans ou pas.

— J'ai vu très loin. Trop loin.

Elle décrivit la succession de scènes qui lui étaient apparues.

— Une pincée de passé, de présent et de futur, déclara Mlle Feuille Sorbier. Un tel artefact pourrait ronger la santé mentale de quiconque y aurait accès en permanence. Père était doté d'une stupéfiante volonté à résister à son attraction quand il avait d'importantes décisions à prendre. Ne te méprends pas, il était fortement tenté, mais il sentait aussi que c'était une tentation bien humaine qu'il ressentait, plutôt qu'un appel de l'instrument lui-même. Et de fait, personne ne devrait voir trop de sa propre histoire et de son futur. (Mlle Feuille Sorbier fixa Karigan de ses yeux bleus perçants.) Souviens-toi, mon enfant, ton futur n'est pas immuable. Ce que le télescope t'a montré est ce qui pourrait survenir si la chaîne actuelle des événements continuait.

À entendre les choses présentées de cette manière, Karigan eut l'impression d'avoir perdu le contrôle du cours de sa vie. Cette idée ne lui plut guère.

— Regardez-vous dans le télescope ?

Les sœurs semblaient savoir tant de choses sur tant de sujets.

— Grands dieux, non, dit Mlle Feuille Sorbier.

— Nous n'en avons pas besoin, ajouta Mlle Fleur Sorbier.

Les dames n'en diraient pas plus au sujet du téléscope, ou sur quoi que ce soit d'autre provenant de la bibliothèque. Mlle Fleur quitta brièvement le salon, pour revenir avec un plateau de jeu en bois doté de pions multicolores. Elle les installa sur la table devant elles.

— Connais-tu Complot, mon enfant ?

Karigan avait immédiatement reconnu le jeu ; il faisait fureur à Selium. Deux royaumes s'affrontaient pour acquérir la suprématie, chaque pièce du jeu étant titulaire d'une fonction précise. Il fallait arranger les pièces selon diverses stratégies pour constituer des offensives et des lignes de défense.

Les pièces, en l'occurrence, étaient faites d'ivoire ou d'os, et teintes dans les couleurs traditionnelles : rouge, vert et bleu. On les avait sculptées à la semblance de rois, de messagers, d'espions, de soldats et d'autres encore. Le jeu atteignait sa difficulté maximale quand on y jouait avec un Tierce, un troisième joueur déterminé au hasard, le solitaire qui ne reconnaissait d'allégeance ni d'un côté ni de l'autre. Les deux joueurs pouvaient enchérir pour se concilier le Tierce, mais celui-ci pouvait choisir de ne pas prendre parti et de jouer à son propre profit. C'est l'ignorance de ce que le Tierce allait faire qui rendait le jeu passionnant.

Passionnant à condition d'aimer le jeu, et Karigan ne l'aimait pas. Elle perdait chaque fois qu'elle y jouait.

— J'y ai déjà joué quelques fois, mais rarement avec un Tierce.

Estral avait été sa seule amie à Selium ; il n'y avait jamais de troisième personne avec qui jouer.

Mlle Fleur Sorbier tapa dans ses mains.

— Splendide ! Feuille et moi non plus, nous n'avons pas joué avec un Tierce depuis longtemps. Enfant, tu seras le Tierce, et si cette première partie ne dure pas, nous pourrons toujours changer.

— *Splendide.* (Karigan sourit par réflexe, et comme les dames tenaient la politesse en si haute estime, elle ajouta :) C'est un honneur.

— Bien. J'ai d'abord proposé cela à l'invitée, comme il sied.

Mlle Feuille Sorbier hocha la tête solennellement en guise d'approbation.

Elles jouèrent jusque tard dans la nuit, jouant le Tierce à tour de rôle. Les douces sœurs se muèrent en opposantes impitoyables et Karigan se retrouva à jouer la défense, comme d'habitude. Mlle Feuille lui prit un général et trois chevaliers. Mlle Fleur lui tua une reine et captura un de ses espions. Elle regarda leurs pièces traverser le plateau en forme d'étoile et annihiler son royaume et se demanda, déconcertée, si Estral et elles n'avaient pas été trop clémentes l'une envers l'autre. Les deux sœurs ne lâchaient pas un pouce de terrain là où Estral aurait fait des concessions.

Karigan ne se considérait pas comme quelqu'un d'impitoyable. Elle se voyait plutôt comme une personne avisée, capable d'assurer sa survie. Les « bottes secrètes » d'escrime que le premier maître lui avait appris ; les histoires que son père lui avait racontées au sujet de ses péripéties et de ses aventures en tant que négociant, appelé comme tel à voyager dans des contrées lointaines ; sa propre expérience loin de la maison, au sein de l'élite de Selium… Tout cela constituait une expérience fondamentale pour sa vie future. Elle n'aurait jamais pensé à employer des tactiques impitoyables dans un jeu inoffensif comme Complot.

Lorsque Mlle Fleur Sorbier gagna la belle, la partie finale, elle se carra au fond du canapé avec un petit rire comblé.

— Quelle partie. Je pourrais jouer toute la nuit, mais il se fait tard.

Comme pour souligner ses propos, les dernières braises du feu s'écroulèrent dans l'âtre, envoyant des étincelles dans le conduit de cheminée. Les lèvres de Mlle Feuille Sorbier s'étiraient en une ligne fine et sévère. Elle avait remporté deux parties sur trois, mais elle ne semblait pas satisfaite.

— Je pense que l'enfant n'y a pas mis tout son cœur. Elle a peut-être cru qu'il serait plus poli de nous laisser gagner.

Karigan rougit, comme souvent, et d'une certaine façon elle culpabilisait.

— J'ai vraiment essayé…

— Tss. Pas assez. Tu es bien intelligente pour une si jeune personne. Utilise cette intelligence. Bien des situations de Complot ne sont pas si éloignées de la vie réelle. Bien des aristocrates l'utilisent pour former leurs enfants, d'ailleurs le jeu a probablement été créé dans ce dessein précis.

Mlle Fleur parut scandalisée par la diatribe de sa sœur.

— Vraiment, Feuille, tu ne devrais pas critiquer notre invitée.

Mlle Feuille Sorbier leva les yeux au ciel, agacée.

— Fleur, parfois nous devons outrepasser les règles du savoir-vivre et exprimer le fond de notre pensée. (Elle brandit sa canne en direction de Karigan.) Mon enfant, utilise ta cervelle. Pense sans faillir. Être polies et réservées, voilà ce qu'on nous a inculqué, mais nous avons appris à la manière forte que le reste du monde ne fonctionne pas ainsi. À la suite de notre conversation, j'ai eu le sentiment que tu comprenais ce genre de choses, comme ce duel avec cet… ce Titmasse, comment s'appelle-t-il déjà ? En d'autres termes, mon enfant, le savoir-vivre a sa place, mais ne baisse pas ta garde. Dans la vraie vie, on ne sait jamais vraiment qui sont les joueurs de Complot, ni ce qu'ils représentent.

Ces paroles résonnaient à l'oreille de Karigan alors qu'elle suivait Mlle Fleur Sorbier et la lueur d'une lampe à huile dans les escaliers menant au deuxième étage. Les propos de Mlle Feuille Sorbier n'étaient-ils pas semblables à ce que Rendel, le maître d'armes, lui avait dit un soir après l'entraînement d'escrime, alors qu'elle réparait du matériel dans la salle commune ?

« Ne refais pas l'erreur que tu as commise avec Timas, jeune fille, avait-il dit, la fumée de sa pipe s'élevant en ruban jusqu'aux chevrons au-dessus de sa tête. Ne pars jamais du principe que l'ennemi à terre est inoffensif et ne lui tourne pas le dos. Tu le paierais de ta vie. »

En d'autres termes, attends-toi à ce que les autres te jouent un sale tour. Les paroles de Mlle Feuille Sorbier et celles du maître d'armes Rendel lui pesaient, mais chaque fois qu'elle pensait à Timas comme « Titmasse », elle ne pouvait s'empêcher de glousser.

— Voici la chambre d'amis de l'aile est, dit Mlle Fleur Sorbier. D'ici, tu pourras voir le soleil se lever et profiter de sa chaleur matinale. (Elle alluma une autre lampe pour Karigan.) Letitia l'a aérée et a rempli d'eau fraîche le broc près de la cuvette. Elle tirera également de l'eau pour te préparer un bain chaud demain matin.

— Pourrais-je voir votre Letitia ? J'aimerais la remercier pour sa cuisine exquise et tous les menus détails qu'elle a arrangés.

En y repensant, Karigan trouva bizarre de n'avoir vu aucun signe de la présence des serviteurs, tout spécialement la Letitia dont elle avait tant entendu parler.

— Nous lui transmettrons tes louanges, si elle ne les a pas encore entendues. Maintenant…

Karigan posa sa main sur le poignet de Mlle Fleur avant que celle-ci puisse continuer.

— Pourquoi ne puis-je rencontrer Letitia ?

Mlle Fleur écarta une mèche grise de son visage et regarda Karigan d'un air étonné.

— Tu veux savoir pourquoi… tu ne peux rencontrer Letitia ? Ne te suffit-il pas de savoir qu'elle est présente, à notre service ?

— Non. Dans mon clan, les serviteurs font presque partie de la famille. Cela me paraît tout à fait normal de vouloir remercier Letitia en personne.

Mlle Fleur fit claquer sa langue.

— Oh, misère ! marmonna-t-elle. (Mais quand elle vit l'air résolu de Karigan, elle ajouta :) Nous ne sommes pas enclines à raconter des histoires douloureuses, mon enfant, surtout lorsque notre propre père est à blâmer. C'était un accident.

— Un accident. (Karigan fronça les sourcils, perplexe.) Comment ça un accident ?

Mlle Fleur détourna les yeux et se mit à tirer nerveusement sur l'ourlet de son tablier.

— L'invisibilité de Letitia était un accident. Oh, misère !

Elle s'affala sur une chaise, visiblement accablée.

— Invisible ?

Karigan, interloquée, en oublia de refermer la bouche.

— Très invisible. Bien plus que le résultat que tu peux espérer atteindre avec ta broche, mon enfant. Totalement, indéfiniment et désespérément invisible. Elle est plus proche d'une énergie, d'une présence fugace d'ailleurs, car nous ne pouvons pas non plus l'entendre. Mais nous savons qu'elle est là, car la maison est proprette alors que ni ma sœur ni moi ne levons le petit doigt, et nos repas sont préparés, comme tout le reste. Quand elle est contrariée, nous sommes au courant, car alors elle provoque un grand tumulte, comme une grande tempête de poussière. Et s'il n'y avait que Letitia…

— Comment ça, « s'il n'y avait que Letitia » ?

Karigan regarda autour d'elle, se demandant combien de serviteurs invisibles pouvaient bien se trouver dans la chambre à cet instant précis. Elle en eut la chair de poule.

— Eh bien, Rolph tout d'abord, le palefrenier, et aussi Farnham, qui supervise le domaine.

— Et vous dites qu'ils sont devenus invisibles accidentellement ?

Mlle Fleur hocha tristement la tête.

— En effet, mon enfant. Vois-tu, Letitia houspillait sans cesse Père. Il se lassa de l'entendre récriminer en permanence contre la boue du jardin qu'il traînait dans la maison, ou contre la couche de poussière magique qu'il laissait dans la bibliothèque, et qu'elle devait épousseter. Ses recherches l'absorbaient complètement, et c'était le cadet de ses soucis que de gratter la pellicule de cire sur les tables ou de ranger des papiers en piles ordonnées.

» Un jour que Père travaillait dur dans la bibliothèque, à étudier quelque forme de magie, Letitia apparut sur le pas de la porte, mains sur les hanches. « Vous y revoilà, hein, professeur ? dit-elle. Un épanchement de ce liquide infect de cette cornue là-bas, et c'est tout le vernis de votre belle table qui serait à refaire, et que ferions-nous alors ? Et dire que Herschel vous l'a remise à neuf le mois dernier ! »

— Euh, qui c'est, Herschel ? demanda Karigan.

— Herschel était notre homme à tout faire. Dans la famille depuis une centaine d'années, aurait-on dit. Nous pensons qu'il est décédé... De temps à autre, des choses se brisent et il n'y a personne pour les réparer. (Mlle Fleur poussa un profond soupir.) S'il gisait mort quelque part dans la nature, nous n'aurions pas moyen de le savoir. (Elle s'interrompit quelques instants, puis reprit son récit.) Letitia maugréa contre Père jusqu'à ce qu'il lui ordonne de se taire. « J'ai besoin de calme, femme, dit-il, et non de tes récriminations incessantes. » Letitia n'était pas du genre à rester assise tranquillement quand le chaos du fouillis, de la poussière et de fluides bouillonnants menaçait d'engloutir son sens de l'ordre et de la propreté, mais cette fois elle alla trop loin. « Monsieur, dit-elle, en agitant son chiffon à poussière avec emphase, comme un avocat sur le point de présenter des éléments de preuve cruciaux devant un tribunal, puis-je vous rappeler que vous menacez les conditions d'hygiène de cette maisonnée, avec de surcroît deux petites filles sous votre toit ? » Elle accompagna sa réprimande d'un « tss tss tss » vengeur. C'est alors que ça s'est produit.

— Ça ? interrogea Karigan.

Mlle Fleur enfouit son visage dans ses mains.

— Oui, ça. Elle dit « tss » une fois de trop et Père perdit patience. Note bien que cela faisait des années qu'ils se prenaient de bec, la tension avait cru entre eux au fil des ans. Père se mit à crier : « Les serviteurs devraient être muets et invisibles ! » Cela déclencha tout ! Depuis ce temps, nous n'avons plus vu ni entendu aucun des serviteurs. Pas un seul. Mais nous savons qu'ils sont là.

— Une minute, dit Karigan. Votre père a dit que les serviteurs devraient être muets et invisibles, et Letitia et les autres se sont volatilisés, juste comme ça ?

— Eh bien ! pas tout à fait, mon enfant. Oh là là ! Je ne raconte pas les histoires aussi bien que Feuille. J'ai oublié un élément essentiel. Le liquide « infect », celui dont Letitia craignait qu'il gâche le vernis de la table, était instable, chargé de sortilèges. Ceux-ci ont répondu sans faillir aux ordres de Père. Il ne put les annuler.

Karigan était atterrée.

— Et les serviteurs sont restés à vos côtés même après que votre père les a… rendus invisibles ? N'étaient-ils pas en colère ?

— Si mon enfant, ils l'étaient, pour sûr. Très en colère, en vérité. Mais ils demeurèrent ici dans l'espoir que Père trouverait un autre sort pour rétablir la situation. Il chercha un remède jusqu'à l'épuisement, il ne s'arrêta que lorsque la maladie l'emporta. Il avait de terribles remords, et je pense que les serviteurs le savaient. Et oui, ils restèrent avec nous. Où pouvaient-ils trouver à s'engager, invisibles comme ils l'étaient ?

— Et voilà, c'est tout ? dit Karigan. Letitia et les autres vont rester invisibles jusqu'à la fin de leurs jours ?

Mlle Fleur acquiesça, le visage grave.

— Nous essayons de les traiter le mieux possible, et nous continuons à chercher un remède, comme Père. Nous avons appris deux ou trois choses sur la magie en cours de route, mais jusqu'à présent rien qui soit susceptible d'aider nos serviteurs. Hélas ! il n'y a peut-être aucune solution.

Cette fois Karigan ne sut que répondre, et Mlle Fleur s'extirpa du fauteuil pour lui tapoter l'épaule gentiment.

— Comme je l'ai dit, c'est une douloureuse histoire, dont nous ne serons jamais libérées. Tout ce que nous pouvons faire, c'est aller de l'avant comme il se doit et, ajouta-elle en murmurant, nous faisons attention à ce que nous disons et à propos de qui. On ne sait jamais qui est à portée de voix ! (Elle se dirigea vers la porte.) Si tu as besoin de quoi que ce soit, appelle-moi. Je serai juste au bout du couloir. Feuille ne peut monter aisément les escaliers, ces temps-ci, la pauvre, alors elle s'est installée dans une des chambres du rez-de-chaussée, à l'arrière de la maison. Bonne nuit. Le petit déjeuner sera servi à ton réveil.

Karigan se retrouva seule dans la chambre qui, comme toutes les autres pièces du manoir, était bien aménagée. Un broc de porcelaine et une cuvette étaient posés sur un meuble de toilette. Une commode massive, sculptée de branchages et de pommes de pin intriqués, était drapée de linge brodé à la main. Un énorme coffre en cèdre, rempli de couvertures en grosse laine, trônait au pied du lit. Un édredon en patchwork, aux motifs en forme de diamant, était enflé comme un agrégat d'étoiles. Elle regarda avec satisfaction ses habits lavés, bien pliés au bord du lit. Elle sortit la broche au cheval ailé de la poche de sa robe de chambre et l'épingla sur le revers du manteau désormais immaculé.

Elle en explora les poches, à la recherche de la lettre d'amour, et la trouva intacte, inaltérée. Par miracle, ou était-ce par méticulosité, la vigilante Letitia l'avait ôtée pour le nettoyage, et replacée ensuite. La sacoche contenant le message avait également été posée sur le lit. Jusque-là, elle n'avait pas osé l'ouvrir et, même si elle pensait pouvoir faire confiance aux sœurs, elle l'ouvrit à ce moment-là. Dedans, il y avait une enveloppe, scellée d'un cachet de cire en forme de cheval ailé. Toutes ses possessions étant présentes, elle pouvait désormais dormir en paix.

Mais alors, elle vit son reflet dans le miroir sur la commode. Elle avait l'apparence d'un fantôme évanescent, dans sa longue chemise de nuit blanche qui ondulait à chaque pas, vaporeuse et lumineuse. Elle recula de quelques pas pour regarder dans le miroir. Elle trouva que son périple l'avait peu changée, à part peut-être que ses joues s'étaient un peu creusées.

Elle remarqua une imperfection juste sous son œil gauche. Elle se pencha au-dessus du verre argenté pour regarder de plus près. Ce n'était pas tout à fait une imperfection, mais une égratignure rougie en forme de croissant juste au-dessus de la pommette, juste sous l'œil.

Elle revit Immerez à travers le télescope, et le contact de son froid crochet métallique contre sa joue. Ses doigts tremblants touchèrent la marque, puis elle se détourna du miroir. Une coïncidence, rien de plus. Elle avait pu s'égratigner durant la course folle dans la forêt, ou même avec un de ses propres ongles. Elle aurait pu se faire cela à n'importe quel moment.

L'épuisement faisait naître chez elle d'étranges lubies, et elle ne retarda pas plus longtemps le moment du coucher. Le lit ressemblait à celui que sa grand-mère utilisait. Il était si haut qu'une chaise était rangée à côté pour aider à y grimper. Karigan sombra dans le matelas garni de duvet et serra contre elle les couvertures. Elle avait peine à croire qu'elle n'avait passé qu'une seule journée avec les sœurs.

Dans l'après-midi, elle était endormie sur un carré de mousse, ignorant même comment elle y était parvenue. Et ce soir-là, elle était couchée dans un endroit vraiment luxueux, entre des draps frais et apprêtés, à l'odeur aussi délicate que s'ils venaient d'être lavés. Elle souffla la mèche de la lampe, sur la table de nuit, et soupira de contentement. Une journée étrange venait de s'écouler, mais cette chambre à la voûte ornée et ce lit de plume confortable n'avaient rien de surnaturel, eux.

Karigan s'enfouit sous les couvertures. La maison était noyée dans le silence, mais dehors les rainettes crucifères avaient entonné leur mélopée printanière. Avant de sombrer dans un profond sommeil, le dernier son qu'elle entendit fut le « hou-hoou » d'une chouette perchée dans un arbre sous sa fenêtre.

Au matin, Cheval attendait Karigan à l'extérieur. Elle s'était éveillée à la chaude lueur du soleil levant, comme le lui avait promis Mlle Fleur Sorbier, et certaine d'avoir dormi de très nombreuses heures. Pourtant, le soleil était encore bas lorsqu'elle s'était levée. Même en prenant son temps pour se baigner, et pour avaler le petit déjeuner cuisiné par l'invisible Letitia, la matinée avança peu. Le temps semblait, comment dire… flexible, à Sept Cheminées. Elle avait dormi longuement et profité de chaque instant, et cependant il était encore tôt lorsqu'elle reprit la route.

Cheval était sellé, les sacoches bedonnaient, pleines à ras bord. Sa robe alezane luisait au soleil ; quelqu'un, probablement l'invisible Rolph, l'avait étrillé et bouchonné méticuleusement, et il avait belle allure malgré sa silhouette dégingandée. Karigan lui flatta l'encolure amicalement.

— Avant que tu partes, mon enfant, dit Mlle Feuille Sorbier depuis le perron, nous avons quelque chose pour toi.

Karigan jeta un coup d'œil aux sacoches bien remplies et soupesa son paquetage, qui s'était alourdi.

— Vous m'avez déjà tant donné – toutes ces victuailles et les vêtements de rechange…

— Sottises, mon enfant. Ce ne sont rien que des provisions. Tu dois encore grandir un peu, et Fleur et moi sommes soucieuses de ton régime alimentaire. Non, nous aimerions t'offrir quelques petites choses. De très modestes présents. (Elle lui tendit une minuscule pousse dotée de feuilles vert sombre.) Mon homonyme, la feuille de sorbier. Si ta détermination te fait défaut, si tu perds espoir, ou si les senteurs profondes des contrées sauvages te manquent, détache une feuille et frotte-la entre tes doigts. Sa senteur te rafraîchira, et peut-être penseras-tu à moi.

Karigan sourit et prit les feuilles. La pousse fraîchement cueillie exhalait un doux parfum.

Mlle Fleur Sorbier sourit timidement. Elle tenait dans sa paume une fleur à quatre pétales blancs.

— La fleur de sorbier est mon homonyme. Un petit massif pousse dans les bois derrière la maison, il commence juste à sortir de terre avec le printemps. Si tu as besoin d'une amie, cueille un pétale et laisse-le filer au vent. Peut-être aussi penseras-tu à moi. Elle ne se fanera pas avant longtemps, mon enfant, tout comme une belle amitié.

— Encore une chose, mon enfant, dit Mlle Feuille Sorbier.

Elle posa un objet froid et lisse dans la main de Karigan. De faibles éclats de lumière rayonnèrent entre ses doigts, malgré la vive lumière du soleil.

— La pierre de lune ! s'exclama Karigan, impressionnée. Je ne peux accepter. Elle appartenait à votre père.

— Ne sois pas ridicule, dit Mlle Feuille Sorbier. Elle t'a choisie. Elle n'étincelle jamais pour Fleur ou pour moi. Et en ce qui concerne Père, eh bien, je suis sûre qu'il aurait aimé que tu la gardes.

Mlle Fleur Sorbier approuva d'un signe de tête.

— Prends-la. Elle éclairera ton chemin et te réchauffera. Ce sont les pierres de lune, dit-on, qui continrent les sombres forces durant la Longue Guerre. Elle devrait t'être utile. Que la lune vive éclaire ton chemin.

— Merci… merci infiniment. (Les yeux de Karigan s'embuèrent.) N'y a-t-il pas quelque chose que je puisse faire pour vous ? Un message pour un parent dans la cité de Sacor, peut-être ?

— Mince, elle prend à cœur son rôle de messagère, n'est-ce pas, Feuille ?

—Assurément, mais j'ai bien peur que nous n'ayons aucun parent dans la cité de Sacor. Rien qu'une cousine quelque part au sud, et tu ne tiens pas à la rencontrer.

—Mlle Coquelicot est très grognonne, fit Mlle Fleur.

—Et cette affirmation est très en deçà de la réalité. Enfant, il n'y a rien que tu doives faire pour nous, car tu as déjà fait beaucoup en nous tenant un peu compagnie et, comme je l'ai déjà dit, des Cavaliers Verts ont rendu service à notre père lors de ses recherches. Nous ne faisons que rendre la pareille. Si tu repasses par ici, viens nous voir. Fais juste bien attention sur la route aux voleurs et aux malandrins.

Karigan pensa que les sœurs n'avaient pas récolté la meilleure part du marché, mais ce n'était pas une des séances de négociation de son père. Elle regarda le manoir une dernière fois, les fenêtres où se reflétaient les bois, et les cheminées fumantes.

—Pourquoi, demanda-t-elle, appelez-vous cet endroit Sept Cheminées ?

—Pourquoi, tu veux dire, parce qu'il y en a plus de sept ? demanda Mlle Fleur. (Karigan fit oui de la tête.) Eh bien, sept est un chiffre magique, et neuf ne l'est pas. Et Père n'aurait jamais utilisé un nom trivial pour son foyer.

Karigan eut un petit rire et se hissa sur Cheval.

—Je ne sais même pas comment atteindre la cité de Sacor en partant d'ici.

—Suis l'est depuis nord, dit Mlle Feuille Sorbier. L'est depuis nord t'y mènera.

Quand il fut manifeste qu'elle n'obtiendrait aucune information supplémentaire, Karigan fit volte-face à contrecœur et mena Cheval jusqu'à la route. Regardant une fois encore par-dessus son épaule, elle vit les deux sœurs côte à côte qui la regardaient s'éloigner. Elle leur fit signe de la main, et elles l'imitèrent. Elle souhaita, avec un soupir, pouvoir s'attarder plus longtemps.

Sept Cheminées et les sœurs disparurent bien trop tôt au détour du chemin et, peu de temps après, la route devint une piste. Elle fit revenir Cheval sur ses pas, mais s'aperçut que la route avait réellement disparu, comme si elle n'avait jamais existé. Elle passa plusieurs fois devant les broussailles, mais ne put en retrouver la trace.

— Une route ne peut pas tout bonnement disparaître, marmonna-t-elle. Mais bon, une jeune fille et un cheval non plus, en théorie.

Mirpuits

Tomastin II, gouverneur de la province de Mirpuits, l'air fatigué, sombra dans son fauteuil usé tapissé de peaux de bêtes, en face d'un âtre en pierre assez vaste pour qu'on puisse s'y tenir debout. La chaleur du feu serait bénéfique pour ses vieux os. Elle soulagerait les douleurs dans ses articulations, accumulées tout au long d'une vie active, faite de chasses et de combats.

La peste soit de cette humidité, se disait-il.

Le grand blason de Mirpuits, deux marteaux de guerre entrecroisés au-dessus d'une montagne craquelée de failles et de fissures, dans un champ écarlate, attirait l'œil au-dessus du manteau de la cheminée. La création de ces armes, selon la chronique familiale, remontait à l'époque de la formation des clans de Sacor, avant la Longue Guerre. Les racines ancestrales du clan Mirpuits s'étaient nourries d'opposants matés, et le clan avait la réputation d'avoir la force nécessaire pour mettre à bas les montagnes elles-mêmes. Les Mirpuits n'avaient jamais régné sur leur province un sceptre d'or ouvragé à la main, mais d'une poigne de fer armée d'un marteau de guerre.

Même ainsi, au fil des générations, la province était devenue calme, presque endormie. Deux cents ans auparavant, cependant, c'était bien différent. Les clans se déchiraient pour le contrôle des terres et l'honneur familial. Le clan Mirpuits avait conquis plus de terres qu'il n'en avait perdues, les avait intégrées à son territoire et avait acquis une réputation de brutalité bestiale. Ah ! quelle gloire que ce temps où on savait ce qu'un homme pensait grâce à l'épée qu'il tenait à la main, contrairement à aujourd'hui. Désormais la politique était le fait de lâches, d'eunuques de cour qui vous poignardaient dans le dos avec des paroles.

Le roi suprême d'antan n'était lui-même rien de plus qu'un chef de clan, siégeant sur un joli trône et qui contemplait ses vassaux, les autres chefs de clan, s'étriper mutuellement. Les chefs de clan avaient la haute main sur leurs terres et sur tous ceux qui vivaient dans la limite de leurs frontières. Une fois par an seulement, et c'était alors les rares instants de paix, les chefs prêtaient serment de fidélité au royaume et à la couronne, et payaient leurs taxes à la monarchie. Cela s'arrêtait là, bien que les meneurs du clan Mirpuits aient souvent été les proches confidents des rois et leurs conseillers.

Le roi Agatès Brisesceau, le dernier de sa lignée car il n'avait donné naissance à aucun héritier, était mort à un âge avancé, et le chef Smidhe Basseterre, du clan Basseterre, était monté sur le trône. C'est alors que l'histoire avait commencé à aller de travers. Mirpuits passa ses doigts dans ses cheveux gris terne. Oui, tout avait changé avec le clan Basseterre.

Le roi Smidhe avait dompté les terres de sa propre main, instauré des frontières permanentes, et dénoncé les bains de sang entre les clans. Il avait proclamé que les chefs de clan étaient frères et sœurs, et que la Sacoridie ne pouvait survivre sans s'unir en un seul pays. Il y avait d'autres moyens que la guerre pour acquérir la gloire, avait-il affirmé.

Et en effet, les clans n'avaient jamais été aussi unis depuis la Longue Guerre. Le roi Smidhe avait dit que les clans fondateurs de Sacoridie, quand ils avaient institué un roi suprême, n'avaient jamais eu l'intention d'engendrer un chaos comme celui provoqué par la lignée des Brisesceau. Mirpuits poussa un grognement. Le roi Smidhe avait pacifié les clans. Le chef du clan Mirpuits avait combattu ces coutumes nouvelles, mais les soldats du roi étaient venus, et le clan Mirpuits, lui aussi, avait été pacifié. Les hommes de Mirpuits avaient été décimés ou bien s'étaient retranchés dans les collines de Teligmar jusqu'à leur capitulation. Depuis, l'honneur du clan n'avait jamais été lavé.

Le roi Smidhe avait octroyé aux chefs de clan un nouveau titre, celui de prince-gouverneur, et encouragé le développement de l'industrie. Le commerce était devenu florissant à mesure qu'on coupait le bois et qu'on extrayait le granit. À terme, le processus de fabrication du papier avait été découvert, puis l'imprimerie inventée. Smidhe avait même encouragé l'établissement de relations cordiales avec le Rhovanny voisin, aussi le commerce avait-il pu prendre son essor dans les clans inférieurs, dont les flottes marchandes naviguaient sur les eaux côtières, et la Sacoridie avait alors acquis la réputation d'être l'un des royaumes les plus prospères du continent.

Le vieux roi suprême fut nommé Grand Pacificateur, et on fit du Jour de la Province, en été, un jour férié national afin de célébrer et de commémorer à travers tout le pays l'unité de la Sacoridie et le roi. Les paroles de celui-ci furent gravées sur son tombeau, dans la cité de Sacor. On pouvait y lire : *Il y a de la grandeur à s'unir. Nous ne pouvons être unis que si nous nous élevons au-dessus de notre nature animale et mesquine.*

Le feu crachotait et fumait à cause des gouttes de pluie qui tombaient dans la cheminée, et Mirpuits secoua la tête. Le sang bouillonnant de son clan n'avait jamais vraiment été domestiqué. Les tournois et la chasse permettaient à ses hommes d'assouvir quelque peu leur soif de sang, mais on n'aurait su y trouver la gloire d'antan. Bien sûr, il y avait quelquefois des incursions dans les Royaumes Inférieurs. Mirpuits avait participé à certaines d'entre elles. Mais aujourd'hui, des liens avaient été forgés même avec ces barbares, et il n'y avait rien d'autre. Jusqu'à maintenant.

Le gouverneur était déterminé à restaurer l'antique gloire de son clan, pour retrouver la place qu'il méritait, aux côtés des rois sacoridiens, et étendre ensuite les frontières d'un royaume désormais trop peuplé. Il contrôlerait le commerce et la redistribution des richesses. Et il ferait cela à la manière traditionnelle : par la force.

Mirpuits soupira, contemplant la lettre froissée posée sur ses genoux, scellée de la marque du doyen. Avant de secouer la Sacoridie jusqu'en son cœur, il lui faudrait d'abord gérer le cas de son fils, son unique rejeton malgré les épouses et les maîtresses qui s'étaient succédé dans son lit. En fait, régler le problème de son fils viendrait en second. Quelqu'un venait d'arriver.

— Ton rapport.

Le capitaine Immerez fit un pas sous la lumière vacillante. Elle luit sur son crâne chauve. Il avait attendu que son seigneur daigne remarquer sa présence, il avait longtemps patienté. Mirpuits en était parfaitement conscient. Le visage d'Immerez restait cependant neutre, et son salut fut déférent, malgré l'inconfort certain causé par son uniforme boueux et trempé.

Immerez était encore jeune. Il pouvait supporter cela. Les jeunots pouvaient crapahuter dans les contrées sauvages par tous les temps sans s'en porter plus mal. Mirpuits les avait grassement payés pour qu'ils endurent cela à sa place. La tête d'ours accrochée au mur attestait de la force de ses jeunes années, et il se contentait désormais de gérer les affaires de sa province depuis le coin du feu, laissant le travail pénible aux jeunes, comme son père l'avait fait avant lui.

— Prince-gouverneur, dit le capitaine. Nous avons abattu le messager.

— Bien. (On pouvait toujours compter sur le capitaine pour exécuter les ordres. Il avait été sélectionné avec soin parmi des centaines de jeunes soldats, plusieurs années auparavant, pour participer au relèvement glorieux de la province de Mirpuits.) Qu'as-tu découvert au sujet d'un éventuel espion ?

Immerez déplaça son poids d'un pied sur l'autre, mal à l'aise. Son œil unique roula de part et d'autre, et il passa la langue sur ses lèvres sèches. La pluie tambourinait contre la vitre.

— Nous avons été dans l'impossibilité de lui soutirer l'information avant qu'il meure.

— Quoi ? Je ne suis pas satisfait.

Immerez releva le menton.

— Le seul moyen de l'arrêter était de l'abattre.

Les doigts de Mirpuits pianotèrent sur l'accoudoir du fauteuil, sculpté d'une tête de couguar polie par le passage des ans.

— Et pendant ce temps il y a peut-être quelqu'un dans ma maisonnée qui récolte des informations au sujet de mes projets, pour le compte du roi. Où est le message ?

Immerez déglutit.

— Eh bien, mon gars, que se passe-t-il ?

— Le message s'est… Il s'est échappé.

— Le message s'est échappé ? Comment ça ? Il a pris ses petites jambes à son cou ?

— Oui, seigneur. Je veux dire… non, seigneur.

Mirpuits frictionna ses sourcils grisonnants entre son pouce et son index.

— Explique-toi.

— Nous avons traqué Coblebaie pendant des jours, et encore autant de jours après l'avoir blessé. Au moment où nous avons cru le cerner, il nous a encore une fois évités. Il chevauchait comme un diable, on aurait dit que son cheval avait des ailes. Surnaturel, si vous voyez ce que je veux dire. Il aurait dû mourir bien des jours auparavant. Il a quitté la piste et disparu dans les bois. Nous avons perdu toute trace de lui, comme s'il s'était totalement évaporé.

— Comment sais-tu qu'il est mort ?

— Nous avons fini par trouver son cadavre, sur la route de Selium.

— Alors, où est le message ?

La voix du gouverneur se teintait d'impatience.

— Le cheval l'a. (Avant que le gouverneur puisse aboyer une nouvelle question, Immerez continua :) Quelqu'un a récupéré le cheval. Cet idiot de Thursgad pensait que le fantôme de Coblebaie le montait toujours, mais nous avons rattrapé le cavalier, il portait le manteau du Verdâtre, et il était assurément fait de chair. Ce cavalier, *lui*, a bel et bien disparu.

— Un de ces tours de Verdâtres, hein ? J'ai entendu dire qu'ils avaient des pouvoirs troublants, mais ils s'en cachent bien. Cette femme que Zacharie garde toujours près de lui, tu sais de qui je parle.

— Stèle ?

— C'est ça. Stèle. (Il cracha le nom.) Elle est toujours à ses côtés et me regarde comme si elle pouvait voir mon âme à nu. J'ai entendu parler de cette magie de Verdâtre dans mon enfance, et j'ai toujours su garder l'esprit clair et prononcer des paroles sincères, quand Stèle était dans les parages. Inutile de prendre des risques, et je suis content d'avoir été prudent. Seul un Verdâtre peut disparaître ainsi. Que prévois-tu ?

Immerez expira profondément, comme soulagé par l'apparente indulgence du gouverneur.

— L'Homme Gris et mon contingent continuent la traque du nouveau Verdâtre. Je requiers une aide supplémentaire. Je pense qu'il serait avantageux d'inclure à cette chasse quelques hommes du prince Amilton. Après tout, c'est pour son compte que nous sommes engagés sur cette voie dangereuse.

— Quelques gens d'Amilton, hein ? Auxquels penses-tu ?

— À ses Armes.

Mirpuits gloussa.

— C'est bien rusé de ta part, capitaine. Notre aspirant roi se sentirait bien vulnérable sans eux, n'est-ce pas ? Et comme c'est approprié. Ce sont déjà des traîtres au royaume, donc ils seront nécessairement prudents. Quoi qu'il en soit, tu vas élargir le champ des recherches.

— Que faire si le prince proteste ?

— A-t-il vraiment le choix ? Sans notre aide, il ne sera pas en mesure de prétendre à la couronne. (Le feu crépita, et le capitaine cilla. Mirpuits passa ses doigts dans sa barbe grise que quatre mèches blanches balafraient comme des marques de griffes.) Tu dois stopper ce Verdâtre, capitaine. Nous devons empêcher ce message d'arriver à destination. S'il arrivait, ce serait notre ruine à tous ; les représailles seraient assurément impitoyables. Zacharie ne doit pas savoir que nous allons l'assassiner. Découvre aussi qui est l'espion, s'il y en a un, par n'importe quel moyen.

— Oui, seigneur.

Immerez amorça un salut, mais Mirpuits l'arrêta d'un geste.

— Et, Immerez, si tu échoues, je veillerai moi-même à t'arracher l'œil qui te reste, et je l'exposerai dans une urne sur le manteau de ma cheminée jusqu'à sa complète décomposition.

Le sang reflua des joues d'Immerez. Il savait que ce n'était pas une menace en l'air. Il acheva son salut, tourna promptement les talons et quitta la bibliothèque de son pas vif et régulier.

Mirpuits rit doucement. Immerez était en général un homme compétent, mais une menace ne lui ferait pas de mal. Il était de notoriété publique que le gouverneur abritait un véritable musée de trophées de chair pris sur ceux qui avaient eu le malheur de lui déplaire.

Il défroissa la lettre du doyen Geyer pour la relire. Son imbécile de fils avait perdu un combat à l'épée contre quelque fille de négociant et avait contre-attaqué en impliquant les Mirpuits de Selium. Ses cousins semblaient avoir l'affaire sous contrôle. La fille en question avait été suspendue à cause du duel, et s'était alors enfuie. Mirpuits fit un grand sourire ; il n'avait jamais apprécié les marchands. Peut-être son fils devenait-il prometteur, après tout. Mais gouverner une vaste province, une province destinée à devenir encore plus puissante lorsqu'il aurait débarrassé la Sacoridie du roi Zacharie, demandait plus qu'une simple capacité de réaction et un esprit mesquin.

La fille se nommait G'ladheon, un nom des jours anciens, mais ce n'était pas un des clans originels de Sacor, plutôt un clan de moindre importance, certainement. Des négociants… Il pensait en avoir déjà entendu parler auparavant, mais ce clan ne fréquentait pas la province de Mirpuits.

Il fit sonner la cloche à côté de lui et c'est son aide, le major Béryl Spencer, qui le rejoignit alors. Elle salua avec raideur mais élégance. Ah ! si seulement il avait eu vingt ans de moins, peut-être auraient-ils pu ensemble engendrer un fils robuste et intelligent. Mais il était aujourd'hui trop acariâtre, et la présence d'un autre héritier ne ferait que gâcher tous les efforts fournis pour Timas, et compliquerait démesurément les choses.

— Seigneur ?

Béryl se percha au bord d'une chaise et s'empara d'une plume et de papier, prête à transcrire ses ordres ou à rédiger une missive.

— J'ai une mission pour toi, Spence, dit-il, utilisant le surnom qu'il avait inventé pour elle. Mon fils a eu des problèmes avec une fille d'un clan mineur.

— Offrirai-je au clan réparation en votre nom, ou faut-il reconnaître l'enfant ?

— Quoi, un enfant ? Oh non ! ce n'est pas du tout ce genre de problème. (Cette divertissante pensée le fit rire doucement, un petit ricanement qui faillit se transformer en rire franc. L'expression perplexe de Béryl en accentua l'effet.) Non, je doute que cet avorton soit capable de concevoir un enfant. Je voudrais que tu te renseignes sur un clan de négociants, les G'ladheon. Trouve qui ils sont et quelle est leur province d'attache. Je veux connaître leur puissance, au cas où ils chercheraient à se venger.

— Oui, seigneur. Autre chose ?

— Fais savoir au doyen Geyer que j'ai besoin de *dates*, pas seulement de noms. Je croyais le bonhomme intelligent, les érudits sont supposés l'être.

Béryl l'interrogeait du regard.

— À propos de… ?

— Il saura de quoi je parle ; dis à notre messager qu'il doit revenir avec une réponse. Tu peux disposer, major.

— Oui, seigneur.

Béryl salua et prit congé. Une femme efficace, cette Béryl. Mirpuits aimait s'entourer de gens efficaces. L'efficacité allait de pair avec la compétence, et la compétence signifiait que ses objectifs seraient atteints. Il n'avait qu'à donner les ordres. Il jeta un nouveau coup d'œil à la lettre du doyen Geyer. Il y avait à Selium une classe qui était à elle seule un cours d'histoire, pleine d'enfants de noble ascendance, certains d'entre eux étant même fils et filles de chefs de clan. Il était intéressant de constater que le nom de la fille G'ladheon figurait sur la liste. Bizarrement, en provoquant sa fuite, Timas lui avait sauvé la vie.

L'excursion autorisée par le doyen garantirait qu'aucun des enfants des nobles ne menacerait l'accession du prince Amilton au trône. Oh ! il y en avait d'autres là-dehors, des nobles aux dents longues prêts à prendre le pouvoir, mais on réglerait leur cas individuellement si nécessaire. Ces enfants n'étaient qu'un petit sacrifice au service d'une cause plus importante.

Mirpuits roula la lettre en boule et la jeta au feu. Il regarda le papier s'enflammer, noircir à ses extrémités, semblant se replier sur lui-même jusqu'à n'être plus. Ce plan qu'il avait concocté devait être soigneusement pensé, à vrai dire il y songeait depuis des décennies. Seule l'aide de l'Homme Gris avait paru rendre possible sa réalisation.

À côté du fauteuil, il y avait un guéridon sur lequel était posé un jeu de Complot aux pions bleus, verts et rouges. Peu avaient quitté leur emplacement initial, au bord du plateau, car un seul homme jouait la partie.

Mirpuits enleva un messager vert de la zone de la cour rouge. Les pions étaient antiques, ou du moins assez anciens, faits de plomb recouvert d'émail. Leurs traits s'étaient progressivement effacés sous les doigts de plusieurs générations de Mirpuits.

Il coucha le messager vert sur le côté.

— Tu es mort, dit-il.

Puis il avança un autre messager vert dans la mêlée. Il positionna derrière lui trois soldats rouges, deux chevaliers rouges, et un assassin bleu.

La progéniture de *Kanmorhan Vane*

Plusieurs jours s'écoulèrent, ponctués uniquement d'averses de printemps passagères. Karigan et Cheval allaient et venaient entre la route du Nord et le couvert de l'interminable forêt, revenant sur leurs traces à plusieurs reprises dans l'espoir de confondre Immerez et ses hommes, si jamais ils retrouvaient leur piste. De temps en temps, elle avait la sensation d'être surveillée et plusieurs fois elle fut saisie de l'envie déconcertante de regarder en arrière. Mais elle ne trouva jamais de preuve qu'on la poursuivait, et Cheval ne semblait pas le moins du monde inquiet. Se pouvait-il que l'esprit de F'ryan Coblebaie continue à les suivre ?

Au mitan du jour, elle s'assit sur une pierre pour mâcher une portion de viande séchée. Cheval musardait non loin, broutant l'herbe des interstices de la route et chassant les mouches avec sa queue. Karigan se donna une claque sur la nuque. Les insectes proliféraient à la suite des intempéries.

Quelques jours de voyage seulement après son séjour à Sept Cheminées, et déjà les menus détails confortables prodigués par les sœurs Sorbier lui manquaient ; le lit douillet, le thé chaud, les bains parfumés et tout particulièrement la conversation. Tout cela avait été très civilisé. Elle gardait contre elle les présents que lui avaient offerts les sœurs. La pierre de lune demeurait dans la poche de son pantalon, et la pousse et la fleur de sorbier étaient fourrées dans une poche à l'intérieur du grand manteau. Chaque fois qu'elle les en sortait, elle les voyait fraîches et intactes, mais cela ne la surprenait pas.

Cheval hennit doucement et regarda le ciel, de longs brins d'herbe dépassant des coins de sa bouche. Karigan suivit son regard, la main sur le front pour se protéger de l'éclat du soleil. Au loin, très haut, un aigle énorme volait en cercles concentriques. Sa taille et sa couleur terne indiquaient l'un des rares aigles gris qui résidaient dans les monts du Chant Ailé. On ne les apercevait que rarement si loin du royaume des montagnes, et ils ne volaient jamais si bas. Son instructeur d'histoire naturelle, maître Ione, aurait mangé son sceau s'il avait pu voir ce que Karigan voyait en ce moment.

L'aigle suivait les courants, il s'éleva et sembla flotter dans les airs, puis descendit en piqué comme s'il surveillait quelque chose. Karigan pouvait imaginer les plumes de ses ailes ondoyer, et le vent rugir à ses oreilles. Quelle vue époustouflante il devait avoir de là-haut ! Pouvait-il voir au-delà de l'étendue du Vert Manteau, jusqu'à la mer ? Pouvait-il voir les spires de son foyer au cœur des montagnes ?

L'aigle élargit ses cercles ; il cherchait quelque chose, c'était certain, probablement une proie. Il plana un moment, comme figé dans le temps, puis vira en direction du sud et disparut hors de vue. Cheval renâcla et recommença à brouter.

Au crépuscule ils suivirent la piste d'un daim, pour trouver un campement pour la nuit. Karigan grimaça à l'idée de dormir de nouveau par terre, certaine que son dos ne se remettrait jamais vraiment de tant de nuits passées sur des cailloux et des racines. Sa précieuse couverture de Selium, bien qu'usée, était utile, mais n'était en rien comparable à un lit de duvet.

Les insectes zézayaient à ses oreilles. C'était leur heure de prédilection, et ils mordaient chaque parcelle de peau laissée à découvert. Cheval secoua tout son corps pour se soulager et, en faisant cela, faillit déloger Karigan de la selle.

Elle gratta une nouvelle série de zébrures sur son cou en regrettant de ne pas avoir d'onguent de grâce, obtenu à partir d'herbe de grâce, plus souvent nommée rue fétide en raison de son horrible odeur. Malgré sa senteur âcre, ou à cause d'elle, elle était de loin le meilleur remède contre les moustiques. Cependant, les vœux étaient aussi solides que l'air, et elle n'avait pas plus de chances de tomber sur un pot d'onguent que sur un lit de plume.

Sans prévenir, Cheval s'arrêta net et coucha les oreilles en arrière. Karigan cessa de se gratter.

— Que se passe-t-il ? murmura-t-elle. Je ne vois rien.

Un certain nombre de choses dans l'ombre grandissante des bois était susceptible d'effrayer un cheval, bien que celui-ci ne soit pas aisément impressionné. Karigan attendit un moment puis, parce qu'elle n'entendit et ne vit rien, elle le talonna. Il résista et au lieu d'avancer, recula.

— Je ne vois toujours… (sur la droite, un bruissement anima les broussailles)… rien. Le dernier mot s'échappa laborieusement en un soupir.

Karigan jeta de rapides coups d'œil d'ombre en ombre, cherchant à identifier la source du bruit, mais un lourd silence était tombé sur les bois, comme si toutes les créatures qu'ils abritaient attendaient, en retenant leur souffle, que quelque chose se produise. Les rênes devinrent poisseuses entre ses mains moites. Cheval se dandinait sous elle, mal à l'aise.

Juste au moment où elle décidait qu'elle avait dû imaginer le bruit, une créature plus grande que Cheval surgit du sous-bois, dans une envolée de feuilles et de branches, et se rua sur eux à la faveur d'un rayon d'argent.

Cheval se cabra, et Karigan fut éjectée de la selle.

Karigan gémit. Le monde entier bougeait et tressautait dans sa tête douloureuse… elle était sonnée. Le manteau et sa chemise étaient remontés jusque sous ses épaules, et les aspérités du sol égratignaient son dos nu. Elle avait très mal à la cheville. Ses bras étaient étendus derrière elle sur le sol de la forêt. Traction, mouvement et tressautement. Non, le mouvement ne venait pas du tout de sa tête. Cheval devait être en train de la traîner et son pied était sûrement coincé dans l'un des étriers.

Ses yeux s'ouvrirent en papillonnant, et elle dut tendre le cou pour voir. Une énorme pince en forme de tenaille, et non un étrier, prenait sa cheville en étau. La serre était attachée à un corps en forme de soucoupe, doté d'une carapace à l'aspect métallique, et six jambes articulées en supportaient le poids. Une queue plate formait un arc de cercle au-dessus du corps de la créature, terminée par un dard proéminent de la taille d'une dague, imprégné de venin. Deux orbes noirs luisaient à la lumière de la lune, montés au bout de deux tiges. À l'emplacement de la bouche il y avait des mandibules, et deux minces antennes tâtaient le chemin à venir alors que la créature s'enfonçait plus avant dans les bois, de son allure tranquille de crabe. Une deuxième pince claquait en direction de Cheval, le tenant à distance respectable.

Karigan manqua perdre de nouveau connaissance, mais elle résista. Sombrer dans l'oubli était tentant, mais cela ne l'aiderait pas. Alors elle se mit à hurler.

Puis, comme un animal terrorisé pris dans un piège, elle se tortilla, se débattit et cria d'une voix rageuse, mais la pince la tenait fermement ; en fait, elle comprimait et entaillait sa cheville. Elle gémit de douleur. Elle parvint à s'asseoir tandis que la créature la tirait toujours, et essaya de desserrer la pince géante avec ses mains. La carapace était aussi dure que l'armure de plates d'un chevalier, et la serre ne bougerait pas. Ses orteils commençaient à s'engourdir. Elle retomba sur le dos, essoufflée par l'effort, laissant ses mains glisser sur le sol. Sa tête l'élançait tellement qu'elle pensa qu'elle allait vomir. Où pouvait bien l'entraîner le monstre ?

Par les dieux... Elle réprima un sanglot d'impuissance, le souffle court. Son cœur tambourinait contre ses côtes. *Calme-toi, calme-toi. Réfléchis.* Elle se força à respirer plus profondément, à détendre ses muscles le plus possible, comme le maître d'armes Rendel l'y avait entraînée.

« Te réfugier dans la peur te condamnera, lui avait-il dit un jour. Elle n'a pas sa place sur un champ de bataille. Il est sain d'avoir peur, mais la peur est une ennemie. »

Elle continua à respirer calmement et pensa aux moyens de s'en sortir.

Sa tête rebondit contre un caillou et elle vit trente-six chandelles. Elle gémit et tâta l'arrière de son crâne. Elle grimaça au contact d'une bosse de la taille d'un œuf, récoltée lorsqu'elle était tombée de Cheval, devina-t-elle, et d'une petite bosse due à la pierre. Cailloux et racines continuaient à lui entailler le dos, et elle était toujours traînée. Ce cauchemar ne finirait-il donc jamais ? Comment s'en sortir seule ?

Sa main passa à portée d'une pierre et la saisit maladroitement, mais elle ne put l'attraper fermement. Elle chercha d'autres cailloux, mais ils étaient trop petits pour être d'une quelconque utilité, ou dépassaient à peine du sol, ou bien étaient trop gros pour ses mains. Elle en agrippa un qui semblait adapté, faillit le lâcher en s'y arrachant un ongle. Mais elle persista jusqu'à ce qu'elle le tienne dans ses mains.

Pas facile de viser, remorquée comme elle l'était, à même le sol et sur le dos. Elle souleva la pierre à la force de ses deux bras et la lança sur la créature, avec un grognement d'effort. Elle ricocha, inoffensive, sur la carapace de celle-ci et retomba au sol avec un bruit sourd. Elle ne réussit qu'à attirer l'attention de la bête. Son corps en forme de disque pivota et elle regarda Karigan directement. Les yeux au bout des tiges dansèrent au-dessus de sa tête, puis les antennes se penchèrent pour explorer son torse.

— Arrête ! cria Karigan.

Les coups étaient douloureux et, parfois, la chatouillaient aussi. Elle attrapa l'une des antennes, et l'autre se rétracta vivement. C'était froid et dur, épais comme le manche d'un balai dans sa main. La créature l'étudia un moment, puis la secoua jusqu'à ce que Karigan soit sûre que son pied allait être sectionné. Elle lâcha l'antenne, des larmes de douleur coulant sur ses joues.

Cheval profita de la diversion pour foncer tête baissée sur la bête, se cabrant pour frapper de ses sabots la carapace de la créature. Il se mouvait avec adresse pour rester hors de portée du dard et esquiver les serres qui claquaient. Quand il s'approcha trop des yeux du monstre, celui-ci fut suffisamment alarmé pour lâcher le pied de Karigan et accorder toute son attention à l'agaçant mammifère qui le menaçait. Quelle surprise, pensa la jeune fille, que non seulement Cheval ne se soit pas enfui, mais qu'il soit aussi resté dans les parages pour la défendre.

Il se passa un moment avant qu'elle prenne conscience qu'elle était libre, et que son pied faisait toujours un avec sa jambe. Elle tenta de se lever, mais retomba avec un cri de douleur. Les sensations revinrent massivement dans son pied, tout d'un coup. Elle tenta de nouveau de se relever, mais cette fois en sautillant sur son pied gauche ; elle n'osa pas s'appuyer sur le pied droit.

— Cheval !

Cheval était bien trop occupé à défendre sa propre vie pour l'aider. La créature, débarrassée du poids de Karigan, se balançait rapidement de droite à gauche et pivotait pour parer les coups. Les sabots de Cheval martelaient le sol tandis qu'il voltait et virait, ruant en direction de la bête puis l'attaquant avec des claquements de la mâchoire. Il aurait pu tuer ainsi un homme ou une femme, mais ces efforts se révélaient futiles contre la carapace de la créature. Il montrait des signes d'épuisement, sa respiration se faisait laborieuse et de l'écume gouttait au sol ; il trébuchait de plus en plus souvent.

Karigan s'éloigna en sautillant pour demeurer à distance respectable des deux protagonistes. Si Cheval échouait, plus rien n'empêcherait la créature de s'emparer d'elle.

Elle continua à sautiller, avançant à petits bonds sans faire attention, se frayant un chemin à travers le sous-bois tout en regardant par-dessus son épaule pour voir comment s'en sortait Cheval. Lorsque des nuages vinrent masquer la lune, une obscurité presque palpable prit possession de la forêt et elle n'y vit plus goutte. Peut-être le coup sur sa tête ajoutait-il au phénomène, en rétrécissant son champ de vision.

À cause de cette faible lumière ou de sa cheville blessée, elle se prit dans quelque chose de collant, comme une toile géante. Elle tenta de s'en éloigner, mais cela la retenait, ses deux jambes et une bonne partie de son corps y étaient empêtrés. Elle se débattit, mais cela ne fit que l'engluer davantage.

Qu'est-ce que c'est que ça ?

La lune sortit lentement des nuages et elle vit des filaments blancs semblables à ceux d'une toile collés à son bras et à ses jambes. En fait, les filaments étaient fermement tissés entre plusieurs arbres.

Par les dieux, une toile d'araignée géante.

Cheval était maintenant son seul espoir.

Quelque chose tremblota quelque part sur la toile. La lune s'était suffisamment dégagée des nuages pour entamer de sa lueur une partie de l'ombre profonde, et elle révéla d'autres créatures, emprisonnées comme Karigan. Une biche ruait pour tenter de se libérer. On aurait dit qu'elle était là depuis un bon moment. Sa tête dodelinait de fatigue, son souffle saccadé secouait tout son corps. Des oiseaux, des écureuils, des chauves-souris, un raton laveur, et même un *loup* étaient pris au piège.

Le loup claquait des mâchoires dans le vide, et il hurla sa complainte, un hurlement déchirant qui lui fit froid dans le dos. L'appel ne fut pas entendu, et il se mit à geindre. Karigan avait déjà entendu de tels cris, par de glaciales nuits d'hiver. Ils l'avaient terrifiée. À présent, pourtant, elle ne pouvait qu'avoir pitié du loup.

Derrière elle, le sol était jonché d'un amas d'ossements ivoirins en partie cachés par un buisson, ils luisaient dans la forêt sombre, dénudés de leur chair depuis peu. À côté du buisson il y avait une pile d'objets ronds de la taille d'un poing, qui avaient tous la couleur d'argent terni de la créature. Était-ce le fruit de son imagination, ou bien certains vibraient-ils ? Elle passa sa main libre sur ses yeux, ne se fiant pas à sa vue. Elle avait l'impression que sa tête recevait une volée de coups de marteau, et elle avait le vertige.

Un surplus d'os était éparpillé autour des objets sphériques, et elle commença à se douter que la créature n'en avait pas fini avec elle. Elle était prise au piège comme une mouche dans une toile d'araignée.

Le bruit du combat entre Cheval et la bête se rapprochait, le fracas des sabots contre la carapace, le craquement des branchages, les halètements de Cheval et le claquement des pinces... Cheval battait en retraite dans le sous-bois, et Karigan pouvait voir les serres se lever et s'abattre alors que la créature le poussait en direction de la toile.

— Cheval ! cria-t-elle, c'est un piège.

Cheval hésita et regarda dans sa direction, comme s'il venait de comprendre la précarité de sa situation. La créature le frappa de sa queue, et le dard se logea dans l'encolure de Cheval. Il s'effondra sur le flanc et ne bougea plus.

— Noon ! hurla Karigan.

La créature explora d'une antenne le ventre de Cheval. En constatant son absence de réaction, elle émit un son cliquetant, sans doute approbateur. Elle délaissa Cheval et se dirigea de biais vers la toile, qu'elle longea en passant devant la biche et le raton laveur, jusqu'à Karigan. Les tiges de ses yeux oscillèrent alors qu'elle inspectait sa proie. Elle lui tapota les côtes d'une de ses antennes, et siffla doucement pour elle-même.

Karigan se pencha brusquement en arrière et frappa l'antenne de sa main libre.

— Dégage !

Mais la créature avait déjà reporté son attention sur les objets sphériques. Elle donna à certains de petits coups de sa pince pour les positionner correctement, puis s'éloigna tranquillement.

Karigan gémit. Sans Cheval, tout était perdu. Elle était prisonnière, il n'y avait pas moyen de s'échapper. Elle ne s'attendait pas à finir ainsi. Elle avait cru qu'elle atteindrait la cité de Sacor et qu'elle remettrait le message au roi en mains propres. On l'aurait traitée en héroïne ! Si elle devait être arrêtée, elle pensait que cela serait le fait d'Immerez et de ses hommes, une perspective bien assez horrifiante. Ce monstre, lui, était totalement inattendu.

Au bout d'un certain temps, le loup reprit ses hurlements glaçants. Dans combien de temps la créature reviendrait-elle ? Combien de temps avant qu'elle revienne se nourrir ?

La senteur des feuilles de sorbier arriva aux narines de Karigan depuis la poche de son manteau. La petite pousse de sorbier avait dû être écrasée lorsqu'elle se battait avec la créature, et faisait ce que Mlle Feuille Sorbier avait prévu : *« Si ta détermination te fait défaut, si tu perds tout espoir, détache une feuille et frotte-la entre tes doigts. Sa senteur te rafraîchira, et peut-être penseras-tu à moi. »* Karigan reprit espoir et, avec cela, courage. Tant qu'elle était en vie, il restait peut-être une chance.

Mlle Fleur Sorbier lui avait donné une fleur de sorbier. *« Si tu as besoin d'une amie, cueille un pétale et laisse-le filer au vent. »* Elle regretta ardemment de ne plus être aux bons soins des sœurs Sorbier. Elle avait besoin d'un ami.

Quelque part derrière elle, un craquement fendit l'air. Elle ne put d'abord en identifier la source, puis elle jeta un coup d'œil aux objets sphériques. Ils vibraient et leur surface lisse était parcourue de fissures de plus en plus longues. Le corps de Karigan s'affaissa, mais les filaments la maintenaient. Les sphères étaient des œufs.

Des antennes émergèrent. De minuscules pinces tapaient contre les coquilles et de petits corps argentés visqueux, miniatures de leur mère, s'en extirpèrent, mouillés et luisants. Ils avancèrent en s'escaladant les uns les autres, et toute la couvée se précipita vers la toile, attirée par la chaleur que dégageaient les êtres pris au piège. Le doute sur ce qui allait leur servir de repas n'était pas permis.

Une des créatures rampa sur la botte de Karigan qui la chassa d'un coup de pied. La chose roula à quelques pas de là mais se rua de nouveau vers elle, dans un fouillis de petites pattes, d'antennes et de pinces. Les animaux luttaient également mais, dans leur panique, ils ne faisaient que s'empêtrer davantage dans la toile.

Un cri presque humain s'éleva et étouffa les gémissements des autres animaux. Les nerfs de Karigan se crispèrent violemment. *Le raton laveur !* Elle ferma les yeux comme si cela pouvait réduire au silence les plaintes de l'animal supplicié. Lorsque les cris s'atténuèrent, elle rouvrit les yeux.

Trois petits rampaient le long de sa jambe. Elle gronda et s'en débarrassa en se secouant, à présent plus furieuse qu'apeurée. Ces bestioles n'avaient pas le droit. *Pas le droit du tout.* Les petits à portée de ses pieds émirent un bruit écœurant lorsqu'elle les écrasa sous sa botte.

Sa main tenait la fleur de sorbier. Elle ne se rappelait pas l'avoir sortie. La senteur des feuilles de sorbier était entêtante. *« Si tu as besoin d'une amie, cueille un pétale... »* Elle aurait besoin d'une armée d'amis. Elle secoua sa jambe, mais cette fois les petits s'accrochèrent avec leurs pinces, et leurs antennes tâtaient le chemin le long de sa jambe.

Elle fit passer la fleur dans son autre main, celle qui était engluée dans la toile, détacha un unique pétale... et le laissa filer au vent. Aussitôt que le pétale eut quitté sa main, une brise le souleva, évitant la toile et les branches entrelacées, et il disparut hors de sa vue par-delà la cime des arbres. Karigan soupira. Au moins mourrait-elle en songeant à ses amies.

Elle secoua de nouveau sa jambe. Les créatures avaient atteint ses hanches et commençaient à utiliser leur dard. Elle sentit ses jambes s'engourdir. Elle se promit cependant de ne pas mourir sans combattre. Elle s'agita dans tous les sens, se contorsionna, ignorant les piqûres, et balaya certaines des créatures d'un revers de sa main libre. Chaque petit qui retombait était une infime victoire. Elle les plaquait au sol avec le talon de sa botte.

Un cri perçant retentit, couvrant les plaintes des autres victimes, et un grand animal ailé surgit de la voûte des arbres avec fracas. Karigan eut un mouvement de recul devant son ombre. Quelle créature de cauchemar avait décidé de se joindre au festin des petites bêtes ? C'est alors qu'elle vit la silhouette d'un aigle ; un énorme aigle gris.

— La toile ! lui hurla-t-elle. Attention à la toile !

Elle sentit le puissant battement de chaque mouvement d'ailes qui le ralentissait. L'envergure de l'aigle devait être équivalente à la taille de Karigan ; parfaite pour planer au-dessus des sommets des monts du Chant Ailé, elle devenait un handicap dans la forêt.

—*Je vais t'aider.* Il se percha sur une branche robuste qui surplombait la tête de la jeune fille.

— Quoi ?

Dans les contes immémoriaux, le genre de contes que les enfants adoraient et que les adolescents méprisaient, il y avait cette histoire de créatures d'une intelligence pareille à celle des hommes, et qui pouvaient parler à leur esprit. Karigan elle-même avait instamment demandé à sa mère de lui raconter ces histoires, mais, désormais adolescente, elle était moins crédule, et elle douta d'avoir vraiment entendu l'aigle s'adresser à elle. Maître Ione n'avait jamais mentionné d'animaux usant de la télépathie, elle n'avait donc sans doute rien entendu du tout. L'aigle qui la regardait n'était rien de plus qu'une illusion. Son esprit confus, les pulsations dans sa tête et les piqûres empoisonnées devaient provoquer ces hallucinations.

— *Je vais t'aider.* La voix était basse et gutturale, éminemment réelle.

Karigan ne put que le regarder, bouché bée, avec un effroi teinté d'admiration. Si les vieux contes étaient vrais et si l'aigle était vraiment en train de lui parler, devait-elle lui envoyer ses pensées ou bien prononcer à voix haute ce qu'elle voulait lui dire ? Pouvait-il entendre ses pensées ?

— *Guide-moi.* L'aigle était toujours perché, impassible telle une statue, mais sa « voix » s'était teintée d'irritation.

Karigan ouvrit et referma la bouche comme un poisson, incapable de prononcer un mot. Même s'il pouvait lire ses pensées, il n'aurait droit qu'à un incompréhensible embrouillamini.

Elle ne savait quoi lui dire. S'il tentait de combattre les créatures, il pourrait aisément s'engluer dans la toile, ou les petites bêtes pourraient le piquer, ou… Désespérée, elle regarda autour d'elle, cherchant une réponse tout en secouant presque machinalement la jambe pour déloger une paire de petits. Elle regarda le corps immobile de Cheval. Il écrasait le fourreau de la selle. Si l'aigle pouvait l'atteindre…

— Mon épée, dit-elle. Elle est sous le cheval. Si vous pouviez l'en déloger et…

L'aigle, comprenant son intention, s'élança vers Cheval. Une fois au sol, il pencha la tête comme pour décider comment procéder. Karigan ne pouvait rien voir. Un essaim de minuscules soucoupes argentées s'était amassé sur Cheval.

Sa jambe droite était complètement engourdie. Au moins ne sentait-elle plus la douleur à sa cheville.

— Aïe ! Un des petits était en train de mordre son genou gauche. Elle secoua si violemment sa jambe qu'il fut projeté contre le tronc d'arbre le plus proche. L'épuisement rendait sa respiration laborieuse, et elle était maintenue par la toile, flasque comme une marionnette.

— *Voici l'épée.*

L'aigle était juste au-dessus d'elle, en vol stationnaire, il tenait le sabre par la garde dans son énorme serre.

Elle tendit sa main libre le plus loin possible. L'aigle approcha l'arme avec précaution, pour éviter de se retrouver prisonnier de la toile. Elle ne pouvait pas tout à fait atteindre le pommeau, et dut attraper la lame.

— Aaïe !

La lame mordit la chair de sa paume et des doigts, et elle faillit la lâcher. Mais elle craignait les créatures plus que la douleur, et resserra sa prise. Elle retourna l'épée avec son autre main afin de pouvoir attraper la garde.

— *Ton cheval vit encore*, dit l'aigle. *Je vais faire ce que je peux pour lui.*

Cheval était en vie ! La joie la submergea et elle joua de la lame à travers la toile collante pour se libérer. Cependant, sa jambe droite engourdie ne put supporter son poids et elle tomba nez à antenne avec une douzaine de petits. Elle lutta pour se remettre debout et recula en sautillant. Elle balaya de la main et pourfendit les petits qui étaient toujours accrochés à elle.

— *Tu dois les exterminer*, dit l'aigle. (De son bec tranchant, il cueillit un petit sur Cheval et le projeta contre une pierre, comme elle avait vu faire les mouettes du littoral, qui brisaient ainsi la carapace des crabes.) *Tu dois le faire maintenant, pendant que leur carapace est encore molle. Elle est en train de durcir au moment même où nous parlons. Tue-les tous.*

Il devait y en avoir des centaines, éparpillées sur l'humus. Elle s'attaqua d'abord à ceux qui s'étaient fixés sur les malheureux animaux pris dans la toile. La biche et le raton laveur étaient morts, dépouillés méthodiquement de leur chair jusqu'à l'os. Elle relâcha ensuite les oiseaux et les chauves-souris qui étaient hors de portée des créatures.

Le loup continuait à lutter, mais le poids des petits accrochés à sa fourrure trempée de sang l'entraînait vers le sol. Il piaulait à chaque mouvement, la langue pendante, et pourtant Karigan s'arrêta. Trop de gens lui avaient raconté, quand elle était petite, que les loups tuaient les brebis dont les hommes faisaient leur subsistance, et pouvaient dévorer une personne s'ils étaient affamés. Les loups, lui avait-on dit, étaient des créatures maléfiques, des séides de Mornhavon l'Obscur.

Le loup la regardait de ses yeux d'ambre, comme pour la mettre au défi. La mettant au défi de le libérer. Ses yeux roulèrent dans leurs orbites sous l'effet de la douleur, et tout aussi soudainement ses pattes arrière refusèrent de le porter plus longtemps.

Sans plus tergiverser, Karigan, à l'aide de son sabre, débarrassa sa fourrure des créatures. Ses flancs se soulevaient au rythme de sa respiration haletante. Les petits l'agrippaient de leurs mandibules et de leurs pinces. Karigan les empala en transperçant leurs carapaces. Après les avoir ôtées de la fourrure du loup, elle les tailla en pièces et un sang jaunâtre visqueux imbiba le sol. Le loup s'effondra, les yeux mi-clos, épuisé. Karigan détruisit la toile avec l'épée pour éviter que d'autres animaux soient pris au piège.

En équilibre sur un pied, elle taillada les monstres avec acharnement. Sans nourriture à portée, nombre d'entre eux tournaient simplement en rond, claquant des pinces dans le vide. Certaines l'assistèrent dans sa tâche en se repaissant de leurs congénères.

Malgré son agilité, Karigan éprouvait des difficultés à traquer les créatures sur un seul pied. Sa lame rebondissait de plus en plus souvent sur les carapaces qui durcissaient. L'aigle estima bientôt que Cheval était suffisamment en sécurité pour qu'il puisse le laisser, et reprit la chasse, déchirant les monstres à l'aide de ses serres puissantes. Sa vue perçante l'assurait qu'aucun n'en réchapperait.

La robe alezane de Cheval était entaillée et souillée de sang là où les monstres l'avaient mordu, mais lorsque les effets du venin cessèrent, il leva la tête et put bouger ses membres. Karigan essuya sa lame jaunie sur un parterre de mousse. Le sol était jonché de petits anéantis. Le loup avait profité du chaos pour disparaître.

La jambe droite de Karigan retrouva ses sensations sous la forme de centaines de piqûres de frelon. Elle ne voulait même pas penser à ce que la pince de la grande créature avait pu faire à sa cheville.

— Qu'est-ce que c'est ? demanda-t-elle à l'aigle.

— Ils viennent de Kanmorhan Vane. Tout ce qui en provient est vicié.

— *Kanmorhan Vane ?*

— *La forêt du Voile Noir qui borde votre pays,* dit l'aigle. Kanmorhan Vane *est son nom eltique. Une chouette de mes amis m'a dit qu'une brèche était ouverte dans le mur de D'Yer, par laquelle la créature est venue. Je les traquais depuis deux jours.*

Au sujet du mal, Karigan avait entendu de nombreuses histoires, et celles-ci parlaient plus souvent de la forêt du Voile Noir que des loups. À la lumière de sa rencontre avec les créatures, elle était encline à croire ces histoires qui contaient comment Mornhavon l'Obscur avait empoisonné de sa magie la forêt autrefois si verdoyante. Tout ce qui y avait élu demeure, disait-on, était devenu maléfique. Après la Longue Guerre, Aleric D'Yer avait entrepris de construire un mur le long de la frontière sacoridienne, où le Voile Noir menaçait d'étendre ses racines, quand bien même les maléfices de Mornhavon l'Obscur avaient été vaincus.

Un bloc de granit issu du mur était exposé en permanence au musée de Langory, à Selium. Karigan doutait cependant que les gens s'attardent à en comprendre la signification. Le mur était érigé depuis si longtemps qu'on le considérait comme acquis, et la plupart des informations concernant le Voile Noir étaient considérées comme des superstitions. Après tout, comment un simple mur pourrait-il bien empêcher une si sombre force d'envahir la zone frontalière ? Mais si la grande créature venait de là-bas, songea Karigan, alors les histoires au sujet du Voile Noir n'avaient certainement pas été exagérées.

— *Quand tu verras ton roi,* dit l'aigle, *tu dois l'avertir qu'il y a une brèche. Si une créature a réussi à passer, d'autres suivront.*

« *Quand tu verras ton roi...* » Karigan avait peu d'espoir de succès après cette expérience éprouvante, mais elle en ressentait toujours plus que quelques minutes auparavant.

L'aigle pencha la tête de côté, une posture d'écoute. Sous la lumière de la lune, son plumage gris n'était pas terne, mais ondoyait de bleus, de verts et d'ors subtils.

— *J'entends la mère,* dit-il.

Karigan se figea. Sa main qui tenait le sabre se mit à trembler.

— *Elle ne doit pas vivre,* ajouta-t-il. *Je t'aiderai de mon mieux.*

— Comment ?

— *Tu dois tuer la mère,* répéta-t-il d'un ton agacé. *On ne peut la laisser pondre d'autres œufs.*

— Comment je suis censée...

— *La peau du bas-ventre est tendre. De même que la chair autour des articulations.*

La végétation bruissait à l'approche de la créature. Comment Karigan allait-elle pouvoir atteindre son point faible ? Elle devrait être au contact avant de pouvoir la blesser à l'épée.

— *Évite son sang*, dit l'aigle. *Il n'est pas dilué comme celui des petits. Il te brûlerait, ou même t'empoisonnerait, si jamais tu le touchais.*

Ils n'attendirent pas longtemps. La créature déboula dans la clairière, sur les talons d'un renard terrifié. Quand elle vit ses petits massacrés et la toile détruite, elle hurla de fureur, un sifflement haut perché qui retentit dans la forêt avec force. Karigan laissa tomber son épée et se boucha les oreilles. Le renard continua sa course et, sans toile pour l'arrêter, put échapper, sain et sauf, à la bête.

Le sifflement s'atténua et Karigan ôta les mains de ses oreilles. La créature chargea dans sa direction. Karigan trébucha en arrière et se retrouva par terre sur le derrière à regarder, bouche bée, le monstre menaçant dont les antennes cinglaient l'air au-dessus de sa tête.

L'aigle plongea entre les pinces qui s'agitaient violemment et s'échappa de justesse lorsque l'une d'elles se referma dans un claquement. La créature secoua des plumes caudales dans sa pince avec un chuintement furieux. Elle assaillit l'aigle de coups de queue.

L'oiseau piqua vers les yeux de la créature.

— *Ne reste pas plantée là*, réprimanda-t-il Karigan en plein vol. *Il faut la tuer.*

Ses doigts se refermèrent sur la garde de l'épée. Une paire de mains invisibles se glissa sous ses aisselles et l'aida à se relever. Elle n'eut pas le temps de songer à cette aide inattendue car la mère se rapprochait d'elle inexorablement, malgré la présence de l'aigle. Porter son poids sur sa jambe droite réveilla ce qui semblait une armada de frelons qui la picota de bas en haut.

Une pince siffla à quelques centimètres de son nez. Elle l'esquiva en plongeant, et sentit l'air vibrer lorsque la pince se referma en claquant à l'endroit où se trouvait sa tête l'instant d'avant. Elle s'éloigna en boitant du champ de vision de la créature, mais celle-ci était rapide. Une des pinces la frappa dans le dos, entre les omoplates, et elle fut projetée face contre terre. Elle lutta pour respirer tout en essayant de se repérer.

— *Messagère !*

Karigan se retourna en entendant l'avertissement de l'aigle. Une pince béante s'abattit sur elle, mais une masse informe de poils jaillit de la végétation et fonça sur la bête. Le loup !

À cette diversion, le monstre suspendit son attaque. Le loup gronda, il se faufila entre les pattes de la bête et la fit trébucher.

Une fois encore, les mains invisibles remirent Karigan sur ses pieds, et lui tendirent l'épée. Elle courut en boitillant vers le dos du monstre, mais celui-ci fut trop rapide et pivota pour l'attaquer immédiatement. Sa queue siffla un peu au-dessus de sa tête. La sueur empoissait son dos et chaque pas sur son pied blessé était un supplice. Elle ne pouvait pas s'approcher assez du ventre de la bête sans se trouver face à ses pinces ou à sa queue.

Le loup, pour sa part, prit position devant la créature. Il adressa un regard de défi à Karigan, puis bondit et attrapa dans sa gueule une antenne, qui rompit dans un craquement. Du sang noir sirupeux se déversa de l'appendice sectionné, et le loup lâcha l'antenne, la gueule fumant sous l'effet du venin. La douleur mit la créature en rage, et elle happa d'une pince le loup distrait.

— Non !

Karigan se glissa entre les deux pinces et, tenant le sabre à deux mains, le planta dans l'articulation de celle qui tenait le loup. Pince et loup s'écroulèrent sur le sol.

La créature siffla et chuinta. Karigan osa alors s'approcher plus près, tailladant les pattes ou la pince restante lorsqu'elles passaient à portée. L'aigle continua à harceler le monstre depuis les airs, visant constamment les yeux, d'autant qu'il n'y avait dorénavant plus qu'une pince à surveiller.

Karigan trancha la seconde pince et plongea sous le corps de la créature. Sans fioritures, elle enfonça le sabre dans la partie inférieure de la carapace, épaisse comme du cuir, et l'éventra. Un sang nauséabond et des boyaux noirs s'échappèrent de la plaie. Le sol grésilla à leur contact. Elle libéra le sabre d'un coup sec et battit en retraite vers l'air frais de la nuit. La créature trembla, ses jambes s'emmêlèrent et elle s'effondra. Karigan chassa d'un geste la puanteur qui s'en élevait.

Ses poignets se mirent à lui brûler.

— Ma peau !

Du sang noir les maculait.

L'aigle vola dans sa direction. *De l'eau. Il te faut de l'eau pour les baigner. J'ai vu un cours d'eau par ici.*

Karigan lâcha le sabre sans plus s'en préoccuper. Des larmes de douleur emplissaient ses yeux. Elle claudiqua à travers bois derrière l'aigle en vol, trébuchant de fatigue. Les branches s'accrochaient à son manteau et lui zébraient le visage. La voûte dense de la forêt masquait les rayons de la lune, et elle tomba deux fois. Elle se relevait en gémissant de douleur.

— *Vite*, dit l'aigle. *Ce n'est plus très loin.*

— Mon outre était moins loin.

— *Elle n'aurait pas suffi.*

Et il continua à voler au-dessus des arbres.

Après une autre chute, Karigan se souvint de la pierre de lune. Quand elle la sortit de sa poche, elle illumina les bois alentour, aussi brillante que la lumière du jour. Ses douleurs s'apaisèrent tandis qu'elle la tenait, et cheminer dans la forêt devint plus aisé.

Le cours d'eau annoncé apparut, ruban chatoyant à la lueur de la pierre de lune. Karigan la posa sur le tronc d'un arbre mort et tomba à genoux dans la vase molle du ruisseau. Elle plongea les bras, manches comprises, dans l'eau fraîche et apaisante. Elle sentait que tout son corps était brûlant, comme si elle s'était baignée dans le sang corrosif de la créature. Elle s'aspergea aussi le visage.

— *J'espère pour toi que nous ne sommes pas arrivés trop tard.*

Karigan regarda l'aigle. Ses plumes étaient un véritable arc-en-ciel de couleurs à la lumière de la pierre de lune.

— Que voulez-vous dire ?

— *Le sang. Son poison.*

Elle avait l'impression d'entendre de très loin la conversation de quelqu'un d'autre. Elle mit ses mains en coupe pour étancher sa soif soudaine.

— *Des créatures comme celle que nous avons combattue ce soir n'ont pas été vues depuis la Longue Guerre.*

L'aigle lissa un peu ses plumes, puis la regarda, impassible, pendant qu'elle plongeait la tête entière dans l'eau.

Sa soif étanchée, du moins pour le moment, elle se leva, les jambes flageolant sous l'effet du vertige.

— *Que fais-tu ?* demanda l'aigle.

— Cheval… Il a besoin de moi. Et le loup.

Karigan rebroussa chemin à travers bois en boitant, trébuchant et chutant malgré la lueur de la pierre de lune. Elle eut l'impression de mettre des années à atteindre la clairière où gisaient les vestiges du carnage. La carapace de la créature était plus foncée, sous le voile de la mort. Elle se sentait engourdie de partout. Seules les protestations aigues de l'aigle lui évitèrent de marcher dans une mare de sang noir.

Cheval la regarda approcher. Il gisait sur le flanc, les membres repliés sous lui, et bien que son encolure soit enflée jusqu'à l'absurde à l'endroit où il avait été piqué, son regard était alerte. Le loup, quant à lui, ne bougeait plus. Karigan poussa un cri de rage et tira la pince qui le serrait toujours, d'avant en arrière. Défiance et vie avaient quitté ses yeux.

— Je ne le tolérerai pas !

Elle délaissa la pince et trouva son sabre par terre. Sa lame était encore noire du sang du monstre. Elle l'apporta jusqu'au cadavre. Cheval poussa un hennissement alarmé, mais elle l'ignora. Elle tenta de frapper la créature encore et encore, mais l'épée rebondissait sur la carapace.

L'aigle vint et la repoussa.

— *Humaine stupide. La créature est morte.*

— Fichez-moi la paix !

Elle balança l'épée à l'aveuglette, et faillit toucher l'aigle qui s'envolait, mais des mains douces la lui prirent. Elle ne savait pas trop si elle voyait ces mains ou non, mais elles étaient fraîches au toucher. Elles la conduisirent hors de la clairière et l'aidèrent à s'allonger.

Elle ferma les yeux et sombra dans un rêve où des milliers de petites bêtes argentées la piquaient, l'obligeaient à boire un sang noir, un rêve de feu et de combustion. Lorsqu'elle rouvrit les yeux, F'ryan Coblebaie se tenait à côté de l'aigle, vacillant comme une bougie sous la brise. Elle ne pouvait pas entendre les paroles qu'ils échangeaient, seulement des murmures qui pouvaient aussi bien être les branches cliquetant entre elles, comme des os desséchés. Ils regardèrent vers elle ; elle était sûre qu'ils parlaient d'elle, comme si elle n'était pas là.

— Je suis *là*..., voulut-elle hurler, mais ses lèvres et sa bouche étaient si sèches que les mots ne furent rien de plus qu'un souffle éraillé.

Elle vit le loup. Comme F'ryan Coblebaie, il avait une aura lumineuse autour de lui, un aspect surnaturel. Il la dévisagea, ses yeux d'ambre la mettant encore une fois au défi. Au défi, pourquoi ? Elle ne put soutenir son regard, et elle ferma les yeux. Elle sombra dans un obscur et profond sommeil, où de minuscules bestioles à la carapace d'argent se nourrissaient de son esprit.

Somial du bois d'Elt

Ses rêves changèrent de nature sans prévenir. Elle entendit de belles voix chanter et parler autour d'elle. Les voix ne l'importunaient pas, elles l'apaisaient, même si elle ne comprenait pas leurs paroles. Elle s'éveilla une fois, et une myriade d'étoiles faisait briller le ciel comme autant de signaux lumineux, et dessinait la cime des conifères. Elle était couchée dans une vaste clairière ronde au moelleux tapis de lichen qui, à la lumière des étoiles, ressemblait à des mottes de neige. Des étoiles vacillaient parmi les arbres… Non, pas des étoiles, mais des *pierres de lune…* par douzaines. Elle n'était pas seule.

De la lumière suivait le sillage de grandes gens élancés, qui traversèrent la clairière gracieusement et disparurent entre les arbres. Elle s'assit avec un sursaut qui provoqua des élancements dans sa tête.

— Doucement, jeune humaine, dit une voix calme. (Une main douce mais ferme sur son épaule la fit s'allonger de nouveau.) Il n'y a rien de menaçant en ce lieu. Par chance, des amis t'ont trouvée alors que tu étais dans le besoin. Tu n'as rien à craindre de la parentèle des arbres du bois d'Elt.

Alors que Karigan dérivait de nouveau vers le sommeil, elle entendit l'aigle dire :

— *Drannonair des Montagnes, mon seigneur, m'appelle. J'avoue n'avoir aucune envie d'être impliqué dans les affaires des créatures terrestres, et il est temps que je m'en aille.*

Celui à la voix calme rit d'un rire joyeux.

— Mais, Lisseplume, tu te trahis toujours !

Quelqu'un posa une main fraîche sur le front brûlant de Karigan et elle sombra dans un profond sommeil. Elle rêva d'un festin, de belles gens qui chantaient et riaient parmi les pierres de lune et qui dansaient sur une musique inaudible. Les femmes, vêtues de longues robes à la coupe simple, virevoltaient avec une grâce souple, comme si leurs gestes étaient un langage fluide. Si tel était le cas, que disaient-elles ? Dans sa vision, les silhouettes qui oscillaient, se penchaient ou bondissaient paraissaient très réelles, mais au bout d'un moment toutes se fondirent dans la lueur des pierres.

Les chants persistèrent un temps et, même si Karigan ignorait leur langue, elle semblait pourtant comprendre les paroles :

En pleine lumière sur les traces de Laurelyne,
Sous les ardents rayons de l'Homme-lune,
Nous quittons les ombres de la nuit,
Le royaume des songes envenimés.
Nos cœurs se gonfleront quand sonnera l'heure
Pour la lumière de terrasser les ténèbres.
Et lorsque le poison, du cœur est rejeté,
Nous dansons sur les pas de Laurelyne à l'orée du bois.

Le chant s'évanouit, et des hommes entrèrent dans la clairière ; ils reprirent le rythme de l'inaudible musique à l'endroit où les femmes s'étaient interrompues. Ils ne dansèrent que peu de temps, mais cela aurait pu facilement durer plus que les Âges.

Karigan perçut un infime changement dans la lumière, du crépuscule à l'aube. Les étoiles étaient toujours suspendues là-haut, tandis que le ciel commençait à rougir du bleu du jour. La danse se poursuivit et les accords du chant qu'elle ne pouvait entendre continuèrent dans ses rêves. Lorsque la danse s'acheva et que les femmes revinrent dans la clairière, Karigan voulut se lever pour les rejoindre, mais la main fraîche sur son front la plongea dans un sommeil plus profond, où les rêves ne la perturberaient pas.

Quand elle s'éveilla de nouveau, les étoiles piquetaient toujours le ciel et les pierres de lune chatoyaient dans les bois comme auparavant. La clairière n'était pas si différente de celle de ses songes, sauf qu'elle était à présent dépourvue de danseurs. Elle ne put rien faire d'autre qu'ouvrir les yeux, tant elle se sentait faible.

— Te voilà de retour parmi nous, jeune humaine.

Karigan reconnut la voix, mais son propriétaire était hors de son champ de vision. Quand elle lutta pour se dresser sur ses coudes, la clairière et les étoiles se brouillèrent.

— Pas de cela, dit la voix. Tu es encore trop mal en point…

La pression des mains sur ses épaules l'incita à se recoucher. Quand le monde cessa de tournoyer, un jeune homme tel qu'elle n'en avait jamais vu s'agenouilla auprès d'elle. Du moins semblait-il jeune, car elle pouvait sentir le poids des ans dans la douceur de ses manières. Ses longs cheveux d'argent luisaient à la lumière des étoiles, bien qu'elle ne soit pas certaine que ce soit leur couleur véritable. De grands yeux vifs, gris pâle, sertis dans un visage à l'ossature fine, la regardaient gaiement. Il était mince comme un roseau, mais pas dépourvu de force physique pour autant.

— Qui…, croassa-t-elle. Sa bouche et sa gorge avaient la texture du papier mâché.

Il leva une outre vers ses lèvres et l'aida à boire. L'eau était pure et fraîche comme si elle avait été tirée à la source de toutes les eaux, à une source montagneuse qui coulait dans une clairière ensoleillée où les arbres alentour poussaient bien plus haut que tout ce qu'elle avait pu voir.

— Je suis Somial, dit l'homme. Je suis Somial d'Élétie, ou du bois d'Elt, comme ton peuple le nomme.

Karigan s'étrangla en buvant. L'Élétie !

— Les Élétiens sont une légende, murmura-t-elle.

— Si tel est le cas, répondit-il en souriant, je dois donc être une légende.

— Estral a toujours affirmé qu'il y avait encore des Élétiens quelque part, mais je ne la croyais jamais.

— Ton Estral est donc bien sage.

— Cheval…

Elle essaya encore de s'asseoir, mais Somial la maintint fermement au sol.

— Il se porte bien, lui assura-t-il. Nous avons pris soin de lui avec la plus grande diligence.

Karigan cessa ses efforts. Elle n'avait plus de force.

— La nuit a été longue, murmura-t-elle.

Somial haussa le sourcil droit.

— Oui. Cette nuit et les deux précédentes.

— J'ai… ?

— Oui, messagère. Ton combat a vraiment débuté lorsque tu as tué la créature de *Kanmorhan Vane*. Lisseplume nous a parlé de ta bravoure. On ne trouve pas si souvent un tel courage parmi les tiens, ni une telle résistance. L'épais venin de la bête a brûlé avec rage dans tes veines.

Karigan ne put s'empêcher de penser qu'il se moquait d'elle, en son for intérieur, mais son regard et le ton de sa voix paraissaient plutôt sincères.

— Lisseplume ? Qui… ?

— L'aigle gris. Lui aussi est une sorte de messager pour son peuple.

Karigan ferma les yeux. Les lueurs qui l'entouraient avaient commencé à faiblir ; elles redevinrent ensuite éclatantes, puis s'atténuèrent de nouveau. Comment se faisait-il que les Élétiens se trouvaient là, au bon moment ? Étaient-ils juste le fruit de son rêve fiévreux ?

— Comment m'avez-vous trouvée ?

— Nous sommes des *tiendan*, dit Somial, des chasseurs ou bien des sentinelles, pour notre souverain. Nous arpentons les terres, y compris hors de notre Élétie bien-aimée. Bien du temps a passé depuis la dernière fois que nous avons cheminé dans la belle forêt boréale de la Sacoridie. Notre roi et son fils ont senti un profond malaise dans le monde, et la créature de *Kanmorhan Vane* ne fait que confirmer l'agitation des pouvoirs obscurs. Nous aurions souhaité te venir en aide plus tôt, mais nous n'avons appris ta situation qu'en voyant la lumière de la *muna'riel.* Il est curieux qu'une mortelle en possède une. Nous ne savons qu'en penser.

— Ma pierre de lune, vous voulez dire ?

— Si fait, ta pierre. Tu as été touchée par la lumière de Laurelyne. Cela fait de toi une amie du bois d'Elt, bien que notre roi se soucie peu de ton espèce.

— C'est un présent, dit Karigan, un peu sur la défensive.

— Et de grande valeur, en vérité. Comme l'est ceci. (Il tenait dans sa paume un minuscule pétale blanc. Avec un rire haut et clair, il le lança en l'air et le pétale dut disparaître, mais pour Karigan il sembla s'être mué en étoile. Elle était à bout de forces, et dérivait de nouveau vers le sommeil, lorsqu'il ajouta :) Tes blessures étaient sérieuses, et le poison sévit encore en toi, mais bientôt tu iras mieux. Ne crains ni la nuit ni ses créatures. Nous veillerons sur toi, Karigan de Sacoridie, jusqu'à ce que tu aies recouvré des forces pour continuer ce que tu as entrepris.

—Pouvez-vous porter mon message à la cité de Sacor? demanda-t-elle en murmurant faiblement.

—Ton chemin est long et sombre, répondit-il tranquillement. (Il dégagea le front de Karigan de ses mèches de cheveux moites.) Mais tu as la volonté et la force, et la *muna'riel.* La lumière de Laurelyne peut détruire le pouvoir des forces obscures. Ceci est ta mission et non la nôtre, jeune humaine. Nous nous aventurons rarement sur les terres des humains.

—Jeune humaine…, protesta-t-elle.

—Bien que je sois jeune aux yeux de mon peuple, à presque deux cents ans, tu es plus jeune encore. (Il l'embrassa sur le front, en un geste qui lui rappela sa mère, et alors qu'elle glissait vers l'oubli, elle crut l'entendre dire:) Puisse la lumière de Laurelyne éclairer ton chemin.

Karigan se mit à dériver et ne sut pas combien de temps elle dormit, et bien que son sommeil soit profond et réparateur, elle eut toujours conscience du rythme de la musique. Les Élétiens veillaient sur elle et, ainsi rassurée, elle dormit paisiblement.

Lorsqu'elle s'éveilla pour de bon, la clairière était éclaboussée du soleil éclatant d'une matinée avancée. Elle bougea chacun de ses membres, à titre d'essai. Sa jambe droite était toujours endolorie et, en inspectant sa cheville, elle vit qu'elle était sévèrement contusionnée. Elle avait de multiples marques pourpres sur les jambes, là où les petits l'avaient mordue, mais ses plaies avaient dégonflé et ne la faisaient pas trop souffrir.

Ses poignets étaient bandés d'un tissu à la texture de gaze, là où le sang de la créature l'avait brûlée. Globalement, elle se sentait comme toute personne convalescente: faible mais purgée de son mal, et reconnaissante de se sentir mieux.

Aucun signe de Somial ni des autres Élétiens dans les parages. Ils avaient bien soigné ses blessures. Elle était couchée sur son matelas, enveloppée de sa couverture avec le manteau en guise d'oreiller, exactement comme elle avait dormi de si nombreuses nuits durant son périple. Peut-être avait-elle rêvé Somial et les

Élétiens, mais les soins apportés à ses blessures prouvaient le contraire.

Non loin, l'équipement de Cheval et ses affaires étaient posés par terre, et à côté d'eux le sabre tiré de son fourreau étincelait au soleil. Quelqu'un l'avait lavé du sang noir. Elle frémit en repensant à cette nuit-là, et se demanda combien de nuits avaient passé depuis.

Un fort bruissement se fit entendre entre les arbres à l'orée de la clairière, et son cœur fit un bond. Elle attrapa le sabre, s'attendant à être attaquée par une nouvelle créature, mais se détendit en voyant Cheval sortir du bois. Elle tituba pour se mettre debout et se dirigea vers lui, au milieu de la clairière, en boitillant. Ne pouvant distinguer la marque de piqûre, elle passa ses bras autour de l'encolure. Il hennit tout doucement.

— Je ne pensais pas que je serais si heureuse de te voir, vieux canasson têtu.

Karigan s'attarda encore un jour et une nuit dans la clairière, pour essayer de récupérer son énergie habituelle, qui continuait à lui échapper. Pas de trace des Élétiens, mais quand elle dormait, elle continuait à sentir le rythme de leur chant silencieux.

L'EMBUSCADE

Le monde au-delà de la clairière était oppressant. Des nuages d'insectes se pressaient autour de Karigan et de Cheval, leur dérobant le plaisir qu'ils auraient pu trouver à la vue de la floraison sauvage, au son des trilles des fauvettes récemment revenues du sud. Un petit nombre d'arbres à feuilles caduques, éparpillés entre les épicéas pointus qui leur dérobaient la lumière solaire, s'efforçaient de déployer leurs feuilles.

Le temps oscillait entre froide humidité, chaleur estivale et fortes pluies. Karigan choisit souvent de porter le grand manteau malgré la chaleur, car il constituait sa seule protection contre les piqûres d'insectes. Le tissu des manchettes était brûlé en profondeur, et en lambeaux depuis sa confrontation avec la créature de *Kanmorhan Vane*. Pourtant, elle se sentait plus en sécurité lorsqu'elle le portait.

Ils suivirent longtemps la route au petit galop, autant pour semer les insectes que pour hâter leur progression. Cheval avançait à une allure infatigable, sa queue fouettant l'air au rythme de ses grandes foulées. Il était difficile de savoir si c'était l'envie d'échapper aux insectes ou la sensation du printemps qui le poussait. Malgré leur vive allure, ils n'en prenaient pas moins le temps de couvrir leurs traces, car elle savait qu'Immerez et ses hommes les recherchaient toujours, elle et le message.

S'ils étaient prudents sur la route, ils l'étaient tout autant lorsqu'ils la quittaient. Ils ne suivaient plus à l'aveuglette les pistes tracées par les grands animaux pour trouver un campement. Karigan ne cessait de se réprimander pour l'avoir fait la première fois. Suivre des traces de gibier au crépuscule équivalait à se jeter dans les griffes d'un prédateur. Ce n'était pas un hasard s'ils avaient rencontré la créature de *Kanmorhan Vane* à l'heure du dîner de la plupart des carnivores. Pour autant qu'elle sache, un couguar ou bien un ours pouvait très bien les attendre au détour d'une piste, à l'affût d'un repas facile.

Entre Immerez et la créature, Karigan se sentait une proie potentielle de bien des manières.

Au bout d'une semaine de voyage rapide, elle commença à trouver des signes de présence humaine. La route ne s'était aucunement améliorée, mais elle était creusée de marques de roues et d'empreintes de sabots, toutes récentes. De temps à autre, elle et Cheval se camouflaient dans les bois et regardaient ceux qui passaient.

Il y avait des hommes moroses à la barbe épaisse et aux larges épaules, vêtus de peaux de daim, accompagnés de chevaux ou de mules croulant sous leur chargement de peaux tannées. Des marchands vêtus de couleurs vives voyageaient sur des chariots remplis d'objets. Bien qu'ils n'aient pas l'air à moitié aussi prospères que les grands négociants des clans de Sacoridie, les maîtres des caravanes étaient lourdement armés et protégés par une garde, et regardaient la route d'un air préoccupé.

À la vue des marchands, qu'ils appartiennent ou non à un clan, Karigan ressentait des bouffées de nostalgie. Tous les marchands attendaient le printemps avec impatience, après un hiver passé presque sans voyager, sans négocier ni conclure d'échanges. Avec le printemps revenait l'occasion de revoir les vieux amis, et d'accroître le commerce. Karigan avait accompagné son père dans nombre de ses voyages printaniers, qui incluaient souvent un passage dans les foires. Elle s'asseyait fièrement à côté de lui sur le chariot de tête d'une longue caravane, et ils voyageaient de ville en bourgade. Mais son père n'était pas là. Elle était seule sur une route dangereuse et les foires n'étaient qu'un rêve lointain.

D'autres voyageurs armés passaient sur la route, mais elle ne pouvait décider s'il s'agissait de bandits, de mercenaires, ou bien des deux. Il y avait des hommes et des femmes, certains avaient l'air jovial et conversaient le cœur léger, d'autres avaient l'air morose et sévère, comme les gardes des marchands, mais d'autres encore avaient une mine franchement louche. Leurs vêtements étaient souillés et leurs corps sentaient mauvais, même de là où elle se trouvait, à l'écart de la route.

Les bribes de conversation qu'elle pouvait saisir étaient plus souvent qu'à leur tour des grossièretés. Elle ne savait pas si elle devait se réjouir de voir d'autres personnes sur la route ou s'en alarmer. Porter un message de vie ou de mort remis par un Cavalier Vert décédé la faisait soupçonner tous les passants.

Le message. Ce message de la plus haute importance. Que contenait-il ? Elle mourait d'envie d'y jeter un coup d'œil. Elle avait déjà risqué sa vie à le porter ; n'avait-elle donc pas le droit de le lire, même si F'ryan Coblebaie lui avait dit de ne pas le faire ?

Karigan tira sur les rênes et arrêta Cheval, en faisant abstraction des nuées d'insectes agglutinés autour de sa tête. Elle décrocha la sacoche du message et sortit l'enveloppe. On y avait écrit « Pour le roi Zacharie » d'une écriture rapide et inégale. Elle fronça les sourcils. *Ce n'est pas pour moi.*

Elle retourna l'enveloppe et regarda le sceau de cire. Il était toujours intact et sa couleur encore vive malgré les conditions de transport. La transpiration qui perlait sur son front goutta sur l'enveloppe. Elle l'essuya délicatement avec sa manche.

Je pourrais dire qu'il s'est brisé durant le voyage...

Peut-être pouvait-elle glisser la pointe du sabre en dessous, puis faire fondre la cire et sceller de nouveau le message après l'avoir lu. Mais cela déformerait l'image parfaite du cheval ailé et on verrait évidemment qu'elle y avait touché.

Il n'y a qu'une seule solution, décida-t-elle.

Elle tenait le sceau de cire entre ses doigts, prête à le briser, un œil clos, le visage déformé par une grimace, comme si elle ne voulait pas voir ce qui allait se passer. Puis Cheval bougea et remua les oreilles d'avant en arrière. Des voix, à peine audibles, flottaient quelque part derrière elle. Elle soupira, en réalité soulagée par cette diversion, et remit le message dans la sacoche, intact.

Elle guida Cheval dans les bois et l'attacha à distance respectable de la route. Puis elle y retourna en rampant et se tapit derrière un rocher. Deux personnes, un homme et une femme, arrivèrent en vue. Ils marchaient avec une souplesse féline, une aisance dans le mouvement qui semblait contredire la puissance de leurs épaules et de leur bras offensif ; les muscles de leurs jambes ondulaient à chaque pas.

Tous deux étaient vêtus du même pourpoint de cuir uni. Des manteaux gris, souillés par leur voyage et rapiécés, tombaient sur leurs épaules. Ils ne portaient aucun signe d'appartenance à une milice ou à une compagnie de mercenaires.

Des bandits ou des aventuriers indépendants, pensa Karigan. *De piètres brigands si c'est bien ce qu'ils sont.*

Malgré l'usure apparente de leur équipement, les accrocs avaient été soigneusement recousus, et le cuir avait été huilé. De longues épées battaient leurs hanches au rythme de leur pas.

Leur piètre allure n'était probablement pas liée à leurs compétences guerrières. Ils étaient économes de leurs mouvements, ne faisaient aucun geste superflu bien qu'ils aient l'air d'être en pleine discussion..., une importante discussion qui s'échauffait.

— Mais Jendara, dit l'homme, puisque je te dis que j'ai senti l'odeur d'un cheval.

Sa compagne le regarda du coin de l'œil. Des boucles de cheveux roux ondulaient dans son dos.

— C'est juste que tu as faim, dit-elle. Tu imagines des choses.

— Et ces déjections un peu plus haut sur la route, alors ?

— Écoute, on a croisé plusieurs voyageurs sur cette voie, dans les deux directions. Qui te dit que le dernier tas de crottin appartenait au cheval que nous recherchons ?

Le visage de l'homme était morose, couvert d'un début de barbe blonde hirsute, et on voyait clairement en dessous la tension de sa mâchoire.

— Je suis fatigué de marcher. Nous devrions être avec notre seigneur.

Le couple arriva à hauteur de la cachette de Karigan et continua à avancer.

— Je n'aime pas cela non plus, dit celle qui s'appelait Jendara. Mais nous devons faire ce qu'on nous a dit.

— Poursuivre des fantômes et des chevaux. Ce n'est pas ce que nous nous sommes engagés à faire.

— Plus tôt nous en aurons fini, plus vite nous retournerons à nos véritables devoirs.

Puis ils disparurent. Karigan se leva et brossa son pantalon pour en ôter les aiguilles de pin. Leur conversation suffisait à la convaincre qu'elle n'avait pas la moindre envie de les croiser sur la route, en particulier depuis qu'ils avaient mentionné l'objet de leur traque : des fantômes et des chevaux. Elle allait passer la nuit là, et peut-être la suivante ; elle préférait qu'ils la devancent plutôt que de les avoir derrière elle.

Quelques jours plus tard, par un après-midi étouffant, Karigan capitula devant la chaleur. Elle plia le manteau et l'attacha à la selle avec son matelas. Même à l'ombre, on se serait cru au cœur de l'été des contrées du sud, et le nombre d'insectes semblait diminuer également sous l'effet de la canicule. Elle roula les manches de sa chemise et pressa les flancs de Cheval.

Soudainement, quelque chose bougea dans les broussailles et Cheval s'écarta de sa trajectoire, désarçonnant presque Karigan. Elle s'accrocha à sa crinière, mais un homme surgit des buissons et se saisit de la bride. Cheval rejeta brusquement la tête en arrière, mais la poigne de l'homme était ferme.

— Descends, dit-il.

Karigan jura en silence. C'était l'homme qu'elle avait observé l'autre jour, sur la route, mais où était la femme, Jendara ? Elle fit un mouvement vers son sabre, mais sentit la pointe d'une épée contre ses reins.

— Si j'étais toi, j'obéirais, dit la femme derrière elle.

Karigan se passa la langue sur les lèvres, un goût salé de sueur. Si elle pouvait lancer Cheval au galop, peut-être l'homme relâcherait-il la bride et la femme n'aurait pas le temps de...

— Descends !

La pointe de l'épée appuya plus fort sur ses reins. Elle mit pied à terre. Cheval fit mine de vouloir s'emballer, mais l'homme tira brutalement sur la bride.

— J'ai entendu parler de toi, rusé coursier. Si tu n'obéis pas, je te tranche les jarrets.

La femme regardait Karigan avec des yeux aussi froids que sa lame. Ce jour-là, un bout d'étoffe retenait sa luxuriante chevelure.

— Pour moi, tu n'as rien d'un cavalier fantôme.

L'homme pouffa d'un rire méprisant.

— Les revenants n'existent pas, et ce ne sont certainement pas des cavaliers. Ces abrutis de Mirpuisiens puent la superstition.

Les yeux de Karigan s'agrandirent. Ils voulaient sûrement parler d'Immerez, de Thursgad et du sergent... et ils étaient *mirpuisiens* ! Décidément, rien de bon n'émanait jamais de Mirpuits.

L'homme, tenant toujours la bride, attrapa la sacoche du message. Il défit le lien de cuir, jeta un coup d'œil à l'intérieur et hocha la tête. Il referma la sacoche et refit le nœud.

— On l'a.

— Enlève ton paquetage, dit la femme.

Karigan le fit glisser de ses épaules à contrecœur et le lança au sol. Quelle fin honteuse pour sa mission. Elle s'était fait attraper, et des mercenaires travaillant pour le compte d'Immerez compromettaient maintenant l'avenir du message.

L'homme était déjà en train de fouiller les sacoches, riant de plaisir à la vue des restes de nourriture fournie par les sœurs Sorbier. La femme regardait avec dédain la couverture souillée et les vêtements trouvés dans le paquetage.

— Je t'avais bien dit qu'on ne trouverait pas grand-chose de valable, dit-elle. Les Verdâtres ne sont pas réputés pour leur richesse.

— On a les vivres, Jendara, et un nouveau cheval, et tout l'or que Mirpuits va nous payer. Qu'est-ce que c'est que ça ? (Il détacha le manteau et le déroula.) Il a l'air bien chaud mais… ouch ! Je ne veux pas qu'on me voie affublé de ce manteau crasseux de Verdâtre. La babiole, en revanche… (Il regardait la broche, l'air songeur.)

Jendara avait repéré quelque chose qui brillait dans la couverture en boule qu'elle avait sortie du paquetage de Karigan.

— Qu'est-ce que ça peut bien être ?

— N'y touchez pas ! C'est à moi ! cria Karigan, alarmée.

Jendara la mercenaire tenait dans sa main des bagues finement ciselées et des bracelets sertis de joyaux, fascinée par leur éclat à la lumière du soleil.

— Ça ne t'appartient plus, Verdâtre.

— Ils étaient à ma mère…

Sa voix se brisa dans un sanglot. Les seuls objets qui avaient de la valeur à ses yeux, les seuls qu'elle avait emportés en quittant Selium.

L'homme ouvrit la broche et laissa le manteau choir sur la route poussiéreuse. Un grand sourire révéla l'espace entre ses deux dents de devant.

— Un peu tape-à-l'œil, mais ça vaut peut-être quelque chose. On s'en tire pas mal finalement, hein, Jen ? Notre chance a peut-être tourné.

Les sœurs Sorbier avaient dit à Karigan que la broche ne tolérerait pas d'être touchée par quelqu'un d'autre, et pourtant elle jetait une faible lueur froide sous le soleil, comme d'habitude, alors que le mercenaire la soupesait dans sa paume. Mais les sœurs lui avaient aussi dit que le professeur Sorbier n'avait jamais maîtrisé la magie. Peut-être leur savoir avait-il des lacunes ?

Jendara était trop occupée à admirer les joyaux à ses doigts et à ses poignets pour répondre.

— Et un sabre. Un sabre de Verdâtre, mais on ne devrait jamais laisser une arme derrière soi. Les forgerons royaux façonnent vraiment de belles lames.

La gorge de Karigan se serra de chagrin et de colère lorsque Jendara mit à son doigt la bague de fiançailles offerte par Stevic G'ladheon à Kariny, sa promise, vingt-cinq ans auparavant. Elle était d'or serti d'un diamant qui flamboyait à la lumière du jour, telle une étoile. L'emblème du clan, un navire en mer aux voiles déployées, était gravé sur l'anneau. La gravure avait été faite trois ans après le mariage, quand le clan G'ladheon avait été officiellement reconnu par la guilde des négociants et un représentant de la reine.

L'emblème symbolisait les expéditions les plus profitables de Stevic G'ladheon, les expéditions maritimes, soutenues par une famille industrieuse qui résidait autrefois dans les îles de la baie d'Ullem. Les bijoux que Jendara admirait à présent étaient le seul lien matériel avec sa vie antérieure, avec sa mère.

— Laisse-les, dit-elle.

— Je ne pense pas que tu puisses faire quoi que ce soit, dit Jendara en riant. Nous allons prendre bien soin de tes affaires, et les Mirpuisiens vont bien s'occuper de toi.

Karigan serra les poings, les joues brûlantes. Elle n'avait pas éliminé l'innommable créature pour se retrouver entre les mains d'Immerez. Le monstre était plus dangereux que ces deux-là. Elle bondit sur Jendara avec un grondement animal mais, au même moment, l'autre mercenaire l'assomma avec la garde de son épée, qui rencontra sa nuque dans un craquement et elle sombra dans les ténèbres.

Le sang battait violemment aux tempes de Karigan lorsqu'elle reprit connaissance. Ses poignets à la chair tendre, pas encore complètement guéris du sang corrompu de la créature, étaient cruellement attachés derrière son dos, et ses doigts étaient engourdis. Elle était couchée sur le ventre, sur les feuilles mortes et la mousse du sous-bois. Elle entreprit d'évaluer le reste des dégâts physiques, mais n'en trouva pas, hormis cette douleur cuisante à la tête et autour de ses poignets comprimés.

Elle scruta prudemment les alentours, à travers la fente de ses paupières parcheminées. Les ombres s'allongeaient, l'après-midi touchait à sa fin ; Cheval était entravé et dessellé, à quelques mètres d'elle, la tête basse. Il avait l'air très abattu.

Jendara et son compagnon étaient assis autour d'un feu et mangeaient les provisions de Karigan. Ils avaient divisé ses possessions en deux piles : d'une part les choses dont ils pouvaient assurément se passer, à savoir ses vêtements de voyage usés, et d'autre part les choses qu'ils voulaient s'approprier, l'épée et les bijoux principalement. L'homme tournait la pierre de lune entre ses doigts, mais elle ne s'illumina pas. À l'évidence, ils lui avaient aussi fait les poches.

— Il est curieux, ce cristal, dit-il. Probablement un banal colifichet de verre, mais assez joli.

— Tu n'y connais rien, Torne, dit Jendara. Tu vois comme il capte la lumière ? Un cristal de bonne facture, à mon avis. Ce que je trouve bizarre, c'est qu'une simple Verdâtre soit en possession de trucs si raffinés. Peut-être que c'est vraiment une voleuse.

— Mais pourquoi une voleuse irait délivrer un message au roi ? Tu as entendu ce qu'elle a dit, comme quoi les bijoux seraient à sa mère.

— Tu dois avoir raison, mais alors c'est une Verdâtre stupide ; on ne se balade pas sur une route comme celle-ci avec des bijoux.

Karigan referma les yeux. Penser que la mercenaire portait l'anneau de fiançailles de sa mère lui donnait la nausée. Comment le récupérer ? Même si elle parvenait à desserrer ses liens, comment pouvait-elle espérer échapper à deux mercenaires parfaitement entraînés ? Le maître d'armes Rendel lui avait beaucoup appris durant le petit nombre de sessions d'entraînement qu'ils avaient partagées, mais elle n'avait ni la pratique ni la force nécessaires pour tenir tête à Jendara et à Torne.

— À quoi tu penses, Verdâtre ? (Karigan ouvrit les yeux et vit qu'ils étaient juste au niveau des pieds bottés de Torne.) Je sais que tu ne dors pas. (Elle cracha sur les bottes.) Je te l'accorde, dit Torne, tu n'es pas un de ces chiens de cavaliers fantômes, mais tu as du chien ! (Il rit de sa propre plaisanterie tandis que Jendara le regardait d'un air dégoûté, comme si elle avait dû supporter son humour plus qu'elle le souhaitait.) Demain, on reprend la route pour rattraper le capitaine Immerez. J'attends de toi que tu te tiennes à carreau, voleuse. Oui, une voleuse, c'est ce que tu seras, fillette. Comme ça, les gens qu'on croisera sur la route auront moins envie de te prendre en pitié. Un mot sur les Cavaliers Verts et je t'envoie rejoindre le monde des esprits. Il s'esclaffa de nouveau, et avant que Karigan puisse se préparer à encaisser le choc, il lui décocha un coup de pied dans les côtes.

La douleur explosa dans tout son corps tandis que le rire de Torne assaillait ses oreilles. Chaque inspiration lui déchirait les poumons. Dans un brouillard de douleur, elle crut voir F'ryan Coblebaie, blanc et vaporeux, immobile parmi les arbres. Elle ferma les yeux et, lorsqu'elle les rouvrit, il avait disparu.

Karigan avançait péniblement, la tête basse, dans la boue qui lui montait jusqu'aux chevilles. Un orage chahutait la cime des arbres et une pluie diluvienne s'abattait depuis le ciel assombri. Un éclair déchira l'obscurité. Au début, Torne n'avait pas eu l'intention de donner à Karigan de quoi se protéger contre le mauvais temps. Ils n'avaient pas de manteau supplémentaire, et il ne voulait pas révéler son « identité » en la laissant porter son grand manteau. Contre toute attente, Jendara insista pour qu'il autorise Karigan à le mettre.

— Le cheval et son équipement révéleront de toute façon la supercherie, dit la mercenaire. On n'aura qu'à dire qu'elle a tout volé. C'est une voleuse, pas vrai ? En plus, il ne peut y avoir beaucoup d'imbéciles sur la route par un jour comme celui-là. Elle lança à Torne un regard furieux, lourd de sens, puisque c'est lui qui avait eu l'idée de voyager malgré l'orage, au lieu de se terrer dans un endroit sec.

Torne se laissa fléchir, mais lorsqu'elle put enfin mettre le manteau, Karigan était déjà trempée jusqu'aux os. Elle releva la capuche sur sa tête avec ses mains attachées, et chercha en vain dans les poches la fleur et la pousse de sorbier. Les mercenaires avaient dû s'en débarrasser, n'y voyant aucune valeur. Elle poussa un soupir désabusé. Elle n'espérait aucun secours, cette fois ; elle devrait trouver toute seule une échappatoire.

L'humidité avait réveillé une douleur sourde dans ses côtes, mais l'effet du coup s'était atténué et elle pouvait respirer plus librement. Ses poignets étaient gonflés et rougis sous les bandages. Torne ne l'avait pas autorisée à changer la gaze qui enveloppait les brûlures.

— Comment tu t'es cramée, au fait ? avait-il demandé. En allumant un feu de camp bêtement ? »

Elle estima la question indigne d'une réponse. Un feu de camp, et de taille ! Elle se prit à souhaiter qu'une autre créature passe à l'attaque, pour voir ensuite si Torne se débrouillerait aussi bien qu'elle. Elle fantasma sur d'énormes pinces qui l'attraperaient par le milieu du corps et qui l'écraseraient jusqu'à lui faire sortir les yeux de la tête.

La foudre frappa à proximité, avec un craquement assourdissant. Cheval broncha et se décala de plusieurs pas, nerveux. Karigan grimaça lorsqu'elle sentit des picotements ramper de ses pieds à la racine de ses cheveux. Le grondement du tonnerre s'éloigna. *Les idiots*, pensa-t-elle. *Ils n'ont pas la présence d'esprit de s'abriter d'un orage.*

Une chose l'apaisa : si quelqu'un devait finir foudroyé sur place, ce serait Torne ou Jendara car ils portaient leur épée au côté. Cette pensée ne lui déplut pas.

Même encore maintenant, inconscients des dangers de l'orage, ils montaient Cheval à tour de rôle. Celui-ci avait tout d'abord été rétif, mais Torne avait de nouveau menacé de lui trancher les tendons. Karigan lui avait ordonné de se tenir tranquille. Il l'avait regardée de ses grands yeux et il avait renâclé par défi, mais il avait fini par tolérer les cavaliers. Aucun des mercenaires ne le montait longtemps, au demeurant.

— Il faut avoir des fesses en acier pour monter cette carne, avait déclaré Jendara. On l'utilisera probablement comme bête de somme.

Cheval regimba sous l'insulte. Karigan sourit d'un air suffisant ; sa foulée pouvait être souple comme la mousse s'il le voulait bien.

Ils continuèrent à avancer le long de la route tandis que le tonnerre s'éloignait avec un grondement sourd, vers quelque lointaine contrée de Sacoridie.

Les mercenaires étaient plutôt pingres en ce qui concernait *ses* vivres, pensa Karigan. Ils étaient accroupis au pied d'un massif d'arbres au bord de la route, au mitan du jour. La pluie avait diminué jusqu'à devenir une bruine constante, et les derniers roulements de tonnerre avaient disparu une heure auparavant. Les insectes s'agitaient déjà frénétiquement dans l'air moite.

L'estomac de Karigan grondait alors qu'elle ôtait les moisissures de la croûte de pain dur que Torne lui avait jetée. Il se léchait les babines tout en dévorant un festin de viande séchée. Jendara était un peu plus mesurée, juste un peu. Quelle sorte de mercenaires étaient-ils s'ils étaient incapables d'attraper un lièvre ou un écureuil de temps à autre ? Même elle connaissait quelques trucs pour poser des pièges et chasser, grâce au premier maître, même si elle n'utilisait que rarement cette compétence.

— Qu'est-ce que tu regardes si méchamment, fillette ? demanda Torne.

— Vous avez l'air affamé. Les mercenaires qui vous ont formés ne vous ont pas appris à survivre dans les bois ?

Les yeux de Torne brillèrent de colère.

— Jendara et moi, nous étions des soldats de l'ordre le plus éminent. On n'avait pas besoin de savoir ça.

— Et de quel ordre il pourrait bien s'agir ?

— Nous n'avons pas toujours été des mercenaires, fillette. Ce ne sont pas tes affaires.

Karigan devina qu'ils n'étaient pas mercenaires depuis longtemps, et que ne plus appartenir à cet « ordre éminent » était manifestement un point sensible, du moins chez Torne. Elle réfléchit ardemment à la fonction qu'ils avaient bien pu occuper avant de devoir louer leur épée. Des gardes, supposa-t-elle, mais même les gardes suivaient un entraînement à la survie… à moins qu'ils n'aient jamais quitté un poste spécifique, ou soient de rang si élevé qu'ils aient eu des serviteurs.

— Ces imbéciles de Mirpuisiens nous ont raconté que tu pouvais disparaître, dit Jendara. Quand vas-tu te décider à le faire ?

Malgré le ton moqueur de la mercenaire, Karigan décela une pointe d'incertitude. Cela ne pourrait pas faire de mal d'en jouer, mais cela raviva sa propre inquiétude au sujet de la broche. Torne s'était mis à la porter, épinglée sur son manteau.

— Je disparaîtrai quand je serai fin prête.

Torne s'esclaffa.

— Ces idiots l'ont perdue à la faveur d'un épais brouillard. Évaporée, vraiment ?

— Immerez n'est pas un imbécile, dit tranquillement Jendara, il pense que c'est un de ces trucs de Verdâtre, et non un cavalier fantôme.

— Ah oui ! petite Verdâtre ? Tu connais quelques tours de Verdâtre ?

— C'est possible. Tu ne me prends peut-être pas pour un cavalier fantôme, mais un esprit chevauche à mes côtés.

— Qu'est-ce que ça veut dire ? (Karigan haussa innocemment les épaules, un reste de douleur tirant sur ses côtes.) Je ne vais pas tolérer ces inepties !

En un bond il fut sur elle et la gifla au visage. Elle tomba sur le côté et secoua la tête, goûtant le sang de sa lèvre entaillée. Les vestiges de son déjeuner étaient un chaos de miettes sur le sol. Elle se rassit avec effort.

— Tu n'es qu'un ruffian, dit-elle à Torne, et un lâche.

Torne se contenta de rire, mais Karigan vit cependant avec satisfaction qu'elle avait instillé le germe du doute dans son esprit. Si seulement elle pouvait mettre la main sur la broche. À l'heure actuelle néanmoins, cela paraissait improbable.

Ils traversèrent de nombreux villages, gagnés sur la forêt. Ils étaient bien petits, en fait, pour mériter l'appellation de village. Les habitants, chichement vêtus, travaillaient près de leurs cabanes. Ils étendaient du linge au doux air printanier, s'occupaient de potagers là où de la lumière en quantité suffisante perçait la voûte des arbres et permettait aux légumes de pousser, et coupaient du bois.

Torne se servit d'une partie des sous de cuivre pris dans les poches de Karigan pour acheter du pain et du fromage, tout en fanfaronnant auprès des villageois à propos de la voleuse que lui et sa partenaire avaient capturée. Plus souvent qu'à leur tour, on leur offrait le repas, après ce récit de leur invention.

Karigan ne reçut rien que des regards mauvais et des insultes au sujet des voleurs qui vivaient sur le dos des Sacoridiens respectueux des lois, eux qui essayaient d'arracher leur subsistance aux terres sauvages. Certains la dévisageaient scrupuleusement, peinant à croire qu'une fille si jeune, à l'air innocent, puisse être une voleuse notoire.

— Cela fait partie de ses manigances, expliqua Torne dans un des hameaux. Elle a l'air innocente, mais quand vous tournez la tête… (Il ouvrit grand les bras, laissant les villageois en tirer leurs propres conclusions.) Vous voyez ce cheval, et le manteau qu'elle porte ? Elle a tué un Cavalier Vert, que oui.

Des exclamations perturbées parcoururent l'assemblée. La communauté était réunie presque au grand complet autour des mercenaires et de leur captive. Les visiteurs étaient rares, et ils avaient soif de nouvelles.

Karigan se dit qu'ils devaient être des gens bien, elle ne pouvait pas leur reprocher leur expression accusatrice (quand il ne s'agissait pas de regards craintifs). Ils avaient sans doute été victimes de bandits plus d'une fois. La loi royale n'atteignait que rarement ces endroits isolés, sauf pour prélever l'impôt.

Et Torne était un habile conteur. En dépit de ses mensonges flagrants, Karigan n'osa souffler mot. Jendara la maintenait contre elle, la pointe d'une dague pesant sur son dos. C'était frustrant d'être si proche de gens qui auraient pu l'aider, mais les paroles de Torne les avaient ligués contre elle.

— C'est déjà assez difficile avec les blatterreux qui traversent la frontière, murmura un homme. (Il souleva sa casquette de cuir et lissa ses cheveux vers l'arrière.) On n'a pas b'soin en plus que les nôtres volent et tuent.

— Des blatterreux ? demanda Jendara, surprise, en écho aux pensées de Karigan. Qui auraient franchi la frontière ?

— Ouais, gronda-t-il. Z'ont tué une famille à pas sept kilomètres d'ici, sur la piste vers Putnal. Et nulle part y a des soldats du roi. On a envoyé un de nos p'tits gars à la Cité pour chercher de l'aide. Nous autres, on dort que d'un œil avec le peu d'armes qu'on a sous la main, et on a organisé des tours de garde pendant la nuit.

— Sages précautions, dit Jendara. Des blatterreux qui ont franchi la frontière…

— Ouais. Et pis, certains de nos chasseurs ont trouvé la carcasse d'une créature surnaturelle et de sa progéniture. (Karigan écouta avec un regain d'attention.) On l'aurait pas cru si c'était pas les meilleurs pisteurs de notre communauté qui l'avaient trouvée, et plus honnêtes qu'eux y a pas. La chose qui l'a trucidée, elle doit être encore plus dangereuse. Plonger ses longs crocs dans le ventre de la créature, voilà c'qu'elle a fait. Ça incite à croire les contes des ménestrels d'antan sur Mornhavon et la forêt du Voile Noir.

Karigan aurait voulu rire tout haut. Peut-être devrait-elle appeler son banal sabre « Croc », à l'instar des grands guerriers qui baptisaient leurs lames, ou qui portaient des armes issues d'un lignage ancien et baptisées d'un nom tout aussi ancien. *S'ils savaient seulement qui a réellement tué la créature !*

La foule continua à babiller à propos du mal ancien, de vieilles prophéties, et de la Longue Guerre. Karigan se plongea dans ses propres pensées. Estral, sa source intarissable d'informations, avait mentionné l'existence de troubles dans la zone frontalière. Mais des blatterreux ? Elle avait alors eu peine à croire que des blatterreux oseraient quitter leurs tanières du lointain nord, après avoir été massacrés et dispersés à l'issue de la Longue Guerre, la peur de la Ligue implantée dans leur cœur.

Mais à présent elle ne doutait plus que les blatterreux, ces séides de Mornhavon l'Obscur selon la légende, ces créatures apparentées de loin à l'homme, mais à l'allure de bête, meurtrières lors des batailles, rôdaient en territoire sacoridien. Il n'y avait plus de place pour l'incrédulité, plus depuis Immerez. Plus depuis la créature de *Kanmorhan Vane*. Des choses se produisaient dans le monde, et sa bien-aimée Sacoridie ne semblait plus être un lieu très sûr.

Une traction sur son manteau la sortit de sa rêverie. Un petit garçon aux cheveux blonds ébouriffés la dévorait de ses grands yeux bruns solennels. Il ne pouvait avoir plus de six ans.

— T'as vraiment tué quelqu'un, demanda-t-il, aussi effrayé qu'admiratif.

Karigan regarda autour d'elle. Les habitants et les mercenaires étaient trop occupés à discuter pour leur prêter attention. Elle posa les yeux sur le petit garçon.

— Non.

— C'est vrai ?

— Oui.

— J'me disais, aussi.

Il lui fit un grand sourire joyeux, puis partit en courant rejoindre sa mère, qui se tenait à l'écart un peu plus loin, en compagnie d'un groupe d'autres femmes. Elle passa un bras protecteur autour de ses épaules et jeta à Karigan un regard mauvais.

Jendara et Torne furent invités à partager le dîner des habitants. La venue de visiteurs apportant des nouvelles du vaste monde était une raison suffisante de se réjouir. Le festin eut lieu en plein air, car aucune ferme du coin n'était assez vaste pour accueillir plus d'une famille peu nombreuse. On fit passer de mains en mains des pots d'onguent de grâce, et des bougies fumantes furent allumées pour tenir à distance les insectes affamés.

Cependant, personne n'en donna à Karigan, et on l'attacha à un frêne, hors de portée des bougies, bâillonnée fermement avec des guenilles. Comme si ces conditions misérables ne suffisaient pas, l'odeur des viandes rôties flottait tout autour d'elle. Son estomac grondait. Le quignon de pain dur que Torne lui avait jeté tantôt n'avait pas apaisé les crampes de la faim.

Un des villageois montait la garde non loin. Il semblait plus enclin à regarder les festivités, sa lame ébréchée et rouillée oscillant dans sa poigne molle. Karigan pouvait entendre de la musique, de simples percussions et des pipeaux essentiellement, et les rires et les applaudissements des gens qui dansaient.

Elle autorisa quelques larmes à se frayer un chemin sur ses joues. Si seulement la broche au cheval ailé avait été en sa possession, ou bien la fleur de sorbier.

Comme les sœurs Sorbier lui manquaient. Ainsi qu'Estral, et son père. Où était-il en ce moment ? Était-il à sa recherche, ou la supposait-il morte ? Le reverrait-elle jamais ? Cette fois les larmes coulèrent librement sur ses joues et elle sanglota sans retenue, et sous les guenilles l'air se raréfia. Elle était si seule ! Comment avait-elle pu se fourrer dans un tel pétrin ? Jamais plus elle ne souhaiterait partir à l'aventure ; elle voulait seulement rentrer à la maison.

En d'autres circonstances, elle aurait pu trouver la nuit plutôt agréable. Une lune laiteuse s'était levée, loin au-dessus des arbres, et des étoiles parsemaient le ciel. Le rire des villageois lui rappelait son foyer, mais elle ne s'en sentit que plus esseulée. Elle prit une profonde inspiration râpeuse et expira lentement par le nez. Une douce brise sécha ses larmes, murmurant l'été encore à venir. Cela aurait été facile de se sentir bien ici, à l'aise, si seulement elle n'avait pas été attachée à un arbre et bâillonnée.

— *Comme j'aimerais t'aider.*

Les mots flottèrent vers elle, comme portés par la brise. Elle regarda frénétiquement autour d'elle et se tortilla au maximum pour regarder derrière l'arbre, mais il n'y avait personne.

— *Comme – rais t'aider.*

Karigan se redressa, ses sens en alerte.

— *Je – t'av – danger – la route. – vons dit – ger.*

Karigan grommela sous le bâillon, incapable de répondre.

— *Je – plus – forces – aider maintenant. J'aim – pouvoir – aid...*

Karigan remua, essayant de se libérer de ses liens. Était-ce F'ryan Coblebaie qui essayait de communiquer avec elle ? Entendre la voix d'un fantôme faisait-il d'elle une folle ?

— *– pas – euh – – aider.*

— Hhi hu aide ven à oua he ! fut tout ce qui sortit du bâillon.

Elle entendit de petits rires tout autour d'elle. Levant les yeux, elle vit tous les jeunes enfants du village qui la regardaient, comme si elle était quelque étrange bête du zoo de Corsa. Au premier rang se trouvait le petit garçon qui lui avait adressé la parole, plus tôt dans la journée.

— T'es un meuhtrier ? demanda une toute petite fille, l'index cramponné à la bouche. C'est quoi un meuhtrier ?

— Chut, Sornette, dit sagement le garçon. C'est pas une meurtrière. Elle me l'a dit.

— Peut-être qu'elle est folle, dit un autre garçon. Ma grand-tante était folle et ils l'ont enfermée dans le grenier.

Les autres enfants furent dûment impressionnés.

— C'est quoi un meuhtrier ? demanda encore la toute petite fille.

— Ça veut dire qu'elle a tué quelqu'un, dit le premier garçon.

Karigan s'éclaircit la gorge, et tous sursautèrent. Le garçon regarda subrepticement autour de lui, puis fixa Karigan avec une mine très sérieuse.

— Tu dois promettre de pas parler. Enfin, pas fort.

Karigan hocha la tête ardemment. Le garçon regarda encore aux alentours, puis tira le bâillon qui couvrait sa bouche. Elle respira profondément à plusieurs reprises puis dit :

— Je n'ai tué personne.

Les enfants sursautèrent de nouveau, au son de sa voix, mais ils semblaient prêts à la croire.

— Qu'est-ce que vous faites là ? Vous allez avoir des ennuis si vous me parlez.

— 'Pa a très sommeil. Il a bu trop de cidre. (Puis le garçon désigna du doigt le garde qui leur tournait toujours le dos.) Tu dois être très calme, tu t'souviens ? Comme ça on n'aura pas d'ennuis. On est venus pour te regarder.

Cette fois, Karigan eut vraiment l'impression d'être une bête curieuse dans un zoo.

— Alors, partez. Je n'aime pas qu'on me dévisage. Ce n'est pas poli.

Les sœurs Sorbier auraient approuvé.

Les enfants rigolèrent, surtout lorsqu'elle leur fit une grimace. Ils déguerpirent, papotant entre eux passionnément, à voix basse. Ils avaient bravé l'interdiction parentale en lui parlant, et ils étaient tout fiers. Seul le garçon aux cheveux de sable resta, et Karigan vit qu'il tenait un plat où s'amoncelaient des restes de nourriture.

— Je n'avais plus faim. Tu peux le manger.

Karigan faillit se comparer à un chien famélique, mais elle avait trop faim pour s'en soucier. Elle se pencha vers le plat qu'il lui tendait, et mangea avec avidité. Pour finir, elle lécha le plat. Elle ne savait même pas vraiment ce qu'elle avait mangé, mais pour la première fois depuis des jours, elle était rassasiée.

— Comment tu t'appelles ? lui demanda-t-elle.

— Cendré.

— Merci, Cendré. Merci.

Il sourit timidement puis, sans prévenir, lui fourra de nouveau le bâillon dans la bouche. Il partit en courant rejoindre ses amis. Karigan le vit s'éloigner à regret. Elle avait été sur le point de lui demander de la détacher. À l'exception d'un passage aux latrines pour se soulager, on l'avait laissée attachée à l'arbre en permanence, dans cette position inconfortable.

Au matin, quand Torne la fit se relever, ses genoux se dérobèrent. Il attendit avec impatience qu'elle masse ses jambes pour les dégourdir.

Le grand manteau était plus lourd qu'avant, et les poches contre ses hanches étaient bombées. Quand Torne regarda ailleurs, elle glissa les mains à l'intérieur et les trouva remplies de ce qui, au toucher, lui sembla être de la viande séchée, du fromage, du pain dur et une pomme. Cendré et ses amis avaient dû les y glisser pendant son sommeil. Ils ne voulaient pas qu'elle reparte affamée !

Quand elle put finalement se mouvoir sans trop de peine, Torne lui attacha les mains devant. Il se pencha et lui murmura à l'oreille :

— Un seul mot, et la dague de Jendara finira sa course dans ton dos. Dois-je te bâillonner ?

Karigan secoua la tête. Une nuit avec ce bâillon fétide lui avait suffi.

Ils quittèrent tous trois le village, Torne en tête, Karigan au milieu, et Jendara fermait la marche en menant Cheval par la bride. Les habitants donnèrent des bourrades dans le dos de Torne et de Jendara ou leur serrèrent la main, en leur souhaitant bonne allure. À Karigan, ils souhaitèrent une pendaison en bonne et due forme.

Les enfants aussi étaient là, et agitaient le bras avec emphase en guise d'au revoir. En retour, Karigan fit un clin d'œil à ses petits bienfaiteurs et leur sourit. Un père surprit l'échange et, furieux, lui jeta une pierre, qui manqua son épaule d'une paume, mais elle n'en avait cure. Malgré l'animosité des villageois qui l'entouraient et la morose perspective de voyager pendant des jours avec Torne et Jendara, quelque chose de bon s'était produit : elle s'était fait des amis parmi les enfants, alors même que tous les autres l'avaient méprisée et qu'elle n'avait jamais été aussi seule.

Lorsqu'ils furent hors de portée d'oreille des villageois, Torne gloussa.

— Les dupes. Raconte-leur une belle histoire et ils te mangent dans la main. (Les sacoches de Cheval étaient remplies à ras bord de victuailles.) Peut-être qu'on devrait faire ce genre de choses à plein-temps.

Jendara haussa les épaules, l'air indifférent.

— C'est ennuyeux de trimballer un prisonnier.

Elle lança un coup d'œil à Karigan, qui se redemanda ce que ces deux-là faisaient avant de devenir mercenaires.

Les Armes

Karigan reçut une réponse, plus tard, dans l'après-midi. La journée s'étirait lentement, jusqu'au moment où Cheval freina des quatre fers, les oreilles couchées en arrière. Il fit quelques pas de côté nerveusement, et des taches de sueur assombrissaient son encolure et ses flancs. Torne s'arc-bouta aux rênes comme s'il pouvait tracter Cheval de force le long de la route. Voyant que Cheval continuait à résister, Torne jura et le menaça.

— Il sent quelque chose, là devant, dit Karigan, la lassitude pesant sur ses mots. (Elle se moquait bien que les mercenaires puissent rencontrer des problèmes, mais Torne avait posé la main sur la garde de son épée et elle eut l'impression que, cette fois, il allait utiliser la force brute sur Cheval.) Va, Cheval.

Cheval agita une oreille dans sa direction, mais cessa de regimber. Ils continuèrent à avancer et découvrirent bientôt ce qui l'avait arrêté. Un amas de corps entremêlés jonchait la route et les bas-côtés.

— Des soldats royaux, dit Jendara, imperturbable.

Les mercenaires tirèrent leurs épées à la vitesse de l'éclair. C'est alors que Karigan vit les bandes noires sur les lames, qui indiquaient qu'ils étaient maîtres-lames. En tant que tels, ils étaient ou avaient probablement été gardiens de tombeaux, ou fait partie de la garde personnelle du roi, en tout cas, c'étaient des soldats d'élite. Ils prêtaient un serment qui les liait pour la vie à la famille royale, et même au-delà. Certains avaient pour mission de protéger les défunts des profanations, dans les Allées des Rois et des Reines, et de garder les tombes contre des voleurs potentiels, attirés par les reliques de valeur incommensurable, venues d'âges anciens, qui avaient été enterrées aux côtés des monarques d'antan. Ils étaient nombreux à être inhumés auprès d'eux.

Rendel, le maître d'armes, lui avait dit que ces gardes, les épéistes les plus doués de toute la Sacoridie, étaient de véritables armes humaines, même à mains nues. D'ailleurs, on les appelait souvent les *Armes*.

Durant l'embuscade, Karigan avait été trop bouleversée pour remarquer les bandes noires. Leur statut d'Armes expliquait leur inaptitude à survivre dans la forêt, mais non pourquoi ils vivotaient comme mercenaires.

On révérait les Armes pour leurs talents, et bien qu'ils ne vivent pas exactement dans le luxe, ils vivaient au moins aussi bien que la petite noblesse, dans de grandes maisons où des serviteurs veillaient à leurs besoins.

Mis à la retraite, ils conservaient toujours une place de choix à la cour. Nombre d'entre eux devenaient conseillers du roi, ou formaient la nouvelle génération de ces gardes liés indéfectiblement à la famille royale. Karigan avait du mal à croire que Torne et Jendara avaient volontairement délaissé leur vie privilégiée dans la cité de Sacor.

Des corneilles voletaient entre les arbres en criaillant tandis que Jendara et Torne avançaient prudemment entre les cadavres. De plus gros charognards sautillaient, ailes déployées, à quelques pas de là. Les Armes fouillèrent les poches et les paquetages des défunts, à la recherche d'objets de valeur et de monnaie, mais la chance les avait désertés. Quiconque avait massacré les soldats avait déjà procédé à une fouille complète. La brise tourna, et Karigan eut un haut-le-cœur en sentant la puanteur des corps en décomposition.

— On dirait que des blatterreux leur sont tombé dessus.

Jendara rengaina son épée comme si les blatterreux étaient un désagrément mineur.

— L'Homme Gris n'a pas chômé, ajouta Torne.

Il fit signe à Karigan et à Cheval de les suivre. Karigan se couvrit le nez et la bouche de ses mains, et essaya de ne pas regarder par terre, mais elle devait voir où elle mettait les pieds. Les corps tordus gisaient entrelacés, il était impossible de savoir où s'arrêtait l'un et où commençait l'autre. Des scarabées rampaient et lui donnaient l'impression que les morts bougeaient.

Le gris argenté de leurs uniformes étincelait au soleil comme pour se gausser de la fierté et de l'honneur avec lesquels ces soldats avaient, de leur vivant, servi les couleurs de la Sacoridie. Des visages lugubres boursouflés étaient tournés vers un soleil qu'ils ne voyaient plus. Les charognards les avaient énucléés.

Parmi les dépouilles humaines, il y avait des restes pas si humains que cela. Karigan ne pouvait dire si la couleur brun jaunâtre de leur peau était due à la mort, ou si c'était leur couleur naturelle. La peau était couverte de touffes de fourrure couleur de boue. Leurs bouches, ouvertes comme si la mort les avait saisies en train de hurler, étaient pourvues de canines acérées. Leurs oreilles étaient pointues et couvertes de fourrure, comme celles d'un chat. Des blatterreux.

Trois têtes humaines étaient plantées sur des lances, d'un côté de la route. Ce qui restait d'un capitaine se balançait à une branche, éventré. Deux flèches noires empennées de rouge lui perçaient le cœur. Karigan vomit.

Il fallut un temps considérable pour persuader Cheval, avec maintes cajoleries, de traverser l'amoncellement de cadavres, bien plus de temps que ce que Karigan pouvait supporter. Elle voulait s'enfuir en courant, et laisser cette épouvantable scène loin derrière elle. Mais elle savait que celle-ci la poursuivrait dans ses rêves, aussi loin qu'elle s'enfuie.

— Ce cheval ne survivrait pas à une bataille, dit Torne, contemplant la chose misérable que Karigan traînait par les rênes.

— Les Verdâtres ne sont bons à rien au combat. (La voix de Jendara était pleine de dédain.) Tout ce qu'ils savent faire, c'est traverser le royaume au galop sur leurs coursiers. Je suis même étonnée qu'ils portent une épée.

Karigan se sentait aussi verte que son manteau, et elle continua à avancer même après avoir franchi la zone du carnage. Les mercenaires la rejoignirent au petit trot. Derrière eux, une flopée de charognards s'abattit de nouveau sur les corps pour reprendre son festin.

Karigan vomit encore à plusieurs reprises. Du sang et de la chair souillaient ses bottes et les frotter contre le sol n'y faisait rien. Quand un cours d'eau apparut au détour de la route, elle s'y jeta si précipitamment que même la vive Jendara ne put l'en empêcher. Karigan s'avança dans le ruisseau, les yeux fermés, pour que le courant lave ses pieds, et son esprit.

— Reviens sur la route, ordonna Jendara.

Quand Karigan rouvrit les yeux, ils rencontrèrent la lame bordée de noir. Torne était au milieu de la route, il riait, la tête en arrière.

— Une tueuse qui ne supporte pas la vue du sang ! Karigan l'ignora et soutint le regard de Jendara.

— Gardais-tu les tombes ou faisais-tu partie de la garde royale, maître-lame ?

Jendara cligna des yeux, comme aveuglée par l'éclat de sa propre lame. Sa bouche prit un pli contrarié.

— Je ne garde pas les morts.

— Alors pourquoi trahis-tu le roi ?

— Je ne trahis pas le roi, en tout cas pas le roi légitime.

Karigan haussa les sourcils. Que pouvait-elle bien vouloir dire *par là* ?

— Il n'y a qu'un souverain. Zacharie.

Le coup fut si rapide que Karigan ne le vit pas venir. Jendara abattit le plat de son épée sur la clavicule de Karigan, qui sentit tous ses nerfs hurler sous l'impact. Elle tomba à genoux dans l'eau, l'eau froide qui s'infiltra dans son pantalon.

— Je sers le roi légitime, siffla Jendara. N'oublie pas ça.

Elle attrapa Karigan par le col, la traîna hors du cours d'eau, puis la poussa sans ménagement vers la route. Torne riait de nouveau, ou peut-être n'avait-il jamais cessé. Karigan tituba à la suite de ses ravisseurs ; elle avait le vertige et se sentait vidée de ses forces après avoir tant vomi, mais elle était soulagée que ses bottes, au moins, ne soient plus souillées.

Des jours vinrent et s'en allèrent, Karigan en perdit le compte. Les mains liées devant elle, elle avançait péniblement avec les mercenaires. Elle ne parvenait à les suivre que grâce aux rations que Cendré avait glissées dans ses poches. Elle les grignotait lorsque les mercenaires regardaient ailleurs ou étaient endormis. Même avec cette réserve de nourriture, elle rêvait d'un festin d'oie rôtie et de pain fraîchement sorti du four, de beignets de pommes sucrés et de fromage corsé.

Une nuit, alors que Torne ronflait de l'autre côté du feu de camp et que Jendara avait pris son tour de garde, tournant le dos à Karigan, celle-ci plongea la main dans sa poche. Elle salivait à la perspective de se nourrir et son estomac grondait ; Torne ne lui avait rien donné de la journée.

Elle sortit une lanière de viande séchée. Elle mâcha et avala à la hâte, savourant pourtant chaque bouchée. Elle était si concentrée sur la nourriture qu'elle remarqua trop tard que Jendara la regardait. Les yeux de la maître-lame miroitaient à la lueur du feu de camp.

Karigan se raidit et se prépara à encaisser un nouveau coup douloureux, s'attendant à ce que Jendara réveille Torne. Elle fourra le reste de la viande dans sa bouche, pour éviter qu'on la prive du dernier morceau. Elle lança un regard de défi à Jendara.

La maître-lame, pourtant, ne broncha pas. Elle ne réveilla pas Torne, ne bondit pas sur Karigan pour la frapper, et ne demanda pas à ce qu'elle vide ses poches de la nourriture restante. Elle ne dit pas un mot. Elle cligna simplement des yeux et son regard se posa de nouveau sur les profondeurs nocturnes de la forêt, le dos bien droit. Karigan n'avait pas l'intention de contester ses raisons.

Quand la jeune fille ne rêvait pas de nourriture, elle rêvait qu'elle récupérait la broche, et imaginait ce qu'elle ferait du sabre si elle était invisible. Elle voyait aussi en rêve l'anneau de sa mère, celui que portait Jendara. Parfois, elle rêvait que sa mère la fustigeait pour sa négligence. D'autres fois, sa mère l'enlaçait tendrement, et le sceau du clan G'ladheon semblait prendre vie derrière elles ; le rugissement de l'océan, les craquements du pont du bateau, le cri des mouettes… Puis elle se réveillait et retrouvait une réalité bien plus étrange que tous ses songes réunis. Comment une simple étudiante avait-elle pu se fourrer dans un tel pétrin ?

Les voyageurs croisés sur la route regardaient le trio d'un drôle d'air. Torne raconta son histoire de nombreuses fois, et Jendara tenait alors la dague contre le dos de Karigan pour l'empêcher de parler. Les élucubrations de Torne, pensait Karigan, devenaient de moins en moins crédibles et un jour, s'il n'y prenait pas garde, il se trahirait. Un après-midi, il interpella un vieux trappeur juché sur une mule.

— Plus loin dans cette direction, vous croiserez une scène terrible, dit Torne pour avertir l'homme. Des soldats du roi, massacrés jusqu'au dernier.

Le trappeur gratta sa barbe grise et rêche, les yeux écarquillés.

— Tous morts, tu dis ? Comment ?

— Des blatterreux, dit Torne. Pour sûr, vous en avez entendu parler, il y a eu des attaques près de la frontière.

— Ouais, mais…

— Vous verrez. Regardez bien aussi cette fille.

Torne pointa Karigan du doigt et le trappeur suivit du regard.

— Je la vois.

— C'est *elle* qui est responsable.

Le trappeur tirailla le lacet de sa chemise de laine grossière.

— Responsable ? Elle ? De quoi ?

— Du massacre.

— Je croyais que t'avais dit des blatterreux !…

— C'est elle qui les a menés, dit Torne avec ferveur. Elle a fomenté la tuerie, et a tué elle-même de nombreux gardes. Et ce qu'elle a fait au capitaine… innommable.

Torne secoua la tête. Le trappeur haussa un sourcil sceptique et s'éclaircit la voix comme s'il allait dire quelque chose, puis il vit l'épée de Torne et reconsidéra la question.

— Nous emmenons cette fille, cette *traîtresse* (Torne cracha le dernier mot) à la cité de Sacor pour qu'elle soit jugée. Au début, elle nous a évités, mais nous l'avons capturée en train de planifier une autre attaque avec ses cohortes de blatterreux sur un innocent village.

— Ouais, ben… je dois y aller. Bonne journée à vous.

Le trappeur poussa sa mule à un petit trot hâtif qui souleva dans son sillage une traînée de poussière. Torne, rayonnant, satisfait de sa performance, adressa à Jendara un grand sourire qui exposa l'espace entre ses dents de devant. Celle-ci grommela et leva les yeux au ciel.

Certaines des personnes à qui Torne racontait ses histoires avaient bien trop envie de le croire, et suggéraient qu'on pende Karigan sur le bord de la route. Torne protestait qu'il était un honnête citoyen et déclarait qu'il voulait laisser la justice royale décider de son sort. Elle se demandait alors de *quel* roi il parlait.

Jendara commençait aussi à se lasser de ses balivernes.

— Tu dois vraiment jacasser avec tous ceux qu'on croise ? Tu m'as jamais dit que t'étais ménestrel.

— Je ne suis pas un de ces couards de ménestrel. Je suis juste affable. De plus, ça perturbe les gens de voir une jeune fille ligotée aux mains de deux guerriers comme nous. Surtout qu'elle porte ce manteau vert.

Karigan avait refusé de l'enlever, malgré la chaleur, de peur que Torne découvre la nourriture cachée dans ses poches et la lui confisque.

— Eh bien ! je commence à en avoir assez de cette histoire. Si tu n'arrives pas à t'en empêcher, tu vas finir par exagérer et nous dénoncer. Ta langue n'est pas aussi volubile que celle d'un véritable ménestrel.

— C'est le jeu de mon épée qui est volubile.

Jendara détourna les yeux, l'air dégoûté.

Les ombres du crépuscule s'allongeaient sur la route. Une silhouette sur un cheval au pas apparut devant eux, en un mouvement doux et fluide. Torne plissa les yeux puis, de manière inattendue, poussa un cri de joie. Il courut à la rencontre du cavalier. Karigan sentit son cœur chavirer. Immerez ? L'Homme Gris dont Jendara et Torne parlaient à voix basse ?

Entre les mains d'Immerez, ses chances de s'échapper s'amenuiseraient considérablement. Mais alors que le cavalier s'approchait, elle vit qu'il n'était pas du tout mirpuisien. Il ne portait pas l'écarlate, mais un pourpoint de cuir dont le blason représentait un aigle qui tenait entre ses serres un crâne humain. Un mercenaire.

— Garroty ! s'écria Torne. Le hasard fait bien les choses !

L'homme fit un grand sourire, dont l'effet fut grotesque. Il avait le visage déformé par des dizaines de cicatrices et une chique de tabac gonflait sa joue gauche. Ses cheveux d'un brun tirant sur le gris tombaient dans son dos, noués en queue-de-cheval. Ses bras musclés étaient noueux de veines. L'aigle et le crâne étaient aussi tatoués sur son avant-bras gauche, comme une contusion démesurée.

— Les Serres m'ont accordé une perm' de quelques jours, et je voyage. Content de te voir, Torne. (Sa voix était grave et râpeuse.) Je vois que tu chemines toujours en belle compagnie. (Son regard se tourna d'abord vers Jendara, dont la colère couvait, puis dériva vers Karigan, sur qui ses yeux s'attardèrent.) Et elle, qui c'est ?

— Une Verdâtre qu'on va remettre aux Mirpuisiens. Pour le profit.

—Ah oui ! Le profit. (Il se pencha par-dessus le garrot de sa monture et cracha la chique.) Tu fais la fierté des merc', Torne, à rechercher le profit ainsi. Mais tu n'étais pas très doué pour ça quand je t'ai pris sous mon aile, après que t'as fui la Cité, n'est-ce pas ?

—On s'est amélioré, je t'assure.

Garroty pouffa de rire.

—Le profit ne signifie rien pour toi, sauf si ça te permet de rendre service à ton maître. Non, je renifle de la politique, là-dessous.

—Et que sais-tu de la politique ? demanda Jendara.

Sa posture suggérait qu'il n'y connaissait rien du tout.

—Je sais pour qui tu roules, beauté.

Jendara prit la mouche.

—Tu m'appelleras par mon nom.

Garroty haussa les épaules.

—Pourquoi tu ne camperais pas avec nous cette nuit ? demanda Torne avec empressement. On pourrait rattraper le temps perdu.

—Pourquoi ne pas passer ton chemin ? suggéra Jendara, un sourire rien moins qu'amical sur le visage.

—J'accepte ton invitation, répondit-il à Torne. (Il se tourna vers Jendara.) Rien ne saurait m'éloigner de ton délicieux compagnon.

Karigan aurait souhaité qu'il suive le conseil de Jendara. L'hostilité de l'Arme envers lui la rendait nerveuse. L'assiette impeccable de Garroty sur son cheval de guerre, son hideux sourire et ses œillades, par trop intéressées, ne la rassuraient pas du tout.

Torne et Garroty restèrent ensemble à l'avant, conversant au sujet de la guerre et des armes, et d'autres merc' qu'ils avaient côtoyés. Avec arrogance, Garroty resta en selle tandis que les autres devaient marcher. Torne devait se tordre le cou et lever les yeux vers son ami. Jendara avançait derrière à grandes enjambées, à côté de Karigan, et menait Cheval par la bride, tout en broyant du noir en silence. Karigan se demanda pourquoi elle détestait tant le mercenaire.

Ils marchèrent jusqu'à la tombée de la nuit, et s'installèrent autour d'un petit feu de camp, non loin de la route. Karigan s'adossa contre le tronc rugueux d'un pin, et se blottit dans le manteau. Elle entendait rester le plus loin possible de Garroty, mais son rire gras assaillait ses oreilles, il portait loin sur la route. Il parla des campagnes victorieuses dans lesquelles sa compagnie s'était engagée.

— Je te le dis, Torne, certains de ces villages du Rhovanny sont mûrs pour la récolte, notamment en pays de vigne. Et les donzelles de là-bas n'ont pas d'épée. (Il fit un grand sourire à Jendara. Elle lui lança en retour un regard furibond.) La Sacoridie est un peu trop paisible pour trouver du butin, dit Garroty. Je l'dis comme je l'pense. Il se passe toujours quelque chose dans les Royaumes Inférieurs, en revanche. Des roitelets médiocres qui tentent d'agrandir leurs frontières. L'année a été fructueuse pour beaucoup de compagnies de merc'.

— Reste dans les parages, mon ami, dit Torne. Il y a aussi en Sacoridie des personnes qui aimeraient changer les choses.

— Peut-être bien, mais Zacharie est un chef puissant. Il faudrait constituer un front uni, et même plus, pour espérer l'abattre. Les gouverneurs ne le portent pas forcément dans leur cœur, mais le peuple oui, et si y a bien une chose que les gouverneurs ne veulent pas, c'est une révolte populaire. Tout partirait à vau-l'eau. Les récoltes pourriraient sur pied. Les papetiers fermeraient leurs ateliers. La fortune des gouverneurs s'amenuiserait. C'est aussi simple que ça.

— Alors qu'est-ce que vous fichez en Sacoridie, toi et ta compagnie, demanda Jendara, si un soulèvement est si peu probable ?

— Ah-ha ! Nous y voilà. Les rumeurs, beauté. Les rumeurs, sans aucun doute créées par votre employeur, dans l'intention de faire naître l'agitation. J'ai même entendu parler d'une femme qui a convaincu une grande partie des petites gens que la Sacoridie n'a pas besoin de roi du tout. Pas suffisant pour déclencher une rébellion, mais assez pour répandre la dissidence. Et ses idées sont de plus en plus populaires.

» Les Serres sont ici au cas où un soulèvement se produirait en Sacoridie. Ce serait encore plus profitable que tout ce qui s'est jamais passé dans les Royaumes Inférieurs. Imagine un peu, si les gouverneurs s'unissaient pour détrôner le roi. Tu parles d'un butin ! Si ton employeur est aussi retors qu'il en a l'air, la paix dont jouit la Sacoridie depuis des siècles sera anéantie. Rien de mieux qu'une guerre civile pour un merc'. Heylar, le capitaine des Serres, a des yeux et des oreilles dans les cours de la plupart des provinces. Donner un coup de pouce à une situation favorable, ça ne peut pas faire de mal, s'pas ?

Karigan l'écouta, les yeux écarquillés de surprise. Il se passait bien plus de choses en Sacoridie qu'elle aurait pu l'imaginer. Ce type de raisonnement était-il courant, ou bien la paix de la Sacoridie était-elle réellement menacée ? Il y avait des complots en permanence, les sœurs Sorbier le lui avaient laissé entendre. Complot était aussi bien un jeu dans la vie réelle que sur un plateau de bois. Mais les menaces à l'encontre du roi ne pouvaient pas être si communes, n'est-ce pas ? Ni le spectre d'une guerre civile.

— Vous vous attendez à ce que les mercenaires encouragent les gouverneurs à la guerre civile ? demanda-t-elle à Garroty.

Son sourire était bestial à la lueur dansante du feu. Elle eut l'impression d'être un dîner potentiel, et elle fut navrée d'avoir attiré son attention.

— Ainsi, la Verdâtre parle. (Il se pencha de côté et cracha.) Bien sûr qu'on cherche à influencer ce qui servirait au mieux nos intérêts. La guerre civile nous fournit du travail. Travail signifie profit. Les hommes de la compagnie des Serres savent comment fonctionne ce genre de choses. Ils ne font qu'encourager les gouverneurs à faire ce qui est *juste*. Et si jamais ils le faisaient, les Serres seraient alors stratégiquement placés pour négocier des contrats avec les plus offrants. Il est bien plus commode d'embaucher une compagnie de mercenaires bien entraînés que d'avoir à lever une armée de paysans novices.

Karigan secoua la tête. Des étrangers fomentaient une guerre civile en Sacoridie pour le *profit*. En tant que fille de négociant, elle comprenait bien la notion de profit, mais à ce prix ? L'idée était franchement horrible.

Très soudainement, elle fut prise de l'envie urgente de donner au roi le message que F'ryan Coblebaie lui avait confié, mais elle était prise dans une situation inextricable, détenue par deux maîtres-lames, désormais accompagnés par un mercenaire chevronné.

Mirpuits

Une chaude brise entra par une fenêtre ouverte et dissipa l'air vicié qui s'était accumulé dans la bibliothèque, durant le long hiver nordique. Quel changement que cet air doux et, pour une fois, le vent froid chargé d'humidité était absent.

Une abeille bourdonnait parmi les fleurs grimpantes qui poussaient autour de la fenêtre. L'air était empli des senteurs de choses vertes et fraîches, et de lilas. Le carré de ciel que découpait la fenêtre était lumineux et dégagé. Par de telles journées, disait-on, on pouvait voir, depuis les tours de garde de la forteresse, le mont Bond-de-Mante du massif du Chant Ailé. Mirpuits se gaussait de cette affirmation ; durant toutes ces années, il ne l'avait jamais vu. La chaîne était juste une ligne indéfinissable dotée de creux et de bosses, loin, très loin à l'horizon.

Il sirota une gorgée de sa coupe de vin de rhubarbe en fixant les ambres rougeoyantes du feu, laissant le vin le réchauffer de l'intérieur. En dépit de cet assaut de chaleur presque estivale, la forteresse était sombre et, si on n'y prenait pas garde, elle était en permanence humide et sentait le renfermé. Les moisissures croissaient dans les coins sombres, et ses serviteurs devaient constamment les combattre, à grand renfort de brosses et d'eau savonneuse.

Ses os souffraient de l'humidité. Il semblait ne jamais parvenir à se réchauffer, pas de manière satisfaisante en tout cas, et il se doutait que vivre dans ce fort humide et froid était malsain. Son guérisseur personnel préconisait qu'il quitte la bibliothèque et aille dehors pour profiter du beau temps, mais il avait bien trop à faire. Ce n'était pas le moment de lézarder au soleil.

L'efficace Béryl Spencer était assise en face de lui, sur une chaise à dos droit, le nez enfoui dans une demi-douzaine de liasses de papier. Elle devait être myope. Il aurait fallu lui trouver une paire de bésicles adaptée, mais il abhorrait l'idée de gâcher le bel ovale de son visage avec du verre et du métal. De plus, les verres allaient, à n'en pas douter, coûter une petite fortune.

— Le clan est actuellement dirigé par Stevic G'ladheon, dit-elle. C'est sa fille unique, Karigan, qui a provoqué seigneur Timas. On ne l'a plus vue et on n'a pas entendu parler d'elle depuis qu'elle s'est enfuie.

— Parle-moi du clan, dit Mirpuits, intrigué par la manière dont l'uniforme écarlate de Béryl rehaussait le rose appétissant de ses joues.

— Il est installé à Corsa. Ce n'est pas surprenant. Corsa est le port d'attache de nombreux clans de négociants du fait de la profondeur épatante de ses eaux. G'ladheon investit massivement dans l'armement de navires, mais il n'est l'actionnaire majoritaire d'aucun d'entre eux.

— Cela est sage. Plus ses prises de participation sont diversifiées, moins il risque sa fortune. Il a bien une fortune, n'est-ce pas ?

Béryl leva sur lui ses pâles yeux verts, luisants comme les gemmes homonymes.

— Stevic G'ladheon est peut-être bien le négociant le plus fortuné, toutes provinces confondues. L'an passé, le compte de fin d'exercice de la Guilde des négociants l'a reconnu comme le membre ayant réalisé le chiffre d'affaires le plus élevé.

— Par conséquent, mieux vaut ne pas se fâcher avec lui, si sa fortune donne une indication fiable de son influence. Quel type de marchandises traite-t-il ?

Béryl parcourut ses documents.

— Principalement des produits textiles et des épices. Quelques chargements de papier et de bois d'œuvre. Le gros de ses transactions se fait à l'intérieur des terres, *via* la rivière et par caravane. Il a des relations solides dans le Rhovanny et il a même vendu de la glace dans les îles Nébuleuses. C'est bien futé de sa part d'avoir déniché un marché si important dans les tropiques. Si on en croit certaines de vos connaissances, seigneur, il ne s'aventure que rarement dans la province de Mirpuits.

— Pas étonnant que j'aie peu entendu parler de lui. Est-ce quelqu'un de mon entourage le considère comme une menace ?

— Non, seigneur. Bien qu'ils aient, pour se préparer à toute éventualité, retracé son parcours personnel. Il est le fondateur du clan ; cela fait environ vingt ans que le clan G'ladheon existe.

Mirpuits grommela.

— Un clan acheté, assurément.

— G'ladheon a travaillé dur pour l'obtenir, en commençant par se mettre au service de petites familles marchandes afin d'apprendre les ficelles du métier. Il doit être intelligent, pour avoir accumulé une telle fortune en si peu de temps. (De l'admiration dans la voix de Béryl ?) Voici une information intéressante. Il y a à peu près vingt-cinq ans, il a servi sur le vaisseau marchand baptisé *Chasseur d'Or*, qui usait de stratégies, juridiquement bancales en temps de paix, pour acquérir des biens à échanger.

— Précise.

— L'équipage pratiquait la piraterie, seigneur. Essentiellement sur les côtes des Royaumes Inférieurs. Ils ont mis à mal le commerce du sucre et du tabac.

Mirpuits haussa les sourcils.

— De plus en plus intéressant. As-tu la moindre idée de sa fonction à bord du vaisseau ?

— Non, seigneur.

— Qu'est devenu le navire ?

— Il a été vendu et rebaptisé *NMS Orgueil d'Avren*, et a été utilisé comme chaland pour les échanges côtiers, le transport de granit et de bois d'œuvre. On a perdu sa trace il y a quinze ans, dans les marges extérieures de la baie d'Ullem.

— Je ne décèle pas de menace immédiate chez ce gars, G'ladheon.

Mirpuits continua à siroter son vin. Il était équilibré, une pointe d'amertume contrebalancée par un goût sucré. Il ne pouvait rivaliser avec les grands crus produits dans la région lacustre du Rhovanny, mais on pouvait s'en contenter. Les négociants en vin n'avaient pas l'air de réussir à faire pousser le raisin sur le sol sablonneux de la Sacoridie ; le cidre et les vins de fruits servaient d'expédients. À moins bien sûr de se procurer du vin de Rhove.

— Bon travail, Spence. Garde les informations sous la main, juste au cas où il ferait une crise de nerfs typiquement paternelle. Si jamais il nous cherche des ennuis, je suis persuadé que notre bon ami aus-Corien des Royaumes Inférieurs sera ravi d'entendre parler de lui. Et nous pourrions utiliser nous-mêmes ces informations à bon escient.

— Oui, seigneur. Autre chose ?

Mirpuits frotta une main moite contre sa cuisse. Il pouvait imaginer d'innombrables « choses » qu'elle pourrait faire pour lui. À cette idée, il sentit un frisson de plaisir parcourir tout son corps et lui picoter les reins. Lui faire part de son désir ruinerait-il sa loyauté et son efficacité ? Ou bien cela les rapprocherait-il ?

Pff, quel vieux satyre je fais, se dit-il, pas mécontent de la réponse de ses hormones. Mais elle était une assistante si efficace… Il craignait de gâcher la dévotion qu'elle lui vouait. Si c'était elle qui faisait le premier pas, en revanche…

Ce qu'elle ne ferait jamais. Il était un vieux barbon grisonnant, et elle était plutôt décidée à se faire une place dans la hiérarchie de sa cour en travaillant d'arrache-pied. Elle avait franchi les grades promptement durant son service dans la milice régulière de Sacoridie, et avait tout abandonné pour servir son gouverneur et la province natale de celui-ci. Elle avait pris un risque, mais cela s'était révélé payant : elle s'était mise à grimper les échelons de sa milice provinciale. L'ambition était un trait de caractère apprécié de Mirpuits, et l'ambition pure et honnête, si rare.

Ah, tant pis ! Je peux au moins me délecter de mes pensées coupables.

— Seigneur ?

— Hein ?

— Autre chose.

Maintenant elle allait le prendre pour un vieil imbécile passablement toqué s'il continuait à la lorgner ainsi.

— Fais entrer Amilton, dit-il. (Puis, se reprenant :) Le *prince* Amilton.

— Très bien, seigneur.

Mirpuits la regarda partir à regret, plein d'envie, observant chacun de ses mouvements, gracieux et pourtant calmes comme ceux d'une biche dans les bois : elle était alerte mais placide, peu encline aux gestes superflus. Elle lui rappelait les Armes, mais leurs mouvements à eux étaient toujours précis et manquaient de grâce.

Ah ! si seulement il était plus jeune, alors peut-être… mais maintenant il devait mettre de côté ses divagations pensives et s'atteler à son grand œuvre. La gloire de son clan surpassait en importance tout le reste, et Amilton avait beaucoup insisté pour le voir aujourd'hui même. Mirpuits l'avait fait attendre toute la matinée, et une bonne partie de l'après-midi. Le prince devrait être maintenant suffisamment furieux pour cracher du venin.

— Il y a des moyens, dit-il à la tête d'ourse fixée sur le mur d'en face, de montrer qui a le pouvoir, ici. Des moyens subtils, note bien.

L'ourse avait autrefois exercé son contrôle sur lui, de manière rien moins que subtile. C'est elle qui avait mutilé tout son côté droit. Il s'était montré imprudent durant la chasse, il s'était interposé entre l'ourse et ses petits. L'ourse l'avait estropié, et peut-être ses blessures l'avaient-elles empêché d'engendrer un autre fils, même s'il accusait systématiquement ses épouses. Il ne pouvait se permettre de passer pour un être faible, jamais. Dommage que l'épouse qui avait porté Timas ait été petite et de tempérament mesquin. Le garçon avait hérité de sa taille et de son caractère.

À moitié mourant, déchiqueté par les griffes et les crocs de l'ourse, Mirpuits l'avait traquée et tuée, muni d'une simple dague et de sa volonté entêtée, juste pour prouver qu'il n'était pas faible. Il l'avait dépecée et avait dévoré son cœur encore chaud, cru, gorgé de sang. Alors qu'il mâchait, les jets de sang animal avaient coulé le long de sa barbe et de son cou, sur ses plaies ouvertes, et s'étaient mêlés à son propre sang qui s'échappait. Cet acte, pensait-il, avait uni leurs deux forces.

Puis, par compassion, il avait tué les petits oursons vagissants, trop jeunes pour pouvoir survivre sans leur mère. Des fourrures il s'était fait un manteau, qu'il portait lors des grandes occasions pour rappeler aux autres sa force.

Le prince Amilton entra dans la pièce, les yeux étincelants de rage. Ses gardes du corps, de simples gardes mirpuisiens, se postèrent de part et d'autre de l'entrée. Non pas qu'il ait besoin de gardes dans la maison du gouverneur, mais il était devenu dépendant de ses deux Armes qui, en temps normal, ne le quittaient jamais. Et voilà qu'ils étaient dehors, quelque part dans l'immensité sauvage, à traquer le Verdâtre et le laissaient donc, pensait-il, vulnérable.

La milice régulière faisait un piètre substitut, pour quelqu'un qui était habitué à la servile et fanatique dévotion que lui témoignaient les Armes. Mirpuits aimait l'idée d'un Amilton plus vulnérable. Cela rendait le prince davantage malléable.

Celui-ci était vêtu de soieries élégantes, une écharpe pourpre coquette était nouée autour de son cou ; des fanfreluches, faites pour impressionner les papillons de cour plus qu'autre chose. Il recevait sa part d'attentions féminines, c'était certain, mais à quoi cela lui servait-il concrètement ?

Le gouverneur, pour sa part, préférait les accoutrements guerriers, et personne à sa cour, pas même les dames, ne portait des tissus et des couleurs aussi somptueux. Dans la maisonnée de Mirpuits, Amilton avait l'air d'un paon qui se pavanait.

Mirpuits mit la main à son front en inclinant la tête, un salut peu déférent, sans être insolent. Ses vieilles blessures de chasse lui épargnaient le profond salut officiel.

— Du vin, mon prince ? s'enquit-il.

Amilton fit un geste dédaigneux de la main à Mirpuits et se tourna vers l'âtre. Il lui en versa tout de même une coupe et clopina vers le feu, avec de gros efforts, pour la lui donner. Amilton la prit sans un mot, et déversa son contenu sur le sol. Mirpuits regarda cela sans ciller.

— En quoi puis-je vous servir, mon prince ?

Amilton se tourna vers lui, l'expression hautaine. Son visage était plus étroit, ses traits plus durs et sévères que ceux de son frère, mais il avait les yeux bruns en amande typiques du clan Basseterre.

— Tu ne me serviras pas de cette urine en bouteille que tu nommes vin.

— J'implore votre pardon, mon lige. Il est bien difficile de se procurer du vin de Rhove, et nous le gardons pour des occasions plus… solennelles.

Pas étonnant que le souverain défunt ait choisi Zacharie pour lui succéder ; Amilton était un godelureau trop gâté.

— Tu sembles réticent à m'informer de l'évolution de l'affaire qui concerne mon frère, dit Amilton.

— Les missives du capitaine Immerez sont peu nombreuses. Il arpente les routes sans faillir, afin de s'assurer que nos plans soient exécutés en temps et en heure. Vous en savez autant que moi sur ses progrès.

— Il me semble que j'aurais pu envoyer mes propres assassins des mois auparavant pour en finir.

— Bien entendu, nous avons tenté une telle action, sans succès ; cela manquait de subtilité. Les assassins ont vite été contrecarrés.

— Parce que tu as permis à des espions de s'introduire dans ta maisonnée et de prendre connaissance de tes plans. Et mon frère sait où je me trouve.

— Si votre frère savait qui a engagé ces assassins, ne pensez-vous pas que ses Armes seraient en ce moment même à nos portes ? Et pourquoi se soucierait-il de vos faits et gestes, tant que vous êtes loin de la cité de Sacor ? Mon lige, nous avons seulement des soupçons qu'il y a un espion en ma maisonnée.

— Je crois que mon frère se méfie suffisamment pour placer un espion ici. Comment sais-tu que la prochaine tentative n'échouera pas ?

— Nous avons pris toutes les précautions, lige. Sur ce point, il faut vous fier à moi.

— J'espère sincèrement que tu n'échoueras pas, cette fois-ci, Tomas. (Amilton posa la coupe sur le manteau de la cheminée et se mit à déambuler dans la pièce, l'air agité. Il s'arrêta près de la fenêtre, qui ouvrait sur le terrain d'entraînement de la milice provinciale, et laissa la menace implicitement proférée en suspens dans l'atmosphère, avant de reprendre la parole.) Et tu te fies à cet Homme Gris ?

— Totalement. Il est l'un des pouvoirs anciens, et notre alliance avec lui nous apportera plus d'influence et de gloire que nous ne pouvons encore l'imaginer.

Amilton s'appuya contre le rebord de la fenêtre, bras croisés, et sa silhouette mince et anguleuse se découpait contre le ciel bleu.

— Je ne suis pas particulièrement attaché à sa manière de procéder. Tu sais, les blatterreux. Mais les forces de l'Homme Gris devraient pouvoir convaincre les autres gouverneurs et les nobles de s'allier à moi.

— Ses contingents sont suffisamment nombreux pour une conquête province par province, si cela se révélait nécessaire, dit Mirpuits. Et il vous a proposé des pouvoirs ?

— Pas exactement. Je crains qu'il nous trahisse et les offre d'abord à mon frère.

— Ce serait effectivement plus facile pour l'Homme Gris, et plus conforme à ses propres intérêts.

— J'approuve.

— Ne nous laissons pas troubler, dit Mirpuits. Il aura bien du mal à convaincre votre frère qu'il faut détruire le mur de D'Yer. Zacharie a bien trop de scrupules.

— Et moi non ? (Les lèvres d'Amilton ne portaient même pas l'esquisse d'un sourire. Sagement, Mirpuits ne répondit pas. Il commençait à être habitué aux petites rengaines d'Amilton.) Mon père m'a pris ce qui me revenait de droit pour le donner à mon frère. As-tu seulement idée de l'humiliation que j'ai ressentie quand il l'a désigné, *lui*, comme successeur ? J'aurais voulu l'étriper à l'instant même, dans la salle du trône ; immédiatement, sous les yeux de mon père et de ses conseillers, de ces princes-gouverneurs à l'air suffisant, et de tous les chefs de clan. Il a toujours été le préféré de Père. Il m'a toujours surpassé intellectuellement, et excellé à la chasse et à l'équitation. Il a recréé l'antique race des terriers basseterre, et son chenil fait l'admiration de tout le royaume.

— Cela paraît très impressionnant, dit Mirpuits. Mais on ne peut juger un homme à la qualité de ses chenils.

Cette fois Amilton sourit, mais d'un sourire fugace.

— Si seulement j'y avais pensé, j'aurais eu le bon sens de provoquer la mort de mon père avant qu'il ait eu l'occasion de désigner un successeur. Si je l'avais fait, je serais roi maintenant, et je contrôlerais la vie de mon frère, au lieu qu'il contrôle la mienne. On aurait vu qui alors aurait été l'exilé !

Mirpuits baissa les yeux vers le plateau de son jeu de Complot. Peu de changement depuis le dernier rapport d'Immerez. Il saisit le roi rouge, à la peinture émaillée craquelée et usée, et le fit pivoter entre ses doigts.

— Ressasser le passé, mon prince, ne peut modifier le futur. Cela ne sert à rien de s'y complaire. De fait, votre frère manque de certaines qualités qui jouent en votre faveur.

— Lesquelles ?

— L'ambition, par exemple. Vous et moi partageons cette qualité spéciale, qui finit toujours par provoquer la chute de quelqu'un de scrupuleux comme votre frère. Nous ferons la grandeur de la Sacoridie, vous et moi.

Il posa le roi rouge au bord de la zone du roi vert.

L'ambition était un attribut précieux pour un homme à l'automne de sa vie. Elle lui permettait de penser à la manière d'un homme jeune, et de préparer son clan pour les âges à venir. Une fois qu'Amilton serait monté sur le trône, les provinces d'Adolinde et de L'Pétrie, respectivement la plus pauvre et la plus riche des provinces sacoridiennes, seraient annexées à la sienne. Adolinde parce qu'elle était située le long de sa frontière nord et comportait des millions d'acres de bois vierge, une quantité suffisante pour alimenter les papeteries et les docks pour les prochains siècles. Et L'Pétrie pour ses ports, sa flotte de pêche et Corsa, sa prospère cité commerçante, et aussi parce qu'elle se situait au sud-est de ses frontières.

La résistance serait peu farouche, voire inexistante. L'une comme l'autre avaient des milices qui étaient, au mieux, risibles. Et en cas de problème ? L'Homme Gris et le *roi* Amilton lui octroieraient le renfort de leurs propres troupes.

— Vous l'emporterez, mon prince, dit Mirpuits. Vous l'emporterez.

À supposer, songea-t-il, *qu'Immerez parvienne à stopper ce Verdâtre à temps.*

Stevic G'ladheon

Un parfum de mauvais présage assaillit Stevic G'ladheon lorsqu'il franchit les portes de Selium, monté sur son étalon alezan clair. Un croque-mort avait arrêté sa charrette d'un côté de la rue. La vieille rosse qui y était harnachée somnolait au soleil, oublieuse des mouches qui grouillaient autour de ses yeux larmoyants, ou de ce qui se trouvait sous la couverture posée à l'arrière.

Les coudes du croque-mort, un homme âgé à la barbe hirsute, étaient appuyés contre la charrette. Il était chichement vêtu, ses pantalons mités de trous et son gilet élimé étaient rapiécés, maculés de boue et de poussière comme s'il venait juste de creuser une tombe. Stevic G'ladheon, dont les habits étaient taillés dans les tissus les plus somptueux et de coupe exquise, fronça le nez.

Une femme vêtue de vert s'approcha du vieil homme. Sa chevelure, de cuivre pur, était liée en une tresse qui lui tombait dans le dos. Un cheval ailé était brodé de fil d'or sur la manche gauche de son manteau, et un sabre ceignait ses hanches.

— Je peux sentir d'ici ce qu'il y a dans ce chariot.

Stevic sourit d'un air lugubre à Sevano, son premier maître, qui chevauchait à ses côtés sur une jument grise.

— Ce n'est pas ce qui me vient à l'esprit lorsque je pense à Selium, dit-il. Je m'étonne qu'on ait laissé ce croque-mort franchir les portes.

Quand ils passèrent devant la charrette, la femme était en train de soulever la couverture. Elle plaqua ses mains sur sa bouche et son nez. Elle était choquée de voir le cadavre d'une personne qu'elle avait connue, ou réagissait simplement à la puanteur qui émanait du corps en décomposition, supposa Stevic.

— J'l'ai trouvé au bord de la route, dit le croque-mort d'une voix bourrue. D'vait être là d'puis un bout de temps, j'dirais. J'aurais pu le laisser, mais ch'uis pas comme ça. D'aut' gars laissent les corps pourrir en plein air, quand y a personne pour payer un enterrement décent. Je peux vous faire un bon prix sur une boîte en pin, si ça vous dit.

— Avez-vous vu trace d'un cheval dans les environs ? fut la surprenante réponse.

— Rien qu'mon vieux cob à des kilomètres à la ronde, cap'taine. Et c'te boîte, z'en dites quoi ?

La femme lâcha la couverture et le saisit par les revers. Ses yeux saillirent et ses bras remuèrent, impuissants, tandis qu'elle le secouait.

— Avez-vous vu quelque chose à côté du corps ? aboya-t-elle. Une sacoche, peut-être ? Une selle ?

— N… non… rien…

Stevic et son premier maître se hâtèrent de laisser la scène déplaisante derrière eux, et partirent au trot. Après un moment, Stevic tira sur les rênes et regarda en arrière. Le croque-mort avait disparu, et la femme tenait à hauteur d'yeux deux flèches. Les coins de sa bouche avaient pris un pli contrarié.

Sevano suivit le regard de Stevic.

— Un Cavalier Vert, marmonna-t-il. Des oiseaux de malheur, toujours des mauvaises nouvelles quand l'un d'eux pointe son nez.

Cela semblait parfois vrai que les messagers du roi n'étaient porteurs que de mauvaises nouvelles : querelles politiques, maladie, mort ou levée de nouveaux impôts. Certains assimilaient la rencontre avec un Cavalier Vert à un désastre. Stevic savait qu'il en allait autrement. Des années auparavant, c'était un Cavalier Vert qui lui avait annoncé que la reine Isène acceptait d'accorder une charte au clan G'ladheon. Le Cavalier était resté pour être témoin lors de la cérémonie de confirmation, et s'était révélé un joyeux convive durant la réception qui s'était ensuivie.

Stevic et Sevano se frayaient un chemin dans la foule affairée de cette fin d'après-midi à Selium. Des artisans vendaient à la criée les produits exposés sur leurs étals, et des visiteurs s'amassaient autour des musiciens de rue qui leur jouaient des ballades de quatre sous. De la vapeur s'élevait des conduits d'aération par-dessus les toits des établissements de bains. En dépit des tarifs outrageusement élevés inscrits à la craie sur des ardoises, de longues files s'étaient formées à l'extérieur, et l'affaire était florissante. Sans les sources chaudes, le commerce de la cité aurait été bien moins dynamique.

Les uniformes indigo, verts, dorés et marron des étudiants composaient un spectacle bigarré tandis qu'ils allaient et venaient dans la foule. Certains étudiants étaient assis sur les marches du perron du musée d'art et échangeaient leurs notes de cours et les derniers ragots, tandis que d'autres esquissaient des croquis. D'autres encore étaient totalement absorbés dans des parties de Complot, alors que des pigeons roucoulaient et arpentaient les marches à la recherche de miettes.

Une vieille envie oppressa la poitrine de Stevic alors qu'il contemplait la scène ; le désir nostalgique d'être lui aussi étudiant en ce lieu. Quand il était jeune, il n'avait pas eu les moyens d'étudier à Selium. De fait, sa famille faisait bien maigre chère de ce qu'elle pouvait soutirer à la mer. À un âge tendre, déjà, il savait manier un cotre et hisser des filets débordant de poissons avec son frère et ses sœurs. Il passait des après-midi entiers à vider et à écailler le poisson et il rêvait, oh comme il rêvait ! que le Protecteur Doré venait inspecter son misérable village à la recherche d'un talent caché, et le trouvait en lui, Stevic.

Hélas ! cela était resté un rêve, car le Protecteur Doré n'était jamais venu dans son village perdu. Stevic voyait la vie de pêcheur comme le futur le plus lugubre qu'il pouvait imaginer et, incapable de supporter plus longtemps la puanteur des poissons et leurs écailles qui lui collaient à la peau, il s'était enfui.

En lieu et place d'une éducation raffinée, gorgée d'histoire et d'arts, il s'était forgé une éducation fondée sur l'expérience de la vie en s'engageant chez divers négociants. Il avait appris à lire et à compter (son premier employeur s'en était chargé), et voyagé en des lieux extraordinaires, mais il manquait d'un enseignement en bonne et due forme.

Au milieu de la convivialité régnant dans l'artère principale de Selium, absorbé par ses propres regrets, il faillit oublier la convocation déplaisante qui l'avait amené ici. Les charges retenues contre Karigan étaient grotesques, bien évidemment, et il projetait de régler la situation avec le doyen Geyer. À défaut d'autre chose, des espèces sonnantes et trébuchantes devraient le convaincre de son erreur.

Des fleurs de pommier roses dérivaient le long de la rue, emplissaient l'air d'un parfum bien plus doux que le cadavre croisé près des portes. Stevic avait voyagé léger, bien qu'il ait été tenté d'apporter avec lui une caravane de ses biens, maintenant que la saison des échanges printaniers était ouverte et que les gens étaient d'humeur à faire des emplettes. Cependant, la situation embarrassante dans laquelle se trouvait sa fille était plus importante, et il avait voyagé aussi vite que possible, emmenant avec lui Sevano qui, malgré son âge, était un habile bretteur ainsi qu'un agréable compagnon. Vers l'amont de la rivière du Gentilhomme ils avaient navigué, au départ de Corsa, sur une des péniches marchandes de Stevic. Ils avaient laissé celle-ci sans la décharger, pour ne pas s'encombrer. Deux jours de chevauchée séparaient ensuite la rivière de Selium.

Stevic envoya Sevano s'occuper de leur louer des chambres à *La Harpe et le Tambour*, l'auberge où il descendait chaque fois qu'il se rendait en ville. Elle était propre et ses canalisations, reliées directement aux fameuses sources chaudes de la cité. Chaque soir, des étudiants divertissaient la clientèle dans la grand-salle. L'auberge offrait aux aspirants ménestrels la possibilité de pratiquer leur art et, en même temps, de gagner des sous de cuivre ou d'argent pour payer leurs frais de scolarité.

Stevic avait espéré que Karigan développerait un goût pour la musique, mais elle n'y avait montré aucune disposition particulière. Pour quoi montrait-elle des capacités, au juste ? Cela demeurait une énigme, que le doyen Geyer semblait avoir résolue en sous-entendant dans sa lettre qu'elle n'était bonne qu'à semer la zizanie. Stevic avait broyé la lettre dans son poing et l'avait jetée au feu. Sa fille était une forte tête, mais elle était aussi intelligente. Il fallait juste comprendre comment canaliser son énergie.

Plus Stevic s'approchait de l'université, plus calme devenait la rue, à mesure qu'il laissait derrière lui les magasins des négociants, les auberges, les établissements de bains, les échoppes des artisans et les visiteurs. À présent, de majestueuses demeures se massaient les unes contre les autres, des deux côtés de la rue. Elles étaient anciennes, leur style proche de celui des bâtiments administratifs, avec des colonnes prétentieuses qui soutenaient des toits aux tuiles d'argile rouge, en surplomb. Les coins et les angles acérés projetaient des ombres crues sur les façades pâles. Des bas-reliefs ornaient les entrées imposantes. Au-dessus d'une des portes, le dieu et la déesse flamboyaient à la lumière du soleil. Des fenêtres hautes et étroites demeuraient obscures, dans l'ombre, comme des orbites vides.

Bien que le style des maisons soit assez semblable à celui des bâtiments de l'académie, ceux-ci étaient de construction encore antérieure. La cité s'était constituée autour de l'école, et le nom de Selium désignait aussi bien celle-ci que la cité.

Stevic, à cheval, passa sous l'arche p'ehdrosienne qui marquait l'entrée de l'école. Il admira les inscriptions et le degré de détail des représentations sculptées sur sa façade de marbre. Sur la clé de voûte était gravé un personnage, mi-homme mi-orignal, qui soufflait dans un cor. Ses traits étaient altérés par des centaines d'années d'exposition aux hivers rigoureux et son corps, comme le reste de l'arche, était maculé de lichen.

Le p'ehdrose était-il un être imaginaire ou bien une espèce disparue ? Cela revenait à se demander si le dieu Aeryc chevauchait le croissant de lune, le soir venu. Il ne voyait pas cela se produire, et ne pouvait donc savoir si c'était la vérité. Autrefois il avait cru que Selium recelait les réponses à ces questions mais, le temps et la maturité aidant, il avait appris que les réponses étaient toutes sujettes à interprétation. S'il croyait en l'existence du p'ehdrose, cela lui conférait-il une existence réelle ?

Ses doigts parcoururent l'inscription de la face interne de l'arche lorsqu'il passa dessous. Il ne savait pas lire les caractères en sacoridien ancien, mais il se rappelait que les mots signifiaient, approximativement, que la connaissance était porteuse de paix. En fait, l'école avait été érigée sur les cendres et les morts de la Longue Guerre, selon l'objectif optimiste de faire cesser toutes les guerres grâce à la connaissance. Un idéal présomptueux ? Pas vraiment, si on considérait que la Sacoridie était un royaume relativement paisible depuis plusieurs siècles. D'autres pays, autrefois membres de la Ligue qui avait écrasé les forces maléfiques de Mornhavon l'Obscur, étaient moins calmes que la Sacoridie et continuaient d'y envoyer leurs enfants pour y faire leur éducation. Un signe d'espoir pour les générations futures, dont il fallait tenir compte.

Parvenu aux écuries de l'école, Stevic confia les rênes de l'étalon à un garçon et lui lança une piécette de cuivre.

— Merci, seigneur, dit le garçon ébahi.

Il ne devait pas souvent recevoir de pourboire.

— Je ne porte pas ce titre, mon garçon. Souviens-t'en.

— O… oui, sei… oui monsieur !

Stevic se dirigea à grands pas vers le bâtiment administratif au dôme d'or et aux colonnades de marbre, et son manteau bleu roi flottait dans son sillage. Mesurant bien plus d'un mètre quatre-vingts, il était de stature imposante et avait les épaules larges sous un menton volontaire. Il portait ses longs cheveux bruns, méchés d'argent, lâchés sur ses épaules.

Malgré le luxe des soieries qu'il portait et la vie de loisir que sa richesse laissait supposer, il n'était aucunement oisif. Son grand corps était ferme, endurci par les années passées à porter des caisses de marchandises. La plupart des négociants de son acabit restaient assis dans leur boutique à compter leur argent, mais Stevic était différent. Il n'obligeait pas ses employés, hommes ou femmes, à faire ce que lui-même ne pouvait réaliser, et il n'était pas rare de le voir sur les quais, les manches relevées, en train de lancer de lourds barils à l'équipage d'une de ses péniches.

Ce n'était pas non plus la première fois qu'on lui donnait du « seigneur », car sa prestance et ses manières, sa confiance en lui et son autorité étaient celles d'un noble. Mais il refusait ce titre. Il était fier de ses origines modestes, du rude travail fourni pour se hisser vers la réussite qui était désormais la sienne et faisait son orgueil. La majeure partie du temps, il n'éprouvait que mépris pour la monarchie, et à plusieurs reprises on avait pu l'entendre grommeler que ceux de sang royal n'avaient pas plus de bon sens que le cul d'un cheval.

Un anneau d'or étincela au doigt de Stevic lorsqu'il entra dans le morne bâtiment dédié à l'administration : il portait l'emblème de son clan, cet anneau jumeau de celui que sa bien-aimée Kariny avait autrefois porté. À la mort de celle-ci, l'anneau avait été transmis à sa fille Karigan. Chaque fois qu'il la regardait, il voyait Kariny. Son front haut et ses yeux brillants… Karigan n'avait cependant pas hérité de la douceur de ses manières, mais plutôt de son tempérament à lui.

Le bruit des pas de Stevic résonna intensément dans le hall d'entrée, une rotonde surmontée d'un dôme, au sol de marbre veiné. Des statues de bronze et des bustes d'anciens administrateurs, d'érudits à la mine sobre et sérieuse, et de maîtres d'art au regard sévère le regardaient d'un air renfrogné depuis leurs niches. Les rangées de portes de chêne des bureaux partaient dans tous les sens.

Un employé à la calvitie prononcée était assis derrière un bureau, tapi au milieu de liasses de papiers. Stevic se tint devant lui pendant quelques instants avant que l'employé daigne remarquer sa présence, d'un mot prononcé sur un ton nasillard et dédaigneux :

— Oui ?

— Je viens voir le doyen Geyer.

— Le doyen Geyer est en réunion.

L'homme fourra de nouveau le nez dans ses papiers et entreprit d'ignorer Stevic.

Ce dernier savait que les bureaucrates pouvaient être pires que les nobles. Du fait de son statut de négociant, il avait eu affaire plus souvent qu'à son tour aux percepteurs d'impôts et aux agents commerciaux du roi.

— Je veux voir le doyen immédiatement.

— Vous avez rendez-vous ?

— En quelque sorte.

— Il n'y a aucun rendez-vous prévu sur le rôle pour aujourd'hui.

L'employé ne regarda même pas le registre posé sur son bureau.

— J'ai reçu une lettre du doyen Geyer me demandant de venir le voir dès mon arrivée.

— L'avez-vous apportée ?

Le front de Stevic prit un pli contrarié.

— Je... Elle a été détruite.

— Je vois. (Même si Stevic le dominait de toute sa taille, l'employé parvint à le prendre de haut.) Le doyen Geyer est occupé. Soit vous avez un rendez-vous, soit vous n'en avez pas.

Stevic se demanda si l'employé jouait la même comédie aux nobles ou bien s'il bénéficiait d'un traitement spécifique. Il posa ses mains sur le bureau propret de l'employé et se pencha pour le regarder droit dans les yeux :

— Vous allez inscrire un rendez-vous sur votre petit registre *immédiatement* ou, par l'or de Breyan, je vous jure d'informer le doyen que son plumitif lit de la poésie au lieu de remplir sa fonction.

L'employé se passa la langue sur les lèvres avec nervosité et déglutit.

— Très bien, mais le doyen va être bien contrarié.

— Je paie grassement cette école pour que ma fille puisse la fréquenter. Je m'attends logiquement à ce qu'une partie des frais tombe dans votre escarcelle, et dans celle du doyen. Je ne pense pas qu'il soit déraisonnable de demander à rencontrer le doyen. *Maintenant.*

—Cela va de soi, seigneur.

L'employé traitait donc les nobles de la *même* manière. Il n'était peut-être pas si déplorable, après tout.

—Je ne porte pas ce titre. Je suis Stevic G'ladheon, chef du clan G'ladheon. À votre service.

Main sur le cœur, il s'inclina légèrement, comme le voulait la coutume. L'employé renifla avec dédain lorsqu'il remarqua l'habit raffiné.

—Oh! Un négociant, je suppose. Très bien. Suivez-moi. Il souleva ses robes de fonction et traversa le hall à grands pas, et ses sandales murmuraient sur le revêtement de marbre.

Ils grimpèrent deux volées de marches en colimaçon couvertes de luxueux tapis rouges, puis parcoururent de nombreux couloirs qui serpentaient et d'où partaient encore d'autres couloirs, avant de s'arrêter net devant une imposante porte de chêne à deux battants. L'employé hésita et regarda Stevic par-dessus son épaule. Il prit note de l'air résolu du négociant, s'humecta les lèvres et frappa à la porte.

—Qui va là? aboya une voix depuis l'intérieur de la pièce.

—Doyen Geyer, je...

—Oh! Tatillon. Entrez donc.

L'employé haussa les épaules et ouvrit les deux battants de la porte d'une poussée. Assis derrière un vaste bureau, le doyen Geyer, un homme distingué aux cheveux neigeux et aux yeux bleu vif, était sur le point d'insérer un mât miniature dans le pont supérieur d'une grande maquette de bateau.

—Très occupé, effectivement, murmura Stevic à Tatillon, qui rougit.

Le doyen se racla la gorge lorsqu'il remarqua Stevic, et poussa la maquette de côté. Il regarda fixement l'employé, attendant à l'évidence une explication.

—Une visite du chef Stevic G'ladheon, doyen, dit Tatillon.

Il fit retraite sans ajouter un mot, et referma les portes en sortant. Stevic ignora l'impressionnante collection de livres du doyen sur les étagères, ainsi que les cartes rares dessinées à la main qui étaient suspendues au mur et qui d'ordinaire auraient suscité son intérêt. En quelques pas, il atteignit le bureau et prêta toute son attention à la maquette de bateau, l'examinant attentivement.

— J'ai moi-même navigué sur quelques-uns de ces vaisseaux à voiles carrées, dit-il.

— Je… euh…, fit le doyen. (Avec un petit rire, il passa les doigts dans ses cheveux, comme un enfant pris sur le fait, léchant ses doigts pleins de confiture.) J'ai bien essayé de naviguer une ou deux fois mais vous savez… le mal de mer.

Stevic fronça les sourcils à se les froisser.

— Vous avez collé le mât de beaupré à la poupe. (Il émit un claquement de langue, atterré.) Et voyez, ici… (il pointa du doigt l'arrière de la maquette), vous avez interverti le foc et la brigantine.

Il se tenait bien droit, pieds écartés et poings sur les hanches, et regarda le doyen. Il étudia celui-ci des pieds à la tête, l'air critique, ainsi qu'il l'avait fait pour la maquette, comme si quelque chose, d'une certaine manière, n'était pas à la bonne place. Geyer déglutit tout en entortillant un bout de ficelle autour de son petit doigt. Il essaya de parler mais, sous le regard sévère de Stevic, il ne put trouver ses mots.

— Je vous prie de bien vouloir me pardonner cette intrusion, doyen, finit par dire Stevic, mais votre lettre exigeait la plus grande diligence. Je ne suis même pas encore allé voir ma fille.

Le doyen pâlit et sembla frémir. Parvenant à se maîtriser, il indiqua la chaise de l'autre côté de son bureau.

— B… bien sûr. Asseyez-vous, je vous prie. Vous devez être bien las après un si long voyage. Depuis Corsa, si je ne m'abuse.

— Effectivement. (Stevic tira une chaise en cuir.) Et je vais m'asseoir, même si je ne suis pas fatigué. Ce que je veux vraiment, ce sont des réponses, doyen. Pourquoi ma fille est-elle renvoyée de l'école ?

Le doyen Geyer changea la disposition du pot de colle et de ses outils sur le bureau, et se mit à rouler entre ses doigts un mât miniature pas encore monté. Il semblait peu désireux de regarder Stevic dans les yeux.

— Pas exclue, non, pas exactement. Suspendue, plutôt. Ses notes ont chuté, savez-vous, et elle a provoqué des bagarres avec d'autres étudiants.

— Ce ne sont pas des causes suffisantes de… suspension.

— Je crains que si. Nous ne tolérons pas les bagarres durant les cours. Se battre n'est pas conforme aux principes de cette école.

— Des bagarres ? fit Stevic. Ma fille ne participe pas à des *bagarres*.

Les doigts du doyen adoptèrent une formation triangulaire. Un sourire papillonna sur ses lèvres.

— Un duel, alors. Un combat qu'elle a initié. Fort heureusement, l'autre étudiant impliqué n'a pas été blessé.

— Je ne peux le croire.

— Peut-être pas, mais la famille dudit étudiant a fait une réclamation auprès des administrateurs. Vous devez également savoir que ses résultats n'étaient pas brillants. (Le doyen se détendit tandis qu'il expliquait les défauts de Karigan.) Elle a très souvent manqué les cours, et quand elle y assistait, ses notes étaient médiocres, non conformes à nos standards d'exigence. Cela seul aurait pu suffire à justifier un renvoi. Avec un passif tel que le sien, le combat a été considéré comme une cause suffisante ; les administrateurs ont jugé que Karigan devrait passer un peu de temps à la maison pour repenser ses raisons d'étudier ici.

Le visage de Stevic se contracta de rage.

— Ma fille n'est pas médiocre. Elle n'est pas non plus une brute qui provoque des bagarres en permanence.

Geyer ouvrit grand les bras, signe que l'affaire échappait à sa compétence.

— En tant que parent, vous avez tout à fait le droit de considérer ainsi votre enfant. Il va sans dire que les administrateurs n'ont pas la même opinion à son sujet. Nous espérons que réfléchir sur son comportement passé modifiera ses manières en conséquence, pour qu'elle puisse revenir à Selium... dans quelque temps.

Stevic agrippa les accoudoirs du siège ; il avait peine à contenir sa fureur.

— J'aimerais m'entretenir avec ces administrateurs. Si je n'obtiens pas satisfaction, je supprimerai toutes les subventions dont j'honore cette institution. Je parlerai au Protecteur Doré en personne si nécessaire, mais d'abord je veux voir ma fille. Je n'ai pas encore entendu sa version des faits.

Le doyen Geyer pâlit de nouveau.

— Elle n'est pas à la maison ? Vous... vous ne l'avez pas... vue ?

— Bien sûr que non. Je vous l'ai dit... Mais que se passe-t-il ici ? Où est ma fille ?

Le doyen marmonna dans sa barbe et regarda la pièce autour de lui, comme s'il la voyait pour la première fois. Stevic sentit qu'il n'allait pas tarder à étrangler le doyen avec les cordes du gréement de la maquette, si celui-ci ne se mettait pas très vite à parler. Geyer rassembla tout son courage, mais ne put se résoudre à regarder Stevic en face.

— Elle s'est enfuie. Je suis le dernier à l'avoir vue.

Stevic assena un grand coup du plat de la main sur le bureau de Geyer. Des papiers s'envolèrent et la maquette trembla. Un mât fraîchement collé passa par-dessus bord et vint s'écraser sur le meuble.

— Ma fille a *disparu*? (Stevic baissa le ton et continua en un grondement rauque.) La réputation de Selium est usurpée. (Il pointa un doigt tremblant en direction du doyen.) Je vous tiens pour personnellement responsable de sa disparition. J'exige de voir le Protecteur Fiori immédiatement.

Geyer se recroquevilla sur son siège.

— Le Protecteur n'est pas…

Stevic renonça à entendre la suite. Il ouvrit violemment les battants de la porte et sortit du bureau, fulminant, à la recherche du bureau du Protecteur Doré. Il parcourut les couloirs en long et en large, ouvrant chaque porte brutalement, faisant sursauter les enseignants et interrompant les cours. Il repoussa violemment les employés qui se mettaient en travers de son chemin. Exclamations et jurons volaient à sa suite.

Lorsqu'il crut avoir inspecté le moindre bureau, il trouva un autre corridor qui émergeait d'un des couloirs principaux. Il s'y engagea, sans ralentir l'allure malgré le fait qu'on n'y voyait goutte. Des bougies bien calées sur les murs crachotèrent sur son passage. Le luxueux tapis rouge disparut, révélant un parquet éraflé, marqué par le temps. Il finit par atteindre une porte, sobrement ornée du symbole d'une harpe d'or. Il la poussa et entra.

Le bureau recelait un fouillis d'instruments de musique, accrochés aux murs, gisant sur des étagères ou posés dans les coins. Certains étaient en pièces, et du manche d'autres instruments s'échappaient en boucles folles des cordes cassées. D'innombrables livres étaient empilés sur le sol ; il n'y avait plus de place pour eux sur les rayonnages. La poussière recouvrait tout en couche épaisse, et une forte odeur de résine flottait dans l'air.

— C'est bien le bureau du Protecteur Doré ? dit Stevic, incrédule.

— En fait, oui.

Derrière le bureau de pin brut, au centre de la pièce, était assise une étudiante portant un uniforme indigo avec le sceau blanc des apprentis sur l'épaule. Elle leva ses yeux d'aigue-marine du livre qu'elle était en train de lire.

— Je vous prie de m'excuser, dit Stevic, mais il faut que je voie le Protecteur Fiori.

La fille ferma le livre avec un bruit mat, et elle soupira.

— Moi aussi j'aimerais le voir, mais il est le seul à savoir où il se trouve.

Stevic attendit des précisions, mais la fille semblait avoir sombré dans ses pensées et demeura silencieuse.

— Hum-hum, fit-il en guise d'incitation. Que voulez-vous dire ?

— Il fait ce que les ménestrels font de mieux. Il voyage. Il pourrait être dans les terres boréales, dans la baie d'Ullem, ou même au Rhovanny pour autant que je sache. Il ne sait jamais où il se trouvera avant d'y être. Il s'est ainsi absenté parfois jusqu'à un an d'affilée, et même plus longtemps, avant que je vienne vivre avec lui.

Stevic estimait avoir l'esprit ouvert, mais cette fille n'était pas plus âgée que sa Karigan. La rumeur courait que le Protecteur avait soixante ans bien sonnés et, bien qu'il ne soit pas inhabituel pour des hommes âgés d'épouser des femmes plus jeunes et fertiles, une telle différence d'âge était criminelle.

Il arpenta la pièce et s'approcha d'une fenêtre poussiéreuse qui donnait sur l'école. Une cloche carillonna à quatre reprises, et les lames du parquet vibrèrent ; la cloche devait être tout près. Des étudiants se déversèrent alors du bâtiment, dans le square en contrebas, pour se rendre au cours suivant. Karigan aurait dû se trouver parmi eux, mais ce n'était pas le cas. Où était-elle ? En route vers la maison, espérait-il. Un pigeon vint se poser sur le rebord de la fenêtre.

— Quel administrateur il fait, ce Fiori, s'il n'est pas là pour veiller sur ses intérêts.

— Excusez-moi ? dit la fille. Je n'entends pas très bien. Il faudrait vous tourner vers moi.

Surpris, Stevic se retourna. Elle n'était pas du tout l'épouse de Fiori, mais sa fille ! Il rougit, embarrassé.

— Tu es l'amie de Karigan, n'est-ce pas ? La jeune Estral ?

Karigan lui avait parlé d'Estral, musicienne talentueuse malgré sa surdité partielle due à un accident. La fille hocha la tête en souriant.

— Et vous devez être son père. (Puis son visage se ferma.) Vous n'avez pas vu Karigan, n'est-ce pas ?

— Non. J'espérais la trouver ici. Soit j'ai quitté Corsa avant qu'un message m'informant de sa fuite arrive, soit le doyen ne s'est pas donné la peine d'écrire. (Il se sentit de nouveau très en colère, la rage lui rongeait le cœur.) Je tiens le doyen pour responsable. S'il est arrivé quelque chose à Karigan…

— C'est vraiment terrible. (Les épaules d'Estral s'affaissèrent, et elle posa le menton entre ses mains.) Si seulement… si seulement elle pouvait revenir. Elle me manque. Ce n'est plus pareil depuis qu'elle est partie. Je n'ai personne à qui parler, et les autres étudiants me harcèlent plus que d'habitude. Elle me protégeait, en quelque sorte. Je ne sais pas pourquoi elle s'est enfuie. Vous saviez que ses notes avaient augmenté, et que le maître d'armes Rendel l'avait prise comme élève, juste avant sa suspension ?

— Ton récit est bien différent de celui du doyen, dit Stevic. Tu dis que Karigan n'a laissé aucun indice concernant sa destination ?

— Non. Et si j'étais vous, je ne blâmerais pas trop le doyen. Il est un peu dépassé, et peut-être trop sous l'emprise des administrateurs. Après tout, Karigan s'est battue avec un noble.

— Un noble ?

— L'héritier du prince-gouverneur de la province de Mirpuits. Il s'est senti humilié qu'elle l'ait battu à l'épée.

— C'est bien connu, rien de bon ne vient jamais de Mirpuits.

Les caravanes de Stevic s'y rendaient rarement. Une bonne partie de la population était trop pauvre pour acheter ses marchandises, et les riches s'intéressaient surtout aux armes, ce dont il ne faisait pas commerce.

— L'épisode a fait sensation dans toute la ville, continua Estral.

Stevic eut un grand sourire, dépourvu de joie.

— C'est tout elle.

Estral secoua la tête.

—Elle ne le savait pas, mais elle avait plus d'amis qu'elle le croyait, parce qu'elle tenait tête aux tyrans en herbe comme Timas. Ici, beaucoup d'étudiants n'ont pas le sang et la fortune des nobles, mais ils ont du talent. Père met un point d'honneur à chercher de tels enfants pour les amener à Selium. Ils sont souvent à la merci de Timas et de ses comparses.

—Et au lieu de se fondre dans la masse, elle a fait front contre ces ruffians. (Stevic se frottait le menton.) Si fait, cela lui ressemble bien.

La porte du bureau s'ouvrit en craquant. Stevic sursauta, étonné de voir entrer le Cavalier Vert qu'il avait aperçu plus tôt avec le croque-mort. Elle tenait toujours les deux flèches serrées dans son poing, des flèches noires, constata-t-il, et son front était crispé de fureur.

—J'aimerais voir le Protecteur Fiori, dit-elle.

Les coins de ses yeux étaient creusés par de trop nombreuses années passées au grand air, et ses joues étaient constellées de taches de rousseur évanescentes. Sa chevelure, qui à la lumière naturelle flamboyait, avait à présent une teinte auburn lustrée, parsemée de fils d'argent sur les tempes. Alertes, ses yeux noisette pétillaient, enregistrant à n'en pas douter les moindres détails du bureau désordonné du Protecteur. Une bosse surmontait son nez, comme s'il avait été cassé autrefois, et une vilaine plaie mal cicatrisée courait, irrégulière, de son menton à son cou, jusqu'à disparaître sous son col.

—Je suis désolée, il n'est pas là.

Les lignes sur le front de la Cavalière s'accentuèrent.

—Parlez-vous sincèrement? Je peux repérer la fausseté, si je le veux.

Elle désigna du doigt une broche épinglée à son manteau. Stevic ne l'avait pas remarquée auparavant, et même maintenant il ne parvenait pas à en discerner la forme.

—Je n'ai aucune raison de vous mentir, répondit Estral. Mon père est en voyage.

—Votre père! Vous n'êtes pas l'un de ces idiots d'employés – veuillez me pardonner. (Sa voix était empreinte d'un vif dépit, et il était difficile d'imaginer que cette même femme avait empoigné le croque-mort par les revers de sa veste. Stevic se demanda si elle avait soumis l'employé Tatillon au même traitement.) J'espérais qu'il pourrait m'aider à identifier ce talisman. (Elle brandit les flèches.

Leurs pointes faites d'acier étaient encroûtées de sang séché.) Des mots sont gravés dessus, dans une langue que je ne parviens pas à déchiffrer, bien que j'aie ma petite idée. Ils portent l'empreinte de la magie. Une magie très ancienne.

Estral les contempla avec intérêt mais ne demanda pas à les manipuler.

— Je regrette que Père ne soit pas présent. Peut-être maître Galwin pourrait-il vous aider. Il est historien, et le curateur de l'école. Il étudie le savoir de l'antique magie. Où les avez-vous trouvées ?

— Fichées dans le dos d'un de mes meilleurs Cavaliers. (Elle soupira.) Nous croyons qu'il venait nous apporter un message de quelque importance. (Puis, reconsidérant la question, elle se présenta.) Je suis Larenne Stèle, capitaine du Drôme de Sa Majesté. Votre père m'a été d'une aide précieuse par le passé. Pour ce qui concerne les objets anciens et les artefacts magiques, j'entends.

— Aïe ! fit Stevic. La magie est maléfique.

Il dessina avec ses doigts le signe de la demi-lune pour conjurer la magie qui pourrait être invoquée simplement parce qu'elle était mentionnée. Le capitaine Stèle l'évalua longuement du regard. Elle ne lui arrivait même pas à l'épaule, mais son port altier la mettait à son niveau.

— Et vous, qui êtes-vous ?

— Le chef Stevic G'ladheon, à votre service.

Il s'inclina devant elle plus profondément qu'il l'avait fait pour l'employé.

— Oh ! un négociant. Avec des idées rétrogrades, apparemment. La magie est la magie. C'est son usager qui la rend bonne ou mauvaise.

— Tout de même, je ne voudrais pas y avoir affaire.

Les lèvres du Cavalier Vert s'étirèrent en ce qui pouvait être un sourire.

— Il y en a qui continuent de toucher et de manier la magie, malgré le déni dans lequel le royaume a vécu durant les derniers siècles.

Avant que Stevic puisse répliquer, la porte s'ouvrit de nouveau en craquant. Cette fois-ci entra un homme à la carrure musculeuse, noueux. Ses cheveux gris d'acier contrastaient avec sa moustache et ses yeux, noirs comme la nuit. Une pipe dépassait de la poche de sa chemise.

— Pardonne mon intrusion, Estral, mais on m'a dit que le père de Karigan était ici, annonça-t-il.

Estral désigna Stevic du menton.

— Le voici, maître Rendel.

— Le maître d'armes Rendel ? (Stevic passa devant le capitaine Stèle pour aborder le nouveau venu. Il oublia de saluer.) Ravi de vous connaître. Nous avons à parler.

La chaise d'Estral racla le sol lorsqu'elle se leva.

— Je suppose que ça n'avancera à rien que je reste là. Personne ne s'embête jamais à venir ici, sauf quand je dois travailler.

— Si vous pouvez m'indiquer où trouver maître Galwin…, s'enquit le Cavalier Vert.

Elle emboîta le pas à Estral et toutes deux sortirent de la pièce. Le maître d'armes les regarda partir.

— Elle fait un boulot bien dangereux, cette Cavalière.

— Comment cela ?

Rendel eut un sursaut, comme s'il ne s'était pas rendu compte qu'il avait parlé à voix haute.

— Pouvez-vous imaginer chevaucher à longueur de journée, à la merci des intempéries, en toute saison ? Pouvez-vous imaginer porter un message à travers des territoires dangereux, ou bien apporter de mauvaises nouvelles à un seigneur colérique qui n'y réfléchirait pas à deux fois avant de vous tuer ? Pouvez-vous imaginer être porteur d'un message que quelqu'un ne souhaite pas voir livré ? L'espérance de vie d'un Cavalier Vert est très courte. Le capitaine est à peu de chose près la plus âgée que j'aie jamais vue.

— Tout cela est bel et bon, mais c'est leur métier. Tenez, parfois il ne vaut pas mieux être un négociant voyageant avec une cargaison de marchandises. À moins de disposer d'un régiment complet. Je connais un bon nombre de marchands qui ont été tués pour…

— Ouais, c'est leur métier, et les Cavaliers Verts sont les gens les plus fous que j'aie jamais rencontrés.

Déstabilisé par les paroles du maître d'armes, Stevic regarda, par la fenêtre poussiéreuse, le capitaine Stèle et Estral qui traversaient la cour en contrebas.

— Parlez-moi de ma fille.

Le maître d'armes Rendel était appuyé contre le bureau du Protecteur Doré, les bras croisés sur la poitrine.

—À la fin du duel, disait-il, j'en avais assez vu pour savoir qu'elle avait un talent inné pour l'escrime. C'est la manière dont elle bougeait qui me fait dire cela. C'était instinctif, mal dégrossi, mais prometteur. Vous devez comprendre que la plupart des étudiants qui viennent à moi sont là surtout parce que cela fait partie de leur emploi du temps ou parce que la tradition de leur clan exige qu'ils reçoivent un entraînement au maniement des armes. Ils affûtent des compétences traditionnelles dont ils n'auront probablement jamais besoin. Les apprentis ménestrels sont plus musiciens que guerriers, mais ils sont obligés de suivre l'entraînement. Le Protecteur croit qu'ils doivent être préparés à arpenter le vaste monde, et je suis plutôt de son avis. Néanmoins, il est rare de trouver un étudiant qui s'y intéresse vraiment et soit réellement doué.

Stevic regardait par la fenêtre. La cour était désormais plongée dans l'ombre et silencieuse, dépourvue d'élèves. Même les pigeons semblaient avoir déserté les lieux, leur donnant un air d'abandon lugubre.

—J'avais espéré que Karigan se montrerait douée pour quelque chose, mais je ne pensais pas que ce serait l'épée.

—Ah! mais l'épée n'est que le commencement. Ses autres instructeurs m'avaient parlé d'elle. Tous pour se plaindre d'elle, à l'exception de maître Deleon, son instructeur d'équitation. Del a dit qu'elle était une excellente cavalière. Quand j'ai vu Karigan faire mordre la poussière à Timas Mirpuits, je me suis dit que, peut-être, je pourrais susciter son intérêt et la faire travailler, et que l'épée ne serait qu'un début. Que ça l'inciterait à se demander ce qu'elle voulait faire de sa vie.

Le regard de Stevic se tourna vers le maître d'armes.

—J'ai de la chance que ma fille ait un instructeur tel que vous.

Rendel fit un grand sourire.

—Elle a de la chance d'avoir un père comme vous. (Stevic haussa les sourcils.) Une fois, je lui ai demandé ce qu'elle voulait faire dans la vie, expliqua-t-il. Elle m'a répondu qu'elle voulait de l'aventure. Qu'elle voulait être négociante, comme son père. Les enfants qui veulent marcher dans les traces de leurs parents ne sont pas légion.

Stevic se figea, s'imprégnant des paroles de l'homme. Puis il secoua lentement la tête, et se tourna de nouveau vers la fenêtre et les ombres. Il se sentait remué par une kyrielle d'émotions : euphorie, peur, chagrin, désespoir. Où pouvait-elle bien être ?

— Elle ne me l'avait jamais dit.

Sa voix était tendue. Rendel se tut jusqu'à ce qu'il ait la certitude que Stevic s'était maîtrisé.

— J'ai continué à l'entraîner tous les jours. Apparemment quelqu'un l'avait fait travailler avant... le premier maître ?

Stevic hocha la tête.

— Sevano.

— Ses compétences étaient celles d'une débutante, mais d'une étudiante volontaire, toujours matinale sur le terrain d'entraînement. Elle travaillait plus dur que n'importe lequel des étudiants auxquels j'ai eu le privilège d'enseigner depuis bien longtemps. Ses compétences s'amélioraient rapidement, même si elle se sentait découragée : elle avait l'impression de ne pas progresser. Malheureusement, sa formation a tourné court.

— À cause de la suspension, vous voulez dire.

— Ouais. (Rendel sortit la pipe de sa poche, se tâtonna les côtes comme s'il cherchait quelque chose, puis se renfrogna.) Ma blague à tabac. Hum... (Ne la trouvant pas, il remit la pipe dans sa poche.) En dépit du fait que Timas l'ait attaquée après le duel, et que Del... euh, maître Deleon et moi-même ayons pris sa défense devant les administrateurs, elle a été suspendue.

Stevic quitta le rebord de la fenêtre et s'approcha de Rendel.

— J'ai entendu les explications du doyen. Mais pourquoi, selon *vous*, a-t-elle été exclue ?

— Je suis rhovanien de naissance, répondit Rendel. Ma mère venait du Rhovanny, et mon père de la province d'Adolinde. J'ai passé une bonne partie de ma vie dans les plaines de Wanda, où les mauvaises herbes poussent plus dru que les récoltes, à repousser les blatterreux et les raids. La vie quotidienne nous accaparait trop pour que nous nous inquiétions de ce que les clans de Sacoridie manigançaient. La politique... (Rendel se pencha vers Stevic et dit à voix basse :) Au moins un des administrateurs est un membre du clan Mirpuits. Les Mirpuisiens supportent mal d'être déshonorés. Karigan a porté atteinte à l'honneur du fils du gouverneur, donc à l'honneur du clan tout entier. Une telle insulte, le clan saura s'en souvenir pendant un siècle entier si nécessaire.

Si nécessaire. Stevic avala une grande gorgée de bière et reposa la chope sur la table de pin noueux. « Clang. » La fin de l'après-midi approchait à *La Harpe et le Tambour*, et les divertissements vespéraux n'avaient pas encore débuté. La musique commencerait à l'heure du dîner. Il ne pensait pas avoir le cœur à l'écouter, de toute façon.

Il n'y avait que quelques autres clients, assis tranquillement aux tables à siroter du vin ou de la bière, tandis que la lumière du soleil filtrait paresseusement à travers les vitres. Stevic fit tourner l'anneau à son doigt, ignorant le pain frais encore chaud et l'assiette de fromage que l'aubergiste avait posés sur leur table.

— Tu penses à Kari, dit Sevano.

Stevic opina du chef.

— C'est ma fille... encore un bébé.

— Oh, non ! Loin de là ! Jeune, si fait, mais pas un bébé. Tu sais bien qu'elle s'est déjà fourrée dans tout un tas d'ennuis. C'est bien elle, de rentrer toute seule à la maison. Ne pas attendre que tu arrives, pas avec la honte que sa suspension lui a causée. Je connais bien l'orgueil des G'ladheon, si fait. (Il eut un petit rire.) À sa place, tu aurais fait la même chose.

Stevic sourit.

— Effectivement, j'ai fait à peu près la même chose quand j'avais son âge. J'ai rejoint l'équipage d'une péniche marchande. Mais...

— Mais elle est toujours ta petite fille. (Sevano secoua la tête.) Elle a pris son envol, les ailes déployées. Tu voudrais l'en empêcher ?

— Non, bien sûr que non. Je... eh bien, tu as entendu comme moi, pendant notre voyage. On murmure que des choses étranges se produisent. Par l'or de Breyan, Sevano, tout l'hiver des choses bizarres sont advenues. Le peuple des arbres a été aperçu hors du bois d'Elt, pour la première fois depuis au moins une centaine d'années, et tu as entendu comme moi que les blaterreux ont franchi la frontière. Et tu dis que je ne devrais pas m'inquiéter pour ma fille ?

—Non. (Le plus âgé des deux hommes contemplait le fond de sa chope, et il ramassa distraitement un morceau de fromage avant de le laisser ensuite retomber dans l'assiette.) Je me fais également du souci. Mais rappelle-toi que je lui ai appris comment survivre, et ce Rendel m'a l'air d'être un homme bon. Je suis certain qu'il lui a beaucoup enseigné.

—Vous lui avez appris tous deux l'escrime. Je ne pense pas qu'elle ait d'épée à elle.

—Je lui ai enseigné bien plus que l'épée, oh oui ! Elle pourrait se défendre à mains nues. Et je la considère comme ma nièce, même si elle n'est pas de mon sang.

Ils se turent pendant plusieurs minutes. Même l'air oppressait leurs épaules. Ils furent tirés de leurs rêveries respectives par le craquement de la porte qui s'ouvrit, et l'aveuglante lumière du soleil se déversa dans la salle de l'auberge. Un jeune homme franchit le seuil, hésita un moment, le temps que ses yeux s'accoutument à la pénombre ambiante. Il portait un gilet vert sur une chemise de lin blanc. Ses braies et le manteau qu'il portait plié sur son avant-bras étaient tout aussi verts. Un sabre dans un simple fourreau noir lui pendait à sa taille.

Stevic regarda le Cavalier Vert scruter les profondeurs de la salle. Les yeux du messager laissèrent entrevoir qu'il avait trouvé ce qu'il cherchait ; il se dirigea vers eux, et les semelles de ses bottes ne faisaient aucun bruit sur le plancher. Stevic se demanda ce que le Cavalier pouvait bien leur vouloir, mais il ne s'arrêta pas à leur table. Il alla en fait s'asseoir à la table située juste derrière eux. Stevic ne pouvait voir auprès de qui il s'était assis, à cause de la paroi boisée qui séparait les tables, mais il reconnut immédiatement la voix de l'interlocuteur.

—Connly, dit le capitaine Stèle. Contente de te voir. Quelles nouvelles de la route ?

Le Cavalier murmura imperceptiblement, et Stevic dut tendre l'oreille pour écouter.

—J'ai besoin que tu contactes Joie, au sujet de F'ryan et du message disparu. Tous les Cavaliers disponibles doivent patrouiller les routes et les villes. Ceux qui sont en mission doivent ouvrir l'œil. On ne peut pas savoir où se trouve le message, ni même s'il existe encore. Peut-être qu'on le lui a pris, ou peut-être que son cheval est perdu là-bas quelque part, la sacoche toujours accrochée à sa selle.

Nous devons découvrir ce qu'il en est. Et assure-toi de prévenir Joie de la manière dont il est mort.

Connly murmura encore quelque chose, mais Stevic n'en comprit pas un mot.

— Je ne sais pas, répondit Stèle. Bien que je trouve très étrange que la broche se soit volatilisée. Cela pourrait…

Ce qu'elle allait dire fut interrompu brutalement par une clameur venant de l'extérieur. Stevic regarda par la fenêtre, mais il ne put voir que des gens qui se précipitaient dans la rue.

— De quoi s'agit-il, à ton avis ? demanda-t-il à Sevano.

— Ch'ais pas. (Sevano avala une ultime lampée de bière et s'essuya la bouche avec sa manche.) Allons jeter un coup d'œil.

Stevic était réticent à l'idée de délaisser la conversation qu'il essayait d'espionner, mais plus aucun bruit n'émanait de la table derrière lui, de toute façon. Les deux Cavaliers Verts avaient sans doute aussi été distraits par les cris venant du dehors. Stevic poussa sa chope de côté et suivit Sevano à la lumière du jour. Il se fraya un chemin entre les badauds pour voir ce qui provoquait un tel empressement, et s'arrêta net, choqué.

Un cavalier et son cheval gisaient au milieu de la rue. Une écume sanglante gouttait de la bouche du cheval qui ne parvenait pas à se relever. Un jeune garçon au teint mat était allongé à côté, étourdi par la chute, une jambe coincée sous le corps de sa monture. Certains des témoins de la scène essayaient de le libérer. Le garçon semblait ne pas avoir conscience de ce qui se passait autour de lui.

— Ils l'ont tué, pleurait le garçon. Ils ont tué le maître… maître Ione… tout le monde. Ils les ont tous tués sauf moi ! Des monstres… comme des hommes, mais pas…

Les sanglots du garçon résonnaient au cœur de la foule pétrifiée.

— Je crois que c'est Urath des Royaumes Inférieurs, dit une femme derrière Stevic, sur sa droite. Le fils d'aus-Corien, chef de la meute de T-katnya. Il était en excursion avec ses camarades.

— Quelqu'un doit prévenir le doyen, ajouta un homme.

Stevic se détourna. On entendait les gémissements du garçon par-dessus le bavardage de la foule. Son visage n'était pas tatoué, c'était donc un adolescent qui n'avait pas encore participé à la grande chasse, le rite traditionnel pour devenir un homme de la meute.

— Il a le même âge que Karigan, dit Stevic à Sevano.

— Ouais. Je le sais que trop bien.

Le capitaine Stèle regardait la foule en émoi depuis le perron de l'auberge. Elle avait l'air pensif. Stevic se dirigea vers elle à dessein, et elle se tira de ses pensées désagréables lorsqu'elle le vit approcher.

— Des blaterreux, affirma-t-elle. Les monstres qu'il a vus sont des blaterreux.

Stevic sentit son estomac se révulser. Où se trouvait sa fille ?

— Capitaine, j'aimerais vous demander une faveur.

Elle haussa un sourcil cuivré.

— Un négociant cherche toujours à obtenir une faveur qui ne lui coûte rien, et il la retourne rarement.

Stevic rougit de colère.

— Peut-être est-ce vrai de certains négociants, tout comme cela est vrai de certains ménestrels, soldats, artisans, fermiers, ou passeurs. Mais je ne suis pas fait de ce bois-là.

Le capitaine Stèle ne cilla pas, et elle ne s'excusa pas.

— Quelle faveur demandez-vous ?

— J'aimerais... Je voudrais vraiment que vos Cavaliers guettent une jeune fille, du même âge que ce garçon qui gît en ce moment même en pleine rue. Elle a disparu et... et c'est ma fille. Je crois qu'elle marche vers Corsa, mais qui peut dire s'il ne lui est pas arrivé quelque chose ?

Le capitaine cligna des yeux ; le reste de son visage conserva la même expression.

— Les Cavaliers Verts n'ont pas pour habitude de rechercher les fugueurs, chef, et en ce moment nous sommes impliqués dans...

— Je vous implore, capitaine. (La voix de Stevic se brisa sur le dernier mot.) Cela fait des semaines qu'elle a disparu. Elle est tout ce qui me reste depuis que... depuis que ma femme est décédée.

— Sûrement que prendre la description de la fille et la faire circuler auprès de vos Cavaliers ne les distraira pas de leurs devoirs. (Stevic avait oublié que Sevano était derrière lui, et il ressentit une bouffée de gratitude à son égard.) Ce n'est rien qu'une petite faveur. Elle est jeune, et seule. Que se passera-t-il si elle croise des blaterreux comme le jeune garçon là-bas ?

— Je saurai vous retourner la faveur, et plus encore, si vos gens peuvent trouver Karigan. (Stevic la regarda avec espoir. Leurs yeux étaient maintenant au même niveau, la hauteur du perron permettant à Stèle de croiser son regard. Il vit son expression s'adoucir, juste un peu.) Je donnerai une subvention à vos unités. Je… je renouvellerai l'équipement de vos Cavaliers.

À présent il y avait un indice perceptible de sourire sur le visage du capitaine.

Elle fit volte-face vers l'entrée de l'auberge.

— Connly! J'ai besoin que tu prennes une description. Approche et écoute, écoute attentivement. (Alors que le jeune homme trottait vers la porte, elle se tourna de nouveau vers Stevic et dit :) J'ai bien l'intention de vous faire respecter votre part du marché.

Les maîtres-lames

Karigan et ses ravisseurs avançaient suivant la formation adoptée le jour précédent. Garroty, sur son cheval, conversait avec Torne qui avançait à grandes enjambées à ses côtés. Jendara guidait Cheval et marchait près de Karigan, qui avait passé une nuit désagréable à écouter Torne et Garroty échanger leurs récits et faire des commentaires sinon vulgaires, du moins déplacés, la concernant. Elle n'avait pas dormi de la nuit et, à présent, ses paupières se fermaient d'elles-mêmes alors qu'elle avançait en trébuchant le long de la route.

Ses poignets la démangeaient. Soit les brûlures étaient en voie de guérison, soit leur état s'aggravait. La corde qui lui liait les mains l'empêchait de regarder sous les vieux bandages souillés qui recouvraient les plaies.

Toute la journée, Jendara avait gardé le silence. Certains des commentaires de Torne et de Garroty s'adressaient aussi à elle. Elle se contentait de, parfois, leur jeter un regard mauvais, comme pour les transpercer de ses yeux.

— Je les étriperais bien, ces deux-là.

Karigan trébucha sur un caillou. Le fait que Jendara lui adresse la parole était plutôt inattendu. Et ses paroles, plus surprenantes encore.

— Pourquoi ne pas le faire ?

Jendara eut un petit rire.

— Deux contre une, dont un maître-lame, de surcroît ? Le rapport de force est un peu bancal, tu ne trouves pas ?

— Je pourrais t'aider.

— Et tu me serais très utile, c'est certain. Je doute même que tu sois capable de soulever l'épée accrochée à ta selle. Tout ce qu'on demande aux Verdâtres, c'est de galoper.

Bien sûr ! Karigan ignorait ce que les Cavaliers Verts étaient capables de faire, mais elle était certaine de pouvoir surprendre une personne comme Jendara, maître-lame ou pas, grâce à quelques-unes des passes qu'elle avait apprises.

— Cette route s'étire indéfiniment, dit Karigan.

— Elle a été construite il y a bien longtemps afin d'effectuer une percée dans les territoires sauvages du nord. (Là encore, que Jendara lui réponde était surprenant.) D'où crois-tu que provient cette pulpe dont on fait le papier ? On est loin de bénéficier d'une telle surface arborée, dans les territoires du sud.

Des rubans de soleil gouttaient à travers les arbres, et laissaient des flaques de lumière sur la route et dans les bois. Karigan surprit un mouvement dans la forêt, du coin de l'œil. Elle scruta attentivement, mais ne put tout d'abord pas discerner de forme précise. Elle cligna des yeux, et la tache définit alors lentement les contours d'une silhouette humaine, un autre voyageur, qui progressait à leur hauteur mais en coupant à travers bois ; il apparaissait et disparaissait parmi les ombres, se faufilant entre les arbres à grands pas vifs que les broussailles ne ralentissaient pas, comme s'il marchait sur une route plane.

Il avançait dans un silence absolu, pas une brindille ne craquait sous son pas, pas un oiseau ne quittait le nid à son approche. De hautes fougères et des branches s'agitaient doucement, sous la brise, et non pas de la main de l'homme, qui semblait les traverser en trace directe, sans effleurer un seul végétal. Cheval s'ébroua et regarda en direction du voyageur, les oreilles pointées vers l'avant.

— Que voit-il ? demanda Jendara.

Elle regardait droit en direction du voyageur et… à travers. Torne et Garroty continuaient à bavarder, ils n'avaient pas conscience de la présence du nouveau venu.

Les yeux de Karigan s'étrécirent et elle put distinguer le visage pâle du voyageur, et les deux flèches noires plantées dans son dos. F'ryan Coblebaie. Il se tourna vers elle, tout en continuant à avancer à leur allure. Sa bouche se mouvait, comme s'il essayait de lui dire quelque chose, mais elle ne pouvait entendre les paroles. Il continua à parler jusqu'à ce qu'il passe dans l'ombre d'un grand sapin-ciguë et s'évanouisse.

Cheval était rétif, il mâchonnait son mors et se dérobait. Peut-être pouvait-il entendre la voix du fantôme.

Elle eut beau le chercher des yeux tout au long du jour, Karigan ne vit plus signe de F'ryan Coblebaie. Qu'avait-il essayé de lui dire ? À un moment, Jendara lui demanda ce qu'elle voyait, ou s'attendait à voir, dans le sous-bois.

— Seulement des fantômes, répondit-elle d'un ton neutre. Un esprit m'accompagne.

Jendara se renfrogna. Les deux hommes entendirent la réponse et si Garroty s'esclaffa à pleine gorge, Torne, pour sa part, gronda :

— Je devrais t'arracher la langue. La superstition, ça ne marche pas avec moi.

— Tu as l'air inquiet, en fait, Torne. (Un crachat couleur de tabac s'écrasa sur la route. Garroty s'essuya la bouche du dos de la main.) Es-tu superstitieux ? Toi, un maître-lame, un adulte ?

Torne lui lança un regard furieux.

— Bien sûr que non ! Ce sont ces idiots de Mirpuisiens qui en ont parlé les premiers, et cette Verdâtre essaie de nous rendre nerveux. Ben ça marche pas, Verdâtre, oh que non !

Karigan haussa les épaules. Elle leur avait tout bonnement dit la vérité, la vérité nue que Torne et Jendara durent ressentir, en dépit de leurs protestations, puisqu'ils se mirent à scruter le sous-bois, et que la cadence de leurs pas s'accéléra.

Garroty rit doucement.

— Cette vie frugale t'est montée au ciboulot. Hé, si t'étais resté avec les Serres un peu plus longtemps, on aurait pu t'apprendre quelques trucs.

— On est bien avec ce qu'on a. (Garroty avait maintenant réussi à irriter Torne lui-même.) Aussi bien que quand on vivait dans la cité de Sacor. Pourquoi on *nous* a confié cette mission, on l'ignore, et on ne conteste pas. Ce que veut mon seigneur, je le lui fournis, et le temps que j'ai pu passer avec les Serres n'a rien à voir avec ça.

— Vous êtes comme des nouveau-nés, perdus dans la forêt, dit Garroty. Je parie qu'on vous a volé vos chevaux juste sous votre nez. (Devant le regard courroucé de Torne, il lâcha :) Ah ! J'avais raison. Et si tu ôtais ton pourpoint de cuir, je parie que je pourrais te compter les côtes. Des Armes, des maîtres-lames, si fait. Vous arrivez peut-être à survivre à la cour, mais ce qui compte c'est de pouvoir le faire là-dehors.

Karigan s'attendait presque à voir les oreilles de Torne se mettre à fumer. Elle laissa échapper un bâillement, et écouta attentivement Garroty et Torne poursuivre leur débat.

—Le problème avec vous autres Armes, disait Garroty en grattant les poils rêches de sa barbe, c'est que vous êtes pétris d'honneur et d'étiquette. L'honneur et l'étiquette peuvent être utiles, à la cour et lors d'une bataille, mais ça ne vous sert pas à grand-chose ici. Même la Cohorte de Gardesang, au Rhovanny, quitte la cour de temps à autre pour découvrir le vaste monde.

—L'étiquette est une tradition essentielle pour les Armes de l'Ordre des Boucliers noirs, répondit Torne. L'étiquette inculque la discipline. Par ailleurs, qui a besoin de connaître le monde réel lorsque la cour est son monde réel ? Pour Jendara et moi, eh bien, y a des circonstances spéciales.

—Ah ! Et si vous croisez des soldats de Zacharie et qu'ils vous reconnaissent, vous finirez au bout d'une corde pour trahison, à tout le moins.

—On n'est pas des traîtres, Garroty.

—Je suppose que ça dépend de l'identité de votre commanditaire, alors. Zacharie ou bien son frère. Mais écoute ça, maître-lame : c'est Zacharie qui a le pouvoir. C'est lui que son père a nommé héritier, pas Amilton, qu'importe l'ordre habituel de succession. Ce que vous avez fait relève de la haute trahison ; si vous êtes pris et pendus, je t'assure que ce serait s'en tirer à bon compte. Si je me souviens bien de l'histoire, il y avait parmi les Armes un traître nommé Sauveru. Pendant des semaines, ils l'ont torturé avec délectation, puis enchaîné à la tour de la prison et abandonné à la voracité des vautours. Il respirait toujours.

—Nous savons ce qu'implique notre allégeance, dit Torne. On nous a rebattu les oreilles avec l'histoire du traître Sauveru quand on était de simples volontaires, à l'académie. Pas besoin de nous le rappeler.

Garroty haussa les épaules.

—Ne te méprends pas. Je suis tout à fait pour me battre sous les ordres du plus offrant, même si les enjeux sont un peu trop élevés. Tout ce que je veux dire, c'est que toi, une Arme pour qui l'honneur et les idéaux importent plus que le gain, tu devrais vraiment t'assurer que l'enjeu est à la hauteur du prix que tu risques de devoir payer, et que tu vas réussir.

— Le jeu en vaut la chandelle, dit Torne (ses mots étaient à peine plus audibles qu'un murmure), et nous allons réussir.

Un autre jet de tabac chiqué toucha le sol en réponse. Le débat fut ainsi clos.

Les ombres du soir s'allongèrent, et l'air se chargea de rosée. Des lucioles se mirent à clignoter, elles tombaient entre les arbres comme des rafales de lumière. Des grives entonnèrent leur chant vespéral et, tandis que tombait la nuit, la lueur laiteuse de la lune se déversa dans les bois. Torne les mena hors de la route vers une clairière où ils établirent leur bivouac.

On jeta à Karigan son habituel quignon de pain dur et, comme à l'accoutumée, elle fut reconnaissante d'avoir la réserve de provisions cachée que le jeune Cendré lui avait donnée. Le contenu de la réserve n'allait plus durer bien longtemps ; bientôt elle aurait de nouveau faim, à moins de parvenir à s'échapper. Son estomac gronda lorsqu'un fumet de viande commença à s'échapper du feu des mercenaires ; Torne jetait des lanières de viande séchée dans le ragoût.

Garroty regarda fixement Karigan durant tout le repas, et le ragoût dégoulinait aux coins de ses lèvres, qu'il n'essuyait que rarement d'un revers de main. Dégoûtée, Karigan regarda ailleurs, en essayant de se concentrer sur des pensées moins déplaisantes. Peut-être qu'en ce moment même son père était à sa recherche. Le doyen Geyer lui avait sûrement envoyé un message l'informant de sa fuite. Bon ! ce n'était pas une pensée si agréable que cela. Son père serait fou de rage lorsqu'il la trouverait. Après tout, la session d'échanges de printemps était sur le point de débuter ; le moindre retard à faire partir caravanes et péniches pourrait lui coûter cher.

Torne se leva en s'étirant.

— Je vais aller à la rencontre d'Immerez, annonça-t-il. Cet imbécile aurait dû nous rattraper depuis plusieurs jours déjà. Il boucla la ceinture portant son épée, se couvrit les épaules de son manteau usé et quitta le campement à grandes enjambées.

— Gare aux p'tits fantômes ! railla Garroty, gloussant de tout son cœur.

Le bruit des pas de Torne diminua à mesure qu'il s'éloignait dans la nuit. Le silence emplit la clairière. Garroty sortit une chique de tabac de la blague accrochée à sa ceinture, et la fourra dans sa bouche. Son regard dérivait de Karigan à Jendara, et inversement. Penché en arrière, en appui sur ses coudes, il mâchait tout à son aise. Le visage de Jendara portait un masque glacial lorsqu'elle tira son épée de son fourreau. D'une poche en peau elle sortit un chiffon doux, de l'huile et deux pierres à aiguiser. Le sifflement de la lame contre la pierre envahit la clairière.

— J'aime les femmes qui portent une arme, dit Garroty. Le danger qui en émane m'excite.

Le sifflement s'interrompit.

— T'es un homme mauvais, Garroty. Fais silence si tu ne veux pas perdre quelque chose de très précieux à tes yeux.

Garroty rit franchement.

— Ça m'a tout l'air d'un défi.

— J'ai voulu te délester de ta virilité dès que je t'ai vu.

— Alors vas-y, femme. Ce sera amusant de t'en empêcher.

Karigan se raidit lorsque Jendara saisit la garde de son épée et bondit lestement sur ses pieds. Garroty ne fit rien, aussi Jendara hésita-t-elle.

— Eh bien, femme ! viens là. J'attends.

Jendara dit d'un ton hargneux :

— Lève-toi. Puisque tu es un guerrier, tu te battras comme tel.

Garroty gloussa et quitta lentement le sol. Il se tint debout, les bras grands ouverts.

— Me voici, femme. Amène-toi, et je vais te montrer *ma* lame.

Un hurlement transperça la forêt, un cri presque humain, suivi d'un bruit de piétinement dans le feuillage. Les chevaux s'ébrouèrent nerveusement.

— Qu'est-ce que c'était ? demanda Jendara.

Garroty haussa les épaules avec indifférence.

— Probablement quelque loup à la recherche de son dîner. (Puis avec un grand sourire carnassier, il ajouta :) Peut-être qu'il a trouvé Torne.

Jendara grommela par-devers elle, en regardant tour à tour le mercenaire et Karigan.

— Je vais aller voir, dit-elle. (Elle ajouta, en regardant Garroty d'un air furieux :) Laisse la prisonnière tranquille. Brandissant son épée devant elle, elle s'enfonça avec hésitation dans l'obscurité, en direction du bruit. Karigan la suivit des yeux, implorante. Quand Jendara fut hors de vue, Garroty secoua la tête.

— L'idiote. C'est juste un coyote traquant un lièvre, je suppose. Les chevaux se sont calmés, comme si rien ne s'était passé. Qu'importe. (Ses yeux revinrent sur Karigan.) Ça nous laisse en tête-à-tête.

— Ne vous approchez pas, dit Karigan, mais sa voix chevrotait.

En trois enjambées Garroty fut sur elle. Il saisit son bras et lui plaqua sa main moite sur la bouche, afin de l'empêcher d'alerter Jendara. Il la releva brutalement et, avant qu'elle puisse lui échapper, il passa son bras en travers de son torse pour la maintenir fermement. Si seulement ses mains n'étaient pas attachées !

— Ça fait un moment que j'attends ça.

Karigan sentait son haleine chaude et humide sur son oreille alors qu'il parlait, elle avait des relents de tabac rance. Il la traîna hors de la clairière, dans l'ombre des arbres. Elle se débattit en donnant des coups de pied, mais l'homme devait avoir le cuir bien épais. La semelle de sa botte l'atteignit au tibia, une astuce que le premier maître lui avait apprise, mais il ne s'en émut pas une seconde. La plupart des gens auraient crié de douleur.

Les secondes lui semblèrent des heures ; Garroty la traîna puis finit par la pousser au sol. Un rayon de lune balaya son visage, révélant un grand sourire écœurant.

— Ça fait longtemps que j'attends ça, murmura-t-il. Avec un ricanement joueur, il déboucla sa ceinture et la laissa tomber à terre. Karigan roula sur le ventre et essaya de s'éloigner en rampant, mais le pied de Garroty s'abattit sur ses reins, la plaquant contre le sol terreux. Elle en eut le souffle coupé.

— Si tu résistes, je te préviens, je peux facilement te briser l'échine. Il laissa son pied appuyé sur son dos pendant un moment, accentuant sa pression si elle bougeait un tant soit peu. Puis il retira son pied et lui assena un coup dans les côtes, du bout de sa botte, et la remit sur le dos. Karigan essaya de reprendre son souffle tandis que la douleur dans son flanc pulsait.

Garroty se mit à genoux et l'enfourcha. La puanteur de son corps malpropre était insoutenable, une mauvaise odeur de tabac s'échappait même de sa sueur. Du jus de tabac coula de sa bouche baveuse et tacha la chemise de Karigan. Elle se mit à trembler sans pouvoir se maîtriser.

— *Bats-toi, malheureuse !*

Karigan se souvenait de cette voix. La voix qu'elle avait entendue cette nuit-là, dans le village. Les mains de Garroty lui plaquèrent les épaules au sol, la mine farouche.

— *Bats-toi !* lui ordonna la voix.

Se battre, oui. Le premier maître lui avait enseigné plusieurs parades, dans l'éventualité d'une telle situation. Elle plongea la tête en avant et enfonça les dents dans le poignet de Garroty. Il cria et retira brusquement sa main, la force du mouvement brisant presque la nuque de Karigan.

Il gronda et la frappa au visage.

Le coup se répercuta dans tout son corps et, sonnée, elle tenta de reprendre ses esprits alors que Garroty examinait son poignet. Cette diversion serait peut-être son unique occasion ; il était vulnérable, assis sur elle, les jambes écartées. Elle joignit ses mains et frappa un grand coup vers le haut. La mâchoire de Garroty s'ouvrit et lança un cri silencieux. Ses yeux devinrent ronds comme ceux d'un poisson, et il agrippa son entrejambe.

Karigan s'apprêtait à frapper son visage hideux lorsqu'elle entendit le rire de Jendara. La maître-lame rengaina son épée et s'accroupit auprès d'eux.

— On dirait que je t'ai sous-estimée, fillette. Tu n'as pas besoin d'épée pour émasculer cet idiot. (Elle rit gaiement au nez de Garroty.) Tu aimes les femmes dangereuses, c'est bien cela ? Il me semble qu'on rendrait service à toute la gent féminine si on te marquait définitivement. Elle porta la main à sa dague.

Le visage de Garroty rougit si violemment que Karigan se dit qu'il risquait d'exploser. Au lieu de cela, son poing s'abattit sur Jendara avec un bruit mat. L'impact la repoussa violemment en arrière, et sa tête rencontra le sol dur. Elle ne bougea plus.

Garroty grogna avec satisfaction en reluquant Karigan.

— Ça devient bien plus intéressant que j'espérais. Quand j'en aurai fini avec toi, je m'occuperai d'elle, réveillée ou non.

Peu enclin à baisser sa garde une seconde fois, il attrapa les deux poignets de Karigan et s'agenouilla entre ses jambes.

Karigan réfléchissait à toute vitesse. Elle repensa aux soirées d'été passées dans le vieux hangar, sur le domaine de son père, lorsqu'elle s'entraînait à l'épée avec le premier maître. Lors d'une de ces leçons, il avait remisé contre le mur les épées de bois et consacré la séance au combat à mains nues.

— Kari, avait dit Sevano alors qu'elle était assise en tailleur sur le sol de terre battue, il pourra arriver que tu n'aies point d'arme. Je vais te montrer comment te servir de tes mains et de tes pieds pour blesser sévèrement, voire tuer, si nécessaire, quelque voyou qui voudrait te faire du mal. Mais d'abord, laisse-moi te dire où ça serait le plus douloureux…

Elle avait déjà essayé les tibias de Garroty et ses testicules. Que restait-il ? Elle ne pouvait s'en prendre aux nerfs de ses mains, et ne pouvait donner de coups de pied ; il l'immobilisait totalement, elle ne pouvait rien faire. Sevano ne serait cependant pas de cet avis. Elle réfléchit frénétiquement.

Après avoir pris sa décision, elle articula une courte prière et banda ses muscles. Elle bascula vers l'avant, à l'aide de ses coudes et de ses épaules, projetant sa tête vers le visage de Garroty. Le mouvement ne fut pas très précis, mais elle devrait faire avec. Il tomba en arrière avec un cri étouffé, en se tenant le nez. Du sang éclaboussait son visage. Il se recroquevilla sur le sol en position fœtale, agité de convulsions de souffrance.

Karigan n'osait respirer, craignant de ne pas l'avoir suffisamment meurtri et de le voir se relever pour finir ce qu'il avait commencé. Mais il ne se releva pas et, après une poignée de minutes, cessa complètement de remuer.

Elle rampa vers lui sur les genoux et les coudes, et se rendit compte que sa poitrine ne se soulevait plus. Le premier maître lui avait dit que si on frappait suffisamment fort le nez d'un assaillant, l'os pouvait se briser et pénétrer dans le cerveau, tuant à coup sûr. Karigan venait de tuer un homme.

Elle avait tué Garroty et était choquée que cela ne l'affecte pas.

Jendara gisait toujours immobile, des rigoles de sang coulaient de son nez le long de ses joues. Elle n'était pas morte, elle respirait, mais elle n'avait pas l'air d'être sur le point de reprendre connaissance. Voilà la chance que Karigan attendait pour s'échapper.

Elle aperçut l'épée délaissée de Garroty et s'en saisit. Elle frotta la corde qui lui liait les mains contre la lame, avec précaution, pour ne pas s'entailler les mains. Elle regarda la corde tomber avec un soulagement mêlé de joie ; ses mains étaient libres !

Elle se releva en toute hâte pour rejoindre Cheval, mais s'arrêta. L'anneau de Kariny G'ladheon étincelait au doigt de Jendara à la lueur de la lune. Karigan le fit glisser de la main calleuse de la maître-lame et le passa à son propre doigt. Il avait toujours été un peu grand pour elle, mais à présent il lui allait parfaitement.

Une brindille craqua derrière elle. Karigan fit volte-face.

— Regardez-moi ça. (Le visage de Torne était plus sinistre que jamais, pensa Karigan.) Je ne sais pas bien comment, mais tu as tué mon ami et blessé ma partenaire. Son épée sortit vivement du fourreau en un bruit cinglant.

— *Défends-toi*, tonna la voix dans la tête de Karigan. L'épée de Jendara, toujours à son côté, était la plus proche. Elle en saisit la garde et la tira du fourreau. La bande noire semblait séparer la garde de la lame. C'était l'arme la mieux équilibrée qu'elle avait jamais eue entre les mains, et pour cause : c'était une lame de maître.

— Stupide fillette, dit Torne. Tu n'es point maître-lame. Tu souilles cette épée rien qu'en la touchant, mais tu vas mourir par la mienne.

Torne plongea vers l'avant sans crier gare, et Karigan para *in extremis*. Elle tâcha de se souvenir des exercices dont le maître d'armes Rendel l'avait abreuvée sans répit, et des ruses et des conseils que Sevano lui avait enseignés, mais Torne ne lui laissait aucun répit ; tout ce qu'elle pouvait faire était de bloquer les multiples assauts et d'esquiver. Chaque coup de Torne ébranlait tout son corps, engourdissait ses bras jusqu'aux coudes. Si elle devait mourir à un moment ou à un autre, ce serait maintenant.

Torne dansait un vif ballet de mort. Karigan n'avait rien vu de tel auparavant, cette démonstration d'art létal la fascinait. Il avait le pied sûr, jamais il ne faisait volter sa lame plus que nécessaire. Une grâce véritable émanait de ses mouvements économes.

Quelques échanges seulement s'étaient produits, et déjà Torne levait son épée pour lui assener un coup mortel, mais le temps s'immobilisa. Le froid transit le corps de Karigan, pas vraiment du froid, en fait. Elle avait l'impression d'être un verre rempli d'eau froide. Puis il y eut autre chose… la conscience d'un autre.

Ses bras furent mus par la force de quelqu'un d'autre, et ses réflexes guidés par la volonté de cet autre. Sa propre conscience faiblit, et elle se retrouva spectatrice dans son propre corps. Mais était-ce bien son corps ? Deux points très douloureux, dans son dos, lui vrillaient les entrailles.

Le combat reprit, et le coup supposément mortel fut contré, comme par miracle.

— *Fente latérale du Corbeau.*

La voix était un écho, venu de très loin au fond de sa tête. La voix qui l'avait pressée de se défendre et de se battre. La même voix qui avait tenté de lui parler, dans le village.

— *Un et deux et trois et frappe, cinq.* La voix et son propre corps tenaient le rythme imposé par Torne et contraient ses attaques. Elle reconnut certaines des techniques nommées, mais elle en voyait la plupart pour la première fois. Cette débauche de mouvements, l'assiette et les pas, l'angle pris par la lame qui s'abattait, tout s'harmonisait en elle comme jamais elle ne l'avait ressenti durant les leçons de Sevano ou de maître Rendel.

Torne ne semblait-il pas choqué de la voir bloquer une botte particulièrement redoutable ? N'était-ce pas de la sueur qui perlait à son front ?

— *Large fente, Vrille du Gabarier, trois et quatre, balayage !*

Elle vit, effarée, la pointe de son épée entailler le pourpoint de cuir de Torne sur toute sa longueur. Bien que seul le cuir soit touché, elle vit son visage pâlir comme s'il avait été blessé.

— Qui es-tu ? haleta Torne, les yeux écarquillés... de peur.

— *... deux et trois, Fente du Corbeau, par deux fois !*

La charge repoussa Torne contre un arbre, bras et épée s'enchevêtrant avec les branches du conifère.

— *Parade de l'Émondeur, un-deux-trois.*

Torne évita de justesse d'être mis en pièces. Chaque mouvement de l'épée ravivait la douleur causée par les flèches dans le dos de Karigan, et les blessures saignèrent de nouveau...

— Qui es-tu ? répéta Torne.

— *Brûle, ma broche, brûle ! Brûle, au nom du cheval ailé !*

Torne hurla. Sa main libre tâtonna à la recherche de la broche épinglée à son manteau. Il l'attrapa, mais retira ses doigts promptement avec une exclamation de douleur. La diversion suffit.

— *Coulée de Glace !*

La lame plongea à travers le pourpoint de Torne, et ressortit dans son dos, le clouant à l'arbre. Ses membres furent agités de mouvements convulsifs. Les narines de Karigan s'enflèrent de l'odeur cuivrée du sang frais.

— Qui es-tu ?

Un murmure, cette fois, à peine audible, couvert par son souffle rauque. La voix de Karigan prononça des mots qui n'étaient pas siens.

— Je suis un Cavalier Vert, élève d'un maître-lame. Je t'épargne le sort de Sauveru, traître.

La main qui tenait l'épée lui imprima une torsion, et les yeux de Torne se révulsèrent. La présence en Karigan se tourna alors vers Jendara, et tendit sa main vers la dague.

— *Arrête!* Karigan lutta pour chasser la présence de son corps, mais c'était comme essayer de se vider de ses propres boyaux. *Va-t'en.*

La présence se retira, et elle soupira lorsque la chaleur afflua en elle. F'ryan Coblebaie se tenait devant elle.

— *Je t'ai sauvé la vie*, dit-il. *C'est une traîtresse, elle doit mourir.*

— C'est à moi, dit Karigan, de décider si elle doit mourir.

Elle jeta un regard à Jendara qui gisait sur le dos, gorge dénudée, à la merci d'une lame qu'elle pourrait y passer. Le sang séchait sur le visage de l'Arme, mais elle respirait normalement et paraissait seulement endormie. Karigan se rappela que Jendara avait incité Torne à la laisser porter le grand manteau pour la protéger de la pluie froide. Jendara qui n'avait rien dit au sujet de sa réserve de nourriture, qui n'en avait jamais parlé à Torne. Elle savait que Jendara aurait tué Garroty pour l'empêcher de s'en prendre à elle. La forme fantomatique de F'ryan Coblebaie vacilla une fois.

— *Tu dois la tuer.*

— Toi, fais-le.

— *Je ne peux pas, à moins de…*

— Je ne le permettrai pas. (Karigan serra les poings convulsivement.) Tu ne m'utiliseras pas.

— *Je t'ai sauvé la vie.*

Les événements de la soirée commencèrent à avoir raison d'elle. Son corps se mit à trembler, et elle eut de nouveau très froid. L'idée que quelqu'un puisse contrôler ses gestes la rendait furieuse… et la terrifiait en même temps.

— Il me semble que c'est toi qui m'as placée sur cette voie, dès le début. Toi et cette broche.

La silhouette de F'ryan Coblebaie faiblit et vacilla.

— *Non, pas moi. Tu as été appelée.* (Il leva les yeux vers le ciel puis s'éloigna; il disparut totalement dans les ténèbres, mais l'écho de sa voix s'attarda…) *Tu as été appelée…*

Karigan poussa un soupir. L'éprouvante expérience lui avait donné le tournis. Elle désirait s'éloigner du lieu du carnage le plus tôt possible ; le visage ravagé de Garroty, le corps supplicié de Torne. Mais elle avait besoin de récupérer la broche. Jendara murmura des mots incompréhensibles, animée de mouvements convulsifs. Elle allait devoir faire vite.

Torne était épinglé contre l'arbre tel un épouvantail morbide, les bras ballants selon un angle bizarre entre les branches résineuses. La broche ne tenait plus qu'à un fil sur son manteau. Karigan la cueillit, frémissante. Elle avait brûlé le manteau et le pourpoint, et laissé une marque sur la chair, une ombre rouge de cheval ailé.

Les sœurs Sorbier avaient eu raison, en un sens ; la broche ne tolérait le toucher de personne d'autre qu'un Cavalier Vert. Elle avait simplement attendu le moment le plus propice pour déchaîner son courroux, lorsqu'elle en avait reçu l'ordre. Karigan frémit de nouveau en l'épinglant à sa chemise.

Elle fuit le massacre, s'arrêtant uniquement pour récupérer les possessions qu'on lui avait dérobées. Cheval et elle s'éloignèrent au galop et disparurent dans la nuit. Si Immerez était supposé les avoir rejoints depuis plusieurs jours déjà, il rôdait peut-être dans les parages. Il fallait éviter d'être capturée de nouveau, alors qu'elle venait juste de s'échapper.

Jendara rampa jusqu'à l'orée de la clairière. Quelque chose du tonnerre et de la foudre semblait fendre son crâne déjà douloureux, mais elle était résolue à stopper la Verdâtre. Rien à voir avec la vengeance. Elle applaudissait à la mort de ce misérable de Garroty. Et bien qu'autrefois elle ait ressenti de l'amitié pour Torne, cela faisait bien longtemps qu'il s'était aigri et qu'elle tolérait tout juste sa présence. Seuls comptaient les ordres de son seigneur : intercepter le message ; ce qui signifiait intercepter le messager.

Qui était cette fille qui pouvait dominer des hommes bien plus puissants qu'elle ? Torne était chevillé à l'arbre avec son épée à elle ; elle avait vu bien plus horrible sur un champ de bataille, mais l'expression figée sur son visage, une expression de complète stupeur, la hanterait pendant quelque temps.

Jen aussi était stupéfaite. Qui aurait cru la fille capable de cela ? Et la marque sur la peau de Torne… Mais à qui exactement avaient-ils affaire ?

La dague de Jendara brilla faiblement sous le rayon de lune lorsqu'elle atteignit le bord de la route. La pulsation dans sa tête l'empêchait de se mettre debout. Des accès de nausée lui nouaient l'estomac.

Elle vit du coin de l'œil une tache informe bouger sur la route, et perçut un martèlement de sabots. Elle vit la fille et le cheval s'éloigner au galop, puis se fondre dans le néant. Jendara se roula en boule sur le sol, et posa sa tête sur son bras.

À quoi étaient-ils donc confrontés ?

Le refuge

Ils galopèrent toute la nuit, suivis par l'écho sourd des sabots de Cheval sur la route. Ils traversaient le monde gris, une masse floue et indéfinie, et Karigan se fiait à la capacité de Cheval à trouver le chemin. Sous le poids de l'invisibilité, elle parvenait tout juste à s'accrocher à sa crinière pour conserver son assiette. Lorsque la nuit prit une nuance plus pâle de gris, Cheval ralentit l'allure puis s'arrêta.

— Qu'y a-t-il ? Karigan ne pouvait se résoudre à lever la tête et à délaisser la chaude encolure.

Cheval regarda de chaque côté de la route, celle parcourue et celle à venir, puis, cinglant l'air de sa queue, il s'enfonça dans les bois. Il n'y avait pas de sentier, pas même la piste d'un cerf, et pourtant ils passaient à travers bois sans que les branches basses ou les broussailles ne les atteignent, et le sol était plat et dégagé.

Cheval longea un bloc de granit affleurant, et quelque chose en Karigan se rompit. Le monde reprit ses couleurs d'aube nouvelle ; le poids de l'invisibilité quitta ses épaules, et son cœur s'allégea.

Une petite cabane de rondins apparut. Elle était douillettement accolée à une saillie de granit, dotée d'un enclos et d'un appentis attenant. Elle était presque sous le nez de Karigan lorsqu'elle la découvrit. Aucun signe de vie dans les environs de la cabane, hormis le chant matinal des oiseaux.

— Quel est cet endroit ? demanda Karigan à Cheval. Elle mit pied à terre et tomba à genoux, épuisée. Cheval posa son museau sur son épaule comme pour la rassurer. La broche avait sévèrement drainé les forces de Karigan, et il s'écoula un certain temps avant qu'elle puisse se relever et, même alors, elle dut s'appuyer sur Cheval pour gagner la cabane. Un cheval ailé était gravé sur la porte.

— Un refuge... pour les Cavaliers Verts ? demanda-t-elle.

Cheval s'ébroua et lui donna un petit coup dans le dos. Elle souleva le loquet et entra à l'intérieur en chancelant. L'unique pièce de la cabane sentait le renfermé, elle était probablement rarement utilisée, et la poussière tourbillonnait autour de ses bottes à chaque pas. Les Cavaliers Verts ne devaient pas souvent passer par là.

L'intérieur était drapé de ténèbres, à cause des volets bien fermés, mais elle avait récupéré la pierre de lune en même temps que le reste de ses affaires et elle l'utilisa afin d'éclairer le lieu. La lumière argentée s'étendit dans tous les coins de la cabane, lui ôta une partie de sa fatigue et la réconforta, en lui rappelant qu'elle était bien en vie.

Un matelas de paille était posé sur un sommier tout simple, contre le mur du fond ; sur une étagère au-dessus se trouvaient des sucreries, une lampe et même quelques livres. Du bois était empilé près d'un âtre en pierre, sur le manteau duquel étaient calées des raquettes. Sur d'autres étagères, il y avait des bocaux scellés de bouchons et de cire.

Un placard à l'armature de cèdre contenait des couvertures, des oreillers, et quelques vêtements. Karigan arracha sa chemise, tachée du jus de tabac de Garroty ainsi que – elle le voyait maintenant à la lumière – de gouttelettes de sang. Elle la jeta au sol, saisit une chemise de lin blanc dans le placard et l'enfila. Puis elle y épingla la broche. Elle se sentait moins crasseuse, à présent qu'elle avait rompu un autre des fils qui l'avaient liée aux mercenaires.

Elle sortit du placard des draps et des couvertures, les posa en tas sur la table. Du peu de forces qui lui restait, elle battit le matelas, libérant une phénoménale quantité de poussière. Elle tituba vers l'extérieur en éternuant.

Cheval la regardait avec espoir, les oreilles en pointe. Lorsque la crise d'éternuements cessa, Karigan le dessella. — Pardon de t'avoir fait attendre, Cheval, dit-elle.

Son père et son instructeur d'équitation avaient tous deux insisté sur le fait qu'il fallait prendre soin de sa monture avant de soi-même se reposer. Elle aurait dû s'occuper de lui avant même d'inspecter la cabane. Après tout, il l'avait portée toute la nuit durant (elle ignorait même sur quelle distance), tandis qu'elle se cramponnait stupidement à lui, sous le sortilège de la broche. Il méritait son entière attention, à tout le moins.

Une fois dessellé, Cheval se dirigea vers l'enclos et l'abri de l'appentis. Là encore, il regarda Karigan avec espoir. Elle le suivit et inspecta les lieux. Il y avait un large tonneau contenant du grain, et deux seaux accrochés au mur. Si le grain ne semblait pas de première fraîcheur, du moins ne paraissait-il pas gâté : ni charançons ni vers n'y grouillaient.

Elle versa quelques mesures de grain à l'odeur alléchante dans l'un des seaux, puis prit l'autre pour aller chercher de l'eau. Elle n'eut pas à aller bien loin. Une source gargouillait derrière l'appentis, amorce d'un ruisseau qui courait le long d'une berge. Elle but l'eau claire et fraîche, débarrassant sa gorge de la poussière de la route et de la cabane, puis remplit le seau pour l'apporter à Cheval. Une fois ces tâches accomplies, elle retourna à la cabane, s'enveloppa dans une couverture et s'écroula sur le lit. Elle s'endormit instantanément.

Karigan tremblait lorsqu'elle s'éveilla. Son souffle embuait l'air frais et humide ; rien d'inhabituel pour un matin de printemps septentrional, mais rien de bien agréable non plus. De prime abord, elle pensa que c'était le même matin que celui de son arrivée, mais ce matin-ci était bruineux, tandis que celui du jour d'avant avait annoncé une journée chaude et ensoleillée. Toujours enveloppée dans la couverture, elle trouva une boîte contenant du petit bois sur le manteau de la cheminée, ouvrit le conduit de celle-ci et empila des bûches dans l'âtre pour éveiller une joyeuse flambée. La cabane se réchauffa rapidement.

Elle troqua la couverture contre son grand manteau et fit quelques pas dehors pour aller voir Cheval. Elle remplit de nouveau les seaux de grain et d'eau, la mécanique tranquille de cette activité lui donnant une sensation de sécurité qu'elle n'avait pas ressentie depuis des lustres. Peut-être pouvait-elle rester cachée en ce lieu et laisser le monde continuer sans elle.

La senteur du bois fumant l'attira de nouveau dans la cabane. Elle avait rempli d'eau de source une bouilloire et la mit alors à chauffer au-dessus du feu. Le bain que Jendara l'avait laissée prendre dans un cours d'eau boueux remontait à plusieurs jours, et son tempérament méticuleux l'incitait à faire d'un bain matinal sa priorité. Elle explora de nouveau les étagères, en attendant que l'eau chauffe. Les bocaux contenaient du thé, des épices, du savon et de l'onguent, et il y avait aussi un assortiment hétéroclite de vaisselle. Karigan jeta allégrement une pluie de feuilles de thé dans une tasse à la finition sommaire, anticipant le moment où l'eau bouillirait.

Elle aperçut du coin de l'œil sa vieille chemise tachée, là où elle l'avait abandonnée, sur le sol, le matin précédent. Avec un sourire sinistre, elle pinça délicatement entre deux doigts un coin de tissu et la jeta au feu. Le reste de ses vêtements, à l'exception d'un pantalon bleu, avait été laissé sur le bord de la route des kilomètres en arrière par Jendara et Torne, qui l'avaient jugé sans valeur.

Sur une impulsion, elle inspecta de nouveau le placard, et la senteur capiteuse du cèdre envahit l'espace restreint de la cabane. À l'intérieur, elle trouva d'autres chemises de lin, mais une seule était à peu près à sa taille. Chacune des chemises portait sur une manche un cheval ailé brodé. Karigan jeta un coup d'œil à sa propre manche et, sans surprise, en trouva un.

Le placard était rempli de pantalons en peau souple, teints en vert, de grands manteaux doublés de fourrure et de capes, de paires de hautes bottes noires, ainsi que de gants et de moufles, mais un unique pantalon lui allait. Elle enfila une paire de gants en cuir qui lui couvraient les poignets, et en apprécia l'allure. Les montants cacheraient ses brûlures.

— Bon, dit-elle à voix haute, tout le monde pense que je suis un Cavalier Vert, alors autant que je m'habille comme tel.

Tout le contenu du placard était neuf, jamais encore porté, et une affichette épinglée sur la porte du réduit demandait qu'on signale à l'intendant les objets emportés, afin de pouvoir réapprovisionner la cabane en conséquence. Une chose de plus dont elle devrait s'occuper lorsqu'elle atteindrait la cité de Sacor. Si elle y parvenait.

Lorsqu'elle vit l'eau bouillir, elle fit infuser le thé et entreprit une toilette sommaire à l'aide d'un chiffon et de savon de miel. Serrant les dents, elle tira pour ôter de ses poignets les bandages raides de crasse. Ils étaient irrémédiablement collés à sa peau, et les croûtes furent arrachées en même temps que la gaze. La peau de ses poignets était irritée, tendre et sensible, et suintait un peu, mais elle ne vit aucun signe d'infection. Les soins apportés par les Élétiens surpassaient de loin ce que les guérisseurs de Selium auraient pu réaliser. Elle nettoya les brûlures, y appliqua de l'onguent et refit ses pansements avec des bandes de gaze propre dénichées dans un meuble.

Un coup d'œil dans un miroir poussiéreux lui montra les contusions sur son visage, jaunies. Elle détourna les yeux, le souvenir de l'agression de Garroty encore trop frais dans sa mémoire.

Son estomac grondait, et c'est seulement à ce moment-là qu'elle songea à se nourrir. Bien que Torne, Jendara et Garroty aient pillé ses réserves, il restait tout de même du pain dur, du fromage et des lanières de viande séchée dans les sacoches. Une fouille plus approfondie ramena à la surface deux pommes ridées. Karigan s'assit auprès du feu crépitant et festoya tandis que la chaleur du thé se diffusait dans tout son corps.

L'après-midi était bien avancé lorsque Karigan se rendit compte qu'elle s'était assoupie. Elle étira ses muscles raidis, à l'étroit contre le dossier d'une chaise en bois, et jeta une bûche neuve dans les ambres du feu faiblissant. Puis elle examina attentivement le lot de livres dont disposait la cabane, qui incluait un récit fictif, *Les Voyages de Gilan Wylloland.* Bien qu'il soit ardu de se procurer de la littérature de fiction, Karigan avait pu le lire et le relire, longtemps auparavant. Sa mère l'avait remarqué lors d'une foire et l'avait ajouté à la minuscule bibliothèque des G'ladheon.

Enfant, Karigan avait imaginé qu'elle était Blaine, l'acolyte de Gilan, et qu'elle arpentait des contrées qui n'existaient que dans l'imagination de l'auteur. Elle avait fait le tour du domaine paternel au garde-à-vous, brandissant un bâton en guise d'épée, et tourmentant le chat de la famille comme s'il était Viliflavo, le dragon meurtrier de l'histoire. Le matou victime de l'offense avait été baptisé « Dragon » en conséquence.

À présent, Karigan vivait sa propre aventure, mais elle était totalement différente de celle des *Voyages de Gilan Wylloland.* Le danger était bien trop réel et déplaisant. Gilan et Blaine avaient chevauché d'aventure en aventure, presque indemnes. Karigan ne pouvait pas en dire autant.

Un autre livre, intitulé *Histoire naturelle du Nord sauvage*, avait aussi figuré sur une étagère, dans la salle de classe de maître

Ione. En quoi il pouvait bien être utile aux Cavaliers Verts, elle n'arrivait pas à le concevoir. Il ne lui vint pas à l'esprit qu'au moins un parmi eux pourrait être intéressé par les fleurs sauvages, les oiseaux et les mammifères de la région. Les Cavaliers Verts devaient être bien trop occupés pour se soucier de la faune et de la flore.

Le troisième et dernier livre était relié de cuir uni ; c'était une sorte de journal. À l'intérieur, plusieurs écritures différentes couvraient les pages, certaines lisibles, d'autres non. Elle s'assit près du feu et se plongea dans sa lecture.

« Arrivé au refuge de Nord au crépuscule », écrivait un certain Pary Mantobe. « Raquettes nécessaires – blizzard dépose nouvelle couche neige pendant que j'écris. Même pas certain de pouvoir atteindre cheval. »

Karigan regarda à l'oblique, vers les raquettes posées sur le manteau de cheminée. L'entrée du journal était vieille de dix ans.

Un Cavalier anonyme avait écrit une autre entrée : « Vu un pic-vert près du ruisseau. Traces d'un ours dans la boue printanière. Chants de nombreux oiseaux non identifiés m'ont salué ce matin. » Karigan tint le livre contre sa poitrine. Des ours ! Elle n'avait même pas pensé aux ours. Ils ne semblaient pas bien menaçants, en comparaison de toutes les péripéties vécues jusqu'à présent.

Une entrée de T. Berge disait : « … poursuivi par bandits tout le long du chemin en venant de Nord ; blessure arme blanche du lieutenant Stèle sévèrement infectée. Est brûlante de fièvre. Sais pas si elle passera la nuit. » Karigan feuilleta les pages, mais le chroniqueur ne mentionnait pas si le lieutenant avait survécu ou pas.

Elle lut jusqu'au crépuscule. De nombreuses entrées n'étaient rien de plus qu'un compte-rendu météorologique et zoologique. D'autres se piquaient de poésie, d'autres encore étaient accompagnées d'illustrations. Avant même de finir le journal, elle avait déjà le sentiment que les Cavaliers Verts constituaient un groupe pittoresque.

Karigan quitta la chaleur de la cabane pour voir comment se portait Cheval. Celui-ci trotta jusqu'à la porte de l'enclos et la salua d'un ébrouement. Malgré le temps humide et froid, il avait l'air en forme.

— Tu mérites bien une pause, hein ? dit-elle. Après l'avoir nourri et avoir changé l'eau, elle s'en retourna vers la cabane, et tomba nez à nez avec un homme de haute taille. Elle cria et tomba à la renverse, tout en souhaitant devenir invisible.

L'homme était de constitution massive, plus grand même que son père, et son poids suffisait à le faire paraître aussi haut que large. Il portait une barbe, fouillis de poils gris bouclés qui lui mangeaient le visage, tel le lichen recouvrant les branches des épicéas. Des yeux noirs perçaient sous des sourcils broussailleux. Il était vêtu de toile bise, et une hache énorme pendait à sa ceinture. On aurait dit un troll.

Il tourna lentement sur lui-même, comme s'il essayait de voir où elle était passée.

— Cavalier Vert ? (La voix était étonnamment douce.) Je ne voulais pas vous faire peur. Revenez, s'il vous plaît. J'ai senti l'odeur du feu et je voulais m'assurer que tout allait bien.

Cheval gratifia à peine le géant d'un coup d'œil rapide avant de replonger le nez dans le seau à grain. Le poids de l'invisibilité pesait sur Karigan, l'irritant comme une ancienne blessure pourrait le faire.

— Qui êtes-vous ? demanda-t-elle, ne souhaitant pas révéler tout de suite son apparence.

L'homme se tourna en direction de sa voix, mais regarda à travers elle.

— Je suis Abram Rouille, forestier du roi. (Il écarta un pan de sa cape humide pour révéler l'emblème d'un résineux brodé sur son gilet de cuir.) Je ne vous veux aucun mal.

Karigan redevint visible et s'appuya, chancelante, contre un poteau de la clôture.

— Vraiment, vous ne devriez pas utiliser votre magie en ce lieu, dit-il d'un ton neutre. (Les yeux de Karigan s'agrandirent. Apparemment, elle n'était pas la seule personne de toute la Sacoridie à savoir que certaines gens avaient toujours recours à la magie.) Ceux qui ont construit ce refuge ont voulu s'assurer qu'il demeure caché. Ils ont ensorcelé tout l'endroit. Avec des sorts anciens et puissants, je parie. Quand vous utilisez votre propre magie, cela crée des interférences.

Karigan haussa un sourcil.

— Comment savez-vous tout ça ?

— J'ai connu un grand nombre de Cavaliers Verts, et ils m'ont raconté des choses. Vous êtes pâle. Ne me laisserez-vous pas vous aider à regagner la cabane ?

Karigan s'arc-bouta farouchement au poteau alors qu'il lui tendait une pogne digne d'un ours.

— Laissez-moi vous dire une chose, forestier. J'ai tué une maléfique créature de *Kanmorhan Vane*, un mercenaire et un maître-lame.

Cette dernière affirmation était quelque peu douteuse, étant donné que c'était F'ryan Coblebaie qui avait vaincu Torne en prenant le contrôle de son corps, mais cela l'aiderait à impressionner le géant. Celui-ci hocha solennellement la tête.

— Je suis sûr que vous avez accompli un grand nombre de choses en dépit de votre jeune âge. Peut-être me conterez-vous vos aventures. Cela fait un moment qu'un Cavalier Vert n'était pas passé par là. Laissez-moi vous aider à rentrer, je vous prie. Je promets de ne pas vous faire de mal.

La voix calme d'Abram vibrait d'une intonation sincère.

— Très bien, répondit Karigan, mais je ne tolérerai aucun écart. Un mouvement de travers, et je ne pourrai vous promettre que vous survivrez à cette nuit.

Elle crut voir Abram esquisser un sourire. C'était difficile à dire, à cause de la barbe, mais les rides aux coins de ses yeux se plissèrent. Elle prit son bras et il la guida vers la cabane.

S'étant assuré que Karigan était confortablement installée sur le lit, Abram Rouille s'assit sur la chaise au coin du feu. Celle-ci craqua comme si elle allait tomber en morceaux sous son poids, mais elle tint bon. La corpulence d'Abram faisait de la cabane un lieu exigu. Le silence régna tandis qu'il regardait autour de lui, l'air circonspect, chacun de ses mouvements délibéré, même le clignement de ses yeux, comme s'il les pensait avant de les effectuer.

— Cette cabane ne change pas, mais les Cavaliers, oui. (Sa voix grave fit sursauter Karigan.) Je vois rarement passer deux fois en ce lieu le même Cavalier.

Sa moustache s'avachit.

— Pourquoi cela ?

— Ils sont affectés à d'autres routes, à d'autres tâches. Beaucoup meurent. Je viens à la cabane pour rendre visite lorsqu'un Cavalier s'y trouve, et pour prendre des nouvelles. Souvent on me dit que l'hôte précédent est mort en mission.

Karigan n'en croyait pas ses oreilles.

— Depuis combien de temps venez-vous ici ?

Il rit doucement, un discret rire de gorge.

— D'innombrables années, jeune fille. J'errais dans ces bois bien avant que les Cavaliers décident d'y installer un refuge. J'arpentais cette forêt avant que Zacharie soit couronné, et même avant que sa grand-mère règne. J'ai vu de jeunes pousses devenir de puissants arbres, puis tomber à terre, et j'ai vu le cycle recommencer. En dépit de tous ces changements, je demeure le Forestier. Je protège mon domaine comme je le peux, bien qu'il soit menacé tant et plus.

— Menacé ?

Karigan regarda la cabane autour d'elle, comme si des bandits allaient surgir des murs de rondins bruts.

— Les scieries. Le besoin de défricher les terres pour installer des fermes et des villages. La nécessité de construire des flottes de navires pour aller en mer ; et le besoin de maisons douillettes durant les rudes hivers. (Abram se pencha vers elle, l'air sérieux.) Ces temps-ci, on a aussi un besoin croissant de papier. Des acres entières de forêt des environs ont été abattues. Jusqu'à maintenant, cela s'est produit hors des limites de mon domaine, mais ils ne replantent pas et s'aventurent de plus en plus loin dans la forêt.

— Mais votre travail consiste certainement à couper des arbres.

Karigan regarda la hache d'un air lourd de sens.

— Tout à fait, mais je parle des terres royales. Je suis le gardien des forêts de Zacharie, comme je le suis depuis trois générations pour sa famille. Je sélectionne soigneusement les arbres que j'abats. Quelques pins blancs par-ci pour le mât des bateaux, quelques cèdres par-là pour faire des panneaux, et toujours je replante une pousse. Alors que les autres forêts sont gâtées, ma hache sert plutôt à défendre les frontières de mon domaine. Les habitants de Nord ne cessent d'insister pour que le roi Zacharie ouvre ses terres à l'exploitation. Certains s'y essaient sans demander l'autorisation.

— Cette ville, Nord, c'est une cité de bûcherons ?

— Principalement. (Abram sortit une pipe et une blague à tabac de sous sa cape. Il bourra la pipe de tabac et utilisa une brindille enflammée de l'âtre pour l'allumer.) Cela a commencé par l'installation d'un petit village, il y a cent ans peu ou prou. Mais avec l'accroissement actuel de la demande de bois d'œuvre, la population enfle.

Abram souffla des ronds de fumée en direction du plafond, une étincelle d'amusement dans les yeux. Quand les ronds se dissipèrent, l'étincelle s'évanouit.

—Nord est à présent une ville sans foi ni loi. La plupart des descendants des premiers habitants ont quitté la ville et vendu leurs possessions. Certains sont cependant restés, pour voir quelles richesses ils pourraient tirer par eux-mêmes. D'autres ont ouvert des boutiques, des auberges. Le commerce des fourrures est en également expansion, et maintenant je dois aussi protéger les créatures résidant en mon domaine, en plus de protéger les arbres.

—Je n'ai jamais entendu parler de Nord.

Ou bien… ? Quelque chose que lui avaient dit les sœurs Sorbier titillait un recoin de son esprit.

—Cela doit être un itinéraire nouveau pour vous, dit Abram. Ou peut-être est-ce vous qui êtes nouvelle.

Karigan fit la grimace.

—Je ne suis pas vraiment un Cavalier Vert.

Abram se leva, et sa tête frôlait les chevrons. Sa main s'approcha du manche de sa hache.

—Comment est-ce possible? Ses yeux luisaient dangereusement. Il était comme un ours dressé sur ses pattes arrière: la barbe hérissée, coléreux, immense. La pièce rapetissait devant sa présence.

Effrayée de cette brusque transformation, Karigan essaya encore de disparaître, mais une douleur lui vrilla la tête. L'effort était trop grand.

—Qui êtes-vous? demanda Abram. Vous êtes vêtue comme un Cavalier Vert et usez de la magie des Cavaliers Verts. Qui êtes-vous?

—Je suis Karigan G'ladheon. Je mène à bien la mission d'un Cavalier Vert qui a trouvé la mort.

Abram la regarda d'un air méfiant, puis sa main retomba de côté, délaissant la hache.

—Cette histoire m'a l'air intéressante. Racontez-la-moi et je déciderai.

Il se rassit, mais conserva une posture rigide, le regard toujours soupçonneux. Karigan débuta son récit par sa fuite de Selium et l'acheva par son arrivée au refuge.

—Je ne suis pas un Cavalier Vert, mais je viens en aide à l'un d'entre eux, conclut-elle.

Le regard d'Abram s'adoucit considérablement, et il se détendit visiblement.

— C'est un long périple que vous avez vécu, et bien courageux. J'ai rencontré F'ryan Coblebaie, une fois. C'était il y a environ deux ans, il traversait mon domaine. Un garçon joyeux et plein d'entrain. Je suis navré d'apprendre sa fin. Je comprends maintenant pourquoi je vous ai prise pour un Cavalier Vert. Je pensais que vous étiez bien jeune, mais je savais qu'ils peuvent accepter les très jeunes gens.

— Je dois atteindre la cité de Sacor avant que les Mirpuisiens me retrouvent.

Abram grommela quelque chose par-devers lui – cela ressemblait plutôt à un grondement – et tapota de ses doigts le plat de sa lame. Des ronds de fumée dérivaient vers les chevrons, les uns après les autres.

— D'étranges choses sont en train de se produire, si fait. D'après ce que je sais, des hommes du roi circulent dans la région en ce moment, pour débusquer les blaterreux. Mais une brèche dans le mur de D'Yer ? Un présage maléfique. Mornhavon l'Obscur a perverti les arbres du Voile Noir, et ils ne s'en sont jamais remis.

— C'est ce que l'Élétien m'a raconté.

Les yeux d'Abram se mirent à pétiller.

— Je mangerais ma hache pour pouvoir rencontrer un Élétien. En mon cœur, je savais qu'ils n'étaient point une légende mais un peuple sylvestre, qui a élu résidence dans le bois d'Elt, tout comme je réside en cette forêt-ci. Et dire qu'ils voyagent dans le Vert Manteau de la Sacoridie ! C'est un honneur.

Karigan sortit la pierre de lune de sa poche, certaine qu'Abram aimerait la voir. Les ombres du soir disparurent devant la lumière argentée, et les danseurs de la clairière lui revinrent en mémoire, ainsi que les pierres de lune luisant dans les branches des résineux.

Abram écarquilla les yeux.

— Qu'est-ce ?

— Une pierre de lune. Une véritable pierre de lune.

— Cela, je pensais qu'il s'agissait d'une légende. Les Élétiens vous l'ont donnée ?

— Euh, non ! Les sœurs Sorbier dont je vous ai parlé. Ce sont elles qui me l'ont donnée.

Elle lui expliqua le penchant du professeur pour les artefacts magiques.

— Un passe-temps bien inhabituel, commenta Abram.

Karigan ne l'entendit pas. Quoi que les sœurs lui aient dit à propos de Nord, cela agaçait de nouveau son esprit. Et c'est alors, comme un brillant éclat de lumière, qu'elle se rappela. « Suis l'est depuis nord, avaient-elles dit. L'est depuis nord. » Karigan se redressa.

— Qu'y a-t-il, demanda Abram.

— Je leur ai dit que je ne savais pas comment me rendre à la cité de Sacor et elles m'ont dit de suivre l'est depuis Nord.

Elle fut prise d'une soudaine envie de rire. La première fois qu'elles lui avaient dit cela : « Suis l'est depuis nord », elle avait cru à une absurdité.

— Cela semblerait logique. (Abram tira sur sa pipe comme si elle n'avait rien dit d'inhabituel.) La route prend fin à Nord. Pour rallier la cité de Sacor, vous devez ensuite aller vers l'est, puis vers le sud. Si vous voyagiez au départ de Selium, vous vous êtes assurément perdue en chemin.

— Cheval a refusé de poser un seul sabot sur la Voie Royale.

— Les chevaux messagers sont une curieuse espèce, c'est certain. Un rien troublants. Ils ont plus de bon sens que les autres, souvent.

— Je dois atteindre la cité de Sacor. Je suppose que cela signifie passer par Nord.

— Oui, mais il vous faudra faire preuve d'une extrême prudence, dit Abram. Comme je l'ai mentionné, Nord est sauvage et anarchique, et nous vivons des temps troublés, des gens étranges parcourent les routes. Vous-même avez déjà rencontré des bandits. Pour ma part, j'évite Nord.

— Quelle sorte de personnes étranges ? voulut savoir Karigan. On peut trouver des bandits n'importe où, y compris à Selium.

— Il y a une femme venue du Rhovanny, une exilée, fomenteuse de troubles. Elle veut débarrasser tous les territoires de leurs monarques et laisser le peuple gouverner. (Abram lissa sa barbe pensivement.) Anarchie, dis-je. Pourtant nombreux sont ceux qui la suivent et prêtent foi aux rumeurs annonçant la levée de nouvelles taxes sur le bois d'œuvre. Les taxes seraient utilisées, suppose-t-on, pour fortifier la cité de Sacor et la maisonnée royale. Les gens impliqués dans le commerce du papier et la construction navale ne décolèrent pas.

» Et d'autres rumeurs circulent. Le roi a décliné une proposition de mariage avec une princesse des îles Nébuleuses, ce qui aurait marqué le début d'une alliance fructueuse. À présent, la reine des Îles se sent insultée et pourrait bien refuser tous les échanges commerciaux avec la Sacoridie. Les îles Nébuleuses nous apportent fruits, épices et huile de baleine.

» On dit que le roi Zacharie croit toujours qu'il faudrait retrouver l'usage de l'antique magie. La plupart des gens croient qu'utiliser la magie pourrait invoquer les maléfices de Mornhavon l'Obscur. Quand vous vous rendrez à Nord, vous devrez taire les propriétés de votre broche. Le moindre soupçon de magie engendre la méfiance.

— On ne peut qu'espérer que ces rumeurs soient isolées.

Karigan savait cependant qu'il n'en serait rien. Son propre père considérait comme suspect tout ce qui avait trait, de près ou de loin, à la magie.

— Si on accorde foi aux ragots, il y a déjà eu des tentatives d'assassinat contre le roi Zacharie. D'autres appellent son frère à s'emparer du trône.

Le « roi légitime » de Jendara était le frère de Zacharie, elle en était sûre ; cela expliquerait la dévotion de la maître-lame dans l'exercice de sa fonction d'Arme. Mais qu'est-ce que Mirpuits avait à voir avec cela ?

— Nord réserve aux représentants du roi, ou à ceux qui se prétendent tels, un accueil froid. (Abram fouailla les bûches dans l'âtre avec le tisonnier. Un tourbillon d'étincelles s'engouffra dans le conduit de la cheminée.) Comme je l'ai dit, je ne m'y rends pas. On m'a déjà accusé d'être un accapareur de forêt.

— Y a-t-il un moyen de contourner Nord ?

Abram secoua la tête.

— Si vous vous dirigez vers le sud ou bien l'est, la rivière Terrygood vous barrera le chemin. À cette époque de l'année, le courant est fort, mortel. Si d'aventure vous tentiez de la traverser à gué, même un grand cheval comme le vôtre serait emporté, balayé comme un fétu de paille. Au solstice d'été ou plus tard, ce serait envisageable, mais pas à l'heure actuelle. Le seul pont se trouve dans Nord.

Karigan s'affaissa contre son oreiller.

— N'avez-vous donc aucune bonne nouvelle à me donner ?

— J'en ai une. Je vous guiderai à travers bois jusqu'à un certain endroit sur la route du Nord, non loin de la ville. Dans les bois du moins, je peux assurer votre sécurité.

Karigan hocha la tête.

— Voilà qui est encourageant. Qu'en est-il de la ville elle-même ?

Abram grimaça, ou du moins sa moustache s'affaissa un tantinet.

— Je n'irai pas sur la route, qui est hors des limites de mon domaine. Vous devrez faire seule le reste du trajet. Vous devriez atteindre la ville avant le soir, et vous voudrez probablement vous arrêter pour la nuit. Ce ne sont pas les meilleures circonstances, mais je connais une auberge respectable qui fournit le gîte et le couvert aux quelques marchands qui voyagent dans cette direction. Elle s'appelle *L'Arbre Chu* ; coûteuse, mais cela en vaut la peine. Évitez toutes les autres. Quand vous quitterez Nord, vous verrez qu'à l'autre bout de la ville il y a une sente cavalière qui se dirige vers l'est, puis vers le sud. Elle vous mènera à mi-chemin de la cité de Sacor. La dernière partie de la route se fera en rase campagne.

Karigan remonta les genoux sous son menton et les entoura de ses bras. Elle commençait à entrevoir l'issue prochaine de son voyage, et elle fit un grand sourire.

— Merci, Abram. Dans peu de temps, je pourrai remettre le message au roi Zacharie.

— Ne baissez jamais votre garde, au grand jamais, quelle que soit la distance qui vous sépare du château, l'avertit Abram. Ce serait la solution de facilité, d'autant que la dernière partie du voyage est aussi la plus aisée. Soyez sur vos gardes.

— Je vous le promets.

— Bien… (Abram vida sa pipe dans l'âtre.) Abordons maintenant des sujets plus légers. Vous m'avez narré vos aventures, à moi de vous raconter quelques-unes de mes histoires.

Abram parla jusqu'au cœur de la nuit. Ses histoires prenaient forme avec une lenteur délibérée, de sa voix basse et mélodieuse. Il lui conta des anecdotes à propos d'autres Cavaliers Verts qui avaient traversé son domaine.

— La poisse semblait coller au jeune Mayer comme un oiseau de malheur. L'étagère tombait lorsqu'il y posait un ouvrage, ou il trébuchait sur le pas de la porte. Une nuit, il a malencontreusement renversé un seau de cendres sur le plancher et failli mettre le feu à la cabane. (Abram pointa du doigt vers une marque calcinée sur le sol, près de l'âtre.) Cette guigne, cependant, l'a bien aidé lors d'une de ses chevauchées. Il se trouvait dans le village d'Afton, situé dans la province de Coutre, un jour de marché. Il est tombé de cheval, en plein sur l'étal d'un maraîcher. La femme qui le tenait était la fille d'un riche fermier ; elle l'épousa. Mayer ne convoie plus de messages, plus de dangereux voyages, mais il cultive sa propre parcelle de terre.

Abram gloussa à ce souvenir.

— Il y avait Léon, un parieur invétéré à tous les points de vue ; il appartenait à un milieu douteux avant de rejoindre le drôme. Il changea nombre de ses manières, mais ne perdit jamais son âme de joueur, et il avait l'habitude de s'asseoir à mes côtés, devant ce même feu, pour essayer de me soutirer jusqu'à la dernière de mes piécettes. Il y parvenait plus souvent qu'à son tour. Jusqu'à la toute dernière partie.

» Et il y avait Évonie, Évonie à la belle voix qui aurait dû chanter à Selium au lieu de porter les couleurs des Cavaliers Verts. (Il secoua tristement la tête.) Elle fut mise à mort par un seigneur irrité du message qu'elle lui avait apporté.

Les récits d'Abram couvraient une période de plus de cinquante ans, et dévoilaient patiemment le legs des Cavaliers Verts. Il se souvenait du nom de chaque Cavalier rencontré, ainsi que de menus détails les concernant.

— Vous souviendrez-vous de moi ? demanda Karigan.

— Si fait, je me souviendrai. Je vois en vous l'esprit de la Première Cavalière, celle qui convoyait les messages alors que la Sacoridie venait de naître. Votre nom même rappelle les anciens temps. On aurait dit *Galadeon* en ces jours d'antan, ce qui n'est pas bien différent de sa prononciation actuelle. Sa signification, en revanche, m'est inconnue. Je m'attends à entendre parler de vous dans les années à venir, jeune Karigan. La mission qui vous incombe n'est que le commencement.

— Je veux juste en finir avec elle.

Abram secoua la tête.

— Les Cavaliers Verts vont toujours en hâte. Connaissez-vous la légende selon laquelle, durant la Longue Guerre, les chevaux messagers des clans de Sacor pouvaient voler ? Il me semble peu probable qu'il lui pousse des ailes, à votre grand alezan ; mais je ne prends pas la légende au pied de la lettre. Peut-être ces coursiers possédaient-ils seulement une allure extraordinaire. Qui sait ? Les jours anciens étaient étranges, et la magie, communément répandue. J'imagine que c'est la légende qui a inspiré l'insigne au cheval ailé porté par les Cavaliers Verts.

Abram conta ses récits de sa voix mélodieuse jusqu'à ce que Karigan ne puisse plus garder les yeux ouverts. Elle fut vaguement consciente qu'il tirait une couverture sur elle, quittant ensuite la pièce comme dans un nuage de fumée, laissant derrière lui une odeur de tabac.

Des Cavaliers Verts déambulaient dans les rêves de Karigan. Ils galopaient le long de pistes forestières, les sabots de leurs montures tonnaient lorsqu'ils traversaient des ponts de bois. Un cheval et son Cavalier surgirent au sommet d'une pente, glissant et vacillant dans le sable et le gravier. Une chaîne de montagnes pourpres aux sommets effilés, enneigés, se dressait derrière eux.

Une messagère et son cheval au petit galop le long d'un rivage ; les sabots faisaient gicler les vaguelettes et levaient des gerbes d'écume salée. La Cavalière riait de pur bonheur. Un autre Cavalier Vert traversait à cheval une ville aux rues pavées, le visage lugubre, sabre au clair. Le bruit des sabots s'élevait comme un battement de cœur.

Karigan montait Cheval, et la neige voletait autour d'eux tandis qu'ils galopaient dans un paysage hivernal. Le bruit des sabots se mua en un battement de grandes ailes ; des ailes aux plumes blanches avaient poussé à Cheval et il s'envola au-dessus de la neige, au-dessus des bois et des montagnes, dans le bleu du ciel, et encore plus haut, au cœur des étoiles. Là, ils volèrent dans le séjour céleste des immortels, croisant l'Épée de Sèvelone, la Ceinture du Chasseur, puis le Trône de Candeur la Grande ; et Aeryc et Aeryon leur souriaient.

Lorsqu'il fut temps de redescendre, ils quittèrent les étoiles en glissant au sein de la nuit obscure, à travers la voûte de la forêt, et touchèrent terre. Les couleurs de vert et de brun de la forêt luisaient d'une teinte profonde, intense, comme humide.

Le rêve était toujours porté par le battement, sauf que cette fois ce n'était pas celui des sabots ou des ailes, mais Abram Rouille qui balançait sa hache contre le tronc d'un grand pin blanc. Lorsqu'il cessa, l'écho perpétua le rythme des coups. Il essuya son front où perlait la sueur et se tourna vers elle.

— *Cet arbre deviendra le mât d'un navire qui te portera à travers les Âges.*

Le tronc était gravé d'un cheval ailé. Abram Rouille rit et la puissance d'un seul coup coucha l'arbre, laissant dans la voûte forestière un trou béant sur le ciel. La nuit était parsemée d'étoiles comme si on l'avait saupoudrée de sucre.

Puis les songes se dissipèrent, comme se disperse la fumée d'une pipe.

L'Homme Gris

— J'ai rien vu de tel, assena le forgeron. Vous feriez bien de passer votre chemin. Les gens d'ici n'aiment pas beaucoup ceux de votre espèce.

Joie Hautesente, résignée, regarda le forgeron disparaître dans l'obscurité enfumée de son atelier. Elle avait reçu la même réponse toute la journée durant. Elle se demanda si les bonnes âmes de Nord lui diraient, en toute sincérité, s'ils avaient vu passer le cheval de F'ryan, ou bien la fille. Pas sans une coquette somme, pour sûr. Elle transportait juste assez d'argent pour faire route jusqu'à Selium puis revenir à la cité de Sacor, ce qui n'incluait pas les pots-de-vin. Hélas ! elle ne disposait pas du talent qu'avait le capitaine Stèle pour déceler la vérité dans les paroles de quelqu'un.

Le citoyen le plus coopératif avait été une diseuse de bonne aventure, dans une des auberges. Joie fronça les sourcils. La femme avait prédit des choses mystérieuses, de mauvais augure, et placé sur la table une carte montrant un messager fuyant des flèches.

— Qu'est-ce que c'est que ça ? avait-elle demandé. La diseuse de bonne aventure s'était penchée vers elle avec de grands yeux.

— Vous ne trouverez pas ce que vous cherchez si vous continuez à suivre cette voie, avait-elle murmuré. Si vous persistez dans cette direction, vos pas vous mèneront à la catastrophe.

Joie l'avait quittée, dégoûtée. Encore du temps perdu. La diseuse de bonne aventure n'avait même pas pris la peine de lui concocter une prédiction révélant où se trouvait le cheval de F'ryan, ou bien l'endroit où elle pourrait dénicher la fille. Rien que de vagues mises en garde, une pratique courante dans le commerce de la voyance, utilisée pour inciter les étourdis à dépenser toujours plus d'argent, pour des prédictions toujours plus mensongères. Chose curieuse, cependant, la voyante n'avait même pas réclamé de paiement pour l'information fournie.

Joie enfourcha son cheval et le mena le long de la « grand-rue » boueuse qui courait entre des boutiques délabrées et un nombre de tavernes proprement fascinant, auquel venait s'ajouter une quantité de maisons closes tout aussi impressionnante. En ce milieu d'après-midi, les lieux étaient déserts ; la majeure partie de la population se trouvait dans les bois, occupée à abattre des arbres. Bien assez tôt, pourtant, lorsque le soleil serait couché, une éruption de vie bruyante et de lumière envahirait la ville.

Lorsqu'on pouvait franchir la rivière à gué, plus tard dans la saison, la plupart des Cavaliers Verts préféraient couper à travers les broussailles, en pleine nature, pour contourner la ville de Nord au lieu de la traverser directement. Si le temps était compté, ils traversaient alors la ville au grand galop, si vite qu'ils passaient inaperçus. Malheureusement, la mission de Joie impliquait d'enquêter auprès des habitants. Et à son avis elle avait déjà effectué plus d'enquêtes qu'il n'était supportable. Les gens d'ici étaient incroyablement hostiles.

Elle flatta l'encolure de Rougegrive.

— Nous allons passer une nuit paisible au refuge, puis nous mettrons le plus de distance possible entre nous et cet endroit.

Rougegrive courba la tête comme pour approuver. Ils se dirigèrent vers le sud de la ville, au pas. Joie ne voulait pas donner aux habitants la satisfaction de la voir partir précipitamment.

On lui avait confié une mission en tous points étrange. Peut-être n'était-il pas si curieux que cela de l'envoyer à la recherche du cheval de F'ryan, s'il était toujours porteur du message. Mais la fille ? Quelqu'un avait dû exercer son ascendant sur le capitaine Stèle, et cette personne très particulière devait avoir eu *beaucoup* d'influence. Il n'était pas dans les habitudes du capitaine d'impliquer ses messagers dans des affaires qui ne concernaient pas les Cavaliers Verts.

Connly lui avait envoyé une très bonne image de la fille. Quiconque la recherchait devait la lui avoir décrite au moment même où il lui faisait parvenir l'image. La fille approchait la fin de l'adolescence, elle était en réalité une jeune femme, grande, au visage ciselé, et bien habillée. Une aristocrate ? Connly n'était pas entré dans les détails.

Joie sourit. Chaque contact avec Connly était une douce caresse à son esprit. Chaque nuit, ils s'unissaient de cette intime façon, leur esprit en étroit contact, faisant circuler entre eux un flux de mots et d'images. Cela rendait leur séparation un peu plus supportable, même si cela ne remplaçait pas la présence physique de l'autre.

Elle arrêta Rougegrive auprès d'un groupe de personnes, « Ceux-qui-haïssent-le-roi », comme elle avait pris l'habitude de les nommer. La Société contre la Monarchie n'était rien qu'un ramassis de sangsues. Elle propageait de méchantes rumeurs au sujet du roi Zacharie, et le peuple de Nord lui tombait dans les bras avec délectation.

— Sœur, tu es esclave, l'interpella l'un d'eux. Une terre libre est une terre sans roi. Le monarque est un tyran.

Joie poussa Rougegrive au petit galop avant que Ceux-qui-haïssent-le-roi puissent scander d'autres mots d'ordre.

— Je ne ferais pas ce travail si je n'avais foi en mon souverain, dit-elle à sa monture. Je ne suis pas une esclave.

Une fois sortie de la ville, elle poussa un soupir de soulagement et remit Rougegrive au pas. Elle pouvait sentir ses muscles se détendre, et la tension physique la quitter. La route était calme à l'exception d'un chœur de pépiements au sein des ombres qui s'allongeaient. Un seul autre cavalier se dirigeait vers la ville. Il était entièrement drapé de gris et chevauchait à une allure tranquille. Rougegrive coucha les oreilles en arrière.

— Qu'y a-t-il ? lui demanda-t-elle.

Rougegrive renâcla et dévia sur le côté tandis que le cavalier arrivait à leur hauteur. L'homme portait une cape et une capuche, et elle ne pouvait rien voir de ses traits, hormis une mèche de cheveux dorés qui s'échappait. Il arrêta sa monture.

Joie le salua d'un signe de tête en continuant sa route. Il ne lui adressa pas la parole, ne fit même pas mine de remarquer sa présence, et elle en fut contente. Quelque chose chez cet homme lui faisait froid dans le dos. Elle regarda par-dessus son épaule pour voir s'il était reparti. Ce n'était pas le cas. Il la suivait, au contraire.

Il tira une flèche noire de son carquois et leva son arc vers elle.

— Par les dieux, murmura-t-elle. Connly lui avait raconté comment F'ryan avait trouvé la mort. Deux flèches noires dans son dos.

Une infime pression suffit, et Rougegrive fila au grand galop. Elle vira pour quitter la route, couchée sur la selle. Il n'y avait nul endroit où se cacher, cependant. Les bois avaient été tranchés net.

Rougegrive descendit une pente en allongeant la foulée, vers un étang marécageux bordé d'une futaie. Entre les arbres, arc et flèches perdraient presque toute utilité. Le cheval du cavalier gris martelait le sol en écho aux sabots de Rougegrive. Il se rapprochait d'elle, presque à sa hauteur en dépit du terrain accidenté, bondissant au-dessus des souches et des branchages, franchissant sans effort les plaques de granit glissant.

Le cavalier gris lâcha les rênes, guidant alors sa monture de ses pieds et de ses genoux. Il banda son arc et décocha une flèche chantante.

Rougegrive trébucha et s'effondra sous Joie, l'entraînant à sa suite. Elle roula de côté pour l'éviter alors qu'il s'écroulait sur le dos, sabots vers le ciel. L'air vibrait de ses hennissements terrorisés. Puis il s'immobilisa. La poussière retomba, se déposant autour de son corps sans vie. Une flèche était plantée dans sa gorge.

Joie se traîna derrière lui, le visage mouillé de larmes, le chagrin faisait comme un poing qui lui serrait le cœur. Sa jambe tordue formait un angle bizarre, le fémur pointait à travers sa peau et ses muscles déchirés, comme la corne ivoirine d'un taureau. Elle ne le sentait pas, mais l'obscurité guettait au bord de son esprit. Elle tira son sabre bien qu'il ne soit qu'une piètre défense contre les flèches.

Le cavalier gris se tenait immobile et silencieux sur son coursier. Il encocha une autre flèche et la visa. Elle entendit des murmures sous la capuche, comme s'il enchantait le projectile. Ou peut-être les dieux l'appelaient-elles.

La douleur explosa dans sa poitrine. « Connly », parvint-elle à articuler. Le monde autour d'elle s'opacifia, et elle put sentir la vie s'échapper, et l'obscurité se répandre en elle telle une infection.

Elle voyait encore la silhouette du cavalier assis sur son cheval. Il sortit une nouvelle flèche et l'encocha.

Elle serra ses doigts contre la blessure et le sang se déversa pour remplir ses mains.

— Pourquoi ? Elle articula le mot plutôt qu'elle le prononça.

Le cavalier gris banda son arc.

— Tu me serviras.

Sa voix, pensa-t-elle, était mélodieuse.

Il décocha la flèche.

Joie parut regarder le ciel nocturne, empli des petits points brillants des étoiles, là où l'attendaient les dieux. Elle se mit à dériver, attirée vers le haut. Quelque part au-dessus d'elle, de larges ailes battaient ; Ouestrion était venu pour emmener son âme aux cieux. Les soucis l'abandonnèrent ; elle flottait, légère, incorporelle.

Puis, comme si une main prenait possession de son cœur et le serrait, elle ressentit de nouveau toute l'intensité de la douleur, et le froid. On la tirait brutalement vers la terre, on la soustrayait à la puissance des cieux.

— NON ! s'écria-t-elle. OUESTRION !

Elle reçut en écho un cri de colère perçant. Le battement des ailes s'éloigna et disparut bientôt.

— Tu vas me servir, dit la voix mélodieuse.

Les pieds de Joie étaient fermement campés sur le sol. Elle regarda vers le ciel, mais la nuit étoilée s'était étiolée, et l'air était d'un gris brumeux, lourd, dépourvu de vie. Les flèches hérissaient sa poitrine comme des attributs de porc-épic et elle tenta de les extraire, mais ne fit qu'accroître la douleur en son sein.

— Elles montrent que tu m'appartiens. Considère-les comme tes fers, esclave. Le cavalier gris était toujours juché sur son cheval, mais il n'était plus gris. Sa cape et sa capuche brillaient des couleurs de l'arc-en-ciel, on aurait presque dit qu'il était assis sur de l'air, car son cheval se fondait dans le monde gris et sans vie.

Son cadavre et celui de Rougegrive gisaient, fantomatiques, éthérés. Son corps à elle était étendu, désarticulé, sa chemise et son manteau étaient saturés de son sang. Il n'était pas rouge, dans sa vision, mais sombre. Seul le cheval ailé était coloré. Il fleurissait d'un éclat doré froid. Elle tendit les doigts vers lui, mais passa à travers le cadavre.

Elle regarda ses mains. Elles avaient la couleur de la chair, elle pouvait les ouvrir ou bien serrer les poings. Elles semblaient vivantes. Était-ce cela être un revenant ? Le monde des vivants semblait mort ?

— *Joie.*

Joie se retourna, et F'ryan Coblebaie était là, plus réel que tout ce qu'il y avait dans le monde gris. Le vert de son uniforme semblait vibrer.

— *Prends ma main*, dit-il.

Il tendit vers elle sa main gantée. Derrière lui se tenait un ost de Cavaliers Verts vêtus des uniformes du temps jadis. Ils murmuraient et oscillaient comme des ombres.

— *Prends sa main*, lui murmurèrent-ils. Rougegrive se tenait à leur côté, sa crinière et sa queue voletaient sous l'effet d'une brise surnaturelle.

Joie saisit sa main, la souffrance contracta sa poitrine, les ténèbres s'étendirent.

— *Viens*, dit F'ryan. *Tu es des nôtres.*

— *Que s'est-il passé ?*

Elle étouffait.

— *C'est un lieu entre les mondes*, répondit F'ryan. *L'Homme d'Ombre nous empêche de gagner l'au-delà. Ses flèches nous ancrent ici. Prends ma main.*

— *Prends sa main*, murmurèrent les autres.

— Ne les écoute pas, dit le cavalier gris. Ou tu seras pour toujours tourmentée par la souffrance. Ce serait pire que tous les enfers façonnés par vos mythes.

— *Prends ma main*, répéta F'ryan.

Joie combattit la douleur, et ses doigts touchèrent ceux de F'ryan. Ils étaient chauds, d'une texture de chair véritable. Il agrippa sa main et la tint. Les flèches lui brûlaient la poitrine. Si elle allait vers le cavalier gris, la douleur cesserait. Mais ce n'était pas la chose à faire.

Nord

Karigan s'éveilla tandis que l'écho du martèlement des sabots disparaissait avec ses rêves, d'ailleurs presque oubliés lorsqu'elle attaqua ses tâches matinales. Elle redonna vite à boire et à manger à Cheval, et l'étrilla. Elle prépara et avala promptement son petit déjeuner. Elle s'empara d'un balai caché dans un coin sombre, et nettoya la cabane de fond en comble.

Elle vérifia ensuite ses affaires pour s'assurer que tout était en ordre. Elle trouva la lettre d'amour de F'ryan Coblebaie à dame Estora dans la sacoche contenant le message. Peut-être Torne et Jendara avaient-ils pensé que tout document pouvait avoir de la valeur, et l'avaient donc conservée. Ce n'était certainement pas par romantisme. Karigan elle-même avait oublié jusqu'à son existence. Le plus important était que le message pour le roi Zacharie soit toujours intact, et le sceau inaltéré.

Alors qu'elle s'attachait à replier et à ranger draps et couvertures dans le placard en cèdre, elle aperçut une lanière de cuir qui dépassait d'entre les autres plaids. Il s'agissait d'un ceinturon et d'un fourreau. Le ceinturon rendrait la tâche plus difficile à quiconque voudrait lui prendre le sabre. Il était trop grand, même serré au maximum, mais cela ferait l'affaire. Elle fourra le surplus de cuir sous la sangle, et rangea le sabre dans le fourreau de cuir noir uni.

En une tentative pour que sa ressemblance avec les Cavaliers Verts soit moins flagrante, dans une ville qui ne leur faisait pas bon accueil, elle enfila son propre pantalon bleu, et roula les manches de sa chemise de lin neuve, afin d'en masquer l'insigne. De toute façon, le temps était suffisamment doux. Elle noua le grand manteau autour du matelas, mais elle laissa la broche épinglée à sa chemise. Elle n'était pas censée l'identifier comme Cavalier Vert, sauf aux yeux d'un autre Cavalier Vert. Certes, l'équipement de Cheval pourrait la dénoncer, mais elle espérait que personne n'y regarderait de trop près.

Elle jeta un dernier coup d'œil à la cabane et soupira. Les histoires dont celle-ci avait été témoin… *Je suppose qu'Abram m'en a raconté la plupart la nuit dernière.*

Karigan sortit sous les rayons du soleil après avoir réuni la selle et les sacoches. Elle ferma la porte en baissant le loquet, à regret, et se dirigea vers l'enclos, avec la sensation bizarre du sabre qui battait contre sa hanche.

Le sentier était encore humide de la pluie du jour précédent, et l'air était lourd de la senteur des résineux et des feuilles de sorbier qui séchaient au soleil. Des feuilles de sorbier ? Elle s'arrêta net. La veille, il n'y en avait pas à côté du chemin, n'est-ce pas ? Mais il était bien là, doté de ses petites fleurs blanches.

— Je n'en crois pas mes yeux.

Chaque fleur du sorbier était parfaite, à l'exception d'une à laquelle un pétale manquait. Karigan la cueillit et la fit tourner devant ses yeux. Était-ce possible ? Elle la glissa dans sa poche et brisa une petite pousse du sorbier couverte de feuilles, juste au cas où. Abram l'attendait devant l'enclos, flattant l'encolure de Cheval.

— Bonjour, dit-il. Votre guide est à votre disposition.

Karigan lui retourna son salut avec un grand sourire. Elle déposa la selle sur la palissade et passa la bride par-dessus la tête de Cheval.

— Je vous suis reconnaissante. Les Mirpuisiens ne pourront pas me trouver dans la forêt.

Abram lui rendit son sourire, puis l'aida à seller Cheval.

— C'est exact.

Il insista pour qu'elle monte Cheval alors que lui-même voyagerait à pied, affirmant que ses longues jambes lui permettaient de tenir l'allure de n'importe quel coursier. Karigan serra la sangle fermement, souleva le ceinturon qui baillait autour de sa taille et se mit en selle. Tous trois quittèrent l'enclos, et les sabots de Cheval s'enfonçaient dans la boue.

Karigan se pencha pour éviter les branches chargées d'eau de pluie de la veille, mais se retrouva tout de même trempée. Des nuées d'insectes volaient dans la pénombre, mais leur nombre tendait à décroître à mesure que passait la saison.

Le soleil filtrait entre les arbres et transformait les gouttelettes accrochées aux toiles d'araignées en une dentelle de gemmes. Des crosses de fougère-aigle se déployaient en larges frondes, et les feuilles des trembles, des bouleaux et des érables étaient couvertes de bourgeons, masquant le ciel plus encore qu'à l'accoutumée.

Abram la guidait le long d'une piste invisible. Il contournait des saillies granitiques et les vestiges des tempêtes hivernales, franchissait des ruisseaux glougloutant qui d'ici à la fin de l'été seraient asséchés, et tissait un chemin à travers les broussailles. Quelle que soit la direction choisie, elle était facile à suivre. Il fredonna durant tout le trajet, sa barbe se hérissant comme s'il souriait. Karigan s'étonna de son contentement, et du fait qu'il ne fume pas. Lorsqu'elle lui en fit la remarque, il répondit :

— Pas besoin de fumée, ici. Dans les villages et les villes, au coin d'un feu, oui, là j'en ai besoin.

Ils parlaient peu en marchant, mais s'arrêtaient régulièrement afin qu'Abram puisse montrer à Karigan des sabots d'Aeryon, des houstonies et du trillium, et les fleurs semblaient encore plus petites à l'aune de ses grandes mains. Les ombres dans le sous-bois changeaient de forme sous l'effet du soleil, et sous sa chaleur de la vapeur s'élevait de la terre humide. De fines aiguilles de pin, éparses, séchaient à sa lumière sur le sol de la forêt, imprégnant l'air une puissante odeur de résine. On pouvait entendre le « tap-tap » d'un pic-vert sur un arbre, quelque part.

Abram s'arrêta et leva les yeux. Karigan suivit son regard et contempla le pin blanc le plus haut qu'elle ait jamais vu. Son tronc était si épais que même Abram ne pouvait l'entourer entièrement de ses bras.

— Cet arbre est âgé de plusieurs centaines d'années, dit-il. Je ne manque jamais de m'en émerveiller. Vous voyez, plus haut sur le tronc, la marque qui ressemble à une mouette en plein vol ?

Elle plissa les yeux, distinguant avec difficulté la forme grossière d'ailes et d'un corps découpés dans l'écorce. Sombre était la cicatrice, une gravure ancienne.

— Qui prendrait la peine de faire cela ?

Les gravures faites par les amoureux, elle les connaissait, mais qui voudrait graver une mouette sur le tronc d'un arbre au beau milieu des contrées sauvages ?

— Quelqu'un qui était forestier bien avant moi.

— Mais pour quelle raison ?

Graver des initiales sur un arbre était un moyen idiot d'exprimer son amour. De toute façon, l'amour était un peu idiot. Mais c'était aussi cruel, lorsque l'amour prenait fin.

Abram donna au tronc une tape de la main, comme s'il retrouvait un vieil ami.

— C'était un arbre du roi, jeune fille. Marqué pour un jour devenir le mât d'un grand vaisseau de mer. La marque est celle du clan Brisesceau.

— Brisesceau ?

Karigan fronça les sourcils. Elle n'avait jamais entendu ce nom auparavant.

— La lignée qui a régné sur la Sacoridie avant les Basseterre. Quand Brisesceau mourut, Basseterre combattit et remporta le droit de lui succéder. Tous deux sont des descendants des premiers clans de Sacor.

— Oh !

Encore une fois, Karigan avait buté contre ce qui devait être un pan bien connu de l'histoire. La prochaine fois, s'il y en avait une, elle ne négligerait pas autant ses cours.

— Je n'abattrais pas cet arbre même si le roi en personne m'ordonnait de le faire. Abram contempla de nouveau le tronc, les rides au coin de ses yeux creusées par son sourire.

Ils laissèrent le pin derrière eux, et contournèrent de minuscules épicéas qui attendaient sous son couvert une chance de grandir. Le soleil de l'après-midi commença à décroître, les ombres de la forêt changeaient à mesure qu'ils avançaient. Abram s'arrêta, la tête penchée, tendant l'oreille. On pouvait entendre des coups, pas le brusque « tap-tap-tap » d'un pic-vert, plutôt l'incision d'une hache dans du bois.

— Nous sommes près d'atteindre la limite de mon domaine, dit Abram, mais le son est tout de même trop proche.

Sans ajouter un mot, il partit d'un bond, agile comme un cerf en dépit de sa corpulence. Karigan le regarda un moment, tétanisée, avant de pousser Cheval au trot pour le rattraper. Abram ne s'était pas vanté lorsqu'il avait dit qu'il pouvait rivaliser d'allure avec n'importe quel cheval.

Deux hommes assaillaient un arbre de leurs haches au large tranchant. Ils en avaient déjà abattu un. Deux bœufs ruminaient leur ration à proximité, et un traîneau était accroché à leur harnais par une chaîne, pour transporter les troncs coupés. Les deux hommes n'entendirent pas Abram et Karigan approcher, tout absorbés qu'ils étaient par leur tâche.

— Halte ! tonna Abram.

Karigan n'aurait pas été surprise si le royaume entier s'était figé à son ordre. Même les arbres frémirent. Les deux hommes interrompirent leur mouvement à mi-course, et la terreur passa sur leur visage lorsqu'ils aperçurent Abram.

— Vous vous trouvez en terre royale.

Abram mit les poings sur les hanches. Le soleil joua avec la lame de sa hache. Les deux braconniers se regardèrent mutuellement et levèrent leurs haches en une posture défensive.

— Le roi exploite pas ici, dit l'un en crachant par terre. Il peut pas la protéger pour toujours, cette forêt.

Le deuxième homme semblait moins sûr de lui.

— La demande en papier exigera bientôt…

— Vous violez la législation royale. (Abram l'interrompit sans une once d'hésitation, sa voix puissante, assurée.) Braconner les arbres ou les bêtes sauvages sur les terres du roi est passible de la peine de mort. Je suis mandaté pour appliquer la justice du roi lorsque cette forêt est en cause.

Le premier homme lança un regard furieux, mais le second perdit courage. Karigan regarda Abram, horrifiée. Son visage s'était fermé. Il n'allait tout de même pas…

Abram fit un pas en avant et le premier homme leva sa hache, pour frapper cette fois. Abram se jeta sur lui et attrapa le manche avant que la hache puisse le blesser, et le brisa sur son genou. Le second homme laissa tomber la sienne volontairement.

— Karigan, dit Abram d'un ton las, c'est ici que nous devons nous séparer. Nord n'est pas loin.

— Qu'allez-vous…

— Adieu, Cavalier Vert. (De la tête, il lui fit signe qu'elle devait partir.) Ce fut une heureuse rencontre que la nôtre.

— Je… (Elle vit au regard d'Abram qu'il valait mieux s'en aller.) Au revoir, dit-elle. Merci.

Mais il s'était déjà détourné d'elle et ne l'entendit pas. Elle surprit le premier homme à la regarder d'un air furieux alors qu'elle s'éloignait. Abram n'appliquerait certainement pas la peine de mort ; ce n'était pas dans son caractère. Mais les deux braconniers l'ignoraient.

Les arbres prirent fin, tout simplement. La pleine lueur du jour enveloppa Karigan et Cheval pour la première fois depuis le début de leur curieux voyage. Cheval renâcla en faisant quelques pas de côté, et Karigan se couvrit les yeux jusqu'à ce qu'ils se soient adaptés à la lumière. Elle laissa échapper un petit sifflement. Aussi loin que portait le regard, le paysage était un désert de souches. Point d'arbres en vue, hormis derrière elle et sur les collines, au loin.

Ils longèrent la lisière de la forêt jusqu'à croiser la route. Karigan y jeta prudemment un regard, avant de s'y engager. La route était un conduit boueux plein d'empreintes de sabots fendus, d'ornières et de crevasses remplies d'eau, aux endroits où les traîneaux à bois en avaient creusé la surface. Ils continuèrent au petit galop, autant pour échapper à cette vision désastreuse que pour essayer d'atteindre Nord au crépuscule. L'absence d'arbres les exposait aux regards inquisiteurs, et Karigan se sentait bien vulnérable.

Alors que les ombres s'allongeaient, un cavalier approcha à un petit trot vif. Karigan fit ralentir Cheval et tapota la garde de son sabre pour s'assurer qu'il était toujours accroché à sa taille.

Elle avait du mal à différencier le cavalier des ombres. Il était vêtu d'une longue cape grise dont la capuche était rabattue sur son visage. Un carquois de flèches était fixé sur son dos, et un arc long passé en travers de son torse. Sa monture était un grand étalon gris, au moins aussi haut que Cheval au garrot, mais dont les proportions étaient plus harmonieuses. Les pièces d'équipement, en argent, tintaient au rythme de sa foulée.

Cheval serra à droite sur la route et coucha les oreilles en arrière.

— Qu'y a-t-il ? demanda Karigan, et elle raffermit sa prise sur la poignée de son sabre. Cheval secoua la tête, ses oreilles remuant d'avant en arrière.

Karigan s'humecta les lèvres nerveusement tandis que la silhouette drapée de gris se rapprochait. Il ne fallait pas qu'elle ait l'air effrayé. Plus elle paraîtrait sûre d'elle, moins elle courrait le risque d'être attaquée si le cavalier était un bandit. Elle relâcha la poignée de son arme, et se tourna vers lui.

— Bonsoir, le salua-t-elle.

La capuche de l'homme se tourna dans sa direction, et ses profondeurs ne révélaient que des ombres. Un effroi inexplicable s'empara d'elle tandis qu'il l'observait de son invisible regard. Il la tint en joue pendant un temps qui lui parut considérable, peut-être quelques instants seulement. Elle décela quelque chose de beau qui avait été gâté, une chose très âgée, et jeune pourtant. Une chose terrible.

Le cavalier lui répondit d'un signe de tête, et l'étalon gris la dépassa au trot. De soulagement, Karigan s'affaissa sur la selle, laissant échapper l'air qu'elle avait emprisonné durant l'échange momentané.

Le tintement de l'équipement et le son pesant des sabots s'interrompirent, comme si le cavalier s'était arrêté pour la regarder. Elle scruta par-dessus son épaule, mais il n'y avait personne. Karigan s'avachit sur la selle. Le cavalier n'aurait pu se cacher nulle part, et pourtant il avait disparu.

— Ne me dis pas que je commence à voir d'autres revenants, murmura-t-elle, mais la terreur froide revint en force lorsqu'elle se remémora les derniers mots de F'ryan Coblebaie : *« Prends garde à l'Homme d'Ombre. »*

Le crépuscule ensanglantait le ciel derrière eux ; d'un claquement de langue elle poussa Cheval au petit galop, plus impatiente que jamais de retrouver la civilisation. Ils ne ralentirent l'allure que lorsqu'ils entrèrent dans la ville, et le soulagement qu'elle ressentit tout d'abord se mua en appréhension aussitôt qu'elle aperçut le désordre de constructions en bardeaux dotées d'inscriptions aux couleurs criardes qui vantaient les mérites des échoppes, de la forge, des auberges et des tavernes.

Tavernes et auberges étaient déjà copieusement éclairées de l'intérieur, des corps se pressaient contre les fenêtres. Des chansons paillardes et de gros rires s'en échappaient, dérivaient dans l'obscurité suffocante. Elle passa devant *La Fringante Demoiselle*, *L'Arbre Brisé* et *La Mule Timbrée*, et devant *La Pleine Lune* un homme portant une femme sur son dos titubait sur la chaussée. Le visage de celle-ci arborait un maquillage vulgaire, elle portait un corset et pas grand-chose d'autre, et elle couvrait les yeux de l'homme de ses mains.

— Ha ! ha ! Wilmy, dit-il en continuant à avancer, chancelant, le long de la rue, maintenant tu m'laisses voir, t'entends ? Tu m'laisses, et on va bien s'amuser.

Ils disparurent dans une ruelle. Les gloussements de la femme continuèrent un moment, on les entendait depuis la rue ; ils furent suivis d'un silence, puis de couinements ravis.

Au bout d'un moment, Karigan finit par rattraper une charrette tirée par un cheval, et la suivit. Un objet large et lourd cognait contre le bois sous les cahots, lorsque les roues rencontraient les ornières de la chaussée.

— Hé ! Garl ! héla un homme qui était appuyé contre une barrière. Qu'est-ce que t'as ramassé ?

Le conducteur de la charrette tira sur les rênes et, d'un « hoo », arrêta son cheval.

— Tu t'souviens de cette Verdâtre qu'est v'nue l'aut' jour, et posait plein d'questions sur une fille ? J'lai trouvée là-bas, à l'étang de Millet, 'vec deux flèches dans l'corps.

— Pas plus mal, répondit l'homme contre la barrière. On n'a pas b'soin de ces gens-là par chez nous.

Karigan eut froid, tout d'un coup. Un autre Cavalier Vert tué ? Deux flèches dans le corps ? Elle avança à hauteur de la charrette, et Cheval baissa la tête comme s'il savait que, dedans, se trouvait un Cavalier Vert mort. Karigan ne voulait pas voir, mais elle ne put occulter les cheveux blonds de la Cavalière, à la faveur d'un rayon de lumière provenant d'une auberge toute proche. Elle gisait sur le côté, une de ses mains gantée étendue, les doigts légèrement repliés. L'autre main était posée sur son ventre. On aurait pu la croire endormie, s'il n'y avait eu les deux flèches noires plantées dans sa poitrine. Les chansons des buveurs venant de l'auberge faisaient une oraison funèbre grotesque.

Karigan poussa Cheval pour dépasser la charrette, et elle vit, du coin de l'œil, l'or de la broche au cheval ailé chatoyer. Bouleversée, elle regarda droit devant elle, et le bruit des rires et du bavardage des deux hommes diminua peu à peu derrière elle. Ne se souciaient-ils donc pas de la femme morte qui gisait près d'eux ? Ne savaient-ils pas la bravoure des Cavaliers Verts, qui méritaient mieux que d'être jetés à l'arrière d'une charrette crasseuse ?

Karigan commença à broyer du noir. Elle mit pied à terre devant *L'Arbre Chu*, l'auberge qu'Abram lui avait recommandée.

Le panneau qui surmontait la porte représentait une hache fichée dans une souche. Le doute sur l'activité principale de la ville n'était pas permis.

Un petit palefrenier se présenta pour emmener Cheval.

— Vous avez une chambre pour la nuit ? demanda-t-elle.

— Ouaip.

— Je m'occuperai moi-même de mon cheval, alors.

Le garçon haussa les épaules. Ce n'était pas ce que les clients demandaient habituellement, mais Karigan ne voulait pas courir le risque que quelqu'un voie de trop près son équipement. Elle conduisit Cheval dans une ruelle menant derrière l'auberge, où se trouvaient une étable et un petit enclos, éclairés de lanternes. Karigan attacha Cheval à une barrière et, là, entreprit de le desseller. Une fois débarrassé, celui-ci trotta vers le milieu de l'enclos et se roula dans la boue avec enthousiasme. Malgré elle, Karigan laissa échapper un petit rire.

Le palefrenier regarda Cheval grogner de contentement en se grattant le cou et les flancs contre le sol.

— Où z'avez trouvé le cheval ? demanda-t-il.

— Hein ?

— J'ai vu ses cicatrices. Le Cavalier Vert de l'autre jour, elle cherchait un cheval comme ça.

Karigan dut se mordre la langue pour garder contenance. Le Cavalier Vert avait cherché Cheval ?

— Est-ce que tu insinues que j'ai volé un cheval, mon garçon ?

— Que…

Le garçon la regarda avec des yeux ronds.

— Ce cheval, je l'ai acheté à un mercenaire, à un bon prix qui plus est.

Karigan usa de sa voix la plus sévère, et cela fit son effet. Elle bénit son imagination. La monture d'un mercenaire aussi était susceptible de porter des cicatrices.

— Pardon, m'dame, dit le garçon.

Karigan sourit. À présent il s'adressait à elle du ton respectueux qui était approprié et lorgnait, l'air inquiet, le sabre qu'elle portait. *Il pensait que j'étais une fugitive*, se dit-elle, avant de se rappeler que c'était bien le cas.

— Je ne veux pas la moindre négligence quant à ses rations. Bouchonne-le bien et assure-toi qu'au matin il n'ait plus un grain de poussière sur lui.

Elle alla pêcher une piécette au fond de sa poche. Son père avait toujours dit qu'il fallait donner un pourboire aux palefreniers. Il affirmait qu'ils étaient perpétuellement sous-payés. Elle rechignait à se séparer d'un sou de cuivre, puisque la nuit d'auberge allait sévèrement ponctionner sa bourse, mais il fallait impérativement distraire l'enfant et le faire penser à autre chose qu'à des chevaux couturés de cicatrices et à des Cavaliers Verts. Le garçon reçut le sou et l'assura, l'air euphorique, que son cheval serait bien traité.

Karigan ramassa vivement son équipement, passa la bride sur son épaule et posa la selle sur son bras, puis entra dans l'auberge par une porte latérale. Elle fut frappée par l'arôme de la viande grillée et du pain tout juste sorti du four. Elle eut l'eau à la bouche en voyant des tourtes qui refroidissaient, posées sur une table, et un chaudron de ragoût mijotant sur le feu, où flottaient de gros morceaux de bœuf, de pomme de terre et de rutabaga. Elle n'avait pas fait de vrai repas depuis son séjour à Sept Cheminées. Des serveurs entraient et sortaient en coup de vent de la cuisine par une porte battante, balançant à bout de bras des plats chargés (ou dépouillés) de nourriture.

— Hors de ma vue, dehors, dehors ! (Une femme aux rondeurs imposantes brandit une louche vers Karigan.) Je ne tolérerai pas ce bric-à-brac pour cheval dans *ma* cuisine.

Karigan se précipita vers la porte, et esquiva de justesse un serveur qui portait un plateau de chopes vides. Elle s'écarta de l'entrée de la cuisine pour éviter tout nouveau risque de collision.

Signe encourageant, la grand-salle était calme et proprette. Seule une poignée de tables était occupée. Une femme assise près de l'âtre tirait les cartes pour un homme à forte carrure, flanqué d'une femme tout aussi large d'épaules. Ils s'esclaffaient au sujet des prédictions annoncées par la diseuse de bonne aventure, quelles qu'elles soient. Un musicien solitaire accordait son luth dans un coin. Elle ne s'attendait pas à ce genre de scène après tout ce dont elle avait été témoin depuis son arrivée à Nord.

— Une requête, demoiselle ?

Le musicien l'observait attentivement. Elle avait vu plus d'une fois la même expression sur le visage d'Estral, et savait que peu de détails échappaient à un ménestrel.

— Euh, non ! pas pour l'instant.

L'homme, d'âge moyen, courba la tête avec grâce, et reporta son attention sur son luth. Il entonna une chanson douce pour se chauffer la voix.

Un homme maigrichon aux cheveux roux clairsemés s'approcha alors d'elle. Son gilet de bonne facture et son manteau suggéraient que c'était un marchand, ou bien le tenancier. Pour une obscure raison, Karigan s'attendait toujours à ce que les aubergistes soient un tantinet plus en chair que cela.

— Vous voulez une chambre ? demanda-t-il.

— Oui. Simple.

Il leva un sourcil circonspect, cherchant à jauger, elle en était sûre, l'état de ses finances. Il eut l'air dubitatif, mais tourna les talons en disant :

— Suivez-moi.

Ils empruntèrent un escalier étroit menant au deuxième étage.

La chambre qu'il lui présenta était à peine plus large que l'espèce de placard dans lequel elle avait vécu, à Selium, mais elle avait l'air propre et confortable. Le matelas était bourré de plumes et non de paille, et recouvert d'un édredon épais. Il y avait une lampe, non pas à graisse ou même une bougie, mais bien une lampe à huile, sur la table à côté du lit. Elle commença à se demander combien allait bien pouvoir lui coûter son séjour, et si elle allait finir dans l'arrière-cuisine à faire la vaisselle, ou bien à nettoyer les stalles de l'écurie. Elle préférerait encore ça plutôt que de passer la nuit dans une de ces auberges aux mœurs dissolues.

— Cela fera quatre pièces d'argent, annonça l'aubergiste.

Il tendit la main pour recevoir son dû. Karigan en resta bouche bée. *Quel prix exorbitant!* D'ordinaire, un établissement de cette catégorie demandait deux pièces d'argent, et cela était déjà considéré comme excessif. L'aubergiste n'avait pas bougé et tendait toujours la main, et sa mine devenait de plus en plus soupçonneuse. Karigan pinça les lèvres et plongea la main dans sa poche. Elle déposa les précieuses pièces d'argent dans la paume de l'homme. Il se fendit d'une courbette.

— C'est du vol. (Elle replaça une mèche de cheveux sales derrière son oreille.) Même les auberges les plus réputées de Corsa ne coûtent pas autant.

— On est à Nord, ici, répondit l'aubergiste. Le surcoût prend en compte la sécurité. Je vous invite à descendre pour le dîner quand vous serez prête. (Il regarda le sabre par-dessus son long nez, et renifla avec mépris.) En général, on laisse les armes dans les chambres. (Karigan resserra ostensiblement le ceinturon trop grand autour de sa taille. Le tenancier prit une clé suspendue au sien.) Je vous laisse ceci, au cas où vous seriez inquiète pour vos… objets de valeur. (Il pensait qu'elle n'en possédait guère, cela sautait aux yeux.)

J'aurais droit à tous les égards si vous saviez que je suis l'héritière de la fortune du clan G'ladheon, n'est-ce pas ?

— Merci.

Elle voulait la clé, la prit donc et ferma la porte au nez de l'aubergiste.

Elle descendrait dans un moment pour dîner dans la grand-salle, mais auparavant elle avait rendez-vous avec la cuvette pour une toilette sommaire. Elle s'aspergea le visage d'eau tout en reconsidérant les événements de la journée. D'abord les braconniers dans le domaine d'Abram, puis l'étrange cavalier, et pour finir un autre Cavalier décédé, dans une charrette. Le conducteur, Garl, avait dit qu'elle était à la recherche d'une fille. Le garçon d'écurie avait mentionné le fait qu'un Cavalier Vert avait posé des questions au sujet d'un cheval. Pourquoi la Cavalière recherchait-elle une fille au lieu de F'ryan Coblebaie ?

Karigan releva brusquement la tête. L'eau coula de son visage dans la cuvette. *Ça ne pouvait pas être moi qu'elle cherchait, si ?* Comment quelqu'un aurait-il pu faire le lien entre elle et Cheval ? À supposer, bien sûr, qu'elle soit bien la « fille » à qui la Cavalière avait fait référence… Karigan se sécha le visage avec la serviette en coton posée au bord de la cuvette. Quoi qu'il en soit, elle avait toujours un message à délivrer, et la mort d'un nouveau Cavalier Vert signifiait qu'elle devrait être encore plus prudente.

Elle défit les bandages de ses poignets. Les brûlures guérissaient mieux qu'elle s'y serait attendue, même si elle en garderait des cicatrices. Le face-à-face avec la créature de *Kanmorhan Vane* semblait avoir eu lieu très longtemps auparavant. Qui la croirait lorsqu'elle raconterait cet épisode ? Elle pouvait s'être brûlée n'importe où, même à un feu de camp, comme Torne l'avait suggéré.

Elle se regarda dans le miroir pour évaluer son apparence. Les contusions de son visage s'étaient quelque peu atténuées mais étaient toujours visibles. Sur ce point, elle ne pouvait rien faire. L'insigne au cheval ailé restait caché par sa manche roulée. Elle déboucla son ceinturon et le laissa avec le reste de ses affaires. Rien dans son accoutrement ne suggérait un quelconque lien avec les Cavaliers Verts. Satisfaite de son reflet, elle ferma la porte à clé en sortant et descendit les escaliers en trottinant afin d'aller se remplir l'estomac.

Quelques clients supplémentaires occupaient la grand-salle. Certains étaient bien habillés, des marchands probablement. Les autres portaient des vêtements de voyage poussiéreux, ou bien l'habit local de couleur unie. Le ménestrel grattait sur son luth les notes d'un air joyeux à propos d'un poulet qui avait fait la fortune d'un fermier. C'était une mélodie simple, parfaitement adaptée à l'auditoire d'une auberge. Karigan sentit que les yeux du ménestrel la suivaient pendant qu'elle traversait la pièce en direction d'une petite table libre.

Elle se laissa tomber sur la chaise, et découvrit alors que la table était une énorme souche recouverte d'une couche de vernis. Le nombre d'anneaux de croissance la persuada que cet arbre avait été plus âgé que le grand pin blanc qu'Abram lui avait montré.

— Vous voulez vous restaurer, jeune fille ?

Karigan sursauta en voyant une serveuse et son tablier.

— Oui. N'importe quoi, pourvu que ce soit chaud.

— C'est ce que je pensais. On dirait que ça fait un moment que vous n'avez pas fait un vrai repas. Et à boire ?

— Du vin, si vous en avez.

— Le vieux Ram Canoro fabrique du vin de myrtille que nous vendons. Un tantinet corsé au début, mais tout à fait acceptable quand on s'y habitue.

— Cela fera l'affaire.

La serveuse disparut et Karigan se cala au fond de son siège pour écouter le ménestrel. Elle parcourut la salle du regard. La majorité des clients était en grande discussion, quelques-uns étaient absorbés dans des jeux. La diseuse de bonne aventure était seule, à présent, et elle lui rendit son regard sans ciller. Elle portait des vêtements rouges et bleu criard, et des perles de verre coloré pendaient à son cou. Des anneaux brillaient à ses doigts alors qu'elle mélangeait distraitement des cartes. Sans prévenir, elle quitta sa table et se dirigea vers celle de Karigan. Elle s'y assit sans la saluer ni lui demander la permission, rajusta sa jupe, et les perles de ses colliers cliquetèrent de concert.

Karigan s'agita sur son siège, gênée.

— Que puis-je faire pour vous ?

— Je suis Clatheas, voyante. (Elle parlait avec une intensité qui suggérait que beaucoup n'avaient que dédain pour le titre qu'elle s'attribuait.) Peut-être que *je* peux faire quelque chose pour vous.

— Désolée, je ne veux pas connaître mon avenir. (En d'autres circonstances, cela ne l'aurait pas dérangée, mais actuellement elle n'avait pas d'argent à dépenser pour quelque chose d'aussi frivole.)

— Je ne vais pas lire votre avenir. Ces cartes ne font que refléter les pensées. (Clatheas les étala sur la table. Des images en couleur de rois, de reines, de chevaliers, de négociants, de marins et de courtisans rendaient à Karigan son regard. Clatheas les rassembla de nouveau en un tas, et les mélangea prestement tout en parlant.) Les cartes n'ont pas le pouvoir de lire. Elles se contentent de refléter. (Ses yeux d'un brun profond se rivèrent sur Karigan.) Je m'intéresse plutôt au fantôme qui s'attache à vos pas.

Karigan fut sur le point de se lever, sa chaise crissa sur le plancher. Quand elle vit que les autres clients l'avaient remarqué, elle rougit et se rencogna dans son siège. Ils retournèrent à leurs jeux et leurs conversations.

— Vous pouvez… ?

— Je vois un jeune homme en vert. Trop jeune pour mourir, et pourtant deux flèches lui transpercent le dos. Vous savez qui il est ?

— Je…

— Il lutte pour essayer de vous parler et de me parler. Il est en ce moment même en train de parler, mais nous ne pouvons l'entendre. Il n'en a plus le pouvoir.

— Pourquoi me dites-vous cela ?

— Pourquoi me taire ? Vous êtes plus que ce que vous prétendez être, bien que vous essayiez de le dissimuler. Le revenant tente de vous avertir de quelque chose. Si vous voyez de quoi il s'agit, peut-être parviendrez-vous à l'éviter. Sinon…

Clatheas haussa les épaules.

— Voilà pour vous, jeune fille. (La serveuse déposa devant elle un bol plein de ragoût encore fumant, une assiettée de tranches de bœuf accompagnées de champignons, du pain, ainsi qu'une coupe de vin.) Ne distrais pas la fille de son banquet, hein, Clatheas.

La serveuse partit en fredonnant tout bas. Un regard mauvais de Clatheas la suivit.

Karigan arracha un bout du pain chaud et moelleux pour l'offrir à la voyante. Celle-ci déclina la proposition d'un geste qui fit cliqueter ses colliers. Sans plus un mot, Karigan enfourna de gros morceaux du succulent ragoût, brassant une grande quantité d'air lorsqu'il lui arrivait de se brûler la langue. Son estomac grondait, vorace, et la voyante la regarda avaler chaque bouchée. Les tables continuaient à se remplir, et la salle devint plus bruyante lorsque le ménestrel se mit à jouer des airs pleins d'entrain, qui provoquaient une envie irrésistible de taper du pied, de frapper des mains et de se mettre à danser.

Quand Karigan eut mangé tout son content, elle s'affala sur la chaise, la main sur son ventre distendu. La moitié du plat, au moins, restait encore sur la table, mais son estomac, qui s'était habitué à faire maigre chère, refusait d'accepter quoi que ce soit d'autre. Elle sirota son vin sans conviction. C'est vrai qu'au début elle l'avait trouvé un peu amer, mais après un instant, sa saveur fruitée l'avait convaincue.

Clatheas battit les cartes et se pencha vers Karigan pour éviter qu'on surprenne ses paroles.

— Je trouve intéressant qu'un Cavalier Vert soit à la recherche d'une personne dont la description vous correspond.

Karigan se redressa, maintenant complètement attentive.

— *Moi ?*

— Certaines personnes savent que les voyants peuvent apporter de l'aide. Ces personnes écoutent les voyants et leur accordent foi. (Clatheas fronça les sourcils.) Tout ce que j'ai vu dans les cartes, c'est le destin funeste de cette Cavalière.

— Elle est morte.

— Je l'avais avertie que quelque chose de terrible allait se produire. Vous la connaissiez donc ?

— J'ai vu son cadavre.

Clatheas fit claquer sa langue.

— Je n'ai pas su son nom, mais elle cherchait une fille et un cheval. Vous ne sauriez pas ce que cela veut dire, par hasard ?

— C'est vous, la voyante, répliqua Karigan.

— Vous non plus, vous ne savez pas. Comme c'est curieux. Un revenant vous suit, vous masquez votre identité, et un Cavalier Vert cherchant quelqu'un correspondant à votre description trouve la mort.

Elle coupa les cartes et en retourna une. Elle représentait l'image d'un Cavalier vêtu de vert, sur un coursier à la robe rouge, fuyant des flèches. Karigan écarquilla les yeux. Elle avait vu des cartes de voyance auparavant, mais jamais celle-ci.

— Comment… ?

Les yeux bruns de Clatheas la regardèrent avec ferveur.

— Si j'étais toi, Cavalier-vert-qui-n'-est-pas, je ne m'attarderais pas à Nord. Écoute bien l'avertissement de la carte car, si fait, c'est la même carte qui est sortie lorsque j'ai lu pour cette défunte cavalière.

Ceux-qui-haïssent-le-roi

Karigan resta tétanisée, et une poignée de minutes s'écoula avant qu'elle se rende compte que Clatheas l'avait quittée et circulait entre les tables pour proposer ses services aux autres clients. D'autres personnes entrèrent dans l'auberge par petits groupes. L'un d'eux s'assit en amas serré à une table voisine. S'y trouvait une femme menue aux cheveux blond corsien. Quand elle prit la parole, le regard flamboyant, les autres se penchèrent pour l'écouter. Karigan aussi tendit l'oreille.

— Demain, dit la femme avec un accent rhovanien prononcé, se tiendra notre rassemblement. Le peuple nous écoutera et nous soutiendra. C'est le peuple qui régnera, et non un homme qui se croit l'égal des dieux.

Il y eut un murmure d'approbation.

— De Nord jusqu'en la cité de Sacor, dit un homme dont la voix s'élevait au-dessus des autres.

La femme sourit, et ce sourire creusa les fossettes aux deux coins de sa bouche, et Karigan comprit pourquoi les gens pouvaient se sentir irrésistiblement attirés vers elle. Elle les fit taire d'un geste.

— Et après, la forêt Solitaire. Nous irons dans la forêt Solitaire et nous n'aurons à rendre de compte à personne d'autre.

Une rumeur approbatrice parcourut le groupe.

— Une part de tarte, jeune fille ?

Karigan sursauta, arrachée à sa contemplation, et reporta son attention du groupe à la serveuse.

— Je ne pense pas, non. (Elle sourit à regret, car les tartes avaient l'air succulent.) Mais peut-être pouvez-vous me dire qui est la femme assise à la table à côté.

— Vous voulez rejoindre leur coterie ?

— Je ne sais même pas ce qu'est leur coterie.

La serveuse repoussa de son front une petite mèche de cheveux.

— Bah ! c'est la Société contre la Monarchie. (Elle leur jeta un regard, puis ajouta en murmurant :) Y en a qui les appellent Ceux-qui-haïssent-le-roi. Leurs idées sont un tantinet farfelues, mais ils disent ce que les gens veulent entendre. Elle, c'est Lorilie, leur meneuse. La rumeur court qu'elle faisait partie de l'aristocratie rhovanienne, jusqu'à ce que le roi Therbon la bannisse du pays en raison de ses convictions. Depuis ce temps-là, elle est une épine dans le pied de Zacharie. J'suis même étonnée que ce soit pas *elle* que la Verdâtre de l'autre jour recherchait. Lorilie Dorran est considérée comme une hors-la-loi en Sacoridie, mais vu que presque tout le monde à Nord est hors-la-loi, ça n'a pas d'importance. J'suis surprise que vous ayez pas entendu parler d'elle.

— J'ai manqué les nouvelles récentes. Cela fait un bon moment que je n'étais pas passée par une ville digne de ce nom.

— J'avais deviné. On doit vous voir les côtes sous cette chemise. Ah !… La plupart des gens ne savent pas trop quoi penser de Lorilie, mais ils ne sont pas capables de contester ses idées.

Elle réunit les vestiges du repas de Karigan et se dirigea vers la cuisine d'un pas tranquille.

Karigan regarda du coin de l'œil la Société contre la Monarchie. Ils parlaient entre eux d'un ton animé, tandis que Lorilie les regardait, un peu à l'écart du groupe et d'une certaine manière au-dessus de ses membres. Puis elle tourna la tête, comme si elle avait senti les yeux de Karigan posés sur elle, et sourit. Elle dit un mot ou deux à ses compagnons et s'approcha d'un pas nonchalant.

— Notre coterie t'intéresse, ma sœur ? demanda-t-elle.

— Euh !… Je ne sais pas trop ce dont il s'agit, hormis que vous n'aimez pas la monarchie.

Lorilie montra du doigt la chaise occupée précédemment par Clatheas.

— Tu permets ? (Karigan hocha la tête et Lorilie s'assit.) Nous sommes plus que ce qu'on dit de nous : Ceux-qui-haïssent-le-roi. (Elle eut l'air désabusé.) Nous désirons soulever le peuple, les gens du commun qui sont actuellement esclaves de la coercition nobiliaire.

— Je suis tout à fait d'accord pour rendre aux aristocrates la monnaie de leur pièce, répondit Karigan, mais je ne comprends pas l'argument de l'esclavage. L'esclavage a été aboli en Sacoridie durant le Deuxième Âge.

— Oh ! bien sûr ! ça n'en porte pas le nom, mais c'est bien d'esclavage qu'il s'agit. Les paysans qui n'ont pas la propriété de leurs terres se tuent à la tâche pour remplir les poches de leurs suzerains.

— Leurs suzerains ?

— Les propriétaires fonciers, l'aristocratie. Et, bien sûr, ce sont les petites gens qui paient le gros des taxes, tandis que nobles et négociants engraissent.

— Une petite minute. (Karigan se redressa un peu.) Les négociants paient des taxes.

— Si fait, ils paient des taxes, mais elles ne sont pas proportionnées à leur richesse. On devrait les taxer plus lourdement, mais ils reçoivent du roi un traitement de faveur. (Lorilie se pencha et posa une main complice sur le poignet de Karigan.) Ma sœur, écoute, nous sommes tous dans la même situation. Ce n'est qu'en chassant le roi et ses aristocrates que nous serons en mesure d'élever le peuple au rang qui doit être le sien.

— Hé ! Lorilie ! la héla l'un de ses amis. Skeller veut revoir le discours pour demain.

Lorilie approuva d'un signe de tête.

— Un instant. (Puis son regard intense fut de nouveau sur Karigan.) Ma sœur, une révolution est engagée, et un nouvel ordre va naître.

Elle sourit d'un air lugubre et rejoignit ses partisans. Elle leur parla à voix basse, aussi se massèrent-ils autour d'elle. Puis, ayant ri à cœur joie, ils quittèrent l'auberge.

Karigan avala ce qui restait de son vin. Une révolution ? Un ordre nouveau ? Voilà qui était par trop stupéfiant pour quelqu'un qui avait passé tant de temps sur la route. Même si la pique concernant les négociants l'ennuyait, forcément… Tout un chacun avait la possibilité de faire ce qu'avait fait son père : s'enrichir, s'élever dans la hiérarchie sociale grâce à un travail acharné. Lorilie Dorran punirait-elle son père pour la qualité de son travail et pour son soutien au commerce en Sacoridie ?

Je ne veux même pas y penser. J'ai assez de soucis pour remplir les neuf vies d'un chat.

Karigan s'étira en bâillant. Le vin et la nourriture l'avaient rendue somnolente et plus tôt elle se coucherait, plus tôt elle pourrait se lever et laisser Nord loin derrière. Lorsqu'elle traversa la salle à grands pas, elle vit que le ménestrel la suivait des yeux sans manquer une seule note de l'air qu'il était en train de chanter. Elle le regarda d'un air courroucé, puis se rendit compte que plusieurs hommes de la salle, nombre d'entre eux des bûcherons, si on en croyait leurs larges épaules sous les chemises de laine, la suivaient également des yeux.

Elle croisa la serveuse au pied de l'escalier.

— Ne te soucie pas de ces abrutis, jeune fille. Ruse, l'aubergiste, fait régner l'ordre ici, même s'il peut pas empêcher les hommes de mater. (Elle leva les yeux au ciel d'un air entendu.) C'est une auberge respectable. S'ils souhaitent la compagnie d'une… femme, il y a plein d'autres auberges en ville où ils peuvent en trouver.

— Merci, répondit Karigan. Elle se demandait comment l'aubergiste parvenait à maintenir l'ordre, dans une ville si rude, mais elle était contente de s'entendre dire qu'il y parvenait, d'une manière ou d'une autre.

Une fois dans sa chambre, elle enfila pour la nuit la chemise de Cavalier Vert trop grande. Elle s'enfonça dans le matelas de plumes confortable, s'attendant à faire une nuit de sommeil réparatrice, mais découvrit qu'elle ne cessait de gigoter et de se retourner. Le son des voix, le fracas de la vaisselle la dérangeaient un peu, mais c'était surtout les événements de la journée qui se bousculaient dans sa tête et la maintenaient éveillée.

Aux petites heures du jour, lorsque la musique et les conversations se furent tues, elle commença à s'endormir, mais se réveilla en sursaut, frémissante. Les poils sur ses bras étaient hérissés, et son cœur battait la chamade, mais elle ne savait pas ce qui l'avait alertée. Puis ce fut là, faible, à peine perceptible, des bruits de pas dans le couloir, devant sa chambre. Une latte usée craqua.

Une ombre assombrit la fente entre la porte et le sol, puis passa devant le trou de la serrure. La poignée de la porte tourna d'un côté, puis de l'autre. Karigan retint son souffle, le corps crispé, à l'affût ; elle n'osait bouger. Son épée était à l'autre bout de la pièce, avec la broche.

Une lueur intense transperça le trou de la serrure, fouillant l'obscurité à la recherche de quelque chose.

Karigan s'assit en rejetant au loin ses couvertures. Le froid nocturne couvrit son corps de chair de poule alors qu'elle passait les jambes par-dessus le bord du lit. Sur la pointe des pieds, elle traversa la chambre au plancher glacé, s'empara de son sabre et se posta près de la porte.

Étrangement, la porte parut se déformer et voguer devant elle. Elle cligna des yeux, mais la porte était toujours animée de distorsions et voilée de mouvements fluides, et elle sentit, avec une certitude qui la glaça d'effroi, que ce n'était pas sa vue brouillée qui altérait la porte, mais la magie. Sans en avoir conscience, elle tendit la main vers la broche, et découvrit qu'elle était chaude au toucher. C'était une affaire d'instants avant que la porte cède, et avec une angoisse croissante, elle sut que c'était l'Homme d'Ombre, le cavalier en gris, qui voulait entrer.

Le rai de lumière inquisiteur se retira du trou de serrure mais avant que Karigan puisse amorcer un soupir de soulagement, il fut remplacé par quelque chose d'autre. C'était si sombre et si minuscule, minuscule comme une mouche, qu'elle ne put d'abord voir. Mais c'était plus sombre que la nuit elle-même : un petit orbe noir, qui flottait dans les airs, et les yeux de Karigan se rivèrent sur lui. L'orbe dodelinait et dérivait vers elle tout en grossissant.

Il était d'un noir huileux, irradiant un halo d'obscurité qui repoussait la possibilité même de la lumière. L'orbe continua à croître. De petites boucles d'énergie enflèrent et s'arquèrent à sa surface, brûlantes et impitoyables. Karigan s'éloigna mais la chose, d'une taille désormais égale à celle de sa tête, bougea en même temps. Elle battit en retraite jusqu'à être acculée contre le mur sans pouvoir reculer davantage, et toujours la chose s'avançait vers elle.

C'est alors qu'un pas lourd se fit entendre dehors.

— Qui va là ? demanda un homme.

La porte durcit, et redevint une solide porte de pin ordinaire. L'orbe s'immobilisa, vacilla, comme incertain, puis rapetissa en un clin d'œil et se faufila par le trou de la serrure. Des pas légers s'éloignèrent doucement, et Karigan ferma les yeux, soulagée. Quelques instants plus tard, on frappa à la porte. Sabre levé, elle l'ouvrit avec précaution. À sa grande surprise, le ménestrel se trouvait là, luth dans une main et lampe à huile luisante dans l'autre.

— Puis-je entrer ? murmura-t-il. (Son visage paraissait hagard sous la lumière vacillante.) Si l'aubergiste ou Tarone, son garde, me trouvent ici, ils vont me dépecer sur place.

— Pourquoi vous autoriserais-je à entrer ? demanda Karigan, rien moins que tranquille.

Le ménestrel scruta avec nervosité les alentours.

— Votre prudence vous honore, étant donné que quelqu'un a tenté de s'introduire dans votre chambre il n'y a qu'un instant. Je pense l'avoir effrayé ; un gars bien furtif. Vous n'avez rien à craindre de moi. Je ne suis qu'un ménestrel qui ne porte aucune arme... Mon luth serait une piètre défense face à votre lame.

— Certains ménestrels sont formés à l'art du combat.

— C'est exact. Surtout s'ils ont été formés à Selium, comme ce fut mon cas. Mais je n'ai jamais manié l'épée.

— Selium.

— Si fait. C'est de là que vous venez aussi, si je ne m'abuse.

Karigan en resta bouche bée. Elle s'écarta du seuil pour laisser entrer le ménestrel. Elle ferma la porte derrière lui mais ne rengaina pas son sabre.

Le ménestrel regarda la chambre autour de lui, comme si quelque chose pouvait à tout moment surgir de l'obscurité.

— Je suis Gowen, maître dans mon art. Je serais bien venu vous voir plus tôt, mais j'aurais éveillé les soupçons si je ne m'étais pas produit aussi longuement que d'habitude.

Ce qu'un maître ménestrel pouvait bien faire dans une ville sauvage comme Nord, il ne le dit pas. Il s'assit sur le lit sans hésiter. C'était le seul endroit où s'asseoir.

— Que voulez-vous ? demanda Karigan. Comment savez-vous que je viens de Selium ?

— Un Cavalier Vert vous cherchait, l'autre jour. Ou du moins, vous correspondez à la description. Quand elle a vu que j'avais été formé à Selium (il pointa du doigt vers son sceau doré de maître, sur son épaule), elle a su qu'elle pouvait se fier à moi, qu'un maître ménestrel n'aurait pas été placé ici par erreur.

Karigan aurait bien aimé savoir ce qu'il entendait par là.

— Je sais qu'un Cavalier Vert me recherchait, moi ou bien quelqu'un qui me ressemble.

— Vous l'avez manquée d'une journée.

— Elle est morte. J'ai vu son corps, sur une charrette.

Gowen secoua la tête, perplexe.

—Je n'aurais jamais pensé que les habitants iraient jusqu'à tuer un représentant du roi. Cela ne faisait pas longtemps que Joie était Cavalière.

Karigan s'assit par terre en tailleur, et posa son menton dans ses mains.

—Je ne suis pas persuadée que ce soient les habitants qui l'aient tuée.

Gowen pencha la tête de côté, ses yeux cherchant ceux de Karigan. Les ménestrels possédaient un regard intense, effectivement.

—Que savez-vous au juste?

—Tout ce que je sais, c'est que d'autres personnes, et parmi elles un autre Cavalier Vert, ont été assassinées de la même manière. Deux flèches noires empennées de rouge.

—Comme c'est curieux. D'étranges choses se préparent. La pauvre Joie vous cherchait, vous ou votre jumelle, mais vous n'étiez pas sa principale préoccupation: sa priorité était de retrouver un cheval messager.

—Dans les deux cas, elle n'a pas dit pourquoi, je suppose?

La coïncidence était trop belle.

—Non. Mais, jeune fille, d'autres personnes qui cherchaient quelqu'un qui, là encore, vous ressemble, me paraissent plus inquiétantes. Leur description était moins précise que celle de Joie, mais suffisante pour faire le lien.

Karigan se mordit la lèvre inférieure. Elle ne voulait pas savoir, mais posa néanmoins la question.

—Des Mirpuisiens?

—Vous savez que vous êtes poursuivie, à ce que je vois. Ils étaient là il y a quelques jours. Je ne suis pas certain de leur itinéraire après Nord, mais ils étaient pressés. Je ne me suis pas posé de questions jusqu'à ce que Joie vous décrive. Elle ne m'a cependant pas dit que vous étiez un Cavalier Vert.

—Je n'en suis pas un.

Le ménestrel cligna des yeux, seul indice de son étonnement.

—Vous portez l'insigne des Cavaliers.

Karigan avait oublié le cheval ailé brodé sur sa manche.

—Je porte un message pour le compte d'un Cavalier Vert décédé, dit-elle.

—Tué de deux flèches noires. (Elle acquiesça.) Ma chère

enfant, vous ne devriez pas vous attarder dans cette ville. Ces flèches noires m'ont tout l'air d'être de mauvais augure. Un sombre présage venu du passé. Lié à Mornhavon l'Obscur, à n'en pas douter.

Karigan frissonna. Elle ne savait pas trop si c'était à cause du froid nocturne ou à cause du nom prononcé. Le nom de Mornhavon l'Obscur avait été mentionné à plusieurs reprises depuis le début de son étrange périple, en dépit du fait qu'il avait été vaincu des siècles auparavant.

— La personne de l'autre côté de votre porte n'était peut-être pas non plus un brigand ordinaire, ajouta Gowen.

— Plaît-il ?

Karigan ne prit pas la peine de feindre la surprise.

— La plupart n'osent pas s'en prendre aux hôtes de cette auberge. L'homme de Ruse l'aubergiste, Tarone, n'hésite pas à tuer pour rétablir l'ordre. Quelle que soit la personne qui a essayé d'entrer, elle ne le craint pas.

Un nouvel accès de chair de poule parcourut Karigan.

— Avez-vous pu le voir ?

Gowen secoua la tête.

— Il avait le pied agile, il a disparu dans l'ombre immédiatement après m'avoir repéré. La lumière de ma lampe n'a capturé qu'un coin de sa cape. Grise. (Un coup frappé à la porte les fit sursauter tous deux.) Oh ! non ! L'aubergiste et sa brute.

Il leva les yeux au ciel.

Karigan sauta sur pied et s'enveloppa, par précaution, d'une couverture pour cacher l'insigne des Cavaliers, avant d'ouvrir la porte. Dans le couloir il y avait l'aubergiste, flanqué d'un mastodonte qui était, sinon aussi grand qu'Abram, du moins tout aussi large. Il portait une énorme batte, et rien dans sa posture ne suggérait les manières douces et attentionnées du forestier. Elle savait à présent comment l'aubergiste maintenait l'ordre.

— Tout va bien, ici ? demanda l'aubergiste, les coins de sa bouche renfrognés, comme pour suggérer que peu lui importait, mais qu'il avait une réputation à entretenir.

— Tout va pour le mieux, répondit Karigan. Gowen et moi avons seulement une petite conversation.

L'aubergiste renifla avec mépris et jeta à Gowen un regard peu amène.

— Tu connais le règlement, ménestrel. On ne… fréquente

pas les hôtes. (Le garde tapotait la batte contre sa paume, accentuant chaque mot.) Tu fais ton travail correctement, mais si tu ne te plies pas aux règles, je devrais me passer de tes services.

Fascinée, Karigan vit Gowen se composer une mine déconfite, l'humilité tirant sur la crainte.

— Ce n'est vraiment rien, aubergiste Ruse. Rien du tout. (Il garda les yeux baissés et fit un profond salut.) La demoiselle et moi-même, on ne faisait que discuter. Nous venons de la même ville. Cela ne se reproduira pas, monsieur, je vous assure.

— C'est vrai, tout va bien, renchérit Karigan. Il n'a rien fait de mal.

Ruse grommela avec dédain.

— Tu peux garder ton travail pour le moment.

Il tourna les talons et s'éloigna dans le couloir, suivi de près par son garde au pas pesant.

Gowen abandonna sa mine déconfite.

— Cet homme est un fat… Vous avez bien vu. Faites attention à ce que je vous ai dit, jeune fille. Et attention aussi à ce que vous a dit Clatheas, quelle qu'en soit la teneur. Son don fait souvent mouche. Adieu, et bonne chance !

Karigan se retrouva seule dans la pénombre de la chambre. La porte grinça lorsqu'elle la referma. Elle tourna la clé dans la serrure et se laissa tomber sur le lit. Il lui serait désormais impossible de se rendormir, et elle songea un moment à partir sur-le-champ, mais il valait mieux ne pas éveiller les soupçons plus que nécessaire. De plus, la nuit sans étoiles était moins accueillante que la chaleur de l'auberge ; elle préférait rester là plutôt que de risquer une autre rencontre dans l'obscurité avec l'Homme d'Ombre.

Mirpuits

Le Cavalier Vert passa l'enveloppe à Béryl, qui la regarda sous toutes les coutures puis la tendit au gouverneur.

— Elle porte le sceau du roi, seigneur.

Mirpuits contempla l'enveloppe. Elle était adressée à l'« Honorable Tomastin II, Prince-Gouverneur de la province de Mirpuits, dévoué serviteur de la Sacoridie ». Le sceau, au dos, était bien celui de Zacharie, mais accompagné de l'emblème de son clan (le chien de terrier des Basseterre, en cire couleur de bruyère) plutôt que de l'emblème royal de la bûche enflammée et de la demi-lune.

Sa dague fendit l'enveloppe, et il lut son contenu. Ensuite, il tendit le message à Béryl, qui lut à son tour. La Verdâtre attendait, d'une immobilité de statue, les mains jointes derrière son dos. Mirpuis lui jeta un coup d'œil, puis regarda son assistante.

— Cavalière…

— Éréale M'Farthon, seigneur, offrit Béryl.

— Cavalière M'Farthon, voudriez-vous nous dire ce que vous portez d'autre dans votre sacoche à messages ?

Les yeux de la messagère s'agrandirent, et elle jeta un coup d'œil interrogateur à Béryl avant de reporter son attention sur le gouverneur.

— Avec tout le respect que je vous dois, seigneur…

Mirpuits l'arrêta d'un geste de la main.

— Faites-moi plaisir, Cavalière, je vous en prie. Je vous demande cela par souci de sécurité.

Béryl la rassura d'un signe de tête.

Bien ! Parfois, il était nécessaire d'avoir le soutien d'une femme. *Je suis un vieil ours, suffisamment repoussant pour rendre quiconque nerveux.*

La Cavalière s'éclaircit la voix.

— Avec tout le respect que je vous dois, seigneur, sachez que, si les messages de Sa Majesté le roi ne regardent que lui, en revanche il est de notoriété publique que je porte une invitation de même nature pour le prince-gouverneur d'Adolinde.

Mirpuits hocha gravement la tête.

— Merci, Cavalière M'Farthon. D'rang va vous accompagner en cuisine et vous fournir des provisions pour rendre la suite de votre long voyage moins pénible. Dans l'intervalle, je vais écrire ma réponse.

— Merci, seigneur.

La Cavalière salua et quitta la bibliothèque, suivie d'un soldat vêtu d'écarlate. Lorsqu'elle fut à distance suffisante et que les portes se refermèrent, Mirpuits se tourna vers son assistante.

— Quelle est ton impression, Spence ? Un autre Verdâtre qui essaie de contacter l'espion de Zacharie ?

Béryl tritura sa lèvre inférieure, pensive. Après quelques instants, elle secoua la tête.

— Non, seigneur.

— Comment peux-tu en être aussi sûre ?

— Je crois que ses intentions sont celles annoncées : porter les invitations au banquet et au bal du roi. Cela, elle n'a certainement pas pu le monter de toutes pièces. De plus, nous n'avons encore débusqué aucun espion au sein de votre maisonnée, et pourtant nous avons déployé tous nos moyens.

Et Mirpuits savait à quel point. Le moindre habitant de la forteresse, du plus humble serviteur au courtisan le mieux placé, ce qui incluait le prince Amilton, ainsi que Béryl, avait été interrogé minutieusement. Certains jusqu'à la torture. Il s'était délecté des cris de quelques-uns de ses courtisans, ceux qu'il abhorrait tout particulièrement, et avait pu admirer les techniques employées par Béryl pour les « inciter » à parler. Il ressortait pourtant de tout cela qu'il n'y avait pas d'espion au sein de la maisonnée de Mirpuits. Une conséquence positive de cette enquête, cependant : rappeler à ses sujets son autorité. Tant mieux s'ils tremblaient un peu à son approche.

— Mon sentiment, conclut Béryl, est que ce Coblebaie travaillait seul.

Mirpuits tapota la tête de couguar sculptée de son accoudoir.

— Néanmoins, je ne veux pas courir de risque. Fais venir Taguern.

Convoqué, le soldat se mit au garde-à-vous devant son prince-gouverneur en faisant claquer les talons de ses bottes.

— Taguern, veille à ce que la Cavalière M'Farthon n'entre en contact étroit avec personne pendant la durée de son réapprovisionnement. Jette un coup d'œil à sa sacoche si tu le peux, puis veille à ce qu'elle parte dès que ma réponse au roi sera prête. Escorte-la jusqu'à la sortie du village. J'attends un rapport. Me suis-je fait comprendre ?

— Oui, seigneur.

Lorsque le garde fut parti, Béryl dit :

— Je pourrais surveiller moi-même la Cavalière, seigneur.

— J'ai besoin que tu écrives la réponse à Zacharie pour moi. Ton écriture est plus belle que la mienne.

Elle s'approcha du bureau massif, un colosse de cerisier sculpté, avec des incrustations de chêne, sis sur des pieds ayant la forme des serres de quelque rapace. Il ne s'en servait jamais lui-même, il ouvrait même rarement un seul des livres de sa collection. Ceux-là avaient été rassemblés au fil des générations, la plupart par un Mirpuits d'inclination intellectuelle. Tomastin II soupçonnait que la province avait commencé à péricliter sous le règne de cet ancêtre-là, précisément. Mais il appréciait tout de même l'ambiance de la pièce, sa grande cheminée et ses fauteuils recouverts de peaux de bête. Béryl paraissait tout à fait à sa place derrière le bureau. Elle trempa sa plume dans l'encrier.

— Votre message, seigneur ?

— Écris à notre très estimé roi que nous acceptons son invitation.

— *Nous*, seigneur ?

Mirpuits sourit jusqu'aux oreilles.

— Oui, *nous*. As-tu remarqué quelle est la date du bal ? Il a lieu peu de temps avant la chasse annuelle du roi.

— C'est bien ce qui m'inquiète.

— Mais quelle meilleure manière de conquérir que d'être présent pour la conquête, hein ?

Béryl s'approcha pour lui faire signer la missive. Il prit le papier, et la main qui le lui tendait. Il la caressa. La paume en était calleuse à cause du maniement des armes, mais le dos était doux et lisse, et non plein de taches brunes et de l'entrelacs de veines vertes dont les femmes de son âge étaient affectées. Elle le regarda.

— Comme je l'ai dit, tu as la main belle, ma chère. (Il la lâcha pour parcourir la lettre, et l'ignora tandis qu'elle plaquait ses mains derrière son dos. Elle regardait un point invisible, loin devant.) Nous prendrons du bon temps dans la cité de Sacor.

— Oui, seigneur, répondit-elle d'une voix éteinte.

Elle reprit le message, le glissa dans une enveloppe, qu'elle scella de cire rouge et du sceau aux deux marteaux de guerre. Elle sortit ensuite de la bibliothèque, un peu trop hâtivement, se dit Mirpuits. *Nous verrons bien ce que nous réserve notre visite à la cité de Sacor.*

Il se pencha sur son jeu de Complot. Il lui faudrait mettre la main sur sa boîte de transport. Peut-être chargerait-il D'rang de la chercher. Il prit les pions d'un gouverneur rouge et d'un soldat rouge, et les plaça dans la cour du roi vert.

— J'attends la chasse avec impatience.

Le rassemblement

Karigan sortit dans le matin couvert, menant Cheval par la bride le long de la ruelle, en direction de la grand-rue. Le garçon d'écurie les regarda partir avec mélancolie, il espérait probablement une piécette supplémentaire. Qu'il méritait, réfléchit Karigan : Cheval brillait en dépit de la grisaille. Elle ne pouvait simplement pas se permettre de puiser encore dans sa bourse, mais elle avait mis un point d'honneur à louer le garçon pour les bons soins apportés.

La grand-rue était toujours boueuse. Les citadins marchaient sur des planches de bois qui longeaient l'entrée de presque tous les bâtiments et toutes les boutiques, mais celles-ci n'avaient que peu d'utilité lorsqu'il s'agissait de traverser la rue ou de changer de trajectoire. Les femmes levaient haut leurs longues jupes, le visage perpétuellement renfrogné alors qu'elles progressaient difficilement dans cette mixture. Karigan grimaça à son tour lorsque son pied s'enfonça dans la boue avec un bruit de succion. Le lustre de la robe de Cheval s'effacerait avant longtemps.

Elle se mit en selle pour laisser Cheval s'occuper de la boue, et ils se mirent en quête d'un épicier. Les commerçants ouvraient tout juste boutique en rabattant les volets. Un forgeron allumait sa forge et on pouvait entendre le rugissement des flammes dans toute la grand-rue. Nord aurait pu être n'importe quelle ville au réveil, le raffinement en moins. Les rues pavées de Selium lui manquaient.

Elle trouva une échoppe aux étagères encombrées d'aliments cuits ou séchés, de toile grossière, de haches, de couteaux, de corde, de scies, de couvertures, de lampes, de farine, de sucre, de saindoux… Tout ce dont une ville de cet acabit pouvait avoir l'usage. Elle mit pied à terre et enroula les rênes de Cheval au poteau fiché devant la boutique. Elle racla la boue de ses semelles sur une grille de fer placée à cet effet juste devant l'entrée.

Lorsqu'elle entra, elle entendit un cri en provenance de la rue. Elle regarda par la fenêtre et vit un homme, chargé de deux sacs qui courait tant bien que mal dans la fange. Un autre le poursuivait, dont le tablier blanc de commerçant était éclaboussé de boue.

— Reviens ici tout de suite, voleur !

Le boutiquier, qui avait les mains libres, rattrapa l'homme et lui sauta dessus. Ils s'écroulèrent tous deux dans la gadoue, s'agrippant l'un l'autre. Des passants s'arrêtèrent pour regarder la scène. Une dague brilla dans la main du voleur, qui frappa le boutiquier. Celui-ci poussa une plainte caverneuse, qui se répercuta tout le long du dos de Karigan. Le voleur avait poignardé le boutiquier, et personne n'avait tenté de l'en empêcher.

Il se remit sur ses pieds, jeta les deux sacs sur son épaule et s'en alla en marchant. Les passants l'ignorèrent, se contentant de contourner le corps du boutiquier, comme s'il n'était rien de plus qu'une pierre en travers de leur chemin.

Derrière Karigan, quelqu'un fit claquer sa langue. Un homme de forte carrure, à la calvitie prononcée et qui portait un tablier blanc, secoua la tête, et ses bonnes joues flageolèrent.

— Le vieux Mael n'était pas prudent. Il flatta de la main une épée courte à son côté. Partout ailleurs, il aurait été inhabituel de voir un boutiquier armé.

— Personne ne va donc agir ? demanda Karigan.

— Le vieux Garl va venir ramasser son corps, répondit le commerçant.

— Mais le voleur…

— Qui va lui courir après ? Vous peut-être ? (Karigan rougit, honteuse.) Personne veut risquer sa peau. Je vois que vous êtes quelqu'un de raisonnable, vous portez une épée. Ce n'est pas commun pour une fille, mais c'est sensé. Que puis-je pour vous ce matin ?

Il fallut un moment à Karigan pour se départir du sentiment de dégoût que lui inspirait le commerçant, à faire passer si aisément la conversation du meurtre aux affaires. Elle ne pouvait se permettre d'y penser. Elle devait mener à bien sa propre mission, et elle n'avait pas le temps de s'attarder sur les problèmes de Nord. Elle se doutait que si elle n'atteignait pas bientôt la cité de Sacor, d'autres personnes mourraient.

Elle choisit de la viande et des fruits secs, du thé, du pain et du fromage sur les étagères, et quelques mesures de grain pour Cheval dans une barrique. Elle les posa devant le commerçant, sur le comptoir.

— Deux pièces d'argent, dit celui-ci.

— Mais, c'est… (*du vol*, voulut-elle dire. Elle tint sa langue, le prix lui laissant un goût amer dans la bouche. Mais elle était, après tout, fille de négociant, et en tant que telle non dépourvue d'aptitudes au marchandage.) Un demi d'argent, dit-elle.

Le commerçant sourit, l'air appréciateur. Lui aussi savait marchander, et son air suffisant prouvait, s'il était besoin, que peu de gens avaient dû pouvoir lui en remontrer.

— Deux pièces d'argent, un point c'est tout.

Les sourcils de Karigan se froncèrent en une ligne continue.

— Un demi d'argent, c'est tout ce que valent ces produits, mais je monte à une pièce d'argent. Je vois bien qu'il est difficile de gagner décemment sa vie dans une ville telle que celle-ci.

Le boutiquier inclina la tête.

— C'est une offre correcte, mais un homme doit gagner plus que ça pour pouvoir vivre. Une pièce et demie, plus un sou de cuivre.

Karigan changea légèrement de position. L'homme n'abandonnait pas facilement. Elle se demanda combien de personnes se laissaient prendre au filet de profiteurs tels que lui. Quand elle proposa un prix inférieur, une pièce d'argent, le boutiquier gratta sa tête chauve comme s'il ne savait pas trop ce qui venait de lui arriver.

— Une pièce d'argent, c'est toujours ridiculement élevé pour ces marchandises, mais j'accepte de payer ce prix. (Elle fit glisser la précieuse pièce le long du comptoir. Ce faisant, elle vit quelque chose de doré scintiller dans un panier rempli de babioles exposé sur un coin du comptoir.) Combien pour la broche ? demanda-t-elle.

Le visage du boutiquier s'éclaira.

— Une pièce d'argent, ouaip. C'est pas trop demander pour un objet d'aussi belle facture.

Il posa sur sa paume la broche au cheval ailé pour la lui montrer.

— C'est très exagéré, répondit Karigan. Un colifichet sans valeur. Un sou de cuivre, et je suis généreuse.

Elle savait parfaitement que la broche était faite d'or aussi pur que la sienne, mais il y avait des chances pour que le boutiquier n'y voie qu'une babiole, comme l'avaient cru Torne et Jendara.

Le commerçant eut l'air surpris :

— Cet anneau que vous portez..., c'est un anneau de clan ?

Karigan avait oublié la bague de fiançailles de sa mère. Elle ne devrait probablement pas la porter si ostensiblement, cette bague d'or et de diamant, dans une ville comme Nord. Elle sentit cependant que, soudainement, le boutiquier était intimidé. Elle n'usait que très rarement du salut traditionnel du clan, mais elle le fit à ce moment. Elle posa la main sur son cœur et fit une profonde révérence.

— Le clan G'ladheon, à votre service.

— Un clan de négociants ?

— Si fait.

— J'aurais dû m'en douter. Je me demandais comment vous aviez fait pour prendre le dessus dans notre négociation. (Il rit d'un rire bon enfant.) Un sou de cuivre pour la broche, donc.

Karigan avait peine à croire à sa chance. Elle pensait devoir finalement payer au moins un demi d'argent. Elle posa le sou sur le comptoir et prit la broche. Elle était lourde et froide dans sa main. Il restait encore un peu de sang dessus. Les gens d'ici ne valaient pas mieux que Torne et Jendara ; ils détroussaient les morts. Elle déposa la broche dans sa poche, rassembla ses achats et sortit, juste au moment où un homme portant favoris, vêtu de peaux de daim, entrait à grand pas. Des dépouilles de castor, de renard et de vison se balançaient sur son épaule.

Le corps du marchand assassiné avait été emmené. Plus loin dans la rue, une foule s'était assemblée. La plupart des personnes présentes portaient les tissus ternes ou les peaux typiques de la ville. Une poignée de gens ajoutait à cela une note colorée : des marchands. Karigan chargea les sacoches de ses possessions récemment acquises et se hissa sur Cheval. Plus tôt ils quitteraient la ville, mieux cela vaudrait.

Avec précaution, ils avancèrent d'un pas pesant vers l'assemblée. Des membres de la Société contre la Monarchie formaient une barrière autour de Lorilie Dorran qui était juchée sur une caisse de pommes retournée pour s'adresser à la foule. *Tout le monde n'apprécie pas les idées de Lorilie*, pensa Karigan négligemment. *Ou c'est juste qu'ils n'aiment pas Lorilie.*

— Le roi vous protège, dites-vous ? interrogeait Lorilie.

Un homme dans la foule s'agita, l'air mal à l'aise.

— Si fait.

La foule le hua. Il était bien habillé, peut-être un marchand, en tout cas pas un habitant de la ville.

Lorilie leva les mains pour faire taire l'assemblée.

— Je suppose que le roi protège effectivement les *riches*, et leur octroie des faveurs. Les *riches* peuvent s'offrir cela. Votre guilde des négociants est aussi mauvaise que le conseil du gouverneur, vous essayez de contrôler des villages entiers en imposant vos marchandises et vos règles commerciales.

» Mais qu'en est-il des bonnes gens de Nord ? (Les yeux brûlants de Lorilie étaient rivés sur son auditoire.) Ce matin, un homme a été tué dans la rue. Personne n'a empêché ce crime. Le roi n'a pas protégé cet homme. Le roi refuse de financer un office de connétable pour faire régner l'ordre dans cette ville. Il affecte des connétables pour garder les entrepôts des riches négociants de Corsa. (Elle soulignait ses propos en faisant de grands gestes.) La seule fois où *nous* voyons un représentant du roi, c'est pour la perception de l'impôt.

Un grommellement de mécontentement circula parmi les personnes réunies. Karigan essayait de diriger Cheval en marge de la foule sans attirer l'attention, mais celle-ci bloquait la rue tout entière, trop captivée par les paroles de Lorilie pour songer à s'écarter de son chemin.

Lorilie se redressa de toute sa taille, qui n'était pas bien imposante mais elle réussit néanmoins son effet.

— Est-ce que lever de nouvelles taxes sur le bois d'œuvre va protéger le peuple de Nord, ou les autres petits villages ? Non ! Elles vont jeter de nouveaux mendiants dans la rue. D'autres familles souffriront de la faim. Le désespoir, frères et sœurs, les consumera.

— Le roi se sert des taxes pour fortifier le royaume, cria le marchand. J'appelle cela « protéger », avec tous ces blatterreux qui rôdent aux frontières, ces temps-ci.

La foule posa des yeux interrogateurs sur Lorilie, mais elle répondit sans hésitation.

— Le roi Zacharie emploie les taxes à bon escient, si fait. Il renforce les fortifications de la cité de Sacor. Il consolide les défenses du château. Pour sûr, ça va protéger le peuple de la Sacoridie tout entière contre les blatterreux.

Ce ne devait être qu'une demi-vérité, songea Karigan, mais et si ce n'était pas le cas ? Peut-être les Mirpuisiens avaient-ils raison. Peut-être la Sacoridie avait-elle besoin d'un nouveau roi. Mais Lorilie ne voulait pas de roi du tout. Que mettrait-elle à la place ? Elle-même ? Karigan modifia légèrement son assiette et guida Cheval vers une trouée apparue soudainement entre les grappes de badauds. Elle n'était pas prête à s'allier aux Mirpuisiens ou à Lorilie Dorran.

— Les gens du roi protégeront les Sacoridiens ! cria un autre homme.

Lorilie rit en entendant cette sortie.

— Comme ils ont protégé les familles vivant à la frontière ? Une unité entière de soldats a été massacrée là-bas, sur la route du Nord. C'est ça, protéger ?

L'échange d'arguments se poursuivit encore quelques instants, et Lorilie faisait bouillonner les émotions de l'auditoire. Elle frappait du poing dans sa paume avec emphase pour ponctuer ses paroles. Les traits de son visage passaient de la tristesse à la colère, sa voix était tantôt implorante, tantôt enjôleuse. Elle raillait toutes les institutions royales, y compris celles qui, comme les Cavaliers Verts, servaient le roi, et elle accusait les plus fortunés de soutenir la tyrannie du monarque. Les marchands s'en allèrent sous les huées. Lorilie était une oratrice confirmée, et la foule leva bientôt le poing au ciel en psalmodiant.

— Une terre libre est une terre sans roi ! Le monarque est un tyran !

Karigan continuait à manœuvrer pour se frayer un chemin entre les gens agglutinés, et recueillit des jurons pour avoir obstrué la vue.

— Si vous me laissez passer, dit-elle, je pourrai peut-être débarrasser le plancher.

Au loin, elle aperçut le pont de bois qui enjambait la rivière Terrygood ; une fois celle-ci franchie, Karigan serait débarrassée de la majeure partie de la ville de Nord.

Puis, s'élevant au-dessus des slogans, une voix s'écria :

— C'EST UN CAVALIER VERT ! »

Karigan se figea. Deux hommes jouaient des coudes entre les badauds et pointaient le doigt dans sa direction. Les braconniers d'Abram. Un murmure courroucé enfla dans la foule, même si on ne savait pas bien qui les deux bûcherons désignaient ; personne n'était vêtu de vert.

Karigan devait agir vite avant que l'émeute, car il s'agissait bien maintenant d'une émeute, se retourne contre elle. S'ils trouvaient la personne que montraient les bûcherons, ils la mettraient en pièces. Elle jeta un coup d'œil devant elle et vit une femme qui portait une tunique vert pâle. C'était la femme de forte carrure qu'elle avait vue la veille au soir, à *L'Arbre Chu*, celle à qui Clatheas avait tiré les cartes. Karigan la montra du doigt en criant :

— La voilà ! C'est la Verdâtre !

Une expression stupéfaite, puis apeurée, passa sur le visage de la femme. Tandis que la foule se ruait vers elle, Karigan se faufila entre les gens en colère, jusqu'à ce que quelqu'un attrape sa botte et tente de la désarçonner. Les deux bûcherons.

— C'est toi, la Verdâtre, lui hurla l'un des deux. (Fort heureusement, personne d'autre ne pouvait l'entendre, dans le rugissement de la foule.) J'ai entendu ce troll t'appeler « Cavalier Vert ».

Karigan s'agrippa de toutes ses forces à la crinière de Cheval, haletant alors qu'elle glissait de la selle centimètre par centimètre. Une ruade bien placée de Cheval, cependant, mit rapidement un terme à la lutte ; l'un des bûcherons tomba en hurlant, à la merci de la foule.

Karigan éperonna Cheval en direction du pont, sans se soucier des gens qui se retrouvaient en travers de son chemin. Cheval ne les piétina pas, les poussant plutôt de côté telle l'étrave d'un bateau fendant l'eau. Une fois sortis de la foule en colère, ils traversèrent le pont au galop dans un claquement de sabots sur le bois ; la rivière turbulente bouillonnait en contrebas, mouillant d'une écume brumeuse le visage de Karigan. Après la traversée, enfin libérée de l'étreinte de la ville, à l'exception de quelques boutiques délabrées et d'une taverne sur cette rive-ci, Karigan arrêta Cheval pour regarder en arrière.

Il était impossible de voir ce qui se passait exactement là-bas ; la foule était devenue une masse compacte qui se mouvait comme un seul homme. Elle se demanda ce qui était advenu de la femme qu'elle avait accusée d'être le Cavalier Vert. Elle n'avait pas fait cela par malveillance, mais pour se sauver.

Une silhouette à cheval se découpait au sein de la foule, une silhouette grise immobile comme une statue. Au milieu de ce vif courant humain, qui roulait sur lui-même, incapable d'avancer ou de reculer. Karigan, sachant qu'il la surveillait sous sa capuche grise, eut froid, soudain.

À BRIDE ABATTUE

Karigan chevaucha deux jours durant, volant quelques moments de repos lorsqu'elle ne parvenait plus à garder les yeux ouverts. Le paysage était monotone : des souches entrecoupées de sumac, de minuscules bouleaux et érables en lieu et place de la vaste forêt d'épicéas de naguère. Une grande partie des arbres inutilisables avait tout de même été abattue pour faciliter l'accès à ceux dont l'exploitation était plus rentable. Leurs squelettes délavés devenus gris et desséchés par le soleil gisaient au sol.

La peau de Karigan la brûlait, elle aussi se sentait délavée et desséchée, sous l'intense lumière du jour, sans l'abri des arbres pour offrir un peu d'ombre. L'absence des réprimandes des écureuils et des chants printaniers des oiseaux rendait l'atmosphère inquiétante.

Elle passait la majeure partie de son temps à surveiller la contrée qu'ils traversaient. La piste cavalière n'offrait aucun refuge, et on pouvait voir venir quelqu'un de loin. Elle tâcha de se convaincre que c'était un avantage. Sans le couvert de la forêt, on ne pouvait lui tendre une embuscade. Elle verrait venir ses ennemis au loin.

Elle n'avait aucun moyen de savoir à quelle distance était la cité de Sacor. Ils trouvèrent par hasard une borne de pierre, ancienne, usée par le temps et tellement recouverte de lichen qu'on ne pouvait en lire l'inscription.

Ils croisèrent plusieurs attelages de bœufs halant des traîneaux où s'empilaient des bûches, et qui laissaient dans leur sillage des langues de poussière, visibles à des kilomètres de distance. Karigan toussait et s'étouffait lorsqu'elle était derrière eux, regrettant de ne pas avoir un foulard à nouer sur sa bouche et sur son nez. Les conducteurs des traîneaux ne lui prêtaient aucune attention, tout affairés qu'ils étaient à observer la piste.

Elle passait ses nuits éveillée, recroquevillée sous le grand manteau, sabre au clair. Il n'y avait aucun signe de poursuite, ce qui, d'une certaine manière, semblait plus inquiétant que si cela avait été le cas. Les autres Cavaliers Verts passaient-ils aussi des nuits à chercher le sommeil ? Ou bien étaient-ils accoutumés aux dangers de la route ?

Au troisième matin après son départ de Nord, la forêt de souches laissa place aux terres agricoles. Des champs, carreaux de vert printanier et du brun profond de l'humus, se déroulaient, où que porte le regard. L'air se rafraîchit et devint moins sec. Là, les oiseaux chantaient dans les haies ou dans les quelques arbres épars, mais le paysage n'offrait toujours pas d'abri. Sur les pentes des collines éloignées, on pouvait voir des fermiers labourer avec l'aide de leurs attelages. Karigan conserva la même allure, ne s'arrêtant vraiment que pour permettre à Cheval de récupérer de sa course.

Ils trouvèrent une grange abandonnée, recouverte d'un treillage de vigne grimpante et d'épines, où passer la nuit. La grange était de guingois comme si elle s'apprêtait à s'effondrer, mais Karigan se dit que la vigne la contiendrait bien encore une nuit.

À l'abri, hors de vue, elle dormit d'un profond sommeil, ne tressaillant même pas lorsque les chauves-souris quittèrent leur perchoir, au-dessus de l'endroit où elle était roulée en boule, sur son matelas. Elle ne s'éveilla pas lorsqu'elles revinrent de leur chasse ni aux jappements des coyotes dans la campagne. Le monde nocturne s'affaira autour d'elle sans la déranger.

Au matin, la lumière du jour s'infiltra à travers les planches et les vitres brisées comme des lances étincelantes. Les grains de poussière s'élevaient dans la lumière tandis que Karigan sellait et harnachait Cheval. La messagère et le cheval messager se sentaient tous deux ragaillardis par leur nuit de repos.

Karigan regarda à travers les fenêtres de la vieille grange avant de mettre le pied dehors. S'il lui était venu à l'esprit que la grange était le seul lieu à la ronde qui offrait une cachette, et si elle avait été moins épuisée, elle aurait abandonné l'idée d'y dormir ; le lieu constituait un refuge vraiment trop évident. Mais elle ne pouvait revenir en arrière, et rien de dommageable ne s'était produit. Il n'y avait personne en vue, à l'exception des corneilles qui prenaient leur envol tandis qu'elle quittait la grange en guidant Cheval. Elle l'enfourcha, et la course reprit.

Cet après-midi-là, ils arrivèrent en vue d'un bois. Ce n'était pas une forêt profonde comme le Vert Manteau, mais une jeune forêt de fins bouleaux, de chênes et d'érables. Ils avaient poussé dans ce qui avait dû être un champ cultivé : un muret de pierres longeait la piste cavalière et disparaissait dans le bois.

Karigan s'en approcha avec un soulagement mêlé d'appréhension ; le bois offrait sa protection, mais fournissait aussi une cachette pour les ennemis éventuels, un nouveau souci, exact contraire du précédent. Une brise faisait bruire les feuilles qui se murmuraient leurs secrets.

Une silhouette en vert apparut au devant, et elle se raidit. La silhouette se fondit dans la végétation, et disparut. F'ryan Coblebaie ? Chaque fois qu'il apparaissait, les problèmes tendaient à surgir. Karigan passa sa langue sur ses lèvres sèches et craquelées.

Le soleil brillait haut, il luisait sur les feuilles, leur donnant l'aspect de joyaux d'émeraude. L'ombre que procurait le bois l'invitait à venir s'abriter du soleil brûlant ; cela apaiserait les coups de soleil qui l'affligeaient depuis qu'elle avait quitté Nord. Elle ne pouvait imaginer endroit plus accueillant que cette forêt. Elle prit une profonde inspiration et s'y engagea subitement.

L'ombre la rafraîchit immédiatement. C'était comme entrer dans la cave à vin de son père par la plus chaude des journées d'été. Une abeille vint bourdonner à son oreille, et les senteurs de bois, d'humus et de feuilles en décomposition emplirent ses narines, des fragrances bien différentes de celles des résineux de la forêt boréale qu'elle avait traversée auparavant.

Les feuilles s'agitèrent violemment, comme si un ours chargeait sa proie dans le sous-bois. Karigan saisit la poignée de son sabre et regarda frénétiquement autour d'elle. Quand elle aperçut la source du bruit, elle se mit à rire nerveusement. Un écureuil ! C'était un écureuil roux qui agitait le lit de feuilles !

Son imagination lui jouait des tours, décidément, mais dans ce cas qu'est-ce qui pouvait bien inquiéter Cheval ? Il dansait nerveusement sous elle, ses oreilles remuant d'avant en arrière.

— Qu'y a-t-il ? Elle avait depuis longtemps appris à faire confiance à son instinct.

— Salut, Verdâtre.

Karigan se retourna brusquement. Immobiles, sur leur monture, se tenaient Immerez et le cavalier gris. En son for intérieur, elle hurla.

Immerez déroula son fouet. Karigan fit volter Cheval pour s'enfuir, mais deux cavaliers sortirent du bois pour lui barrer le chemin. Le sergent et Thursgad ! Elle ne les avait pas vus venir ! Immerez se pencha vers le cavalier vêtu de gris, l'Homme d'Ombre, écoutant comme si celui-ci lui murmurait quelque chose. Son œil unique était rivé sur Karigan et ses mains trituraient son fouet tandis qu'il écoutait. La main de Karigan se porta vers son sabre, mais trop tard.

— Poussez-la à découvert, les gars ! cria Immerez.

Les soldats fondirent sur elle en une masse floue d'écarlate mirpuisien, épées au clair. Leurs coursiers percutèrent Cheval, le repoussant et essayant de le mordre. Karigan lutta pour rester en selle alors que Cheval se cabrait et ruait, mais ils avaient l'avantage du nombre, et elle se retrouva bientôt à découvert, aveuglée par le soleil. Elle saisit la broche et souhaita devenir invisible. Le monde lumineux devint terne et lourd, et l'Homme Gris disparut à sa vue.

Immerez rit.

— Je vois que cette magie de Verdâtre ne marche pas aussi bien à la lumière du jour.

Karigan eut le souffle coupé par la surprise : elle et Cheval étaient bien trop matériels. Et, d'une manière ou d'une autre, Immerez et l'Homme d'Ombre avaient su que ce serait le cas. Elle renonça à être invisible, cela ne ferait que la fatiguer. L'Homme d'Ombre réapparut. Qu'est-ce que cela signifiait ?

Elle fit volter Cheval dans la direction opposée, mais Immerez et ses hommes l'encerclaient. L'Homme d'Ombre demeurait à l'écart, contemplant la scène depuis les profondeurs de sa capuche.

La fleur de sorbier. Quelqu'un viendrait en cas de besoin… Mais avant même de pouvoir achever cette pensée, la lanière de cuir d'Immerez claqua près de son visage et vint s'enrouler autour de sa poitrine et de ses épaules, tailladant son bras gauche. Elle poussa un cri. La lanière se resserra, et Immerez enfonça ses éperons dans les flancs de son étalon, qui bondit en arrière, et Karigan fut éjectée de la selle. Elle heurta le sol, ses poumons brusquement privés d'air. Elle se débattit contre l'étreinte du fouet, étourdie par la lourde chute, luttant contre les vagues de douleur qui affluaient dans son corps. Le fouet l'emprisonnait.

—Allez chercher la sacoche contenant le message, les gars.

Thursgad et le sergent s'empressèrent d'obéir à l'ordre du capitaine, mais Cheval refusa de les laisser approcher. Il frappa le coursier de Thursgad en plein poitrail. L'infortuné animal broncha et recula. Cheval fit mine de s'éloigner du sergent, comme pour fuir, puis pivota sur lui-même et se jeta sur lui par-derrière.

—Satané bestiau ! Le sergent tenta, sans succès, de l'éviter, et les sabots de Cheval percutèrent latéralement son coursier bai, dont l'épaule fut striée de traînées de sang luisantes.

—Coupez-lui les jarrets ou égorgez-le, dit le capitaine. Je m'en moque. Mais attrapez-moi cette sacoche.

—J'arrive, sergent. Thursgad éperonna sa monture, mais celle-ci se contenta de reculer. Le cheval du sergent, lui, essayait à présent aussi d'éviter Cheval, qui leur montrait les dents et renâclait, l'air menaçant.

—Un sacré morceau, pour sûr, maugréa le sergent.

Karigan secoua la tête pour reprendre ses esprits, ce qui n'était pas une mince affaire, avec les sabots qui allaient et venaient à quelques centimètres de sa tête. La garde de son épée s'était logée juste sous sa hanche. Ils ne l'avaient pas encore désarmée. Cheval s'occupait de Thursgad et du sergent, mais elle devrait s'occuper seule d'Immerez et de l'Homme d'Ombre. Cheval se jeta de nouveau sur le sergent, et des mottes de terre et des petits cailloux l'assaillirent.

L'Homme d'Ombre chassa d'un geste de la main quelque chose d'invisible. Sa main était blanche, parfaitement proportionnée, et non pas la main squelettique qu'elle s'était imaginée. Un être *humain*, doué de vie et de souffle, se dissimulait sous cette capuche.

Immerez hocha la tête en réponse à ce geste, et fit reculer son étalon d'un claquement de langue. Karigan serra les dents tandis que le fouet se tendait autour d'elle, l'étranglait, mordait dans sa chair. Il la traîna sur plusieurs mètres de cailloux et d'herbes hautes, l'éloignant des sabots menaçants. Il mit pied à terre et se pencha au-dessus d'elle, tout en gardant le fouet tendu. Le soleil étincelait derrière lui, et Karigan devait plisser les yeux pour le voir.

—Je ne sais pas comment vous entraînez vos chevaux de Verdâtres, mais mes hommes vont bientôt venir à bout de celui-ci. Aucun doute là-dessus. (Son œil vert oscillait de part et d'autre pour suivre la scène, puis se planta de nouveau sur Karigan.) Dis-moi ce que tu sais de l'espion dans la maisonnée de Mirpuits.

Karigan tenta de s'asseoir, mais il la rabattit au sol d'un coup de sa botte. La douleur explosa dans son épaule.

— Les Mirpuisiens, dit-elle, le souffle court. Un ramassis d'assassins.

La réponse tarda à venir.

— Je t'ai posé une question.

Karigan tendit le cou au maximum.

— Je ne sais même pas de quoi parle le message. Je ne sais rien de rien. Vous pigez ?

Elle fut surprise de sa propre véhémence. Sa voix n'avait pas l'intonation haut perchée de la peur.

Immerez s'accroupit, quittant la lumière, et les ombres sur son visage changèrent. Sa tête chauve luisait de sueur.

— Je ne sais pas comment F'ryan Coblebaie t'as transmis sa mission, mais c'est ce qu'il a fait. Tu connais l'information.

— Non.

Immerez regarda par-dessus son épaule, s'adressant à l'Homme d'Ombre :

— Je suis lassé de ce petit jeu. Pas de réponse. Seuls les jurons du sergent se faisaient entendre sur la piste. Quand Immerez posa de nouveau l'œil sur Karigan, ses traits s'étaient durcis.

— Tu pourrais me parler de l'espion dès maintenant et t'épargner quelques désagréments.

— C'est votre ami la statue qui vous fait faire tout ça ?

Immerez eut un grand sourire dépourvu d'humour.

— Ce n'est pas mon ami.

— Alors pourquoi ? *Pourquoi* est-ce si important ?

Karigan essayait de remuer sa main coincée sous elle, pour atteindre la garde de son épée. Il n'y avait personne pour lui venir en aide. Pas d'aigle, pas d'Abram, pas de sœurs Sorbier, pas d'Élétien, ni même de revenant. Curieux que F'ryan Coblebaie ne soit pas là pour l'aider, ou au moins pour lui parler. Peut-être le temps qui lui avait été accordé pour arpenter le monde terrestre s'était-il écoulé.

Les questions de Karigan rendaient Immerez perplexe.

— Comment ça *pourquoi* ? Je parie que t'essaies de brouiller les pistes.

Sable et gravillons égratignaient la main que Karigan essayait d'enfouir plus loin sous son corps. Elle gardait les yeux fixés sur Immerez, pour ne pas révéler ses intentions.

— Je ne suis pas vraiment un Cavalier Vert. Je me moque de ce qui est important pour vous, ou de ce qui est important pour le roi Zacharie. J'ai trouvé le messager, mort, et j'ai pris son cheval. J'essaie de rentrer chez moi, c'est tout. Le message, vous pouvez l'avoir.

Immerez éclata de rire et se frappa la cuisse. Il regarda l'Homme d'Ombre par-dessus son épaule.

— Vous avez entendu ça ? Elle dit qu'on peut avoir le message si on veut !

Son rire s'arrêta net et il regarda Karigan.

— Dans ce cas, rappelle le cheval.

La jeune fille haussa les épaules tant bien que mal, immobilisée comme elle l'était par le fouet. Le bout de ses doigts rencontra du métal froid ; le sabre !

— Il ne m'écoute pas.

— Comme par hasard. Tu n'es peut-être pas un Cavalier Vert, mais tu en as pourtant bien l'apparence.

Karigan avait enfilé le pantalon vert, ce matin-là.

— Les vêtements... Ils étaient dans le paquetage du messager.

Ses doigts faisaient lentement glisser la lame du fourreau, en tirant la poignée. Une gouttelette de sueur roula le long de son nez et y resta suspendue.

Immerez lui saisit la mâchoire et la souleva du sol pour la regarder droit dans les yeux.

— Plus de mensonges, siffla-t-il. Avoue ! Tu sais que Mirpuits est impliqué. Parle-nous de l'espion.

Il la relâcha et elle s'effondra sur le sol avec un bruit sourd, perdant sa prise sur le sabre.

— Je ne sais rien de F'ryan Coblebaie ou de ses agissements. Je ne suis pas un Cavalier Vert. Mirpuits est une province d'imbéciles, de toute façon !

Cela sonnait de manière puérile et, voyant la fureur envahir le visage d'Immerez, elle eut la certitude qu'il allait la tuer.

— Je me fiche de ta jeunesse, Verdâtre, dit-il calmement. (Pas d'explosion de rage, et d'une certaine manière c'était pire.) Je vais t'attacher à un arbre et extirper les informations avec mon fouet.

Je suis seule. Seule.

Cheval commençait à se fatiguer et le sergent tentait de saisir ses rênes. Immerez dominait Karigan de toute sa hauteur.

— Debout, Verdâtre.

C'est maintenant. Maintenant. Pas de seconde chance.

Elle se remit sur ses pieds tout en agrippant la garde de son sabre. Immerez eut un hoquet de surprise, il tendit le fouet, mais trop tard. La lanière de cuir tomba aux pieds de Karigan et elle se rua à l'attaque.

Elle était trop près d'Immerez pour que celui-ci ait le temps de tirer sa propre épée, mais il parvint à esquiver le sabre, et assena à Karigan un coup à l'estomac, des deux poings. Karigan tomba accroupie au sol, mains sur le ventre, parcourue de haut-le-cœur.

— Insensé. Vraiment insensé. (Immerez fit claquer son fouet, doucement, délibérément, comme un chat remuant la queue.) Lâche ton épée.

Les poumons de Karigan agonisaient à la recherche d'air. Le sang cognait à ses oreilles, un bruit rythmé, tel le bruit de sabots au galop.

— Tu ne lâcheras pas l'épée, hein ? Immerez fit claquer son fouet, qui s'enroula autour de la cheville de Karigan, et il tira sa jambe repliée sous elle. Elle retomba lourdement au sol.

Elle cria. C'était la cheville que la créature de *Kanmorhan Vane* avait enserrée dans sa pince. La sensation d'impuissance totale lui revint tout d'un coup, et le souvenir d'avoir combattu ce sentiment et vaincu la créature et sa progéniture. Elle essaya de cisailler la lanière de cuir, mais elle était trop épaisse pour être tranchée. Immerez rit au spectacle de ses futiles tentatives. Il détendit le fouet, le ramena à lui et se prépara à le lancer de nouveau.

J'ai tué la créature de Kanmorhan Vane, songea Karigan. *Mais on m'a aidée...* Et pourtant elle ne laisserait pas Immerez utiliser encore son fouet sur elle. Un *crescendo* de sabots... Des battements de cœur tonnant à ses oreilles. Elle se remit debout d'un bond en grondant, et cette fois ne faucha pas le fouet, mais la main qui le maniait.

Elle s'arrêta alors, contemplant bêtement le sabre qui dégouttait de sang, et Immerez qui se tordait de douleur, à terre. Sa main était à quelques pas de là, comme dans la vision qu'elle avait eue par le biais du télescope du professeur Sorbier. Le martèlement des sabots dans sa tête noyait les cris.

— Cheval ! cria-t-elle, mais il était déjà à ses côtés, vibrant d'une vitalité dont elle ne comprenait pas la source. L'air semblait effrayer les chevaux de Thursgad et du sergent. Même la monture de l'Homme d'Ombre piaffait, l'encolure écumante de sueur. L'étalon d'Immerez avait pris la fuite.

—*Monte.* La voix domina le tambourinement des sabots dans ses oreilles. Elle obéit, et le monde sembla chavirer.

Thursgad, le sergent et leurs chevaux tournaient lentement, chaque mouvement semblait trop long, comme exagéré, soustrait au passage du temps. Tout apparaissait brouillé aux yeux de Karigan, à l'exception de Cheval, d'elle-même… et de l'Homme d'Ombre.

Celui-ci était juché sur son étalon, imperturbable. Un arc apparut entre ses mains, là où rien ne se trouvait auparavant. Il prit deux flèches dans son carquois, et chacune était noire, empennée de rouge. Il encocha l'une d'elles.

— *Va!* ordonna la voix.

Karigan n'osa pas désobéir. Elle pressa les flancs de Cheval au moment où la première flèche fut décochée. Cheval s'élança au galop. Le bleu du ciel, le bois en vert et brun, tout passa comme l'éclair. Ils laissèrent derrière eux les bâtiments d'un village qui ne fut qu'une tache imprécise. Les deux flèches, elle le savait, la suivaient de leur chant, et ne s'arrêteraient pas avant d'avoir atteint leur cible.

Le vent la chahutait, dénouait la tresse de ses cheveux. Les sabots de Cheval imprimaient leur rythme dans tout son corps, mais elle avait l'impression qu'ils volaient.

Il y avait d'autres sabots martelants, d'autres cavaliers à ses côtés, d'une blancheur translucide de membrane. Les arbres et les bâtiments n'étaient pas des obstacles pour eux, ils les traversaient tout bonnement. Ils l'appelaient de leurs voix lointaines, qui sonnaient comme un cri de guerre :

— *Vole, Verdâtre, vole! C'est l'Épique Chevauchée!*

Derrière elle, des bras froids lui enlacèrent la taille.

—*Vole,* murmura F'ryan Coblebaie. *C'est l'Épique Chevauchée.*

Plus le paysage devenait flou, plus elle voyait nettement les cavaliers. Des hommes et des femmes en grands manteaux ou en tuniques marchaient à grands pas à ses côtés, certains portaient des armures légères et montaient des chevaux de guerre, et d'autres encore portaient des uniformes à la coupe démodée, montés sur de sveltes chevaux messagers. Tous voyageaient à la même allure surnaturelle qu'elle et Cheval. Tous étaient des Cavaliers Verts du temps jadis, tous étaient morts. Que signifiait pour eux sa survie ?

— *Vole, Verdâtre, vole!*

Leur mélopée faisait tourner le monde plus vite encore, et toujours Cheval fonçait aveuglément. Leurs visages étaient jeunes et pâles, peu avaient atteint la maturité. Certains Cavaliers brandissaient leur sabre au-dessus de leur tête, d'autres le poing, et leurs cris parvenaient à Karigan depuis un lieu très lointain. Son corps se couvrit d'une sueur froide tandis qu'elle prenait part à la charge de cette cavalerie fantôme.

Elle savait que les flèches la suivaient dans le même élan. Elle pouvait les entendre siffler tandis qu'elles fendaient l'air. Cette Épique Chevauchée pouvait-elle durer encore longtemps?

— *Vole, Verdâtre, vole! C'est l'Épique Chevauchée!*

Le chant suivait le martèlement rythmé des sabots, les battements de son propre cœur, et le sang qui bourdonnait à ses oreilles.

— *Elles brûlent.*

Karigan ne comprit tout d'abord pas ce que voulait dire F'ryan. Est-ce que les esprits brûlaient?

— *Les flèches brûlent.*

Karigan jeta un coup d'œil derrière elle, et fut déconcertée: elle regardait à travers la forme vaporeuse de F'ryan. Les flèches s'étaient effectivement enflammées, et elles tombèrent loin derrière. Un cri de victoire, telle une rafale de vent, s'éleva parmi les Cavaliers fantômes. Ils arrêtèrent leurs chevaux, et Cheval ralentit l'allure sans qu'elle le lui ait demandé. Bien que tous se soient immobilisés, le monde continuait sa course hâtive, comme s'ils étaient tous balayés par quelque courant spectral.

— Pourquoi? demanda Karigan.

F'ryan se laissa glisser du dos de Cheval et s'écarta, il se fondit dans la masse des autres Cavaliers.

— *Je ne peux trouver le repos tant que tu n'as pas achevé la mission.* Sa voix s'atténuait. *Ce fut une belle Chevauchée.*

— Pourquoi? demanda Karigan, les rênes regroupées dans son poing. Pourquoi êtes-vous intervenus?

Une Cavalière à cheval, une seule, sortit du rang, sa longue chevelure flottant dans une brise surnaturelle. Deux flèches étaient fichées dans sa poitrine. La Cavalière que Karigan avait vue à Nord, morte. Joie.

— *Nous serions restés à l'écart si cette affaire se limitait aux préoccupations du monde terrestre. Tu peux accomplir beaucoup de choses afin de contrecarrer les plans du mal ancien. Puissions-nous chevaucher ensemble de nouveau, un jour prochain, Cavalière.*

Joie rejoignit les autres revenants. Leur masse sembla se fondre en elle-même, puis s'éleva avant de se dissiper, comme le brouillard porté aux cieux par la brise. Et toujours le rythme de l'Épique Chevauchée pulsait aux oreilles de Karigan.

La fin du voyage

Le monde ralentit, même si les couleurs étaient toujours troubles, comme brouillées d'eau. Une bâtisse de pierre imposante aux murs crénelés, dotée de tours et de parapets, dominait l'horizon. Des étendards colorés flottaient au vent à ses sommets les plus élevés. L'arche de l'entrée, flanquée de tourelles rondes, béait devant Karigan.

Derrière elle, il y avait les baraquements, et entre ceux-ci la herse levée, prête à juguler une invasion, dans l'éventualité où une armée tenterait d'envahir l'étroit pont-levis qui enjambait les douves, pour attaquer le château. Un mur entourait la forteresse et ses dépendances. Les revenants l'avaient, comme par magie, transportée à plusieurs kilomètres de son point de départ, en l'espace de quelques instants, jusque dans la cour où elle se trouvait devant le château du roi Zacharie.

Les sabots de Cheval crissèrent sur le gravier. Elle mit pied à terre et, les mains tremblantes, décrocha de la selle la sacoche contenant le message. Elle laissa Cheval là, il n'était pas le moins du monde affecté par cette étrange course.

Le temps tressauta de nouveau et Karigan vacilla comme si le sol avait bougé sous ses pieds. Les étendards (chacun représentait une des provinces) claquèrent et redevinrent nets. Mais bien que leurs contours ne soient plus brouillés, ils bougeaient toujours de manière lente et saccadée.

Lorsqu'elle sentit que son pas était plus assuré, elle entreprit de parcourir la distance qui séparait la cour de l'entrée du château. Des gardes en livrée noir et argent s'avancèrent pour l'intercepter, en lui faisant signe de s'arrêter. Mais ils n'avaient pas fait deux pas qu'elle était déjà hors de portée.

Lorsqu'elle passa sous l'arche de l'entrée, d'autres soldats tentèrent, sans succès, de l'arrêter, leurs gestes étaient imprécis et saccadés. Ils étaient trop lents, et elle bien trop rapide. Leurs voix étaient assourdies, les mots sortaient en un bourdonnement stupide.

Elle traversa à longues enjambées un grand hall, et passa devant des gardes et des courtisans prisonniers du temps. La plupart ne remarquèrent pas son arrivée. La lumière des lampes accrochées le long des murs vacillait de manière absurdement lente, projetant un lavis bronze et or sur les murs du corridor. Elle espérait que ce couloir la mènerait au trône du roi Zacharie.

Des blasons et des tapisseries ornaient les murs, et cela au moins demeurait stable et nettement défini. Elle se concentra sur ces choses plutôt que sur les mouvements surnaturels des gens autour d'elle, qui la désorientaient.

Deux portes apparurent devant elle, ouvertes. On avait abattu un chêne immense pour les fabriquer. Sur l'une était gravée la bûche enflammée, le croissant de lune sur l'autre. Deux gardes entièrement vêtus de noir étaient postés de part et d'autre des portes. Des Armes, mais même eux n'étaient pas épargnés par l'anomalie temporelle.

Elle passa en coup de vent devant eux et entra dans une vaste salle. Le soleil dardait ses rayons à l'oblique à travers les hautes et étroites fenêtres. L'écho des voix résonnait contre les voûtes du plafond en un long babil saugrenu. Des gardes vêtus de noir se tenaient dans l'ombre des renfoncements, immobiles comme des piliers.

Une tapisserie représentant les armes de la famille de Zacharie, le terrier blanc des Basseterre dans un parterre de bruyère, occupait l'espace derrière le trône. On racontait que ces braves petits chiens allaient débusquer les blatterreux dans leurs tanières souterraines, durant la Longue Guerre.

Sous la tapisserie se tenaient deux hommes et une femme, tous au service d'un homme assis sur un siège orné. Un terrier blanc se redressa ; il était auparavant couché aux pieds de l'homme assis. Avant qu'il se soit complètement levé, Karigan avait traversé la salle. Les trois serviteurs et le roi commençaient tout juste à lever les yeux vers elle.

« Blam ! »

Comme si elle s'était cognée dans un mur, comme si on avait retiré le sol sous ses pieds, une force agita tout son corps et elle se sentit tomber morceau par morceau, à la manière de plumes jaillissant d'un oreiller éventré, voltigeant en un doux tourbillon.

Elle gisait dans un champ baigné de lumière solaire. Les rayons de l'astre filtraient à travers ses paupières closes. Des asters et des solidages bourdonnaient d'abeilles; elles butinaient de fleur en fleur. Une hirondelle gazouillait quelque part au-dessus d'elle. Elle avait chaud et se sentait tout ensommeillée. La lumière, la lumière... Quelque chose de frais et humide courait le long de sa joue...

Temps et mouvement se réimbriquèrent correctement, comme le loquet d'une porte retombant en place. Karigan secoua la tête, souhaitant que le bourdonnement des abeilles et le choc de la lumière cuisante la laissent en paix. Elle soupira, ferma les yeux, et s'apprêta à reprendre sa sieste, mais la chose humide et fraîche lui léchait maintenant la main. Elle ouvrit une de ses paupières avec effort. Une paire d'yeux bruns lui rendit son regard depuis un amas de poils blancs. Le terrier pantelant semblait lui adresser un grand sourire.

Karigan ouvrit grand les yeux. *Chien! Château! Zacharie!* Elle s'assit, trop vite, et s'écroula de nouveau sur le tapis qui menait au dais royal. Le bourdonnement lui emplit de nouveau la tête, mais il s'agissait peut-être des voix des gens autour d'elle. Cette fois, lorsqu'elle leva les yeux, quatre lames maniées par des Armes vêtues de noir étaient pointées sur sa poitrine.

— Ce n'est pas un des Cavaliers Verts habituels.

Une voix d'homme au ton dur.

— Pourrait-il s'agir d'un nouvel assassin ? demanda la femme.

— Sa venue pue la magie, dit le deuxième homme en reniflant.

Karigan était étendue sur la sacoche contenant le message. Elle roula sur le côté pour la libérer, et les Armes pressèrent la pointe de leur épée contre sa poitrine.

— Message. (Karigan avait l'impression que sa langue prenait toute la place dans sa bouche.) Message pour le roi.

— Voyons cela, dit le premier homme.

Karigan prit l'enveloppe dans la sacoche et la tendit à l'une des Armes, qui à son tour la passa à quelqu'un qu'elle ne pouvait voir. Des murmures indistincts résonnaient sur les murs de la salle comme dans une caverne ; tout bien réfléchi, ils semblaient plutôt émaner des personnages peints sur les fresques du plafond. Des personnages de rois, de reines et de chevaliers, craquelés par le temps ; le dieu Aeryc, chevauchant une lune en forme de faucille ; et la déesse Aeryon dans un halo de soleil, qui contemplait la scène derrière le rempart d'un nuage : tous la regardaient d'en haut. Parmi eux, au centre, il y avait un grand cheval noir à l'encolure arquée, dont les flancs ondulaient de l'illusion du mouvement.

—... un espion, semblait dire une reine de là-haut.

—Ce message provient de F'ryan Coblebaie, mais c'est..., dit un roi.

—... aucune importance, ça n'a pas de sens. C'est la magie dont...

—... trop jeune pour être...

—... l'enfermer et l'interroger...

—... négligeable.

Karigan se remit à dériver à la recherche du champ baigné de soleil, mais elle ne parvint pas à le retrouver. Les Armes la saisirent rudement sous les aisselles et la hissèrent pour la remettre sur ses jambes. Quelqu'un lui ôta le sabre. Elle protesta faiblement, mais personne ne l'entendit.

—Enfermez-la jusqu'à ce qu'on prenne une décision.

—Pas dans une cellule, intervint une voix plus clémente, que Karigan n'avait pas entendue jusqu'à présent. (Les Armes lui masquaient la vue de leurs larges épaules, et elle ne pouvait voir qui parlait.) Choisissez une des chambres de réception et postez-y un garde.

—Mais Majesté, dit la voix rude, il est possible que vous vous mettiez en danger. Cette fille utilise une magie comme nous n'en avons jamais vue.

—Et toutes les cellules du royaume ne sauraient la contenir si elle décidait de s'en servir. Une chambre d'invités. Te paraît-elle menaçante dans l'état où elle est, Corneille ?

—J'implore votre pardon, Majesté, mais peut-être que c'est ce qu'elle veut nous faire croire.

—De toutes les idées stupides que j'ai entendues, celle-ci est la pire, dit une voix en provenance des portes d'entrée. (Elle appartenait à une femme manifestement habituée à être obéie. Les Armes empêchaient toujours Karigan de voir la scène, mais elle entendit le cliquetis décidé des bottes sur les dalles qui marquait l'approche de la femme. Elle passa à proximité, puis le cliquetis cessa.) Votre Majesté.

— Capitaine, votre intrusion est…

— Irrespectueuse, castellan Corneille ? Est-ce ce que vous voulez dire ?

— Je ne saurai tolérer ces chamailleries, dit le roi. Capitaine Stèle, souhaitez-vous nous faire part de quelque chose ? Connaissez-vous cette fille ? Elle porte des habits de Cavalier Vert.

— Je n'ai jamais posé les yeux sur elle auparavant, mais je pense pouvoir vous dire qui elle est.

La femme se tenait sur la pointe des pieds et regardait par-dessus l'épaule des Armes. Karigan eut un aperçu fugace d'yeux noisette et de cheveux roux.

— Je peux également vous dire qu'elle est un Cavalier Vert.

— Non, murmura Karigan, mais personne ne l'écoutait.

— Je n'y comprends goutte, capitaine, dit Corneille.

— Votre Majesté, ordonnez qu'on l'emmène dans les quartiers des Cavaliers. Elle ne fera aucun mal et, si je ne me trompe pas, le message entre vos mains est de la plus haute importance.

— Nous en doutons, dit le roi.

— Et ceci, qu'est-ce alors ?

Le capitaine tenait entre ses mains levées deux flèches noires. Karigan marmonna quelque chose et chancela, et serait tombée si les Armes ne l'avaient pas soutenue.

Les deux Armes l'emmenèrent loin du trône, et chacun était silencieux, le visage impénétrable. Ils traversèrent une alternance d'ombre et de rayons de soleil éblouissants pour atteindre l'entrée de la salle du trône. Torne et Jendara avaient-ils été ainsi autrefois ? Sévères et silencieux ? Les courtisans, les serviteurs et les soldats qui arpentaient les couloirs ne lui firent même pas l'aumône d'un regard.

Ils quittèrent le palais par une porte différente de celle par laquelle Karigan était entrée, et traversèrent une cour qui longeait le château sur le côté. Les Armes qui l'accompagnaient la tenaient au niveau des coudes, la soulevant presque du sol, tandis qu'ils croisaient des badauds au regard curieux. Ils la conduisirent jusqu'à un bâtiment de bois blanchi à la chaux, et un remugle de crottin de cheval, odeur reconnaissable entre toutes, s'échappait d'un endroit proche. En ce lieu, toutes les personnes portaient le vert et étaient très curieuses. Elles ne la quittaient tout simplement pas des yeux.

— Où sommes-nous ? demanda-t-elle.

— Les baraquements des Cavaliers, répondit l'Arme située à sa gauche, et ce fut tout.

Ils entrèrent dans le bâtiment, et les lattes du plancher craquèrent sous leurs pieds, une odeur de cuir flottait dans l'air. L'endroit était bien plus attrayant que le château de pierre. Ils s'arrêtèrent brusquement et l'Arme située à droite de Karigan poussa une porte. Ils achevèrent de la traîner dans une chambre chichement meublée d'un lit, d'une table, d'un cabinet de toilette, d'un poêle et d'une chaise. La lumière du soleil pénétrant par la fenêtre réchauffait la pièce.

— Tu vas vider tes poches, dit l'Arme qui avait été à sa droite.

L'autre sortit de la pièce et se posta près de la porte.

— Je vais *quoi* ?

— Vider tes poches.

L'homme était dépourvu de la moindre once d'émotion.

Karigan jeta la sacoche du message sur la table (elle avait réussi, elle ne savait trop comment, à s'y cramponner) et plongea les mains dans ses poches. Elle en sortit la pierre de lune, des sous de cuivre et quelques pièces d'argent, la fleur de sorbier au pétale manquant, la pousse de sorbier, et la broche au cheval ailé de Joie. L'Arme rassembla ses affaires dans une seule grande main.

— L'anneau, dit-il.

— L'a… non. Hors de question.

Elle le protégea de la main.

L'Arme fit un pas vers elle.

— L'anneau. Jusqu'à ce que nous soyons sûrs de ton identité et des raisons de ta présence, nous devons conserver ces choses.

— Non. Pas l'anneau. Tous ces objets, à l'exception de la broche, sont des présents. Cet anneau appartenait à ma mère. Je ne vous le donnerai pas.

L'Arme fit un autre pas vers elle, l'air implacable. Karigan s'accroupit en position défensive :

— Les dieux vous viennent en aide si vous faites un pas de plus. J'en ai plus qu'assez. Tout ce que j'ai fait, c'est apporter un message au roi, et tout ce que je récolte en guise de remerciement, ce sont des ennuis. Eh bien ! face de granit, sachez que j'ai tué un de vos semblables, et si vous approchez encore, je ferai tout mon possible pour vous blesser.

Cela l'arrêta, même si la menace ne l'émouvait pas vraiment. Il ne prit même pas la peine de dégainer son épée.

— Je doute que tu puisses blesser l'un d'entre nous. De qui parles-tu au juste ?

D'un ton mesuré, elle dit :

— Il s'appelait Torne.

L'Arme fronça les sourcils à se les froisser et ses yeux brillèrent de colère.

— Torne ! Un traître du genre de Sauveru. Un déserteur. Garde donc ton anneau. Tes autres possessions te seront rendues s'il s'avère que tu n'as pas menti.

Sur ces mots, il tourna les talons avec raideur, sortit de la pièce en un mouvement glissant et referma la porte derrière lui.

Karigan s'appuya contre la table, ses genoux menaçant de la trahir. Mais qu'est-ce qui lui avait pris de défier une Arme ? Quand elle avait tué Torne, c'était F'ryan qui contrôlait son corps. Elle tituba à travers la chambre exiguë et se laissa tomber sur le lit. De la paille s'échappait de la toile du matelas, mais il lui parut aussi confortable que tous les duvets du royaume, tant son corps avait été surmené.

Karigan fut réveillée par le bruit. Quelqu'un se trouvait dans la pièce et se penchait sur le lit, et il faisait trop sombre pour qu'elle voie de qui il s'agissait. Dans l'obscurité, Karigan tendit la main et attrapa une poignée de cheveux. Son assaillant piaula.

Karigan tira plus fort.

— Aïe ! Stop ! cria une fille. J'aimerais bien garder mes cheveux si ça te dérange pas.

Karigan remua la tête. La chambre était éclairée de la faible lueur d'une lampe à huile. Une lumière orange vacillait autour de la porte du poêle et la pièce, remarqua-t-elle, était assez accueillante. Elle avait dormi longtemps et il faisait nuit noire. Son « assaillante » était une fille d'environ douze ans, vêtue du vert des messagers. Elle avait les mains sur les hanches, les pieds écartés et Karigan eut l'impression d'affronter l'une de ses tantes tenaces. *Tu ne veux pas finir ton dîner, hein ?* se remémora-t-elle. Tante Stace la privait de dîner deux soirs d'affilée, dans ce cas-là.

— Euh, désolée, fit Karigan.

Elle laissa une touffe de cheveux bruns voleter vers le sol.

Le regard de la fille s'adoucit.

— J'accepte tes excuses. La plupart des Cavaliers sont nerveux, de toute façon.

Karigan apprit que la fille se nommait Melry Sorteuse, et qu'elle voulait juste vérifier que Karigan se portait bien.

— Les andouilles du coin n'ont pas la jugeote nécessaire pour prendre soin de quoi que ce soit. (Melry nettoya et pansa la plaie à l'épaule de Karigan infligée par le fouet d'Immerez.) « Passe la voir », elle a dit, le capitaine. Et quel désastre j'ai trouvé. On dirait que Condor t'a traînée tout du long depuis Selium. Tu es sûre que tu étais sur la selle ?

— Condor ?

— Ouais, le cheval de F'ryan.

Karigan s'était tant habituée à l'appeler Cheval qu'elle en avait oublié qu'il pouvait répondre à un autre nom. Condor lui allait bien, cependant. Les condors n'étaient pas les plus beaux des rapaces, mais leur vol pouvait avoir une certaine élégance. Karigan leva les yeux sur Melry et fut surprise de voir des larmes couler le long de ses joues.

— Qu'est-ce qui ne va pas ?

— F'ryan est mort, n'est-ce pas ? C'est pour ça que tu es arrivée avec Condor, non ?

Karigan opina du chef.

— Oui, il m'a demandé de terminer sa mission.

Melry s'essuya le nez avec le revers de sa manche et s'assit sur la chaise.

— Ils me l'ont dit, mais je les ai pas crus, jusqu'à ce que je voie Condor. F'ryan était comme mon grand frère. Il jouait avec moi, il veillait sur moi, il me laissait le suivre partout dans le château.

— Je suis navrée, dit Karigan.

Elle savait que ce n'était pas très approprié, mais c'est ce que tout le monde lui avait dit quand sa mère était morte.

— Ouais. Je savais que ça pouvait arriver à un moment ou à un autre. J'essaie de pas trop m'attacher aux gens d'ici, vu qu'ils meurent. Ça fait souffrir. Le capitaine et F'ryan sont les seuls que je connais bien.

Elles restèrent assises en silence pendant un moment.

— Tu n'es pas un peu jeune pour être un Cavalier Vert ? demanda Karigan.

Tous avaient l'air de la trouver jeune, et cette fille l'était plus encore.

Melry éclata de rire, ses larmes séchèrent comme par miracle.

—Je suis trop jeune? Toi, tu es trop jeune! Moi, j'ai grandi ici.

—Ici?

Karigan haussa un sourcil, ayant peine à la croire.

—Ouais, ici. Le capitaine m'a trouvée dans les écuries. Je venais de naître, j'étais enveloppée dans une couverture. Quelqu'un m'avait laissée là: ma vraie mère. (Melry haussa les épaules devant l'incongruité de cet acte.) Ils pensent que mon père était un Cavalier Vert qui avait été tué quelques mois auparavant. Il avait du succès auprès des femmes. Le capitaine m'a prise en charge, m'a donné le nom de sa grand-mère, et elle et les autres Cavaliers m'ont élevée. Je ne suis pas un vrai Cavalier Vert, je donne seulement un coup de main dans les écuries, et parfois je porte des messages pour la Foulée Verte.

—La Foulée Verte?

—Ouais. On porte des messages dans les environs du château. Comme ça je gagne quelques sous de cuivre pour les jours de foire et pour aller à la confiserie de maître Maugréeur. Mais j'imagine que je deviendrai un Cavalier Vert, quand je serai plus âgée.

Qu'est-ce que cela ferait d'avoir un destin tout tracé? Karigan avait toujours pensé qu'elle deviendrait négociante, comme son père, mais elle était à présent certaine qu'en fait elle n'avait pas vraiment su son avenir.

—Je suis sûre que tu sais ce que ça fait d'être un Cavalier Vert.

Melry lui jeta un regard en coin.

—Je suis sûre que toi aussi, tu le sais.

—Comment?

—Tu as faim? T'es comme qui dirait pâlichonne.

—Qu'est-ce que tu entends par « tu sais ce que ça fait d'être un Cavalier Vert »?

—Tu as la broche, non? Je ne peux pas bien la voir parce que je suis pas encore une Cavalière, mais toi, tu as une broche. Ça fait de toi un Cavalier Vert.

—La broche n'a aucun rapport avec ce que je suis.

—C'est toi qui vois. Tu veux manger quelque chose? Après ça, je t'emmène prendre un bain.

—Un bain?

Karigan se sentit ragaillardie. Melry rit doucement et se glissa hors de la chambre. Elle fut bientôt de retour avec un plat de viande fumante accompagnée de pommes de terre, de fromage et de pain. Dans l'autre main, elle portait une cruche de lait frais. Elle regarda, ébahie, Karigan qui léchait carrément le plat.

—Tu reprends des couleurs, dit-elle.

Karigan avala le reste du lait et essuya sa lèvre mousseuse du revers de sa manche.

—Cette journée m'a éreintée.

Melry se pencha en avant avec la mine mortellement sérieuse que seuls les presque adolescents peuvent composer.

—Des rumeurs ont couru à ton sujet toute la journée, y paraît que t'aurais fait quelque chose que personne a fait depuis un million d'années. Ou mille ans, peut-être ? (Melry fit la grimace.) Je ne suis pas très douée avec les chiffres. Ça désespère le capitaine. C'est vrai, alors ?

—Je n'en ai pas la moindre idée, dit Karigan. Mais c'est vrai que j'ai eu une journée bien étrange.

—Qu'est-ce qui s'est passé ?

Comment dire à cette enfant qu'elle avait chevauché aux côtés du fantôme de son ami F'ryan Coblebaie, sans compter les fantômes de Cavaliers Verts parmi les plus anciens ?

—Je… je ne me sens pas prête à en parler.

Melry se rembrunit.

—Eh bien, ils ont dit que tu avais voyagé très vite, quoi que ça puisse vouloir dire. Condor est rapide, mais ce n'est pas le plus rapide ; ce serait plutôt la monture d'Éréale, Grue. En tout cas, pour toi, c'est l'heure du bain.

Karigan sortit de la pièce derrière Melry. Une Arme qu'elle n'avait pas vue auparavant leur emboîta le pas. Melry leva les yeux au ciel. Le petit nombre de Cavaliers qu'elles croisèrent dans le couloir regarda Karigan avec des yeux ronds comme si elle était une créature bizarre venue d'une contrée lointaine, mais ils ne lui adressèrent pas la parole. Un jeune homme aux cheveux de sable, cependant, lui sourit et dit :

—Bienvenue, Cavalière.

—Lui, c'est Alton, dit Melry après l'avoir croisé. Il est très imbu de lui-même ; il a du sang noble, si tu vois ce que je veux dire, mais il n'est pas méchant.

Une baignoire sabot fumante attendait Karigan dans la salle des bains. Il y avait plusieurs autres baignoires, isolées par des rideaux, mais la salle était vide. Elle s'approcha du bain puis hésita, et jeta un coup d'œil à l'Arme.

Melry suivit son regard, et mit les poings sur les hanches.

— Ça te dérangerait d'aller surveiller dehors, Fastion ? Laisse un peu d'intimité à Karigan, d'accord ? Si tu veux voir une fille à poil, va en ville.

Karigan écarquilla les yeux en entendant la manière dont Melry osait parler à une Arme, mais la mine de Fastion ne changea pas d'une ombre et il sortit de la salle.

— Je n'ai pas encore décidé si les Armes sont un phénomène naturel ou non, commenta Melry, en prononçant le dernier mot avec un soin tout particulier. Le capitaine dit ça souvent.

Karigan sourit, ce que ses muscles faciaux n'étaient plus habitués à faire.

— Merci, Melry.

— Y a que le capitaine pour m'appeler Melry. Tu peux m'appeler Mel, si tu veux.

Elle quitta la salle des bains en sifflotant.

Karigan sombra dans la baignoire, et son corps meurtri et contusionné se détendit grâce à l'eau chaude. Elle s'assoupit, et s'éveilla avec un grognement, découvrant qu'elle avait dormi suffisamment longtemps pour que l'eau devienne tiède. Elle sortit du bain en frissonnant, se sécha et s'habilla. Elle ouvrit la porte timidement et trouva Fastion de l'autre côté qui attendait patiemment.

— J'ai fini.

Il hocha la tête et reprit le couloir en sens inverse. Ils arrivèrent dans la chambre en même temps que Mel, à peine visible sous le tas de vêtements verts qu'elle portait.

— Je me suis dit que tu aurais peut-être besoin de vêtements de rechange, dit-elle, alors j'ai fait un saut chez l'intendant. Il n'était pas très content que je le réveille à une heure pareille, ni à l'idée de se séparer de bons uniformes.

Fastion reprit position devant la porte, et Melry déposa son chargement sur le lit de Karigan.

— J'espère qu'ils t'iront, et que le vert ne te dérange pas.

Karigan soupira, se souvenant avec nostalgie de sa garde-robe, laissée à Selium il y avait si longtemps.

—Je commence à m'y habituer. (Elle tint devant elle une chemise de lin à l'air familier pour en évaluer la taille.) Je pense que cela fera l'affaire. J'ai emprunté quelques affaires au refuge près de Nord.

Les yeux de Mel s'agrandirent.

—Tu étais là-bas ? C'est en terres sauvages.

Karigan acquiesça.

—J'ai lu l'annonce demandant qu'on avertisse l'intendant quand on emprunte des choses.

Mel écouta attentivement Karigan lui énoncer la liste des pièces d'uniforme qu'elle avait emportées. Une fois cela fait, elle bâilla.

—Je m'en occuperai demain matin. L'intendant m'étriperait si je le réveillais encore. Et en ce qui me concerne, je suis fourbue. Je dois me lever tôt pour nourrir les chevaux.

Les yeux de Karigan tombèrent sur la sacoche toujours posée sur la table.

—Une dernière chose, dit-elle. F'ryan Coblebaie avait écrit une lettre destinée à une certaine dame Estora. Tu voudrais bien la lui apporter ?

Les yeux de Mel faillirent lui sortirent de la tête.

—Oh, non ! Estora... Elle ne sait pas encore, pour F'ryan.

—Alors il vaut mieux qu'elle l'apprenne par toi plutôt que par moi, elle ne me connaît pas du tout.

Karigan sortit la lettre de la sacoche et la tendit à Mel, avec un sentiment de profonde satisfaction ; elle avait rempli sa mission, apporté au roi son message, et s'était même occupée de la lettre d'amour. Et elle était toujours en vie.

—Je vais la prendre. (Les larmes menaçaient de nouveau au coin des yeux de Mel.) Tu as raison. Mieux vaut qu'elle l'apprenne par moi.

Mel partie, Karigan s'affala sur le lit, épuisée. Elle se débarrassa de ses bottes, s'enveloppa dans la couverture et, sitôt la tête posée sur l'oreiller, elle s'endormit.

Stevic G'ladheon

— C'est comme au bon vieux temps, n'est-ce pas ? (Stevic remuait les tisons du feu de camp à l'aide d'un bâton.) Rien que nous deux, sur la route, et pas une auberge en vue.

Sevano grogna de satisfaction, allongé sur son matelas, les mains croisées sur l'estomac.

— Bah ! tu devrais être chez toi à faire tes comptes, ou du moins être en train de mener une de tes caravanes.

La nuit était profonde dans cette campagne peu peuplée, et le scintillement froid des étoiles perçait le ciel, très loin au-dessus de leurs têtes. Si les dieux regardaient d'en haut, le petit feu de camp leur apparaîtrait-il comme le point lumineux d'une étoile ? Il n'y avait pas la moindre ferme à des kilomètres à la ronde sur ce tronçon de route à l'abandon, et ils étaient privés de la simple lueur accueillante d'une bougie derrière une fenêtre. Ils étaient seuls, Sevano et lui, avec la nuit et les dieux pour compagnie.

Stevic appuya ses bras sur ses genoux.

— Tu penses qu'elle a passé de nombreuses nuits pareilles à celle-ci ?

Sevano grogna de nouveau. Il savait de qui parlait son chef sans avoir à le demander.

— Kari est une fille qui n'a pas froid aux yeux. Un peu d'obscurité n'est pas pour l'effrayer.

Stevic ramena sa cape sur ses épaules et resta silencieux un moment, à écouter le crépitement et les sifflements du feu. Il se laissait hypnotiser par les flammèches dansantes. Il dit :

— Je ne peux pas me contenter de rester à la maison et de

revoir la comptabilité, tu sais. Je ne peux pas non plus guider une caravane. Comment le pourrais-je, dis-moi ?

Sevano poussa un soupir.

— Je sais bien, mais ce retard va te coûter très cher.

— Que vaut un profit manqué alors que ma fille a disparu ?

— Rien, dit Sevano. Si ce n'était pas le cas, tu ne serais pas toi, et je ne serais pas là avec toi.

Stevic eut un petit rire.

— Vieux fou, mon vieil ami. Tu es bien plus qu'un premier maître à mes yeux.

— Si quelqu'un peut retrouver Kari, c'est bien toi.

Quand ils étaient arrivés à Corsa, de retour de Selium, Stevic avait été inquiet d'apprendre que personne n'y avait vu Karigan, et qu'elle n'était pas rentrée à la maison avant eux. Il avait commencé à informer ses collaborateurs, leur disant que Karigan avait disparu et leur demandant d'ouvrir l'œil en chemin lorsqu'ils seraient sur la route pour le début de la saison des échanges. Le bruit s'était répandu parmi les autres négociants, et aussi au sein de leurs équipes. Bientôt, tout Corsa avait eu vent de la disparition de l'héritière de l'immense fortune des G'ladheon. On parlait d'enlèvement, et certaines personnes malintentionnées avaient même écrit pour demander une rançon. Stevic avait remonté ces pistes, mais toutes, sans exception, s'étaient révélées mensongères. Des mensonges qui avaient davantage retardé la recherche de sa fille.

Stevic et Sevano avaient fini par rejeter les rumeurs, pures spéculations, et avaient quitté la ville de Corsa en effervescence. Ils étaient partis pour la cité de Sacor, et avaient décidé de chercher Karigan en chemin. Quand ils atteindraient la Cité, ils iraient trouver le capitaine Stèle pour savoir si elle avait des nouvelles de la jeune fille.

Stevic s'éloigna du feu et s'allongea sur son propre matelas.

— Encore quelques jours sur la route, dit-il.

Étrangement, il avait hâte d'arriver dans la cité de Sacor, tout en le redoutant. Il attendait avec impatience la joute qui l'opposerait à la fougueuse capitaine Stèle. Elle était pleine de vie. Prompte à s'agacer, vive d'esprit. Son intelligence, acérée et flamboyante, l'intriguait.

Mais il appréhendait d'arriver dans la cité de Sacor à cause des nouvelles qu'on pourrait alors lui donner, la nouvelle qu'il redoutait le plus. Il redoutait d'y apprendre que Karigan était toujours portée manquante ou, pis, qu'on l'avait retrouvée morte.

Sevano ronflait doucement de l'autre côté du feu de camp. Stevic, lui, ne pouvait trouver le sommeil. À défaut, il contempla intensément les étoiles lointaines, pendant un bon moment, songeant aux dieux qui y avaient élu résidence. Si les dieux existaient, pourquoi sa fille avait-elle disparu ?

Un visiteur de marque

Larenne Stèle était assise au pied du dais royal avec les conseillers du souverain, les Honorables Conseillers Sperren et Devone, et le castellan Corneille. L'antipathique Sperren pérorait vainement à propos de civils qui, prétendait-il, se déguisaient en Cavaliers Verts et risquaient bêtement leur vie pour apporter des messages sans importance au roi.

Les discussions tournaient en rond depuis plusieurs heures, et la nuit couvrait à présent les hautes fenêtres comme de l'émail noir. Les pages s'étaient présentés une heure auparavant afin d'allumer les lampes murales et les bougies calées dans des chandeliers de bois. À la lumière vacillante, les personnages peints au plafond semblaient juger sévèrement les humains assis en contrebas. Ils avaient l'air de sentinelles fantômes.

Trouvaille, profondément endormi aux pieds de son maître, piaulait et pédalait des pattes dans son sommeil, pris dans un rêve de chasse au lièvre typiquement canin. Lui, au moins, avait eu un dîner, et une bonne promenade vivifiante. Le maître du chenil y avait veillé. L'estomac de Larenne grondait ; même la viande crue destinée à Trouvaille commençait à lui sembler appétissante, et elle paierait d'un mauvais mal de dos le fait d'être assise sur cette chaise du Deuxième Âge, raide, probablement créée spécialement pour torturer les conseillers.

— On ne peut tout simplement pas permettre à des civils de s'habiller comme les serviteurs de la couronne, continuait à caqueter Sperren.

Bla, bla, bla, pensa Larenne.

Assis sur son trône, le roi avait l'air préoccupé. Son regard brun était perdu dans le vague, et il avait les jambes croisées, le menton dans sa main en coupe. Un fin cercle d'argent ceignait son front ; il le considérait, elle le savait, comme un joug plutôt qu'un symbole de la charge royale. Sa barbe le faisait paraître plus âgé, plus sage, mais Larenne pouvait voir le jeune homme las caché derrière cette barbe. Le message si important gisait sur ses genoux, froissé. Du moins le message aurait-il dû être important.

Larenne se demanda dans quel monde était perdu l'esprit du roi. De fait, il semblait peu enclin à participer à la discussion (ou plutôt, la prise de bec) entre ses conseillers. Il devait sans doute être en train d'arpenter les collines des terres de son lignage, ses chiens gambadant autour de lui, là où il pouvait entendre le rugissement des flots et les cris des mouettes, et sentir le vent libre sur son visage. C'est là qu'il se serait trouvé en ce moment, si son père n'avait pas abasourdi tout le monde en le nommant héritier du royaume.

Zacharie avait ardemment protesté, il projetait de gouverner la province de Basseterre et d'élever des chiens, tandis que son frère se salirait les mains à gérer le royaume. Cependant, le roi Amigast avait fini par voir clair dans le jeu du prince Amilton. Il avait vu comment l'enfant gâté s'était mué en un homme trop gâté qui ne possédait pas une once d'aptitude au commandement. Le tempérament versatile et cruel du prince se reflétait dans les contusions des serviteurs, dans les concubines molestées, et se voyait au nombre de chevaux de race qu'il fallait abattre. Zacharie ne laissait Amilton s'approcher des chiens sous aucun prétexte. Tout le monde connaissait la véritable nature d'Amilton, mais tous se taisaient, car le père ne voyait que la facette charmante de son fils. Et Amilton pouvait en effet se montrer charmant.

Puis un jour, une délégation des îles Nébuleuses était venue en Sacoridie pour négocier des accords commerciaux. Les relations entre les deux royaumes n'avaient jamais été très stables, et le roi Amigast cherchait à se concilier l'amitié des Îles, il savait que cela donnerait à la Sacoridie une position commerciale dominante. Le prince Amilton avait violé la fille d'un des légats, une jeune fille à peine nubile.

On avait découvert le méfait d'Amilton, et les négociations commerciales avaient alors tourné au désastre. Le roi avait enfin commencé à écouter les murmures de son entourage, les murmures rapportant les abus de son fils. Horrifié qu'un homme de son sang soit capable de telles ignominies, il avait commencé à prendre en considération son autre fils, le prince Zacharie, le bourreau de travail, celui qui, tandis que son père essayait en vain d'inculquer à Amilton les principes élémentaires du bon gouvernement, excellait dans ses études, apprenait à gérer une province et voyageait pour se familiariser avec son domaine et son peuple. Lorsque le roi Amigast avait choisi Zacharie pour successeur, tous avaient laissé échapper un soupir de soulagement. Presque tous, tout bien considéré.

Le prince Amilton, aigri et écumant de rage d'avoir perdu le trône, était retourné dans la province de Basseterre en tant que gouverneur. Mais ses exactions s'étaient poursuivies, la richesse du clan s'était amenuisée, et la province en souffrait. Zacharie, désormais souverain, avait alors exilé son frère de la province et du royaume. Nul ne savait où il s'était installé. Larenne avait sa propre idée sur la question, et avait espéré que le message confirmerait ses soupçons.

— Capitaine ?

— Hmmm ?

— *Capitaine.*

Larenne cligna des yeux. Tous les conseillers avaient le regard rivé sur elle. Elle se redressa sur son siège et s'éclaircit la gorge, embarrassée d'avoir été surprise à rêvasser.

— Plaît-il ?

— Que cache cette fille ? demanda Sperren. Voudriez-vous bien nous l'expliquer ?

Une étincelle de curiosité s'alluma enfin dans les pupilles du roi.

— Karigan G'ladheon s'est enfuie de l'école de Selium. Son père est un négociant basé à Corsa.

Larenne décrivit sa rencontre fortuite avec Stevic G'ladheon, et la requête de celui-ci demandant que tous les Cavaliers recherchent sa fille.

— Et comment a-t-elle réussi à mettre la main sur le message de F'ryan Coblebaie ? demanda le castellan Corneille de son ton insidieux si caractéristique.

Larenne tâcha de dissimuler l'agacement dans sa voix.

— Je suis au fait des blancs que comporte mon récit, mais je ne pense pas que le terme « mettre la main » soit approprié. Je ne peux qu'émettre des hypothèses quant à la manière dont Karigan est entrée en possession du message de F'ryan, et quant à ce qui s'est ensuite produit.

La broche l'avait appelée, c'était incontestable, mais cela, elle n'allait pas le dire aux conseillers. *Laissons-les croire qu'il s'agit d'une pure coïncidence.*

— Alors pourquoi n'est-elle pas ici pour qu'on l'interroge ?

Corneille avait été diseur de droit avant d'entrer au service du roi Amigast, et il insistait souvent sur les vertus du contre-interrogatoire.

La conseillère Devone appuya les paroles de Corneille.

— Si fait, pourquoi est-elle absente ?

L'âge avait rendu Devone presque aveugle, mais avait considérablement aiguisé son esprit. Elle était souvent une source de première main sur la manière dont on avait traité les situations compliquées par le passé. Elle avait d'abord été l'Arme personnelle de la reine Isène, puis chargée d'instruire une entière génération d'Armes dans les us des Boucliers Noirs. Elle avait glissé vers le statut de conseillère lorsque ses réflexes s'étaient émoussés et que sa vue avait baissé, l'obligeant à abandonner l'épée. En tant que conseillère, elle supervisait les tâches administratives des Armes, et ainsi n'était pas totalement coupée d'une profession qui avait autrefois été toute sa vie.

Larenne frotta la cicatrice violacée sur son cou.

— Elle n'est pas en état de subir un *interrogatoire.* (Corneille parut revigoré par l'usage du mot « interrogatoire ».) Peut-être n'avez-vous pas remarqué, mais elle ne tenait même pas sur ses jambes quand elle est arrivée.

— Oui, mais si elle constitue une menace…

— Elle n'est pas une menace, coupa Larenne.

— Elle a usé de magie, dit Corneille.

— La magie n'est pas nécessairement une menace. Écoutez, ce n'est pas cette fille que nous devons craindre. Elle a apporté un message malgré des périls que les dieux seuls connaissent, et nous devrions la remercier au lieu de lui jeter nos soupçons à la figure comme des pierres.

— Le message ne dit rien, répliqua Sperren. (Il était intendant-gouverneur de la province de Basseterre depuis l'enfance d'Amigast, et le roi défunt l'avait fait venir en la cité de Sacor pour être son conseiller. Larenne se demanda qui occupait aujourd'hui cette fonction.) Depuis des mois, nous savons que Lorilie Dorran se terre à Nord, et le roi tolère sa présence. Et les deux tentatives d'assassinats ? Déjouées aisément par les Armes.

— F'ryan Coblebaie est mort pour ce message. (Cette fois, Larenne ne prit pas la peine de cacher son agacement.) Et nous savons que F'ryan codait les messages importants, afin qu'ils restent abscons au cas où ils tomberaient entre les mains d'un ennemi, s'il était capturé. Je requiers l'autorisation d'emporter ce message, Votre Excellence, afin d'essayer de déterminer s'il y a un code ou non.

Zacharie acquiesça et le lui tendit.

— Voici ce que nous devrions craindre, ajouta-t-elle.

Elle éleva les deux flèches noires qui étaient restées par terre à côté de sa chaise. Elle répugnait à les toucher. Elle les sentait impures et assoiffées de sang, comme si elles avaient désiré pénétrer dans sa chair.

— Eh bien, capitaine, commenta Corneille. Vous êtes arrivée cet après-midi en brandissant ces flèches comme si vous connaissiez les sept secrets de Bovian. Je vous en prie, expliquez-vous.

— Je ne prétends pas avoir percé à jour les sept secrets. (Elle sourit d'un air sinistre.) Mais je possède des indices sérieux concernant ces flèches. Je les ai trouvées à Selium… plantées dans le dos de F'ryan Coblebaie. Là-bas, j'ai consulté un historien, maître Galwin, qui porte grand intérêt aux reliques des temps anciens.

— Ces flèches me paraissent récentes, dit Devone.

Il était extraordinaire qu'elle puisse seulement les voir.

— Je suspecte une fabrication récente, mais selon un procédé ancestral. Maître Galwin a suggéré qu'elles étaient des voleuses d'âmes, au regard de la manière dont on les a utilisées pour tuer F'ryan ; ce sont deux flèches d'un bois spécifique.

— Oh, allons ! capitaine. (Devone fit un geste nonchalant de la main.) Ne nous faites pas perdre notre temps avec ces fantaisies mystiques. Une magie de cette envergure n'existe plus, et personne ne peut voler les âmes. Je suis navrée que nous ayons perdu le Cavalier Coblebaie, car c'était un homme bon, mais je doute que son âme soit ailleurs qu'aux cieux.

Si Devone savait seulement. Oh ! aucun conseiller n'ignorait que les Cavaliers Verts avaient certains « talents », qu'ils pouvaient effectuer quelques tours, mais si les conseillers connaissaient seulement l'étendue réelle de la magie que les Cavaliers utilisaient, encore aujourd'hui… La magie des Cavaliers Verts était de la magie *véritable*, pas juste des tours de pacotille faits pour épater les convives après le dîner. Les conseillers tenaient tellement leur magie pour acquise qu'ils en oubliaient, justement, que c'était de la magie. Au moins le roi était-il conscient des aptitudes de ses Cavaliers Verts et les sollicitait-il souvent, et à bon escient.

—Les forces de Mornhavon l'Obscur usaient de telles armes durant la Longue Guerre, dit le roi Zacharie.

Ses collaborateurs le regardèrent, ébahis, comme s'il s'était soudain relevé d'entre les morts. Trouvaille leva le museau au son de la voix de son maître puis, prenant conscience qu'il n'était pas le centre des préoccupations, le reposa sur ses pattes de devant.

Il était temps qu'il prenne la parole, pensa Larenne. *Ma crédibilité était en train de partir à vau-l'eau.*

—Les armes voleuses d'âmes, continua le roi, étaient le plus souvent des flèches, mais ce pouvait être aussi des lances, du moment qu'elles étaient faites du bois de la forêt du Voile Noir. (La lumière vacilla, comme si le simple fait de nommer cette forêt légendaire élevait le pouvoir des ténèbres. Zacharie passa ses doigts dans sa barbe, et son regard était redevenu vague.) C'est étrange, je n'ai pas songé au Voile Noir depuis bien longtemps.

—Votre Majesté, dit Devone, sauf votre respect, la Longue Guerre s'est achevée il y a presque mille ans de cela. Pour autant que nous sachions, la vieille forêt s'est rabougrie et a disparu. Ou alors une verte et luxuriante forêt a pris sa place. Qui peut vraiment savoir ce qui se trouve derrière le mur ?

—Si fait, qui ? (Le roi haussa les épaules.) Mais je doute qu'une verte et vivante forêt ait supplanté le cœur maléfique de l'ancienne. Je ne devrais pas être si prompt à oublier la magie, conseillère. La source de si grands pouvoirs n'a jamais disparu du monde, bien que la plupart de ses usagers, eux, aient disparu. Puis-je voir ces flèches ?

Larenne les lui tendit, et le roi les regarda attentivement, les yeux plissés comme s'il essayait de discerner quelque menu détail. Puis il regarda Larenne.

—Capitaine, aviez-vous remarqué qu'il y a des marques sur la hampe ?

—Oui, Excellence. Maître Galwin les a observées attentivement à la loupe, mais il n'a su qu'en conclure.

— Cela ressemble à des caractères eltiques, mais ce n'en sont pas. Ils sont pervertis au lieu d'être beaux, et me brûlent les yeux alors que je tente de les déchiffrer. Des sortilèges sont probablement gravés pour s'assurer que les flèches atteignent leur cible et capturent l'âme. Si ce sont des voleuses d'âmes, j'entends. (Le roi frémit ostensiblement, et rendit les flèches.) Je répugne à me demander d'où provient leur bois, et qui les a faites.

Les conseillers sombrèrent dans un silence pensif tandis qu'ils essayaient de démêler les implications de ce qu'avait dit le roi. Avant que l'un d'eux puisse reprendre la parole, cependant, un grondement sourd jaillit de la gorge de Trouvaille, puis un brouhaha se fit entendre derrière les portes de la salle du trône. Des voix animées leur parvinrent depuis l'entrée.

— Qu'est-ce que c'est, cette fois-ci ? marmonna Corneille. Un autre tourbillon ?

Le héraut du roi arriva devant le dais à toute allure, les joues rougies par l'effort. Il s'arrêta devant le souverain en perdant l'équilibre, et salua d'un semblant de révérence.

— Neff ? s'enquit le roi.

Le héraut se redressa, et une touffe de cheveux blonds en bataille lui tomba en travers du visage.

— Votre Excellence. (Neff porta son clairon de cérémonie à ses lèvres, reprit sa respiration, et souffla cinq notes à la justesse discutable. Les notes de cuivre emplirent la salle pendant quelques instants avant que Neff parvienne à continuer sa présentation, essoufflé.) Permettez-moi de vous présenter…

Le visiteur s'approchait déjà du dais à grands pas. Les conseillers se levèrent. Trouvaille passa en position assise, oreilles et tête de guingois.

— … sa Seigneurie…

Le visiteur glissait comme s'il flottait au-dessus du sol, et sa cape aux nombreuses couleurs flottait derrière lui en chatoyant. Une capuche dissimulait son visage. Le capitaine sentit un frisson d'excitation la parcourir, le sentiment que quelque chose de mémorable allait se produire.

Le visiteur s'arrêta devant eux, et leva sa main exquise pour interrompre la présentation de Neff. Il se fendit d'une gracieuse révérence, puis repoussa la capuche sur ses épaules, révélant ainsi son visage.

Larenne fut immédiatement frappée par l'éclat doré de ses cheveux qui lui frôlaient les épaules. Et si ses cheveux semblaient faits de soleil, ses yeux étaient emplis du ciel, comme un frais et clair matin d'hiver. Le visiteur regarda tour à tour le roi et ses conseillers en souriant, et son maintien était royal et gracieux, bien que décontracté.

— Je vous salue, roi Zacharie, fils d'Amigast. Cela fait bien longtemps que je ne m'étais rendu en Sacoridie, mais je la retrouve aussi radieuse que par le passé.

Larenne écouta la voix mélodieuse tout en essayant de l'atteindre avec son esprit pour voir ce qu'elle pourrait lire en cet étranger. Mais il la tint à l'écart, et tout ce qu'elle apprit à son sujet était qu'il se protégeait bien.

— Qui êtes-vous ? demanda Devone.

Sa voix, à l'aune de celle du visiteur, était aussi chaleureuse que le clairon de Neff.

— Je suis Soval d'Élétie. (Il laissa les conseillers exprimer leur surprise. Seul le roi Zacharie resta impassible, et c'est sur lui que se posa le vif regard bleu de l'Élétien, comme pour exclure tous les autres.) Nous avons bien des choses à nous dire.

Karigan dormit d'un long sommeil sans rêves. Elle eut vaguement conscience que l'obscurité nocturne laissait peu à peu la place à un gris sombre ; elle sut de la même manière que quelqu'un venait la voir de temps à autre et lui apportait des plateaux de nourriture. C'est à peine si elle se retournait, et elle continuait à dormir profondément.

Lorsqu'elle ressentit le besoin de bouger, n'y tenant plus, elle se leva et s'étira. Elle écarta les rideaux de la fenêtre, et les laissa aussi vite retomber, aveuglée par la lumière. Puis, lentement cette fois, elle les rouvrit peu à peu, pour permettre à ses yeux de s'accoutumer à la clarté.

Les baraquements étaient situés sur une petite hauteur. Le sol descendait en pente douce vers un enclos où des chevaux paissaient la luxuriante herbe printanière, et cinglaient l'air de leur queue pour éloigner les mouches. Au-delà du champ on voyait une rangée d'arbres qui adoucissait l'horizon que constituait le haut mur de pierre situé derrière.

Dans les buissons sous sa fenêtre, mésanges et moineaux à gorge blanche s'appelaient. Elle ouvrit la fenêtre pour écouter, et sursauta en percevant un mouvement dans l'ombre du bâtiment. Encore une Arme. Une à l'intérieur, l'autre à l'extérieur, les deux pour la surveiller.

Karigan tourna le dos à la fenêtre, et les rideaux retombèrent. Avec un soupir, elle entreprit de faire sa toilette puis avala une partie de la nourriture qui avait été laissée sur la table. Quelqu'un finirait bien par venir l'interroger.

Une heure plus tard environ, Karigan commença à faire les cent pas dans la chambre minuscule, en mal de compagnie, que ce soit Mel ou quelqu'un d'autre. Les reliefs de son repas avaient été emportés par une servante, trop pressée pour avoir le temps de lui dire quoi que ce soit, hormis qu'elle était désolée pour le dérangement.

Une demi-heure s'écoula encore, et Karigan contemplait les chevaux par la fenêtre, souhaitant être l'un d'eux. La vie d'un cheval était certainement moins compliquée.

Enfin, un coup frappé à la porte la tira de sa contemplation. Une Cavalière, probablement le capitaine Stèle à en juger par la chevelure rousse et les yeux noisette, entra dans la chambre. Elle renifla en voyant Karigan et la chambre, et dit :

— Que c'est déprimant. Mais cela aurait été pire au château, chambre d'invités ou non. (Elle détailla Karigan de la tête aux pieds sans mot dire, les mains derrière le dos.) Es-tu prête à parler ?

Karigan était lasse d'être confinée dans la chambre, et lasse de n'avoir rien d'autre à faire que regarder par la fenêtre.

— Pas avant d'avoir vu Cheval.

Le capitaine cilla.

— Cheval ? Quel cheval ?

— Che... Condor.

— Je peux t'assurer que nous avons bien pris soin de Condor. Melry l'a pris sous son aile de sa propre initiative. Il est crucial que nous...

— Je ne parlerai pas avant d'avoir vu Condor.

Le capitaine haussa un unique sourcil. Sans rien ajouter, elle ouvrit la porte et fit signe à Karigan de la suivre. Surprise que le capitaine capitule aussi facilement, et un rien embarrassée, Karigan fit un pas dans le couloir. Fastion, l'Arme au visage impassible lui bloqua le passage.

— Écartez-vous, Arme, dit le capitaine. Cette jeune femme et moi, nous allons juste causer un peu et voir son cheval.

— Désolé, capitaine, mais je ne peux cautionner…

— C'est une affaire qui concerne les Cavaliers. Si vous pensez devoir absolument protéger le royaume d'une jeune fille sans défense, alors suivez-nous. Cette chambre ressemble bien trop à une cage, alors qu'elle n'est pas prisonnière.

Les coins de la bouche crispée de Fastion s'abaissèrent un tantinet, mais il ne protesta pas. Il entreprit plutôt de les suivre dans le couloir, à distance respectable.

Le capitaine se pencha vers Karigan pour qu'elle seule entende ce qu'elle allait dire :

— Parfois, je me demande si les Armes sont un phénomène naturel ou pas.

Karigan rit doucement, se souvenant de ce que Mel avait dit la veille au soir.

— Nous étions un peu soucieux, continua le capitaine. Tu es restée endormie un bon moment. J'ai même envoyé un guérisseur t'examiner.

— Quelle heure est-il ?

— Presque huit heures du soir.

Karigan en resta coite. Lorsqu'elles émergèrent du bâtiment, le soleil était bas dans le ciel et l'herbe pleine de rosée.

— J'ai d'abord pensé que c'était le matin quand j'ai regardé par la fenêtre, puis je me suis rendu compte que l'après-midi devait être bien avancé. Mais le soir ?

L'Épique Chevauchée avait dû obérer ses forces plus qu'elle l'avait cru.

Le capitaine hocha la tête et quitta le sentier, coupant par la pente herbeuse derrière les baraquements pour atteindre l'enclos. Elle s'appuya contre la barrière, scrutant l'herbe comme le commandant d'un navire scruterait l'horizon.

— Il est dans le coin là-bas, si mes yeux ne me jouent pas de tours.

Karigan plissa les paupières. Dans le crépuscule grandissant, elle discerna au loin la silhouette gauche et familière.

— Appelle-le, dit le capitaine Stèle.

— Quoi ?

— Appelle-le. Il viendra.

Karigan mit ses mains en pavillon et cria.

— CHEVAL !

Il leva la tête et pointa les oreilles vers l'avant. Il partit au petit galop à travers le pré, cinglant fièrement l'air de sa queue, et quand il s'approcha, Karigan se glissa sous la barrière et jeta ses bras autour de son cou. Il frotta la tête contre son épaule, et elle faillit tomber à la renverse.

— Vieux canasson timbré, dit-elle en souriant jusqu'aux oreilles. Grâce à Mel, tu brilles comme un sou neuf.

— Hier, il était à peu près aussi gris que toi, dit le capitaine Stèle. C'est pour cette raison que nous ne t'avons pas interrogée plus tôt. Nous voulions nous assurer que tu allais bien. Mais à présent nous devons parler. (Devant la mine déconfite de Karigan, elle ajouta :) Nous pouvons le faire ici. Par chance, les conseillers et le roi ont d'autres soucis, sans quoi ils t'auraient accablée de questions inutiles durant des heures.

Elles s'assirent au sommet de la barrière tandis que Condor broutait l'herbe à proximité.

— Tu es Karigan G'ladheon, affirma le capitaine.

— Je vous l'ai dit ?

— Non, mais la description fournie par ton père était très complète, et l'anneau à ton doigt est le jumeau du sien. (Devant le regard ébahi de Karigan, elle entreprit d'expliquer sa rencontre avec Stevic G'ladheon à Selium, et les événements ultérieurs.) Nous avons un Cavalier du nom de Connly qui a la capacité d'envoyer des messages d'une manière très inhabituelle. Il les envoie par la pensée.

Avant toutes ses péripéties, Karigan aurait trouvé l'affirmation du capitaine passablement absurde. Mais plus maintenant. Elle lissa une mèche de cheveux derrière son oreille.

— Il a envoyé un message me concernant aux autres Cavaliers ?

— Pas exactement. Il n'a pu l'envoyer qu'à une seule Cavalière. Joie Hautesente.

Cela expliquait pourquoi, à Nord, Joie recherchait quelqu'un qui correspondait au portrait de Karigan.

— Je l'ai vue… morte.

— Nous l'avons appris, ou du moins Connly l'a appris, il a su exactement quand elle est morte. Le talent de Joie était complémentaire de celui de Connly : elle pouvait *recevoir* les messages envoyés par la pensée. Ils étaient ensemble, vois-tu, intimement liés par leur talent, même si ce talent impliquait qu'ils soient souvent très loin l'un de l'autre. Il n'est d'aucune utilité d'avoir un émetteur et un receveur dans la même ville. En dépit de la distance qui les séparait, ils étaient plus proches que bien des couples que j'ai connus. Je ne peux te décrire la souffrance de Connly.

Des chauves-souris, attirées par les insectes voletant au-dessus de leurs têtes, planaient tout autour.

— J'ai rapporté la broche de Joie.

— Si fait. Les broches trouvent, à leur manière, le moyen de revenir à la maison. (Stèle frotta la cicatrice violacée à son cou.) Tu l'as rapportée, elle parmi d'autres choses, dont un cristal très curieux. Dis-moi, Karigan G'ladheon, comment une étudiante a-t-elle réussi à s'empêtrer dans cette affaire de Cavalier Vert. Et n'oublie aucun détail.

Karigan soupira, mais Cheval, *Condor* (elle devrait s'en souvenir), lui poussa le genou du museau, en signe d'encouragement. Elle commença par le commencement, depuis son duel avec Timas Mirpuits et les sessions d'entraînement avec le maître d'armes Rendel.

— J'ai rencontré Rendel, dit le capitaine Stèle. Avant que je quitte Selium, il est venu me parler, à la demande de ton père, pour m'enjoindre de faire tout mon possible afin de te retrouver. (Elle sourit brièvement.) Ton père m'avait déjà persuadée de le faire, mais je suppose qu'il s'est dit que joindre la voix de maître Rendel à sa requête ne pouvait que renforcer ma coopération.

Karigan lui rendit faiblement son sourire ; elle savait combien son père pouvait se montrer persuasif.

— Rendel s'inquiétait beaucoup pour toi, poursuivit le capitaine. Il disait que tu étais son étudiante la plus brillante depuis longtemps. Tu ferais bien de continuer à suivre ses leçons. Il était aussi persuadé que tu t'étais loyalement battue contre le jeune Mirpuits, et il n'a eu de cesse, depuis, de clamer ton innocence.

Karigan en fut étonnée et émue, et soudain elle eut envie d'être de nouveau à Selium, assise dans la maison commune à rapiécer son équipement usé, en écoutant les conseils et les récits de maître Rendel.

Elle continua son propre récit, regagnant la terre ferme lorsque la barrière devint trop inconfortable. La silhouette du capitaine Stèle se découpait sur le ciel nocturne, immobile comme une Arme, et la regardant avec une intensité déconcertante. De temps à autre, elle touchait sa broche au cheval ailé, et Karigan avait alors l'impression d'être mise à l'épreuve, tout spécialement lorsqu'elle dit avoir communiqué avec le fantôme de F'ryan Coblebaie. Elle décrivit les sœurs Sorbier, et relata sa fuite devant la créature de *Kanmorhan Vane*, et l'intervention providentielle de Lisseplume l'aigle gris et de Somial l'Élétien.

— Quelle coïncidence que cet Élétien..., murmura le capitaine. (Puis elle fit signe à Karigan de poursuivre.)

Elle parla d'Immerez, de Jendara et de Torne, et de la fuite qui l'avait conduite au refuge de Nord. Elle s'interrompit et regarda le capitaine.

— Vous êtes vivante ! C'est vous, la Stèle qui est mentionnée dans le journal du refuge. Vous avez survécu.

— Je ne suis pas une revenante, si c'est ce que tu veux dire. (Le capitaine rit alors.) Tous les Cavaliers Verts se retrouvent dans des situations épineuses. Jusqu'à présent, tu en as vécu autant que certains Cavaliers.

Karigan mentionna Abram Rouille, la forêt, la dépouille de Joie dans la charrette, Lorilie Dorran, l'Homme d'Ombre vêtu de gris, et l'Épique Chevauchée.

— L'Épique Chevauchée, répéta le capitaine. Ils – les gardes et les conseillers – ne savaient pas ce que tu étais quand tu es arrivée. Ils ont parlé d'une tache floue, d'un coup de vent. La Sacoridie n'en a pas connu de semblable depuis mille ans. Comment as-tu fait cela ?

— Je... Ce n'était pas moi, dit Karigan.

— En es-tu bien certaine ?

— Les fantômes...

— Des fantômes. Je ne sais pas.

La senteur de l'herbe flottait lourdement dans l'air humide, des grillons stridulaient au loin, et des lucioles laissaient dans les yeux de Karigan de minuscules taches de lumière.

— Oui, dit le capitaine à sa propre intention. Tu as bien de la chance que le roi et ses conseillers soient retenus par leur hôte. Montre-moi tes poignets, Karigan.

Ils avaient si vite guéri qu'elle n'avait pas eu besoin de bandage ces derniers jours, mais les brûlures avaient laissé des cicatrices, des marques sur la chair qui luisaient au clair de lune.

— Tu as été brûlée par le sang de la créature de *Kanmorhan Vane*? (Karigan acquiesça.) Intéressant. Ces flèches noires sont faites de bois provenant de *Kanmorhan Vane*. Ton Homme d'Ombre manipule une magie maléfique très ancienne. Je ne peux que deviner les tourments de F'ryan et de Joie.

— Je pense qu'ils souffrent toujours, dit Karigan. « Deux flèches de couleur noire dépassent de son dos humectées d'un sang qui ne séchera plus », a dit Mlle Fleur Sorbier.

— Je crains que nos problèmes soient plus graves que je l'imaginais. Je commence à me demander de quelle manière ce personnage drapé de gris est lié à Mirpuits. (Puis elle regarda Karigan avec un sourire lugubre.) Tu as échappé à la course de deux flèches noires grâce à l'Épique Chevauchée. Karigan, tu n'es pas une étudiante ordinaire.

Karigan ne savait pas si elle devait le prendre comme un compliment. Ce capitaine Stèle laissait peu transparaître ses émotions, une qualité admirable chez un négociant, mais frustrante par ailleurs.

— Et maintenant ? demanda-t-elle.

Le capitaine sauta de la barrière et s'étira le dos lentement en grimaçant.

— Cette humidité m'endolorit les os. En effet : et maintenant ? Les conseillers ont rejeté le message que tu as réussi à apporter en dépit de ces nombreux périls.

— Quoi ? C'est insensé ! On a essayé de me tuer. Les Mirpuisiens…

Le capitaine Stèle hocha la tête.

— Le message relate des événements qui se sont produits il y a longtemps. Les conseillers refusent de le prendre au sérieux. Maudits soient les dieux ! (Elle frappa du poing dans sa paume.) Je pensais que le message révélerait un complot de Mirpuits et dirait où se trouve Amilton. Il ressort de ton histoire que mes soupçons sont bien fondés, mais je ne peux rien prouver. Les conseillers doivent t'entendre dire que les Mirpuisiens ont tenté de t'arrêter coûte que coûte. F'ryan et Joie ont bel et bien été éliminés. Tous ces éléments corroborent l'idée du complot, mais à présent que leur attention est focalisée sur le visiteur, ils ne m'écouteront plus. J'ai chargé quelques Cavaliers de chercher si le message est codé. Mais il a l'air normal.

Muette de stupeur, Karigan entendait à peine le capitaine.

— Je ne peux pas croire que le message ne dise rien d'important.

Le capitaine Stèle poussa un profond soupir et flatta l'encolure de Condor.

— Certains Cavaliers rencontrent dans toute leur carrière moins de dangers que ce que tu as vécu en une seule chevauchée. Ton courage est plus qu'admirable, que le contenu du message de F'ryan soit vital ou non. Karigan, je crois le moindre mot de ton incroyable récit, car mon talent est de pouvoir détecter l'honnêteté. (Elle toucha sa broche au cheval ailé.) Je veux que tu parles au roi. Je veux que tu lui racontes tout, il sera intéressé d'entendre parler d'Immerez. Et je pense qu'il me fait suffisamment confiance pour songer à t'accorder une audience privée, sans ses conseillers.

Moi ? cria Karigan en son for intérieur.

— Oh ! Fastion, appela le capitaine d'une voix mielleuse. Vous pouvez sortir du coin sombre où vous rôdez, où qu'il soit. Nous en avons fini.

Karigan perçut une grande lassitude chez le capitaine alors qu'elle souhaitait bonne nuit à Condor. Elle marchait avec raideur, et ses traits semblaient altérés par quelque douleur.

La broche ? se demanda-t-elle.

Un complot et une invitation

Karigan n'eut de nouvelles du capitaine ni le jour suivant ni celui d'après. Mel, cependant, lui offrait sa compagnie, seul visage ami au milieu des Armes impassibles qui montaient la garde près de sa porte. Elle fut finalement autorisée à accompagner Mel aux écuries pour l'aider dans ses tâches et rendre visite à Condor, mais une Arme était toujours sur ses talons. Ces activités banales, le bourdonnement des mouches, le bruit sourd des sabots, les odeurs familières du cuir et du crottin, et la personnalité espiègle de Mel, tout cela aidait Karigan à se détendre en dépit de la présence de ceux qui la suivaient comme son ombre.

Mel déversait de la paille souillée dans une brouette déjà pleine à ras bord, avec une fourche, et Karigan avait les coudes appuyés sur la porte de la stalle.

— Je dois dire que les gens du château sont en émoi à propos de ce visiteur. Je suis sûre qu'ils t'ont complètement oubliée.

— Quel visiteur ? Le capitaine Stèle y a fait allusion, l'autre soir.

Mel s'appuya sur sa fourche et haussa les sourcils.

— Tu n'es pas au courant ? Pourquoi tu le serais, en fait ? Le jour suivant ton arrivée, un de ces Élétiens a débarqué au château.

— Un Élétien ? dit Karigan, incrédule.

— Ouais, comme dans les vieilles histoires. Tu les as déjà entendues ?

— Oui. Qu'est-ce qu'un Élétien peut bien faire ici ?

Mel s'interrompit le temps de chasser une armada de mouches qui bourdonnait autour de sa tête.

— Bah, c'est ce que j'aimerais bien savoir. Le capitaine dit que ça faisait très longtemps qu'on n'en avait pas vu, et que personne se souvenait s'ils existaient vraiment. Et tout d'un coup, l'un d'eux arrive pour voir le roi Zacharie.

—J'ai rencontré un Élétien, dit Karigan.

—Oh! tu me fais marcher.

—Si, c'est vrai. Mais à ce moment-là j'étais souffrante et je n'ai pas remarqué grand-chose. Si tu ne me crois pas, demande au capitaine.

Mel laissa échapper un petit sifflement.

—Elle le saurait, si tu avais menti. Dis, je me demande si c'est le même.

—Quel est son nom?

Mel se gratta la tête et réfléchit un moment.

—So... So-quelque chose, Sovelle. Non, une petite minute. Soval. C'est ça.

Karigan, déçue, secoua la tête en signe de dénégation.

—Non, ce n'est pas lui.

—Le capitaine a dit qu'elle n'avait jamais vu des cheveux comme ça auparavant. De l'or liquide, elle a dit. Et elle ne peut pas lire en lui, tu sais, pour tester son honnêteté. Elle dit qu'il sait comment protéger ses pensées.

—Les Élétiens sont différents, dit Karigan. (Et elle parvint presque à retrouver le rythme du chant silencieux qu'elle avait entendu, si longtemps auparavant, dans une clairière qu'elle ne pourrait jamais retrouver.) Tout à la fois enfantins, anciens, magiques et beaux. Je n'en ai vu qu'un, bien sûr, alors qui sait à quoi ressemblent les autres. C'est comme les Sacoridiens, il y en a des bons, et des mauvais. (L'exemple d'Immerez lui vint à l'esprit. Elle haussa les épaules.) Comme c'est étrange que l'un d'eux soit venu ici, après tout ce temps.

—Il veut renouer des liens avec la Sacoridie.

La silhouette du Cavalier Alton D'Yer se découpait entre les grandes portes coulissantes, à l'entrée de l'écurie. Puis il s'approcha d'elles à grands pas, et ses traits se précisèrent à mesure qu'il s'avançait dans la pénombre du lieu. Il tenait ses épaules bien droites, l'air sûr de lui. Des gantelets pliés avec application pendaient à sa ceinture, et pas un grain de poussière n'avait osé se déposer sur ses bottes. Par ailleurs, il ne présentait aucun signe visible d'une blessure passée, contrairement à la majorité des Cavaliers.

C'était le seul Cavalier qui osait s'approcher de Karigan et lui parler directement, impavide devant les Armes ou face aux rumeurs qui entouraient son arrivée incongrue. Du moins, elle espérait que c'était les Armes qui incitaient les gens à garder leurs distances, et non quelque chose chez elle.

Il mit la main à son front et salua avec grâce :

— Alton D'Yer, à votre service.

Karigan haussa les sourcils. C'était un salut formel. Elle mit la main sur le cœur et s'inclina en réponse.

— Karigan G'ladheon, du clan G'ladheon, au vôtre.

— Ah ! fit-il. Un clan de négociants.

Karigan acquiesça, imaginant déjà les sarcasmes habituels, mais rien ne vint. Il appartenait à l'antique famille des D'Yer, un lignage qui descendait directement des premiers clans de Sacor. Si la lignée de Basseterre s'éteignait, les autres lignées anciennes se disputeraient le trône, et Alton serait considéré comme un successeur potentiel. Il était surprenant que sa famille l'ait autorisé à devenir un Cavalier Vert, considérant les dangers qu'impliquait cette activité.

— Vous avez une compagne bien austère, commenta-t-il.

— Mon ombre.

Karigan jeta un regard à l'Arme qui se tenait immobile dans un recoin sombre plein de toiles d'araignée, le dos raide comme un piquet, bras croisés. Elle ne bougeait pas même une paupière, et sa bouche restait une ligne mince et morose.

— L'Élétien, lui rappela-t-elle.

Alton haussa les épaules.

— Je ne l'ai vu que de loin, mais j'ai entendu dire que les Élétiens projetaient de quitter leur retraite. Avec tous les rapports qui mentionnent une recrudescence de blatterreux, je ne suis pas surpris.

Karigan se mit à suçoter un brin de paille. L'air poussiéreux de l'écurie adoucissait les traits d'Alton.

— Mais pourquoi venir en Sacoridie plutôt que d'aller, par exemple, dans le Rhovanny ?

— Pourquoi pas ? répliqua Alton.

Pourquoi pas. Karigan considéra la question, mais ne trouva aucune raison expliquant pourquoi les Élétiens avaient choisi un royaume plutôt que l'autre, hormis le fait que la Sacoridie se trouvait juste au sud du bois d'Elt. Quoi qu'il en soit, l'arrivée des Élétiens avait créé une diversion et détourné d'elle l'attention. Peut-être qu'on l'oublierait complètement et qu'elle pourrait rentrer chez elle.

Une cloche retentit, interrompant la discussion.

— Un Cavalier arrive !

Mel lâcha sa fourche et sortit en courant de la pénombre de l'écurie, Alton sur ses talons. Karigan leur emboîta le pas plus lentement.

Un garçon d'écurie sonnait la cloche accrochée à l'extérieur du bâtiment. Un Cavalier montait la colline au galop, suivi d'un nuage de poussière, et mit pied à terre tandis que sa monture s'arrêtait en dérapant sur le sol. Alton saisit les rênes et, sans un mot, le Cavalier Vert se dirigea à grandes enjambées vers le château, une sacoche à messages sous le bras.

— Je dois aller chercher un cheval frais, dit le garçon d'écurie, au cas où il devrait repartir immédiatement.

Alton et lui s'esquivèrent pour aller seller une autre monture. Mel desserra la sangle du cheval pantelant du messager, et entreprit de le faire marcher en larges cercles pour lui faire reprendre son souffle.

— Je me demande ce qu'il y a de si important, dit Karigan, marchant au niveau de Mel.

— Pas grand-chose, je dirais, répondit la jeune fille. Si c'était vraiment important, il aurait galopé jusqu'au château. Et puis, il marchait vite, mais il ne courait pas, tout de même.

— Oh !

— Je sais par cœur comment ça fonctionne, ici, dit Mel. Et Alton aussi.

— Quand chevauche-t-il ?

Mel flatta l'encolure du cheval en sueur et murmura quelque chose à son oreille frétillante.

— Il ne chevauche pas.

— Quoi ?

— Alton ne chevauche pas. Ses parents l'interdisent. La pure lignée des D'Yer, si tu vois c'que je veux dire. Ça le démange comme une épine dans le pied chaque fois qu'il voit quelqu'un partir et que, lui, il doit rester ici.

— Mais pourquoi est-il devenu Cavalier, alors ?

— La broche l'a accueilli.

— Accueilli ?

— Ouaip. Les broches sont attirées vers les gens qui seront capables de les utiliser. Les gens qui ont un talent.

Là, Mel s'interrompit, comme si elle ne savait pas trop bien elle-même comment cela fonctionnait.

Karigan hocha lentement la tête, se souvenant d'une conversation, dans le boudoir des sœurs Sorbier. « La broche t'a reconnue, avait dit Mlle Feuille. Elle ne t'aurait pas autorisée à la toucher si elle ne t'avait pas perçue comme un Cavalier Vert. »

— Et Alton, quel est son talent ?

— Personne ne sait. Il n'est jamais parti en mission, alors il ne l'a pas découvert.

Karigan tripota sa broche. L'avait-elle accueillie en raison de ses aptitudes, ou bien par défaut, parce que son précédent possesseur était mort et lui avait enjoint de l'accepter, elle ? Ou peut-être qu'elle avait été la seule personne aux alentours assez stupide pour la ramasser.

— Karigan ? (Le capitaine Stèle s'était approchée de l'écurie, aussi silencieuse qu'une Arme. Elle se tenait sur le seuil, appuyée contre le chambranle.) Le roi va te recevoir maintenant.

Le capitaine insista pour qu'elle se change immédiatement, arguant du fait que ce qu'elle portait pour l'instant était couvert de sciure et de poils, et qu'il serait inacceptable de se présenter ainsi devant le roi. Karigan revêtit l'uniforme complet des Cavaliers Verts et ses bottes noires dûment cirées ; le col était amidonné et entouré d'un foulard noir, et elle passa des gantelets à sa ceinture. Elle agrafa la broche au cheval ailé à son court manteau, et qu'importe si le roi ne pouvait même pas la voir. Le seul objet manquant à son attirail était le sabre.

Le repassage avait aiguisé les plis de l'uniforme comme des lames, et sa coupe était stricte. Le capitaine Stèle devait vouloir entériner un point de vue, décida Karigan, en le lui faisant porter. Il était douloureusement inconfortable ; il était à sa taille, mais Karigan pensait que les gens qui la regarderaient verraient clair en ce qui la concernait, comme si elle essayait de se faire passer pour quelqu'un qu'elle n'était pas. Une imposture. Bien sûr, elle avait déjà porté l'uniforme de terrain auparavant, mais c'était différent. Tous ses vêtements étaient en lambeaux, et le choix s'était limité à porter le vert ou à ne rien porter du tout.

— Je ne vois pas pourquoi je dois mettre ça, dit-elle.

Elle se tenait juste derrière le capitaine tandis qu'elles traversaient la cour du château. Elle évita les regards mais, pour tout dire, les autres personnes, pour la plupart, ne la remarquèrent pas. Elle était une roturière en uniforme parmi tous les autres. Quelques Cavaliers Verts affairés, cependant, croisèrent son regard et lui adressèrent un sourire d'encouragement.

— L'apparence est essentielle à la cour, répondit le capitaine Stèle. La première fois que le roi t'a vue, tu venais d'arriver, dans des circonstances spécifiques qui excusaient ton allure négligée. Il s'y attend, bien entendu, lorsqu'un message lui est porté, mais en temps normal un maintien professionnel est de mise.

Karigan voulut protester, elle n'était pas un Cavalier Vert véritable, mais déjà elles étaient parvenues à la salle du trône, et elle contempla cette salle où un homme solitaire se tenait sur son siège orné, un chien à ses pieds. Aucun conseiller ne l'entourait, ainsi que le capitaine l'avait souhaité, même si les sempiternelles Armes tutoyaient les coins sombres.

Lorsque Karigan s'avança vers le roi, le capitaine à ses côtés, le terrier basseterre blanc descendit du dais en trottinant, son moignon de queue remuant. Il fit la fête à Karigan et celle-ci, oubliant le lieu où elle se trouvait, se pencha pour lui caresser la tête. Le capitaine lui donna un petit coup de coude et elles continuèrent à avancer, entre les colonnes de lumière du jour qui s'écoulaient depuis les fenêtres ouest. Le chien trottina à leurs côtés.

Karigan reproduisit le salut du capitaine, qu'elle jugea en son for intérieur banal et plutôt direct, par comparaison avec le salut traditionnel des clans. Le roi était un jeune titulaire de sa fonction, du moins au regard de la représentation que Karigan se faisait d'un roi. Il n'avait pas plus de dix ou quinze ans de plus qu'elle, bien que sa barbe ambrée le fasse paraître plus mûr. Il lui rappelait, en plus jeune, quelqu'un qu'elle avait déjà vu, mais elle ne se souvenait plus où ni quand.

Et ses yeux. Les yeux bruns en amande de la province de Basseterre, où l'on pouvait contempler la mer, contempler l'horizon, et ne rien trouver entre terre et ciel que le flux et le reflux perpétuels des vagues. On disait que le peuple de Basseterre avait plus de sel que de sang dans les veines. Et voilà que le roi se tenait là, pris au piège de son château de pierre, entouré d'un air immobile, suffocant. Il ressemblait à un jeune capitaine de vaisseau échoué à terre, ruminant le mauvais temps, soupirant après l'air libre et les vastes étendues d'eau, après l'ondulation des vagues sur le rivage.

Sur son trône, le roi se tenait affaissé, las, une main soutenant sa tête. Il avait les paupières mi-closes tandis qu'il écoutait le capitaine Stèle procéder aux présentations.

— Vous pouvez disposer, capitaine.

Le capitaine s'interrompit au beau milieu d'une phrase, la bouche ouverte jusqu'à ce qu'elle ait la présence d'esprit de la refermer.

— Oui, sire.

Elle adressa un regard d'avertissement fugace à Karigan, s'inclina puis quitta la salle. Le terrier entreprit de la suivre.

— Trouvaille !

La voix du roi claqua comme un fouet, et le chien s'arrêta à regret, la queue frétillante. Il regarda le capitaine s'éloigner pendant un moment avant de se rouler de nouveau en boule aux pieds de Zacharie.

Pourquoi ce regard d'avertissement ? Et à présent le roi ne la quittait pas des yeux. Ennuyé ? Attendant quelque chose ? Elle remua inconfortablement en regardant le sol.

— Le clan G'ladheon ? demanda-t-il. (Le cœur de Karigan fit un bond.) Un clan acheté si mes sources sont fiables.

Les joues de Karigan s'enflammèrent.

— Titulaire d'une charte que votre grand-mère lui a attribuée.

Elle faillit se mordre la langue. Comme à son habitude, elle avait parlé sans réfléchir.

Zacharie cligna des yeux comme un lion somnolent.

— Le capitaine Stèle m'a raconté des bribes de votre voyage. Bien entendu, mes conseillers et moi-même avons été témoins de votre entrée peu commune. (Il s'interrompit et lissa sa barbe.) Mais c'est hors de propos pour le moment. Jouez-vous à Complot, Karigan G'ladheon ?

— Je... euh... (Le brusque changement de sujet la fit bafouiller. Qu'entendait-il par « hors de propos » ?) J'ai déjà joué à Complot.

— Bien.

Le roi frappa dans ses mains pour appeler un serviteur. On apporta une chaise pour Karigan et on installa une table entre eux deux, avec le plateau de jeu.

— Ce n'est pas aussi plaisant sans un Tierce, dit le roi. Peut-être aurais-je dû retenir le capitaine, mais cela fera l'affaire. Je n'ai pas joué depuis un bon moment.

— Mais…

— Pions verts ou pions bleus ?

— Verts, mais…

Le roi eut un petit rire enchanté.

— C'est parfait.

Karigan réalisa alors quelle couleur elle avait choisie, et gémit. Pourquoi le roi voulait-il jouer ? Pourquoi ne s'intéressait-il pas à son voyage ? Il descendit de son trône pour s'asseoir sur la première marche du dais et installa le jeu pour deux joueurs. Les pions étaient de petites figurines en bois. Karigan pensait que le jeu du roi serait d'argent, d'or et de joyaux, mais en fait c'était le jeu de la facture la plus grossière qu'elle ait jamais vue.

— À présent, jetez les dés, et nous allons voir qui possède la stratégie la plus solide.

Le lion assoupi revint à la vie au fil de la partie. Le roi parvenait à contrecarrer chaque mouvement de Karigan. Ses pions étaient repoussés, capturés et « mis à mort ». Il attirait ses espions dans de mortels pièges et poussait ses chevaliers dans des batailles perdues d'avance.

Les personnages peints au plafond, les ancêtres de Zacharie baissaient sur Karigan leur regard courroucé. Elle se tordait les mains, dans un sens puis dans l'autre, sous les attaques opiniâtres de Zacharie, et chacun de ses chevaliers était tué par de vulgaires fantassins. Son esprit lui hurlait que ce n'était pas ce que le roi aurait dû être en train de faire, qu'il devait être fou, à ainsi vouloir jouer à un jeu au lieu d'écouter le récit de son périple. Voilà pourtant ce qu'ils faisaient, lui assis sur une marche du dais, elle sur sa chaise, chacun le reflet de l'autre, concentrés sur la partie, tandis que, dans la salle, la lumière perdait de son éclat. Puis elle commença à se retirer comme une lame qu'on rend à son fourreau.

Au bout de deux heures, Karigan était affalée sur sa chaise. Zacharie renversa son roi d'une pichenette de l'index, et se rembrunit.

— Vous m'avez dit avoir déjà joué à Complot.

— Si fait.

— C'est l'une des parties les plus bâclées que j'aie jamais vues.

Vous aviez des messagers. Les Cavaliers Verts bénéficient de talents spéciaux. Pourquoi ne pas avoir donné de talents spéciaux à vos messagers ?

—Ce n'est qu'un jeu. On ne pas donner aux pions des capacités spéciales. Je veux dire, les règles…

—Écoutez-moi bien, Karigan G'ladheon. (Le roi se pencha vers elle, son visage à quelques centimètres du sien.) On ne peut pas jouer à Complot et espérer gagner en respectant les règles. Utilisez tout ce qui est à votre disposition. Si je ne le faisais pas, cela ferait bien longtemps que mon portrait aurait rejoint les fresques du plafond. Vous voyez l'espace là-haut, derrière le défunt roi, mon père ?

Karigan suivit son exemple et contempla le plafond, où le roi Amigast était peint aux côtés de la reine Isène. Le regard de celui-ci était solennel et avait les yeux en amande comme ceux de Zacharie. Il portait de longues robes bleues qui tombaient jusqu'à ses pieds, et alors que les autres personnages de la fresque tenaient presque tous une épée ou un sceptre, le roi Amigast arborait un livre ouvert. De l'autre côté il n'y avait rien que de la toile blanche, le plafond à nu. Karigan en eut froid dans le dos.

—Cet espace vide, dit Zacharie, m'est réservé.

Il sortit une petite bourse en velours de son manteau d'apparat couleur de bruyère, et la lui tendit. Elle en défit les cordons, et la senteur de la fleur de sorbier flotta vers elle. Dedans, découvrit-elle avec joie, il y avait les objets que l'Arme lui avait confisqués, à l'exception de la broche de Joie Hautesente. Elle sortit la pierre de lune qui, à son contact, s'enflamma d'une lueur argentée. Zacharie regarda l'intense lumière en plissant les yeux.

—Comme c'est curieux. La pierre ne s'est illuminée pour personne d'autre, même pas pour l'Élétien.

Karigan la remit dans la bourse et la tendit au roi à contrecœur, mais celui-ci secoua la tête.

—Vous garderez ces objets, ils vous appartiennent. Le capitaine Stèle dit que votre récit est véridique et je la crois, du fait de son aptitude si spéciale. Vos babioles sont des instruments. Utilisez ce qui est à votre disposition. Je ne vois en vous aucune menace à mon encontre.

Karigan se détendit et serra la poche entre ses mains.

—Merci, dit-elle avec un soupir de soulagement.

Zacharie hocha la tête, et se tapota la cuisse. Trouvaille sauta sur ses genoux, la queue frétillant furieusement. Le roi le caressa distraitement, les yeux perdus dans le vague, regardant sans voir. Il finit par dire :

— La chaîne des événements qui vous ont conduite ici est tout à fait remarquable. Une étudiante qui ne sait même pas jouer correctement une partie de Complot. La fille d'un négociant fortuné...

Karigan se raidit de nouveau, et elle bouillonnait de colère intérieurement.

— Sire, premièrement, je me demande comment vous obtenez des informations, si ce n'est grâce à des gens qui risquent leur vie pour vous les apporter. Je fus, par hasard, l'une d'elles. Oui, une étudiante. Une fille de négociant, qui plus est. On a attenté à ma vie. J'ai été détenue, j'ai traversé bien des périls pour vous atteindre. Je suis lasse d'être traitée comme une criminelle pour avoir fait de mon mieux envers la Sacoridie.

» Je vous suggérerais, Votre Excellence, de délaisser vos murs de pierre pour voir ceux que vous gouvernez. Contemplez votre royaume. La route du Nord est dans un état déplorable. Comment espérez-vous que le commerce florisse là-bas, alors que les caravanes marchandes parviennent, à grand-peine seulement, à suivre cette voie ? Sans parler des bandits de grand chemin qui attaquent les caravanes, les villages et la ville de Nord ?

» Apprenez à connaître votre peuple qui vit dans la zone frontalière, dans la peur des blatterreux, et je ne mentionne même pas les créatures étranges susceptibles de surgir de la forêt du Voile Noir. L'aigle Lisseplume m'a priée de vous dire qu'il y a une brèche dans le mur de D'Yer. Votre peuple, Excellence, implore votre protection, une diminution des taxes, et...

Karigan s'interrompit et déglutit. S'épancher auprès du doyen Geyer était une chose, mais parler au roi en était une autre. Le doyen pouvait la suspendre, mais le roi pouvait faire bien pis.

Zacharie éclata de rire. Il riait ! Trouvaille se dressa sur son séant et se mit à aboyer. Une lueur animait les yeux du souverain.

— Beaucoup me haïssent, moi et ma politique, dit-il. Cela me rajeunit d'entendre une voix nouvelle, si fait. Vous ferez un bon Cavalier Vert.

— Je ne suis...

— Vous pouvez disposer.

— Mais…

— Vous pouvez disposer, jusqu'à demain soir, le soir du bal. J'entends que vous y soyez présente. En fait, je vous l'ordonne.

Karigan ouvrit la bouche pour protester encore, mais la poigne ferme d'une Arme sur son épaule l'enjoignit de s'imposer le silence. Elle se leva, les jambes flageolantes, et salua maladroitement, mais elle n'était pas certaine que le roi soit encore conscient de sa présence. Il continuait à caresser l'échine de Trouvaille, hantant de ses pensées quelque lieu lointain.

Karigan quitta la salle du trône aussi vite qu'il lui était possible sans courir. Lorsqu'elle franchit les immenses portes, elle frôla un vieil homme bourru qui portait une fourrure d'ours. Elle marmonna des excuses et s'enfuit, bien décidée à laisser le roi loin derrière elle.

Karigan fit une entrée fracassante dans sa chambre, où le capitaine Stèle faisait les cent pas.

— Enfin, dit son aînée. Dis-moi ce qui s'est passé.

Harassée par son après-midi en compagnie du roi, Karigan s'affala sur le lit avec un grognement.

— Je vois que je ne pourrai rien tirer de toi tant que tu ne te seras pas sustentée. Elle partit elle-même en quête de nourriture et de boisson, et rapporta le tout à Karigan plus vite que quiconque aurait pu le faire.

Entre des bouchées de pâte et de charcuterie, qu'elle fit descendre par des rasades de cidre frais, Karigan raconta tout ce qui s'était passé dans la salle du trône. Avant même qu'elle ait fini, le capitaine avait repris sa déambulation.

— Raconte-moi encore ce que tu as dit au roi au sujet de sa politique.

Karigan poussa un soupir las et répéta cette partie de son récit. Le capitaine Stèle s'immobilisa, la mine déconcertée. Elle se frotta le menton et dit en souriant :

— Tu lui as dit de… tu lui as dit de…

Amusée à la pensée d'une jeune roturière tenant tête au roi, elle éclata de rire, un grand rire franc.

Karigan lui jeta un regard furieux. La réaction du capitaine Stèle était similaire à celle du roi, et ce n'était pas le genre de réaction qu'elle attendait de sa part.

Le capitaine Stèle essuya des larmes qui perlaient à ses yeux.

— Tu as du courage, fillette. Je ne serais pas surprise si tu avais réussi à atteindre la cité de Sacor uniquement grâce à ton cran. (Elle tira une chaise qui était sous la table et s'y laissa tomber avec lassitude. Son expression redevint sévère, mais une lueur amusée dansait toujours dans ses yeux.) Cela faisait des siècles que je n'avais pas ri ainsi. Et que je ne te prenne pas à le raconter aux autres, n'est-ce pas ? (Elle soupira.) Cela n'irait pas avec l'idée qu'ils se font de moi.

Karigan croisa les bras.

— Je ne trouve pas ça particulièrement amusant.

Le capitaine Stèle la regarda dans les yeux.

— Considérant que le roi ne t'a pas étranglée à mains nues, je pense que tu n'as pas à te plaindre. Moi non plus, je ne suis pas certaine de comprendre sa réaction, et pourtant je le connais depuis son enfance. J'étais persuadée qu'il voudrait en savoir davantage. Pourquoi jouer à Complot ?

— Est-ce que ça veut dire que je peux rentrer chez moi ?

Le capitaine secoua la tête.

— Le roi attend de toi que tu assistes au bal, demain soir. Encore un fait curieux. Pourquoi t'a-t-il *invitée* ?

Karigan se fâcha.

— Je m'en moque. Je veux juste me dépêtrer de ces habits verts et rentrer chez moi. J'ai fait ce que j'avais à faire ici. Vous ne pouvez pas me retenir contre mon gré.

Le visage du capitaine se fit impénétrable.

— Il y a certaines choses que tu dois comprendre, Karigan. Avant tout, tu n'es pas détenue ici. Du moins, plus maintenant. Le roi a requis que tu assistes au bal : c'est un bel honneur qu'il te fait là, un honneur dont peu de Cavaliers Verts bénéficient. Ensuite, tu as apporté ici le message de F'ryan Coblebaie d'une manière qu'aucun Cavalier Vert n'oubliera jamais. Nous ne comprenons peut-être pas pourquoi les Mirpuisiens et l'Homme d'Ombre se sont lancés à la poursuite d'un message en apparence si inoffensif, mais cela n'amoindrit pas la valeur de ton geste. Enfin, nous aimerions que tu restes quelque temps parmi nous afin que nous puissions comprendre l'Épique Chevauchée. (Puis, très doucement, elle ajouta :) Et tu as la broche.

Karigan se leva, et les lattes du plancher grincèrent sous ses pieds. Elle regarda par la fenêtre. Les derniers rayons du soleil caressaient le pré. Mel le traversait, chargée d'un seau de grain bringuebalant, afin d'attirer les chevaux et qu'ils rentrent pour la nuit.

— Je me moque de la broche. Vous pouvez la garder.

— Je crains que ce ne soit pas possible. Elle t'a acceptée.

Karigan se tourna vers le capitaine.

— Tout le monde dit que je suis un Cavalier Vert. Je ne le suis pas, et je ne veux pas en être un. Je veux juste rentrer à la maison. Mon père me croit probablement morte à l'heure qu'il est.

— À ton arrivée, j'ai envoyé un Cavalier pour le détromper. (Stèle frotta la cicatrice à son cou.) Tu es libre d'agir comme un Cavalier Vert ou pas, le choix t'appartient, mais je te préviens dès maintenant, tu entendras toujours le martèlement des sabots dans tes rêves. (Elle se leva brusquement.) Je te recommande de te présenter au bal en tant que Cavalier Vert. Puis, Karigan G'ladheon, tu seras libre de rentrer chez toi.

Sans rien ajouter, elle partit.

Karigan regarda par la fenêtre en soupirant. À l'allure où allaient les choses, elle n'était pas près de rentrer chez elle, et sa situation, loin de s'améliorer, s'aggravait. Elle perçut un mouvement près d'un arbre, à cent pas de sa fenêtre environ. *Arme*, pensa-t-elle, mais c'est F'ryan Coblebaie qui lui rendit son regard, et il semblait souffrir. Sans un geste, sans même un battement de cil, il disparut.

Elle avait livré le message de F'ryan Coblebaie. Pourquoi son fantôme la suivait-il toujours ?

Mirpuits

— Lâche mon bras.

Mirpuits chassa d'une tape les mains de Béryl. En temps normal, il aurait apprécié son contact, mais pas en ce moment, pas à l'entrée de la salle du trône du roi Zacharie. Et dire que cette Verdâtre l'avait presque renversé, comme s'il n'était rien de plus qu'un banal serviteur ! Ils n'avaient aucun respect pour leurs supérieurs.

— Je peux tenir sur mes pieds sans aide, grommela-t-il à son assistante.

Il était déjà suffisamment contrarié d'avoir dû s'appuyer sur elle tout au long du chemin, depuis la cour, dans les couloirs sans fin du château, jusqu'à enfin atteindre les grandes portes de chêne à la bûche enflammée et au croissant de lune.

Le héraut avançait sur le tapis menant au dais en portant l'étendard de Mirpuits, et il annonça d'une voix haut perchée l'arrivée du prince-gouverneur Tomastin II.

Mirpuits rit avec brusquerie.

— Qu'y a-t-il, seigneur ? demanda Béryl, impassible comme à l'accoutumée.

— Regarde le roi, ma chère. Soit ma vue a considérablement baissé, soit c'est la première fois, depuis que son Excellence a accédé au trône, que cette ch… (il ravala ses mots brutalement et se reprit :)… que le capitaine Stèle n'est pas à ses côtés lorsque je suis là. (Mirpuits jeta un coup d'œil aux Armes postées près des portes pour déterminer si elles avaient entendu ou non le début de sa bévue, mais elles demeuraient muettes, leurs yeux inexpressifs, comme les poupées de cire du diorama du musée de la Guerre de la cité de Sacor.) Pas naturel, tout ça, grommela-t-il.

Béryl lui adressa un regard interrogateur.

— Le capitaine, dit-il, la vois-tu ?

— Non, seigneur. Vos yeux ne vous ont pas fait défaut.

— C'est bien ce que je pensais ! Je ne peux pas me promener aussi aisément que par le passé, mais j'ai toujours le regard perçant d'un vieux hibou.

La clameur aiguë d'un clairon leur indiqua qu'ils pouvaient approcher du trône royal.

Mirpuits se redressa malgré les protestations de son dos et de ses épaules, endoloris par plusieurs jours de voyage pénible, et s'éclaircit la voix.

— Souviens-toi bien, dit-il à Béryl, marche un pas derrière moi, ni plus près ni plus loin. Il faut que cela ait l'air naturel, n'est-ce pas ? Faisons-le attendre un peu.

Mirpuits rajusta la peau d'ourse sur ses épaules, qu'il portait lors des grandes occasions quelle que soit la température. Cela rappelait à tous ces gens que lui, Tomastin II, bien qu'âgé, était toujours le même homme, l'homme fort qui avait terrassé une ourse avec une simple dague, alors qu'un homme moins valeureux aurait péri.

Mirpuits s'avança vers le dais avec une lenteur délibérée, comme s'il portait son propre poids avec la plus grande dignité. Il ignora la douleur râpeuse qui s'intensifiait dans son genou à chaque pas, et il dissimula sa claudication de son mieux. L'effort, et la lourde fourrure, faisaient couler la sueur sur ses tempes.

Béryl, fidèle à son ordre, resta précisément à un pas derrière lui. Il imagina le maintien de ses épaules, son dos parfaitement droit, et l'inclinaison de son menton, tout ce qui disait : *Je suis de Mirpuits et je sers avec fierté.* À cette pensée, son cœur se gonfla de joie et une larme apparut à son œil, comme lors de la parade des Armes, le jour de son anniversaire – le jour férié propre à la province de Mirpuits. Oh ! il n'y avait guère de vision plus grisante que celle de centaines de soldats en rang et de cavaliers aux casques rutilants, défilant en formation le long de l'artère principale de Bourg-de-Mirpuits.

Le héraut se tenait un peu en retrait du trône, au garde-à-vous, son clairon sous un bras, et la bannière du clan Mirpuits, accrochée à la hampe de cérémonie, reposait contre son autre bras. Mirpuits remarqua, non sans surprise, une chaise récemment abandonnée et le plateau d'un jeu de Complot posé devant le roi.

— Votre Excellence.

Il se toucha le front et se contraignit, malgré son dos, à exécuter une profonde révérence.

— Bienvenue, Marteau de Guerre. (Le roi utilisa la formule traditionnelle de salut, et cela plut à Mirpuits.) Ne vous assiérez-vous pas ? Ce serait plus commode de parler les yeux dans les yeux.

— Comme il vous plaira.

Ce n'était pas vrai, évidemment. Mirpuits devrait se tordre le cou pour lever les yeux vers le roi perché sur son dais, mais cela valait mieux que de voir son genou se dérober sous lui et qu'il s'affale. Il soupçonna que Zacharie était bien au fait de son infirmité. Qu'il en ait pris connaissance grâce à cette bonne femme qui lisait dans les esprits, Stèle, ou bien qu'il l'ait déduite de son sens aigu de l'observation, c'était une autre histoire, mais toujours est-il que la ruse du roi impressionnait Mirpuits. Le prétexte lui permettait de se reposer tout en conservant intacte sa dignité.

Les deux hommes échangèrent les politesses d'usage : le temps, le voyage, la santé, l'état de la province. Le chien de Zacharie sauta de ses genoux et s'en vint renifler le bord de la fourrure d'ourse de Mirpuits. Puis il souffla bruyamment et rejoignit son maître. Comment ces petits terriers avaient pu être une telle menace envers les blatterreux durant la Longue Guerre, cela dépassait l'entendement de Mirpuits. Il doutait qu'ils puissent seulement obliger un ours à se réfugier dans un arbre, ou aller chercher le cadavre d'un canard dans un étang, mais ils devaient avoir une utilité quelconque.

— Mon assistante, le major Béryl Spencer, l'introduisit Mirpuits. (Il pouvait presque sentir la chaleur de sa présence à travers le dos de sa chaise.) Elle est entrée à mon service après notre dernière rencontre. Le vieux Haryo a fini par trouver l'ultime repos du soldat.

Un bras droit tenace sur qui il avait pu compter, ce Haryo. Et plus loyal qu'un chien. Mirpuits avait veillé à ce que son ami reçoive des funérailles grandioses.

Le roi cilla à peine devant Béryl.

— J'ai espoir que vous vous joindrez au bal annuel et à la chasse, dit le roi.

— Je ne les manquerais pour rien au monde. La Chasse royale de printemps est à peu près la seule occasion qui m'est donnée de venir dans la cité de Sacor, Excellence.

Et de fait, il n'allait pas la manquer. Après la chasse – le terme « massacre » était peut-être plus approprié – Amilton s'emparerait du trône et deviendrait roi. Zacharie avait-il des soupçons ? Son attitude était aussi froide et distante que d'habitude, et l'espion de Mirpuits à la cour l'avait informé que, bien que le message soit parvenu au roi, il ne disait rien de son projet d'assassinat, rien qui soit susceptible d'impliquer Mirpuits ou Amilton, en fait, et personne ne prêtait attention à la Verdâtre qui avait porté le message. Traquer cette Verdâtre avait été une perte de temps et d'énergie, mais mieux valait assurer ses arrières.

Pourtant qui pouvait savoir ce qui se cachait sous le masque impénétrable du souverain ? Il avait le visage fermé d'un joueur de cartes, meilleur que son père et bien meilleur que son frère. Amilton était aussi subtil qu'une horde de chevaux, il serait d'autant plus facile à contrôler. Mirpuits se pencha pour attraper le pion du roi vert qui gisait au sol. Les autres pièces étaient demeurées en formation sur le plateau de jeu.

— Êtes-vous joueur de Complot ? demanda le roi.

Mirpuits rit doucement.

— Vous avez remarqué que je m'y intéresse ! Eh bien, oui ! j'admets avoir l'esprit de compétition. Quand les longs hivers se font mornes, une partie de Complot est de mise. Je vois que vous avez sévèrement défait votre adversaire dans cette partie.

Zacharie se pencha pour gratter le chien derrière les oreilles.

— Un adversaire novice… ou plutôt un adversaire peu concerné.

Mirpuits grogna.

— Quand on ne s'investit pas dans l'issue du jeu, il est impossible de gagner. Cette partie a dû être bien décevante.

— Par certains côtés, oui, mais ce fut aussi gratifiant, d'une certaine manière.

Mirpuits se demanda ce que signifiait l'expression sur le visage du roi : soudainement, la façade du joueur de cartes s'était effritée, et il vit un homme à la fois amusé et soucieux de quelque chose. Quelle que soit l'identité de l'opposant, il avait suscité l'intérêt du roi. Il déposa le roi vert sur le plateau, couché sur le côté. Mort, comme il se devait.

— Demain, dit le roi, je convoque le conseil des gouverneurs. Tous sont présents, sauf Adolinde ; le gouverneur pleure encore sa fille.

— Ah, oui ! Tuée dans le massacre commis par les blatterreux, avec les autres étudiants. (Mirpuits secoua la tête, comme s'il n'était pas celui qui l'avait orchestré.) Miséricorde ! Je remercie les dieux que Timas ne se soit pas trouvé parmi eux.

— C'est une grande perte, renchérit Zacharie d'un air sombre. Ces enfants étaient l'avenir de la Sacoridie. Malgré le deuil, vos autres homologues ont estimé pouvoir venir. Nous avons reçu la visite d'un hôte dont nous n'avons pas vu les semblables depuis des centaines d'années.

— Vraiment ?

— Si fait. J'aimerais que vous le rencontriez, vous pourrez juger par vous-même. En attendant, vos suites dans l'aile est ont été préparées, pour vous et vos collaborateurs. J'espère que vous y serez confortablement installés.

Mirpuits se leva pour saluer, songeant qu'il apprécierait vraiment Zacharie, si seulement celui-ci n'entravait pas sa quête de terres et de pouvoir.

— Le confort est toujours parfait, Excellence.

Les formalités accomplies, il se hâta hors de la salle, à une allure qui le surprit lui-même. Mais une fois les portes refermées, il s'agrippa au bras de Béryl.

— Nous allons nous rendre dans notre suite, ma chère, dit-il. Tu y auras une perspective différente des lieux, bien loin de celle que tu avais quand tu appartenais à la milice régulière.

— J'ai déjà vu cela, répondit-elle.

Les sourcils de Mirpuits se rejoignirent.

— Déjà ?

Ah ! tant pis. Il profiterait de chaque instant à ses côtés. Il ne la quitterait pas des yeux.

Karigan se rend au bal du roi

Karigan se dirigea vers l'entrée majestueuse de la salle de bal par un chemin qui serpentait entre les rosiers des jardins de la cour est. La senteur capiteuse des bourgeons rouges et roses subjuguait presque le calme de la nuit. Le long du sentier, des lumignons dansaient et brillaient gaiement, et l'auraient rendue d'humeur festive si seulement le col de son uniforme de Cavalier Vert ne l'avait pas serrée autant. Une fois encore, le capitaine Stèle avait veillé à ce qu'elle porte l'uniforme d'apparat, en y ajoutant une ceinture d'étoffe dorée, autour de sa taille.

Des mélodies et une lumière dorée, des rires et le bruit des conversations, et la musique jouée par un orchestre s'échappaient dans l'air doux du soir par les portes ouvertes, et se mêlaient au chœur stridulant des grillons. Des invités aux atours colorés s'amassaient autour de l'entrée et Karigan se demanda de nouveau ce qu'elle faisait là. Comme son père, elle ne raffolait pas de la compagnie des nobles, et ici elle allait en être entourée.

Elle se plaça dans la file, tirant sur son col, en attendant que les deux gardes portant la livrée royale vérifient les invitations. Ses paumes étaient moites car on ne lui avait pas donné de carton, et n'avait rien à montrer aux gardes. Elle était sur le point de faire demi-tour et de retourner dans le sanctuaire des baraquements des Cavaliers, mais juste à ce moment un garde la remarqua.

—Eh, Verdâtre, dit-il. (Karigan déglutit et fit un pas en avant.) T'as une invitation ?

—Je... euh...

L'autre garde rit.

—La Verdâtre essaie de s'infiltrer dans la salle de bal sans invitation.

Karigan fronça les sourcils.

—Je suis invitée. Ou plutôt, le roi en personne m'a ordonné de venir.

Le premier garde éclata de rire.

—Ordonné ! Elle est bien bonne, celle-là. Le roi qui ordonne d'assister au bal.

—Les Verdâtres n'y mettent jamais du leur, renchérit le deuxième. Si t'es invitée, alors le roi est un adorateur de la magie.

—Hors d'ici, fillette. Nous devons nous occuper des dames et des seigneurs.

Karigan mit les poings sur les hanches. Elle s'attendait à être traitée de la sorte par des nobles, mais pas par des roturiers comme elle.

—Non mais, attendez une minute...

—Il y a un problème ?

Karigan faillit ne pas reconnaître Alton D'Yer. Il resplendissait dans son gilet de soie dorée et son long manteau rouge. À son cou était suspendu un médaillon en or, à n'en pas douter un legs familial, et une ceinture d'étoffe bleu roi ceignait sa taille. Il ne portait pas de vert, loin s'en fallait, même si la broche d'or au cheval ailé était épinglée au revers de son habit. Terrassée par cette transformation, Karigan vit à peine les deux gardes s'incliner pour le saluer.

—Aucun problème, seigneur, dit le premier garde. Ce Cavalier Vert n'a pas d'invitation, elle ne peut donc être admise à entrer.

—Oh ! fit Alton. Cela n'a donc rien à voir avec le fait que le roi soit un adorateur de la magie ?

Les deux gardes devinrent livides.

—N... non, bien sûr que non, seigneur. Je veux dire, on ne voulait pas dire que...

Alton prit une mine sévère.

—Assez. Ce Cavalier Vert m'accompagne.

Il tendit l'invitation au garde et guida Karigan dans la salle de bal.

Aussitôt après avoir franchi l'entrée, Karigan perdit courage. Elle voulut faire volte-face et s'enfuir, quoi qu'en penseraient les gardes. La salle de bal surpassait en taille tous les grands halls qu'elle ait jamais vus. Le plafond était voûté comme celui de la salle du trône, soutenu par des piliers de granit sculptés. Le sol était carrelé de dalles exquises, figurant des épisodes tirés de la légende de Hiroque, le Fils des clans. De grandes portes ouvraient sur des balcons et sur l'air nocturne.

Des danseurs virevoltaient dans la salle, en un ballet de brillantes couleurs, les longues robes des dames frôlaient le sol et leurs bijoux étincelaient à la lumière des chandeliers de cristal. Les manteaux des hommes, à la coupe sévère, tourbillonnaient tandis qu'ils faisaient tournoyer leurs partenaires tout autour de la piste de danse. Tout ici semblait miroiter et scintiller, et Karigan se sentit toute petite et banale dans son uniforme de Cavalier Vert.

— Oh ! regarde, dit Alton en souriant. Quelqu'un a ressorti toutes les vieilles tapisseries.

Certaines d'entre elles, qui représentaient chaque province, ondulaient sur les murs. D'autres tapisseries, aux couleurs passées, usées par les ans, avaient aussi été accrochées : celles des premiers clans de Sacor depuis longtemps disparus.

— Je suppose que le roi veut nous rappeler à tous le temps où les Élétiens n'étaient pas des étrangers pour les Sacoridiens, ajouta Alton. Voici celle des D'Yer.

Le fond en était doré comme le gilet d'Alton, les armoiries figurant simplement une épée et un marteau entrecroisés, bordés d'un mur de pierre. C'était les mêmes emblèmes que ceux gravés sur son médaillon. La tapisserie était trop loin pour que Karigan puisse lire les mots brodés en dessous.

— « Le marteau des D'Yer brisera la pierre, cita Alton, comme s'il avait lu ses pensées, mais nul autre ne saura briser les murs de pierre érigés par les D'Yer ». On raconte que mes ancêtres ont appris des Kmaerniens l'art de la maçonnerie et, bien qu'ils l'aient maîtrisé, ils ne furent jamais aptes à surpasser les ouvrages de leurs maîtres. En dépit de cela, les constructions de pierre des D'Yer sont considérées comme les meilleures après celles de Kmaern. Le château, et le mur de D'Yer, en font partie. Mais si ce que j'ai entendu est vrai, il y a une brèche dans le mur de D'Yer.

Karigan se surprit à tirer de nouveau sur son col, songeant que si son père avait dessiné les uniformes, ceux-ci auraient été bien plus confortables. Elle s'éclaircit la voix lorsqu'elle remarqua qu'Alton la regardait avec intensité. Savait-il que c'était elle qui avait annoncé l'existence de la brèche dans le mur de D'Yer ? Ou son expression indiquait-elle autre chose ? Une gouttelette de sueur coula le long de sa tempe.

— Si j'avais à parier, dit Alton, sa voix à peine audible par-dessus le son de l'orchestre, je dirais que tu n'aimes pas trop la foule.

— J… je… (Elle rougit, ce qui confirma l'intuition d'Alton.) Les nobles, finit-elle par lâcher.

— Ah ! tu es allergique à notre espèce.

Karigan croisa les bras en souhaitant que le sourire condescendant d'Alton disparaisse. Il n'était pas comme les autres nobles, peut-être à cause de ses liens avec les Cavaliers Verts, mais par moments…

— Regarde, voici l'Élétien.

Alton désigna du doigt le fond de la salle où, disparaissant à intervalles réguliers derrière la masse confuse des danseurs, se tenait Zacharie sur une copie réduite de son trône ; il conversait avec quelqu'un. Karigan ne retint de l'Élétien qu'une aura de cheveux blonds, des cheveux plus blonds que tout ce qu'elle avait pu voir auparavant.

— Nous devrions aller nous présenter.

Karigan fut horrifiée par cette idée, surtout parce que cela impliquait de se rapprocher du roi.

— Euh, non. Je préfère rester ici.

— Comment le roi va-t-il donc savoir que tu es là ?

Karigan regarda Alton de travers.

— Tu es mon chaperon, maintenant ?

— Non, c'est le capitaine qui m'a demandé de veiller sur toi.

Bon, ceci expliquait cela. Faites confiance au capitaine Stèle pour s'assurer que quelqu'un veille aux intérêts de Karigan.

— Je n'ai aucune envie de voir le roi et d'être vue de lui.

Alton haussa les épaules.

— Veux-tu danser, alors ?

— *Danser ?*

— C'est ce que font les gens.

Ses yeux semblaient rire à ses dépens, même si son visage restait parfaitement sérieux.

— Non.

Cela ne dérangeait pas Karigan de danser lors d'une réunion de famille, mais la situation était bien différente, ici.

— Je vais me servir un verre, alors. Reste à rôder dans les coins sombres si ça te chante, mais prends garde aux Armes.

Il longea à grands pas le bord de la piste de danse en se frayant un chemin dans la foule, s'arrêtant pour saluer quelques personnes. Karigan resta seule, îlot dans une mer d'inconnus. Elle prit une profonde inspiration, puis plongea à sa poursuite. Il lui tendit une coupe de vin, et humer lui suffit pour reconnaître un blanc de Rhove.

— Bien, dit-il. Je vois que tu t'es décidée à te joindre aux réjouissances.

Karigan agrippait la coupe d'une main tremblante. L'entrée se trouvait maintenant à plusieurs enjambées d'elle. L'endroit grouillait littéralement de nobles, et par-dessus la senteur de son vin, elle pouvait sentir la fragrance des parfums sur leur peau, et aussi l'odeur de la sueur en dessous. Une brise née dans le sillage des danseurs qui virevoltaient autour d'elle la chatouillait. Les longues robes la frôlaient. Le bruit des bavardages animés s'ajoutait à celui de l'orchestre, les voix formaient un babil indistinct. La foule était parsemée des couleurs des différents clans. Il y avait l'or des D'Yer, encore, et la pourpre des L'Pétrie, le bleu cobalt des Coutre. L'écarlate des Mirpuits. Elle sursauta, et renversa du vin sur sa main.

Alton lui tendit une serviette de table.

— Par des nuits comme celle-ci, murmura-t-il à son oreille, il n'y a pas d'ennemis. Cela fait partie du jeu.

Karigan frissonna en dépit de la touffeur de la salle. Elle ne reconnut aucun des Mirpuisiens présents.

La musique de l'orchestre cessa, et avec lui les danses, comme si seule la musique contrôlait les mouvements sur la piste. Certains danseurs haletaient, d'autres s'éventaient, riaient ou applaudissaient de leurs mains gantées, puis tous convergèrent en direction de la table des rafraîchissements. Karigan contempla avec de grands yeux la vague humaine qui s'avançait vers elle, et Alton la poussa doucement vers la piste.

Un accès de panique faillit la submerger, étreinte dans cet essaim mouvant de corps qui s'écoulait autour d'elle telle une rivière torrentielle. Elle tourna dans tous les sens et entra en collision avec un robuste vieil homme. Sa barbe lui était vaguement familière. Puis cela lui revint en mémoire. C'était le vieil homme à la fourrure d'ours qui se trouvait à l'entrée de la salle du trône le jour de sa rencontre avec le roi, sauf que cette fois il portait...

Karigan bafouilla quelque chose d'inintelligible, et l'homme âgé lui lança un regard courroucé. « Peuh ! Alors comme ça on a de mauvaises manières ? Je me demande quelle sorte de formation vous, les messagers, vous recevez, de nos jours. Spence ! Cette personne a renversé du vin sur moi. »

Une femme portant l'uniforme de la province de Mirpuits fut instantanément aux côtés du vieil homme, tamponnant son surcot écarlate avec un mouchoir. Elle était grande et attirante, mais son visage était inexpressif. Puis sa broche au cheval ailé refléta la lumière. Karigan ouvrit la bouche, sur le point de s'exclamer, mais une dénégation à peine perceptible de la femme la coupa dans son élan.

— D... désolée..., marmonna Karigan.

— Tu seras vraiment désolée, répliqua le vieil homme, si tu me bouscules encore. (Il renifla.) Au moins tu as du goût en matière de vin.

Alton réapparut, et avant qu'elle puisse s'interroger sur le fait qu'une Mirpuisienne portait une broche de Cavalier, il la tira par la manche et l'entraîna vers la piste de danse. L'orchestre se remit à jouer, et un air malicieux apparut un instant sur son visage. Il lui prit sa coupe et la déposa sur le plateau d'un serviteur qui passait par là. Il prit ses deux mains dans les siennes et se mit à danser, la faisant tournoyer tout autour de la piste à un rythme endiablé, en harmonie avec la musique et les autres danseurs, comme par magie. Karigan trébucha, mais Alton l'aida à retrouver l'équilibre.

La danse était semblable aux quadrilles qu'elle connaissait grâce aux fêtes du clan, la musique était seulement plus raffinée, ici. La boule dans son ventre disparut, et la danse lui ôta en partie sa nervosité. Elle se laissa prendre au rythme ; tout autour il n'y avait qu'une tâche confuse, comme durant l'Épique Chevauchée, et elle se sentit si étourdie qu'elle se dit qu'elle pourrait perdre son sens de l'orientation et voler à travers la salle.

— Regarde-moi, dit Alton, et tu te sentiras moins déstabilisée. Il lui adressa un grand sourire tandis qu'ils décrivaient des cercles en dansant.

Au lieu de cela, Karigan ferma les yeux et s'imagina à dos de cheval, le bruissement des robes était celui du vent, et les battements de son cœur le martèlement des sabots. *Le bruit des sabots.* Elle secoua la tête, mais elle ne parvint pourtant pas se défaire du martèlement qui se mêlait à la danse, de plus en plus rapide.

Alton lâcha ses mains, et elle virevolta vers un autre partenaire. Elle se retrouva nez à nez avec l'Élétien. Il lui adressa en souriant un signe de tête, comme s'il savait quelque chose qu'elle ignorait, et la danse reprit.

Le cœur de Karigan se mit à battre plus fort, suffisamment, pensa-t-elle, pour que tout le monde l'entende, l'Élétien en particulier. Ses yeux d'un bleu très clair, des yeux de ciel d'hiver, rencontrèrent brièvement les siens avant de se détourner, emportant avec eux leur secret.

La musique prit fin, il lâcha les mains de Karigan et la salua avant de s'éloigner. Elle le regarda, le souffle court. Des gens les observaient, et les femmes avaient l'air envieux. Les joues de Karigan s'enflammèrent et elle quitta la piste à grandes enjambées, avec toute la dignité possible. Elle suivit un courant d'air frais vers un balcon. Il n'y avait personne d'autre, et elle se dirigea directement vers la balustrade, une main sur son cœur qui tambourinait, souhaitant qu'il se calme.

La lune trônait dans le ciel comme une grosse pièce d'argent dotée d'un halo qui irradiait tout autour. Dans un coin du balcon se trouvait un télescope en cuivre sur un trépied, pointé en direction de la lune. Elle posa les mains sur la balustrade et les fit courir sur le granit poli né de l'art du clan de D'Yer.

— Tu danses bien.

Alton se tenait derrière elle.

— Je ne t'ai pas entendu arriver, répondit-elle.

— La musique reprend. Veux-tu danser ?

— J'en ai assez pour ce soir.

— Karigan, l'Élétien…

— Je-je ne tiens pas à en parler.

Elle frémit en se remémorant la fraîcheur de ses mains, et les yeux bleus qui recelaient un secret, mais lequel ?

— Très bien. (L'expression d'Alton montrait qu'il ne comprenait pas sa réaction, mais qu'il n'allait pas insister. Ils restèrent à une distance respectable l'un de l'autre, sans se parler. Après un moment, Alton s'éclaircit la voix.) Je suis navré de t'avoir entraînée comme ça sur la piste.

— J'ai passé un bon moment, répondit-elle. Ce sont les nobles que… (Elle s'interrompit, se souvenant à qui elle parlait.) Je dois y aller.

Alton saisit son bras.

— Je… euh… Je voudrais… Ce que je veux dire, c'est…

Karigan haussa un sourcil en voyant le sang affluer aux joues d'Alton. L'élégant seigneur s'était mué en écolier maladroit, et c'était bien fait. Il n'aurait pas dû l'entraîner de cette manière.

— Que veux-tu dire ?

— Je… (À présent, Alton tiraillait *son* col.) Que dirais-tu… Voudrais-tu… je veux dire…

— Seigneur Alton, quelle joie de vous voir.

Ils se retournèrent tous deux alors que Zacharie arrivait sur le balcon d'un pas tranquille, les mains derrière le dos. Alton rendit son bras à Karigan et salua à la hâte.

— Sire, en quoi puis-je vous servir ?

— En me permettant d'avoir une conversation privée avec la Cavalière G'ladheon.

La mine déconfite, Alton salua de nouveau et regagna la salle de bal. Karigan eut du mal à retenir sa langue. Et dire que le roi s'était permis de l'appeler *Cavalière* G'ladheon !

— Toutes mes excuses pour avoir interrompu votre discussion avec Alton, dit le roi, se méprenant sur son expression. (Aucune réponse ne vint, aussi ajouta-t-il :) Je suis ravi que vous soyez venue.

— Cela fut très plaisant, et je vous en remercie, mais à présent je dois partir.

— Différez pour un moment, je vous prie. Pourrions-nous parler un peu ?

Karigan ne pouvait pas vraiment décliner une demande du roi de Sacoridie, aussi forte que soit son envie de s'éclipser, n'est-ce pas ?

Il la rejoignit près de la balustrade, et contempla la lune.

— C'est une nuit qu'un Élétien apprécierait, ne pensez-vous pas ? Une lune d'argent tout droit venue des légendes, et pourtant notre noble invité s'attarde entre les murs de pierre du château.

Dans la salle de bal où luisait la lumière dorée, l'orchestre faisait une pause, et des courtisans s'étaient massés autour de l'Élétien. Il hochait la tête en s'adressant à ses admirateurs avec son plus charmant sourire. Karigan, surtout depuis sa rencontre avec

Somial, s'était imaginé que tous les Élétiens étaient au-dessus des préoccupations matérielles. C'était une nuit pour marcher sous la lune, une nuit pour chasser ses rayons d'argent.

Zacharie serrait et desserrait les poings.

— Il nous offre des liens avec l'Élétie, une relation qui a pris fin peu de temps après la Longue Guerre. Et il m'offre... de grandes choses. Des pouvoirs disparus depuis le Premier Âge ou le début du Deuxième. Des pouvoirs, dit-il, que je pourrais utiliser afin de maintenir l'ordre dans des villes indisciplinées comme Nord, ou afin d'empêcher le peuple d'Adolinde de mourir de faim, la prochaine fois que l'hiver durera plus longtemps que leurs réserves de nourriture. Pouvez-vous l'imaginer ? Il me fait don de pouvoirs à l'aune desquels vos broches de Cavalier Vert ne sont rien de plus que des babioles.

— De si grands pouvoirs existent-ils toujours ? demanda Karigan.

— Il dit que d'immenses pouvoirs émanent de la forêt du Voile Noir, et que si la Sacoridie maintient ouverte la brèche dans le mur de D'Yer, l'Élétie s'y rendra afin de les purifier grâce à ses propres pouvoirs.

Zacharie enleva de son front le cercle d'argent et passa les doigts dans ses cheveux. Pendant un instant, le poids des ans le quitta, et il lui apparut sous les traits d'un jeune homme non encore endurci par le règne : jeune, effrayé, et seul. Vulnérable.

— Il m'offre beaucoup, reprit Zacharie. Trop, je pense, même si je n'ai pas assez fréquenté les Élétiens pour connaître leurs manières.

— Vous devrez donc décider par vous-même.

Zacharie sourit d'un air sombre.

— On s'habitue vite à se fier à ses conseillers. Tous mes conseillers curiaux sont absolument charmés par Soval. Je suppose que, moi aussi, je devrais l'être. (Ses doigts pianotèrent sur la surface graniteuse de la balustrade.) Ici je peux être sûr que nul n'écoute, et j'ai posté des Armes près de la porte afin que personne ne puisse se glisser sur le balcon. Je crains que dans ma propre salle du trône, d'aucuns puissent, d'une manière ou d'une autre, entendre ce que je dis, même si en apparence l'endroit est sûr. D'où la partie de Complot d'hier. Vous avez dû trouver cela bien curieux.

Karigan opina du chef, et se détendit un peu.

— Vous pensiez que si je vous faisais part de quelque chose d'important, des personnes mal intentionnées auraient pu l'entendre.

— Si fait. Je suis particulièrement inquiet du fait que des Mirpuisiens soient intervenus durant votre voyage. Auriez-vous quelques instants pour m'en parler ?

Karigan lui relata tout ce dont elle parvint à se souvenir, et cela incluait les références de Torne et de Jendara au frère du roi. Cette fois-ci, elle vit qu'il buvait ses paroles, un auditeur avide plutôt que le nonchalant et imprévisible joueur de Complot.

— Pourquoi en avaient-ils après F'ryan Coblebaie ? demanda-t-il d'un air songeur. Son message est dénué de valeur.

Karigan haussa les épaules, et à présent elle éprouvait plutôt de la compassion pour le roi. Elle-même n'avait pas de frères, et elle ne pouvait ressentir toute la profondeur de cette trahison.

— Vous restez en ville quelques jours encore, je crois, dit-il.

— Non, en réalité je pensais partir…

— Je vois. Quand comptez-vous être de retour ?

Karigan le regarda, bouche bée.

— Excellence, je ne prévois pas de revenir. Je rentre chez moi. Mon père est négociant. C'est le printemps, il va avoir besoin de moi.

Les traits du roi se figèrent et elle se demanda ce qu'il voulait lui dissimuler. En tant que souverain, il devait maîtriser ses émotions et savoir les cacher, sans quoi il ne disposerait d'aucune influence politique réelle, tout comme un négociant se devait de conserver une attitude neutre durant une transaction.

— Êtes-vous certaine ? demanda-t-il. Après tout, vous êtes un Cavalier Vert maintenant. Du moins vous en portez le titre, à défaut d'avoir prêté serment officiellement.

— Je ne suis pas un Cavalier Vert, dit Karigan en se disant qu'elle parvenait à garder le contrôle d'elle-même de manière admirable.

— Je pourrais vous ordonner de signer les papiers, d'en devenir un et d'entrer à mon service, mais je ne pense pas que cela sera nécessaire et je me doute que vous m'en voudriez beaucoup. La coercition ne fait pas partie de mes méthodes habituelles. Larenne, le capitaine Stèle, m'a dit qu'être un Cavalier Vert relève de l'âme plutôt que de l'envie, c'est une compulsion, si vous préférez.

Quelque chose à propos d'un martèlement de sabots. (Zacharie traversa à grandes enjambées le balcon, vers le télescope, et se pencha pour regarder la lune. Puis, il cligna des yeux.) Sa lueur est vive.

Karigan cilla elle aussi, comme si on l'avait aveuglée. Le roi Zacharie venait de lui rappeler quelqu'un, la personne qu'elle avait aperçue dans le téléscope de cuivre, chez les sœurs Sorbier. Elle avait vu des images, des images d'un homme qui ressemblait beaucoup à Zacharie, aux yeux bruns en amande mais légèrement plus âgé, des rides de souci au front, l'implorant de ne pas… de ne pas s'en aller ; qu'il avait besoin d'elle et ne pouvait souffrir de la perdre. Karigan se mit à trembler. Une vision de l'avenir ? Le sang reflua de son visage et elle chancela. Le roi la soutint.

— Est-ce que ça va ?

— Non ! Oui. Je vous en prie, n'approchez pas. Je m'en vais. Je ne suis pas un Cavalier Vert, je ne le serai jamais.

Mue par la peur de ce qui pourrait advenir si elle restait là avec lui, ses mains sur son bras, elle s'enfuit du balcon sans saluer, et passa en courant devant l'Arme Fastion qui se tenait près de l'entrée, un air scandalisé sur son visage d'ordinaire impassible.

Alton D'Yer tira sur sa manche.

— Karigan, est-ce que… ?

Elle lui arracha sa manche des mains d'une traction brusque, et se fraya un chemin en bousculant les convives sans s'excuser, dans sa hâte désespérée de quitter les lieux. Non loin de l'entrée, elle parvint à s'extraire de la foule, et regarda par-dessus son épaule. Le roi Zacharie se tenait dans l'encadrement de la porte du balcon et la regardait, l'air déconcerté ; Alton D'Yer était perdu quelque part dans l'essaim des nobles, et l'Élétien, au milieu d'un groupe, semblait pourtant être à part, presque à l'image d'un dieu, avec sa chevelure d'or et ses traits parfaits. Il surprit son regard et lui sourit. Ce sourire empli de secrets ! Il ne lui sembla pas chaleureux, et elle s'enfonça promptement dans les ténèbres, sans se retourner.

— Quel roi il fait, ce Zacharie ! fulminait-elle. Alors comme ça, on a besoin de moi ?? Pff ! Mais intérieurement, elle tremblait. Penser que le roi avait besoin d'elle la submergeait. La terrifiait.

Elle traversa le corridor d'un pas décidé et regagna sa chambre. Les rayons de la lune argentée passaient par la fenêtre aux multiples carreaux, et dessinaient au sol des lignes d'ombre. L'obscurité enveloppait tout le reste. Elle sortit la pierre de lune de sa poche, et celle-ci éclaira la chambre jusqu'aux craquelures les plus sombres du plancher, semblant attirer à l'intérieur la lumière de la lune, si bien que la pièce tout entière fut bientôt illuminée d'argent. Karigan contempla le phénomène, perplexe, puis un hoquet ténu, derrière elle, la fit sursauter.

Une femme dissimulée par une cape et une capuche noires était assise sur la chaise près de la table. Une pièce de soie voilait son visage, à l'exception de ses yeux, elle ressemblait aux épouses d'un des nombreux seigneurs des Royaumes Inférieurs. Était-elle tatouée sous son voile ? Karigan tendit la main vers une épée inexistante, et envisagea de jeter la pierre de lune au visage de l'intruse.

Comme si elle avait deviné ses pensées, celle-ci leva une main gantée de noir en un geste de défense.

— Je vous en prie, je suis une amie. (Ce n'était pas l'accent des Royaumes Inférieurs, mais de quelque province orientale. Coutre, peut-être ? Constatant que Karigan ne répondait pas, elle ajouta :) Je suis Estora. Vous avez apporté la dernière missive de mon amour, F'ryan Coblebaie.

Karigan cilla, mais son corps crispé ne se détendit pas.

— Pourquoi venir à cette heure tardive, alors ? Pourquoi dissimuler votre visage ?

La femme baissa ses yeux verts, et haussa les épaules en soupirant.

— Ma famille n'aurait jamais autorisé ma liaison avec un roturier comme F'ryan. Notre relation était secrète. Même maintenant, je cache mon chagrin. Si jamais mes parents venaient à apprendre que j'aimais F'ryan Coblebaie, ils se sentiraient déshonorés et me jetteraient dehors.

Ce n'était pas une vie, songea Karigan, et elle chassa de son esprit ce qu'elle avait appris, que l'homme qu'elle avait vu dans le télescope du professeur Sorbier était le roi. Elle se détendit et s'assit lestement sur son lit, sa main musardant sur le couvre-lit en laine.

— Je suis navrée, dit-elle, ne sachant pas trop si elle faisait référence à la mort de F'ryan ou à la discipline familiale.

Le regard de dame Estora se perdit au loin.

— Les Cavaliers nous aidaient toujours. Ils m'introduisaient ici en secret pour voir F'ryan. Et quand on leur posait la question, ils restaient muets à notre sujet. Et vous aussi vous avez apporté votre aide, en me faisant parvenir cette lettre. (Elle tira le bout de papier froissé de sous sa cape.) Mel m'a dit que vous êtes la dernière personne à avoir vu F'ryan vivant.

— Si fait. (Karigan n'avait aucune envie de préciser qu'elle l'avait vu aussi après sa mort.) Il est mort courageusement.

Que dire d'autre ? « Elle est morte courageusement », voilà ce que ses tantes avaient dit de sa mère.

— Comme je le pensais. Souvent, je me disais qu'il était à moitié fou, et trop intrépide. Il a défié la mort à plusieurs reprises pour me rendre visite dans la maison de mes parents. C'était téméraire, mais je ne l'en aimais que plus. (Les yeux de la jeune femme s'emplirent de larmes, et le voile s'assombrit sur ses joues.) J'ai souvent pleuré, mais je n'avais personne avec qui partager ma peine. Je voulais juste vous remercier de m'avoir apporté cette lettre, et pour avoir repris la mission de F'ryan. Mais...

Karigan pencha la tête, dans l'expectative.

— Je ne comprends pas pourquoi il a écrit cette lettre s'il escomptait me la remettre en mains propres.

— Peut-être savait-il qu'il ne survivrait pas à cette dernière mission, suggéra Karigan.

Les fins sourcils d'Estora se froncèrent, et ses yeux révélaient son trouble.

— Cela se pourrait, oui, mais tout de même ; F'ryan n'était pas du genre à écrire des lettres. Si jamais l'une d'elles venait à être interceptée par la mauvaise personne, cela aurait signé la fin de notre histoire. De surcroît, certains détails dans cette lettre sont erronés.

Estora se leva et se mit à faire les cent pas, la lumière argentée jouant sur ses longues jupes noires.

— Mes cheveux ne sont pas ambre foncé, précisa-t-elle. F'ryan le savait bien. Il ne tarissait pas d'éloges au sujet de mes cheveux dorés, il voulait toujours y passer les doigts. (Elle s'arrêta brusquement, et une rougeur se répandit au-dessus de son voile.) Un mariage estival ! Il a mentionné un mariage estival. Nous n'avions rien prévu de tel, puisque c'était inenvisageable. Nous en parlions, bien sûr, par pure fantaisie. Il a également cité son frère. F'ryan n'en a pas. Et il y a d'autres détails bizarres du même acabit. C'est étrange.

Karigan se gratta la tête.

— Il était peut-être tourmenté lorsqu'il l'a rédigée.

— Je ne le pense pas. Il en fallait beaucoup pour le tourmenter.

Estora s'arrêta près de la fenêtre, et soupira tristement.

Karigan se redressa sous l'effet d'une soudaine inspiration. Qu'avait dit le capitaine au sujet de F'ryan, qu'il portait des messages codés ?

— Êtes-vous... êtes-vous certaine que la lettre vous était destinée ?

Estora regarda Karigan comme s'il venait de lui pousser des cornes.

— Bien entendu. Malgré les erreurs, il dit des choses connues seulement de nous deux.

— Cette lettre cache peut-être quelque chose. (Ce pourrait-il que F'ryan ait camouflé le vrai message sous la forme d'une lettre d'amour, et utilisé l'autre message comme diversion ?) Puis-je la prendre ?

Estora la serra contre son cœur.

— Pourquoi donc ?

— J'aimerais la montrer au capitaine Stèle. Je pense qu'il y a autre chose.

— Je vous l'ai dit, ma famille me rejetterait si jamais elle venait à découvrir ma relation avec F'ryan.

— Vous avez dit vous-même qu'aucun Cavalier Vert n'avait jamais révélé votre histoire, n'est-ce pas ?

— Si fait.

— Je vous promets que le capitaine Stèle, et elle seule, le saura. Je pense que c'est important.

Estora tenait toujours la lettre contre elle. Alors qu'elle hésitait, F'ryan Coblebaie apparut faiblement à côté de sa bien-aimée. Estora ne le remarqua pas, et Karigan se dit qu'entre toutes les personnes, c'est elle qui aurait dû le voir. F'ryan regarda Karigan, l'air sombre, les flèches toujours dans son dos. Il se tourna vers Estora et murmura à son oreille.

Estora frémit, comme si elle venait de se rappeler l'endroit où elle se trouvait.

— Si vous pouviez me la rendre après, dit-elle. J'aimerais la récupérer. C'est tout ce qui me reste de lui. (Lorsqu'elle tendit la lettre à Karigan, la main de F'ryan se superposa à la sienne, comme pour lui venir en aide.) C'est curieux, mais je pense que F'ryan aurait voulu que je le fasse.

Le fantôme jeta à Karigan un regard perçant, puis s'évanouit.

—Merci, répondit-elle, le souffle court. Comme je vous l'ai dit, personne d'autre que le capitaine Stèle ne le saura.

Karigan n'attendit pas qu'Estora s'en aille. Elle ouvrit la porte à la volée, et traversa à grands pas le corridor, sortit du bâtiment, et traversa la cour en direction du quartier des officiers. Contrairement aux baraquements de bois des Cavaliers, le quartier des officiers était un bâtiment de pierre trapu, transformé en logis pour une petite poignée de personnes. Les murs de pierre devaient protéger les occupants des flèches enflammées et des charbons ardents propulsés par les catapultes. Les fenêtres n'étaient que de minces fentes à travers lesquelles les défenseurs pouvaient décocher des flèches depuis l'intérieur. Malgré cette protection, Karigan était contente d'être logée dans les baraquements, où une large fenêtre donnait sur le pré.

Les meurtrières n'étaient pas éclairées. Le capitaine était le seul officier à y résider, c'est du moins ce que Mel avait suggéré. Karigan frappa fort à la lourde porte verte. N'obtenant pas de réponse, elle frappa de nouveau. Cette fois, une lumière vacillante prit vie derrière les meurtrières et, quelques instants plus tard, la porte grinça sur ses gonds usés.

—Que se passe-t-il ? (Le capitaine Stèle la regardait en plissant les yeux, une lampe à la main, son sabre dégainé dans l'autre. Elle était pieds nus, et sa chemise de nuit en flanelle ondulait sous la brise. Ses cheveux dénoués, de la couleur du cuivre neuf sous la lune d'argent, flottaient librement dans son dos. Karigan ne répondit pas immédiatement, aussi ajouta-t-elle d'un ton sec :) Allons, ne reste pas plantée là, ma fille. Je dormais à poings fermés. Que veux-tu ?

—Je… euh… j'ai cette lettre.

Il était plutôt déconcertant de voir le capitaine les yeux embués de sommeil, et portant autre chose que son élégant uniforme vert. Et la cicatrice violacée ne s'arrêtait pas au col de l'uniforme, elle se prolongeait en une ligne irrégulière jusqu'à la naissance de son décolleté. Karigan se passa la langue sur les lèvres.

—Elle appartient à dame Estora. Écrite par F'ryan Coblebaie. Je l'ai trouvée dans la poche de son manteau après sa mort.

—Répète-moi ça. (Karigan s'exécuta, et les yeux du capitaine semblèrent s'ouvrir véritablement, l'un après l'autre.) Tu veux dire que tu connaissais l'existence de cette lettre depuis le début et que tu n'as rien dit ?

— C'est une lettre d'amour. Je n'en avais rien conclu de particulier.

Le capitaine Stèle était à présent pleinement réveillée.

— Tu ferais mieux d'entrer pour tout m'expliquer.

Karigan la suivit à l'intérieur, le long d'un petit couloir, jusqu'à sa chambre. Elle était à peine plus meublée que les baraquements. Un petit lit, dont les couvertures étaient en désordre et l'oreiller encore creusé du poids de la tête du capitaine, était poussé contre un mur. Le capitaine rengaina son sabre et elles s'assirent sur des chaises à côté d'une cheminée noircie.

— À présent, dis-moi.

Karigan lui tendit le papier froissé et regarda le capitaine le lire. Elle expliqua comment elle l'avait découvert, au début de son voyage, et fait le vœu de le remettre à dame Estora lorsqu'elle aurait atteint la cité de Sacor.

— Je viens de quitter dame Estora, elle est dans ma chambre. Elle m'a dit qu'il y avait des incohérences dans la lettre. (Karigan répéta leur conversation.) Je me suis rappelé que vous m'aviez précisé : que F'ryan rédigeait parfois ces messages en code.

Le capitaine Stèle frotta distraitement sa cicatrice.

— Je dois l'étudier immédiatement. Ce serait du F'ryan tout craché.

— J'ai promis à dame Estora que personne ne ferait le lien entre elle et F'ryan.

— Oui, oui, oui. Je sais tout cela. Tu peux t'en aller, maintenant.

Piquée au vif par ce brusque renvoi, Karigan quitta la pièce. Alors qu'elle franchissait le seuil de la chambre, le capitaine était déjà en train de sortir son uniforme de l'armoire. Quel message pourrait bien révéler cette lettre d'amour, si elle n'en était pas vraiment une ?

Les mains dans les poches, Karigan marchait sous un lavis de lune argentée, dans la haute herbe humide qui mouillait son pantalon. Le bal s'achevait sans doute. Par bonheur, c'était le dernier événement mondain auquel elle aurait à assister.

À l'autre bout du pré, un personnage esseulé se frayait un chemin dans l'herbe haute. Son ombre était noire, même au clair de lune, l'obscurité semblait s'amasser autour de lui comme un bouclier. En fait, on aurait dit qu'il repoussait la lumière.

Les mouvements souples de Soval l'Élétien étaient clairement reconnaissables, et sa chevelure d'or brillait, vibrait, en dépit de l'ombre qui l'enveloppait comme un voile. Il faisait ce que faisaient tous les Élétiens, supposa Karigan : marcher sous la lune, mais elle frissonna en se demandant où le guidaient ses pas décidés. Elle se hâta vers les baraquements des Cavaliers pour échapper à la nuit.

À LA FAVEUR D'UNE LUNE D'ARGENT

— *Psss, Cavalier Vert!*

Karigan s'arrêta sur le seuil et regarda frénétiquement autour d'elle. Elle ne distingua d'abord que la forme rondelette d'arbustes dans la pénombre, près du bâtiment. Puis une femme surgit de l'un d'entre eux et entra dans le halo lumineux de la lampe de l'entrée. Celui-ci révéla l'ovale raffiné du visage de la Mirpuisienne à la broche de Cavalier Vert.

Karigan se raidit. Broche ou pas, c'était une Mirpuisienne, et les Mirpuisiens n'avaient fait que lui causer souffrance et ennuis.

— Je peux faire quelque chose pour vous ? demanda-t-elle avec méfiance.

La femme regarda autour d'elle comme si quelqu'un pouvait à tout moment bondir hors des buissons. Jusque-là, la nuit avait été étrange, dotée d'une lune argentée de surcroît, et Karigan estima que tout pouvait arriver.

— S'il vous plaît, dit la Mirpuisienne, je dois transmettre un message à…

— Écoutez, répondit Karigan. Je ne suis pas un Cavalier Vert. Je ne suis pas une messagère.

La femme rit avec arrogance.

— C'est ce que vous dites maintenant. Mais regardez-vous. Vous portez la broche.

— Tout comme vous.

La femme pinça les lèvres et croisa les bras. Elle ne devait pas être habituée à tant d'insolence. Karigan n'avait pas été formée à reconnaître la signification des insignes militaires, et par conséquent elle ne savait quel rang indiquaient les épaulettes de la femme.

Celle-ci fit un pas en avant.

— Écoutez, je n'ai pas le temps de m'amuser. J'ai besoin de votre aide. Je…

— Major !

Les yeux de la Mirpuisienne s'agrandirent de peur un instant. Puis elle se maîtrisa ; son expression se durcit. Elle se retourna et regarda deux soldats mirpuisiens approcher. Karigan se rencogna dans l'embrasure de la porte, espérant qu'ils ne l'avaient pas vue. La Mirpuisienne mit les poings sur les hanches et adopta une posture menaçante.

— Que se passe-t-il, D'rang ?

— Le gouverneur. Il a besoin de vous.

— Il a toujours besoin de moi. Qu'est-ce que c'est, cette fois ? Il veut que je lui fasse couler son bain ?

— C'est urgent, major.

— Très bien.

Karigan, depuis le renfoncement de la porte, la regarda attentivement s'éloigner à la hâte, flanquée des deux soldats. Elle se gratta la tête. Mais qu'est-ce que cela pouvait bien signifier ?

Mirpuits sortit de la baignoire avec force éclaboussures, soutenu par un page au regard candide. La baignoire était un colosse de porcelaine aux pieds de cuivre en forme de pattes animales. Très accueillante, mais elle ne pouvait soutenir la comparaison avec l'eau riche en soufre et le réseau de canalisations de Selium. En temps voulu, il acquerrait cet endroit aussi. L'hiver y était bien plus clément que dans les terres reculées de Bourg-de-Mirpuits, et rien ne pouvait surpasser les sources chaudes pour soulager les vieux os grinçants.

— C-ce sera t… tout, seigneur ?

Mirpuits gloussa. Le garçon n'avait pas quitté des yeux les marques de griffes couleur d'ivoire dont son corps était couturé, et qui ressortaient très nettement sur sa peau rougie par l'eau chaude du bain.

— Va me chercher une serviette avant que je meure de froid, mon garçon.

— O… oui, seigneur.

Le garçon s'affaira dans la salle de bains de la suite et revint avec une serviette pelucheuse, de la taille d'un drap.

— À présent, essuie-moi, mon garçon, et tâche de ne pas m'étriller.

— Oui, seigneur.

Le page frottait si doucement qu'il touchait à peine la peau de Mirpuits.

— On n'en finira jamais, à cette allure-là, mon gars. J'aurai tout le temps de mourir de vieillesse avant. Un peu plus d'énergie, enfin. Je ne vais pas te manger.

— Oui, seigneur.

Il se mit à frotter avec plus d'ardeur, mais cela resta doux. Mirpuits avait l'habitude que d'autres prodiguent à son corps les soins quotidiens. Toute sa vie, des serviteurs avaient répondu au moindre de ses besoins, et cela comprenait la toilette. Il avait seulement espéré que Béryl aurait été là ce soir pour l'assister, bien qu'à strictement parler elle ne soit pas une servante. La légère indisposition de son serviteur attitré avait été un prétexte bienheureux. Et il supposait que si Béryl avait été un homme, ou une femme ne serait-ce que moitié moins attirante, cette pensée ne l'aurait même pas effleuré.

Le page l'aida à enfiler sa robe de chambre. Où était Béryl ? Elle l'avait escorté jusqu'à sa suite après le bal, mais s'était éclipsée durant un moment d'inattention. Il avait espéré qu'ils passeraient un peu de temps ensemble, afin qu'elle apprenne à le connaître un peu mieux, autrement que comme prince-gouverneur.

— Mes pantoufles, garçon, j'ai les pieds gelés.

— Oui, seigneur.

Le garçon alla chercher précipitamment les pantoufles doublées de fourrure et les posa aux pieds de Mirpuits.

— Sèche d'abord la plante de mes pieds.

— Oui, seigneur.

Mirpuits posa une main sur la tête du page pour garder l'équilibre tandis que celui-ci lui essuyait un pied, puis l'autre.

— Sais-tu dire autre chose que « Oui, seigneur » ?

Le garçon se passa la langue sur les lèvres :

— Euh, oui, seigneur.

— De toute façon, que pourrais-tu dire d'intéressant ?

— Rien, seigneur.

Mirpuits se mit alors à rire, un gros rire étonnant. Il ôta sa main de la tête du page pour lui permettre de se relever.

— Tu ferais un bon politicien, mon gars.

— Oui, seigneur.

Mirpuits le renvoya. Avec un peu de chance, Béryl serait bientôt de retour et l'aiderait à s'habiller. Il mit la serviette autour de ses épaules et passa de la salle de bains au salon d'un pas nonchalant. Béryl *était là*! Mais tous ses espoirs de la voir l'aider à s'habiller partirent en fumée.

Elle était assise sur une chaise droite, et D'rang et cet autre soldat, comment s'appelait-il déjà, lui maintenaient les épaules pour l'empêcher de se lever. Le visage de Béryl était froid et impénétrable, comme à son habitude.

— D'rang, s'enquit-il. Pourquoi molestez-vous votre supérieure hiérarchique ?

D'rang jeta un coup d'œil à l'autre soldat, puis reporta son regard sur Mirpuits. Mais avant que celui-ci puisse ajouter quelque chose, l'Homme Gris se détacha du mur de pierre, comme s'il en avait été partie intégrante. Mirpuits eut un frémissement involontaire. Pour autant qu'il sache, c'est exactement ce qu'avait pu faire l'Homme Gris.

— Recherchez-vous toujours un espion ? demanda l'Homme Gris de sa voix mélodieuse, une belle voix qui masquait quelque chose de laid.

Mirpuits sentit qu'il le scrutait depuis les profondeurs de sa capuche. Il s'affaissa sur une chaise rembourrée en face de Béryl, près d'un guéridon où était posé son jeu de Complot. Il avait placé les pions dans l'exacte position qu'ils occupaient avant de quitter sa forteresse.

— Cela va de soi. (La capuche se tourna vers Béryl.) Spence ? Vous voulez rire, Maître Gris. Elle est mon assistante la plus dévouée.

— Qui d'autre pourrait mieux vous trahir ?

Mirpuits fusilla son assistante du regard.

— Spence ?

— Je ne suis pas une espionne.

Ses traits restèrent neutres. Alors, d'un mouvement vif et soudain, l'Homme Gris se jeta sur elle et arracha quelque chose de son surcot. Elle eut un mouvement de recul et poussa un cri étouffé qui sonna plutôt comme un grondement. L'Homme Gris montra à Mirpuits ce qu'il avait confisqué.

— Que voyez-vous ? siffla-t-il.

— Sa médaille d'honneur, évidemment. Elle l'a obtenue pour avoir servi dans la milice royale.

— Regardez de plus près.

Mirpuits plissa les yeux. La médaille, un ovale en or gravé de la bûche enflammée et du croissant de lune, se brouilla un moment devant ses yeux, comme si elle se transformait tout d'un coup, puis reprit sa forme et sa texture habituelles. *Mes yeux*, songea-t-il.

— Je ne vois rien d'inhabituel.

— C'est une broche de Cavalier Vert, répliqua l'Homme Gris. Les profanes ne peuvent pas la voir convenablement, mais moi je le peux. Cette espionne l'avait bien protégée afin que je ne la décèle pas, mais ma magie est plus puissante, bien plus puissante, et j'ai fini par voir ce que c'était réellement. Je pense qu'en l'interrogeant vous constaterez que je dis vrai.

Mirpuits lissa sa barbe, pleinement conscient du genre d'interrogatoire que suggérait l'Homme Gris.

— Je… ne sais pas.

— Seigneur, dit D'rang, nous l'avons trouvée près des baraquements des Verdâtres ; elle parlait à quelqu'un.

L'Homme Gris posa violemment la médaille sur la table.

— C'est une espionne. Aucun doute là-dessus. Si vous voulez que vos projets aboutissent, tuez-la. Si vous doutez, torturez-la. Débusquez la vérité.

Je suis devenu un vieux fou sénile, se dit Mirpuits. *J'ai laissé cette femme m'approcher. Je suis devenu faible.* Peut-être avait-il su depuis le commencement.

— Nous ne l'exécuterons pas, et nous ne la torturerons pas.

Le visage de Béryl afficha une fugace expression de triomphe avant de retrouver son impassibilité.

Mirpuits prit le pion de l'espion vert sur le plateau de jeu et le secoua dans sa main comme s'il allait lancer des dés.

— Ligotez-la, dit-il avec un profond soupir.

Béryl se rembrunit à ces mots.

D'rang alla chercher une longueur de corde et entreprit de la ligoter et de la bâillonner. Béryl ne pipa mot.

— Je veux que tout ait l'air normal, continua Mirpuits, afin que le roi ne se doute de rien. Elle continuera de m'assister en permanence, comme il s'y attend.

— Seigneur, fit D'rang, et si elle essayait de contacter les gens du roi ?

— C'est une possibilité, admit Mirpuits.

L'Homme Gris se pencha au-dessus de Béryl et elle se recroquevilla sur son siège.

— Je pense connaître un moyen. Je vais vous enseigner des mots de pouvoir afin de la contrôler.

Mirpuits mit l'espion vert dans la zone du roi rouge, et le fit tomber d'une pichenette.

— D'rang, va trouver le castellan et demande-lui s'il a eu vent de nos plans. Je pense que c'est le moyen le plus simple de savoir si Spence nous a trahis.

L'Homme Gris plaça ses mains de part et d'autre de la tête de Béryl, qui se débattit et se tortilla sur sa chaise.

— Cherchez Corneille par tous les moyens, dit-il. Mais cette femme-là est toujours une gêne.

Béryl se mit à hurler et, même si le bâillon étouffait son cri, Mirpuits le ressentit dans tout son corps.

La vive lueur argentée de la lune s'épanchait à travers la trame serrée des branches entrelacées qui constituaient la voûte de la forêt. Elle mouchetait de motifs mouvants et mystérieux la piste envahie de végétation, autrefois route forestière. Le clair de lune n'était pas un mauvais présage mais une source de lumière commode pour le prince Amilton Basseterre et son ost.

Celui-ci était constitué de soldats mirpuisiens de l'armée régulière, de merc' dépenaillés, de paysans conscrits, et d'un nombre non négligeable de voleurs et de bandits à l'affût d'un mauvais coup. C'était une armée de renégats, et Amilton chevauchait à sa tête. Il aimait assez l'idée d'une armée renégate. Après tout, il était lui-même un prince renégat. Son frère ne l'avait-il pas dépouillé de ses titres, de ses terres, de sa *destinée* ? Et pourtant il se trouvait là, sur le point de s'emparer de la plus éminente fonction du royaume, et après cela il obtiendrait plus encore, aux dires de l'Homme Gris.

Amilton serra les dents. Il aurait le dessus et Zacharie se consumerait. Il rêvait de tourmenter son frère de mille manières, et comme il se délecterait alors de ses cris. Ces pensées lui réchauffaient les entrailles tandis que lui et son armée félonne de quelque cinq cents soldats avançaient pesamment.

La piste isolée les mènerait à la cité de Sacor sans qu'on les remarque. Ils avaient tué tous ceux croisés sur le chemin afin que leur présence reste secrète et que les séides de Zacharie ne soient pas prévenus de leur approche. Jusqu'à présent, seuls quelques chasseurs avaient péri, et on avait laissé loin derrière leurs cadavres criblés de flèches mirpuisiennes.

Les guerriers à cheval ouvraient la marche, suivis de chevaux de trait tirant sur leur joug pour haler les machines de siège et le ravitaillement. Tout à l'arrière suivait l'infanterie, qui progressait difficilement sur la terre meurtrie. Le plan ne consistait pas tant à assiéger qu'à faire une démonstration de force à la cité endormie. Il s'agissait aussi d'une précaution, dans l'éventualité où l'homme acquis à Mirpuits, à la cour de Zacharie, ne parviendrait pas à laisser les portes ouvertes pour les accueillir comme prévu.

L'armée d'Amilton s'infiltrerait directement par les portes du château et y entrerait pour le neutraliser. Alors Mirpuits lui amènerait son frère, mort ou vif. Dans le premier cas, il lui apporterait sa tête. Le roi légitime prendrait alors sa place sur le trône.

Cinq cents soldats, ce n'était pas beaucoup, mais c'était bien plus que les cent cinquante ou deux cents qui étaient stationnés au château.

— Vous songez à votre trône, mon prince ? demanda le capitaine mirpuisien qui chevauchait à ses côtés.

— Tout juste, répondit Amilton. (Il attrapa la pierre noire pendue à une chaîne d'or autour de son cou. C'était un présent, un présent de valeur offert par l'Homme Gris. La puissance en cadeau. Cela les fortifierait, avait dit l'Homme Gris. Plus il l'utiliserait, plus ils deviendraient puissants tous les deux.) Bientôt tu m'appelleras ton roi, ajouta-t-il.

Le capitaine inclina la tête.

— Avec plaisir, Sire.

L'homme était un obséquieux, songea Amilton. Déjà il cherchait à se concilier les faveurs du nouveau roi.

Deux cavaliers apparurent au loin sur la piste ; un éclaireur mirpuisien et quelqu'un monté sur un grand cheval de guerre. Amilton arrêta son armée en levant la main. L'ordre fut répercuté par des cris à l'ensemble de l'ost. Le capitaine alla à la rencontre de l'éclaireur tandis que le bruit sourd des sabots, le cliquètement des armures et le grincement des roues des chariots cessaient peu à peu. Le silence retomba, entrecoupé des légers mouvements des chevaux, du tintement des harnais, et d'une toux occasionnelle.

Le capitaine revint au petit galop et s'arrêta devant le prince.

— L'éclaireur a trouvé quelqu'un, seigneur, annonça-t-il.

— Pourquoi est-il encore en vie ?

— *Elle* prétend vous connaître. Elle monte un cheval de guerre tatoué du signe de la compagnie des Serres.

Amilton haussa un sourcil.

— Intéressant. (Mirpuits avait acheté les services d'une escadre de mercenaires des Serres pour renforcer son infanterie.) Amenez-la-moi.

Le capitaine s'en retourna vers l'éclaireur et la femme mystérieuse. Au bout d'un moment, ils s'approchèrent, à une allure lente. Lorsqu'ils furent à tout juste deux chevaux du prince, l'étrangère mit pied à terre et tomba à genoux devant lui.

— Seigneur, dit-elle, le visage toujours tourné vers le sol.

Amilton sursauta, interloqué. Il démonta et jeta ses rênes au capitaine. Il posa ses doigts sous le menton de la femme, et lui releva la tête. La lune révéla un nez enflé, tout de guingois. Du sang séché incrustait la racine de ses cheveux, même si elle semblait avoir frotté pour essayer de l'enlever. Son visage étroit ne prêtait pas à confusion.

— Jendara, murmura-t-il.

— Oui, seigneur.

Il caressa son visage, ses doigts courant le long de ses pommettes anguleuses.

— Tu m'as manqué plus que tu peux l'imaginer. Que s'est-il passé ? Où est Torne ?

— Mort. La Verdâtre, seigneur. Nous l'avions, mais elle n'était pas ce qu'elle semblait être... Elle s'est échappée. Nous vous avons fait défaut.

Il avança la main comme pour la passer dans ses cheveux épais, mais au lieu de cela il en saisit une poignée qu'il tira brutalement pour l'obliger à se relever.

— Défaut ? Sais-tu seulement ce que ton échec pourrait me coûter ?

— Oui, seigneur.

Il la gifla en plein visage, puis la frappa de nouveau. Ses poings s'abattirent encore et encore, et coup après coup elle demeurait silencieuse ; pas un cri ne lui échappa, jamais elle ne l'implora. Elle ne s'enfuit pas et ne tenta pas de résister. Elle accepta simplement la pluie de coups qu'il lui assenait, et son corps chancelait de-ci de-là sous les coups. Le bruit mat des poings contre son visage ponctuait le calme apparent de la forêt.

Amilton cessa un moment. Elle tenait encore debout, mais à grand-peine, alors qu'un homme ou une femme ordinaire se seraient évanouis à la suite d'une telle correction. Elle vacillait d'un côté et de l'autre, comme si à chaque instant elle allait s'effondrer, mais jamais elle ne tombait. Le sang coulait à flots de son nez et d'une lèvre fendue. La chair autour de ses yeux commençait à gonfler et à prendre une teinte violacée.

Amilton essuya ses jointures couvertes du sang de Jendara avec un chiffon que son écuyer lui tendit.

Pourquoi cette violence, se demanda-t-il, alors qu'il pouvait mettre à l'essai le présent de l'Homme Gris ? Il ferma les yeux et toucha la pierre froide. Ses pensées gagnèrent de sombres contrées, comme l'Homme Gris le lui avait enseigné. Il chercha et trouva le pouvoir de *Kanmorhan Vane*, et l'appela à lui. Cela jaillit à travers lui en un picotement froid et sinueux. Lorsqu'il ouvrit les yeux, des langues d'énergie noire lui léchaient les mains.

Il saisit Jendara par les épaules et les vagues d'énergie se déversèrent en elle. Ses hurlements retentirent à travers les bois, et elle tomba à genoux.

Amilton relâcha sa prise et vit, fasciné, le flux d'énergie qui crépitait sur ses paumes et autour de ses doigts. Il laissa la magie se dissiper, puis abaissa ses mains.

— Que faisons-nous maintenant, seigneur ? s'enquit le capitaine.

Son visage était devenu livide.

— Nous continuons.

— Mais si la Verdâtre a prévenu le roi ? Et si nous allions au-devant d'un piège ?

— Immerez a pu arrêter la Verdâtre. Et même dans le cas contraire, nous continuons. Nous pouvons soutenir un siège s'il le faut. (Le prince se tourna vers le capitaine, et d'un ton sans appel il ajouta :) Quoi qu'il advienne, nous exécutons le plan. C'est tout ce qui me reste, et je compte le mener à bien. Si j'entends ne serait-ce qu'un murmure désapprobateur, son auteur sera immédiatement exécuté. Me suis-je bien fait comprendre ?

Le capitaine s'inclina avec empressement.

— Oui, seigneur.

Amilton posa de nouveau les mains sur les épaules de Jendara, et celle-ci se déroba bien qu'il n'ait pas fait appel à la magie. Il l'attira contre lui.

— Je suis content que tu sois revenue à moi. (Il embrassa sa joue enflée avec beaucoup de tendresse.) Maintenant, chevauche à mes côtés et protège-moi comme tu as juré de le faire.

— Comme j'ai juré de le faire, murmura-t-elle à travers ses lèvres martyrisées.

— Alors prends ta place à mes côtés.

Elle se remit debout en titubant et clopina en direction du cheval de guerre, comme dans un brouillard. Elle s'y reprit à plusieurs fois avant de parvenir à glisser son pied dans l'étrier et à se hisser avec difficulté sur la selle. Elle plaça sa monture près de celle d'Amilton. Courbée sur le pommeau, elle lui murmura :

— Ma vie pour vous.

LA CHASSE

Un jour s'écoula, puis un autre, et Karigan n'avait toujours aucune nouvelle de la lettre, et nulle part elle ne vit le capitaine Stèle. Personne ne lui prêtait vraiment attention, en fait, pas même les Armes. Personne sauf Alton, qui n'avait rien d'autre à faire, et Mel, aussi gaie qu'à son habitude mais qui, pour une fois, ne savait pas du tout de quoi il retournait.

— Je te l'ai déjà dit. Je n'ai pas vu le capitaine depuis avant-hier soir, dit-elle en gigotant sur le lit de Karigan.

Karigan attacha solidement son matelas à son paquetage rempli des provisions fournies par les filles de cuisine. Elle le balança sur son épaule et jeta sur l'autre une outre d'eau.

— Bon, j'ai fini. J'ai accompli ma tâche, et je rentre à la maison.

— Tu dois vraiment t'en aller ? (Les yeux de Mel étaient tristes.) Cela fait si longtemps que je n'avais pas eu d'amie à qui parler.

Qu'elle devait se sentir seule, à vivre dans ce monde d'adultes, plein de problèmes d'adultes absolument dépourvus d'imagination.

— Je dois rentrer chez moi. Mon père s'attend à ce que je revienne. Peut-être… peut-être qu'il viendra conclure des échanges ici à l'automne et que je pourrai l'accompagner.

— Peut-être que le capitaine me laissera te rendre visite.

La voix de Mel était emplie d'espoir.

— Je ne vois pas pourquoi elle refuserait. (Une escapade de ce genre lui ferait du bien. Peut-être Mel n'avait-elle encore jamais franchi les murs de la Cité.) Je suis prête, on dirait.

Karigan traversa le couloir principal des baraquements, Mel à sa suite. Le couloir était désert ; les Cavaliers Verts étaient en mission, dispersés à travers la campagne.

Lorsqu'elles émergèrent à l'extérieur, le chaud toucher du soleil était plus estival que printanier sur leurs épaules. Karigan longea la clôture qui entourait le pré des chevaux et plissa les yeux pour repérer un ami familier à qui elle devait dire au revoir.

— Qu'est-ce que tu cherches ? s'enquit Mel.

— Cheval. Tous ont l'air d'être dehors, sauf lui.

— Condor ? Il est à l'écurie.

Karigan en fut décontenancée, d'autant plus en voyant un sourire malicieux s'épanouir sur le visage de Mel. Elles entrèrent dans l'écurie, en clignant des yeux jusqu'à ce qu'ils s'accoutument à la pénombre soudaine. Alton D'Yer se tenait dans l'allée qui séparait les stalles, il tenait les rênes de son grand hongre noir, à qui ses chaussettes blanches et une étoile blanche, qui courait sur son chanfrein jusqu'aux naseaux, avaient valu le nom d'Engoulevent. Alton était, comme toujours, immaculé, à l'instar de sa monture et de son équipement. Il adressa à Karigan un grand sourire en coin et flatta l'encolure d'Engoulevent.

— Où vas-tu ? demanda-t-il.

Karigan se renfrogna. À Corsa, bien sûr. Elle le lui avait dit et redit.

— Chez moi.

— Ça fait un bon bout de chemin.

Karigan, agacée, mit les poings sur les hanches.

— J'attraperai une barge quelque part sur la rivière.

— Mais tu portes un uniforme de Cavalier Vert. Tu ne peux pas voyager à pied, ce ne serait pas approprié.

— Que veux-tu que je fasse ? Que je me promène toute nue ? (Alton ricana, mais Karigan l'ignora.) Il doit me rester suffisamment d'argent pour acheter des vêtements et me débarrasser de cet accoutrement.

— Le vert est ta couleur. (Cette fois, Alton ne plaisantait pas.) Pourquoi ne pas voyager à cheval, à la place ?

— Je n'ai pas les moyens d'avoir une monture.

— Je ne sais pas ce que Condor en penserait.

Mel disparut dans une autre partie de l'écurie, située à proximité, pour revenir aussitôt accompagnée d'un Condor apprêté et sellé. Il s'ébroua en guise de salut.

— Il est fin prêt pour se rendre à Corsa, dit Mel.

— Quoi ? (Karigan regarda Mel, puis Alton, bouche bée.) Mais il ne m'appartient pas.

— Ces chevaux messagers attachent beaucoup d'importance à leurs Cavaliers. Tu es la Cavalière de Condor, que tu choisisses de rejoindre le drôme ou non. Le capitaine Stèle a décrété que le moins que nous puissions faire était de te le donner, pour te remercier d'avoir livré le message de F'ryan.

Karigan prit les rênes des mains de Mel et leva les yeux vers Condor.

— Alors comme ça, tu penses pouvoir me supporter ? (Condor renâcla et secoua la tête, faisant tinter sa bride. Karigan sourit jusqu'aux oreilles.) Je suppose que oui.

Son voyage serait grandement facilité par la présence d'une monture. Elle avait toujours l'intention de trouver un moyen de se débarrasser de l'uniforme vert, cependant.

— Karigan, dit Alton, je voudrais... je, eh bien, j'aimerais bien... Ce que je veux dire, c'est que...

Un moment il parlait comme l'aristocrate policé qu'il était, l'instant d'après il ne trouvait plus du tout ses mots. Karigan se prit à souhaiter qu'il se contente de dire ce qu'il voulait dire.

Les yeux de Mel roulèrent dans leurs orbites ; elle souhaitait apparemment la même chose.

— Il veut t'accompagner le long de la rivière.

Alton rougit.

— Oh ! (Ce serait la dernière fois qu'elle le verrait et ce serait agréable d'avoir de la compagnie – *sa* compagnie – sur le chemin.) Pourquoi pas ?

Alton poussa un soupir de soulagement.

— Très bien, lâcha-t-il, reprenant son air assuré.

Karigan crut entendre Mel marmonner quelque chose au sujet des « hommes ». Les deux filles se dirent au revoir, et lorsque Karigan s'éloigna, Mel se tenait dans la pénombre de l'écurie, l'air malheureux et le bourdonnement des mouches emplissait l'air.

Au début, ils chevauchèrent en silence, Alton regardant subrepticement Karigan. Ils passèrent sous la herse et franchirent les portes du château. Les sabots des chevaux claquèrent sur le pont-levis en bois. Deux soldats de garde les regardèrent passer d'un air revêche. Elle apprit que les relations entre la milice et le drôme étaient tendues, parce que les soldats s'imaginaient, à tort, que les Cavaliers Verts menaient une vie tranquille.

Une partie du mur d'enceinte qui donnait sur la ville était hérissée d'échafaudages. Des ouvriers au repos étaient assis négligemment sur l'assemblage en bois, et se passaient à tour de rôle un pichet. Alton leur jeta un regard mauvais.

— Qu'y a-t-il ? demanda Karigan.

— Ce mur n'a aucun défaut.

— Alors que font-ils ?

— Ils sont supposés le renforcer. Ha ! Ce mur est debout depuis la Longue Guerre, et il n'a pas une seule fissure. Ce sont les D'Yer qui l'ont bâti.

— Le roi a l'air de penser qu'il a besoin d'être consolidé.

— À l'évidence. Je ne sais pas ce qu'il redoute. Ce ne serait pas si grave, si seulement leur travail était plus soigneux. Il aurait pu faire appel aux D'Yer s'il avait voulu du bon travail. Je le concède, nous avons perdu une partie de notre art depuis la construction du château, mais le clan de D'Yer compte toujours les meilleurs bâtisseurs de toute la Sacoridie. (Il soupira.) Je présume que le roi préfère embaucher de la main-d'œuvre locale.

Depuis les portes, ils suivirent une route pavée qui menait du château à la cité de Sacor. Les pavés, des pierres polies par un millénaire de ressac, avaient été ramassés sur le rivage, en Basseterre, la province du roi Zacharie lui-même.

Alors qu'ils descendaient la voie en pente, Karigan regarda par-dessus son épaule et, pour la première fois, vit le château en entier, ce que l'Épique Chevauchée ne lui avait pas permis de contempler. Il s'élevait sur une butte arrondie, et ses tourelles projetaient des ombres massives, balafrant sa façade de granit gris. Ses murs imposants l'ancraient au sol. Il avait l'air indestructible, immuable, presque comme s'il avait été extrait du cœur même de la terre.

La succession des cours et des jardins en terrasse, ainsi que le pré, adoucissaient la forme volumineuse du château. Des bâtiments plus petits, les baraquements de la milice régulière et des Cavaliers Verts, les écuries et d'autres encore, se massaient à ses pieds comme des enfants agrippés aux jupes de leur mère.

Karigan se prit à songer aux personnes vulnérables qui résidaient dans cette forteresse à l'allure menaçante. Elle pensa au capitaine Stèle qui déchiffrait une lettre d'amour pour y trouver les indices d'un éventuel complot mirpuisien. Elle pensa à la pauvre Mel, jeune et esseulée, prisonnière de ces murailles de pierre froide. Le roi Zacharie était également prisonnier, et tout aussi seul que Mel, exerçant une fonction qu'il n'avait jamais recherchée. Pris dans l'engrenage des circonstances, comme elle-même l'avait été.

Pour sa part, Karigan regrettait de quitter ces gens qui lui avaient témoigné de la bonté, mais ils étaient impliqués dans les affaires du royaume et elle se sentait lasse, si lasse. Elle avait eu son content d'intrigues et de dangers pour les âges à venir, et il était temps que des mains plus compétentes reprennent les choses là où elle les avait laissées. *Tout ira bien lorsque je serai rentrée à la maison.* Elle regrettait de partir, mais en était aussi soulagée.

Karigan et Alton poursuivirent leur descente, et bientôt le château et ses dépendances disparurent hors de vue derrière l'enceinte protectrice. Plus bas, des maisons et des boutiques aux toits bardés de cèdre saillaient le long de la route en pente en un fouillis irrégulier. Deux autres murailles encerclaient la ville, comme les anneaux de croissance d'un arbre. Ces nouveaux murs avaient été construits à mesure que la ville s'était peuplée, pour l'entourer de leur protection.

Ils franchirent la seconde muraille, qui menait à la vieille ville. Des colporteurs vantaient les mérites de leurs marchandises. Des musiciens jouaient au coin des ruelles pour quelques piécettes jetées par ceux qui s'arrêtaient pour les écouter. Des gens de toutes conditions sociales erraient dans les rues, à cheval ou en calèche, ou bien menaient des charrettes et alors ils tiraient brutalement sur les longes pour obliger les bœufs à les suivre. Des clients s'arrêtaient devant les étals et s'engouffraient à l'intérieur d'établissements bien approvisionnés.

Un groupe se pressait devant un bâtiment, où se tenait une femme juchée sur une barrique. Karigan sursauta, étonnée, car il s'agissait de Lorilie Dorran, la meneuse de la Société contre la Monarchie. La femme roulait des yeux exaltés tandis qu'elle prenait le pouls de la cité et, en dépit d'un auditoire clairsemé, elle agitait le poing avec ferveur. Karigan n'entendit rien de son discours, hormis les « tyrannie » et « impôts » de circonstance. Les partisans de Lorilie distribuaient des tracts à la foule. Un jeune homme en brandit un devant le visage d'Alton.

Celui-ci le parcourut du regard et d'un air désapprobateur.

— Un gâchis de bon papier.

Il froissa le document dans son poing.

— Qu'est-ce que ça dit ? demanda Karigan.

— C'est une liste des crimes de Zacharie à l'encontre du peuple de Sacoridie.

Ils eurent tôt fait de perdre Lorilie Dorran et ses partisans dans la foule mouvante, et Alton montra du doigt une Cavalière, de l'autre côté de la voie, qui montait à travers le flot de la circulation, à contre-courant. Elle se frayait un chemin entre des chariots surchargés de tonneaux de vin, contournait les enfants jouant dans la rue, croisant aussi un marchand qui ployait sous le poids de nombreux paquets. Elle maniait les rênes d'une main pour guider sa monture, et lui tapotait les flancs de ses talons.

— C'est Patrici, dit Alton, l'assistante du capitaine Stèle. Elle vient des régions frontalières, où son clan élève des chevaux. Tu vois comme elle dirige Pluvier ? Elle a l'équitation dans le sang.

Patrici guidait son cheval vers le moindre espace disponible, et forçait l'allure lorsque c'était possible ; la foule était peu encline à s'écarter de sa trajectoire.

— Elle est pressée, continua Alton. Je me demande quel message elle apporte. C'est probablement important. Cette cohue peut envenimer la situation lorsqu'on veut atteindre le château au plus vite.

Il fronça de nouveau les sourcils.

— Quoi encore ?

— Depuis quelque temps, la Cité se remplit de roturiers.

Karigan arrêta Condor sans se préoccuper des gens qui s'amassaient derrière elle. Alton fit faire demi-tour à Engoulevent pour voir quel était le problème.

— Est-ce que tu vas dire que, selon toi, ils n'ont rien à faire ici ? dit-elle. Parce que si c'est le cas, je continuerai ma route sans toi.

Alton rougit.

— Je... je ne voulais pas t'offenser. C'était juste une remarque. Vraiment.

— Je l'espère, répliqua Karigan. Ces gens ont subi les attaques des blatterreux, et les voleurs exploitent leur faiblesse. Tu ne penses pas qu'ils ont le droit de rechercher la protection des murailles de la cité royale ?

— Eh bien, oui, je suppose. Mais ils sont si nombreux.

Karigan secoua la tête et pressa les flancs de Condor pour passer devant Alton. Engoulevent lui emboîta le pas et se plaça à côté d'eux.

— Je suis désolé. Quand je suis près de toi, on dirait que je n'arrive pas à m'exprimer normalement.

Alton aurait fait merveille à Selium, songea Karigan. Les filles de la noblesse qui étaient ses camarades de classe n'auraient pas cessé de parler du bel Alton D'Yer pour vanter son menton volontaire et son sourire radieux. Elle secoua la tête.

— Je me suis laissé dire que ton père est plus fortuné que nombre de seigneurs, reprit Alton. Il pourrait probablement s'offrir des provinces entières.

Karigan le regarda avec colère.

— Il n'en a pas toujours été ainsi. Mon père a mérité tout ce qu'il possède. Il n'est pas né avec.

Elle rejeta la tête en arrière et reporta son attention sur la route, mais elle remarqua l'air vexé d'Alton. Bien sûr, elle avait été trop jeune pour pouvoir se souvenir des difficultés rencontrées par ses parents, mais elle en avait suffisamment entendu le récit.

La senteur du pain tout juste sorti du four s'échappa de l'étal d'un vendeur, quelque part le long de la rue, et flotta jusqu'à ses narines. Des bribes d'une chanson bien connue jouée au luth par un musicien ambulant lui parvinrent.

— Nous verrons peut-être le roi, dit Alton en un stratagème pour changer de sujet.

Cela fonctionna, Karigan concentra soudainement son attention sur lui.

— Le roi ? Comment ça ? Nous quittons la ville, et non l'inverse.

Alton tripota les rênes d'Engoulevent.

— Le roi est parti à la chasse. Au lièvre, principalement… avec ses chiens. J'ai été invité à me joindre à un groupe de nobles, mais j'ai préféré t'accompagner.

Voilà qui était intéressant. La plupart des nobles cherchaient à se concilier la faveur royale dès que l'occasion se présentait, et pourtant il était là, chevauchant avec *elle*, la fille d'un négociant. Elle ne put s'empêcher d'être attendrie, et lui adressa un sourire fugace.

Avant de franchir la dernière enceinte, Karigan s'engouffra dans ce qui semblait être l'échoppe d'un confectionneur. Elle en ressortit sans tarder, contrariée.

— Qu'est-ce qui ne va pas ? lui demanda Alton.

— Je n'ai pas assez d'argent, même pour m'acheter une simple chemise.

— Tout est plus cher dans la capitale. Je peux t'aider si…

— Non merci. Je vais aller voir ailleurs.

Ils s'arrêtèrent devant plusieurs boutiques, mais le problème resta entier. Karigan n'avait pas assez d'argent.

— Comme je l'ai déjà dit, remarqua Alton, le vert est ta couleur.

Karigan ne répondit pas.

Ils laissèrent derrière eux la cité de Sacor et sa foule, et furent bientôt entourés de prairies et de champs cultivés. Les rues pavées laissèrent place à des routes de terre sinueuses et poussiéreuses, à peine en meilleur état que celles de Nord. À l'est s'élevaient de hautes terres aux lignes de faîte couronnées d'un mélange de résineux et d'arbres à feuilles caduques. La route elle-même commença à s'élever pour suivre la courbe d'un plateau, de telle sorte qu'une vallée apparut entre les deux.

— Le lac Dérobé, annonça Alton. Avant la Longue Guerre, il y avait un lac, à cet endroit. On raconte que si un cœur pur le contemplait par une nuit de pleine lune, lorsque les étoiles brillent de tous leurs feux, il pouvait voir jusques aux cieux et parler aux dieux. *Indura Luin* est son nom ancestral : le Miroir de la Lune.

Karigan pencha la tête, sceptique.

— En regardant dedans ? La nuit ? (Elle ne croyait pas les légendes.) Qu'est-il advenu du lac ?

— On raconte que Mornhavon l'Obscur l'a asséché, car il apportait trop de réponses à ses ennemis.

Dans la vallée, les graminées luxuriantes se mêlaient aux tiges pourpres des lupins, et au fond gargouillait un étroit cours d'eau. Karigan pouvait presque croire l'histoire concernant Mornhavon l'Obscur. Son expérience, depuis qu'elle avait quitté Selium, l'avait convaincue que la magie existait, mais qui pouvait être assez puissant pour assécher un lac entier ?

Larenne Stèle allait et venait devant le trône vide, et ses pas résonnaient sur le sol de pierre, un son creux. Le roi étant absent, seuls deux soldats en livrée noir et argent gardaient l'entrée de la salle. Elle pria pour que le roi, où qu'il se trouvât, ait emmené avec lui toutes ses Armes.

Où était passé Corneille ?

Des heures et des heures durant, elle avait tenté de déchiffrer la lettre de F'ryan Coblebaie à dame Estora. Un message camouflé dans le message. Le roi courait un grave danger et ils arrivaient peut-être déjà trop tard pour empêcher une tentative d'assassinat. Elle avait donné pour instructions au Cavalier principal de rassembler autant de Cavaliers que possible, de trouver ceux qui étaient dans la Cité et qui n'étaient pas en mission. À ceux qui étaient sur le point de partir en mission il devait ordonner de s'attarder. Il devait veiller à ce que tous ceux disponibles soient armés et en selle, prêts à agir. Elle avait cependant faible espoir ; bien peu semblaient disponibles.

Un raclement de gorge interrompit ses pensées.

— Capitaine, vous vouliez me voir ?

Larenne se tourna vers Corneille. Il était courbé sur son bâton de fonction, et ses longues robes bleu cobalt bruissaient sur le sol. Ses yeux noirs perçants, la manière dont il penchait la tête, décidément, il avait toutes les mimiques de la corneille.

— Castellan, je vous remercie d'avoir accepté de me voir si rapidement.

— Bien rapidement, si fait. Le roi m'a accordé un jour de liberté.

Corneille devait vraiment la prendre pour une idiote s'il pensait qu'elle l'avait fait quérir pour un motif trivial.

— Cela concerne le roi. Je crains pour sa vie.

— Comme nous tous. Tous les jours.

Larenne eut brusquement l'envie irrépressible de l'attraper par les pans de sa robe et de le secouer.

— J'ai la preuve que le roi est confronté *aujourd'hui même* à un danger bien défini.

— Quelle sorte de preuve ?

— Karigan G'ladheon ne portait pas un mais deux messages. Le second était dissimulé sous l'apparence d'une lettre de F'ryan à un ami.

— Karigan qui… ?

— La fille venue de Selium qui…

— Ah oui ! celle-là. Continuez.

Larenne pesta intérieurement devant ce contretemps.

— La lettre dit que le frère du roi est un fomenteur de troubles, qu'il projette de prendre le trône par la force, avec l'aide de Mirpuits, le jour de la chasse royale annuelle. Elle parle aussi d'un Élétien à qui on ne peut se fier.

Corneille la regarda d'un air impassible.

— Où est cette lettre ? Pourrais-je la voir, je vous prie ?

— Non. Je ne peux pas vous la donner. Elle m'a été confiée par l'ami de F'ryan Coblebaie ; il souhaite garder son identité secrète.

— Alors pourquoi devrais-je me fier à vos informations ?

Larenne compta jusqu'à dix avant de parler, mais sa voix prit malgré tout une intonation agacée.

— Pourquoi ne le devriez-vous pas ? Nous sommes en train de parler d'un des Cavaliers les plus fiables qui soient. Il est mort pour nous faire parvenir ce message. Jamais auparavant vous n'avez mis en cause mon jugement, et vous savez que je suis sûre de la véracité de ce message.

— Ah !

Corneille plissa les yeux et hocha la tête.

— Où est le roi, Corneille ? Où a-t-il mené la chasse ?

— Il m'a demandé de ne pas ébruiter cette information.

Pourquoi Corneille était-il si évasif ? Ses doigts effleurèrent sa broche. Il disait la vérité, le roi lui avait certainement dit de ne pas ébruiter le lieu de la chasse, mais on aurait dit qu'il essayait de lui cacher autre chose.

— Castellan, je suis sûre que le roi comprendrait. Après tout, il s'agit d'une urgence. Sa vie est en jeu.

— J'obéis aux ordres du roi, gronda-t-il, et non à une vulgaire Verdâtre.

Larenne agrippa la poignée de son sabre de sa main gantée. Elle était tellement épuisée. Épuisée par le manque de sommeil, car elle et deux autres Cavaliers s'étaient penchés sur la lettre énigmatique de F'ryan Coblebaie. Et si lasse, trois fois lasse de Corneille et de ses paroles acerbes. Fatiguée de la manière dont tout le monde considérait les Cavaliers Verts : inutiles et paresseux, une caste inférieure incapable de faire autre chose que de chevaucher et de porter des messages. Et Corneille la retardait, et elle ne comprenait pas pourquoi.

— L'Élétien. Où est-il ?

— Je ne sais pas. Je ne suis pas son chien. (*Mensonge !*) Capitaine, puis-je suggérer que votre réaction est disproportionnée ?

Larenne ouvrit la bouche pour répliquer, mais il essayait simplement de la retarder encore, cette fois par la chicane.

— Castellan, que cachez-vous ? Vous savez qu'il est vain de me mentir.

Corneille dessina de ses doigts un « c », le signe du croissant de lune, symbole du dieu Aeryc.

— Pff! N'essayez pas sur moi votre magie puante. Je n'ai rien à cacher.

Oh que si ! et il essayait encore de la retarder. Des bruits de pas hâtifs dans la salle du trône arrêtèrent la réplique cinglante qui lui montait aux lèvres. Patrici, son assistante, couverte de la poussière de la route, arrivait devant eux.

— Capitaine, castellan, dit-elle, le souffle court. Le roi... où est-il ?

— Je ne sais pas, répondit Larenne. Apportes-tu un message important ?

— Le message importe peu. C'est ce que j'ai vu qui compte : des blatterreux. Des blatterreux à l'est du lac Dérobé.

Des blatterreux ? Si loin au cœur de la Sacoridie ? Impossible !

— Corneille, dit Larenne de sa voix la plus autoritaire. Pour la dernière fois, où est le roi ? Si vous ne me le dites pas, je ferai en sorte qu'il soit prévenu de vos efforts pour me retarder.

Les jointures de Corneille blanchirent alors qu'il serrait son bâton. Quelque chose passa fugacement dans ses yeux, comme si une bataille intérieure faisait rage.

— Le lac Dérobé, lâcha-t-il. Le roi chasse au lac Dérobé.

Larenne tourna les talons, il n'y avait pas de temps à perdre.

— Patrici, tu es partante pour une autre chevauchée ?

— Absolument.

Larenne se surprit un instant à souhaiter qu'elle retrouve l'énergie de sa jeunesse. Elle ne sentirait plus la douleur, cette douleur qui rongeait son corps chaque fois qu'elle montait à cheval ou utilisait trop sa broche. Elle jeta un coup d'œil par-dessus son épaule. Corneille les regardait s'éloigner, les transperçant des flèches noires de ses yeux. Elles franchirent la double porte de la salle du trône et trouvèrent les deux gardes en train de jouer aux dés. Dégoûtée, elle secoua la tête.

— Sergent, dit-elle, rangez vos dés et prenez votre épée. Un contingent armé va sans doute tenter de pénétrer dans le château pour s'emparer du trône.

— Aucun Verdâtre ne me donne des ordres, rétorqua-t-il, et un jet de tabac tomba juste devant les bottes de Larenne.

Larenne s'approcha de lui au plus près, l'acculant jusqu'à ce que ses bottes touchent presque celles du sergent, son nez aquilin à quelques centimètres du sien.

— Tout officier supérieur peut te donner des ordres, vermisseau. Mon bon ami Apte, le capitaine de la garde, sera mécontent d'apprendre ton insubordination.

Le sergent se redressa.

— Un contingent armé, vous dites ? S'emparer du trône ?

— Aux armes, sergent, répliqua-t-elle avant de s'éloigner, l'air écœuré, Patrici trottinant à ses côtés.

— L'ingrat, dit celle-ci.

— Patrici, je veux que tu envoies un coursier au capitaine Apte et au maréchal Martel. Nos Cavaliers ne sont pas assez nombreux pour venir seuls à bout des blatterreux. Que le coursier dise à Martel que nous avons besoin d'autant de soldats à cheval que possible, prêts au combat, et de nous retrouver au lac Dérobé. Il faut impérativement lui dire que le sort du roi Zacharie en dépend.

— Compris.

— Une dernière chose, Patrici : as-tu gardé ton vieux cor ?

C'était un vieil objet usé qu'elle avait acheté d'occasion dans une boutique bon marché, et qu'elle portait en mémoire de la Première Cavalière, Lilieth Ambrioth. Les Cavaliers Verts, disait-on, pouvaient l'entendre sonner à travers la Sacoridie tout entière. Tous avaient ri la première fois qu'ils avaient vu Patrici le porter, et elle en avait été bien offensée.

— Dans ma chambre, répondit Patrici, l'air interrogateur.

— Je veux que tu joues l'Appel lorsque nous traverserons la ville. Tu penses pouvoir le faire ?

Là encore, avec l'assurance de la jeunesse, Patrici répondit :

— Absolument. Je réveillerai la Première Cavalière s'il faut en arriver là.

Larenne se dirigea à grandes enjambées vers l'écurie. Si seulement la Première Cavalière pouvait effectivement renaître des cendres des Âges écoulés pour chevaucher de nouveau.

Alton et Karigan s'arrêtèrent à l'ombre d'un hêtre pour un déjeuner paisible. Alton déballa des provisions apparemment destinées à un déjeuner bucolique et non à un long voyage. Du pain frais, accompagné de miel pour l'y tremper, des pâtisseries, des gâteaux de viande et du vin épicé, ainsi que des pêches et des prunes. C'était aussi bon que n'importe quel repas de plein air auquel Karigan avait pu participer. La tension de la matinée s'évanouit tandis qu'ils bavardaient et que les rouges-gorges pépiaient sur une branche en surplomb. Les chevaux broutaient l'herbe avoisinante.

Alton demanda :

— Quand tu seras de retour à Corsa, que feras-tu ?

Karigan intercepta une goutte de jus de pêche qui coulait sur son menton. Se rappelant, mais un peu tard, qu'il n'était pas poli de s'essuyer avec sa manche, elle tapota les coins de sa bouche avec une serviette. Elle avait passé trop de jours seule sur la route, et le savoir-vivre avait perdu de son importance.

— J'aiderai mon père pour la session d'échanges estivale.

Alton était allongé sur le flanc dans l'herbe odorante, appuyé sur un coude, et examinait une pêche dorée en la faisant tourner sur sa paume. Il avait de grandes mains fortes.

— Tu es vraiment sûre ? Tu ne retourneras pas à Selium, tu ne rejoindras pas les Cavaliers Verts ?

— On m'a injustement renvoyée de l'école, lui dit-elle.

— Et le drôme ?

— Sur ce point, je vous ai expliqué, à toi et aux autres, que je ne suis pas un Cavalier Vert, et que je ne le serai jamais.

Alton haussa les épaules et croqua sa pêche, et tous deux se turent de nouveau un moment. Après un temps, il dit :

— Je n'ai pas l'impression d'être un véritable Cavalier Vert. Ma famille ne me permet pas de chevaucher, mais je sens que je le *dois*. Parfois, dans mes rêves, j'entends le bruit des sabots, et je m'éveille en sueur comme s'il fallait que j'aille quelque part, sans savoir où. Mon cœur se serre chaque fois que quelqu'un s'en va en mission, et tout ce que je peux faire, c'est le regarder partir. Je peux à peine croiser le regard des autres. Particulièrement lorsque l'un d'eux est blessé. Ou meurt.

Karigan fut étonnée qu'Alton ait décidé de partager ses sentiments avec elle, et encore plus surprise de l'intensité avec laquelle il parlait. Elle présuma qu'il n'avait personne d'autre à qui se confier, pas même parmi les Cavaliers, qui pouvaient ne pas comprendre le carcan de son statut. Ils devaient penser qu'il essayait de se dégager de ses obligations, ou pis, qu'il recevait un traitement de faveur. Sa famille ne devait certainement pas prêter une oreille compatissante à ce qu'il ressentait, puisqu'elle lui interdisait de chevaucher. Peut-être pouvait-il lui parler, à elle, parce qu'elle résistait à l'impulsion de devenir un Cavalier Vert, et parce qu'elle aussi entendait le martèlement des sabots.

—Ta famille, que voudrait-elle que tu fasses ?

—Elle aimerait me voir parader dans les cours remplies de filles de la noblesse en quête d'un mari. (Il fit un grand sourire désabusé.) Je dois quand même le faire de temps à autre, comme lors du bal, l'autre soir. Si ma famille savait que je passe du temps avec une autre Cavalière… roturière… jeune femme (il cherchait ses mots, ne sachant trop que dire sans risquer de l'offenser), ils me traîneraient de force pour me ramener au manoir familial et m'inculquer l'art de la pierre de manière plus approfondie.

Il regarda ses grandes mains, doigts écartés, paumes vers le ciel.

—Tu seras surprise d'apprendre, peut-être, que mes mains sont calleuses. J'ai appris à tailler la pierre dès ma plus tendre enfance. C'est une tradition familiale. Tu n'imagines pas le nombre d'heures que j'ai pu passer à marteler le granit, les jointures de mes doigts en sang, jusqu'au moment où j'ai acquis une maîtrise suffisante pour enfoncer d'un seul coup le burin. (Il soupira.) La brèche dans le mur de D'Yer est une disgrâce pour ma famille.

Elle prit sa main dans les siennes, en sentit les cals, et la force de son étreinte. Ils se sourirent. Karigan relâcha sa main.

—Mais le mur a été bâti il y a mille ans, objecta-t-elle. Les murs de pierre s'effritent avec le temps.

Alton secoua la tête.

—Celui-là n'aurait pas dû. Nous y avons instillé notre art le plus raffiné, les pierres sont liées par des procédés magiques aujourd'hui perdus. Le mur devait être fort pour tenir à l'écart les maléfices de la forêt du Voile Noir. La disgrâce d'un clan ne tient pas compte du passage du temps et des générations.

Elle n'avait jamais entendu parler de cela. Bien entendu, le clan G'ladheon n'existait pas depuis très longtemps, et ce n'était pas un des clans originels de Sacor. Elle s'aspergea les mains de l'eau fraîche de l'outre pour laver le jus de pêche poisseux. Elle devrait faire attention tout au long de cette vie pour ne pas faire tomber la disgrâce sur ses descendants.

— Quelqu'un va-t-il réparer le mur de D'Yer ?

— Je ne sais pas si nous le pouvons. (Le trouble d'Alton transparut un moment sur son visage.) Comme je l'ai dit, une partie de l'art utilisé pour bâtir le mur est tombé dans l'oubli. Pourtant, il faut faire quelque chose. Je n'ose imaginer quels maléfices ont déjà pu le franchir.

Karigan le pouvait, elle. Elle avait rencontré l'un d'eux.

Ils rassemblèrent les reliefs de leur repas et chevauchèrent pendant encore une heure, durant laquelle la longue vallée continua à s'étirer en contrebas.

Cela devait bien être un lac, se dit Karigan en écoutant les herbes de la prairie bruire sous la brise. Des abeilles bourdonnaient sur les lupins. Qu'il y ait eu ou non un lac, asséché ou pas, l'endroit n'en restait pas moins agréable.

— Regarde, en bas, dit Alton, le doigt pointé vers la vallée. Je pense que c'est la chasse du roi.

De minuscules personnages à cheval trottaient en bas dans la vallée. Des taches blanches plus petites bougeaient juste devant les chevaux.

— Cela pourrait servir. (Alton sortit une longue-vue de cuivre d'un étui en cuir accroché à sa selle. Les D'Yer ne faisaient pas partie des clans appauvris, s'ils possédaient ne serait-ce qu'un seul de ces d'instruments.) Les chiens semblent avoir flairé quelque proie.

Après avoir jeté un coup d'œil, il passa poliment la longue-vue à Karigan. Elle la prit entre ses mains, dubitative. La dernière fois qu'elle avait regardé dans un instrument semblable, c'était à Sept Cheminées, et elle y avait vu des images troublantes de son passé, de son présent et de son futur. La dernière fois qu'elle avait vu une lunette, sur le balcon du château, durant le bal, Zacharie avait regardé dedans, et l'une de ces images du futur était devenue claire.

Six terriers basseterre bondissaient dans l'herbe haute, ouvrant la marche. Ils s'arrêtèrent pour renifler le sol, langue rose pendante, puis se précipitèrent pour suivre une piste. La chasse suivait lentement derrière, Zacharie en tête, une flèche encochée à son arc. Il portait une armure de mailles légère, une épée courte à son côté, le fin cercle d'argent posé sur son front. Ses yeux en amande scrutaient la prairie avec attention. Derrière lui chevauchait un porteur en livrée qui brandissait bien haut la bannière au terrier du clan Basseterre, identique à celle suspendue dans la salle du trône.

Des hommes aux riches vêtements, qui semblaient plus portés sur la conversation que sur la chasse, musardaient à l'arrière, buvant à petites gorgées dans des flasques probablement remplies de vin. Ils agitaient leurs arcs dans tous les sens avec emphase pour accentuer ce qu'ils disaient, quelle qu'en soit la teneur. Parmi eux se trouvait le prince-gouverneur de la province de Mirpuits, vêtu d'écarlate, accompagné de son impassible assistante et d'un garde.

Un contingent hétéroclite de soldats des provinces et de gardes en noir et argent chevauchait aux côtés des nobles, visages figés par l'ennui. Des Armes allaient et venaient au sein de ce groupe, et par contraste leur expression était méfiante et attentive. Karigan en dénombra quatre, mais il pouvait y en avoir d'autres hors de son champ de vision.

— Tu appelles ça une partie de chasse ? (Elle rendit la longue-vue à Alton.) On dirait plutôt une procession, à mon avis.

Alton haussa les épaules et regarda de nouveau dans l'oculaire.

— Le roi trouve que cela le détend. Aucun de ses conseillers n'est présent, pas de serviteurs qui s'affairent, et les nobles sont trop saouls pour palabrer. Personne ne vient le harceler au sujet de l'état du royaume.

Karigan remit une mèche de cheveux derrière son oreille. Quand elle s'était adressée au roi Zacharie, ce jour-là dans la salle du trône, ses griefs avaient-ils été perçus ainsi : comme du harcèlement ?

— Cela aurait été une erreur politique de ne pas inclure quelques nobles. Ils n'ont pas l'air de l'ennuyer. Les soldats sont une obligation. Il doit probablement beaucoup s'amuser, et ses chiens prennent un peu d'exercice.

Tout ce que tu voudras.

Alton continua à regarder dans la longue-vue, et son front se plissa.

— Voilà qui est étrange, dit-il. Je me demande ce qui a provoqué la frénésie des chiens. Certainement pas un lièvre.

Karigan mit sa main en visière pour se protéger du soleil et regarda vers le fond de la vallée. Sans l'oculaire, elle ne voyait que de petits points blancs qui s'éparpillaient dans toutes les directions. Des aboiements lointains lui parvenaient. Les chevaux dévièrent de leur trajectoire, gâchant la formation impeccable adoptée jusque-là. Une silhouette vêtue de noir tomba de sa monture.

Alton détacha ses yeux de la longue-vue, comme s'il avait peine à croire ce qu'il venait de voir et ressentait le besoin de le confirmer à l'œil nu.

— Que se passe-t-il ? demanda Karigan.

Alton lui tendit l'instrument. Une scène chaotique se déroulait. Des chiens manquaient d'être piétinés par des chevaux qui se cabraient. Le roi leur criait des ordres. Les Armes rejoignirent le roi au galop, sabres au clair. Les gardes inefficaces étaient trop occupés à garder le contrôle de leurs coursiers pour être d'une quelconque utilité. La silhouette qu'elle avait vu tomber gisait dans l'herbe, immobile. Une Arme, deux flèches fichées dans la poitrine.

Comme Alton, Karigan détacha les yeux de la longue-vue, incrédule. Sur la crête opposée, et sur la leur, plus loin, du métal étincelait au soleil.

Par l'or de Breyan, c'est une attaque !

Alton aussi vit le reflet, et lui prit le télescope.

— Des blatterreux. Aeryc et Aeryon, ayez pitié.

Les flèches noires

Mirpuits bâilla.

— Commencez-vous à être fatigué, seigneur ? s'enquit D'rang.

Mirpuits contemplait la vallée. Les chasseurs se déplaçaient à une allure horriblement lente. Ils avançaient péniblement dans l'herbe haute à la recherche d'un lièvre ou de rongeurs, au pire moment de la journée, alors que le soleil était haut dans le ciel, l'heure où les bêtes se terraient là où même les fins limiers de Zacharie ne pouvaient aller les débusquer. Et même si le moment avait été propice, le bruit provoqué par les nobles aurait effrayé le gibier, si peu alerte soit-il, et l'aurait fait détaler jusqu'aux confins du royaume.

— Je ne suis pas fatigué, D'rang, répondit-il. Je m'ennuie. Même si je crois que les choses ne vont pas tarder à devenir intéressantes.

Il jeta un regard à Béryl. Il avait espéré qu'entre eux deux les choses deviendraient intéressantes, mais maintenant elle ne parlait même plus, sauf pour dire « Oui, seigneur ». Elle n'était pas plus utile que le garçon qui l'avait assisté pour son bain l'autre nuit. Les beaux yeux de Béryl étaient vides et vitreux. Quoi que lui ait fait l'Homme Gris, il avait retiré ou dissimulé l'étincelle de vie en elle, et sa personnalité.

Mirpuits lorgna les crêtes qui encadraient la vallée de part et d'autre, un lieu idéal pour une embuscade. Les forces de l'Homme Gris pouvaient s'y cacher puis, au moment voulu, pourraient piéger Zacharie et les nobles au fond de la vallée. Ladite vallée continuait d'ailleurs à se rétrécir.

—Arrêtons-nous ici, dit-il, et voyons ce qui va se passer. Je ne veux pas me retrouver pris dans la mêlée.

—Oui, seigneur, répondit Béryl d'une voix atone. Elle tira les rênes de son cheval par réflexe, et resta là à regarder le vide droit devant.

Puis, comme sur un signal, une Arme tomba de son cheval, percée de deux flèches. Les nobles avinés se cramponnèrent aux rênes de leurs coursiers affolés. Au moins quelques princes-gouverneurs périraient aujourd'hui, ce qui éliminerait ainsi des prétendants potentiels au trône et laisserait leurs provinces dans le désarroi. Mirpuits avait espéré qu'ils seraient plus nombreux à se joindre à la chasse, mais ils savaient, pour en avoir fait l'expérience les années précédentes, quelle corvée c'était.

Ce n'est plus une corvée, songea-t-il.

Quelque vingt ou trente silhouettes bardées de métal se dispersèrent depuis chacune des crêtes vers le fond de la vallée. Les braves petits terriers chargèrent les blatterreux comme si l'instinct d'attaquer ces créatures leur était chevillé au corps. Des nobles tombèrent à terre, hérissés de flèches comme un coussin de couturière l'est d'aiguilles.

—Qui est-ce ? demanda Alton.

Il désignait du doigt la crête opposée et passa la longue-vue à Karigan.

Elle la dirigea vers le point qu'il indiquait. Au début, elle ne vit personne à cause des arbres et des hautes herbes, puis elle put discerner une silhouette solitaire, à peine visible. La silhouette était vêtue de gris. Elle faillit lâcher la longue-vue.

—Tu le connais ?

—Je l'ai rencontré, répondit-elle, prise de faiblesse. Un cavalier gris. L'Homme d'Ombre. (Condor changea de position sous elle et frappa le sol du sabot, les oreilles couchées en arrière.) Nous devons faire quelque chose.

—J'approuve, mais quoi ? Nous allons sans doute nous faire tuer, là en bas.

Karigan ne saisit que de l'air, à l'endroit où son sabre aurait dû se trouver. C'était l'unique objet qu'on ne lui avait pas rendu.

— Nous devons arrêter ce cavalier gris. Il se sert de terribles flèches noires. Elles sont enchantées… et maléfiques. Nous devons l'arrêter.

Alton libéra son sabre du fourreau de selle.

— Bien, dit-il avec un sourire chagrin. Je commençais à me lasser d'être toujours privé d'action. Ma famille va me tuer si jamais elle apprend cela. Et si je survis.

Karigan vit qu'il était sur le point de charger en direction de la mêlée.

— Attends un peu. Je vais demander de l'aide.

Elle défit de sa ceinture la petite poche de velours et sortit la fleur de sorbier, qui ne comportait plus que trois pétales. Tout le corps d'Alton était roide, il était prêt à foncer dans la vallée et combattre pour le roi, mais il regarda Karigan, la tête penchée d'un air perplexe, se demandant comment elle espérait trouver de l'aide.

Elle cueillit un pétale et le lança dans la brise. Il flotta dans les airs et fut balayé au loin par les courants ascendants.

— Ramène de l'aide, je t'en prie, dit Karigan.

Alton, n'en croyant pas ses yeux, se mit à ronchonner.

— Si ce n'est pas la chose la plus extravagante… (Engoulevent se cabra, et il dut lutter pour conserver son assiette.) Quoi, maintenant ?

Ce qu'Alton D'Yer considérait comme extravagant fut balayé par une assemblée d'esprits épars et mouvants qui se déploya devant Karigan. F'ryan Coblebaie, le défunt F'ryan, se tenait au premier rang. Les visages de ses compagnons remuaient et bougeaient comme s'ils étaient sous l'eau, et leurs voix étaient un babil entrecoupé d'inspirations bruyantes. Alton blêmit ; quelque fantaisie du monde des ombres lui permettait, à lui aussi, de voir les défunts.

— F'ryan, dit-il, comment… ?

F'ryan ne tint pas compte de la présence du jeune noble, comme s'il devait se mouvoir avec parcimonie. Il se contenta de rester devant Karigan.

— *Je suis venu une dernière fois apporter mon aide*, dit-il. *Une dernière fois, pour l'Épique Chevauchée.*

— *L'Épique Chevauchée*, renchérirent les autres revenants.

Alton, abasourdi, regarda Karigan, et celle-ci savait très exactement ce qu'il ressentait.

Dans la vallée, de nombreux nobles avaient été massacrés ; les survivants tentaient de repousser les assaillants, mais en vain, le plus souvent. Les gardes restants et les Armes les laissaient sans protection, ils formaient un cercle autour du roi, et même si plusieurs blatterreux gisaient morts, les forces restaient bien trop inégales.

— *Tu dois faire cesser la souffrance*, dit F'ryan à Karigan. *Bientôt je m'évanouirai et il m'asservira.* (Sa main livide balaya l'étendue de la vallée où se tenait le cavalier gris, invisible sans le concours de la longue-vue.) *Tant de gens sont déjà tombés sous sa coupe. Tu dois briser les flèches. Brise toutes les flèches.*

— *Briser les flèches*, reprirent les autres revenants en écho.

— *C'est la dernière occasion de mener l'Épique Chevauchée*, ajouta F'ryan.

— *L'Épique Chevauchée! L'Épique Chevauchée! L'Épique Chevauchée!*

— Cramponne-toi, ta vie en dépend, lança Karigan à Alton pour l'avertir.

Elle vit dans ses yeux écarquillés qu'il avait très peur.

Condor et Engoulevent bondirent à l'assaut de la pente, dans le sillage des revenants, et ce fut comme dans le souvenir de Karigan. Tout tourbillonna autour d'elle en une tache floue et indistincte de serpentins colorés. Mais cette fois les revenants demeuraient silencieux et graves, concentrés sur leur objectif. Leur passage ressembla au bruissement des graminées sous le vent, car cette Épique Chevauchée ne dura que quelques instants et, lorsqu'elle s'acheva, ils se tenaient sur la crête opposée, tout près de l'Homme d'Ombre. Les revenants derrière eux formaient une masse grouillante et mouvante. Alton était encore pâle du choc ressenti, et ses traits étaient crispés, mais il était toujours entier.

L'Homme d'Ombre scrutait la vallée. Il était appuyé sur son arc long et tenait à la main une flèche noire, avec insouciance et désinvolture. La brise spectrale provoquée par les revenants fit voleter le pan de sa cape grise. Il se tourna vers eux, et bien que ses traits soient voilés des ombres de sa capuche, Karigan sentit son regard posé sur elle.

Elle s'humecta les lèvres, saisie d'angoisse et d'effroi, se demandant ce que les revenants attendaient d'elle, ce qu'elle pouvait faire contre cet être qui utilisait la magie noire. Elle n'avait même pas de sabre à sa portée.

Alton fut le premier à recouvrer ses sens. Il se redressa de toute sa taille sur la selle et, adoptant son attitude la plus aristocratique, il ordonna :

— Annulez votre attaque.

Un doux rire s'égoutta de la capuche de l'Homme d'Ombre.

— Quel gentil héros vous faites, seigneur D'Yer.

Il rejeta sa capuche en arrière, révélant une chevelure d'or profond qui semblait nimbée d'un halo sous le soleil.

— L'Élétien ! s'exclama Karigan.

— *Élétien, Élétien, Élétien*, répétèrent les revenants.

— Je vois que les ombres vous sont de nouveau venues en aide, Karigan G'ladheon, mais à quelle fin ? Ils vont ont mise à portée de mon étreinte. De vous je ferai un nouvel esclave.

Les revenants hurlèrent comme le vent se déchaîne durant une tempête hivernale ; leurs voix d'outremonde s'élevèrent *crescendo* jusqu'à devenir des gémissements perçants, insupportables, et ils commencèrent à tournoyer autour de Karigan, d'Alton et de l'Homme d'Ombre en une tache blanche floue et étourdissante, comme un ouragan. Plus leur rotation s'accélérait, plus leurs voix devenaient haut perchées, jusqu'à passer au-delà de l'entendement humain. Alton et Karigan se couvrirent les oreilles et, sous eux, les chevaux bronchaient en roulant des yeux affolés.

L'Homme d'Ombre restait immobile, loin d'être décontenancé par l'attitude des revenants, et il prononçait calmement des mots qu'on n'avait pas entendus depuis des centaines d'années, des maléfices pour conjurer, qui n'avaient pas été prononcés depuis la fin de la Longue Guerre. Et pourtant il prononçait ces mots avec aisance.

Les lamentations des revenants cessèrent brusquement, et ils se séparèrent, s'évanouirent puis de nouveau se rassemblèrent en masse derrière Karigan et Alton, dans l'expectative. Qu'attendaient-ils ?

Un nouveau gémissement s'éleva, comme venu de la terre elle-même, et résonna dans l'air partout autour d'eux. Les arbres gîtèrent, et une masse obscure se matérialisa derrière l'Homme d'Ombre. Soval répéta les mots cruels, et les fantômes des Cavaliers Verts parurent esquisser un mouvement de recul.

— Que..., commença Alton. (Ses cheveux se tortillaient et tournoyaient dans une brise surnaturelle.) Que pourraient craindre les revenants ?

— D'autres revenants, fit Karigan.

Derrière Soval se formait un ost de défunts qui se mêlèrent puis se séparèrent. Leurs gémissements étaient pires qu'une oraison funèbre, sourds, lourds de désespoir. Ils décrivirent des cercles lents autour de Soval et au-dessus de lui, désireux d'affronter les fantômes des Cavaliers Verts. Ils étaient jeunes et vieux, certains portaient l'uniforme, d'autres l'habit simple des roturiers.

Karigan et Alton se cachèrent le visage de leurs mains comme pour nier la présence des revenants qui déferlaient sur eux. Mais ceux-ci les contournèrent ou passèrent entre eux. Karigan se découvrit les yeux, mais un peu tôt. Un fantôme au visage de matrone entre deux âges passa droit à travers elle. Elle ressentit la présence de la revenante comme une bouffée de froid, comme si elle était entrée dans une pièce au frimas hivernal.

Chacun des revenants de Soval était criblé de deux flèches noires.

On entendit le faible clairon d'un cor de chasse, assourdi comme un écho du temps, et puis il y eut le distant tintement des épées qu'on tirait, et toujours le sourd gémissement épouvantable. Les revenants s'écoulèrent en flux tout autour d'eux, telle une brume au sommet d'une colline, que le vent façonne à sa guise.

Soval ne cillait pas devant cette bataille d'outremonde qui faisait rage.

Les chevaux, eux, tremblaient, une sueur écumeuse recouvrait leur encolure, ils toléraient mal les revenants qui s'amassaient, plaintifs, autour d'eux. Karigan vit Alton glisser à bas de son cheval rétif et éviter les revenants, l'air lugubre, pour venir se placer devant elle et Condor. Droit et fier, il fit face à l'Élétien et dégaina sa lame. Karigan regretta qu'il s'expose ainsi au feu de l'ennemi, à un danger plus grand encore. Elle sauta de Condor pour se tenir à ses côtés et lui apporter son concours. Ils feraient front ensemble. Il lui jeta un rapide coup d'œil, et elle lut l'appréhension dans son regard.

À Soval, il affirma :

— Traître, tu vas faire cesser cela.

— Un traître ? glousse Soval. Je n'ai prêté allégeance à personne, et certainement pas à un royaume de mortels comme la Sacoridie.

Le fantôme d'un jeune garçon passa à côté d'eux en chancelant et tendit le bras vers un vieux Cavalier Vert pour l'anéantir. Karigan se frotta les yeux et essaya de faire abstraction des revenants :

— Alors pourquoi essayiez-vous de gagner les faveurs du roi Zacharie ?

— Des faveurs ? La Sacoridie et *Kanmorhan Vane* sont limitrophes. *Kanmorhan Vane*, la plus grande concentration de pouvoir au monde, la seule qui subsiste. Votre souverain a refusé d'exploiter cette situation, mais le prince Amilton, lui, en perçoit les avantages.

— Qu'y gagnera l'Élétie ? demanda Alton, et son regard trahissait sa perplexité.

— L'Élétie ? Un pays de sots qui se cachent, toujours se cachent parmi leurs arbres. Je ne sers que moi-même, l'Élétie jamais. Il est temps que les antiques pouvoirs renaissent. Et vous, seigneur Alton D'Yer, vous menacez ces pouvoirs. Vous portez en vous l'art de réparer la brèche de votre mur ancestral.

Vif comme l'éclair, les revenants tournoyant autour de lui, Soval leva son arc en murmurant comme pour lui-même, et décocha une flèche. Karigan poussa un cri. Alton lâcha son épée et leva une main, paume tournée vers l'avant, comme pour arrêter la flèche. Et il y parvint. À quelques pouces de sa poitrine, la flèche entra en collision avec une sorte de barrière invisible et tomba au sol. Tous trois contemplèrent la flèche, complètement abasourdis.

— Je… j'ai imaginé un mur de granit, fit Alton.

— Vos défenses de Verdâtre sont impressionnantes, reconnut Soval, mais comme le mur de D'Yer, insuffisantes.

Avant qu'Alton puisse réagir, il encocha une autre flèche, banda son arc et tira. Cette fois-ci, la flèche s'infiltra dans le mur invisible et le franchit, perçant Alton au flanc. Il chancela puis s'effondra.

Avec un cri de désarroi, Karigan s'agenouilla à côté de lui. La flèche n'était pas enfoncée profondément, mais qui pouvait savoir quelle magie était à l'œuvre ?

L'appel d'un cor au son claironnant fendit l'air, non pas le cor des morts, mais les notes claires et chantantes des vivants, et Karigan sentit l'espoir renaître en elle. Soval tourna les yeux vers la vallée où cinq survivants défendaient toujours le roi. Leurs épées tailladaient des adversaires au moins deux fois plus nombreux et, lorsque le cor retentit de nouveau, la bataille sembla s'interrompre. Regarder la scène à travers la mêlée des revenants revenait à regarder à travers un voile.

Neuf Cavaliers Verts filaient comme le vent au nord de la vallée. Une chevelure rougeoyante flottait derrière la cavalière de tête, la plus proche, reconnaissable entre mille. Derrière elle, une autre Cavalière sonnait du cor. Ils étaient venus, ils avaient su !

— Une poignée de Verdâtres ne devrait pas beaucoup modifier mes projets, dit Soval.

Karigan saisit l'arme d'Alton et, avec un grondement de colère, elle se jeta sur Soval. Il lâcha son arc et leurs épées se rencontrèrent. Lorsque les deux lames s'entrechoquèrent, Karigan ressentit des ondes de choc tout le long de ses bras. *C'est trop bête*, se dit-elle. Un sabre face à une épée longue. Il parait aisément chacun de ses mouvements. Son regard bleu pâle restait fixe, ses lèvres esquissant une caricature de sourire. Il se délectait de la situation !

Il jouait avec elle, la laissait s'épuiser. Il renvoyait ses attaques, sans vraiment se protéger ni riposter. Il ne faisait que jouer. Elle était à sa portée, et par une série de gestes vifs, il trancha les boutons de cuivre de son manteau. Karigan redoubla d'efforts, essayant de se souvenir de tout ce qu'elle avait appris, mais plus elle essayait, plus Soval semblait se gausser d'elle. Il aurait pu l'achever depuis belle lurette.

Puis le sabre se brisa. Karigan regarda les fragments aux bords déchiquetés, interloquée.

— Ces sabres ne font pas le poids face à une lame forgée des Âges auparavant par les forgerons de Mornhavon l'Obscur, constata Soval en rengainant son épée. Et tes aptitudes déficientes ne me sont rien. Je manie l'épée depuis quatre cents ans et encore deux fois plus d'années. J'ai accès à un pouvoir qu'aucun de vous ne peut atteindre. *J'ai brisé le mur de D'Yer.*

Un orbe noir semblable à celui qu'elle avait vu dans sa chambre à l'auberge de *L'Arbre Chu*, à Nord, prit forme juste au-dessus de la paume ouverte de Soval. Il se mit à vibrer et tourna sur lui-même, repoussant la lumière. Soval le lança sur Karigan.

Celle-ci bondit sur le côté, mais la boule la frappa à l'épaule. Elle eut l'impression qu'une vitre volait en éclats, que ses tessons étaient projetés dans les airs, à travers *elle*. La douleur crépita le long de chacun de ses nerfs et elle s'effondra, souffrant le martyre. Un feu noir et noueux s'enroula autour d'elle et elle tenta de hurler mais sa voix resta prisonnière dans sa gorge.

— Cela devrait te retenir durant un moment, dit Soval, pendant que je règle d'autres affaires.

Il ramassa son arc et se tourna vers la vallée, scrutant avec attention la scène qui se déroulait en contrebas.

Larenne Stèle et ses Cavaliers étaient passés à bride abattue à côté de Tomas Mirpuits, de son assistante et de son garde. Mirpuits était peut-être l'instigateur de l'embuscade fomentée contre le roi Zacharie, mais il ne constituait pas une menace sérieuse dans la bataille actuelle. Elle s'occuperait de lui plus tard, et avec grand plaisir. Les blatterreux, pour leur part, assaillaient le roi Zacharie et ses hommes. Seule l'époustouflante maîtrise des Armes avait pu contenir jusqu'à maintenant les assauts brutaux des monstres feulants.

De grands pans de brume étaient tombés sur la crête orientale. Ils dérivaient de manière surnaturelle. Puis, en réponse à la clameur du cor de Patrici, quelques notes lointaines, le chant de guerre des Cavaliers Verts, avaient sonné dans le brouillard. Une silhouette avait émergé de la brume, on aurait dit une cavalière sur un cheval cabré, brandissant son cor bien haut comme pour saluer, ses cheveux flottant derrière elle.

« Filez comme le vent, Cavaliers, volez », avait psalmodié un chœur de voix lointaines.

Qu'est-ce que je disais au sujet de la Première Cavalière, déjà ? s'était demandé Larenne.

Elle ne savait pas combien de temps s'était écoulé depuis, car ils s'étaient engagés dans la bataille contre les blatterreux. Les imposantes créatures couleur de boue se recroquevillaient sous les coups pleuvant des sabots des chevaux messagers pris de furie. Plusieurs périrent sous les sabres des Cavaliers. Puis la bannière du roi tomba, fut piétinée, et les blatterreux reprirent contenance et commencèrent à riposter. Des grondements s'échappaient de leurs gueules aux crocs acérés et ils frappaient leurs épées contre leurs boucliers noirs d'un air de défi. Avant la Longue Guerre, Mornhavon l'Obscur avait créé ces créatures pour en faire des tueurs irraisonnés.

Larenne avait conscience que certains de ses compagnons étaient violemment arrachés de leur selle et tombaient sous les lames des blatterreux. Des chevaux étaient abattus, et leurs Cavaliers ne réapparaissaient pas. Elle continua à se battre avec acharnement, fracassant le crâne épais d'un blatterreux, en égorgeant un deuxième. Son épée entailla le plastron noir d'un autre, et quand une griffe acérée déchira son pantalon et se planta dans la chair de son mollet, elle lui plongea son épée dans l'œil.

Le sang pleuvait, et Larenne perdit le compte des assaillants qu'elle avait tués. L'un d'eux saisit la bride de Merle Bleu, et elle trancha ses griffes. Le tapage du métal contre le métal était ponctué de grognements et de cris. Larenne gardait en tête un objectif essentiel : rejoindre le roi, être à ses côtés pour le défendre, et elle tailladait indifféremment tous les blatterreux sur son chemin pour y parvenir.

Dans un petit coin au fond de son esprit, elle se demandait si sa formation, et toutes ces années passées au drôme, se réduisaient à cette débauche de sauvagerie, à taillader et à trancher à l'aveugle. Point de techniques raffinées comme celles enseignées par les maîtres d'armes, ici, aucune notion du temps. Rien qu'une fuite en avant, et un blatterreux de plus à terrasser.

Très soudainement il n'y eut plus rien devant elle, et elle s'arrêta, clignant des yeux, surprise. Les quelques blatterreux survivants fuyaient, abandonnant derrière eux leurs armes ; ils n'étaient finalement pas de taille contre des Cavaliers à cheval. L'un des Cavaliers rescapés entreprit de les poursuivre, mais Larenne tonna.

— Halte. Cela suffit. Nous avons besoin de toi ici.

Elle lui donna l'ordre de porter assistance aux blessés.

Seuls deux de ses compagnons étaient toujours en selle. Tout autour d'elle gisaient des morts et des blessés, il était difficile de voir qui avait trépassé et qui respirait encore. Elle secoua la tête, ayant peine à en croire ses yeux. Ses compagnons… Elle était responsable d'eux, responsable de *cela*. Elle déglutit et combattit des émotions qui devraient attendre un autre moment, un moment privé, pour s'épancher. Elle demeurait le capitaine du drôme, et elle avait encore fort à faire.

Elle vit le roi qui s'appuyait, las, sur son cheval. De la chasse qu'il avait emmenée restait une unique Arme debout à ses côtés, hagarde. Elle vit les traits de Zacharie contractés de peine et de souffrance, et quand ses yeux rencontrèrent les siens, il dit :

— Mirpuits.

Larenne lui fit signe de la tête qu'elle avait compris et fit volter Merle Bleu. Elle poussa au galop sa monture épuisée, craignant que Mirpuits s'échappe de la vallée.

Elle le trouva tranquillement assis sur sa monture ; il la regardait approcher avec intérêt. Elle arrêta Merle Bleu devant lui.

— Eh bien ! capitaine, dit-il.

Larenne pointa sur lui son sabre ensanglanté.

— Je sais votre rôle dans tout cela, *prince-gouverneur.*

D'rang, le garde, jouait nerveusement avec les rênes de sa monture, mais Béryl restait immobile, les yeux vides et vitreux. Sa broche au cheval ailé avait disparu. Le capitaine essaya de lire en elle, mais ne trouva rien qu'une barrière, une très sombre barrière.

— J'ai attendu le moment de vous rencontrer ainsi, dit Mirpuits, sans que je doive vous dissimuler mes pensées.

— Oh, je sais assez bien ce que vous avez toujours pensé de moi, répliqua Larenne avec un sourire tendu. Pour cela, je n'avais qu'à lire l'expression de votre visage, mais vos autres secrets, vous les avez plutôt bien gardés. Tout est fini.

— J'ose prétendre le contraire.

Mirpuits regarda vers la crête et Larenne suivit son regard. À travers le triste voile des revenants, on pouvait apercevoir deux silhouettes engagées dans un duel. La chevelure d'un des combattants brillait d'un éclat doré ; l'Élétien, évidemment. L'autre fut d'abord difficile à discerner, mais alors la mêlée des revenants dériva, et à travers le brouillard surnaturel qui s'effilochait, Larenne put la voir.

— Karigan, murmura-t-elle.

— Si fait, la même Verdâtre, encore, celle qui est partie avec le message, constata Mirpuits. Je me réjouirai quand l'Homme Gris en aura fini avec elle, après tous les ennuis qu'elle m'a causés. Sa famille subira mon courroux lorsque je m'emparerai de la province de L'Pétrie, vous pouvez me croire. Un clan de négociants, pff !

Larenne ne lui prêtait pas attention. Elle caressa l'idée de grimper la crête pour venir en aide à Karigan mais, sans trop savoir pourquoi, elle sentait que ce n'était pas de son ressort, qu'elle ne serait d'aucune aide, en définitive. C'était le combat de Karigan. Le sien et celui de l'Élétien. Au lieu d'intervenir, elle reporta son attention sur Mirpuits.

— Descendez, lui dit-elle.

Seul D'rang s'exécuta, et le gouverneur lui lança un regard courroucé.

— Spence. C'est la dernière fois que le capitaine me dérange. Est-ce bien compris ?

— Oui, seigneur.

Béryl tira son épée longue. Larenne regarda tour à tour Béryl et Mirpuits, effarée.

— Que lui avez-vous fait ?

Mirpuits sourit à Béryl comme un père indulgent.

— Rien, dit-il. En tout cas, moins que ce que j'aurais aimé lui faire. Mais l'Homme Gris souhaitait s'assurer de sa loyauté envers la grande province de Mirpuits et son seigneur.

Béryl se mit en garde, le visage dépourvu de la moindre expression.

— Béryl, dit Larenne. C'est moi, c'est le capitaine Stèle.

Béryl fit voler sa lame sans crier gare. Le capitaine dévia le coup *in extremis* et Merle Bleu recula en même temps pour en atténuer la force. Larenne passa la langue sur ses lèvres. Béryl avait été sur le point d'entreprendre la formation des maîtres-lames lorsque la broche l'avait appelée. Sa dextérité à l'épée était bien connue.

— Tue-la, Spence.

— Oui, seigneur.

Béryl éperonna violemment son cheval, qui attaqua Merle Bleu par le flanc. Larenne sentit une forte pression sur les os de sa jambe, qui réveilla la douleur de la blessure à vif infligée par le blaterreux. Merle Bleu luttait pour conserver ses appuis.

L'épée longue s'abattit de nouveau, décrivant l'arc de cercle d'une faux. Larenne ne pouvait que reculer sous l'assaut. La course éprouvante et le combat rapproché avec les blatterreux l'avaient fatiguée au-delà du raisonnable, et ses réflexes étaient émoussés. Oh ! que son corps la faisait souffrir.

Un coup violent, et tous ses nerfs hurlèrent leur protestation jusque dans sa mâchoire et elle sut que, bientôt, Béryl cueillerait sa vie. La pointe de l'épée longue dansait dangereusement près de sa poitrine et lorsqu'elle rapprocha son sabre vers elle pour se protéger, elle comprit son erreur, car Béryl n'avait pas achevé son mouvement. C'était une technique avancée que les maîtres-lames nommaient la « courbe ». Elle nécessitait une grande puissance et une forte maîtrise de soi pour, après avoir porté un coup en travers du torse de l'adversaire, inverser le mouvement et entailler le cou de celui-ci.

Larenne esquiva, mais cela ne suffit pas, elle sentit la brûlure de la lame sur son cuir chevelu, et fut alors aveuglée par son propre sang qui lui coulait dans les yeux. Elle les essuya, mais Béryl jeta de nouveau sa monture sur Merle Bleu. Épuisé, le pauvre cheval tomba à la renverse, et Larenne roula de côté pour se dégager. Elle chercha son sabre à tâtons, mais une botte se posa sur sa main. Larenne cligna des yeux pour mieux voir. Béryl se tenait au-dessus d'elle, l'épée levée. Elle pouvait entendre le rire de Mirpuits par-dessus sa propre respiration saccadée.

La tête de Karigan bourdonnait et elle luttait pour ne pas s'évanouir, prise dans l'étau d'une douleur fulgurante. L'énergie dégagée par la magie de l'Életien la brûlait au-dedans et au-dehors, comme des charbons ardents qui se seraient tortillés. Elle voyait déjà sa chair consumée s'ouvrir en craquant et déverser de la lave en fusion.

Elle voyait aussi des scènes où les sœurs Sorbier se frayaient un chemin entre les pâles visages des revenants et la regardaient avec gentillesse, claquant de la langue et secouant la tête.

— *L'enfant a l'air bien mal en point*, disait Mlle Fleur.

— *Ne sois pas trop dure avec elle*, répondait Mlle Feuille. *Elle a peut-être échoué, mais elle a vraiment essayé.*

Le maître d'armes Rendel partageait une tasse de thé avec les demoiselles.

— *Tu as oublié de surveiller tes arrières*, lui dit-il.

Son amie Estral grattait les cordes de son luth, assise dans le dortoir.

— *J'écrirai une chanson en ta mémoire*, lui assura-t-elle.

Abram Rouille était assis à côté d'elle et soufflait des ronds de fumée.

— *L'arbre est tombé il y a bien longtemps.*

Torne et Garroty submergèrent sa vision, écartant même les revenants.

— *Tu l'as mérité. Meurs, Verdâtre.*

Et les revenants murmuraient :

— *Brise les flèches.*

— *Meurs, Verdâtre*, disait Torne. *Meurs.*

— *Brise les flèches.*

Karigan cessa de se débattre. Elle voulait seulement s'endormir et ne pas se réveiller. Pourquoi est-ce que tout le monde continuait à la harceler ?

— *Brise les flèches.* Elle sentait la pression de tous les revenants massés autour d'elle.

Soval encocha une flèche. Ses lèvres bougeaient comme s'il prononçait une bénédiction.

Karigan vit une scène où le roi Zacharie était assis sur son trône et caressait un chien fantôme couché sur ses genoux. Les revenants étaient massés derrière lui et débordaient autour du trône. Il regardait vers le plafond, où un artiste perché sur un échafaudage peignait son portrait. Il ouvrit la bouche pour parler ; mais ce n'est pas sa voix qu'elle entendit.

— Voilà pour ton roi, dit l'Élétien.

Il était une tache floue devant ses yeux qui semblaient sur le point de se déchirer. Il se tenait très droit en bandant son arc.

— Une flèche pour le tuer, jubila-t-il. (Karigan combattit la douleur intolérable de la magie en elle. Elle se remit sur ses pieds en chancelant.) Et l'autre pour l'asservir.

Karigan poussa Soval au moment où il libérait la flèche, qui entama une course folle. Elle essaya de l'immobiliser, et ils luttèrent sur le sol pendant un instant, membres et arc entremêlés. Puis il la repoussa.

Elle fut précipitée parmi les revenants, et sentit leur présence froide la traverser. Un vieil homme avec une flèche plantée dans la gorge la reluquait. Il tenait une houe au-dessus de sa tête comme s'il allait la frapper. F'ryan Coblebaie le poussa et il se dissipa.

— *Brise les flèches.*

L'Élétien faisait face à Karigan, les traits déformés par la rage. Il dégaina de nouveau son épée.

Cette fois, Karigan n'avait pas de sabre pour se défendre, et Soval ne semblait plus être d'humeur joueuse. Elle éprouvait des difficultés à penser à cause des anneaux brûlants du sortilège. Elle pouvait jeter au vent un pétale de fleur de sorbier, mais le temps que l'aide lui parvienne, Soval l'aurait mise en pièces. La pousse de sorbier l'aiderait à se sentir mieux, mais elle ne pouvait la défendre contre Soval. La broche au cheval ailé épinglée à sa chemise n'avait pas été un avantage déterminant lors de leur rencontre précédente, loin de là.

Il ne restait plus qu'une seule chose. Elle plongea la main dans sa poche et sentit la sphère douce et froide qu'elle y gardait en permanence.

Le sort se rompit instantanément. Les brûlants filaments noirs tombèrent en boucles, écorchant et creusant le sol. Plus de charbons ardents. Sa peau ne lui cuisait plus. Lorsqu'elle l'inspecta, elle était douce et intacte.

Mais Soval la menaçait toujours de son épée.

« Utilisez ce qui est à votre disposition », lui avait dit le roi après leur partie de Complot. Elle sortit la pierre de lune. C'était tout ce qui lui restait.

Au début, la pierre ne fit rien, et Karigan se trouva réduite à battre en retraite devant l'approche déterminée de Soval. Puis la pierre prit vie en un flamboiement, sous la forme d'une unique lame de lumière argentée. Soval cessa d'avancer vers elle, surpris.

Cela faisait comme une épée dans sa main. Elle la balança de droite à gauche et le jet de lumière fendit l'air comme une lame de qualité l'aurait fait. Ce fut elle qui alla à la rencontre de Soval.

Lorsqu'elles entrèrent en contact, leurs épées ne s'entrechoquèrent pas à la manière de deux lames de métal, elles fredonnèrent plutôt, comme si elles résonnaient l'une contre l'autre, lumière contre obscurité. Des étincelles d'argent pleuvaient autour d'eux et un filet de fumée s'échappait en volutes de l'épée de Soval.

La lueur de la pierre de lune grandit en elle et à l'extérieur, se nourrissant de sa force et de sa mémoire, rassemblant tout ce que Karigan avait pu apprendre sur la survie et mettant ces connaissances immédiatement à sa disposition. C'était comme si toutes les expériences engrangées durant son long périple avaient maintenant pris forme définitive et guidaient ses mains et ses pieds avec une confiance et une maîtrise qu'elle n'avait jamais connues auparavant.

Lorsque leurs épées se croisèrent, chacun essaya de prendre l'avantage, et Soval siffla :

— L'Élétie a bel et bien échoué si elle compte sur une faible mortelle pour mener ses batailles.

Karigan le repoussa avec un grognement et lui assena une nouvelle série de coups.

— Le clair de lune élétien n'est rien face au pouvoir de Mornhavon l'Obscur ! cria Soval.

— L'Élétie n'a rien à voir là-dedans, répliqua Karigan d'une voix calme, apaisée.

Les revenants, témoins venus d'outre-tombe, formaient une ronde grise et fluctuante autour des deux combattants.

Soval se fendit pour toucher Karigan aux genoux, elle fouetta l'air de la lame en rayon de lune, et l'arc lumineux bloqua le coup. Elle frappa vers l'avant, vers la poitrine de Soval, mais il se tourna de côté et riposta par une botte vers son ventre. Ainsi se poursuivit le combat, ce duel de lames bizarrement silencieux.

Karigan utilisa nombre de techniques qu'elle avait apprises auprès du maître d'armes Rendel et grâce à F'ryan Coblebaie. Le fantôme lui avait montré plus de bottes que quiconque, lorsqu'il avait pris possession de son corps durant le duel contre Torne. Elle avait ressenti alors comment elle devait mouvoir son corps avec précision quand elle maniait une épée. Elle avait appris à anticiper et à aller au-devant de l'ennemi. Rendel et F'ryan s'étaient révélés de bons professeurs, et elle leur devait le fait d'avoir survécu au duel, jusqu'à maintenant. Il manquait pourtant encore un élément pour l'aider à prendre le dessus sur Soval. C'était ce que Sevano, le premier maître, lui avait enseigné : il fallait être imprévisible.

Alors qu'ils échangeaient les coups, Karigan attendait le moment idéal. Il vint sous la forme d'un coup particulièrement brutal de la part de Soval.

Elle recula en chancelant et tomba à genoux, comme étourdie par le choc. Elle leva vers Soval des yeux implorants, retenant sa respiration, la pointe de son sabre baissée vers le sol en signe de capitulation.

Soval, triomphant, se mit à rire et abattit son épée comme s'il s'agissait d'une hache destinée à la couper en deux.

Karigan poussa un cri à glacer le sang, un cri de rage contenue, bondit et enlaça de ses bras Soval, dont l'épée décrivit un arc de cercle bien trop large pour l'atteindre. Elle le projeta au sol et se dégagea d'une roulade.

Avec une vivacité féline, Soval fut aussitôt sur ses pieds. Le stratagème avait échoué, et maintenant sa vigilance ne s'émousserait plus.

Son instinct de survie et son expérience l'avaient d'abord aidée, mais ils la désertaient à présent, et la laissaient vidée de son énergie, sans espoir. Elle ne pourrait plus résister bien longtemps. Elle vit dans les yeux étincelants de Soval qu'il le savait.

La lumière de Laurelyne avait été façonnée des Âges auparavant pour tenir tête aux ténèbres, les repousser et les vaincre. Mille ans auparavant, les guerriers élétiens de la Ligue avaient porté des lames de lumière pour faire refluer la vague de ténèbres. La lumière n'avait pas toléré l'obscurité alors, et elle ne l'admettrait pas non plus maintenant.

La lueur de la lame s'intensifia au lieu de dépérir parce que Karigan refusait de désespérer. L'espoir rejaillit en elle, comme si elle faisait partie de la lumière. Celle-ci embrasa la crête tout entière, plus étincelante que la lueur du jour et les revenants, ombres de l'après-vie, blanchirent. De triomphal, le regard de Soval se fit incertain, et Karigan se rua sur lui.

Rassemblant ses forces et son énergie, elle abattit son épée pour trancher la lame de Soval. Il y eut une explosion de lumière qui surpassa la brillance du rayon de lune argenté ; une blancheur pure et cristalline, aveuglante.

Puis elle frappa en avant et planta profondément sa lame dans le corps de Soval, qui recula tant bien que mal. Il leva son épée fracassée dans une main et de l'autre il se tint le ventre pour empêcher ses entrailles de s'échapper. Il ouvrit la bouche pour parler, mais seul du sang en jaillit.

Karigan haletait.

— Vous avez sous-estimé la volonté de vivre des mortels. Vous l'avez toujours sous-estimée.

Mais tandis qu'elle le regardait, les pans de chair autour de son ventre béant commencèrent à se resserrer sous ses doigts. Le sang coulait toujours sur ses lèvres, mais il dit :

— Et toi, fillette, tu sous-estimes les pouvoirs ténébreux. Ton rayon de lune n'est rien.

En réponse, l'épée de lune courroucée se recroquevilla sur elle-même et devint une sphère à la lueur vive. La lumière enfla et flamboya de multiples rayons fureteurs qui se mirent en quête. Soval lâcha son épée devenue inutile pour se couvrir les yeux et recula en chancelant. Comme sous la lune argentée, durant la nuit du bal, quand Karigan l'avait aperçu, il semblait protégé d'une ombre noire. Mais cette fois, son bouclier se mit à changer de consistance, il s'affinait par endroits et à d'autres s'épaississait. Plus l'ombre protectrice défaillait, plus s'allongeaient les rayons de lune qui tâtonnaient à la recherche d'une faille. Puis ils frappèrent.

Soval hurla, et son habit gris se gorgea de sang. Il battit en retraite, la main toujours sur la plaie à demi guérie, agitant follement son autre bras comme s'il était assailli par un essaim d'abeilles. Son cheval gris apparut alors à l'orée des bois, et il se dirigea vers lui en titubant, tout en luttant contre le rayon de lune.

Il se hissa laborieusement sur son cheval comme une araignée blessée et le poussa au galop. La lame de lumière envoya ses rayons dans les bois, à sa poursuite.

Les revenants asservis par Soval hurlèrent plaintivement et disparurent. Les fantômes des Cavaliers Verts se rassemblèrent en une masse floue et s'évanouirent. Quelque part dans la vallée, le capitaine des Cavaliers Verts vit, incrédule, son assaillante lâcher son épée à mi-course.

Karigan ferma les yeux un moment. Lorsqu'elle les rouvrit, elle regarda la paume de sa main. La pierre de lune n'était plus qu'une poignée de fragments cristallins luisant au soleil. Le rayon de lune s'en était allé pour toujours. Elle glissa les morceaux dans la poche de velours.

Elle se laissa glisser au sol à côté d'Alton D'Yer. Elle repoussa des cheveux de son visage blafard. Il respirait faiblement, il vivait encore en dépit de la flèche dans son flanc. Elle ne savait pas comment le secourir, mais elle lui prit la main et lui parla doucement, des paroles d'encouragement dont elle ne savait pas s'il les entendait.

Plus tard, le capitaine Stèle apparut sur la crête en boitant et se dirigea vers elle, suivie de son cheval. Son uniforme vert était maculé de sang; celui de ses adversaires, déduisit Karigan, malgré la hideuse entaille au-dessus de son front et le sang qui tachait son visage tel un masque. Le capitaine la regarda d'un air las, vit les deux chevaux messagers, et Alton D'Yer à terre. Elle lâcha les rênes de sa monture pour s'agenouiller auprès de lui.

— Il vit encore, fit-elle, étonnée. (Elle tira un grand coup sur la hampe et couvrit promptement la blessure d'une étoffe.) La plaie elle-même est bénigne, mais qui sait quel maléfice imprègne cette flèche. Maintenant, il a de la fièvre.

— Donnez-la-moi.

— Comment?

Le capitaine fixa la main tendue de Karigan sans comprendre.

— La flèche. Donnez-la-moi.

Le capitaine regarda un moment l'objet d'un air dubitatif, puis s'exécuta en voyant l'expression déterminée de Karigan. Celle-ci prit la flèche avec réticence. Elle ressentit la mort qui était en elle, la torture. Avant que le poison puisse s'immiscer sous sa peau, elle la brisa sur son genou.

— Que… ? dit le capitaine en haussant un sourcil.

Mais lorsqu'Alton se mit à tousser et à gémir, elle reporta son attention sur lui.

Karigan descendit dans la vallée au milieu du massacre, passant à travers les graminées empoissées de sang. Les défunts étendus moquaient la beauté des lupins agités par la brise. On avait séparé les Sacoridiens défunts des blatterreux. Elle tenta de faire abstraction du carnage et se mit à la recherche des cadavres percés de flèches noires. Quand elle en trouvait, elle les brisait.

Lorsque les débris de la dernière flèche tombèrent, elle se trouvait près du roi Zacharie. Il était à genoux au milieu des morts de son peuple, et sanglotait, une main sur le visage. L'autre pendait à son côté selon un angle inhabituel ; son bras devait être fracturé. Tout près de lui gisaient six petits cadavres blancs en rang, et parmi eux il y avait Trouvaille, le terrier au sourire.

Elle détourna les yeux, le laissant à son chagrin, et se dirigea vers Condor, qui se tenait en marge du champ de bataille, la tête bien basse. Karigan trébucha sur un bouclier de blatterreux marqué du blason d'un arbre noir mort. Ce que cela pouvait présager, elle l'ignorait et était trop épuisée pour y songer.

Le coup suivant

Karigan se réveilla en sursaut, en criant. Le soleil avait poursuivi sa course et franchi la crête occidentale, projetant des ombres profondes sur les graminées mouvantes et les lupins de la vallée du lac Dérobé, qui avait autrefois été le Miroir de la Lune, *Indura Luin*. Des corbeaux décrivaient des cercles dans le ciel, attendant leur heure pour se poser sur le champ de bataille, attendant de voir de quels reliefs sanglants ils pourraient se repaître. Karigan eut froid et frissonna sous les ombres qui gagnaient du terrain.

— Ça va ?

Le capitaine Stèle vint s'asseoir à côté d'elle emmitouflée dans la veste drapée autour de ses épaules.

Karigan se redressa et hocha la tête. Elle avait été prise d'une grande lassitude peu de temps après l'arrivée dans la vallée des cinquante cavaliers légers du maréchal Martel, au trot, casques et plastrons rutilants, leurs chevaux en formation parfaite. Leur prestance aurait impressionné tous les spectateurs, s'il s'était agi d'une parade.

Cependant, lorsque les soldats virent la fumée noire qui montait du bûcher et les flammes qui léchaient les corps des blatterreux, et lorsqu'ils virent les blessés, leur belle prestance disparut. Ils écarquillèrent les yeux, poussèrent des jurons, certains firent même le signe de la demi-lune tandis que d'autres s'arrêtaient net, figés.

Le capitaine Stèle, qui avait perdu beaucoup de sang et luttait pour simplement rester debout, avait clopiné vers le maréchal et crié :

— Descendez de là et venez nous aider ! Elle avait dû leur paraître à moitié folle, mais Karigan ressentait exactement la même chose. Elle aussi aurait voulu crier et se mettre en colère.

Les membres de la cavalerie se gênaient les uns les autres en essayant de se rendre utiles. La guérisseuse qui se trouvait parmi eux réduisit la fracture du bras du roi et prit soin des blessés. Les soldats commencèrent la tâche macabre qui consistait à s'occuper des morts.

Les nobles comme les roturiers furent étendus côte à côte sans distinction.

— Aujourd'hui, ce sont tous des guerriers de la Sacoridie, affirma le roi. En tant que tels, ils sont tous égaux, et tous sont des héros.

Karigan s'était mise au travail et aidait les soldats à construire un cairn pour ensevelir les morts mais, alors qu'elle se penchait pour ramasser une pierre, elle avait eu brusquement un étourdissement et ses genoux s'étaient dérobés sous elle. C'est à ce moment-là qu'elle avait dû s'étendre.

— Non… Je me suis évanouie, n'est-ce pas ?

Le capitaine Stèle hocha la tête affirmativement.

— Ce que tu as fait, aujourd'hui sur la crête, à cet… Élétien a dû saper tes forces.

Karigan se frotta les tempes pour tenir à distance un mal de tête coriace.

— Quelle fin pour ce déjeuner dans l'herbe si agréable.

Le capitaine serra plus fort son manteau contre elle.

— Le roi est en vie. Cela aurait pu finir plus mal.

À quelque distance de là, le roi Zacharie s'entretenait avec le maréchal Martel. On avait posé une attelle à son bras cassé et fermement attaché celui-ci contre sa poitrine, mais il était bel et bien en vie.

— Si vous n'étiez pas arrivée à ce moment-là…, commença Karigan.

— Le roi aurait péri ? suggéra Larenne Stèle en penchant la tête comme si elle réfléchissait. Peut-être. Peut-être pas. On ne peut pas prédire si aisément l'issue d'une telle bataille.

— Vous avez déchiffré le code de la lettre de F'ryan Coblebaie ?

— Oui. (Le capitaine Stèle continua en expliquant qu'elle avait passé de nombreuses heures avec deux autres Cavaliers à traquer le message caché.) Cela parlait d'un Élétien à qui on ne pouvait se fier, et disait que le frère du roi s'emparerait du trône par la force. L'attentat devait coïncider avec la chasse annuelle. Lorsque nous avons appris que Soval avait disparu après le départ du roi avec sa chasse, nous nous sommes inquiétés. Plus qu'inquiétés, en fait. Une Cavalière nous a signalé qu'elle avait vu une bande de blatterreux dans cette zone.

Le capitaine Stèle regarda fixement la poignée de Cavaliers toujours en vie, avec tristesse. Deux d'entre eux prenaient soin de trois autres qui étaient blessés, dont Alton D'Yer. Les autres étaient en train de disparaître sous le monticule de pierres qu'érigeaient les membres de la cavalerie. Elle berçait sur ses genoux un cor en argent ciselé.

— Si seulement nous étions arrivés plus tôt...

Le visage de Karigan se crispa.

— Si je vous avais donné la lettre plus tôt...

Le capitaine se pencha pour lui tapoter le genou.

— Je pense qu'aucun d'entre nous n'aurait soupçonné que la lettre était plus qu'elle paraissait : un témoignage de l'amour de F'ryan Coblebaie pour une personne qui était éminemment importante pour lui. Une bonne partie de cette lettre était authentique. Peut-être F'ryan savait-il que dame Estora la trouverait étrange et l'apporterait à l'un d'entre nous. Apparemment, il savait qu'il n'atteindrait pas vivant la cité de Sacor.

— Pourquoi un code ? s'enquit Karigan.

— Parce que la lettre identifiait Béryl Spencer. Je pense qu'elle était aussi une sorte de fausse piste, au cas où F'ryan serait capturé. La vraie lettre aurait survécu grâce à l'apparente insignifiance de son contenu, et on aurait considéré le faux message comme négligeable parce que ses informations étaient obsolètes. Par malheur, cela n'a pas profité à F'ryan.

Le capitaine Stèle regarda le cor posé sur ses genoux.

— Nous ne pouvons nous attarder sur ce qui aurait pu se produire. Karigan, ne te reproche pas de ne pas nous avoir remis le véritable message plus tôt. Tu avais raison alors. Tu n'es pas un Cavalier Vert, du moins n'as-tu pas reçu la formation des Cavaliers Verts et c'est nous – moi – qui suis à blâmer pour avoir supposé que tu saurais comment les choses fonctionnent. Si cela peut te soulager, laisse-moi te dire que tu as contribué à sauver le roi aujourd'hui, toi plus que quiconque.

— Merci, murmura Karigan.

— Je ne suis pas certaine que ce soit toi qui doives remercier. (La main du capitaine glissa inconsciemment vers le bandage autour de sa tête.) Nous te devons beaucoup. Même les défunts te doivent beaucoup.

Elle leva son autre main et elle luit d'or. Des broches au cheval ailé !

Karigan fut stupéfaite.

— Vous les avez prises ? Prises aux... ?

— Aux défunts ? Si fait. Tout comme la broche de Joie, que tu nous as rapportée, elles retrouvent toujours le chemin de la maison. Ces broches sont des objets bien étranges. Plus étranges que tu l'imagines. De nouveaux Cavaliers seront appelés pour servir, et ils porteront ces mêmes broches. Avec elles, ils découvriront de nouveaux talents et en feront usage. Lorsqu'ils quitteront le service, ou s'ils meurent, les broches appelleront de nouveaux porteurs. Il en a toujours été ainsi.

— Mais je n'ai pas été appelée, objecta Karigan.

— En es-tu bien sûre ? (Le capitaine souriait.) L'appel à devenir Cavalier peut prendre des formes diverses. Tu as peut-être raison, cela pourrait être lié aux circonstances : F'ryan agonisant, et toi qui te trouvais justement là. (Elle haussa les épaules.) Elles ont des caractéristiques saugrenues. On dirait qu'elles attirent d'étranges aventures et des gens hors du commun autour de leur porteur. Certains croient que c'est juste la nature du travail qui veut cela, le fait d'être un messager du roi, mais d'autres croient que c'est la magie qui est à l'œuvre.

Karigan toucha sa broche. Au toucher, on aurait juste dit du métal froid, rien de plus, et cependant elle savait de quoi l'objet était capable.

— Et vous, que croyez-vous ?

— Ce que je crois ? Je crois que tout est possible. Quel que soit le pouvoir des broches, toujours est-il que depuis que j'en ai épinglé une à mon revers pour la première fois, il y a vingt ans, ma vie est tout sauf terne.

Le capitaine décroisa les jambes et, d'un mouvement qui parut à Karigan très douloureux, ce que ses traits tirés confirmèrent clairement, elle se leva. Elle masqua la douleur par un nouveau sourire, mais Karigan la lisait dans ses yeux.

—Viens, dit le capitaine, allons voir ce qui va se passer maintenant.

Karigan abandonna les herbes tendres et suivit les traces du capitaine qui boitait un peu plus loin. « Tu as contribué à sauver le roi aujourd'hui, toi plus que quiconque », avait affirmé le capitaine. Karigan avait laissé filer au vent un pétale de la fleur de sorbier. Elle était censée faire venir un ami en cas de nécessité, et même si sur le moment elle avait pensé que l'arrivée des Cavaliers Verts résultait du pétale, cela n'avait pas été le cas. Les pétales de la fleur de sorbier perdaient-ils leur efficacité au bout d'un certain temps ?

Elle n'avait pas sitôt fini de se poser la question qu'une petite chose blanche, comme un flocon de neige, apparut, flottant dans le ciel. Elle tendit sa main ouverte et le pétale de la fleur de sorbier se posa sur sa paume.

Comment interpréter cela ? Je suis ma propre amie secourable ? Je peux compter sur moi-même ? Elle souffla sur sa paume et, pour la première fois depuis des heures, elle sourit.

Elle pouvait compter sur elle-même, et pourtant n'avait-elle pas été entourée d'amis durant tout ce temps ? Des amis qui lui étaient venus en aide tout au long de son périple et avaient tenté de la protéger ? Où serait-elle sans eux ?

Elle s'arrêta et appela le capitaine :

—Je vous rejoins dans un moment.

Stèle acquiesça d'un signe de tête, et Karigan se rendit auprès des blessés qui se reposaient. Alton D'Yer dormait parmi eux, emmitouflé dans une couverture rêche. À la lueur du crépuscule, ses traits étaient apaisés, sans trace des luttes acharnées de la journée ; aucun indice de douleur ou de souci, rien que l'abandon au sommeil, accompagné d'une certaine innocence.

Karigan frémit en pensant à ce que les flèches noires auraient pu faire à ce jeune homme. Elle ne l'avait vu que trop clairement, trop souvent. D'abord F'ryan Coblebaie, puis Joie Hautesente, et tous ceux qui avaient péri pendant cette journée. Ce n'était pas seulement mourir, mais emprunter un chemin de torture, perverti et sombre. Pour elle, le cas d'Alton était différent car elle avait appris à le connaître, tandis que les autres étaient restés des étrangers. Elle pouvait mettre un visage sur le nom d'Alton ; un visage rieur, plein de vie et de rêves d'avenir.

Elle s'agenouilla près de lui et, lorsqu'il bougea dans son sommeil, elle rajusta la couverture autour de ses épaules.

En ce jour, il s'était interposé entre elle et les flèches noires. Ses doigts effleurèrent sa joue et elle sentit la chaleur de son corps.

— Merci, Alton, murmura-t-elle. J'espère seulement être digne de ce que tu as fait pour moi aujourd'hui. Tu es un véritable ami. Et peut-être plus qu'un ami, mais à cette pensée son cœur, confus, se mit à palpiter.

Elle s'assura qu'il était installé aussi confortablement que possible, sachant qu'il était allongé par terre, et elle fut rassurée de voir sa poitrine se soulever à intervalles réguliers. Elle le laissa à regret pour rejoindre les survivants valides de l'embuscade, qui étaient assis en cercle sous le soleil déclinant. Parmi eux se trouvaient le maréchal Martel, une paire de ses officiers, et Béryl Spencer.

Tout se passait comme si le roi et sa suite étaient devenus des chasseurs des temps primitifs, comme s'ils étaient revenus aux jours sombres, avant que la Sacoridie sous sa forme actuelle soit créée. Une époque où l'on tenait conseil assis par terre, et où l'on échangeait les nouvelles sous la forme d'histoires contées, autour du feu.

— J'ai posté des sentinelles au cas où l'ennemi déciderait de revenir.

Le maréchal Martel se tenait très droit sous son manteau bleu foncé, une ceinture d'étoffe rouge autour de la taille. Des boutons d'argent et un gorgerin autour de son cou brillaient dans la lumière évanescente. Les épaulettes de maréchal en fil d'or et son casque surmonté d'un panache rouge posé dans l'herbe près de lui lui conféraient une allure impeccable, digne de l'officier qu'il était, même s'il s'était défait de son plastron un peu plus tôt. Même l'uniforme d'apparat des Cavaliers Verts ne pouvait soutenir la comparaison avec son uniforme de terrain.

— Nous devrions établir le campement pour la nuit.

— Cela me paraît judicieux, répondit le roi Zacharie. Il serait préférable de ne pas déplacer les blessés ce soir, du moins pas sur une longue distance, et je pense que la plupart d'entre nous sont harassés. Néanmoins, je suis profondément soucieux en ce qui concerne les projets de mon frère.

— À juste titre, Excellence, intervint Béryl Spencer. Il projetait de marcher sur le château avec deux fois plus d'hommes que la garnison du château en comporte.

Martel regarda le capitaine Stèle.

— Vous fiez-vous à ce qu'elle dit ? N'est-ce pas elle qui a tenté de vous tuer ?

Le capitaine hocha la tête d'un air las.

— Elle dit la vérité. Le contrôle que l'Élétien avait imposé sur elle a presque entièrement cessé, selon mes observations. Il reste toujours des bribes du sortilège, mais je crois qu'elles sont en train de disparaître. De plus, le message que nous a apporté Karigan corrobore les intentions d'Amilton.

Karigan s'agita, mal à l'aise, lorsque les yeux gris clair du maréchal se posèrent sur elle.

— En route, alors, décréta-t-il.

— Tout bonnement ? demanda le capitaine. Sans rien savoir des forces du prince, ni leur localisation ?

Martel, l'air déterminé, leva un menton couvert d'une barbe couleur de lin, drue mais soigneusement taillée.

— Mes soldats sont des éclaireurs confirmés, sans parler de leur aptitude à combattre si cela en arrive...

— Avec tout le respect que je vous dois, maréchal, coupa Béryl, vos soldats ont presque paniqué en voyant le carnage. Et vous attendez d'eux qu'ils fassent front devant cinq cents adversaires ?

— Béryl..., l'avertit Stèle.

Les yeux du maréchal étincelèrent de colère.

— Je ne laisserai pas cette Verdâtre insulter...

Le roi Zacharie leva la main pour les interrompre.

— Il suffit, mes amis, il suffit. Le capitaine Stèle a raison. Nous ne pouvons nous précipiter sans savoir ce qui nous attend. Et le maréchal n'a pas tort non plus. Ses Cavaliers sont des éclaireurs entraînés.

— Ne savons-nous donc rien de ce à quoi nous sommes confrontés ? demanda l'un des officiers du maréchal.

— Major ? l'invita le roi Zacharie.

Béryl acquiesça.

— Avant que le gouverneur et moi quittions Bourg-de-Mirpuits... (elle jeta un rapide coup d'œil au vieil homme qui était assis non loin de là avec D'rang, sous le regard vigilant de gardes de la cavalerie), il a enrôlé la milice régulière de la ville et embauché quelques compagnies de merc' pour aider le prince à prendre le château.

— Même avec des milliers de soldats, objecta Zacharie, il lui serait difficile de s'en emparer. Ses fortifications sont solides.

— Et les gens au château ont été avertis, ajouta le capitaine Stèle.

— Il s'est préparé à devoir l'assiéger, seigneur, et n'oubliez pas qu'il le connaît presque aussi bien que vous. Et il y a autre chose... (Béryl regarda l'assemblée, le regard hanté.) Seigneur, vous n'étiez pas le seul à avoir quelqu'un à la cour de votre ennemi.

— Comment ? s'écria Zacharie.

— Corneille, dit Stèle d'un ton sec. Cela ne peut être que lui.

— Le castellan ?

Martel n'en croyait pas ses oreilles.

— Si fait, confirma Béryl. Par deux fois j'ai tenté de vous prévenir. La première, lorsque la Cavalière M'Farthon a apporté au seigneur Mirpuits l'invitation au bal et au banquet ; la deuxième, lorsque j'ai essayé de parler à Karigan, après le bal. Les deux tentatives ont été contrecarrées.

Karigan se raidit lorsque Béryl la regarda, mais les yeux de la Cavalière ne portaient aucune accusation.

— C'est à Corneille que j'ai confié les rênes, marmonna Zacharie.

— C'est par sa faute que nous sommes arrivés si tard, ajouta Martel. Il ne cessait de nous retarder.

Il sembla à Karigan qu'une ombre s'abattait sur le roi. Une nouvelle trahison. D'abord son frère, puis un de ses grands vassaux. Et maintenant l'un de ses plus proches conseillers. Elle pouvait voir dans ses yeux ce qu'il se demandait : « Pourquoi ? », mais jamais il ne le dirait à voix haute. Il ne le pouvait pas, du moins pas pour le moment ; il demeurait le souverain, et avait pour devoir de se comporter en chef intrépide. D'une curieuse manière, il plut à Karigan de le voir blessé, cela le rendait plus humain, et pas seulement un roi au visage dur qui gouvernait sans états d'âme. Elle espérait que les complots et les trahisons ne le rendraient jamais indifférent et dur envers son peuple.

— Je peux envoyer un petit détachement en reconnaissance, disait Martel. L'obscurité empêcherait qu'ils soient découverts. Une fois que nous saurons ce que votre frère a accompli, nous pourrons préparer notre prochain coup.

Le roi soupira.

— Si le château est tombé, il ne me reste que l'exil, jusqu'à ce que je puisse réunir une armée suffisamment forte pour pouvoir le reprendre.

— Je serai à vos côtés, seigneur, dit Martel, le poing contre son cœur.

Les autres membres de l'assemblée en firent autant, et leur serment retentit.

Le roi en fut visiblement ému.

— Alors c'est tout pour aujourd'hui, sauf à partir en reco…

Un cri s'éleva parmi les soldats postés par Martel autour du périmètre du camp.

— Cavalier en vue!

Les mains se posèrent sur les épées et le groupe resserra son cercle autour du roi.

— C'est un Cavalier Vert!

Tous se détendirent un peu à cette annonce, mais ne baissèrent pas la garde pour autant. On entendit bientôt distinctement le martèlement des sabots, un Cavalier traversait la vallée à bride abattue. Il tira sèchement les rênes de son coursier gris en mettant simultanément pied à terre. Il s'approcha à grandes enjambées. Sa silhouette se découpait dans le crépuscule. Rory, l'Arme survivante du roi Zacharie, s'interposa entre le messager et le roi.

— Tout va bien, dit tranquillement Stèle. Je le connais. C'est Connly.

La sueur avait plaqué les cheveux foncés du jeune homme sur son front. Il avait harassé son cheval pour les rejoindre, aussi s'approcha-t-il du roi sans ralentir l'allure, et mit un genou à terre.

— Sire.

— Êtes-vous porteur de nouvelles, messager?

— Si fait, seigneur. (Il se releva alors et regarda chaque personne autour de lui. Lorsque ses yeux noirs se posèrent sur Karigan, elle y lut de la surprise. Tout aussi promptement, ils revinrent sur le roi.) Seigneur, le château est tombé.

Le roi sembla rapetisser intérieurement. Des exclamations désabusées fusèrent dans l'assemblée.

— J'avais pourtant prévenu le capitaine Apte, dit Stèle.

— C'est qu'il y a eu traîtrise. (Connly posa la main sur sa manche.) Je suis navré, mais lui et quelques autres sont pendus aux portes du château.

— C'était un homme bien, dit Martel.

Les autres, incrédules, gardèrent le silence tandis que les rainettes crucifères coassaient en chœur. Le capitaine Stèle finit par secouer la tête.

— C'était un homme bien, et un bon ami. Nous avons perdu tant de… bons amis.

— Et cependant je me réjouis d'avoir trouvé mon capitaine et mon roi toujours en vie, répondit Connly. Je soupçonne que nos ennemis croient vous avoir vaincus en ce lieu, mais les nouvelles de leur victoire vont se faire attendre, et au lever du soleil ils pourraient commencer à se méfier et envoyer quelqu'un pour jauger la situation. Il serait dangereux de rester ici.

— Nous pouvons nous retirer dans un autre endroit, affirma Martel.

Le roi chassa cette idée d'un geste.

— C'est ce que nous allons faire, mais je veux d'abord entendre, Cavalier Connly, ce que vous savez de cette prise de pouvoir.

— Bien peu de choses en réalité, Excellence, à ceci près qu'aucun habitant de la Cité n'a eu l'air affolé.

Le roi eut un sourire lugubre.

— Le roi peut bien changer du jour au lendemain, tant que cela ne modifie pas le cours de leur existence.

— Je me trouvais dans une auberge que je fréquente, rue Chantey, après une course éreintante, expliqua Connly. Osric, un autre Cavalier, me mettait au courant des événements étranges de ces deux dernières semaines. Nous avons entendu la cavalerie du prince Amilton entrer dans la ville, suivie d'engins de siège puis de l'infanterie. Ils se sont contentés de franchir les portes de la cité. Personne n'était là pour les fermer ou les défendre. La ville a continué de vaquer à ses occupations, les gens s'écartaient sur le passage du prince. Il y en avait même quelques-uns pour l'acclamer et le saluer.

Zacharie fit la grimace.

— Si fait, mon frère a toujours eu ses partisans.

— C'est bien vrai, Sire, mais il a quand même dû employer la force aux portes du château. Osric et moi avons suivi l'armée, en ouvrant l'œil et en essayant de rester discrets, bien entendu.

— Comment sont-ils entrés ?

— Ils ont escaladé l'échafaudage qui se trouvait là pour les réparations de la muraille, seigneur. Ils ont franchi le mur, capturé le capitaine Apte et tué bien d'autres soldats. La garde a alors perdu courage, apparemment.

Zacharie secoua la tête.

— L'échafaudage ! Corneille m'a dit que le mur nécessitait des réparations.

— À part cela, conclut Connly, je ne sais pas ce qui s'est passé derrière les portes du château, hormis qu'elles se sont ouvertes et que le prince les a franchies.

— Comment avez-vous su où nous trouver ?

— Osric avait entendu parler de la chasse royale annuelle et du lieu où elle se tiendrait, et savait qu'une poignée de fidèles accourait à votre rencontre. J'ai fui la ville avant d'être remarqué, en espérant vous trouver en vie et en bonne santé. Osric est toujours là-bas, il tente de localiser d'autres Cavaliers et les membres de la milice régulière qui sont restés loyaux.

— Bon travail, Connly, dit le capitaine Stèle. (Elle se tourna vers le roi Zacharie et posa une main sur son épaule.) Vous n'êtes pas responsable. Tout ceci, c'est votre frère qui l'a provoqué.

— Il fut un temps où je lui aurais volontiers concédé le trône.

— Je le sais, mais vous avez sacrifié votre liberté personnelle pour guider la Sacoridie afin, justement, que votre frère ne la détruise pas.

— Il peut encore y parvenir.

Le soir adopta une teinte légèrement plus sombre, et le chant des rainettes s'intensifia comme les battements d'un cœur.

— Autre chose, Connly ? demanda Béryl.

— Si fait. (Ses yeux se posèrent sur Karigan ; un frisson de peur lui parcourut l'échine.) Ton père est venu, il te cherchait.

— *Quoi ?* Karigan se leva, raide comme un piquet.

— C'était notre deuxième rencontre, comme le capitaine Stèle peut l'attester. Il pensait que le capitaine ou moi-même aurions des informations te concernant. Il a dû me voir dans la rue et me suivre jusque dans l'auberge. C'était avant l'arrivée du prince Amilton et de ses troupes. J'avais bien sûr entendu parler de ton périple et de ta spectaculaire arrivée, mais pas grand-chose d'autre. Il fut surpris et enchanté d'apprendre que tu étais même toujours en vie. Il m'a interrogé pour savoir où tu te trouvais. Aux dernières nouvelles, tu étais encore au château. C'est là que je lui ai dit d'aller pour te voir.

Il fallut un moment à Karigan pour saisir toutes les implications.

— Tu as envoyé mon père au château *avant* l'arrivée du prince Amilton ?

Connly regardait ses pieds.

— Je suis navré. Je suppose qu'il a été pris dans le cours des événements, je ne savais pas ce qui allait se passer.

Karigan crut qu'elle allait avoir une crise de rage et de frustration, mais elle se retourna, les poings serrés, manquant ainsi le regard de sympathie que lui adressait le roi.

— Nous devons préparer notre prochain coup, répéta Martel.

— Je pense avoir une idée, annonça Béryl, mais cela signifie qu'il va falloir faire vite, et que quelqu'un va devoir s'infiltrer dans le château pour observer la situation.

— J'irai.

Abasourdis, tous regardèrent Karigan se planter devant Béryl, et une profonde détermination se lisait sur son visage.

— Karigan…, commença le roi.

— J'irai, vous dis-je. J'entrerai dans le château.

Béryl voulut protester, mais le capitaine Stèle lui fit signe de se taire.

— Si fait. Karigan ira.

La femme d'ombre

Karigan se fondait dans l'ombre.

Elle échangea précipitamment l'abri d'un bâtiment dans l'obscurité pour celui d'un autre. Tel un fantôme, elle apparaissait puis disparaissait, et si d'aventure quelqu'un remarquait son passage dans les rues de la cité de Sacor, il pourrait toujours mettre cela sur le compte d'un mirage, de ses yeux qui lui jouaient des tours.

Karigan sollicitait toute l'étendue des pouvoirs de sa broche, l'utilisant pour se dissimuler aux yeux des miliciens armés du prince Amilton Basseterre. Certains arpentaient ouvertement les rues, d'autres étaient postés le long des murs de la ville. Mais on n'avait pas fermé ses portes, et la population n'avait pas été molestée. *Pour le moment.* Sage décision de la part d'Amilton ; s'il laissait les gens poursuivre leur vie normalement, ils l'accepteraient d'autant plus vite comme nouveau roi, et les risques de rébellion seraient amoindris.

Quelques personnes se promenaient encore au hasard des rues. Des colporteurs rangeaient leurs étals et mettaient de côté pour la nuit leurs charrettes à bras. D'autres personnes entraient dans les auberges et les tavernes. Les habitants étaient presque tous rentrés chez eux, aussi ne remarquaient-ils pas les bribes de vert qui passaient, fugaces, dans la lueur dorée de leurs lanternes qui se déversait sur l'obscurité.

Karigan se reposait de temps à autre, se laissant glisser au sol dans une impasse sombre ou bien une allée, luttant pour reprendre son souffle et trouver un peu de répit dans le monde gris suffocant qui la submergeait chaque fois qu'elle utilisait le pouvoir de la broche pour disparaître. Elle se tenait à présent dans l'étroite impasse entre une chapelle de la Lune et le marché, au milieu des marchandises avariées dont personne n'avait voulu. Aucun des deux bâtiments n'était éclairé, ils étaient vides, et elle se sentit suffisamment en sécurité pour lever quelques instants l'invisibilité.

De sa manche, elle essuya la sueur à son front. Le mal de tête la gagnait de nouveau et son corps tremblait d'épuisement. Cette journée ne finirait-elle jamais ? S'était-elle muée en cauchemar perpétuel ?

Des nuages noirs passèrent devant la demi-lune, et elle reprit sa course précipitée dans la rue, invisible de nouveau, en évitant les mares lumineuses au pied des lampes à huile publiques.

Tandis qu'elle progressait à petites foulées, la courte épée de chasse du roi Zacharie claquait contre sa cuisse, le rappelant en permanence à son souvenir. Il avait protesté ; elle ne devait pas être mêlée plus longtemps à la prise de pouvoir de son frère, mais le capitaine Stèle l'avait convaincu que Karigan était la seule personne à pouvoir mener à bien cette mission. Lorsque la jeune fille lui avait montré le pouvoir de la broche, il avait cessé de discuter.

— Je dois y aller, avait dit Karigan. Si mon père se trouve là-bas, il est peut-être en danger.

Le roi Zacharie avait souri d'un sourire que trop de choses avaient attristé.

— J'espère qu'il est conscient de sa chance d'avoir une fille comme vous.

— C'est moi qui ai de la chance d'avoir un père comme lui.

Zacharie avait ôté son baudrier et d'une main, gauchement, il l'avait passé à l'épaule de Karigan.

— Vous voulez que je prenne votre épée ? avait dit Karigan qui n'en croyait pas ses yeux.

— Hélas ! brave demoiselle, ce n'est rien qu'une épée de chasse. Elle vous servira cependant au mieux, je vois en effet que vous n'avez pas la vôtre.

Il avait posé sa main sur son épaule, et elle avait pu lire quantité de choses dans ses yeux bruns. Des choses auxquelles elle ne voulait pas penser.

— Revenez…, avait-il commencé, et elle s'était dit qu'il aurait peut-être fini par « moi », mais il avait tourné les talons à la hâte, sans ajouter un mot.

Elle avait saisi la poignée de l'épée, y enroulant ses doigts. C'était un objet raffiné, au pommeau orné de motifs intriqués, à la lame sculptée d'une scène de vénerie. Avec de la chance, elle n'aurait pas besoin de s'en servir. C'était bien une épée de chasse, mais chasser n'était pas l'objectif de Karigan.

Ses pieds fatigués la menèrent, plus vite qu'elle aurait pensé, dans l'ombre de l'entrée du château. Une étrange vision l'y accueillit : la Société contre la Monarchie était rassemblée là, semblant mettre au point un plan. Karigan s'approcha et entendit l'intonation confiante de Lorilie Dorran qui se tenait au milieu du groupe.

— On ne peut pas le nier, quelque chose d'important s'est produit, disait-elle. Mais même si Zacharie est décédé et que c'est son frère qui règne maintenant, cela ne change rien à nos projets. Après tout, la monarchie est une tyrannie, quel que soit son titulaire, et ce monarque-là me paraît plus tyrannique que d'autres.

Ses partisans regardèrent en direction de l'entrée, béante mais bien gardée par des soldats portant l'écarlate mirpuisien. Les silhouettes d'autres soldats en faction se découpaient sur le mur d'enceinte, et parmi eux se trouvaient des archers. Des torches illuminaient les cadavres qui se balançaient au bout de leur corde de part et d'autre des portes.

Karigan devrait faire vite si elle voulait éviter que les torches brisent le sortilège d'invisibilité et révèlent sa présence aux Mirpuisiens. Derrière les portes, dans la cour, deux sentinelles passaient régulièrement, dans un sens puis dans l'autre, aussi devrait-elle calculer son mouvement au plus juste.

La masse formée par les membres de la Société contre la Monarchie se dispersa, et ils se placèrent face à l'entrée d'un air de défi. Ils commencèrent à scander à l'unisson :

— La monarchie est une tyrannie, il n'y a aucun roi qui vaille. La monarchie est une tyrannie…

Les sentinelles derrière l'entrée se croisèrent et Karigan traversa le pont-levis à toute allure. Elle faillit entrer en collision avec un soldat imposant qui surgit de nulle part dans la brume grise de son champ de vision. Elle vira juste à temps pour l'éviter. Vive comme l'éclair, elle atteignit le corps de garde et se colla contre le mur de pierre froid.

Des bottes se balançaient au-dessus de sa tête. Les cordes des potences crissaient. Le son lui noua l'estomac. Là-haut, les pendus tournaient comme de raides pantins abandonnés par leur marionnettiste, et les flammes vacillantes déformaient leurs traits exsangues et figés.

Le garde avec qui Karigan avait failli entrer en collision était simplement sorti sur le pont-levis pour voir de plus près la Société contre la Monarchie. Par miracle, il semblait n'avoir pas conscience de sa présence.

Elle contourna le corps de garde à tâtons en surveillant les sentinelles qui passèrent derrière les portes une fois encore.

Au lieu de courir directement vers la cour, elle continua à longer le corps de garde, franchit promptement les portes ouvertes où luisait une lampe, et passa sous la herse. Elle s'aplatit alors dans l'ombre contre le mur d'enceinte intérieur du château. La cadence du pas d'une des sentinelles s'interrompit. L'autre la rejoignit.

— Un problème ?

— Non… c'est juste que… j'ai cru apercevoir quelque chose à la lumière, près du corps de garde.

Son compagnon regarda dans la direction de Karigan.

— Rien du tout. La lumière des torches te joue des tours.

— On dirait bien, et avec ces cadavres accrochés là-haut…

Karigan cessa de les écouter et traversa la cour à toute allure. Il y avait une promenade à cet endroit, qui séparait la cour extérieure des jardins d'ornement de la cour intérieure et reliait les deux ailes du château. Un coup d'œil vers l'entrée principale lui confirma qu'il serait vain d'essayer d'entrer par là, elle était fortement gardée par des Mirpuisiens.

Elle passa ses jambes par-dessus le muret et prit pied sur la promenade. Des gardes viendraient à coup sûr patrouiller de ce côté-ci. Elle n'avait pas plus tôt formulé cette pensée que des gardes apparurent aux deux extrémités de la promenade, portant des torches. Ils avançaient l'un vers l'autre à pas réguliers. Karigan plongea par-dessus le muret de l'autre côté de la promenade, et tomba dans la cour intérieure, droit dans un massif de rosiers.

Elle gémit involontairement et se mordit la lèvre inférieure avant que d'autres sons lui échappent. Le doux parfum, presque écœurant, des roses écrasées emplissait l'air autour d'elle.

Un garde muni de sa torche s'arrêta sur la promenade, à sa hauteur, et attendit que l'autre le rejoigne.

— T'as entendu quelque chose ? demanda-t-il.

— Nan, dit l'autre, affable. Un silence de mort. Le seul endroit intéressant, c'est la salle du trône.

Le premier garde pouffa de rire.

— Moi, j'aimerais bien leur en remontrer, à ces nobles. (Il renifla.) Pfiou ! Sens-moi ces roses !

Les deux hommes reprirent leur ronde tout en discutant amicalement, et Karigan se rendit compte qu'elle avait retenu son souffle. Elle retira les épines de ses mains, de ses bras, de ses jambes, et se releva.

— Je m'en sors bien, se murmura-t-elle d'un ton sarcastique, tandis qu'elle libérait son manteau pris dans l'un des buissons. Quelle engeance.

Elle suivit les chemins du jardin en trottinant jusqu'à la salle de bal, dont elle se rappelait l'emplacement. Peut-être pourrait-elle entrer par là, sans se faire repérer. Mais lorsqu'elle atteignit l'entrée de la salle de bal, celle-ci était éclairée de lumière vive. À l'intérieur, des soldats en livrée noir et argent étaient regroupés sous le regard vigilant de gardes vêtus d'écarlate.

Elle se détourna, mais un vacarme provenant de l'entrée attira son attention. Un garde tirait par le bras une petite prisonnière qui se débattait.

— Viens là, 'tite Verdâtre. Tagard veut faire mumuse…

— Noon !

Mel? Karigan jura en silence. En tant que membre de la Foulée Verte, Mel serait traitée comme n'importe quel soldat, ou même pis.

Le garde gifla la fillette qui se tortillait dans tous les sens et d'un coup de poing l'envoya au sol. Mel cria de nouveau, secouée de sanglots déchirants.

Karigan savait ce qu'elle ressentait. L'impuissance de se retrouver sous le contrôle de quelqu'un beaucoup plus grand et beaucoup plus fort que soi. Elle pouvait presque sentir l'odeur de l'immonde Garroty et imaginer ses mains dures et calleuses posées sur elle.

Sans plus tergiverser, elle saisit fermement l'épée du roi Zacharie. Même si cela risquait de tout compromettre, elle ne pouvait pas laisser le soldat faire du mal à son amie. Elle savait… elle avait connu cette peur.

Silencieusement, elle se glissa derrière eux, et bien que la lumière de la salle de bal l'atteigne, elle restait à peine visible. Le soldat était de toute façon trop occupé avec sa victime, et il n'aurait pas remarqué Karigan même si elle avait été pleinement visible. Il gloussait comme un gamin.

Karigan lui plongea l'épée dans le dos.

Il n'y eut pas un bruit, pas un son ne s'échappa du soldat. Il s'écroula simplement sur Mel. Les cris de celle-ci furent étouffés sous son poids. Karigan le tracta pour dégager Mel, qui se recroquevilla sur elle-même, en larmes.

— Mel, murmura Karigan. (Elle se pencha et toucha la fillette, qui se mit à crier plus fort et à donner des coups de pied dans le vide.) Mel ! C'est moi, Karigan.

Mel se frotta les yeux.

— Karigan ? (Elle semblait perplexe.) Où… ?

Karigan toucha la broche. Le monde gris se dissipa et elle poussa un soupir las. Elle n'était pas plus tôt apparue que Mel se jetait sur elle et l'enlaçait. Elle pleura, la tête enfouie dans le manteau de Karigan, le corps tout secoué de gros sanglots, comme un chagrin inconsolable.

— Calme-toi, maintenant, murmura Karigan pour l'apaiser.

Elle caressait les cheveux et le dos de Mel tout en surveillant la porte de la salle de bal, craignant qu'on les découvre d'un instant à l'autre.

— C'ét-ait si ho-horrible.

Mel tremblait de la tête aux pieds.

— C'est fini, maintenant, répondit Karigan en continuant à la cajoler. Tu n'as rien.

Puis Mel s'écarta d'elle, reniflant, le visage baigné de larmes.

— C'est… c'est vraiment toi.

— Qui d'autre ? dit Karigan en lui souriant.

— Je… je pensais que tu étais partie, ou bien morte. (Mel l'enlaça de nouveau avec une nouvelle salve de larmes.) Le capitaine est mort, n'est-ce pas… et le roi Zacharie… ?

— Pas du tout.

Un sanglot s'arrêta en plein milieu.

— Quoi ?

— Ils sont tous les deux en vie. Nous avons eu des ennuis, mais on s'en est tirés.

— Vraiment ?

Karigan opina du chef, et Mel essuya les larmes sur ses joues, et un grand sourire illumina son visage.

— Merci, Karigan. Tu peux pas savoir comme je suis contente.

— Je crois savoir, répondit Karigan. On ne peut pas rester là. Ces gardes, là-bas, ne vont pas tarder à se demander où est passé le gaillard. (Elle montra du doigt le soldat mort.) Aide-moi à le tirer sous les buissons.

Chacune attrapa un bras et elles le traînèrent jusqu'à ce qu'il soit complètement caché dans le recoin le plus sombre qu'elles purent trouver, sous un massif d'arbustes.

— Il ne t'a pas fait de mal, n'est-ce pas ?

Mel secoua la tête, et frémit légèrement.

— Il… il m'a fait très peur.

— Je sais, dit Karigan. Écoute-moi, tu dois sortir d'ici. Tu as un endroit où te cacher ?

Mel réfléchit un moment.

— L'écurie, peut-être.

— Bien ! Tu vas te cacher le mieux possible, d'accord ? Je dois faire deux ou trois choses ici, et ça peut prendre un moment. N'aie pas peur, mais ne sors pas de ta cachette. Compris ?

Mel acquiesça.

— Bien.

Karigan baissa les yeux vers son amie, dont le visage devint flou. Elle tangua sur ses pieds, prise de tournis. Elle se passa la main sur les yeux.

— Ça va ? fit Mel. Tu as l'air… je sais pas trop. Malade.

Karigan haussa les épaules.

— Je vais bien. C'est juste que j'ai terriblement exagéré avec ma broche. Maintenant, file. J'ai des choses à faire.

Mel fit mine de s'en aller, mais regarda Karigan par-dessus son épaule.

— Va, répéta celle-ci, la congédiant d'un geste.

Mel traversa la cour et disparut, et Karigan pria pour qu'elle arrive en lieu sûr saine et sauve. Elle-même s'affala dans l'ombre, et ferma brièvement les yeux en inspirant. Tout ce qu'elle voulait, c'était une bonne et longue nuit de repos dans un lit douillet. Mais juste au moment où elle croyait avoir atteint les limites de son endurance, elle se força à continuer.

Elle erra dans la cour à la recherche d'une entrée, utilisant la broche uniquement lorsque quelqu'un risquait de détecter sa présence. Chaque fois qu'elle disparaissait, son mal de tête s'intensifiait et la broche absorbait son énergie.

Elle parvint devant de grandes portes en verre, qui tranchaient de manière inhabituelle avec les murs de pierre du château. En vérité, il y avait là de nombreuses fenêtres qui luisaient comme de la glace noire à la lumière de la lune. Derrière elles, une pièce dans l'obscurité, et pas de gardes aux alentours. Karigan essaya de pousser le mécanisme, et il céda aisément sous ses doigts. Elle regarda une dernière fois derrière elle, puis entra.

Elle aurait aimé avoir la pierre de lune à cet instant, pour lui montrer la pièce et l'aider à s'orienter dans cette étendue aux contours mal définis, mais la pierre de lune était partie pour toujours, elle n'était plus rien que du cristal broyé.

Elle décida que la pièce devait être une sorte de véranda ou de cabinet de travail. Elle pouvait distinguer la forme d'étagères à livres et les bords de meubles massifs. Elle se demanda si le roi Zacharie passait beaucoup de temps ici.

Elle traversa la pièce avec précaution, mais se cogna tout de même violemment la cuisse contre le coin d'une table. Elle contint avec difficulté un cri de douleur.

— Je vais être noire et bleue de la tête aux pieds, marmonna-t-elle en frottant sa cuisse qui l'élançait douloureusement.

Elle prit comme repère un rai de lumière qui filtrait sous une porte, et réussit sans trop de peine à contourner les objets sans se cogner dedans ou les renverser. Une fois la porte atteinte, elle se mit à genoux et regarda par l'interstice où passait la lumière, et tendit l'oreille. Elle n'aperçut ni n'entendit âme qui vive.

Elle toucha sa broche et redevint invisible, juste au cas où quelqu'un se serait trouvé derrière la porte, qu'elle ouvrit alors. À l'extérieur, le couloir n'était que faiblement éclairé, et désert à l'exception de vieilles armures qui se tenaient au garde-à-vous depuis des lustres.

Elle se glissa hors de la pièce et, après mûre réflexion, se dirigea dans la direction où, croyait-elle, se trouvait la salle du trône.

Le fantôme

Stevic G'ladheon n'était pas sûr de pouvoir endurer encore longtemps les hurlements. Quelques nobles avaient osé défier le prince... Non, se corrigea-t-il, le *roi* Amilton. L'un d'eux gisait au sol, dans une mare de sang qui avait coulé à flots de son nez, de ses oreilles et de sa bouche, mort, et quelques autres avaient ployé devant l'étrange pouvoir que manipulait Amilton, avant de connaître le même sort. Amilton appliquait ses mains sur leurs épaules ou sur leur tête. Des éclairs d'énergie noire étincelaient et crépitaient autour de ses mains, et la victime se mettait à hurler de douleur.

— Je fais serment de... mon... indéfectible loyauté, ânonna le plus récent malheureux. C'était un homme rondouillet, il était à genoux, la tête courbée. Du sang sourdait de son nez.

Un feu semblait brûler au sein d'Amilton et autour de lui. Ses « loyaux » serviteurs, les nobles qui avaient demandé grâce, se tenaient derrière lui dans la salle du trône. L'étrange pierre qu'il portait à son cou chatoyait et, parfois, semblait émettre des pulsations comme si elle était douée de vie.

Stevic et Sevano avaient trouvé un renfoncement muni d'un banc, sous l'une des hautes fenêtres qui ponctuaient la salle du trône sur toute la longueur. Le banc était en pierre taillée, il était froid et inconfortable, mais cela valait mieux que de se trouver parmi les nobles tremblants et suants de peur. Amilton les avait considérés comme quantité négligeable, lui et Sevano, dès lors qu'ils lui avaient dit être de petits marchands. On ne les avait pas pour autant autorisés à partir.

La vieille femme, Devone Charron, était avec les nobles. Stevic se souvenait d'elle, il l'avait rencontrée à l'époque où il était venu quérir auprès de la reine Isène la reconnaissance de son clan. Devone était déjà conseillère, en ce temps, et aussi sévère qu'une Arme, mais juste, et de jugement avisé. Elle avait beaucoup vieilli, depuis cette époque, mais son esprit semblait toujours acéré. Elle conversait tranquillement avec une femme sculpturale, plutôt belle, dont les cheveux d'or relâchés tombaient jusqu'à la taille. Ses vêtements noirs, funèbres, contrastaient fortement avec la beauté de ses traits, on aurait dit une épouse en deuil. Amilton éprouverait bientôt leur loyauté. Stevic espéra qu'elles consentiraient sans protester.

Son siège était enveloppé d'un linceul d'ombre, il était en partie assombri par un épais pilier. Si les souvenirs de sa précédente visite étaient exacts, les Armes montaient la garde dans ces niches. Elles étaient sombres à dessein, présuma-t-il. Il se demanda ce qu'étaient devenues les Armes du roi Zacharie. Il se demanda ce qu'il était advenu du roi lui-même.

Le roi et toutes ses Armes sont probablement morts.

Un flot ininterrompu de pensées fugaces passait dans son esprit. Il se demandait par exemple ce que le règne d'Amilton allait changer au commerce et aux relations avec les autres royaumes. Mais par-dessus tout, il pensait à Karigan et s'inquiétait à son sujet. Il avait été à deux doigts de la retrouver. Le Cavalier Connly lui avait raconté une étrange histoire, selon laquelle Karigan serait arrivée à la cité de Sacor, porteuse d'un message pour le roi. Pour Stevic, les circonstances dans lesquelles Karigan s'était retrouvée en possession du message d'un Cavalier Vert restaient énigmatiques. Connly n'était pas entré dans les détails, car lui-même venait juste d'apprendre les faits, mais il semblait penser que Karigan avait survécu à de terrifiantes aventures.

— Sevano, dit-il, crois-tu les histoires que nous a racontées ce Cavalier au sujet de Karigan ?

— Je crois qu'il les tenait pour véridiques. Et pourquoi ne le seraient-elles pas ? grommela le vieil homme.

Stevic haussa les épaules.

— Ma propre fille… une étudiante… affronter des bandits sur la route ?

— Une étudiante pleine de ressources. Nous lui avons appris à l'être.

Stevic gratta pensivement sa lèvre supérieure. Connly les avait envoyés au château, où ils avaient cherché le capitaine Stèle, mais il n'y avait pas le moindre Cavalier Vert sur les lieux. Alors qu'ils exploraient les dépendances, ils avaient failli être renversés par la cavalerie. Ils avaient attendu près des baraquements des Cavaliers Verts que quelqu'un arrive, mais personne n'était venu.

Ils avaient alors décidé de parler au roi lui-même, mais lorsqu'ils avaient mis le pied dehors, des soldats en noir et argent couraient au hasard, dans toutes les directions. Des flèches pleuvaient depuis les murs du château et tout le monde criait. Lorsqu'un projectile avait touché un soldat situé sur leur trajectoire, ils avaient battu en retraite dans les baraquements pour attendre l'issue des événements. Il n'avait pas fallu longtemps pour que des soldats portant l'écarlate mirpuisien les trouvent. On les avait pris pour un noble et son garde, et on les avait emmenés dans la salle du trône pour que le prince Amilton règle leur sort, et c'est là qu'ils se trouvaient depuis lors.

Une question pourtant restait sans réponse : où était Karigan ? Avait-elle réussi à sortir du château avant le début des combats ?

Stevic étira ses longues jambes devant lui et s'appuya contre le mur de pierre. La voix du castellan Corneille prit d'onctueuses inflexions tandis qu'il déclarait :

— Et la province de L'Pétrie rejoint le noble dessein de sa majesté…

— Et s'en va le commerce, grommela Sevano.

— Notre cher prince-gouverneur n'est pas homme à nager à contre-courant, fit Stevic.

Il laissait les ombres régner autour de lui. Amilton et Corneille n'étaient que choses lointaines, dans une lumière étincelante qui l'excluait. Il décida de cesser d'être surpris de voir Amilton utiliser la magie, et de la traîtrise du castellan de Zacharie, l'un de ses conseillers les plus importants. Il tenta de faire abstraction des deux gardes en écarlate qui traînaient un nouveau corps hors de la salle.

Dans l'obscurité, il crut voir une silhouette vêtue de vert se faufiler entre les colonnes du mur opposé. Elle était spectrale, diaphane et son regard était dur. Il ne pouvait la voir nettement ; elle semblait apparaître et réapparaître à la faveur de l'éclairage.

Sa posture était celle d'une proie potentielle et elle semblait avoir une conscience aiguë de ce qui l'entourait. Elle était maîtresse d'elle-même et sans crainte. Elle se tourna et le regarda bien en face. Ses traits étaient vaporeux et brouillés, mais il sentit ses yeux posés sur lui, hantés, des yeux qui en avaient trop vu. Des yeux qu'il reconnut.

Il se redressa brusquement, bouche bée.

Elle posa son index sur ses lèvres, puis se fondit dans l'ombre, en devint partie intégrante, et ne réapparut pas.

Le cœur de Stevic chuta dans sa poitrine.

—Noon, gémit-il.

Sevano sursauta et le regarda.

—Qu'est-ce qui ne va pas ?

—Karigan...

—Eh bien ?

—Elle est morte, elle est morte...

Stevic enfouit son visage dans ses mains.

—Quoi ?

—Son fantôme.

Stevic montra d'un doigt tremblant l'endroit où il l'avait vue pour la dernière fois.

—Son fantôme ? Attends un peu. Ce gars, Connly, a dit qu'elle était vivante.

—*Était.* Elle est morte maintenant. J'ai vu son fantôme.

Stevic secoua la tête et reposa son visage livide entre ses mains tremblantes.

Jendara scrutait attentivement chaque renfoncement à la recherche du négociant. Il y avait en lui quelque air familier qui la déconcertait, et elle profitait de l'occasion pour le retrouver, pendant que le roi Amilton était occupé à terroriser ses nobles.

Elle trouva l'homme et son garde rencognés dans l'une des niches et, à son étonnement, elle vit qu'il pleurait, la main du premier maître posée sur son épaule.

—Toi là-bas, dit-elle à celui-ci. (Sa voix nasillait légèrement, un peu étouffée à cause de son nez cassé.) Quel est le problème ?

Le premier maître la regarda d'un air désapprobateur.

—Rien qui vous regarde, vraiment, dit-il.

—Je pourrais t'arracher le cœur avant qu'il amorce son prochain battement, vieil homme.

Jendara dégaina son épée et vit la compréhension naître sur le visage de l'homme, à la vue de la bande noire sur sa lame. Le premier maître leva les yeux vers elle, mais le mépris sur son visage n'avait fait que s'accentuer.

— Qu'est-ce qui vous a fait tomber si bas, maître-lame ?

Jendara sourit d'un sourire qui dévoila ses canines.

— J'ai déchu, dis-tu ? Ne suis-je pas l'Arme attitrée du *roi* de Sacoridie ? Il semblerait que je sois plutôt montée en grade.

— Cette *chose* n'est pas roi.

Le premier maître désigna le trône du doigt. Elle appuya vivement la pointe de son épée contre la gorge du vieil homme. Elle regarda sa pomme de Sacor monter et redescendre tandis qu'il avalait sa salive.

— Souhaites-tu mourir ? lui demanda-t-elle.

— Je ne souhaite rien de tel, dit-il de la même voix fougueuse. Mais cela, je le vois dans *vos* yeux.

Jendara se mit à rire.

— Nous devenons des Armes car nous nous attendons à ce que vienne la mort.

— Je vais donc reformuler ma question. Qu'est-ce qui a fait de vous une femme si aigrie ?

— Un homme, répondit-elle. (Elle repoussa le premier maître du plat de sa lame, et baissa les yeux sur le négociant terrassé par le chagrin.) Vieil homme, dis-moi ce qui l'accable.

— La peine.

— C'est tout ? Il y en a à revendre ces jours-ci.

— Sa fille était portée disparue. Maintenant, il la croit morte.

— Il croit ? Il ne sait pas ?

— Il dit avoir vu son fantôme.

— Quoi ? À l'instant ?

— Oui-da.

Un frisson parcourut la nuque de Jendara. Elle posa la pointe de son épée sous le menton de l'homme accablé pour le relever et tourner son visage vers elle. Malgré la pénombre elle pouvait voir combien son visage était attrayant, ses traits énergiques et bien dessinés, même s'ils étaient tirés et creusés d'inquiétude. Les ridules aux coins de ses yeux suggéraient un caractère bien trempé et des jours plus gais. Il y avait aussi cette ressemblance qui ne cessait de la tourmenter.

Elle lui saisit le menton. Le premier maître sursauta, mais d'un coup sec l'épée fut sur sa poitrine.

— Écarte-toi, dit-elle au vieil homme. Je ne ferai pas de mal à ton chef.

Elle tourna le visage du négociant vers la faible lumière. Oui, c'était cela, quelque chose dans les fossettes autour de sa bouche, et peut-être la lueur pétillante de ses yeux. La forme de son visage était différente, cependant. Elle lui lâcha le menton, et vit alors à son doigt un anneau familier. Elle avait porté son jumeau.

Les traits de la fille devaient lui venir essentiellement de sa mère, mais avec l'anneau, l'erreur n'était plus permise. Un délicieux frisson lui picota l'échine.

— Elle aurait dû m'achever, murmura-t-elle.

Le négociant sembla alors seulement remarquer sa présence.

— Comment ?

Elle le regarda droit dans les yeux.

— Je la connais.

Jendara fit volte-face. Amilton avait mis une autre noble à genoux. Il était sur le point de poser ses mains, ses mains imprégnées de magie, sur les épaules de celle-ci. Jendara n'allait pas l'interrompre, et lui ne remarquerait pas son absence.

Elle se mit à arpenter la salle du trône, scrutant chaque renfoncement et tâtant l'obscurité de son épée. La Verdâtre pouvait être partie à l'heure qu'il était, pour autant qu'elle sache.

Puis, près de l'entrée elle la vit ; une lueur vacillante méchée de vert. Jendara traversa la salle du trône à toute allure et franchit les grandes portes sous le regard ébahi des gardes. Le couloir était bien éclairé de lampes et de bougies, et les flammes se couchaient au passage de la Verdâtre qui battait en retraite. Elle la vit traverser le couloir en courant, transparente et fantomatique. Pas étonnant que le négociant ait cru sa fille morte.

Brandissant son épée devant elle, Jendara suivit la Verdâtre dans le couloir, au pas de charge, mais lorsqu'elle tourna au coin du corridor, elle vit que le suivant était plongé dans l'obscurité, et l'air était chargé de fumée provenant des bougies mouchées.

Jendara scruta attentivement le hall plongé dans la pénombre. *Prudence*, se dit-elle. La Verdâtre pouvait être armée.

Sur sa gauche il y avait une forme humaine menaçante et, en un clin d'œil, elle décrivit avec son arme un grand arc de cercle dans sa direction. Une armure s'écrasa au sol. Le heaume roula le long du couloir. Jendara plissa les yeux en enjambant un cuissot et tous ses sens s'aiguisèrent dans les ténèbres, mais elle n'entendit rien, ne vit rien, ne détecta pas le moindre changement dans l'air. Elle ne sentait que l'odeur de la cire.

Malgré cela, un nouveau sens s'éveilla en elle, comme si son esprit avait acquis une vision périphérique. Elle perçut la présence de la Verdâtre sur sa droite, plaquée contre la paroi. Jendara tourna les yeux mais ne put voir personne. Sauf peut-être une ombre plus intense sur le mur.

Jendara prit une profonde inspiration, et regarda fixement droit devant elle, défiant la tentation irrésistible qui lui commandait de regarder en direction du mur. Cela ne ferait qu'alerter la fille. Au lieu de cela, elle fendit l'air de son épée.

Un cri de douleur provenant de la pénombre lui confirma que son instinct ne l'avait pas trompée, et elle eut un rire de triomphe. Puis elle se retourna vers la Verdâtre, et à cet instant précis une nouvelle armure s'écroula sur elle.

Il fallut quelques instants à Jendara pour prendre conscience qu'elle était allongée au sol. Son corps lui cuisait, tout endolori par la chute de l'armure de plates. Elle gémit en repoussant la cuirasse et se dépêtra des autres pièces de métal.

À quatre pattes, elle tâtonna aux alentours pour retrouver son épée, et sa main rencontra quelque chose d'humide. Elle porta ses doigts à sa bouche et goûta du bout de la langue. Du sang !

Jendara se releva et rebroussa chemin dans le couloir à petites foulées. Elle saisit une bougie et la rapporta dans le couloir faiblement éclairé. Elle trouva son épée près de l'épave tordue qui avait été une armure. Elle vit avec satisfaction que sa pointe était ensanglantée, et des gouttes de sang par terre qui formaient une piste. Prenant la bougie et l'épée, elle suivit cette piste comme un chien de chasse suit sa proie.

La piste sanglante

Karigan était appuyée dans le renfoncement d'une porte plongée dans la pénombre et respirait avec de petits halètements douloureux. D'une main elle serrait le chambranle de la porte, de l'autre elle comprimait la blessure située sous ses côtes. La plaie n'était pas trop profonde mais saignait abondamment et la douleur était cuisante.

Le couloir le plus proche luisait d'une faible lueur, mais elle avait dû renoncer à être invisible pour préserver le peu d'énergie qui lui restait. L'entaille à son flanc ne lui facilitait pas les choses. Baissant les yeux, elle discerna une tache encore plus sombre que la pénombre ambiante et qui s'élargissait sur sa chemise. Le vermeil suintait entre ses doigts et gouttait sur le sol avec un léger bruit.

Elle posa la tête contre l'embrasure de la porte en essayant de reprendre son souffle. La sueur coulait sur son visage et lui irritait les yeux. Jendara n'allait pas tarder à la trouver. Elle craignait de devoir l'affronter, cette fois-ci ; un différend qu'elle avait peu d'espoir de remporter.

De la lumière scintilla tout au bout du couloir. *Pas le temps de se reposer.* Elle secoua la tête pour reprendre ses esprits et porta la main vers sa broche. C'était sa seule…

Derrière elle, des mains désincarnées sortirent de l'ombre du porche et la saisirent. L'une se plaqua sur sa bouche avant qu'elle puisse laisser échapper un cri, tandis que l'autre lui enserrait le torse. Elle se débattit faiblement contre la poigne de fer qui l'entraînait, lentement mais inexorablement vers l'intérieur, dans la pièce enténébrée qui se trouvait derrière.

— *Chuut*, l'exhorta un souffle à l'oreille.

Elle crut qu'elle chutait dans les ténèbres du royaume éthéré, ou peut-être était-ce simplement que la chambre était dépourvue de lumière, mais elle se sentait molle et flottante, elle avait l'impression de s'envoler vers le ciel nocturne, peut-être vers les cieux, à la rencontre des dieux.

Jendara frappa du poing contre le mur à en faire saigner ses articulations. Elle s'était hâtée de suivre la Verdâtre, mais la piste sanglante s'interrompait brutalement devant l'entrée d'un débarras vide. Elle avait fouillé la pièce de fond en comble, mais celle-ci restait inchangée. Pas d'ombres suspectes, pas de présences invisibles, pas de gouttelettes de sang éloquentes.

Jendara devait se rendre à l'évidence : elle avait échoué.

Elle se félicita de ne pas avoir averti son seigneur de sa petite escapade. Elle n'avait aucune envie de s'attirer une nouvelle correction de sa part. Elle était lasse, si lasse. Mais était-ce bien tout ? Cela faisait des années qu'elle était dévouée à la cause d'Amilton. Elle savait qu'il pouvait se comporter avec cruauté, mais il ne l'avait jamais auparavant battue comme il l'avait fait la nuit de la lune d'argent. C'était un homme changé, un homme bien différent du prince suave et fringant qu'elle avait juré de protéger au péril de sa vie, bien longtemps auparavant.

Elle-même avait autrefois été innocente, comme la Verdâtre, lorsqu'elle était plus jeune et suivait la formation pour devenir maître-lame. Elle était fière de servir la Sacoridie et le roi Amigast. Devenue Arme, on l'avait assignée au service du prince Amilton, et son charme l'avait conquise. Elle avait perdu son innocence, alors. Elle avait fait un choix. Se remémorant ce choix et d'autres qui avaient suivi, elle sut qu'elle les referait si elle pouvait tout recommencer. C'est en cela, supposa-t-elle, qu'elles étaient différentes, elle et la Verdâtre. La Verdâtre apprenait de ses erreurs.

Elle quitta la pièce vide et traversa le couloir d'un pas pesant, entourée de la lumière des bougies comme d'un bouclier.

Lorsqu'elle atteignit la salle du trône, elle vit que le négociant était toujours assis sur le banc, les épaules voûtées, avec à ses côtés le premier maître qui se tenait assis bien droit, l'air résolu, les bras croisés. Jendara fourra la pointe ensanglantée de son épée sous le nez du négociant, qui regarda l'objet avec des yeux larmoyants.

— C'est le sang de ta fille, siffla-t-elle. Elle est bien réelle.

Sans attendre sa réaction, elle traversa à grands pas le tapis menant au dais, passant devant les rangs de plus en plus clairsemés de nobles pleins de défiance. Parmi eux se trouvait son vieux professeur, Devone Charron, puissante guerrière en son temps, aujourd'hui myope comme une taupe et réduite à être la conseillère gâteuse de Zacharie. Jendara secoua la tête. Autrefois, elle avait eu de l'admiration pour Devone, mais à présent elle ne voyait qu'une vieille bique, ridée et voûtée par les ans. Jendara ne souhaitait pas vivre jusqu'à un âge aussi avancé.

Corneille et le roi Amilton étaient en train de parler avec un soldat mirpuisien et ils ne remarquèrent pas sa présence, ce dont elle fut reconnaissante.

— Qu'ont-ils dit ?

Les joues d'Amilton étaient rouges, ses yeux étincelaient. De l'énergie crépitait autour de ses poings serrés.

— L… la monarchie est une tyrannie, seigneur.

Le soldat se passa la langue sur les lèvres tandis que ses yeux papillonnaient de Corneille à Amilton, hésitants.

— Qui sont-ils ?

— La Société contre la Monarchie, seigneur. (Ce fut le castellan Corneille qui répondit. Il s'appuyait sur son bâton, pas le moins du monde perturbé par ces nouvelles.) Votre frère les mentionnait de temps à autre, mais ce n'était qu'une épine dans son pied, rien de plus. Il a bien ordonné que leur meneuse soit arrêtée, mais il n'a pas suivi l'affaire. Il s'en est un peu plus soucié lorsqu'ils ont trouvé un fort soutien à Nord, mais d'autres affaires réclamaient son attention.

— Salissent-ils mon nom ? demanda Amilton.

— Si fait, seigneur, répondit le soldat. Ils veulent abolir le gouvernement royal, purement et simplement. C'est ce qu'ils crient dans la nuit, et les discours de leur meneuse attirent un auditoire.

Le crépitement cessa sur les mains d'Amilton, et il caressa sa moustache.

— Vous avez des archers postés sur les murs, n'est-ce pas, sergent ?

— Si fait, seigneur.

— Alors faites-leur prendre un peu d'exercice.

— Très bien, seigneur.

Le soldat salua et quitta la salle au petit trot.

Amilton, sans faire attention à Jendara, regarda le petit groupe de nobles toujours debout devant lui.

— Eh bien ! eh bien ! Mes yeux me joueraient-ils des tours ?

Il s'avança parmi eux et s'approcha de la grande femme blonde vêtue de noir, l'examinant de la tête aux pieds.

— Dame Estora, quelle joie de vous revoir.

Jendara regarda Amilton prendre la main pâle de la femme dans la sienne et l'embrasser. Celle-ci continua à regarder droit devant elle, l'ignorant froidement.

— Vous êtes toujours aussi belle, ma dame, dit-il. Son autre main glissa le long de sa joue et de son cou.

Jendara serra les poings et ses jointures blanchirent. Il en avait toujours été ainsi, il regardait d'autres femmes, pas elle.

— Ma dame, dit Amilton avec douceur, son visage si proche de celui de la femme que c'en était intolérable. Ma chère, très chère héritière de la province de Coutre. J'ai d'intéressantes idées à vous soumettre.

Karigan chutait, elle tombait du ciel, et se contorsionnait frénétiquement pour l'éviter.

Ouvrant les yeux, elle vit le faible rougeoiement d'une unique bougie. Elle avait dû s'endormir, ou bien s'évanouir, et elle était allongée sur de la pierre. La surface dure et froide lui faisait mal au dos.

La bougie ne dévoilait qu'une petite partie de la pièce où elle se trouvait. Elle était faite de pierre, à l'instar de tous les autres endroits du château, et bien qu'elle ne puisse pas en évaluer les dimensions, elle sentait que les murs étaient proches, et que le plafond devait être voûté. La lueur de la bougie miroitait sur du verre : des fioles et des bocaux sur une étagère. Dans la pièce régnait une faible senteur d'herbes et de renfermé ; l'air était lourd comme si elle était close depuis un certain temps.

La lumière de la bougie jouait sur le plafond. Des glyphes et des runes y étaient gravés, si anciens qu'ils devaient être plus vieux encore que le sacoridien d'antan. Des images aux traits grossiers représentant Aeryc et Aeryon, et d'autres encore, y étaient également sculptées. L'une d'elles dépeignait une créature mi-homme mi-oiseau : le dieu Ouestrion qui accompagnait les âmes vers les étoiles, et une autre montrait son grand coursier, Sauvétoile, annonciateur de dissensions et de batailles.

Elle leva la tête pour mieux regarder les alentours, mais celle-ci l'élança douloureusement, et elle gémit.

— Où suis-je ?

— Dans la chambre de préparation, répondit quelqu'un.

Le cœur de Karigan manqua un battement.

— Qui est là ?

Les mains désincarnées réapparurent, accompagnées cette fois d'un visage tout aussi désincarné dont les traits impassibles, familiers, luisirent à la lumière de la bougie.

— Fastion !

L'Arme qui avait si souvent monté la garde à sa porte, dans les baraquements des Cavaliers, s'approcha, et elle put discerner sa silhouette à la forte carrure. C'était son uniforme noir qui avait créé l'illusion de son immatérialité.

— Tu es donc réveillée, fit-il.

— Oui. Qu'entendez-vous par « chambre de préparation » ?

— Elle sert aux défunts. C'est ici que les chirurgiens royaux préparent les corps des défunts rois et reines, et des rares élus qui résideront dans le Hall des Rois et des Reines, ou dans l'Allée des Héros. C'est ici qu'on ouvre les corps, du menton aux… (il plaça son index sous son menton et traça une ligne imaginaire jusqu'à son estomac)… entrailles, afin que l'âme puisse quitter le corps et dériver vers les cieux. Un rite ancestral.

Karigan se redressa, le cœur battant. Soudain, il lui faisait peur. Elle était là, allongée sur une table mortuaire destinée aux rois, là où on les embaumait et on les préparait pour le tombeau. Quelles étaient les intentions de Fastion ?

— Doucement, ou tu vas recommencer à saigner. (Puis il dut voir sa crainte, car il croisa les bras et ajouta :) Si je projetais de préparer ton corps au trépas, je n'aurais pas pansé ta blessure, et cela ferait belle lurette que ton âme aurait rejoint les cieux.

Karigan toucha délicatement son flanc à l'endroit où la lame de Jendara l'avait entaillée. Elle était effectivement recouverte de bandes.

—Il y a plein de bandes par ici, remarqua Fastion.

—Pour envelopper les défunts. (Il hocha la tête.) Je suis désolée de m'être méfiée de vous, mais la journée a été très longue, et tout cela est si étrange...

—Pour moi aussi, c'est étrange. Cette pièce est chargée... de souvenirs. (Les yeux de Fastion parcoururent le lieu, comme à la recherche d'images du passé.) Avant que je devienne une Arme du roi Zacharie, je gardais les tombes. J'ai gardé le corps du roi Amigast à sa mort, et j'ai surveillé les chirurgiens pour empêcher qu'ils l'endommagent ou détériorent son âme. Comme je l'ai dit, ce sont des rites ancestraux.

—J'aimerais me lever de cette table, dit Karigan.

C'en était trop pour elle. Fastion posa sa main sur son épaule pour qu'elle s'allonge de nouveau.

—Je me rends bien compte que cela doit être inconfortable, mais tu dois prendre du repos tant que tu le peux. Tu as l'air affaiblie, et il y a plus que le sang que tu as perdu. Nous pouvons parler pendant que tu récupères. Mais d'abord, j'ai besoin de savoir si tu as des nouvelles du roi.

—Il vit.

De la joie passa sur le visage habituellement impassible de Fastion, et les derniers doutes quant à ses intentions s'envolèrent.

—Alors il y a de l'espoir, dit-il.

Karigan lui relata les événements de la journée, et lui expliqua ce qu'elle faisait au château.

—Je dois m'en retourner, pour leur raconter ce que j'ai vu. Mon propre père est pris au piège dans la salle du trône, avec Amilton et Jendara.

—La traîtresse! l'interrompit Fastion avec véhémence. Je me serais bien occupé d'elle dans le couloir, mais j'avais les bras pris, puisque je te portais.

—Désolée, fit Karigan.

—Tu n'as pas à t'excuser. Je suis heureux d'avoir pu t'aider, après ce que tu m'as dit. J'aurais trouvé quelque satisfaction à tuer Jendara, mais cela aurait donné l'alerte et anéanti tout espoir. Vois-tu, j'ai essayé d'atteindre les tombeaux. J'escomptais en trouver d'autres, d'autres Armes. J'espère qu'Amilton les a oubliées, ou qu'elles ont été en mesure de résister, si elles ont été attaquées par ses hommes.

—Vous pensez qu'elles sont nombreuses?

— Peut-être une vingtaine, mais probablement moins, je pense. Comme tu le sais, une Arme vaut quatre soldats ordinaires, voire plus.

— Si fait, répondit Karigan. Je le sais.

Fastion eut l'air satisfait.

— Nous ne possédons peut-être pas la magie des Verdâtres, mais nous avons nos aptitudes propres. Nous avons des secrets.

Karigan resta silencieuse. Le froid qui se dégageait de la table commençait à l'atteindre, et l'exiguïté de la pièce lui pesait. Elle ne pouvait dire combien de temps elle avait perdu, mais la bougie s'était consumée de moitié tandis qu'ils parlaient.

— Fastion, dit-elle. Je dois retourner voir le roi et les autres pour leur dire ce que j'ai appris.

— Peux-tu te lever ?

Elle passa les jambes par-dessus la table. Le sang battit douloureusement à ses tempes. Elle faillit retomber sur la table.

— Vas-y doucement, lui dit Fastion.

Il sortit de la viande séchée et de l'eau, reliefs de son propre dîner. Un bon moment s'était écoulé depuis midi, depuis qu'elle avait déjeuné avec Alton dans l'herbe, sous le soleil. Reverrait-elle jamais le soleil ? Se restaurer lui remonta prodigieusement le moral, et elle sentit ses forces revenir. Elle pouvait à présent se lever, même si elle dut d'abord se tenir à la table pour garder l'équilibre.

— Je vais te guider vers l'extérieur, dit Fastion. Quand tu verras le roi, il faut lui dire qu'il doit se souvenir du Portail des Héros. Il a dû emprunter ces sentiers étant enfant. Sa grand-mère y aura veillé. Je vais essayer d'atteindre les tombeaux et de rassembler toutes les Armes que je peux trouver. C'est là, dans l'Allée des Héros, que nous vous retrouverons, toi et le roi.

— Les tombeaux… ?

— Si fait.

Pendant un instant, Karigan soupçonna qu'elle ne parviendrait jamais vraiment à se défaire des morts. Des fantômes, des tueries, et maintenant des tombeaux.

Fastion guida Karigan à travers des couloirs obscurs et une enfilade de pièces, puis dans une nouvelle série de couloirs. Il comptait sur une unique chandelle pour éclairer le chemin.

— Pourquoi fait-il si sombre, ici ? demanda Karigan. Cette partie du château n'est-elle donc pas utilisée ?

— Effectivement. Cette aile pourrait abriter des centaines de personnes, et ce fut le cas autrefois. C'étaient principalement des troupes qui y étaient stationnées, en des jours moins paisibles.

— Ce devait être il y a bien longtemps, alors.

— Si fait. Nous autres Armes, nous savons tout cela, les couloirs et les pièces. Il le faut. Le coin regorge d'histoire. Il s'y trouve même des reliques des Cavaliers Verts. Je ne cesse de vouloir en parler au capitaine Stèle, mais je me retrouve pris dans mes obligations et j'oublie.

L'itinéraire emprunté par Fastion semblait traverser une caverne interminable ou un labyrinthe. Lorsque la chandelle finit par se consumer, il en alluma une autre. Leurs pas résonnaient sur le sol dallé de pierres. Le temps semblait ne pas exister dans ce monde de l'en-bas.

Ils passèrent devant de nombreuses portes. Il y avait des tapisseries rongées par les mites, qui bruissaient sur les murs à leur passage, et leurs pas soulevaient de la poussière. À la lueur de la flamme, ils surprirent le scintillement de l'œil d'un rat qui traversa le couloir à toute allure.

— Il faudrait vraiment que les serviteurs fassent le ménage par ici, marmonna Fastion.

Près des tapisseries, des armes et des boucliers rouillés étaient accrochés aux murs. Les boucliers portaient l'insigne des régiments : le résineux, le chien de mer, la rose sauvage, le couguar, l'ours noir et l'aigle. Un bouclier vert portait l'or du cheval ailé.

— Ainsi, les Cavaliers Verts faisaient autrefois partie de la garnison, comme le reste de la milice, observa Karigan.

— En temps de guerre, oui. Les Cavaliers Verts ne faisaient pas seulement office de messagers, ils avaient aussi d'autres fonctions, dans la cavalerie légère par exemple. Et il y a d'autres choses, mais les livres d'histoire ne les mentionnent pas, donc je ne peux que faire des suppositions.

Karigan aussi pouvait émettre des suppositions ; des fonctions semblables à celles qu'exerçait Béryl Spencer.

— À vous entendre, on vous croirait historien, dit-elle.

Fastion la regarda en souriant.

— Je suis versé dans d'autres arts que le seul maniement des armes.

Karigan, penaude, lui rendit son sourire.

Fastion finit par s'arrêter devant une lourde porte bardée de fer.

— Cette issue ouvre sur la cour principale, dit-il, donc tu dois faire bien attention. Nous sommes à environ deux cents mètres de l'entrée principale et des portes. Des soldats sont peut-être dans les parages, mais aucun ne garde directement cette porte. D'une certaine manière elle est… occultée.

Il se tourna vers la porte et tira un lourd anneau de fer, et si Karigan pensait que les gonds grinceraient et hurleraient leur grand âge, elle fut déçue, car quelqu'un avait mis un point d'honneur à les oindre d'huile.

L'air frais de la nuit pénétra en volutes dans le couloir, et Karigan prit une profonde inspiration, sentant qu'elle allait enfin être libérée de l'atmosphère morbide du château.

— Si j'étais toi, j'utiliserais mon… euh… aptitude, dit Fastion, pour traverser la cour. As-tu un cheval ?

— Là-bas, en ville.

— Bien. Souviens-toi, le Portail des Héros. Le roi devrait se le rappeler. Qu'Aeryc et Aeryon guident tes pas.

— Et les vôtres, répondit Karigan.

Elle toucha sa broche avec quelque regret, et sortit dans la nuit. La porte se referma derrière elle, et elle fut seule. Des arbustes dissimulaient l'entrée, et depuis leur abri elle scruta les environs. Ils grouillaient de soldats qui s'affairaient de-ci de-là pour accomplir quelque devoir à cette heure tardive.

Il n'y avait pas suffisamment de lumière pour dévoiler sa présence, aussi traversa-t-elle la cour à toute allure vers le mur intérieur, qu'elle serra de près jusqu'à être à proximité du corps de garde et de l'entrée. Quelqu'un aboya des ordres à ceux qui se tenaient sur le mur, mais elle n'allait pas attendre de savoir en quoi ils consistaient.

Elle vit les sentinelles se croiser, estima du regard l'endroit où les ombres sous la herse étaient les plus profondes, puis elle se mit à courir. Ses pas firent un bruit mat sur le pont-levis, et elle entendit l'ordre :

— Bandez vos arcs !

— Oh ! non ! gémit-elle.

De l'autre côté des douves, les membres de la Société contre la Monarchie criaient leurs mots d'ordre en agitant le poing. Une foule assemblée les regardait.

— Visez, et attendez mon signal, ordonna le soldat.

Karigan franchit bruyamment le pont-levis et se dirigea droit vers la Société contre la Monarchie. Elle pouvait s'imaginer les archers, fin prêts entre les créneaux au sommet du mur, arcs bandés. Cela allait être un massacre. Les membres de la Société contre la Monarchie étaient regroupés face au mur, à portée de flèche, et l'éclairage public faisait d'eux des cibles faciles.

Karigan redevint visible tandis qu'elle chargeait dans leur direction, et plus d'une paire d'yeux s'écarquilla.

— Fuyez ! cria-t-elle. Ils vont…

— Tirez ! L'ordre résonna à travers la nuit.

Du ciel, les flèches se mirent à pleuvoir, empalant des membres de la Société contre la Monarchie et des badauds, ricochant sur les pavés de la rue, ou se fichant dans le sol. Hurlements et pleurs cernèrent Karigan. Ce fut la débandade parmi les vivants terrifiés, qui piétinaient les blessés et les morts. Karigan était bousculée de tous côtés par le flux des gens pris de panique.

Et de nouveau fusa l'ordre :

— Tirez !

Des gens s'effondrèrent de part et d'autre de Karigan. Une flèche frôla son épaule. Lorsqu'elle parvint près du premier bâtiment à l'extérieur du château, elle vira au coin pour trouver un refuge. Une dizaine d'autres personnes avaient fait la même chose, et Lorilie Dorran se trouvait parmi elles. Elle était à terre, une flèche plantée dans la cuisse. Elle haletait de douleur. Deux de ses compagnons lui tournaient autour avec sollicitude.

— Le roi Zacharie n'aurait jamais fait cela, dit-elle.

Karigan s'approcha vivement d'elle. Son flanc lui brûlait, à la suite de sa course éperdue. Lorsque son ombre recouvrit Lorilie, la charismatique meneuse de la Société contre la Monarchie leva les yeux vers elle.

— Peut-être devriez-vous soutenir le roi Zacharie au lieu de le calomnier, dit Karigan. Un véritable tyran, voilà ce que vous avez maintenant, et il revendique le trône.

Les yeux de Lorilie se plissèrent sous la douleur.

— Je me souviens de toi, ma sœur. Nord. Tu étais là-bas. Tu… tu es un Cavalier Vert ?

Karigan secoua la tête.

— Je ne suis pas votre sœur, et je ne suis pas non plus un Cavalier Vert.

— Toute monarchie est une tyrannie.

Karigan jeta un coup d'œil en arrière vers les corps hérissés de flèches qui gisaient dans la rue. Certains essayaient de se traîner, tandis que d'autres se lamentaient, agenouillés sur le sol.

— Est-ce que cela en valait la peine ? demanda Karigan, montrant d'un geste les blessés et les morts.

— Si fait, murmura Lorilie farouchement. Si fait. Ils sont morts pour moi. Ils sont morts pour la cause. Leur sacrifice va la renforcer.

Cette femme était méprisable.

— Croyez donc ce que vous voulez.

Karigan tourna les talons, reprit sa course, et disparut alors dans la nuit.

L'Allée des Héros

Karigan traversa la ville montée sur Condor, ne disparaissant que lorsqu'elle apercevait des Mirpuisiens ou des mercenaires, mais sans se soucier d'être vue par ailleurs. Certains habitants dirent avoir vu l'esprit tourmenté de la Première Cavalière passer à toute allure sur son fougueux coursier. La Première Cavalière, selon eux, était courroucée de l'éviction du roi Zacharie. Certains n'entendirent qu'un martèlement de sabots suivi d'une brise momentanée. D'autres virent la silhouette fantomatique de la Cavalière, ou un éclair vert.

Karigan franchit les dernières portes de la ville à bride abattue et traversa la campagne à une allure proprement démoniaque jusqu'à atteindre le taillis où elle avait laissé les autres. Lorsqu'elle tira les rênes, elle vit qu'un personnage solitaire se tenait là, vêtu d'une cape et d'une capuche grise.

— Non ! cria-t-elle. L'Homme d'Ombre !

S'il était là, cela signifiait que les autres devaient être en danger. Elle dégaina l'épée du roi et Condor fonça droit sur le personnage. L'Homme d'Ombre sauta de côté juste à temps.

Karigan fit faire volte-face à Condor pour repartir à l'assaut, mais le personnage s'écria :

— Halte, Karigan ! C'est moi. Le capitaine Stèle repoussa la capuche, dévoilant sa tête bandée.

Karigan mit pied à terre, soulagée mais fatiguée, et elle s'approcha avec Condor.

— Je suis navrée, dit le capitaine Stèle. Je ne m'attendais pas à ce que tu reviennes à ce moment précis. Connly a trouvé cette cape en ville pendant que tu étais partie, et nous avons pensé qu'elle pourrait se révéler utile à l'exécution du plan de Béryl.

Les autres apparurent hors du bois.

— Au moins nous savons que cela fonctionne, dit Béryl.

Le roi examina Karigan de la tête aux pieds.

— Vous êtes blessée, dit-il.

Il lui prit le coude avec inquiétude. Karigan prit alors conscience qu'elle était à genoux. Un filet de sang avait imbibé le bandage posé par Fastion. Des mains secourables la remirent sur ses jambes et la conduisirent vers le taillis.

— Cela paraît plus grave que ça l'est en réalité, dit-elle. C'est la broche... Je suis épuisée.

La guérisseuse se fraya un chemin entre le capitaine Stèle et le roi.

— Laisse-moi en juger, dit-elle.

Ils firent asseoir Karigan sur une couverture pour lui permettre de s'adosser à un tronc d'arbre. La guérisseuse palpa la blessure avec douceur.

— La broche m'a donné un sévère mal de tête, précisa Karigan.

— J'ai des racines qui devraient soulager la douleur. (La guérisseuse refit le bandage et ajouta :) C'est superficiel, mais si tu persistes à battre la campagne au galop, cela ne cicatrisera pas.

— Pas le choix, dit Karigan.

La guérisseuse leva les yeux au ciel.

— Vous êtes tous pareils, vous les Cavaliers Verts. Vous êtes mes pires patients. Après les autres guérisseurs, bien entendu. (Puis elle adressa au capitaine Stèle un regard sévère.) Je sais que vous devez lui poser des questions, mais elle a besoin de repos. Ne la sollicitez pas trop.

Karigan se cala contre le tronc d'arbre, contente d'être enfin visible et de nouveau entourée d'amis.

— Pensez-vous pouvoir parler ? lui demanda le roi.

Son regard inquiet était posé sur elle.

Je dois avoir l'air à l'article de la mort, se dit-elle, légèrement amusée. La bataille et la traversée des vieux couloirs poussiéreux du château l'avaient harassée, et faisaient d'un bain chaud une merveilleuse perspective.

— J'ai beaucoup à dire.

Le roi et le capitaine se regardèrent mutuellement, puis firent signe au maréchal Martel, à Béryl Spencer et à Connly de s'approcher. Ils s'assirent en demi-cercle autour de Karigan et elle leur relata ses péripéties, en allant à l'essentiel. Lorsqu'elle décrivit ses retrouvailles avec Mel, le visage du capitaine Stèle se troubla et elle détourna les yeux. Elle parut à peine soulagée lorsque Karigan lui dit que Mel était en sécurité la dernière fois qu'elle l'avait vue.

— Le château…, les baraquements des Cavaliers. Ce n'est pas un endroit où élever une enfant, dit-elle.

Béryl posa une main sur son épaule.

— Elle vous aime, c'est tout ce qui compte.

Karigan leur parla du prince Amilton, et comment il utilisait la magie pour torturer, mettre à mort et soumettre les nobles.

— La magie imprègne ses mains et… et c'est comme ce que l'Élétien a utilisé. (*Sur moi*, ajouta-t-elle en pensée.) Il y avait mon père dans la salle du trône avec les autres. Il avait l'air d'aller bien, mais je n'ai pas osé lui parler.

Elle raconta comment elle avait échappé de justesse à Jendara et comment elle avait été blessée. Et l'aide apportée par Fastion.

— Le Portail des Héros, murmura Zacharie. Je me souviens. Oui, c'est parfait. Ce bon vieux Fastion ! Ses années de gardien des tombeaux lui ont été bien utiles, et à nous aussi.

Les autres ne comprenaient pas de quoi il parlait, et il n'éclaira leur lanterne que par ces mots :

— Il y a une autre entrée.

Karigan conclut son rapport par l'attaque contre la Société contre la Monarchie, et Zacharie dit alors :

— Mon frère s'est mué en despote de la pire espèce. Je crains qu'il ne réserve pas sa brutalité aux résidents du château et à ses alentours. La cité est peut-être pacifiée pour le moment, mais combien de temps avant qu'il décide d'étendre son emprise sur les citoyens ordinaires et les provinces ?

Tandis que le roi, le capitaine et les autres parlaient entre eux, Karigan s'assoupit. Leurs voix distantes devinrent un babil fantomatique, flottant aux confins du monde des vivants. Ses songes suivirent de sombres routes, des passages indistincts faits de pierre et de terre. Les murmures des revenants frémissaient le long des murs, un écho murmuré. Elle entra dans une chambre au plafond voûté où une pâle lumière bleue flottait autour d'une table mortuaire en pierre. Des glyphes et des inscriptions liés à des rites funéraires étaient gravés sur des tablettes qui recouvraient les murs. Des formes similaires ornaient le pourtour de la table de pierre.

Karigan s'approcha de celle-ci, s'y assit, remonta les jambes et s'allongea. Des mains désincarnées tirèrent sur elle un linceul vaporeux.

— Non !

Karigan s'assit, et son flanc endolori la fit grimacer.

— Tout va bien, dit une voix réconfortante.

Karigan cligna des yeux. Elle sentit le souffle de l'air frais de la nuit dans ses cheveux et discerna le contour des branches sur le ciel étoilé. Le roi était assis auprès d'elle, il remontait la couverture sur elle.

— Je pensais que vous alliez prendre froid, expliqua-t-il.

Karigan repoussa les cheveux qui lui couvraient les yeux.

— M… merci. J'ai rêvé…

Il hocha la tête.

— Vous avez traversé nombre d'épreuves, aujourd'hui. Je ne m'étonne pas que vous rêviez.

— Les autres, où sont-ils ?

— Le major Spencer, le capitaine Stèle, Connly et Mirpuits se préparent à entrer dans la ville.

— Quoi ?

Le roi passa ses mains dans ses cheveux d'un air absent. Le fin cercle d'argent manquait. Sans lui, on aurait dit un homme ordinaire avec une crinière de cheveux couleur d'ambre qui lui tombaient sur les yeux, mais c'était un homme hagard, fatigué et accablé de soucis. Il semblait avoir vieilli de plusieurs années en l'espace d'une journée.

— Ils apportent ma tête et ma couronne à mon frère.

Il eut un sourire facétieux.

— *Quoi ?*

— Cela fait partie du plan de Béryl pour pénétrer dans la salle du trône. Mon frère ne connaît pas sa véritable allégeance… pour le moment. Le capitaine Stèle portera la cape de l'Élétien, et Connly s'est porté volontaire pour jouer le rôle du garde mirpuisien. Le nombre est en notre défaveur, voyez-vous ; notre seul espoir est de reprendre le château de l'intérieur.

— Mais le prince-gouverneur, objecta Karigan, comment le faire coopérer ?

— Béryl a dit qu'elle s'en chargerait.

— C'est tout ? Je veux dire, le plan s'arrête là ?

— Oh ! non ! (Zacharie semblait apprécier de lui faire part de leur stratégie. Malgré son air hagard, ses yeux bruns brillaient.) Le maréchal Martel, une bonne partie de ses soldats et moi-même allons entrer par le Portail des Héros et nous infiltrer ainsi dans le château. Hélas ! contrairement à Connly et au capitaine Stèle, nous n'avons pas de déguisement. Lorsque nous atteindrons la salle du trône, je reprendrai possession de la couronne, et Mirpuits ordonnera à ses troupes de se rassembler et de quitter les lieux.

— Et moi ?

— Hmm ?

— Quel est mon rôle ?

— Vous avez déjà fait bien plus qu'il vous incombait, dit-il. Vous resterez ici à vous reposer avec les autres blessés et le reste des troupes du maréchal Martel. Si nous devions échouer, eh bien, je peux compter sur vous pour emmener ces gens à l'abri.

— Non, déclara Karigan.

— Non ?

Le roi haussa un sourcil.

Karigan repoussa la couverture et se leva.

— Je viens avec vous. Roi ou pas, vous ne pouvez pas m'en empêcher. Mon père est détenu dans la salle du trône.

— Vous êtes blessée et épuisée, objecta Zacharie. Je ne veux pas que vous nous ralentissiez.

— Vous avez le bras cassé, rétorqua Karigan. Qui ralentirait qui ?

Les deux sourcils du roi se levèrent brusquement, et sa bouche se tordit en un demi-sourire qu'il ne parvint pas vraiment à dissimuler. C'était comme s'il voulait rire, mais savait que ce ne serait pas une bonne idée.

— Je vois, dit-il.

Le maréchal Martel apparut aux côtés du roi, le visage impassible.

— Je vous avais dit, seigneur, qu'il valait mieux partir pendant qu'elle dormait.

— J'aurais dû mieux vous écouter.

— Je suppose qu'elle nous aurait suivis, ajouta le maréchal. Le capitaine Stèle m'a dit que cette fille n'écoutait que son courage, et d'après ce que j'ai pu voir, je ne peux pas dire le contraire.

Karigan regarda les deux hommes d'un air courroucé.

— Est-ce là toute la reconnaissance que j'obtiens pour…

Le roi se pencha vers elle, tout près, et d'un ton solennel il dit :

— Valeureuse demoiselle, j'ai envers vous une dette incommensurable, et plus grande encore. Je ne voulais pas amoindrir l'importance de vos actions. Si vous souhaitez vous joindre à nous, je ne vous en empêcherai pas. Mais je sais aussi que je pourrais vous conduire à la mort.

Sans le cercle d'argent, elle avait presque oublié qu'il était le roi. Elle répondit d'un ton tout aussi sérieux :

— Je dois venir avec vous.

La lune atteignit son zénith et commença à dériver vers le ponant tandis que le roi Zacharie, Karigan, le maréchal Martel, l'Arme Rory et environ vingt-cinq cavaliers contournaient à cheval les faubourgs de la cité de Sacor, à distance suffisante pour rester hors de vue et hors de portée d'oreille des gardes sur les murailles. Ils chevauchaient en silence, dans l'obscurité, à l'exception de la lumière de la lune.

Du haut de sa colline, le château était le centre de tout, sa façade pierreuse tournait lentement, l'angle de vue changeant à mesure qu'ils avançaient. De minuscules lumières clignotaient çà et là, et on aurait dit un céleste palais nocturne plutôt qu'un colosse de granit bâti par de simples humains et solidement ancré en terre.

Au nord-est du château, ils ralentirent l'allure de leurs montures et les mirent au pas. Le roi et Rory, son Arme, ouvraient la marche, devisant tranquillement entre eux.

Un obélisque blanc esseulé, craquelé et moucheté de lichens jaunes marquait l'endroit où débutait une route ancestrale. Les sabots des chevaux cliquetaient et claquaient sur les pavés taillés dans des blocs de granit. Des graminées et des arbrisseaux poussaient dans les interstices. Un antique bosquet de sapins-ciguë saluait, penché au-dessus du sentier, le plongeant dans une obscurité plus sombre encore que la nuit seule.

Ils virent une table de pierre sise d'un côté du sentier et la sensation de la pierre froide sur son dos, celle de la table mortuaire de la chambre de préparation, revint en force chez Karigan. À ceci près que cette table-là était recouverte d'une épaisse couche de mousse, de lichens et de feuilles mortes. De son pied s'élevait une fougère.

Le roi expliqua que c'était un repose-cercueil. Un repos pour ceux qui portaient la personne qui devait être inhumée dans l'Allée des Héros.

Le groupe poursuivit sa route telle une procession endeuillée, silencieux, jusqu'à parvenir à une saillie rocheuse qui se dressait au-dessus d'eux et d'où pendait de la mousse détrempée. Près du portail de fer rond fixé dans la saillie, il y avait un autre obélisque, dressé comme un doigt accusateur.

Le roi Zacharie se tourna vers ceux qu'il précédait avec un sourire lugubre.

— Vous suivez la voie antique que seuls les trépassés, les membres de la famille royale et ceux qui prennent soin des morts ont le droit d'emprunter. Cette entrée, tous l'ont oubliée, ou presque, elle est restée inutilisée pendant un siècle au moins. Les défunts n'ont, hélas ! qu'eux-mêmes pour seule compagnie.

Il resta silencieux pendant quelques instants tandis que de l'eau s'écoulait de la saillie et formait une flaque à côté de lui.

— Lorsque j'étais enfant, ma grand-mère, la reine Isène, m'a amené ici afin que j'apprenne les histoires des plus valeureux héros de Sacoridie. J'étais terrifié alors, et aujourd'hui je ne suis encore pas très à l'aise. Pour tout dire, cela me perturbe de voir l'intérieur de mon propre tombeau alors que je vis et respire encore.

Karigan bougea sur le dos de Condor, soucieuse. La nuit semblait chargée de mauvais présages : l'obélisque accusateur qui leur disait de rebrousser chemin, le portail de fer surmonté du glyphe d'Ouestrion.

— Au-delà de ce portail, poursuivit Zacharie, s'étend le domaine des défunts, duquel seuls les membres de la famille royale et les Armes peuvent ressortir. Toutes les autres personnes qui y pénètrent doivent passer le restant de leurs jours à parcourir ses sombres allées et à prendre soin des morts, sans jamais revoir la vive lumière du jour. (Les membres de la cavalerie chuchotèrent entre eux en échangeant des regards inquiets.) Néanmoins, ajouta le roi, ma position me permet de changer les règles pour une nuit, au regard des circonstances qui nous meuvent. Ce serait peut-être différent si nous entrions dans le Hall des Rois et des Reines, où dorment les monarques. L'Allée des Héros est un peu moins stricte ; elle pardonne plus aisément l'intrusion des vivants. (Il observa attentivement chaque personne comme s'il pouvait voir les âmes à nu. Karigan ne se sentit pas réconfortée par son regard.) Nous allons laisser les chevaux ici.

Les soldats mirent pied à terre comme un seul homme. Ils rassemblèrent les torches qu'ils avaient apportées avec eux en fagots, et le roi Zacharie eut un sourire.

—Laissez cela, fit-il. Nous entrons dans un tombeau, non une caverne.

Il y eut des murmures d'hésitation parmi les soldats, et ils haussèrent les épaules. Les mains de Rory coururent sur le portail et poussèrent le glyphe d'Ouestrion. Il s'ouvrit sans heurt, juste le frottement minime du fer contre le granit grâce, sans doute, à la diligence des Armes qui gardaient les tombeaux. Un souffle d'air froid s'échappa, lourd d'une senteur de terre et de roche.

Un par un, ils franchirent l'ouverture ronde qui était assez large pour laisser passer un cercueil et ses porteurs. Le couloir dans lequel ils entrèrent était oblong. Il n'était pas éclairé, mais de la lumière brillait tout au bout, et c'était suffisant pour qu'ils puissent voir autour d'eux.

Par miracle, le tunnel était sec, et le grain moucheté des murs de granit était doux, non fissuré. Même si ce monde souterrain n'était pas humide, un froid intense s'infiltrait sous le manteau de Karigan et jusque dans ses os.

—Quel savoir-faire, murmura le maréchal Martel.

—Inégalé, répondit le roi Zacharie. Il est possible que les tombeaux aient été creusés avant même l'époque des Kmaerniens.

Le tunnel ouvrait sur une salle plus vaste au plafond bas, éclairée de lampes à la lueur vacillante. Karigan eut l'impression que la terre au-dessus d'eux les oppressait. Les plus grands d'entre eux devaient courber la tête pour ne pas se cogner au plafond. Un autre repose-cercueil se trouvait au milieu de la salle, décoré à sa base des glyphes et des caractères sacoridiens antiques, à présent familiers. Plusieurs couloirs partaient de cette salle, mais un seul était éclairé.

Cinq Armes vêtues de noir, aux tuniques matelassées et aux capes doublées de fourrure, les y attendaient, et tombèrent à genoux devant le roi.

—Relevez-vous, leur dit-il. Quelles sont les nouvelles ?

Une femme s'avança d'un pas et inclina la tête.

— Je suis le sergent Brienne Quin, seigneur, se présenta-t-elle. L'Arme Fastion nous a envoyés ici à votre rencontre. Votre présence nous honore.

Zacharie hocha la tête.

— Où est Fastion ?

— Il monte la garde à la surface, au portail principal, au cas où le prince Amilton songerait à prendre les tombeaux d'assaut.

— Combien d'hommes avec lui ?

— Dix en plus de nous, seigneur.

— Excellent. En leur présence, personne ne passera.

Brienne rayonna de fierté.

— C'est notre devoir sacré de protéger ceux qui reposent ici.

— Allons-y, alors. Après vous, sergent.

— Oui, seigneur.

Brienne tourna sèchement les talons et marcha en tête. L'une des Armes resta avec elle, les trois autres rejoignirent l'arrière, au grand soulagement des soldats, à en croire l'expression sur leurs visages. Les Armes semblèrent se satisfaire de laisser Rory comme garde attitré du roi. Ils se battraient jusqu'à la mort pour lui, mais ils restaient les gardiens des tombeaux. D'autres qu'eux veillaient sur les vivants.

Ils suivirent un nouveau tunnel, de forme carrée cette fois, et sur toute sa longueur se trouvaient des niches avec des lampes. Les murs présentaient une débauche de couleurs, ils dépeignaient des scènes de batailles et des épisodes héroïques. Des chevaliers en armure chargeaient sur le champ de bataille montés sur leurs chevaux de guerre, étendards au vent sur leurs lances abaissées. D'autres, intégralement vêtus de maille, combattaient à l'épée de sombres ennemis. Certains encore se reposaient, et leurs doigts formaient le signe du croissant de lune.

— Ces murs regorgent d'histoires, dit le maréchal Martel. (Il modifia la position du heaume sous son bras.) Je ne serais pas étonné qu'ils contiennent plus de connaissances que toutes les archives de Selium.

À la mention de l'école d'où elle s'était enfuie, Karigan fut ébranlée. Une vie avait passé, semblait-il, depuis qu'elle avait fréquenté l'établissement. Peut-être que cela avait été une vie complètement différente. Elle-même se sentait étrangère à l'écolière qui s'était enfuie pour un motif futile, dont elle avait peine à se souvenir.

Ils émergèrent dans une autre salle, celle-ci longue et large, toujours dotée d'un plafond bas, soutenu par de nombreux piliers carrés en granit. Des rangées entières de tables mortuaires taillées dans la même pierre s'y trouvaient. Aucune n'était occupée.

— Cela fait un moment que personne n'a été inhumé, on dirait, remarqua le maréchal Martel.

Le roi Zacharie l'entendit et répondit :

— Nous avons si longtemps vécu en paix. Nous avons eu peu de héros.

Ils passèrent dans une autre salle semblable, puis une autre encore. Chacune était vivement éclairée ; ce n'était pas le tombeau enténébré que Karigan s'était imaginé, loin s'en fallait. On avait astiqué le sol de pierre, aucune toile d'araignée n'habitait l'embrasure des portes, la poussière ne voletait pas sur leur passage. Bien que froid, l'air n'était pas vicié, il n'en émanait pas la puanteur de la décomposition et des ossements. La section délaissée du château que Fastion lui avait fait traverser était bien plus lugubre, son atmosphère plus funèbre que cet endroit.

Même ainsi, Karigan restait crispée. Elle avait l'impression que quelqu'un surveillait leur procession d'un regard hostile. Elle interceptait parfois le mouvement d'une ombre, à la limite de son champ de vision, mais lorsqu'elle regardait, cela avait disparu. C'était comme si quelqu'un se faufilait d'une table funéraire à l'autre, à l'abri derrière elles. Les autres ne semblaient rien avoir remarqué, aussi Karigan décida-t-elle de garder le silence pour le moment. Les tombeaux, la lumière des lampes et son propre état de fatigue pouvaient avoir provoqué de telles visions.

La salle suivante n'était pas vide, elle. Des formes enveloppées de linceuls gisaient là, comme des personnes endormies entre des draps à la texture de gaze. D'autres, dans leur armure rutilante, gisaient avec leur épée tirée à leurs pieds. Certaines étaient recouvertes d'un sarcophage gravé à leur effigie.

Dans la salle suivante et dans celles qui lui succédèrent, chaque table était occupée. Il y avait des rangées et des rangées de défunts en linceul. Karigan gardait les yeux fixés sur le dos du maréchal Martel ou au sol. D'une certaine manière, il lui était plus facile d'avoir affaire aux esprits des défunts qu'à leurs dépouilles depuis longtemps délaissées. Elle se sentait bien mortelle, et bien petite.

Leur chemin s'infléchit progressivement vers le haut et ils avaient vraisemblablement parcouru plusieurs kilomètres.

— La Sacoridie a bien eu sa part de héros, observa le maréchal Martel.

Contrairement à Karigan, il n'éprouvait pas de difficultés à regarder ce qui l'environnait.

— Les guerres, répondit le roi Zacharie. Certains remontent à la Longue Guerre ou même avant. (Il se retourna pour leur sourire.) Peu de gens connaissent l'importance de ce qui fait les fondations de la cité de Sacor.

— Une bonne chose, dit le maréchal Martel.

Karigan jeta un coup d'œil furtif et vit le renflement d'os anguleux perçant sous un linceul. Une autre forme bosselée était emmaillotée de bandes.

Le roi interrompit la marche, puis murmura quelque chose à Brienne.

— Oui, dit-elle en montrant du doigt un recoin éloigné.

Le roi Zacharie se tourna vers Karigan et lui fit signe de le suivre. Il s'avança entre les tables dans la direction indiquée par Brienne. Karigan hésita, ressentant de l'aversion à l'idée de circuler entre ces dépouilles desséchées et friables. Les mâchoires serrées, elle s'élança à sa suite en évitant tout contact direct avec les tables, et en gardant les yeux rivés au sol.

Dans le coin au fond de la salle, le roi s'arrêta devant une des tables et regarda attentivement son hôte. Une forme enveloppée de bandes y reposait, couverte d'un linceul. Un long plaid vert et bleu drapait la forme, des hanches aux orteils. La tête avait reçu un emmaillotage serré, et il y avait des renfoncements à la place des yeux.

Derrière la dépouille, sur le mur, étaient accrochés une épée longue à deux mains, une hache de guerre et un sabre. Au-dessus du corps, au plafond, était peint le portrait d'une femme chevauchant un grand étalon bai. Elle portait le plaid autour de ses épaules, le sabre, ainsi qu'un bouclier sur lequel figurait l'or du cheval ailé, sur un fond vert.

Une sensation de chaleur s'épanouit sur la poitrine de Karigan, là où sa broche était épinglée. Elle la toucha. Elle était chaude et semblait chanter, mais pas de manière audible : elle avait l'impression que la broche chantait à travers elle.

—La Première Cavalière, expliqua le roi Zacharie. Elle fut une grande héroïne de la Longue Guerre. Tant de temps s'est écoulé, et je sais que les Cavaliers Verts ont perdu une part de leur gloire, et que peu reconnaissent leur valeur. Mais ils descendent d'une prestigieuse lignée.

Karigan fut prise de vertige. Les murs semblèrent se rapprocher plus encore. Un martèlement de sabots tambourina à ses oreilles. Elle voulut s'enfuir, elle…

—Je vais vraisemblablement avoir besoin de mon épée avant que la nuit s'achève, disait le roi. (Il plia son bras valide.) Une chance que ce blatterreux ait brisé mon bras défensif plutôt que mon bras d'attaque.

—Je… euh…, dit Karigan, se demandant soudain pourquoi il voulait récupérer son épée maintenant.

Elle se défit du baudrier et le lui tendit.

—Je ne pense pas que la Première Cavalière vous tiendrait rigueur de lui emprunter l'une de ses épées, dit-il.

Le sang de Karigan ne fit qu'un tour.

—Je ne peux pas !

—Pourquoi pas ? Elle n'en a pas besoin, vous si.

—J… je… (Elle recula jusqu'à heurter une autre de ces horribles tables. Elle sursauta comme si la dépouille l'avait pincée.)

—Je ne veux pas vous voir là-haut désarmée, ajouta le roi. Choisissez une épée.

Karigan ficha une mèche de cheveux derrière son oreille.

—Je… (Mais le visage du roi était résolu.) Oh ! très bien ! dit-elle.

Elle contourna la table pour observer les armes. L'épée longue était presque plus grande qu'elle. La Première Cavalière avait dû être une femme de haute taille, puissante. Elle tendit la main vers le sabre.

À ce geste, le tambourinement des sabots s'intensifia, comme pour l'inciter à s'en saisir. La broche chanta en écho lorsque les doigts de Karigan se refermèrent sur la poignée. Elle décrocha facilement l'épée du mur, et, au toucher, elle la trouva équilibrée. Le bruit des sabots se dissipa, et les vibrations de la broche s'atténuèrent. Elle poussa un soupir de soulagement.

Un amas de robes blanc et gris, comme un cadavre revenu à la vie, surgit de derrière une des tables et se jeta sur elle. Ils tombèrent à la renverse sur le sol de granit dur et roulèrent. La créature luttait pour lui arracher l'épée. Karigan fut si déstabilisée qu'elle lâcha prise. L'amas de robes s'éloigna précipitamment et alla se pelotonner aux pieds du roi, berçant l'épée.

En quelques instants, Rory et Brienne furent sur place, dominant de toute leur taille l'amas tremblotant.

— Est-ce que ça va ? demanda le roi à Karigan.

Il lui tendit la main pour l'aider à se relever.

Elle avait le souffle coupé et son flanc l'élançait douloureusement, mais elle souffrait surtout du choc. Elle répondit d'un signe de la tête en regardant avec curiosité la créature qui l'avait attaquée.

Brienne, les poings sur les hanches, avait une expression sévère sur le visage.

— Agemon ! dit-elle.

L'amas de haillons frémit au ton de sa voix et elle leva les yeux au ciel d'un air agacé.

— Rengaine ton épée, dit-elle à Rory.

Il obéit sans discuter. Elle s'adressa de nouveau à l'amas.

— Agemon, tu ne dois pas gêner le roi.

L'amas s'agita et geignit.

— Nerveux comme un lièvre des neiges, commenta Rory.

— C'est un gardien, expliqua Brienne. Les vivants les bouleversent.

— Si fait, si fait, gémit la créature.

— Lève-toi, Agemon, ordonna le roi.

La masse tremblotante obéit et se mua en un vieil homme aux longs cheveux gris, doté d'un visage étrangement pâle et dénué de rides. Ses robes, ni vieilles ni usées, étaient cependant passées, couleur de poussière comme les bandes emmaillotant les défunts. Il tenait l'épée serrée contre sa poitrine, dans une attitude protectrice, et rajusta sur le bout de son nez une paire de bésicles.

— Tu n'as rien à craindre de nous, dit le roi Zacharie.

— Un honneur, piaula le vieil homme. C'est un honneur de vous avoir ici, grand roi, vous et vos Boucliers Noirs. Mais ces autres. Ces bleus, et cette verte. Ceux-là n'ont pas leur place aux côtés des grands hommes. Ces couleurs n'y ont pas leur place à moins qu'ils soient des héros. À moins qu'ils soient morts.

— Je tolère leur présence, répondit le roi Zacharie. Et parmi eux se trouvent des héros dignes de voyager en ces allées.

— Mais ils vivent, dit le vieil homme, au désespoir. Ils respirent. Ils contaminent les morts.

Zacharie posa sa main sur l'épaule du petit homme.

— J'ai le droit de les amener ici. Je n'ai brisé aucun tabou.

— Ils doivent demeurer et devenir gardiens. Ils ne doivent plus jamais revoir la vive lumière du soleil.

— Non, répliqua Zacharie. Je les emmène. Tous, ils me protègent. Tous, ils protègent les tombes.

— C'est votre volonté, seigneur. Votre volonté. (Agemon ajusta de nouveau ses bésicles, l'air tout à fait désespéré.) Mais celle-là… (et il désignait Karigan du doigt)… a touché l'épée de la grande Ambriodhe. Elle doit rester.

— Non, répéta le roi. Tu dois lui redonner l'épée, et elle doit venir avec moi. Je promets que l'épée sera rendue. Je ne pense pas que la Première Cavalière désapprouverait.

— Je ne sais pas, je ne sais pas.

Agemon secouait la tête, l'air de plus en plus désespéré.

— Donne-la-lui, dit Brienne sèchement.

Agemon sursauta, puis fourra l'épée sous le nez de Karigan, qui la prit et recula d'un pas.

Il la regarda d'un air aussi desséché que lui, l'examinant de la tête aux pieds comme pour évaluer si elle en était digne ou non.

— De toute façon, les morts l'ont déjà marquée de leur empreinte. Je suppose que je peux accepter. (Son verdict arriva comme une main froide sur la nuque de Karigan. Il se tourna de nouveau vers le roi.) L'Homme-Oiseau sera mécontent.

— Ouestrion comprendra, répondit le roi. (Il regarda Brienne.) Nous n'avons pas le temps d'en débattre.

— Compris, seigneur. (Elle prit Agemon par le bras et l'entraîna sur le côté.) Agemon, tu dois retourner à tes tâches. Comprends-tu ?

— Si fait, si fait. (Il la chassa d'un geste et s'éloigna dans le couloir sans se presser.) Je lustre l'armure du grand Lande. Si fait, si fait. Lande Main-de-Fer. Je lustre son armure.

Brienne soupira.

— Je suis navrée, seigneur, mais c'est le gardien principal, et il se sent responsable de l'intrusion des non-morts.

— Je sais, dit Zacharie. Je présume que les autres sont trop timides pour se faire connaître.

Elle sourit.

— C'est cela. Certains ne *nous* adressent même pas la parole.

— Combien sont-ils ici ?

Karigan répugnait à croire que quelqu'un pouvait vivre dans cet immense tombeau.

— Peut-être cinquante, peut-être cent. C'est difficile à dire car ils sont très secrets. Certains vivent ici en famille depuis des générations. De temps à autre, nous essayons de déplacer les familles à la surface, mais bien souvent elles ne parviennent pas à s'adapter ; cela va à l'encontre de tout ce qu'ils ont appris : ne pas voir la lumière du jour.

Karigan fronça les sourcils de dégoût.

— Où vivent-ils ?

— Non loin des défunts, ils ont leurs propres quartiers. C'est leur manière de vivre. Il en a toujours été ainsi.

— Reprenons, voulez-vous ? suggéra le roi Zacharie. Je suppose que Béryl et le capitaine Stèle doivent être dans l'enceinte de la ville, à présent. Pour leur bien, nous devons arriver en temps voulu.

La fureur d'une Arme

— Souvenez-vous, vieil homme, dit Béryl. Ma dague restera contre votre dos en permanence. Si vous prononcez un mot de travers, j'en ferai usage.

Mirpuits se tenait recroquevillé sur sa selle, las jusqu'aux os, transi de froid sous le manteau de la nuit. Des lampes de la ville n'émanait aucune chaleur, rien qu'une lueur glacée. Si seulement il avait disposé de sa peau d'ourse pour se couvrir les épaules. La Béryl Spencer de naguère serait allée la lui chercher sans hésitation, mais elle n'était plus sienne à présent. Elle ne l'avait jamais été.

Elle chevauchait au coude à coude avec lui tandis qu'ils approchaient de la deuxième porte de la ville. Stèle les suivait, la capuche grise tirée sur son visage, et à côté d'elle le Cavalier Connly portait l'uniforme écarlate de D'rang. Pour parfaire l'illusion, Stèle montait la jument grise de Connly.

Si Mirpuits avait été un homme moins pragmatique, il aurait pu s'amuser de l'ironie de sa situation. Entre Béryl et lui, les rôles avaient été complètement renversés, lui captif à présent, et elle sa geôlière. Il avait été abusé par son joli visage, son acharnement au travail, et sa loyauté apparemment sincère. Elle avait été l'espionne dans la maisonnée de Mirpuits pendant tout ce temps, alors qu'il la considérait comme son officier le plus digne de confiance, au-dessus du capitaine Immerez et de tous les autres.

Mirpuits l'admit en son for intérieur : on l'avait dupé. Pourtant l'ultime coup de la partie de Complot n'avait pas encore été joué. Il était toujours en possession des mots de pouvoir, la magie de l'Homme Gris qu'il pourrait utiliser au moment le plus approprié.

Ils s'arrêtèrent devant la porte de la ville, et les gardes en écarlate, sa propre couleur, levèrent une lanterne pour voir qui approchait.

— Seigneur Mirpuits ! fit un garde, surpris. Et le major Spencer ! (Lui et les autres saluèrent.) Nous sommes heureux de vous voir. Le prince… je veux dire… le roi Amilton s'inquiétait à votre sujet, étant donné l'heure tardive. Il nous a fait dire de monter la garde.

— Alors envoyez un message au château pour l'informer de notre arrivée, dit Béryl. Dites au roi que nous lui apportons un trophée de grande valeur.

— Oui, major.

La lueur de la lanterne passa sur le sourire impitoyable de Béryl. Un trophée de grande valeur, en effet, songea Mirpuits. Il se retourna pour regarder le panier que portait Stèle. Combien de temps avant que leur ruse soit éventée ?

Sur le signal de Béryl, Mirpuits poussa son cheval au pas et il franchit les portes à côté d'elle. Les gardes saluèrent respectueusement, mais il savait que leurs yeux ne quittaient pas la silhouette en gris qui portait le panier. Devant eux, un messager s'éloignait au petit galop, et le claquement des sabots s'évanouit dans la nuit.

Béryl semblait satisfaite de son petit stratagème, mais Mirpuits pouvait à tout instant le dévoiler en sachant que, quoi qu'il puisse lui arriver, ses soldats veilleraient à ce qu'elle périsse. Elle avait promis de le tuer s'il révélait leur ruse, et il savait qu'elle disait la vérité. Mais pour le moment, il devait prendre patience et obtempérer. Il n'était pas prêt à se sacrifier. Il avait encore un coup à jouer et son plan à elle, après tout, comportait une faille.

— Ne penses-tu pas que quelqu'un verra clair dans ton jeu ? lui demanda-t-il. Amilton a rencontré l'Homme Gris. Cette femme n'est pas l'Homme Gris.

Son verdict rencontra un doux rire venant de l'arrière.

— Non, dit le capitaine Stèle à voix basse. Je suis le *Vert*. Nous n'avons besoin que d'un court moment dans la salle du trône pour accomplir ce que nous devons accomplir ; peu importe qui nous sommes en réalité.

Quel dommage que Béryl n'ait pas tué cette femme durant la bataille. Quelle infortune que le sortilège se soit rompu à ce moment-là. Ces choses-là pouvaient cependant être rectifiées.

— Tu es native de Mirpuits, n'est-ce pas ? demanda-t-il à Béryl.

— Oui.

— Ne souhaites-tu pas voir notre province retrouver sa puissance d'antan ? Ne souhaites-tu pas vivre cette gloire ?

Béryl scrutait les rues tranquilles, de l'air froid et impénétrable qu'il lui avait vu si souvent, du temps où il croyait qu'elle était sa loyale assistante. Elle fit passer les rênes dans une seule main, et posa l'autre sur son genou.

— Vous souvenez-vous, dit-elle, d'un jeune soldat nommé Riley qui servait dans la garde de votre maisonnée ?

— Riley ? Non, mais je n'ai aucune raison de me le rappeler.

— C'était il y a environ dix ans. C'était un simple soldat qui faisait bien son travail, avec honnêteté et loyauté. Ses officiers n'avaient jamais eu lieu de se plaindre de lui. Il croyait en la grandeur de la province de Mirpuits et l'estimait supérieure à toute autre. Et puis un jour, quelqu'un de votre maisonnée a abîmé le cuir d'une selle neuve que vous appréciiez. Vous ne saviez pas qui était responsable, mais vous avez décidé de faire un exemple. Vous avez choisi Riley. Vous lui avez tranché les deux mains afin qu'il ne puisse plus laisser tomber une autre selle. Vous en souvenez-vous ?

Mirpuits réfléchit intensément mais ne parvint pas à se souvenir de l'incident, ou ne pouvait le distinguer de nombreux autres incidents de semblable nature.

— Non. Tu vas me dire que Riley était ton père, je présume.

— Non, fit Béryl en surveillant la rue devant eux. Mon père est mort durant l'un de vos sanglants tournois juste avant ma naissance. Riley Spencer était mon frère. Il servait la maisonnée de Mirpuits avec fierté, comme notre père avant lui, mais cela, vous le lui avez ôté. La gloire mourut. Revenu à la maison, il vécut quelques années, mais un homme privé de mains ne peut labourer sa terre. Il se sentait inutile, aussi s'est-il tué. Mais il était, je crois, déjà mort de son cœur brisé.

— Comment un homme sans mains peut-il se tuer ? grogna Mirpuits.

Béryl le regarda d'un œil menaçant.

— Il s'est jeté d'une falaise.

— Un homme faible, alors. J'ai bien fait de le renvoyer de la garde. Seul un homme faible laisserait son infirmité lui ôter le meilleur de lui-même. (Mirpuits gratta sa barbe striée de gris.) Je suppose que tu veux que je demande pardon ?

— Non. Je ne m'attendais pas à ce que vous le fassiez. Je vous connais.

Le château, du haut de sa colline, surplombait la ville endormie. Les chevaux montaient la rue d'un pas régulier, leurs sabots claquaient d'un son creux dans la rue vide. La lune avait amorcé sa descente dans le ciel, vers l'ouest.

Mirpuits, mal installé, bougea sur la selle, ses os protestant contre cette chevauchée nocturne bien tardive.

— Si fait, admit-il. Tu me connais plutôt bien. À l'évidence bien mieux que je te connais. J'avais pensé que tu voudrais voir restaurée la grandeur de Mirpuits, tout comme moi.

— Oh ! mais c'est le cas. C'est pour cela que j'ai fait ce que j'ai fait. Je veux que Mirpuits redevienne une puissante province. Tout ce que j'ai fait, je l'ai fait pour la province.

— Alors je ne comprends pas…

— Bien sûr que non ! (Béryl secoua la tête pour accentuer son propos.) Nous envisageons deux provinces différentes. La vôtre serait ventrue et assoiffée de sang, mue par la gloire uniquement.

— Et la tienne ?

— La mienne… (Sa voix redevint très calme.) J'envisage une province sans les Mirpuits. Sans ces Mirpuits qui recherchent la gloire par le sang.

Mirpuits rit et son ventre tremblota.

— Et comment appellerais-tu la province, alors ? La province de Spencer ?

— Non, dit-elle. Il y a d'autres clans.

Mirpuits décida que c'était une véritable obsession, chez elle.

Tandis qu'ils longeaient des maisons silencieuses et des échoppes dénuées de tout éclairage, il dit :

— Ma chère, tes songes et tes rêves sont une chose, mais si tu agis au mauvais moment, ou si quelqu'un remarque que l'Homme Gris est passablement plus petit qu'*il* l'était auparavant, ou si l'un des compères de D'rang lui trouve un drôle d'air, alors ton stratagème échouera complètement et entraînera la destruction de Zacharie. Tu ne verras jamais la province que tu imagines.

Béryl se tourna sur la selle et lui sourit froidement.

— Vous non plus. Si le plan venait à échouer, je vous entraînerais dans ma chute.

— Tu me ressembles plus que tu le penses, répondit Mirpuits.

— Je suis un Cavalier Vert, dit-elle en regardant vers l'avant, vers les portes du château vivement éclairées qui émergeaient de l'obscurité. Je vais faire ce que je peux pour réparer ce que vous avez tenté de détruire. Nous ne nous ressemblons pas du tout.

— Et dire que je n'ai pas compris que tu étais une espionne...

Mirpuits secoua la tête. Béryl lui fit un grand sourire, et une lueur amusée dansait dans ses yeux.

— Mon talent de Cavalier Vert est le don de dissimulation, il me permet de jouer un rôle. Vous tromper ne fut pas difficile.

Stevic tournait en rond, fébrile, son manteau lui battait les chevilles.

— Tu dois cesser cela, lui dit Sevano. Il ne faut pas attirer *son* attention.

Stevic s'arrêta pour regarder attentivement la salle du trône où siégeait Amilton. On traînait loin du dais un autre noble décédé, ou bien mourant. Les rangs de ceux dont la loyauté allait être mise à l'épreuve s'amenuisaient rapidement. Amilton avait mis dame Estora à l'écart. On l'avait fait asseoir sur une chaise près du dais. Lui-même était calé au fond du trône, ses doigts réunis en triangle, et il observait la demi-douzaine de nobles devant lui. Dans l'ombre du trône se tenait cette femme, Jendara.

Stevic se tourna vers son premier maître.

— Sevano, je dois lui parler.

— Pas question, fit l'intéressé.

— Elle a dit que Karigan n'était pas morte. Il y avait du sang... du sang sur son épée. Que crois-tu que je ressente ?

Sevano lui agrippa rudement le bras et le fit approcher.

— Je peux le deviner. Oui-da, je le peux. Je sais aussi que cela te rend téméraire.

— Alors il faut que je sorte d'ici. Je dois trouver Karigan. Si elle est ici dans le château, quelque part... quelque part, blessée...

Sevano lui lâcha le bras.

— Comment sortir ?

Il jeta un regard éloquent aux soldats qui gardaient les portes.

— On s'en va. Après tout, je ne suis qu'un simple marchand. (Sevano grogna son désaccord.) Mon vieil ami, nous devons essayer.

— Et attirer l'attention ? On pourrait s'en passer.

— Ils ne nous remarqueront même pas.

Sevano leva les yeux au ciel.

— Aeryc et Aeryon, ayez pitié des fous.

Ils se tournèrent vers l'entrée de concert, et d'un même pas vif empruntèrent le tapis traversant la salle. Les gardes les regardèrent approcher avec quelque intérêt, mais ne firent pas un geste pour les intercepter. Stevic pensa qu'ils allaient peut-être vraiment réussir à sortir, mais juste au moment où ils arrivaient à la hauteur des gardes, ceux-ci croisèrent leurs piques pour leur barrer l'accès.

L'un des gardes leur adressa un sourire suffisant.

— Seuls les morts peuvent partir. Ordre du roi.

Stevic et Sevano tournèrent les talons et rebroussèrent chemin.

— Nous voilà fixés, fit Stevic.

— Cela valait la peine d'essayer, fit Sevano.

Au lieu de regagner leur niche discrète, Stevic la dépassa et s'approcha plus près du trône.

— Qu'est-ce que tu fais ? chuchota Sevano.

— Je veux voir si je peux parler à cette femme, Jendara.

Il s'arrêta à quelques pas des nobles survivants.

L'attention d'Amilton était présentement tournée vers dame Estora. Il passait ses doigts dans ses cheveux blond chatoyant.

— Du vin, ma chérie ?

D'une voix douce mais ferme, elle répondit :

— Je ne suis pas votre chérie.

Le visage d'Amilton pâlit de rage. Il empoigna sa chevelure et tira brutalement sa tête vers ses lèvres, et elle poussa un cri.

— Vous êtes ce que je veux que vous soyez.

Puis il la repoussa, et elle se pelotonna sur sa chaise avec un sanglot.

Amilton sembla vouloir ajouter quelque chose, mais un soldat entra dans la salle à petites foulées. Il mit un genou à terre devant Amilton.

— Seigneur, dit-il en haletant. Le prince-gouverneur Mirpuits arrive en ville. Il vous apporte un trophée de grande valeur.

Amilton se leva, et son visage reflétait son triomphe.

— La Sacoridie est mienne, se vanta-t-il. Ils ont réussi ! Mon frère est vaincu.

Les épaules de Stevic s'affaissèrent. Il pouvait le sentir aussi chez les autres, chez Sevano et Devone, la vieille femme, chez dame Estora et même chez les nobles qui avaient juré allégeance à Amilton. Il pouvait sentir qu'ils avaient perdu espoir.

Fastion salua Karigan d'une tape sur l'épaule.

— Content de te revoir. Merci d'avoir amené le roi.

Karigan sourit faiblement.

— Il n'a pas eu besoin de mon aide.

Mais Fastion ne l'entendit pas. Il était déjà en train de parler à Brienne, au roi, au maréchal Martel et à une dizaine d'autres Armes. Ils avaient laissé derrière eux les centaines de tables occupées par les défunts. Depuis la porte ouverte d'une antichambre où elle était assise, elle pouvait en voir une rangée. Ici, plusieurs chaises et un repose-cercueil étaient les seuls éléments d'ameublement. Des glyphes et des runes, semblables à ceux qu'elle avait vus tout au long de l'Allée des Héros, ornaient aussi les murs, qui, pour certains d'entre eux, étaient recouverts de tapisseries plus récentes dépeignant des événements héroïques ou Ouestrion emportant les âmes vers les cieux. Près de l'âtre, une statuette d'Aeryc tenait une lune en forme de faucille.

Le feu rugissant faisait du bien à Karigan. Le froid pénétrant des tombeaux souterrains s'était accroché à elle sans répit, et elle se demandait si elle parviendrait jamais à s'en défaire entièrement. Elle contemplait les flammes. Le feu était chaud et vivant contrairement aux hôtes de l'Allée des Héros. Le sabre nu couché en travers de ses genoux réfléchissait les flammes dansantes. Elle regrettait que ce ne soit pas sa vieille arme… celle de F'ryan Coblebaie. Lui aussi s'était vraiment comporté en héros. Mais prendre le sabre de la Première Cavalière, sur sa tombe ? Elle frémit, et cette fois ce frisson n'était pas dû au froid.

— Nous devons poursuivre, dit le roi Zacharie à l'intention de tous. Nous ne devons pas manquer l'heure du rendez-vous.

Tous attendirent devant la porte à double battant, là encore suffisamment large pour accueillir un défunt et ses porteurs ; Fastion et Brienne s'avancèrent dans la salle suivante, dans l'obscurité. Ils revinrent quelques instants plus tard.

— La voie est libre, seigneur, dit Fastion.

Un à un, ils se glissèrent dans la salle obscure qui menait vers l'extérieur. L'air se réchauffa immédiatement. C'était comme si l'étreinte des tombeaux et de leurs défunts autour de Karigan se relâchait. La voûte du plafond formait une haute arche. Cette pièce ne l'oppressait pas et elle pouvait respirer plus aisément.

La salle en question était une chapelle de la Lune, le long de ses murs pendaient des tapisseries aux motifs religieux, et il y avait un repose-cercueil qui devait sûrement servir aussi d'autel. Des bancs de bois lui faisaient face. Il n'y avait pas ici de glyphes comme dans les tombeaux, pas de représentations d'Ouestrion. La chapelle avait dû être construite bien après les tombes, et la famille royale n'en faisait pas usage ; elle était quelconque, et dépourvue des blasons des clans régnants. À la place se trouvait au mur un bouclier noir et argent. C'était une chapelle pour les simples soldats et leurs familles.

Ils avaient laissé derrière eux les tombes, mais à la faible lueur de la lanterne de Brienne, Karigan vit quatre formes humaines qui gisaient au sol, et une autre affalée sur un banc. Elles portaient les couleurs de Mirpuits. Nul bruit de lutte, nul cri n'avait annoncé la mort des soldats. Les Armes ne possédaient peut-être aucun talent magique, mais comme l'avait dit Fastion, elles avaient leurs secrets.

— Il y aura d'autres soldats à l'extérieur de la chapelle, annonça Fastion.

— Alors nous ne passerons pas par là, répondit le roi Zacharie.

Fastion acquiesça d'un signe de tête.

— Seigneur, dit Brienne, nous comprenons que vous allez au-devant d'une terrible situation, mais nous avons fait serment de protéger les défunts. Je dois laisser au moins quelques Armes pour garder l'entrée des tombeaux.

— Je sais. Je ne voudrais pas qu'on fasse du mal aux gardiens, ni qu'on profane les tombes sanctifiées. Par ailleurs, il s'y trouve des reliques du temps passé qu'on ne devrait pas pouvoir toucher. Perturber leur ordonnancement se révélerait plus dommageable qu'une banale prise de pouvoir.

— Seigneur ? s'enquit le maréchal Martel. Une *banale* prise de pouvoir ?

Zacharie sourit au maréchal.

— Vous avez dit vous-même que les tombeaux devaient receler plus d'histoire que toutes les archives de Selium.

— J'ai dit cela.

— Dans ces tombes, maréchal, il y a des artefacts millénaires qui portent en eux des pouvoirs aujourd'hui oubliés.

Le maréchal haussa les sourcils.

— Je vois.

Karigan comprenait aussi, à présent. Les Armes ne se contentaient pas de garder les dépouilles des héros d'antan et des rois, et leurs trésors, mais ils avaient aussi le devoir sacré de protéger des objets de pouvoir contre ceux susceptibles de s'en servir à mauvais escient. Comme Amilton.

Brienne choisit quatre Armes et les renvoya vers les tombeaux. Sans rien ajouter, Fastion contourna le repose-cercueil, souleva une tapisserie et appuya sa main contre le mur. Un courant d'air nouveau, humide et portant une odeur de renfermé, emplit la chapelle lorsqu'une portion de mur glissa, dévoilant une ouverture.

— Et moi qui croyais bien connaître le château, remarqua le maréchal.

Le roi Zacharie lui adressa un grand sourire.

— Vous ignorez plus encore, bien plus. C'est un passage ancien utilisé autrefois par les prêtres. Il a été abandonné depuis, et bien peu en ont connaissance. Lorsque mon père m'a amené ici, je ne suis pas resté oisif, ce n'était pas mon genre. J'ai exploré le château et ses dépendances pendant que mon frère jouait au courtisan. Mon agitation trouve aujourd'hui son utilité.

Il disparut à l'intérieur du passage. Quand Karigan franchit l'ouverture, elle glissa sur le sol humide. Brienne la saisit au coude pour la maintenir sur pied.

— Merci, dit-elle.

La lumière mouvante de la lanterne projetait des ombres étranges sur les murs suintants. Des toiles d'araignées voletaient au plafond. Bizarre que les tombeaux demeurent si secs alors que ce passage était si humide.

— Où sommes-nous ? demanda Karigan.

— Près de la surface de la terre, répondit Brienne.

L'annonce d'Amilton résonnait encore aux oreilles de Stevic lorsque la vieille femme, Devone, dit :

— Vous n'êtes pas roi, mais un jeune morveux qui ignore totalement comment gouverner un pays.

Amilton baissa les yeux vers elle avec dégoût.

— Avez-vous quelque chose d'important à dire, vieille sorcière, ou voulez-vous simplement me moquer ?

— J'ai servi votre grand-mère, votre père et votre frère, répliqua-t-elle. Ils ne sont pas de votre espèce. Je me demande même si Amigast était vraiment votre père.

La magie crépita sur les mains d'Amilton. Stevic pensa qu'il allait bondir sur la vieille femme, mais au lieu de cela il rejeta la tête en arrière et se mit à rire.

— Pourquoi devrais-je écouter ceci ? Je suis roi, à présent. Quel mal peut me faire ta voix insignifiante ?

Le castellan Corneille s'éclaircit la gorge.

— Seigneur. Les Armes.

— Quoi, les Armes ? fit Amilton.

— Elles lui obéissent. Elle les contrôle.

Amilton descendit du dais et se plaça devant le castellan.

— Voyez-vous ici une Arme, hormis ma Jendara ? (Sa main balaya la salle d'un geste.) Mes soldats les éradiqueront, et elles auront la même alternative que les autres : me servir ou périr.

Corneille se lécha nerveusement les lèvres.

— Elles ne succomberont pas si facilement. Elles *écouteront* ses conseils.

Il pencha le bout de son bâton vers Devone, dont le rire résonna alors dans la salle.

— C'est pourquoi je courtise la mort.

Corneille ouvrit des yeux ronds.

— Si elle meurt de votre main, seigneur, les autres Armes se retourneront contre vous et leur fureur s'abattra sur vous.

Amilton s'approcha de Devone, l'air furieux.

— Cesse de rire, vieille bique. Les Armes sont loyales au roi de Sacoridie de toute éternité.

— Vous présumez beaucoup de ceux qui vous servent. (La voix de Devone était à présent tranquille et mesurée.) Les Armes, comme vous nous nommez, sont issues d'un ordre ancien, très ancien. Si fait, nous sommes éminemment loyaux envers nos monarques, et nous prenons toute liberté de tuer quiconque les menace, mais nous avons nos propres traditions et nos règles. Nous sommes maîtres-lames et Boucliers Noirs, nous obéissons aux principes de notre ordre.

— J'ai entendu ce qu'on murmure sur les secrets des Armes, répondit Amilton en esquissant de la main un geste de renvoi. Vous êtes plus superstitieuse que vous en avez l'air. Cela ne justifie pas que vous vous opposiez au roi légitime.

— Le roi légitime ? cracha Devone. *Imposteur* vous êtes.

Stevic jeta un coup d'œil à l'Arme d'Amilton. Elle s'était imperceptiblement rapprochée d'Amilton, ses yeux scrutaient chaque geste de Devone.

— Jendara, dit Amilton, cette femme divague.

Celle-ci secoua la tête.

— Non, seigneur. Tout ce qu'elle dit est vrai. Hormis pour votre imposture, s'empressa-t-elle d'ajouter. Si elle meurt, la fureur des Armes s'abattra sur nous.

— Eh bien, eh bien, fit Devone, plissant les yeux dans la direction de Jendara. Le chien d'Amilton s'exprime. C'était mon élève, dans le temps.

— Je l'étais, vieille femme, répondit Jendara. À présent, je suis plus forte et plus rapide que tu l'as jamais été.

— Tu me tiens toujours grief de m'être prononcée contre ton accession au rang d'Arme ? gloussa Devone. Cela fait si longtemps. Si fait, maître-lame, tu dois être douée. Je ne le nierai pas. Mais je vois que mon autre intuition à ton sujet s'est révélée juste. Je me suis prononcée contre toi parce que je pensais que tu n'avais pas l'étoffe d'une Arme. Après tout ce temps, il se trouve que j'avais raison.

— Tu es empêtrée dans tes superstitions, vieille chouette.

Devone courba le buste puis, de sous ses robes, tira une épée étincelante avec une bande noire sur la lame. Elle la leva devant elle et dit :

— Je recherche la mort. Qu'elle soit tienne avant que je la fasse mienne.

Jendara bondit devant Amilton pour le protéger. Stevic et Sevano reculèrent un peu. Dame Estora regardait la scène depuis son siège, les yeux écarquillés.

La lame de Devone fendit l'air avec grâce. En dépit de son âge, elle se mouvait avec une agilité et une force qu'on pouvait lui envier. Le problème résidait dans sa vue. Sa lame vola loin de sa cible.

Jendara rit et évita Devone d'un pas de côté.

— Par ici, vieille chouette !

Devone eut l'air déconcerté, puis se dirigea vers l'endroit d'où provenait la voix de Jendara d'un air assuré. Lorsqu'elle fut proche, Jendara sauta en arrière.

— Par là, vieille chouette !

Devone changea de trajectoire encore et encore, pistant la voix de Jendara qui se déplaçait à travers la pièce, l'attirant loin d'Amilton et cherchant à la fatiguer. Quelques-uns des nobles, oubliant leur allégeance nouvelle au roi autoproclamé, criaient des encouragements et des indications à Devone. Cela ne semblait que l'induire en erreur, elle regardait dans diverses directions.

— Tu es trop lente, vieille chouette, dit Jendara.

Mais disant cela, elle faillit perdre la vie. Devone plongea à sa rencontre, son épée fendant l'air en chantant.

Stevic serra les poings, le corps crispé.

— Quelqu'un doit l'aider.

Sevano lui toucha le poignet en secouant la tête.

— Tu dois les laisser en finir, dit-il. Et regarde autour de toi.

La dizaine de soldats postés dans la salle du trône regardait la scène attentivement. Les deux gardes équipés d'arbalètes les avaient armées de carreaux, prêts à l'éventualité que quelqu'un fasse un mouvement de trop.

— Cela se joue entre les deux Armes, ajouta Sevano.

— Mais Devone va…

— C'est ce qu'elle recherche. C'est la manière dont les Armes aiment à perdre la vie. Elles ne veulent pas mourir dans leur sommeil, elles ne veulent pas mourir de vieillesse. Ce que Devone a de mieux à faire, c'est d'inciter Jendara à la tuer ou bien de tuer Amilton.

Stevic secoua la tête. Il lui était douloureux de voir Jendara harceler la vieille femme comme si elle avait les yeux bandés.

— Viens, vieille chouette, railla Jendara qui continuait à se déplacer avec vivacité à travers la salle.

Le castellan Corneille frappa le sol du bout de son bâton.

— Cela suffit, dit-il. Nous pouvons l'enfermer, à défaut de la tuer.

Devone changea brusquement de trajectoire, délaissant les railleries de Jendara. Elle pivota pour plonger son épée vers l'avant, vers le castellan Corneille, cible immobile.

— Traître ! brailla-t-elle.

Elle le transperça jusqu'à ce que la garde de son épée rencontre son sternum.

Les yeux de Corneille s'agrandirent, puis se révulsèrent. Son bâton tomba sur le sol avec fracas, et son corps se ramassa autour de l'épée. Devon arracha celle-ci d'un coup sec. La lame était tachée de rouge sur toute la longueur. La salle tout entière se tut. L'un des soldats leva son arbalète sur Devone.

— Non ! lui dit Jendara. (Elle décrivit un cercle autour de Devone, enjambant le cadavre de Corneille.) Bien joué, vieille chouette. S'il a trahi Zacharie, qui peut dire s'il n'aurait pas trahi le roi Amilton, hum ? (Jendara continuait à tourner autour de Devone, qui la suivait du bout de son épée.) Mais il était désarmé et immobile. Peux-tu m'attraper, moi ?

L'épée de Devone lui répondit et cette fois Jendara vint à sa rencontre. Leurs lames sifflèrent et s'entrechoquèrent, leurs pieds bougeant à peine, leurs épées, une extension de leurs bras.

— Je vois que tu n'as pas laissé le gâtisme émousser tes réflexes, remarqua Jendara.

— Je m'entraîne quotidiennement.

Devone frappa pour entailler le cou de Jendara, mais celle-ci para.

Tous les occupants de la salle du trône se faisaient témoins silencieux du combat. Après la mort de Corneille, les nobles s'étaient tus et regardaient avec appréhension, en même temps soulagés que l'attention d'Amilton soit attirée ailleurs. Et, de fait, le spectacle semblait pleinement le divertir, il s'était rassis sur le trône. Il se pencha, murmurant à dame Estora en lui caressant la joue, tout en suivant des yeux Jendara et Devone. Estora frémit sous son toucher, et elle ferma les yeux de toutes ses forces. Quels que soient ses mots, elle seule en était destinataire.

Jendara continuait à jouer avec Devone. Pour elle, parer et contrer les mouvements de la vieille femme relevait du simple exercice. Devone, pour sa part, ralentissait progressivement la cadence, ses gestes faiblissaient. Sa respiration était bruyante et rauque.

— Alors, on s'épuise ? observa Jendara. Pose ton épée, et tu pourras te reposer. Le roi Amilton veillera à ce que tu sois confortablement installée.

— Je n'arrêterai… je n'arrêterai que lorsque l'une de nous deux mourra, dit Devone d'une voix entrecoupée de halètements, et son corps tremblait.

— Alors c'est ton cœur qui rompra d'abord.

Devone s'immobilisa, et un sourire passa sur son visage.

— Mon cœur est toujours aussi fort, et le plus pur d'entre tous. Tu vas rencontrer ton destin, comme Sauveru, traîtresse, et qu'Aeryc et Aeryon te jugent selon leur volonté.

Devone bondit sur Jendara, et celle-ci leva son épée, prête à contrer un nouveau coup, mais celui-ci ne vint pas. Devone laissa tomber son épée et se précipita sur la lame de Jendara.

Le visage de Jendara prit une pâleur maladive sous toutes ses contusions. Elle regarda Devone glisser lentement de sa lame et s'écrouler sur le sol.

Un petit rire d'Amilton rompit le silence dans la salle du trône.

— Eh bien, eh bien, Jendara. La fureur des Armes est sur toi.

Elle avait toujours l'air incrédule, et la peur s'y ajouta. Elle regarda Amilton.

— Elle est aussi sur vous.

— Je ne pense pas, fit-il.

Avant qu'il puisse en dire plus, un soldat franchit les immenses portes de chêne et s'approcha du dais à petites foulées. Il salua devant Amilton.

— Seigneur, le prince-gouverneur Mirpuits est arrivé.

Un sourire fendit le visage d'Amilton.

— Excellent. Fais-le entrer.

On pouvait tout juste discerner la demi-lune à travers l'une des hautes fenêtres, du côté ouest de la salle du trône. Stevic calcula que les petites heures du matin étaient là, et la fin du cauchemar ne semblait nullement approcher. Celui-ci n'avait fait qu'empirer.

Il vit le vieux et robuste prince-gouverneur, le teint gris et l'air hagard, entrer dans la salle du trône en boitant. Un officier vêtu d'écarlate restait à ses côtés, le soutenant tandis qu'il s'approchait du dais lentement, d'un pas gauche. Un autre soldat, la visière de son heaume baissée, les suivait, ainsi qu'une personne entièrement vêtue de gris. Stevic ressentit de la terreur en voyant cet homme-là car il portait un panier au fond taché de sang.

Le subterfuge

Mirpuits et ses compagnons firent halte devant Amilton, et toutes les personnes présentes dans la salle du trône semblaient figées dans le temps. Les nobles, les gardes, Mirpuits et même Amilton s'étaient raidis, comme statufiés. Seules la lumière et les ombres étaient animées de vie, les flammes des lampes à huile tressaillaient sous un courant d'air, comme si la nuit obscure menaçait de leur interdire même ce simple rougeoiement doré. Stevic se demanda si la nuit pouvait encore empirer.

— Il était temps que vous arriviez, dit Amilton. Je commençais à m'inquiéter que notre plan ait échoué.

L'officier mirpuisienne courba la tête.

— Tout s'est déroulé comme prévu, seigneur, mais la bataille a harassé le seigneur Mirpuits, cela nous a retardés.

Mirpuits lança à la femme un regard courroucé. Il tenta de lui faire lâcher son bras, mais elle maintint sa prise.

— Seigneur Mirpuits, dit-elle, avec une intonation un brin menaçante, vous êtes épuisé. (Puis elle fit le tour de la salle du trône du regard, regardant brièvement les cadavres de Devone et de Corneille, et les nobles massés ensemble. Elle avait l'air rien moins que surprise.) Serait-il possible que quelqu'un trouve un siège pour le seigneur Mirpuits ?

Amilton claqua des mains, et un garde s'avança.

— Une chaise.

— Oui, seigneur.

Le soldat traversa la salle à petites foulées et franchit les portes. Amilton porta le regard derrière Mirpuits, et ses yeux se posèrent sur la silhouette vêtue de gris.

—Vous m'avez apporté quelque chose, Maître Gris, mon ami ?

Stevic retint son souffle tandis que la forme grise s'avançait, un pas précis après l'autre, ses pieds bottés muets contre le sol, l'ourlet de sa cape frôlant ses chevilles. Il s'arrêta à une coudée d'Amilton et passa la main dans les replis de sa cape. Un fin cercle d'argent luisant apparut dans une main serrée gantée de gris. Décidément, pensa Stevic, la nuit venait d'empirer. Considérablement.

—Enfin ! (La voix d'Amilton retentit dans l'épais silence de la salle du trône. Il tendit une main avide vers le fin cercle d'argent, mais s'interrompit. Un sourire espiègle parcourut son visage.) Je voudrais que dame Estora me fasse l'honneur de me couronner. (Il s'approcha d'elle et lui prit la main. Elle se leva obligeamment et le laissa la mener vers l'Homme Gris. Du point de vue de Stevic, elle avait l'air de marcher en transe.) Vous avez été un bon ami, Maître Gris. (Amilton caressa la pierre noire à son cou tout en parlant.) Vous m'avez apporté des présents qui m'ont donné force et puissance. (La capuche grise s'inclina, et la main gantée éleva la couronne, si bien qu'elle étincela comme un anneau de lumière.) Dame Estora, ma chère, me feriez-vous l'honneur ?

Dame Estora cligna des yeux comme si elle venait de s'éveiller. Elle regarda l'Homme Gris, puis la couronne, et revint sur Amilton.

—Non.

Sa voix était si calme que Stevic dut tendre l'oreille pour l'écouter.

—Comment ?

Les sourcils d'Amilton se solidarisèrent en une ligne, et sa colère s'éveilla de nouveau. Il était aussi inconstant que le feu d'un forgeron.

Dame Estora leva le menton d'un air de défi et, d'une voix plus forte et plus résolue, elle répéta :

—*Non.* Plutôt vous cracher au visage que de vous couronner. Vous ne serez jamais le roi que furent votre père et votre frère.

Le poing d'Amilton s'abattit, et dame Estora tomba à quatre pattes avec un cri. L'officier mirpuisienne conserva sa froideur impassible, et le prince-gouverneur lorgnait la scène comme amusé d'une plaisanterie destinée à lui seul. Des monstres, tous autant qu'ils étaient.

Stevic s'exhorta à garder le silence, faisant taire l'indignation et la frustration que suscitait chez lui la cruauté d'Amilton. Face à la magie d'Amilton Basseterre il était impuissant. Il était impuissant à l'arrêter.

En tant que chef de clan et l'un des négociants principaux de Sacoridie, l'impuissance n'était pas une chose à laquelle Stevic G'ladheon était habitué. Il avait toujours fait face aux difficultés promptement, avec détermination, que ce soit pour éviter une vindicte familiale en intervenant avec tact et quelques paroles bien choisies, ou pour défendre ses caravanes de marchandises contre les brigands. Dans son esprit, l'inaction équivalait au désastre. Cette fois-ci, cependant, les enjeux dépassaient largement la protection d'un convoi ou même sa propre vie. Il se devait d'exercer retenue et patience, car agir pourrait mener à la catastrophe.

Il lui était pourtant possible d'apporter son aide, et il rampa avec précaution vers la femme recroquevillée au sol, dont le bras cachait le visage. Il s'agenouilla à côté d'elle et prit son visage entre ses mains. Sa lèvre saignait et ses beaux traits seraient contusionnés, mais rien de plus, même si ce devait être la pire correction qu'elle avait reçue de toute sa vie.

— Pouvez-vous vous lever ? chuchota-t-il.

Son estime pour elle augmenta significativement quand il la vit se ressaisir et hocher la tête. Pas une seule larme ne menaçait de s'échapper de ses yeux, bien qu'il puisse sentir son corps trembler alors qu'il l'aidait à se relever.

Amilton prit le cercle fin à l'Homme Gris en personne et l'éleva au-dessus de sa tête à la vue de tous.

— Je suis roi ! (Il s'avança parmi les nobles qui tremblaient devant lui, exposant la couronne pour qu'il n'y ait pas d'erreur possible.) Ma naissance le justifie, dit-il. J'aurais été roi si mon frère n'avait pas usurpé ma place. (Lentement, il posa la couronne sur sa tête.) Aeryc et Aeryon m'en soient témoins, je me désigne *roi* de Sacoridie.

Le silence. Un silence et une terreur aussi palpables que les murs de granit qui les entouraient.

Amilton jeta aux nobles un regard courroucé qui leur enjoignait d'applaudir avec beaucoup d'enthousiasme.

— Vous devriez applaudir, murmura Stevic à dame Estora.

— Je ne peux pas applaudir à… *ça*, objecta-t-elle en montrant Amilton.

—Je n'aimerais pas le voir encore plus en colère contre vous.

Elle se joignit au mouvement à contrecœur. Amilton se pavanait parmi les nobles, s'assurant que chacun les voyait bien, lui et la couronne. Il monta ensuite sous le dais, où il se tint, grand et droit.

—Mon cher seigneur Mirpuits, dit-il, vous m'avez loyalement servi. Je vous accorde, comme vous m'en avez fait requête, les terres des provinces d'Adolinde et de L'Pétrie.

Le seigneur Nethan L'Pétrie émit un cri étranglé. Quant à Mirpuits, il répondit d'un petit rire de gorge.

—Nous voilà vraiment perdus, murmura Sevano à Stevic.

Les outrages succédaient aux outrages, songea Stevic.

Amilton semblait satisfait de lui-même d'avoir conféré un tel présent. Il devait être encore plus content de posséder le pouvoir qui lui permettait de le faire.

—Maître Gris, je vois que vous m'avez apporté un autre présent encore. J'aurais aimé entendre les cris de mon frère à l'agonie, mais vous avez bien agi.

L'Homme Gris leva le panier et le calme se fit dans la salle du trône. À côté de Stevic, dame Estora gémit.

—Il n'y a vraiment plus aucun espoir.

Mirpuits se mit à rire. Amilton tourna brusquement la tête vers lui.

—Qu'y a-t-il ?

—Allez-y, fit Mirpuits. Regardez dans le panier. L'Homme Gris a fait tout ce chemin pour vous l'apporter.

Amilton sourit timidement. Il défit le lien du panier et souleva le couvercle. Il mit la main à l'intérieur.

Dame Estora enfouit son visage contre l'épaule de Stevic.

—Je ne peux supporter de voir ça. Je ne peux pas, voilà tout.

Stevic ne le pouvait pas non plus. *Cela continue à empirer*, pensa-t-il. Mais il surprit une lueur amusée dans les yeux de l'officier mirpuisienne qui échangeait un regard avec le soldat derrière elle, et une si bizarre expression passa sur le visage d'Amilton que Stevic ne put s'empêcher de regarder.

Amilton sortit une masse ronde ensanglantée.

—Quelle farce est-ce là ? siffla-t-il. Un poulet étêté pendait dans sa main, toujours dégoulinant de sang.

Mirpuits rit de nouveau et Amilton tourna son regard fulminant sur le vieil homme. Le poulet heurta le sol avec un léger bruit mouillé.

— Dites-moi pourquoi vous riez, Mirpuits.

— Où est mon siège ? demanda celui-ci.

Amilton, ne comprenant pas, cligna des paupières. *Par Aeryc, mais que se passe-t-il ?* se demanda Stevic.

— Imbécile. (Les yeux de Mirpuits s'étaient assombris.) Je vous le demande, où est mon siège ? Le garde que vous avez envoyé pour cela… où est-il ?

Amilton regarda frénétiquement autour de lui.

— Garde ! cria-t-il, mais l'homme ne réapparut pas.

Les soldats restants s'agitèrent, nerveux.

— Il y a ceux qui ne sont pas ce qu'ils semblent être, reprit Mirpuits. Vous pensiez avoir gagné la partie, mais la stratégie de votre adversaire vous a abusé.

La compréhension naquit lentement sur les traits d'Amilton. Un tic crispa sa joue.

Tout redevint calme ; pas un souffle d'air, et la lumière ne vacillait pas. Les spectateurs retenaient leur souffle dans cette atmosphère incertaine, attendant de voir ce qu'Amilton allait faire ensuite. Stevic se sentait pris entre les griffes d'un sortilège et il pensa qu'il allait exploser, tant l'inaction le rongeait, avec une férocité accrue.

Amilton brisa le sort. Il se plaça directement devant l'Homme Gris et sa joue se crispa de nouveau. Il approcha une main tremblante et repoussa la capuche de l'Homme Gris.

— Capitaine Stèle ! s'écria Stevic, stupéfait.

Le Cavalier Vert croisa les bras avec un grand sourire. Le visage d'Amilton prit une pâleur mortelle et il recula en trébuchant, comme s'il avait reçu un coup. Un babil confus éclata parmi les nobles.

La lèvre inférieure d'Amilton se mit à trembler.

— Gardes ! cria-t-il. (Mais seule la moitié d'entre eux se présenta, l'air tout aussi déroutés que lui par la tournure des événements.) Jen-Jendara !

Elle ne répondit pas. Elle avait totalement disparu, et elle l'avait fait avec une telle discrétion que personne ne l'avait vue s'en aller.

Amilton tâtonna à la recherche de sa pierre, qui sembla l'apaiser. La couleur regagna progressivement ses joues. Les gardes se tenaient autour de lui, mal à l'aise, épées tirées.

Non loin du trône, une tapisserie s'écarta et deux Armes vêtues de noir, suivies d'un Zacharie indiscutablement en chair et en os, entrèrent. Le roi paraissait épuisé au-delà de toute expression ; l'attelle de son bras en écharpe semblait le faire souffrir.

— Qu'Aeryc et Aeryon nous gardent, fit dame Estora.

— Par l'or de Breyan ! (Les ténèbres qui avaient oppressé Stevic se dissipèrent et il retrouva un cœur léger.) Je n'ai jamais cru aux miracles…

Le claquement d'une arbalète puis un chuintement brisèrent le silence des gens abasourdis. Le carreau rencontra sa cible avec un « clang » sonore et le roi Zacharie recula en chancelant, mais il ne tomba pas. Incrédule, il baissa les yeux sur le carreau fiché dans son attelle. Le temps que tous repèrent le soldat qui avait tiré, celui-ci gisait mort, la gorge tranchée, et une troisième Arme sortait de l'ombre.

Le roi Zacharie extirpa le carreau de son attelle, et une acclamation s'éleva parmi les nobles. Le roi les fit tous taire d'un geste et fit face à son frère.

— Tu es indigne de gouverner. Abandonne.

— Bravo ! s'écrièrent les nobles. L'entrain les gagna et la présence du roi et ses paroles courageuses accrurent leur confiance.

Zacharie leur fit de nouveau signe de se taire et concentra son attention sur son frère.

— Mes soldats et mes Armes se tiennent prêts à reprendre le château.

— Tes soldats sont détenus ou morts.

— D'autres s'occupent en ce moment de les libérer.

— Alors si tu veux la couronne, viens me la prendre.

La voix d'Amilton était un grondement sourd, semblable à celui d'un loup acculé. Ses yeux étaient mi-clos. Il caressa sa pierre qui se mit à luire d'une aura noire. Il balaya l'air de sa main.

« Vlam ! Vlam ! Vlam ! » Les lumières faiblirent et vacillèrent sous une bourrasque d'air tandis que les grandes portes de chêne de l'entrée claquaient successivement, suivies de la porte secrète par laquelle était venu Zacharie.

Amilton ferma les yeux et prit une profonde inspiration. La pierre flamboya de pouvoir et il écarta grand les bras comme pour l'étreindre. Quelques instants plus tard, l'intensité commença à s'effilocher lentement, jusqu'à devenir simple scintillement. Il laissa retomber ses bras le long du corps. Quand il rouvrit les yeux, ceux qui se tenaient en face de lui lâchèrent un hoquet de surprise. Ses yeux n'étaient plus bruns, mais bleu clair.

—À présent, dit-il, plus personne ne peut entrer ni sortir. Les muscles de son visage se détendirent et le feu qui brûlait en lui s'apaisa. Chacun de ses mouvements était contrôlé, assuré ; plutôt des mouvements de prédateur traquant la proie élue.

Cette nuit, Stevic avait déjà vu Amilton montrer sa tyrannie à plusieurs reprises, mais cela lui donna tout de même la chair de poule. Et pourquoi ses yeux étaient-ils bleus ? Cela ne s'était jamais produit auparavant.

Les nobles, qui avaient commencé à recouvrer une partie de leurs esprits à l'arrivée providentielle du roi Zacharie, parlaient nerveusement entre eux, à présent, et leurs pieds s'agitaient contre le sol de pierre. Stevic nota que le capitaine Stèle avait l'air moins sûre d'elle.

Deux des Armes s'approchèrent d'Amilton, main sur la poignée de leur épée.

Un flux d'énergie noire émit de vivantes pulsations autour des mains d'Amilton. Les Armes tirèrent leur lame ; Amilton tendit les mains devant lui, et des mèches d'énergie noire surgirent du bout de ses doigts. Les boucles de magie, noueuses, se tordirent autour des lames et les projetèrent au visage des Armes. Elles s'écroulèrent au sol, inconscientes.

La troisième Arme hésita et lorsqu'Amilton tourna vers elle son regard, s'arrêta complètement.

—Les fous.

Deux voix à l'unisson, provenant de la bouche d'Amilton. L'une était sa propre intonation mordante de ténor, l'autre était plus aiguë et mélodieuse.

Les yeux bleus d'Amilton se posèrent sur le roi Zacharie. Un revers de la main, et Zacharie tomba lourdement à genoux. Le capitaine Stèle esquissa un geste pour lui venir en aide, mais il secoua la tête.

—Restez où vous êtes, Larenne, dit-il. (À Amilton il demanda :) Que t'est-il arrivé, mon frère ?

Amilton tendit les mains devant lui, laissant la magie se tisser entre ses doigts.

—Nous avons beaucoup appris, dit-il de son étrange voix double. Ensemble nous combinons nos forces.

« Nous » ? se dit Stevic. *« Nos forces » ?*

Zacharie essaya de se relever, mais la main d'Amilton décrivit une courbe vers le bas, et le roi retomba à genoux.

— Tu dois obéir comme il se doit, dit Amilton.

— Tu n'es pas roi, répliqua Zacharie.

Naguère, Amilton aurait explosé de rage, mais là il se contenta de contempler son frère de ses yeux froids, étrangers.

— Tu peux capituler maintenant et t'épargner de la souffrance. Ou alors tu peux vous rendre la vie insupportable, à toi et à tes séides.

Il reporta son attention sur le capitaine Stèle. Il étendit le bras, et sa main se serra en un poing.

Les yeux du capitaine Stèle gonflèrent, et elle mit la main à sa gorge, étouffant. Sa respiration devint râpeuse, ténue. Elle s'effondra à genoux.

— Halte ! dit Zacharie.

Amilton laissa retomber sa main, et le capitaine acheva de s'écrouler sur le sol, haletante, prise de haut-le-cœur. Stevic poussa dame Estora dans les bras de Sevano et s'avança près d'elle, le cœur tambourinant dans sa poitrine.

— Est-ce que ça va ? murmura-t-il.

Le contour de ses lèvres avait pâli, mais elle leva vers lui de grands yeux noisette. Une mèche de cheveux cuivrés s'était échappée de sa tresse et s'était posée en travers de son visage. Pour la première fois depuis leur rencontre, elle avait l'air réellement effrayée. Elle ouvrit la bouche pour parler mais étouffa de nouveau. Il l'aida à s'asseoir.

— Cela veut dire que tu as décidé de capituler ?

— C'est à moi que tu as affaire, dit Zacharie. Laisse mes gens en dehors de cela.

Amilton haussa les sourcils d'un seul tenant, feignant la surprise.

— Non pas, disons-nous ; pas après que tes espions et tes messagers nous ont fait du mal. L'un d'eux a failli nous détruire. Tous, ils doivent être punis, mais la sévérité du traitement dépend de toi.

Les yeux du roi Zacharie errèrent sur les nobles inquiets, ses Armes blessées, le capitaine Stèle et la femme qui avait joué le rôle de l'officier mirpuisienne. Ses yeux bruns se posèrent même sur Stevic et se fixèrent sur lui l'espace d'un instant fugace. Ce moment suffit à Stevic pour lire dans les yeux du roi la gravité de sa réflexion, et pour noter combien ses traits étaient creusés de chagrin.

Cela aurait suffi à désespérer Stevic, mais le roi conservait une posture d'une dignité si inflexible – même s'il était forcé de rester à genoux aux pieds du tyran comme un vulgaire chien – que Stevic, étrangement, se sentit rasséréné.

— J'ai aimé cette terre depuis ma naissance, dit le roi Zacharie, la voix calme et assurée. La côte déchiquetée de la mer, le cœur du Vert Manteau, et les montagnes. La terre façonne son peuple, et les descendants des clans de Sacor sont robustes. (Il leva les yeux vers son frère.) Cela, tu devrais le savoir. Quel que soit le mal avec lequel tu t'es ligué, il ne prendra pas si aisément la Sacoridie.

Le roi Zacharie reporta son attention sur l'assistance. Son expression était maintenant farouche.

— Ceux qui me défendent et se tiennent à mes côtés servent la Sacoridie avant toute chose, toujours. Nous servons par amour. C'est pourquoi, par amour de la Sacoridie, bien que cela puisse induire mon sacrifice et celui de quelques autres, je n'ose capituler. »

— Bien parlé, Sire, dit l'officier mirpuisienne.

D'autres murmurèrent leur approbation et Stevic se surprit à ajouter sa voix aux leurs. Aucun homme ne pourrait être un meilleur souverain, pensa Stevic, que cet homme qui s'agenouillait humblement au lieu que tous les autres s'agenouillent devant lui.

— Et cela ne *nous* déplaît point, dit Amilton.

Une à une, les lampes le long du mur ouest s'éteignirent, plongeant la salle dans une demi-obscurité. Stevic se demanda quel nouveau tourment horrible allait s'abattre sur eux, mais Amilton paraissait tout aussi surpris que les autres. Il parcourait le mur du regard, comme s'il essayait de discerner quelque chose. Pour une fois, il n'était pas à l'origine de ces étranges manifestations.

Le capitaine Stèle agrippa un pan du manteau de Stevic et l'attira contre elle. Elle essayait de parler, mais ne parvenait qu'à s'étouffer, la respiration sifflante. Elle articula finalement un mot : *Karigan.*

Le cœur de Stevic fit un bond, et il regarda partout autour de lui. Il ne vit personne, mais d'autres lampes s'éteignirent. Et le roi Zacharie disparut.

Karigan posa une main sur l'épaule du roi, et il sursauta à ce contact inattendu.

— « Chuut », lui chuchota-t-elle.

Karigan l'attira dans le monde gris, et devant ses yeux il devint un fantôme vaporeux. Elle se pencha et lui murmura à l'oreille :

— Vous êtes invisible.

Son épaule ploya et bougea brusquement sous la main de Karigan. Il leva les yeux vers elle… regarda à travers elle… l'air ébahi.

— Karigan ! Je ne peux pas vous voir.

— Chuuut.

Il se releva en chancelant et faillit rompre le contact avec elle pour attaquer son frère, mais elle attrapa son bras.

— Non. Nous devons nous toucher, sans quoi le sort romprait. Et vous ne l'arrêterez pas simplement en vous jetant sur lui.

Et de fait, quelque chose chez Amilton (Amilton-Soval, devrait-elle dire ?) avait changé. Grâce au sort d'invisibilité, elle pouvait voir la forme translucide de l'Élétien qui se superposait à Amilton. Elle n'en était pas certaine, mais apparemment il ne pouvait pas la voir. La dernière fois qu'elle avait disparu en sa présence, il s'était éteint pour ses sens, mais cette fois ce n'était pas le cas.

La silhouette de l'Élétien vacillait et disparaissait par intermittence, et il était courbé, comme s'il souffrait beaucoup. Du sang trempait sa cape grise. *Bien*, pensa-t-elle, et elle lui souhaita un regain de douleur et plus encore, mais Amilton, à ses côtés, lui prêtait ses forces. Un flux de pouvoir, comme une veine boursouflée, reliait directement la pierre d'Amilton au torse de l'Élétien.

Amilton-Soval regarda vaguement dans leur direction, mais ses yeux ne s'arrêtèrent pas sur eux. Jusqu'à présent, ils semblaient dissimulés à sa vue. Il mit les mains sur les hanches.

— On dirait que la Verdâtre a décidé de se joindre à nous.

Karigan recula, entraînant le roi avec elle.

— Doucement, murmura-t-elle à son oreille, pour que personne ne détecte nos mouvements.

— Je croyais vous avoir dit de rester avec le maréchal, dit le roi sur le même ton.

Karigan fit un grand sourire, même s'il ne pouvait le voir.

— Et manquer les festivités ?

Juste avant qu'Amilton ferme violemment toutes les issues, elle s'était rendue invisible dans le couloir secret et, malgré les protestations du maréchal Martel, s'était glissée dans la salle du trône. Et c'était une bonne chose, sans quoi elle aurait été coupée de son père et du roi.

Une boule d'énergie noire, déjà bien trop familière pour Karigan, se forma au-dessus de la main d'Amilton-Soval. Il l'envoya s'écraser au sol, très près de là où ils s'étaient trouvés. Les courants d'énergie se rétractèrent en ondulant comme de noirs serpents.

Karigan conduisit le roi vers une niche plongée dans l'ombre.

— Voyez-vous l'Élétien ? demanda-t-elle.

— L'Élétien ! Non pas. Je pensais que vous l'aviez détruit.

Le roi ne devait pas pouvoir voir le monde à sa manière, même sous le sortilège de la broche. Karigan se mordit la lèvre.

— Il n'a pas été détruit. Il se tient à présent aux côtés de votre frère, affaibli, mais il se nourrit de lui.

— Les yeux et la voix ne m'étaient pas inconnus. (Zacharie s'adossa contre le pilier, cette nouvelle déconvenue pesant sur ses épaules de tout son poids.)

— Sors de ta cachette, dit Amilton-Soval. De toute manière, ce n'est qu'une question de temps avant que nous t'apercevions. Pourquoi ne pas économiser tes forces ?

— S'il est faible en ce moment, comment l'arrêter avant que sa puissance s'accroisse ? demanda Zacharie. Même Brienne et Rory n'ont pu l'approcher de près.

Karigan serrait fort la poignée de l'épée de la Première Cavalière tout en réfléchissant.

— Peut-être devons-nous l'obliger à dépenser une grande quantité d'énergie en une seule fois. Utiliser la magie m'affaiblit, c'est peut-être pareil pour lui. (Sa réponse ne parut pas enchanter Zacharie. Dans le brouillard gris de sa vision, les traits de celui-ci étaient crispés.) Soit nous faisons cela, soit nous essayons de lui ôter cette pierre noire. C'est de là que provient son pouvoir.

Amilton-Soval faisait les cent pas devant le trône, les yeux furetant dans l'obscurité. Le demi-jour de la salle du trône faussait les ombres des personnes assemblées, les muant en formes monstrueuses sur les murs et le plafond.

— Nous pourrions envoyer nos gardes rallumer les lampes, dit Amilton-Soval, mais nous détesterions gâcher une ambiance si appropriée.

Le roi la regarda… regarda à travers elle, l'air inquiet. Dans le monde gris, les yeux du roi semblaient à Karigan deux orbites noircies.

— Pouvez-vous continuer à supporter cela ? demanda-t-il.

Karigan soupira, profondément lasse. Les événements de la journée puis de la nuit l'affectaient depuis déjà plusieurs heures. Le gris dans son champ de vision avait pris la couleur du plomb, et bien qu'elle ne veuille l'admettre, et décevoir alors le roi, elle se sentait sur le point de s'écrouler sous le poids de la magie qu'elle utilisait.

— Plus pour très longtemps.

— Peut-être pouvons-nous te persuader de te faire connaître, continua Amilton-Soval. (Ses yeux examinaient attentivement l'assemblée, comme s'il cherchait quelqu'un.) Toi là-bas ! Il désignait le groupe en face de lui d'un signe du doigt. Stevic G'ladheon s'avança d'un pas irrégulier, comme s'il tentait de résister sans y parvenir.

Karigan broya le poignet du roi dans sa main.

— Euh… (Le roi grimaça et s'agita sous sa prise.) C'est moi qui vais me tenir à vous. Vous écrasez mon poignet valide.

Karigan obtempéra sans en avoir vraiment conscience, et il chercha sa main à l'aveuglette.

— Voilà qui est particulier, marmonna-t-il. Je parle à un pilier et je m'accroche à de l'air.

Karigan n'écoutait pas. Son attention était rivée sur son père.

— Oui, fit Amilton-Soval. Celui-là est un parent de la Verdâtre, n'est-ce pas ? (Il s'approcha de Stevic et l'examina de haut en bas.) Un négociant. Un négociant du nom de G'ladheon. Nous connaissons ce nom. Une nouvelle boule d'énergie noire se forma dans sa main.

Les lèvres de Karigan laissèrent échapper un hoquet.

— Ta progéniture en connaît bien les effets.

Il lança la boule en direction de Stevic. La magie explosa contre sa poitrine et les boucles noires et noueuses s'enroulèrent autour de ses épaules et de ses bras. Il rejeta la tête en arrière dans un hurlement de souffrance silencieux.

Le dernier acte

L'entrelacs de noirs rubans avait pris le père de Karigan au piège. Ils recouvraient sa poitrine et circulaient autour de ses bras. Ils ondulaient autour de ses jambes et le long de sa colonne vertébrale. Son père ne pouvait pas bouger, il ne pouvait pas parler, il ne pouvait même pas crier.

Lorsque Karigan chancela sur ses pieds, la poigne du roi se raffermit pour la soutenir. Elle savait la souffrance qu'endurait son père. Elle ne la connaissait que trop bien, mais comment choisir entre protéger le roi et venir en aide à son propre père ?

Le roi prit la décision à sa place.

— Il vaudrait mieux que vous alliez aider votre père, dit-il. De toute manière, je ne peux vaincre mon frère en restant caché dans l'ombre.

Elle le regarda, vit qu'il parlait sérieusement, et sut qu'elle avait devant elle un homme qui n'avait pas son pareil. Voilà pourquoi il devait être roi ; voilà pourquoi il devait réussir.

— Je suis désolée, dit-elle d'une voix enrouée.

— Je le sais, répondit le roi, quand bien même vous n'êtes pas responsable. Les cieux le savent, il y a eu bien assez de souffrance pour cette nuit.

Et il la laissa partir. Karigan sortit à grands pas de sa cachette, les jambes flageolantes.

— Je suis ici, lança-t-elle, tout en abandonnant le manteau d'invisibilité.

Les couleurs du monde réel regagnèrent confusément son champ de vision, et l'expression stupéfaite des gens dans l'assemblée se précisa, comme si un voile avait quitté leurs visages. Elle se sentit vulnérable, comme si elle s'était soudain départie de tous ses vêtements.

Elle s'arrêta devant Amilton-Soval. L'Élétien avait disparu à sa vue, à l'exception du léger bleu qui colorait les iris d'Amilton. Elle se refusa un coup d'œil, même bref, à son père pris au piège de l'intense douleur, car si elle regardait elle perdrait contenance, perdrait le contrôle d'elle-même, et révélerait sa faiblesse au tyran qui se tenait devant elle. Tout serait alors perdu.

Elle se passa la langue sur les lèvres et essaya de composer son meilleur masque de négociante, un visage qui ne révélait rien.

— Relâchez mon père, dit-elle. (Amilton-Soval leva un sourcil.) Je suis sortie de ma cachette, comme vous l'avez demandé, ajouta-t-elle. Vous le laissez partir.

— Cela me plaît assez, fit-il. Toi qui tentes de dissimuler ta souffrance. Pourquoi devrais-je le laisser partir ?

Karigan trembla de rage.

— Il ne vous a rien fait.

— Mais toi, si.

— Alors punissez-moi !

Amilton-Soval sourit.

— Quel tempérament. Nous allons te donner la récompense que tu demandes : libérer ton père de sa souffrance, et te punir à la place.

D'un léger mouvement de la main, les langues de magie furent dissoutes. Karigan s'empressa de rejoindre son père pour le soutenir, juste au moment où ses jambes lui faisaient défaut. Sevano le soutint de l'autre côté.

— Père ?

Ses yeux parcoururent la salle du trône dans tous les sens, perdus dans le vague. Il vacillait sur ses pieds.

— Comment ?

Elle le secoua avec douceur.

— Père, c'est moi, Karigan.

Il baissa les yeux vers elle, et tout d'abord ne la reconnut pas. Lentement, ses yeux retrouvèrent leur acuité.

— Kari ?

Elle l'étreignit prudemment, et tout ce qu'elle avait réprimé depuis son départ de Selium menaça de jaillir ici et maintenant ; les blessures et les luttes, la solitude. Elle savait pourtant que ce n'était pas le moment de laisser libre cours à ses émotions. Elle le serrait trop fort contre elle. Lorsqu'elle releva les yeux, les joues de son père étaient humides.

— Comme c'est touchant, dit Amilton-Soval. (Sa voix double était chargée d'intonations railleuses.) Un père, c'est tellement, tellement important, n'est-ce pas ?

Le roi Zacharie sortit de l'ombre, et ne s'arrêta que lorsqu'il atteignit le dais. Il tendit le cou pour regarder Amilton-Soval.

— Notre père m'ignorait. C'est *toi* qu'il aimait. Il a continué de t'aimer, en dépit de tes erreurs par trop nombreuses. Pour moi, il n'avait pas ces sentiments.

— C'est toi qu'il a fait roi.

— Si fait, parce qu'il aimait aussi la Sacoridie.

La main d'Amilton-Soval écarta cela d'un geste.

— Tout cela appartient au passé. Ce qui nous occupe présentement est bien différent.

— Si fait. Maintenant vous êtes deux, n'est-ce pas ? Mais bientôt il n'y en aura plus qu'un. N'ai-je pas raison ?

— Un ? Nous sommes ensemble. Nous travaillons au même objectif.

— L'homme qui fut mon frère ne sera plus, répéta Zacharie.

Amilton-Soval oscilla sur ses pieds, le front plissé, et serra les mâchoires. Les veines de son cou saillirent et ses mains se recroquevillèrent en boule, comme s'il luttait pour garder le contrôle. Un noir scintillement fleurit autour de la pierre à son cou, et ses yeux bleus s'embrasèrent. La lutte cessa presque immédiatement. Ses traits s'adoucirent et ses mains se détendirent.

— C'est ce que nous voulons. (Il descendit quelques marches et se retrouva face à face avec son frère.) Nous avons appris à puiser aux pouvoirs de *Kanmorhan Vane*. Ils renforcent notre puissance et nous unissent. Quelle folie d'avoir refusé de collaborer.

— Non pas, répondit Zacharie. Mon père pouvait bien m'ignorer, nous partagions cependant tous deux un grand amour de cette terre. Tu la détruirais. La brèche dans le mur de D'Yer va déchaîner un grand fléau et tout ce qui vit périra ou sera perverti. Nous reviendrons à l'ère la plus sombre, la plus primitive. Ce sera le retour des Âges Sombres, dont nous sommes pourtant sortis il y a mille ans.

— De la destruction viendra le renouveau.

— Tu vas restaurer les maléfices de Mornhavon l'Obscur, et cela je ne le permettrai pas.

Karigan retint son souffle alors que les deux frères se fixaient mutuellement des yeux, chacun essayant de lire au fond de l'âme de l'autre.

La main de Zacharie partit brusquement, et attrapa d'un geste vif la pierre noire. Puis il se figea, tout près de l'arracher de la chaîne en or, incapable de la lâcher. Des éclairs d'énergie explosèrent entre ses doigts et s'enroulèrent autour de son bras. Sa bouche s'ouvrit tout grand sur un cri silencieux.

Un nouveau flux s'épancha de la pierre et se fondit dans la poitrine d'Amilton-Soval. Il ferma les yeux et inspira profondément comme s'il respirait de l'air frais. Ses cheveux irradièrent d'un reflet doré.

Fastion se précipita vers le roi pour lui venir en aide. D'une chiquenaude, Amilton-Soval émit un éclair d'énergie qui propulsa Fastion à travers la salle, contre un pilier. L'Arme s'effondra.

Karigan fronça les sourcils jusqu'à ce qu'ils se touchent. Elle contemplait la scène, effarée, et secoua la tête.

— Non, marmonna-t-elle. Il y a un problème.

— Comment ?

L'esprit de son père était toujours confus, à la suite de son supplice.

— J'avais tort. (Sa voix s'éleva d'une octave, pressante.) Utiliser la magie ne l'épuise pas, elle le nourrit. Elle développe sa puissance.

Autour d'Amilton-Soval l'intensité grandit et se répandit aux alentours comme une aura noire, qui repoussait la lumière. Zacharie, les yeux exorbités, demeurait immobile, une statue toujours, prisonnier d'une toile de courants magiques.

Le capitaine Stèle tira son épée, mais Mirpuits arrêta son bras. Il cria :

— Voilà le dernier acte du Complot !

Béryl leva la main pour le frapper, mais il se tourna vers elle.

— *Axium cor helio dast, Mor au havon !* Les mots roulèrent dans sa gorge comme le tonnerre, et Karigan pensa que l'air allait se fendre sous leur poids.

Le visage de Béryl se vida de toute expression. Elle s'inclina devant Mirpuits.

— Ordonnez, seigneur.

— Tue le capitaine Stèle.

Son épée jaillit dans sa main. Le fracas de l'acier retentit, se distillant dans l'atmosphère de la salle du trône. Connly intervint pour aider le capitaine Stèle à repousser l'attaque de Béryl, mais elle maniait son épée avec une sauvagerie si insensée qu'elle les faisait reculer tous deux. Son épée s'abattait et balayait l'air comme animée d'une vie propre, et tout ce qu'ils pouvaient faire était de se défendre. Mirpuits gloussa.

Karigan devait venir en aide au roi.

Elle se libéra de l'étreinte de son père. L'épée de la Première Cavalière serrée dans sa main, elle chargea en direction du roi Zacharie et d'Amilton-Soval.

— Kari, attention ! cria son père.

Quelque chose jaillit de l'ombre en grondant et fonça sur elle, la renversant. Karigan s'affala sur le côté, l'épée ricocha sur le sol, hors d'atteinte. Elle prit une paire de profondes inspirations, pour que ses poumons récupèrent de l'air, et se redressa, en appui sur un coude. Jendara mit un genou à terre près d'elle, la pointe de son épée dirigée contre sa poitrine. Des bruits de pas s'approchèrent dans le dos de Karigan.

— Recule, négociant, dit Jendara, et ses yeux ne quittèrent pas Karigan. (Sa mâchoire était dure, ses yeux étrécis. On aurait dit un oiseau de proie prêt à plonger sur sa victime, toutes serres dehors.) Recule, ou bien mon épée va goûter son sang une nouvelle fois, ainsi que le tien.

Karigan sentit que, derrière elle, son père hésitait.

— Va, dit-elle. Elle ne plaisante pas. (Elle entendit ses pas feutrés s'éloigner, et sa voix alors qu'il échangeait tout bas quelques mots avec Sevano. Elle contempla la longue lame étincelante de Jendara.) Tu ne devrais pas m'en empêcher.

— Tu aurais dû me tuer quand tu en avais l'occasion, répliqua Jendara.

— Je ne suis pas comme ça.

Il semblait à Karigan que la fière Jendara s'était fanée, comme si on avait extirpé d'elle son tempérament à force de coups. Ses traits aquilins, d'ordinaire farouches, s'affaissaient, gonflés, gâtés de contusions et de plaies. S'était-elle trompée au sujet de Jendara, alors ? S'était-elle trompée en pensant qu'il y avait du bon en elle qui méritait d'être sauvé ? Ou F'ryan Coblebaie avait-il eu raison ? Jendara ne l'avait pas tuée immédiatement et c'était déjà quelque chose, décida-t-elle, une étincelle d'espoir.

Le vacarme du combat entre le capitaine Stèle et Béryl sembla tirer Jendara de ses pensées.

— Je ne peux pas te laisser interférer avec les plans du roi Amilton, dit-elle. Nous avons travaillé trop dur, cela fait trop longtemps que nous attendions qu'il s'empare du trône qui a toujours été sien de droit.

— Ton roi se meurt.

Jendara regarda par-dessus son épaule, et les petites boucles brun-roux de sa luxuriante chevelure captèrent la lumière. Elle sembla hésiter et Karigan en tira avantage, non avec une arme puisqu'elle n'en avait pas, mais avec des mots.

— Quand je deviens invisible, je peux le voir ; je peux voir l'Élétien. La pierre que porte Amilton les lie ensemble, mais bientôt l'Élétien va l'absorber totalement. Il n'y aura plus de roi Amilton. Plus d'Amilton, un point c'est tout. Si tu m'arrêtes, il n'y aura plus non plus de roi Zacharie. Juste l'Élétien. Qui sait ce qu'il adviendra alors de la Sacoridie.

Jendara secoua la tête. On voyait dans ses yeux les émotions diverses qui s'affrontaient en elle.

— Vois par toi-même, ajouta Karigan qui sentait le temps s'écouler comme sourd le sang d'une plaie. Est-il le même homme que celui que tu as juré de protéger ? Ou a-t-il changé ? (Le désespoir perça dans sa voix. À chaque instant qui passait, l'Élétien devenait plus fort, et la mort s'approchait du roi Zacharie. Elle ne pouvait le laisser mourir. Et pourtant elle ne pouvait faire grand-chose, étant à la mauvaise extrémité de l'épée de Jendara. Elle ne parviendrait pas à s'échapper une deuxième fois.) Tu ne comprends pas qu'il se meurt ? Ils meurent tous les deux ! L'Élétien les sacrifie tous les deux pour accroître ses pouvoirs.

Les yeux de Jendara cherchèrent ceux de Karigan. Elle pinça les lèvres. Puis elle se leva en poussant un grognement et rengaina son épée. Elle saisit Karigan par le poignet pour la relever.

— Je le sais, dit-elle. Je le savais, je suppose. Il n'est plus le même. Que vas-tu faire ?

— Les séparer.

D'un geste vif, Jendara ramassa l'épée de la Première Cavalière et la fourra dans la main de Karigan, qui la prit, et leurs doigts se frôlèrent. Et en un éclair, Karigan comprit que Jendara courait à sa perte. Quelle que soit l'issue, les choses n'allaient pas tourner en sa faveur.

— Jendara…

— Pour une fois, j'ai pris la bonne décision, répondit celle-ci. (Elle poussa Karigan vers le dais.) Il n'y a pas de temps à perdre.

Karigan avait eu tort. Le tempérament de Jendara ne s'était pas émoussé, il avait gagné en éclat. Et cependant elle ne s'était pas trompée : on pouvait encore trouver de la bonté en cette femme. Elle se tourna vers le roi et son frère.

Le dos du roi Zacharie s'était arqué, et du sang coulait de son nez goutte à goutte. Ses joues s'étaient creusées, sa chair avait pris une teinte terreuse et ses cheveux s'étaient ternis, comme si sa force vitale s'échappait littéralement de lui. L'expression d'exultation sur le visage d'Amilton contrastait fortement. Ses cheveux étaient maintenant complètement dorés.

L'épée dans la main de Karigan repoussa l'obscurité créée par Amilton-Soval comme elle avait dû le faire, des Âges auparavant durant la Longue Guerre, entre les mains de la Première Cavalière. Elle entra dans l'aura de ténèbres, et la magie bourdonna tout autour d'elle en lui picotant la peau.

Elle leva sa lame au-dessus de sa tête et frappa de haut en bas. Elle trancha la chaîne d'or qui liait la pierre noire au cou d'Amilton-Soval.

Le roi Zacharie tomba à la renverse, roide comme une colonne de granit. La pierre noire glissa de sa main. Lorsqu'elle toucha le sol, l'énergie noire enfla autour de Karigan, formant un voile épais autour d'elle, comme si elle se trouvait dans l'œil d'une tempête d'éclairs noirs. Une boucle de magie courut le long de la voûte du plafond, écorchant d'une ligne noire aux contours déchiquetés le portrait du roi Amigast Basseterre.

La dernière chose qu'entendit Karigan fut le terrible hurlement double d'Amilton-Soval. Puis le monde devint blanc.

Le Tierce

Karigan était étendue sur une surface dure et froide. Elle papillonna des yeux, qui s'ouvrirent sur du blanc. Un blanc à la texture de gaze. Des linges lui chatouillaient le nez et les cils.

— Par les dieux! Elle arracha le linceul et se redressa, haletante. Ce que ses yeux découvrirent alors n'était pas beaucoup plus rassurant.

Un paysage et un ciel d'un blanc laiteux, à supposer qu'on puisse les appeler ainsi, l'environnaient. De blanches plaines s'étiraient à l'infini, où que porte le regard. Le ciel était dépourvu de soleil, de nuages et de lune, il était blanc, tout simplement. Tout était homogène : pas d'horizon, pas de lignes pour délimiter les variations du terrain. Rien ne rompait ou ternissait le blanc omniprésent.

Même le vert de son uniforme était délavé, comme si cet étrange endroit ne pouvait tolérer la couleur. Sa peau avait pâli.

Pis encore, il y avait au-dessus de sa tête, suspendu elle ne savait trop comment, un portrait d'elle, comme un reflet, à ceci près qu'on aurait dit une personne endormie, les yeux clos et les mains jointes sur la poitrine. Une effigie mortuaire.

— Par les dieux!

Karigan se leva précipitamment de la table mortuaire, qui ressemblait trait pour trait à celles qu'elle avait vues le long de l'Allée des Héros, gravées de symboles funéraires, avec à leur base des tablettes dépeignant des scènes de la vie des défunts. Les tablettes de cette table-ci montraient des images de son périple. Elle combattait la créature de *Kanmorhan Vane* sur l'une, sur une autre elle était confrontée à Torne, et sur une troisième elle chevauchait Condor au grand galop.

Elle porta la main à sa tempe.

— Est-ce cela, la mort ? Sa voix lui parut faible et étouffée.

Une vapeur mouvante, ondulante, roulait et tournoyait dans la plaine. Elle convergea vers Karigan en un rien de temps, passa autour d'elle en rubans, opacifiant le monde blanc d'une nouvelle couche blanche et cotonneuse, qui l'enveloppa et l'oppressa. Karigan tourna sur elle-même encore et encore, à la recherche d'une éclaircie ou d'un repère pour s'orienter, mais la vapeur avait tout envahi. Elle tenta de la chasser en agitant les bras, mais cela n'aboutit qu'à la faire tourbillonner et virevolter en d'étourdissants motifs. Karigan s'arrêta, hors d'haleine. Les lambeaux déchiquetés de la vapeur la contournèrent et, aussi vite qu'ils étaient venus, dérivèrent au loin, dévoilant deux rangées de tables funéraires, et chacune était occupée.

Non, pas encore, songea Karigan avec un pressentiment.

Elle passa lentement devant les tables. Les linceuls drapaient les cadavres de telle manière qu'elle pouvait clairement discerner les contours de leur visage : Fastion, Mel, le roi Zacharie, Sevano, le capitaine Stèle, son père...

Elle déchira en criant le linceul qui recouvrait son père. Cela tomba sur le sol avec un bruissement, à côté d'elle. Elle secoua son père et lui tapota les joues, mais sa chair était froide, son corps raidi.

— *Non !*

Un rire léger et mélodieux ondula autour d'elle. « Mort », dit une voix. L'Élétien.

Karigan regarda dans toutes les directions, mais il n'y avait personne.

— Si c'est la mort, cria-t-elle, où sont tous les autres esprits ?

— Morts. La voix retentit comme une cloche sonore.

Au bord des larmes, Karigan se dirigea vers la table du capitaine Stèle. Elle ôta le linceul. Ici, dans la mort, le capitaine Stèle avait l'air bien plus apaisée qu'elle l'avait jamais été de son vivant. Elle portait son uniforme d'apparat complet, avec ses galons d'or de capitaine aux épaules, et la ceinture de soie passée autour de sa taille. Elle serrait entre ses mains la poignée de son sabre. Sa broche au cheval ailé étincelait froidement à la blanche lumière du monde.

La broche de Karigan résonna et, sans comprendre comment elle le savait, elle sut ce qu'elle devait faire ; elle toucha la broche du capitaine.

— Je ne suis pas morte, dit-elle.

Une voix dans sa tête répondit : *Vrai.*

— Je suis morte.

Faux.

— Morte ! s'écria l'Élétien.

Faux.

— Vous ne devez pas déranger les morts.

Karigan lâcha brusquement la broche du capitaine et se retourna, le cœur battant à tout rompre, pour trouver Agemon des tombeaux qui l'observait. Il tenait entre ses mains une étoffe, et se pencha sur le capitaine Stèle pour lustrer son sabre.

— Où sommes-nous ? lui demanda-t-elle, soulagée de voir un autre être vivant, même s'il s'agissait d'Agemon. (Celui-ci fredonnait un air sans queue ni tête tout en astiquant le sabre.) Agemon !

Le petit homme eut une hésitation et la regarda d'un air perplexe.

— Hein ?

— *Où* sommes-nous ?

Il la regarda attentivement à travers ses bésicles.

— C'est un lieu de passage.

Karigan se lécha les lèvres. Elle avait la bouche sèche et la vapeur y avait laissé un goût âcre.

— Pourquoi sommes-nous ici ?

Elle désigna d'un geste les corps.

— Ils sont, dit-il, ce qui pourrait être.

Ils ne sont pas encore morts, songea-t-elle, *mais pourraient le devenir.*

— Agemon, vous devez me montrer le chemin du retour.

— Je ne peux pas.

— Pourquoi cela ? (Le désespoir regagnait insidieusement sa gorge.) Il faut que je rentre. Je dois aider les autres, le roi…

Il la regarda de haut en bas et gloussa.

— J'assiste les défunts. Vous avez été touchée par les défunts mais n'êtes pas morte. Pas encore.

— Agemon ! (Elle agrippa sa manche.) S'il vous plaît ! Montrez-moi comment sortir d'ici.

Il se contenta de la fixer des yeux avec son expression de lièvre apeuré jusqu'à ce qu'elle le lâche. Il réajusta ses robes et ses bésicles frétillèrent sur le bout de son nez.

— Une fois entrée, vous ne pouvez plus repartir, dit-il. (*Faux*, vibra la voix dans sa tête.) N'oubliez pas l'épée, sans quoi *elle* sera mécontente.

Il pointa le doigt au loin. Des sabots claquèrent comme le tonnerre à ses oreilles, après un si grand silence. Dans le lointain, la silhouette d'un cavalier et de sa monture traversait la plaine au galop. Ils disparurent en l'espace de quelques instants. Karigan regarda le capitaine Stèle. Le sabre serré entre ses mains n'était plus le sien, mais celui de la Première Cavalière. Karigan le détacha d'entre ses doigts raides.

Lorsqu'elle entendit le fredonnement, Karigan pivota sur elle-même, juste à temps pour voir Agemon détaler, jambes à l'œuvre sous ses longues robes.

« Agemon, attendez ! » Elle se précipita à sa suite, mais elle ne put le rattraper en dépit de ses efforts pour accélérer. Il rapetissait de plus en plus tandis que l'espace entre eux grandissait, et son fredonnement futile s'évanouit progressivement jusqu'à disparaître complètement.

— Agemon ! se lamenta Karigan, mais le poids de l'air blanc réduisait sa voix au silence.

Derrière elle, la brume vaporeuse, silencieuse, prégnante, se rapprocha de nouveau en ondulant et occulta les tables funéraires. Lorsque le nuage se dissipa, il ne restait plus rien que les plaines blanches à l'infini.

Karigan s'effondra sur le sol blanc, à bout de souffle. Elle remonta les jambes contre sa poitrine et posa la tête contre ses genoux. Elle resta assise ainsi un moment, se reposant, et fit appel à sa volonté pour tenir à distance le désespoir. Elle demeura assise là quelques minutes peut-être, qui auraient pu être des heures.

Elle finit par se lever et se mit à marcher. Il n'y avait rien d'autre à faire que traverser cette plaine incolore. De courtes herbes blanches crissaient sous ses pas. En dehors de cela, rien n'alimentait ses sens. Elle se demanda si elle ne marchait pas sur place, car aucun changement ne semblait affecter les alentours.

Elle se rappela qu'elle portait la pousse de sorbier glissée dans une poche à l'intérieur de son grand manteau, et la sortit. Un présent qu'on lui avait fait afin qu'elle se souvienne des vastes étendues de la forêt boréale et des choses vivantes et vertes. Afin qu'elle puisse se souvenir de ses amies.

La pousse de sorbier défiait ce monde délavé, et les yeux de Karigan s'en délectèrent. Elle frotta entre ses doigts une feuille tendre. Sa douce senteur raviva le souvenir des yeux pétillants, couleur de myrtille, des sœurs Sorbier, et des vertes aiguilles du pin géant qui dominait Abram Rouille lui-même. Elle raviva l'odeur d'humus de la forêt après une averse, et celle des aiguilles de pin dorées par le soleil.

Karigan se réjouit du réveil de ses sens, de toucher un objet bien réel dans cette irréalité maussade.

Comme en réponse à son regain d'optimisme, une tache apparut devant elle dans la plaine. Elle accéléra le pas et se mit à trottiner. Ses enjambées la rapprochèrent de la tache, comme si elle avait fait de grands bonds plutôt que des pas. La tache se mua en deux silhouettes penchées au-dessus d'une table, assises.

L'allure de Karigan perdit son entrain, l'espoir laissant place au désarroi. Sur une chaise était assis Amilton, sur l'autre : l'Élétien. Une troisième chaise restait vacante. La table et les chaises étaient faites de bois ordinaire, du moins en apparence. Sur la table, un jeu de Complot était installé. Comme la pousse de sorbier, les pions avaient conservé leurs couleurs véritables : le bleu, le vert, le rouge.

Amilton était penché sur une armée de pions rouges, ses yeux filant de-ci de-là sur le plateau de jeu. Il se tordait les mains anxieusement ; il tendit la main pour bouger un pion, hésita, puis retira sa main promptement. Il marmonnait par-devers lui, oublieux de la présence de Karigan. Par contraste, Soval l'Élétien était calé au fond de sa chaise, détendu, et la regardait approcher avec intérêt.

— Ne te joindras-tu pas à nous ?

Karigan raffermit sa prise sur l'épée.

— Pourquoi sommes-nous ici ?

L'Élétien sourit de son sourire éblouissant. En ce lieu, il n'était pas ensanglanté, ni blessé du fait de leur précédente rencontre au lac Dérobé, il n'était pas non plus l'image fantomatique qu'elle avait vue superposée à Amilton dans la salle du trône.

— Croirais-tu quelque chose venant de ma bouche ? demanda-t-il.

— Je jugerai par moi-même vos paroles.

— Tu ne vas pas aimer ce que tu vas entendre.

— Contentez-vous d'expliquer, fit Karigan.

— Très bien. (La voix de Soval était calme.) Tu as, par tes actions, libéré une magie sauvage qui a déchiré la paroi entre les mondes. Tu nous as amenés ici.

— Qu'entendez-vous par « entre les mondes » ?

— C'est un lieu de passage, il n'est ni ici ni là. Il n'appartient ni à la terre ni à vos cieux de mortels. Tu l'as appréhendé auparavant, durant ta chevauchée avec les revenants, mais seulement effleuré ses confins. Tu n'as pas franchi le seuil. Bien d'autres le touchent par leurs rêves, ou dans la mort. Certains en trouvent le chemin grâce à la magie, mais c'est rare. Ce lieu n'est pas toujours fait de matière, il est souvent fait d'images et de symboles.

— Je ne vous crois pas.

Soval haussa les épaules.

— Si cela te sied. Même si je soupçonne qu'en consultant la broche du capitaine Stèle, tu saurais que mes paroles sont vraies. Sinon, comment expliquer tout ceci ?

La broche avait disparu ; elle ne parla pas à Karigan. Mais cela importait peu : tout ce qui comptait, c'était de quitter cet endroit, de revenir auprès du roi.

— Comment rentrer ? demanda-t-elle.

Soval la gratifia de son léger rire mélodieux, moqueur.

— Tu te fierais à ma réponse ? Toi qui ne crois pas en la vérité de cet endroit où nous nous trouvons ?

Elle le regarda avec colère, et il cessa de rire. Il se pencha en avant, les sourcils joints en une expression d'extrême sérieux.

— Pour nous en aller, nous devons finir la partie. Tu dois t'asseoir et jouer. Prends un siège.

Il désigna d'un geste la chaise vide. Karigan ignora la chaise qu'on lui présentait mais examina le plateau de jeu. De son côté du plateau, les pions verts se tenaient en formation. Elle regarda attentivement, car leurs traits étaient familiers. L'un portait sur son épaule une grande hache : Abram Rouille. Mlle Feuille Sorbier s'appuyait sur une canne. Somial, Lisseplume, le maître d'armes Rendel, Cendré le petit garçon, et encore d'autres personnes qu'elle connaissait étaient en position. Le roi Zacharie était assis sur le trône vert. Derrière lui se tenaient des Armes, la main sur la poignée de leur épée. Le capitaine Stèle et Béryl Spencer se faisaient face, épées au clair.

Plusieurs pions étaient couchés, éliminés : F'ryan Coblebaie, Joie Hautesente, et nombre d'autres Cavaliers Verts, Armes et soldats.

Les pions d'Amilton représentaient des soldats mirpuisiens et des mercenaires. Il y avait là le capitaine Immerez et son unique main, flanqué du sergent et de Thursgad. Mirpuits faisait face au capitaine Stèle et à Béryl Spencer engagées dans leur duel. Jendara se tenait juste en retrait de l'action.

Le roi d'Amilton, avec son véritable visage, était assis sur le trône rouge. De la même manière, Soval était assis sur le trône bleu, et les deux figurines étaient proches l'un de l'autre. Un fil d'énergie noire flottait entre eux. Devant eux se tenait un dernier pion, un pion vert. Karigan n'eut pas besoin de le regarder de plus près pour savoir qui il représentait.

Les pions de Soval se pressaient aux frontières du royaume du roi vert. Il y avait des blatterreux et d'autres créatures perverties aux faces, aux ailes et aux griffes hideuses. Des hôtes de *Kanmorhan Vane*, à n'en pas douter.

—Je ne veux pas jouer.

—Je croyais que tu voulais quitter cet endroit, objecta Soval. Pour partir, tu dois gagner la partie.

—Non, fit Karigan.

—Non ? Tu es le Tierce. C'est ce que tu as été pendant tout ce temps, le joueur inattendu de la partie, le joueur qu'aucun d'entre nous n'a su arrêter : ni Mirpuits, ni Amilton, ni moi-même. Zacharie, cependant, s'est arrangé pour te ranger à ses côtés très tôt, en te faisant la cour.

—Ne déformez pas tout. J'ai choisi…

—Nous ne savions jamais ce que tu allais faire ensuite, continua Soval comme s'il ne l'avait pas entendue. Certains pions t'ont soutenue, d'autres t'ont gênée. Je présume qu'il est trop tard pour tenter de t'attirer vers notre bord ? Nous formerions un couple sans pareil.

Son sourire était charmeur, ses yeux chaleureux. Il tendit la main vers elle ; Karigan eut un mouvement de recul.

—Je pourrais te montrer des choses que tu n'imagines même pas. Je pourrais te donner un pouvoir mille fois plus puissant que cette babiole en forme de cheval que tu portes. Un simple mortel comme le roi Zacharie n'est pas assez bien pour toi. Tu es d'un tempérament qui réclame plus, bien plus. (Il posa ses mains croisées sur la table et ajouta d'un air sérieux :) J'ai peine à l'admettre, mais je te trouve bien fascinante, pour une mortelle, Karigan G'ladheon. Que penses-tu de l'immortalité ? J'ai le pouvoir de l'accorder.

Karigan toussota, l'esprit en ébullition, écœurée par tout ce qu'il sous-entendait.

— C'est cela que vous avez offert à Amilton ? L'immortalité ?

Elle regarda subrepticement le prince, oublieux de tout à l'exception du plateau de jeu.

— Ce que j'ai offert à Amilton reste entre lui et moi, et inutile de te dire que c'est assez différent de ce que je te propose.

Cela ne pouvait pas être vrai, n'est-ce pas ? L'immortalité ? Passer toutes ses journées avec Soval l'Élétien ? Celui qui avait tué inconsidérément tant de gens pour satisfaire ses ambitions personnelles ? Elle ne pourrait jamais passer dans son camp. Elle savait au moins cela.

— J'ai fait mon choix il y a bien longtemps, répliqua-t-elle. J'ai fait mon choix, libre des fausses promesses et de la contrainte.

L'expression de regret sur le visage de Soval était authentique.

— Mes promesses ne sont pas fausses. J'aimerais que tu te joignes à moi, car nous pourrions partager plus que le pouvoir. (Il s'interrompit pour laisser ses paroles faire leur chemin.) Puisque tu as refusé mon offre, il n'y a aucune alternative. Je te le redemande : ne finiras-tu pas la partie ?

Karigan détestait Complot. Elle perdait toujours. En relevant le défi de Soval, elle condamnait le roi Zacharie, son père, et tous ses amis. Elle condamnait la Sacoridie.

Elle pencha la tête en direction d'Amilton, qui continuait à marmonner pour lui-même et tergiversait devant le plateau de jeu.

— Pourquoi ne joue-t-il pas son coup ?

— Il joue quand je l'y autorise, dit Soval.

— Et vous, quand jouez-vous ?

Un sourcil doré de Soval se mit de travers.

— Je jouerai lorsque tu t'assoiras à cette table.

— Vous voulez dire que tout est… en suspens ?

— C'est un pat.

— Et si je refuse de m'asseoir ?

Lentement, un sourire vint aux lèvres de Soval.

— Nous partagerons l'éternité dans cet endroit. Mais si tu intègres la partie, tu as des chances de l'emporter.

— Pourquoi ne pas utiliser votre magie ?

— Joue.

— Pourquoi vous n'utilisez pas votre magie ? répéta Karigan.

Soval se crispa. Amilton se raidit également et son murmure devint plus pressant.

— Joue. C'est le seul moyen de t'en aller.

Karigan se mit à rire ; une soudaine intuition lui donnait le vertige : l'unique vérité que recelait cette irréalité était bien plus triviale que la simple magie. Elle était le Tierce, l'élément perturbateur. Elle pouvait remettre la partie en branle, ou maintenir le pat. Elle contrôlait la partie.

— Je laisse la partie en suspens, déclara-t-elle. (Les pions colorés du jeu se reflétaient sur la lame étincelante de la Première Cavalière. Elle se pencha tout près de Soval et murmura :) Vous êtes trop faible pour briser le pat vous-même.

Et si cet endroit était une combinaison de symboles, d'images et de matérialité...

Elle leva l'épée au-dessus de sa tête. Soval se mit à trembler ; l'épée balaya l'air telle une faux.

Elle s'abattit entre les pions couronnés d'Amilton et de Soval, tranchant le fil noir qui les reliait. La lame mordit dans le liège du plateau de jeu et éparpilla des pions verts, bleus et rouges. L'épée entailla profondément la table et passa au travers. Un rugissement enfla, de plus en plus fort aux oreilles de Karigan, comme une forte bourrasque d'air : les hurlements de Soval et d'Amilton.

La table se sépara en deux moitiés nettement coupées. Soval et Amilton, miroirs l'un de l'autre, levèrent les bras comme pour parer un coup invisible, détournant le visage. Leur image se fissura, se craquela, et explosa en milliers de fragments minuscules.

Et l'épée descendait toujours. Elle laboura la terre blanche et s'enfonça profondément. Puis continua à s'enfoncer. Le sol engloutit la lame, la garde, la main de Karigan. Il avala son poignet et son avant-bras, et son coude. Et l'épée continuait à descendre. Le sol s'empara de son épaule. La prit entièrement.

La lame tinta sur le sol de pierre de la salle du trône.

Les maillons d'or de la chaîne qui avaient maintenu la pierre noire au cou d'Amilton tombèrent en pluie par terre, brisés. La pierre noire rebondit et, lorsqu'elle heurta le sol, elle se craquela.

S'en échappa une magie incontrôlée.

Elle crépita et fusa tout autour de la salle en une traînée noire, avide et vengeresse. Elle trouva l'épée de Karigan et courut le long de la lame en grésillant. Karigan la jeta de côté, mais les boucles de magie abandonnèrent la lame d'un bond et l'assaillirent comme si elles étaient une créature vivante, un prédateur nourri des hurlements de Soval et d'Amilton.

Son propre hurlement s'y ajouta, lorsque la magie renégate s'enroula autour de son torse et de chacun de ses membres. Elle pulsait contre sa chair, l'étranglait pour absorber sa vie. Les visages des autres personnes dans la salle se brouillèrent devant ses yeux prêts à se rompre.

Les bras d'Amilton s'étiraient en direction du plafond comme s'il les tendait vers le portrait de son père. Même sans sa broche, Karigan pouvait distinguer la silhouette fantomatique et ensanglantée de l'Élétien qui était tiré hors du corps d'Amilton.

Un noir flux de magie s'enfouit dans la chair de Karigan, creusant dans son épaule. Elle se débattit tandis que la chose noire plongeait plus profondément en elle, rampait sous sa peau, se tordait dans ses muscles.

De la fumée s'éleva de l'étoffe de son manteau. Elle sentit l'odeur de sa propre chair qui brûlait. Les vieilles blessures se ravivèrent : les brûlures sur ses poignets causées par la créature de *Kanmorhan Vane*, la morsure du fouet d'Immerez sur son épaule, les innombrables coups, contusions, égratignures, molestations... Son flanc était humide de sang.

La chose poursuivit son exploration, et Karigan gémit de douleur. Une part d'elle-même savait que la chose fouillait à la recherche de son cœur, s'évertuait à se tordre et à s'infiltrer comme un poison dans tous les nerfs de son corps.

À la limite de son champ de vision, une ombre avec une épée la regardait de ses yeux d'acier. L'ombre rejeta derrière son épaule sa crinière de cheveux brun-roux, et se tourna vers Amilton qui hurlait. L'épée s'écoula dans l'air comme une queue de comète et plongea dans le corps d'Amilton. Le hurlement s'arrêta net, même si des bribes s'attardèrent sur les murs de pierre de la salle du trône.

Amilton s'écroula à terre. Le fin cercle d'argent tomba de sa tête et roula au sol jusqu'aux pieds du roi Zacharie. Là, il virevolta comme une piécette en attendant que Zacharie le ramasse d'une main tremblante.

L'Élétien quitta l'existence en s'évaporant comme une bouffée de fumée.

Karigan gémit tandis que les derniers vestiges de magie quittaient son corps, et la douleur qui l'avait accompagnée se dissipa. Les contours du visage de son père se précisèrent à travers sa vision embrumée ; il la regardait. Sevano et une femme blonde aux yeux verts, qu'elle devait avoir déjà vue quelque part, la regardaient aussi.

— Kari ? dit son père d'une voix rauque.

— Euh…, fut tout ce qu'elle put répondre.

Il lui prit la main. La sienne était chaude, calleuse au toucher, son contact lui faisait du bien. Elle était bien réelle.

— Peux-tu t'asseoir ? demanda-t-il.

Elle se redressa sur ses coudes et secoua la tête pour recouvrer ses esprits. La douleur s'attardait encore, mais son intensité s'était faite lointaine. Tout son corps était meurtri ; elle ne parvenait pas à identifier une douleur en particulier qui serait plus forte que les autres. À l'endroit où le flux de magie avait pénétré dans son épaule, elle ne sentait plus rien du tout.

Elle laissa son père et Sevano la remettre sur ses pieds. D'une main tremblante, elle lissa une mèche de cheveux derrière son oreille.

Une lumière grise incongrue atténuait le contraste entre la lumière des lampes et la nuit, dans la salle du trône. Elle se rendit compte, non sans surprise, que l'aube s'était finalement levée, et que sa lumière levantine avait illuminé les fenêtres du côté est.

Les nobles chuchotaient entre eux d'un air las. Au sol, Brienne et Rory remuèrent en grimaçant et en se frottant les yeux. Fastion était accroupi auprès d'eux. Le capitaine Stèle était assise à côté d'une Béryl Spencer hébétée qui berçait sa tête entre ses mains. Connly tenait son épée contre la mâchoire de Tomas Mirpuits.

Jendara était debout auprès du cadavre d'Amilton Basseterre. Son épée ensanglantée pendait mollement dans sa main. Elle secoua la tête et jeta l'arme de côté. La clameur du métal sur la pierre sembla réveiller tout le monde. Tous les regards se posèrent sur elle. Son regard à elle trouva Karigan.

— Nous sommes quittes, Verdâtre, dit-elle.

Karigan ouvrit la bouche pour parler mais juste à ce moment-là les portes de la salle du trône s'ouvrirent brusquement, et des Armes et des soldats portant l'argent et le noir se déversèrent dans la salle. La porte dissimulée derrière la tapisserie s'ouvrit également et des Armes suivies du maréchal Martel et de ses cavaliers en sortirent. L'ouverture des portes acheva de dissiper les vestiges du sortilège qui avait imprégné la salle.

Le maréchal Martel et les Armes allèrent voir le roi pour s'assurer de son état. De là où elle se tenait, Karigan ne pouvait pas le dire avec certitude, mais il avait l'air d'aller bien, pas plus mal en point qu'elle-même, en tout cas. Il semblait hébété et épuisé, et du sang tachait sa moustache et sa barbe.

— Il nous faut des guérisseurs, par ici, dit le maréchal Martel à l'un de ses officiers, et au plus vite.

Une Arme s'agenouilla auprès de la dépouille de Devone Charron. D'autres se joignirent à lui, et ils conférèrent à voix basse. Ils se levèrent et s'adressèrent au roi :

— Nous recherchons la personne qui a tué Devone.

Avant que le roi puisse répondre, Jendara s'avança et dit :

— C'est moi.

Des épées sifflèrent hors de leur fourreau. Un cercle noir d'Armes se referma autour d'elle.

— Je te connais, traîtresse, dit l'un d'eux. Devone était notre formatrice.

— Tu vas connaître le douloureux destin de Sauveru, dit un autre.

Jendara regarda froidement chacun de ses adversaires.

— Moi aussi j'ai été l'élève de Devone, autrefois. Elle m'a beaucoup appris.

Elle les regarda d'un œil critique, comme si elle les jaugeait, comme s'ils étaient indignes de ses standards d'exigence. Puis elle se précipita en avant.

L'une des Armes réagit en levant son épée pour l'arrêter. Jendara, elle, ne s'arrêta pas.

— N-non, s'écria Karigan, mais son père l'enserra dans ses bras et l'entraîna loin du dais, et ils franchirent les immenses portes de chêne.

Le chemin du retour

Karigan longea la barrière de l'enclos, vêtue des soieries bleu vif que son père lui avait données, et c'était une sensation étrange, après tout ce temps passé à porter l'uniforme du drôme. La soie était légère et ondulait contre sa peau, comme si elle ne portait rien du tout.

Elle plissa les yeux sous le soleil pour regarder Condor qui gambadait avec d'autres chevaux. Il traversa le pré au petit galop, la queue fièrement dressée comme un fanion, les oreilles pointées vers l'avant. Karigan rit tout haut lorsqu'il s'arrêta pour se rouler dans une mare de boue en piaffant. Mel serait mécontente lorsque viendrait l'heure de le bouchonner.

— Ils sont bien insouciants, n'est-ce pas ?

Surprise, Karigan se retourna et trouva Béryl Spencer derrière elle. Cela paraissait incroyable, mais elle continuait de porter l'uniforme écarlate, la broche au cheval ailé accrochée à son manteau, incongrue. Elle tenait les rênes d'une jument baie harnachée de sacoches prévues pour un long voyage. Les oreilles de la jument s'agitaient d'avant en arrière et elle hennit doucement à destination des chevaux qui batifolaient.

Béryl flatta l'encolure de sa monture.

— Voici Papillon-Lune, dit-elle. Mais je l'appelle Lune. Elle préférerait jouer avec ses amis plutôt que de partir, et de loin.

— Où allez-vous ?

Béryl regarda les rênes dans sa main, puis ses yeux revinrent sur Karigan.

— Maintenant que le vieux seigneur Mirpuits est enfermé à double tour et que les membres de son armée qui n'ont pas été exécutés rentrent chez eux, j'ai pensé que je pouvais retourner dans la province de Mirpuits pour voir en quoi je pourrais être utile. Après tout, j'ai toujours le rang d'officier dans l'armée provinciale.

— Vous n'êtes pas sérieuse, répondit Karigan. Ils savent sûrement le rôle que vous avez joué.

Béryl eut un sourire éclatant, une expression que Karigan n'avait encore jamais vue sur le visage de cette femme si sérieuse.

— On croit en général que les Cavaliers Verts sont des gens téméraires, toujours à foncer vers les ennuis au galop. C'est plus ou moins vrai, et leur cas est désespéré. (Elle haussa les épaules.) Il est possible que personne en Mirpuits ne soit conscient de mes… fidélités. Après tout, quiconque était au courant de cette information a été tué, ou emprisonné et est peut-être en passe d'être exécuté.

— C'est plus que de la témérité, objecta Karigan. Vous vous mettez en danger.

— Possible, mais peut-être que le nouveau prince-gouverneur sera content d'avoir quelqu'un en mesure de l'aider à s'habituer à sa nouvelle fonction. Après tout, personne ne connaît mieux cette fonction que moi. Par ailleurs, le roi Zacharie désire qu'un agent de liaison surveille la province de Mirpuits et influence, dirons-nous, l'allégeance du nouveau prince-gouverneur.

Karigan se rembrunit. Sa vieille bête noire de l'école, Timas Mirpuits, allait devenir prince-gouverneur. D'une certaine manière, il avait, par ses actions, précipité la chute finale de son père : il l'avait incitée à fuir Selium, ce qui avait provoqué sa rencontre avec F'ryan Coblebaie, et par voie de conséquence elle avait porté le message…

— Il se peut que des problèmes m'attendent en Mirpuits, continua Béryl, mais ce n'est pas d'ici que je pourrai essayer de changer la province. De plus, je peux me montrer très persuasive. (Elle toucha sa broche.) Et vous ? Qu'allez-vous faire ? Je sais que le capitaine Stèle tient absolument à vous engager. Nous manquons tellement de Cavaliers en ce moment.

Karigan repoussa de son visage une mèche de cheveux ébouriffée par la brise.

— Je pars pour Corsa cet après-midi avec mon père, répondit-elle. D'ici à la fin de l'année, il se pourrait que je guide mes propres caravanes de marchandises.

Béryl et Karigan se serrèrent la main.

— Bonne chance. J'ai du mal à vous imaginer en négociante. Cela m'a l'air d'une vie bien rangée.

— Bonne chance à vous. Surveillez vos arrières quand Timas sera dans les parages.

Béryl mit le pied à l'étrier et se hissa sur Lune avec grâce.

— C'est seigneur Timas, pour vous.

Elle fit un grand sourire et partit en saluant d'un geste.

Karigan pouffa. *Seigneur Timas?* Elle n'enviait pas Béryl.

Ses pérégrinations la conduisirent dans les calmes jardins de la cour intérieure. Elle s'assit en tailleur sur un banc de pierre chauffé par le soleil et posa son menton entre ses mains en coupe, regardant d'un air concentré les abeilles qui butinaient d'un bouton de rose au suivant. Un colibri passa non loin avec un vrombissement, et chassa d'une fleur un de ses congénères. Elle avait peine à croire que, peu de temps auparavant, elle avait tué un homme dans cet endroit paisible.

Elle frotta la marque froide sur son épaule, la tache qui restait froide en dépit de la forte chaleur qui l'assaillait. C'était à cet endroit que la boucle de magie noire avait strié sa chair et, alors que ses contusions et ses bosses variées, le surmenage et même l'entaille de l'épée se soignaient d'eux-mêmes, cette blessure-là guérissait lentement. La peau était crevassée et brûlée mais ne lui faisait pas mal. Bien au contraire, elle ne sentait absolument rien. Les guérisseurs ne comprenaient pas ce qui se passait. Ils appliquaient des cataplasmes divers et variés, mais rien ne semblait vraiment faire d'effet.

Elle était tellement absorbée par ses pensées qu'elle n'entendit la personne s'approcher que lorsque son ombre la surplomba. Elle leva les yeux et découvrit une grande jeune femme blonde, aux yeux verts, celle qu'elle avait vue dans la salle du trône. Elle lui était familière, mais Karigan ne parvenait pas à se souvenir de l'endroit où elle l'avait déjà rencontrée.

— Bonjour, dit la femme. Est-ce que je dérange?

— Non, fit Karigan.

— Puis-je m'asseoir?

Karigan reposa les pieds par terre et se décala afin que le banc puisse les accueillir toutes deux.

— Sans l'uniforme vert, j'ai failli ne pas vous reconnaître.

Sa propre robe couleur d'eau et d'or profond créait un contraste estival avec les atours noirs dont Karigan se souvenait, ceux qu'elle portait dans la salle du trône.

Karigan essaya de deviner qui elle était. Son accent était oriental, et ses manières celles de la noblesse.

— Je suis navrée, dit-elle, mais nous sommes-nous déjà rencontrées ?

Les yeux de la femme dansèrent.

— Si fait, en des circonstances très énigmatiques.

Karigan se souvint brusquement, et elle se demanda comment elle avait pu manquer de la reconnaître.

— Dame Estora !

— Je suis heureuse d'avoir l'occasion de vous parler à visage découvert, afin que vous sachiez à qui vous êtes venue en aide. Je veux vous dire combien l'ultime lettre de F'ryan m'a réconfortée.

Karigan sourit.

— Je suis contente d'avoir pu vous aider.

— Je connais à présent le reste du contenu de la lettre. Le capitaine Stèle m'a tout raconté, et tout ce que vous avez enduré pour l'apporter. (Les sourcils de dame Estora se figèrent, et son ton devint plus sérieux.) Vous savez, cette nuit-là, dans la salle du trône, vous m'avez beaucoup rappelé F'ryan.

— Je ne le connaissais pas, répondit Karigan. Très peu, du moins.

Dame Estora sembla chercher les mots justes.

— Vous n'aviez pas l'intention de laisser quoi que ce soit vous arrêter, et vous n'avez pas abandonné. C'est tout à fait F'ryan.

Karigan regarda ses genoux.

— Je ne pouvais pas abandonner. J'avais peur. Peur pour mon père, peur pour le roi, et aussi pour moi-même. Si j'avais abandonné...

Elle écarta grand les mains, laissant dame Estora en tirer la conclusion qui s'imposait.

Dame Estora examina Karigan, songeuse.

— Quelque chose ne va pas ? demanda celle-ci.

— Non pas. (Dame Estora secoua la tête et sa chevelure chatoya sous le soleil telle une rivière d'or.) F'ryan n'a jamais eu le courage, pardonnez-moi, d'avouer sa peur. Il la chassait d'un haussement d'épaules comme si ce n'était pas important, mais je pouvais la lire dans ses yeux.

Elles restèrent assises un moment en silence, des nuages blancs bosselés se déplaçaient dans le ciel, loin là-haut, et un crapaud musardait dans les buissons. Un colibri filait comme une flèche de fleur en fleur de ses ailes bruissantes. Tous ces petits détails de la vie que Karigan avait considérés comme acquis.

Au bout d'un moment, dame Estora lui demanda :

— Allez-vous demeurer dans la cité de Sacor ?

Karigan secoua la tête.

— Non pas. Je vais regagner Corsa. Et vous-même ?

— Mon père veut que je trouve un bon parti. (Dame Estora leva les yeux au ciel.) La province de Coutre est isolée par le massif du Chant-Ailé et des côtes dangereuses. Il s'est dit que j'aurais plus de chance de rencontrer un jeune noble convenable ici. Je me disais que, si vous restiez, nous pourrions devenir amies.

Le sourire de Karigan était plein de regret.

— Je…

Mais dame Estora fixait maintenant l'autre côté de la cour.

— Je crois que quelqu'un attend de pouvoir vous parler.

Karigan tourna les yeux dans la même direction. Dans le coin opposé de la cour se tenait le roi Zacharie qui la regardait comme s'il attendait quelque chose. Elle repoussa des cheveux derrière son oreille et s'humecta les lèvres nerveusement. Pourquoi ne se sentait-elle jamais dans son assiette devant le roi ?

— Vous devriez y aller. Il n'est pas bon de faire attendre un roi.

Karigan adressa un faible sourire à dame Estora et lui dit adieu. Elle emprunta le sentier de gravier entouré d'arbustes et de massifs de fleurs. À son approche, une Arme lui barra le chemin pour l'intercepter.

— Tout va bien, Wilson, dit le roi. Il s'agit de Karigan G'ladheon.

Le visage de l'Arme se dérida, et il s'inclina pour saluer.

— D'ordinaire je garde les tombeaux, dit-il, mais les bouleversements récents font que je sers ici. On a beaucoup parlé de vos hauts faits là en dessous.

Karigan rougit. Avant qu'elle puisse répondre, cependant, Wilson s'était éclipsé à une distance respectable, les laissant, elle et le roi, se regarder mutuellement d'un air embarrassé. Le roi Zacharie semblait bien se porter, mais paraissait avoir vieilli de plusieurs années. Des rides nouvelles lui barraient le front et ses orbites s'étaient creusées. Elle ne pouvait s'imaginer qu'à grand-peine la tension qu'il avait subie, ayant dû gérer la trahison de son frère puis sa mort. La félonie de ceux qu'il avait crus loyaux et le décès de ceux qui l'étaient restés l'avaient également marqué, à n'en pas douter.

Il finit par dire :

— Marchons, voulez-vous ? (Karigan lui emboîta le pas sur le sentier de gravier.) Je viens juste de sortir pour prendre l'air. L'été a fini par nous rattraper, dirait-on.

— Si fait, répondit Karigan.

Le silence retomba entre eux.

— Je..., commença-t-il.

— Nous..., fit Karigan.

Ils s'arrêtèrent et se regardèrent.

— Karigan, je n'ai toujours pas entendu le récit complet de ce qui s'est produit dans la salle du trône cette nuit-là. J'étais un peu hébété, vous savez, lorsque vous avez brisé le sortilège qui liait mon frère et l'Élétien. Il semblerait que vous et mon frère ayez disparu momentanément. Larenne – le capitaine Stèle – croit apparemment que ce n'était pas dû au pouvoir de votre broche. Où êtes-vous allée ? Que s'est-il passé ?

Karigan sentit qu'elle se vidait de sa vitalité. Elle répugnait à se remémorer cette nuit, qui la pourchassait jusque dans ses rêves et s'immisçait dans ses pensées durant la journée. Elle avait eu trop de temps libre, durant la semaine qui venait de s'écouler, pour ruminer ce qui aurait pu se passer. Et si elle avait fait le mauvais choix ? Et si elle avait relevé le défi de l'Élétien et joué la partie de Complot ? Et si elle avait perdu ? La spirale vicieuse des « et si » l'épuisait.

Elle amorça un demi-tour, mais le roi la retint par le bras.

— S'il vous plaît, dit-il.

Elle hocha la tête.

— Cela continue à me paraître étrange.

Et c'est là dans la cour, environnée des fleurs odorantes, du bourdonnement des abeilles et des oiseaux lançant des trilles, qu'elle raconta au roi Zacharie son expérience du vide blanc duquel elle s'était retrouvée captive. Au fil de son récit, les yeux du roi s'écarquillèrent de plus en plus. Quant à elle, son cœur s'allégea à mesure qu'elle s'épanchait. Tout en parlant, elle prit conscience qu'elle avait fait le seul choix envisageable, et qu'aucune autre solution n'aurait eu de sens alors, et n'en aurait jamais eu. En relatant son expérience au roi, elle apprit également qu'elle n'avait pas à porter seule le fardeau de ces choix.

Lorsqu'elle eut fini, il dit :

— J'ai entendu dire que ce monde recèle plusieurs strates. Le domaine des dieux en est une. Le monde après la vie en est une autre. Je me suis également laissé dire que lorsqu'on utilise la magie, on pénètre dans une autre strate encore. C'est peut-être ce qui s'est passé.

— Je ne sais pas. Agemon a dit que c'était un lieu de passage.

Le roi rajusta l'écharpe qui maintenait son bras.

— Karigan, vous n'avez cessé de me surprendre. Je vous suis plus reconnaissant que vous le saurez jamais, pour tout ce que vous avez fait. Sans vous, mon frère se serait emparé de la Sacoridie tout entière, et l'aurait détruite.

— C'est Jendara qui a arrêté votre frère, objecta Karigan.

— Elle a tué mon frère, mais c'est bien vous qui l'avez arrêté, ainsi que l'Élétien. Je sais que Jendara et vous, vous vous compreniez en quelque sorte, mais sachez qu'elle a trouvé par elle-même la manière la plus douce de se retirer. La justice des Armes est ancestrale et brutale. En dépit de son dernier geste, les Armes l'auraient marquée du sceau des traîtres et elle aurait beaucoup souffert avant d'être exécutée.

Karigan regardait ses pieds.

— Je sais. J'espère qu'on ne l'a pas inhumée dans une tombe anonyme.

— Elle occupe la place qu'elle mérite, aux côtés de mon frère dans le Hall des Rois et des Reines, bien que ce soit dans une allée plus anonyme. Mais je ne souhaite pas parler de tombeaux. (Le chant d'une mésange perchée sur un bouleau blanc gracile sonnait en cadence dans la cour. Le roi leva le menton de Karigan et le soleil éclaira son visage.) Je vous demande, non, je vous implore de reconsidérer votre décision concernant le drôme. Votre vaillance ne sera pas oubliée.

— Je ne peux…, commença Karigan.

— Je vous demande simplement d'y réfléchir encore, coupa-t-il. Passez du temps auprès de votre famille, et songez-y. Si vous retournez à Selium pour achever vos études, tant mieux.

— Je ne compte pas y retourner. C'est là que mes ennuis ont débuté.

Une lueur amusée dansa dans les yeux bruns du roi.

— Un Cavalier Vert ne devrait plus tarder à remettre au doyen Geyer une missive, scellée du sceau royal, expliquant combien il vous a mal jugée. Vous êtes libre d'y retourner.

Karigan ne savait pas trop si elle était soulagée ou agacée de ne plus avoir de prétexte pour rester loin de Selium. Cela étant dit, il serait déplacé de se montrer ingrate.

— Merci, murmura-t-elle.

Il fit un grand sourire, d'une légèreté à laquelle elle ne s'attendait pas, et lui prit la main.

— Vos actions ne seront pas oubliées, valeureuse demoiselle.

Il lui baisa la main et la salua, puis il se détourna et s'éloigna à pas vifs, sa cape bruissant derrière lui.

Karigan regagna sa chambre dans les baraquements des Cavaliers, la tête lui tournait et elle rougissait follement. Ses sacoches étaient prêtes et il ne lui restait plus qu'à attendre son père. Elle soupira en s'adossant contre l'encadrement de la fenêtre. Les graminées dans le pré se couchaient sous l'effet du vent, et au loin les chevaux broutaient.

Le roi ! Il faisait naître en elle des sentiments auxquels elle préférait ne pas penser. Elle allait quitter la cité de Sacor et devenir négociante. Ou bien fuyait-elle de nouveau ?

La cité de Sacor lui manquerait, mais c'étaient les personnes qui lui manqueraient le plus : le roi Zacharie, Mel, le capitaine Stèle, Fastion et Alton D'Yer. Alton avait quitté la ville pour regagner la maison de ses ancêtres, deux jours auparavant. Il était censé aider à trouver une solution pour réparer la brèche dans le mur de D'Yer. Il était navré qu'elle ait décidé de ne pas rester et lui avait fait promettre de lui rendre souvent visite. Après la bataille du lac Dérobé et la découverte de son talent défensif, il avait fini par se sentir Cavalier Vert à part entière.

La porte s'ouvrit en grinçant et son père entra à grands pas, splendide sous sa cape bleu ciel. Il mit les mains sur les hanches et lui adressa un large sourire.

— Prête ?

Elle fit un grand sourire et traversa la pièce pour l'enlacer. Comme chaque fois qu'il la prenait dans ses bras, elle ressentit la sécurité qu'il lui apportait, sa chaleur et sa force.

— Je suis contente que tu sois là, dit-elle.

Son père rit tout haut.

— Je suis heureux que nous soyons là tous les deux.

Karigan s'arracha à son étreinte pour le regarder.

— Tu es de bien belle humeur.

— J'ai vu le capitaine Stèle une poignée de fois. Elle m'a raconté beaucoup de choses au sujet de ton voyage ; des choses que tu ne m'avais pas racontées. Il a fallu que je voie les événements à travers les yeux du capitaine pour comprendre combien tu avais grandi.

Karigan fit une drôle de mimique.

— Je suis Karigan G'ladheon, négociante.

— C'est ce que j'ai dit au capitaine. Elle est à court de messagers et pensait que je pourrais te convaincre de t'engager. Je lui ai dit que tu rentrais à Corsa avec moi. En dépit de cela, elle a insisté pour nous accompagner jusqu'à la sortie de la ville.

Karigan jeta les sacoches sur son épaule. Elle était contente que le capitaine se joigne à eux, et l'étincelle dans les yeux de son père l'incitait à penser que cela lui plaisait aussi.

Près de l'écurie, ils retrouvèrent le capitaine Stèle qui tenait les rênes de Merle Bleu. Elle avait l'air d'aller bien et de s'être reposée. Seuls un bandage de petite taille sur son front et une légère claudication trahissaient l'existence du combat qu'elle avait enduré. D'après Mel, il n'avait pas été facile de refréner le capitaine pendant sa convalescence. Les guérisseurs avaient eu fort affaire avec elle, et beaucoup avaient simplement capitulé, exaspérés, lorsque, têtue, elle désobéissait à leurs instructions.

Mel et Sevano sortirent de l'écurie avec les autres chevaux. Karigan serra Mel dans ses bras. La jeune fille était aussi gaie qu'à l'accoutumée, mais Karigan se demanda si la nuit de la prise du château ne hantait pas ses rêves. Elle refusait d'en parler et s'affairait plutôt dans l'écurie, ou parcourait le château pour porter des messages.

— On n'arrête pas de se dire au revoir, on dirait, remarqua Karigan.

— Tu reviendras, dit Mel.

— Je n'en suis pas si sûre.

Mel fit un grand sourire en lui tendant les rênes de Condor.

— Le capitaine réfléchit à la possibilité de m'envoyer étudier à Selium.

Karigan tapota l'épaule de son amie. Elle lui dit à voix basse :

— Un petit conseil, si tu y vas : ne songe jamais à t'enfuir.

Mel rit doucement et se dépêcha de regagner l'écurie.

Le quatuor se mit en selle et traversa en silence les dépendances du château avant de franchir les portes. Les corps du capitaine Apte et de ses gardes qui se balançaient au bout d'une corde, au-dessus des portes, avaient été enlevés et inhumés avec les honneurs. Karigan ne parvint cependant pas à se départir d'un sentiment de terreur lorsqu'elle franchit la herse.

Partout en ville, le regain de surveillance était manifeste. Des soldats en argent et noir patrouillaient les rues par paire et, aux portes, interrogeaient les voyageurs, en particulier mirpuisiens. Cependant, on vendait à la criée des marchandises depuis les échoppes qui bordaient les rues, on entendait les musiciens ambulants chanter et jouer, et les gens s'affairaient de-ci de-là ; tout cela n'avait pas changé.

Le capitaine Stèle et Merle Bleu se frayaient un chemin dans la foule, à côté de Condor. Le père de Karigan et le premier maître chevauchaient devant. Le capitaine pivota sur sa selle afin de pouvoir regarder Karigan en face.

— Je suis certaine que le roi t'a fait la requête de rejoindre le drôme, dit-elle. Tu peux y ajouter mon invitation.

Stevic G'ladheon surprit la conversation et ouvrit la bouche pour protester, mais le capitaine le devança en lui lançant un regard sévère.

— Un instant, négociant. Vous avez accepté de me laisser parler.

Il pinça les lèvres mais ne put se contenir.

— Si fait, et bien plus encore.

— Nous avons passé un marché, souvenez-vous, remarqua le capitaine Stèle.

Karigan haussa les sourcils.

— Un marché ?

— Je t'ai trouvée, plus ou moins, expliqua le capitaine. Il y a longtemps, ton père a accepté de remplacer l'équipement de mon unité, c'est-à-dire de tous les messagers du drôme, si je te retrouvais. (Elle tourna ses yeux noisette vers Stevic.) N'oubliez pas. Il me les faut stricts et *verts.*

Stevic leva les yeux au ciel.

— Aeryc et Aeryon, préservez-moi des accords passés avec des Cavaliers Verts.

Il secoua la tête et reporta son attention sur la route.

— Les quoi ? fit Karigan, perplexe.

— Les uniformes. (Le capitaine eut un sourire suffisant. Un peu plus loin, son sourire laissa place à un air plus pensif.) Je t'en prie, Karigan, réfléchis à ma proposition. Tu as fait preuve d'un courage hors du commun, et nous serions fiers de te compter parmi nous.

Karigan pétrit les rênes entre ses doigts tout en regardant ses mains. Elle ressentait pour les Cavaliers Verts une attirance qu'elle ne s'expliquait pas. Elle avait besoin de temps pour y réfléchir vraiment.

— Non, je…

— Nul besoin de prendre ta décision maintenant, coupa le capitaine. Je ne te presserai pas. Je pense que tu ressens déjà suffisamment de pression comme cela, pour, eh bien, d'autres raisons.

Le capitaine interrompit là son explication et la discussion dériva vers des sujets plus légers pendant le reste de la traversée de la ville. Elle chevaucha à leurs côtés jusqu'à ce qu'ils aient franchi la dernière porte, puis s'arrêta.

— J'ai plusieurs choses pour toi, dit-elle à Karigan. (Elle tendit le bras vers le troussequin et en défit un fourreau qu'occupait un sabre. Elle l'offrit à Karigan.) Ce n'est pas la lame de la Première Cavalière, même si je pense que tu mériterais de la porter ; Agemon des tombeaux a exigé qu'elle soit rendue. C'était celle de F'ryan.

Karigan passa les doigts sur le fourreau de cuir usé.

— Je la reconnais.

— Tu as déjà la broche et ce cheval, continua le capitaine Stèle. Il paraît logique que tu aies aussi son épée. Je pense qu'il serait content.

— Merci, répondit Karigan.

— Encore une chose. (Le capitaine prit un air grave et gratta la cicatrice à son cou.) Je t'ai vue après la bataille du lac Dérobé. J'ai vu ce que tu as fait de ces flèches noires. Voici. (Elle tendit à Karigan un paquet allongé enveloppé d'une étoffe.) Ce sont les flèches qui ont tué F'ryan. Je ne sais pas trop pourquoi tu as brisé les autres, mais j'ai comme l'impression qu'il serait bon de briser aussi celles-là.

Karigan prit le paquet et serra la main du capitaine Stèle.

— Merci pour tout.

— Au revoir, Karigan. J'espère que le voyage du retour sera bien plus agréable que tous ceux que tu as entrepris récemment.

Karigan regarda le capitaine franchir de nouveau les portes sur Merle Bleu. Elle fit volter Condor, et ils s'éloignèrent de la cité de Sacor, s'éloignèrent de l'imposant château juché sur sa colline et de l'homme qui y résidait. Elle chevauchait aux côtés de son père et de Sevano et laissait derrière elle tout ce qui était arrivé.

Lorsqu'ils atteignirent l'endroit où Alton et elle avaient déjeuné dans l'herbe, elle mit pied à terre et s'avança seule dans la pénombre fraîche du bouleau. Elle sortit les flèches de leur paquet.

Elle frissonna lorsque ses doigts touchèrent leur bois noir. Les pointes d'acier étaient toujours couvertes d'une pellicule de sang. Sans plus de cérémonie, elle brisa les flèches sur son genou et laissa tomber au sol les débris.

F'ryan Coblebaie apparut devant elle, éthéré ; son aura faiblissait. Elle pouvait voir l'herbe de la prairie à travers lui. *Merci*, dit-il. Il n'y avait maintenant plus de flèches plantées dans son dos, le sang ne coulait plus. Son visage n'était plus crispé par la souffrance. *D'autres demeurent esclaves, mais nombre d'autres tu as aidés. Maintenant, moi aussi je peux rentrer chez moi.* Il se retourna et s'éloigna, disparaissant peu à peu jusqu'à n'être plus là.

Karigan se hissa sur Condor et reprit sa place près de son père, qui lui sourit en tendant la main pour lui presser gentiment le genou.

Elle toucha la broche au cheval ailé accrochée à sa chemise et soupira.

— Rentrons à la maison, dit-elle.

Aubin Imprimeur
LIGUGÉ, POITIERS

Achevé d'imprimer en juillet 2008
N° d'impression L 72356
Dépôt légal, juillet 2008
Imprimé en France
81120013-1